LES CHEMINS DE DAMAS

Paru dans Le Livre de Poche :

L'ANGE DE L'ABÎME

PIERRE BORDAGE

Les Chemins de Damas

AU DIABLE VAUVERT

ISBN : 978-2-253-11583-0 – 1re publication LGF

Comme (Saül) était en chemin, alors qu'il approchait de Damas, une lumière qui venait du ciel resplendit soudain autour de lui. Il tomba à terre et entendit une voix qui lui disait : « Saül, Saül, pourquoi me persécutes-tu ? »

Actes des Apôtres, 9-3.

En ce jour anniversaire du traité de Bratislava, il est temps de dresser un bilan de cette première décennie d'après-guerre. N'ayons pas peur des évidences : le constat n'est pas brillant. Nos gouvernants jurent pourtant que l'Europe est sortie victorieuse de ce qu'on a un temps appelé le « choc des civilisations ». Disons plutôt que nous avons remporté une victoire à la Pyrrhus. Trente millions de morts, une économie en ruine, des villes en partie détruites, les réseaux électriques, téléphoniques, gaziers, démantelés, une soudaine accélération des délocalisations, une protection sociale en lambeaux, une pauvreté galopante, une prolifération des seigneurs de guerre et des armées privées, un abandon dramatique de nos institutions politiques, peut-on raisonnablement parler de victoire ?

Jules-Jean Jacquin,
La Nouvelle Europe Libre.

1

Jemma avait toujours cru que ce genre de désastre n'arrivait qu'aux autres, une attitude stupide dans une Europe où les disparitions d'enfants touchaient, selon les dernières statistiques, une famille sur cinq.

Assise sur le petit lit de la chambre aux couleurs pastel, elle serrait à s'en tétaniser les bras l'ours en peluche qui avait partagé pendant neuf ans les nuits et les chagrins de sa fille. Ou plongeait le nez dans l'un des vêtements portés par Manon. De la chair de sa chair ne subsistaient que de vagues senteurs de cannelle et de miel, peu à peu absorbées par le désespoir et les ténèbres.

Le pire était de ne pas savoir ce qu'était devenue sa fille.

« Une fugue peut-être ? » avait lancé le lieutenant de police, un homme d'une trentaine d'années dont la face poupine se perchait au-dessus d'épaules d'haltérophile.

Impossible. Plus craintive qu'une biche, Manon avait besoin de la présence de sa mère ou d'une camarade pour franchir à pied les cent cinquante mètres qui séparaient la maison de l'école, placée au cœur de la résidence. Fuguer n'était ni dans ses intentions ni dans ses possibilités.

« Je vous conseille de vous préparer au pire, madame, avait murmuré le lieutenant. De toute façon, il vaut mieux pour elle et pour vous qu'elle soit… enfin, vous me comprenez… Ne pas attendre pour faire votre deuil… »

Ses paroles, lâchées avec l'insupportable compassion de circonstance, puaient les cours de rattrapage. Les flics d'Europol en étaient réduits à enrober leurs propos de psychologie de bazar pour jeter leur impuissance à la face des parents désespérés. On avait bien traîné devant les médias une cinquantaine de personnalités impliquées dans les réseaux pédophiles, dont un ministre français du gouvernement européen, un acteur célèbre et une ancienne gloire du sport mais, comme les gosses continuaient de disparaître par centaines, comme on n'en retrouvait pas un sur cent, les keufs avaient fini par jouer la carte du pire. La carte du deuil. Noyer dans le chagrin la colère des familles.

Imaginer Manon morte, dépecée pour alimenter le commerce des organes ou prisonnière d'un bordel pour pervers, était au-dessus des forces de Jemma. L'espoir fou et cruel qu'elle avait caressé les premiers temps de sa disparition s'amenuisait chaque jour, chaque heure, chaque minute. Le phare de son existence menaçait de s'éteindre. Définitivement. Elle ne se sentait pas capable de survivre à sa fille.

Sa carrière ? Comment pouvait-on accorder de l'importance à ce genre de foutaises ? Entrée comme visiteuse médicale à la BioFis, fleuron de l'industrie pharmaceutique mondiale localisé à Shanghai, elle avait obtenu la confiance de ses supérieurs, tous chinois, et conquis à la force du poignet le poste de directrice commerciale pour l'Europe du Sud. Mais elle n'avait montré les griffes et les dents que pour offrir à Manon les chances qu'elle-même, fille unique de petits commerçants, n'avait pas eues.

Quant à sa vie sentimentale, les mecs qui échouaient dans son lit ne manquaient pas de bonne volonté, mais les pauvres baisaient comme des pieds, ou bandaient mou, ou ronflaient, ou puaient, ou étaient plus velus que des singes, ou déplaisaient à Manon, ou culpabilisaient de tromper leur femme, ou présentaient un autre de ces horripilants petits défauts qui les disqualifiaient systématiquement au réveil. Par chance ils se prêtaient de bonne grâce au rituel de la capote – pas question de fabriquer un gosse par inadvertance – et leur sperme piégé par le latex ne la souillait pas – elle qui mettait déjà un temps fou à se dépouiller de leur sueur, de leur salive, de leur saveur, de leur odeur… Avec la vague puritaine qui déferlait sur l'Europe, les capotes, très difficiles à trouver car le cours du latex égalait déjà celui du pétrole ou de l'or, restaient quasiment la seule forme de contraception envisageable. Jemma couchait pour entretenir la mécanique de la séduction, selon les conseils des magazines féminins oubliés dans le grenier de la maison de ses parents, mais les objets de ses désirs étaient condamnés avant même de succomber à ses regards : elle ne souhaitait pas vraiment s'encombrer d'un mâle depuis que le père de Manon l'avait plaquée pour une blondasse pouffiasse pétasse connasse anorexique d'un mètre quatre-vingt-deux.

Lorsque Jemma avait annoncé la disparition de leur fille à son ex, il s'était contenté de vitupérer son manque de vigilance. Quand donc se déciderait-elle à devenir une personne responsable, RES-PON-SA-BLEU, RAI-SON-NA-BLEU, A-DUL-TEU ? Le beau, l'immonde salaud. Lui qui n'avait pas versé l'ombre d'une pension, lui qui n'avait jamais pris leur fille les week-ends ou les vacances, lui qui ne s'était pas fendu d'un seul coup de fil aux anniversaires ou à Noël, il lui avait maintenu la tête sous un flot de reproches. Il s'était débrouillé pour sortir de l'épreuve sans une éclaboussure sur la conscience – de la même façon qu'il croyait s'être dépatouillé de leur séparation avec une grande élégance en obtenant l'annulation officielle de son mariage par l'Église et en lui concédant la maison. Les deux garçons blonds et brillants que lui avait pondus son ersatz de mannequin, presque aussi parfaits que des clones, suffisaient probablement à combler sa vacuité paternelle.

Manon s'était volatilisée en pleine nuit sans qu'aucune infraction n'eût été constatée. Les rares satellites encore en activité n'avaient pas réussi à localiser son téléphone portable, disparu en même temps qu'elle. Les vigiles de la résidence et leurs horribles chiens n'avaient rien remarqué, les trente caméras n'avaient enregistré que des scènes affligeantes de banalité. Les enquêteurs dressaient le même constat d'impuissance dans la grande majorité des cas. Ils en concluaient que les ravisseurs connaissaient parfaitement les logements, les systèmes de protection, les habitudes des familles et des enfants. Ils avaient relâché les vigiles, premiers suspects, après un passage au « confessionnal » – une technologie venue du Japon qui transcrivait les pensées du suspect en images plus ou moins nettes sur un écran en ADN de synthèse –, puis ils avaient fouiné, sans résultat, du côté des relations et de la famille de Jemma. Comme leurs collègues scientifiques d'Europol n'avaient déniché aucun indice dans la maison passée au peigne fin, pas une rognure d'ongle, pas un cheveu, pas un bout de peau morte, pas une bonne vieille empreinte digitale, pas une goutte de sueur ou de sang, l'affaire Manon était allée grossir l'épais dossier des disparitions inexpliquées.

Le mystère, le trou noir.

Jemma avait refusé l'intercession de radiesthésistes, voyants et ufologues qui affirmaient avec le plus grand sérieux que les enfants disparus effectuaient un séjour instructif dans un vaisseau extraterrestre à des milliers d'années-lumière de la terre et qu'ils reviendraient bientôt révéler aux hommes les secrets de leurs origines. De même elle avait renvoyé sans ménagement les journalistes venus sonner à sa porte. Comment tous ceux-là s'étaient-ils débrouillés pour récupérer ses coordonnées téléphonique, électronique et postale ? Certains flics arrondissaient sans doute leurs fins de mois en revendant des renseignements confidentiels aux charognards qui se nourrissaient de détresse humaine.

Le sommeil ne voulait plus de Jemma. Ayant réglé sa fréquence sur le souffle et le pouls de son enfant, elle ne comprenait pas pourquoi son inquiétude maternelle n'avait pas sonné l'alarme. Elle pouvait s'endormir avec les ronflements 100 dB d'un amant vautré à ses côtés, mais pas avec la toux ou la respiration sifflante de Manon à travers les cloisons. Lorsqu'elle avait découvert la chambre vide, elle ne s'était pas affolée, croyant sa fille aux toilettes, dans la salle de bains ou dans la cuisine. Puis, mordue par l'angoisse, elle avait fouillé la maison de fond en comble, appelé, exploré le jardinet et les environs proches. Au bout d'une heure de recherches fébriles, elle s'était remémoré un reportage du journal télévisé et l'évidence, la terrible évidence, l'avait suffoquée comme une douche glacée.

Après les insupportables formalités policières, Jemma n'était pas retournée au travail. Sa responsable, compréhensive, lui avait accordé six semaines de congés. Dans la voix dégoulinante de compassion de son interlocutrice, elle avait perçu le tranchant de la lame qui allait bientôt s'abattre sur sa nuque. Il n'y avait pas de place pour les mères éplorées dans l'industrie pharmaceutique mondiale. Une femme aux entrailles arrachées n'avait aucune chance de survivre dans la guerre sans merci que se livraient les laboratoires. Même si elle avait touché son dernier salaire, quatre mille six cent vingt-deux euros et cinquante-sept centimes, elle savait que le robinet de la BioFis se fermerait bientôt, le mois prochain peut-être. Depuis maintenant six ans, les entreprises n'étaient plus tenues de respecter de préavis de licenciement ni de verser le moindre centime d'indemnité. Quelques-unes d'entre elles s'étaient réinstallées sur le sol européen après une parenthèse boudeuse dans l'une de ces contrées accueillantes où le modeste employé encaisse avec un sourire béat la misérable poignée de dollars distribuée à la fin de chaque semaine. En contrepartie, les filles prodigues avaient obtenu du gouvernement européen la suppression totale des acquis sociaux. Les petites malignes avaient retrouvé leur main-d'œuvre qualifiée tout en démantelant les vestiges de l'antique armure de protection sociale.

Jemma avait elle-même agité avec conviction le drapeau du tout-libéral, estimant, comme ses confrères et consœurs de la BioFis, que les « sales manies européennes » acculaient les entreprises à l'exil, que la flexibilité était le nerf de la compétitivité, que le travail devait être rémunéré au mérite, que le marché se régulait de lui-même, qu'il convenait de limiter au strict minimum les interventions du politique dans l'économique (subventions et avantages fiscaux restaient toutefois bienvenus).

À l'occasion de missions en Europe du Sud, Jemma avait constaté que la misère montait dans les villes à la façon d'une eau sournoise et sale. Sa conscience professionnelle avait étouffé sa peur et sa commisération naissantes. Elle se déplaçait pour animer les séminaires commerciaux, pour parler stratégie, produits, objectifs, pas pour se mêler à la foule des inadaptés aux bouches édentées, aux cheveux crasseux et aux ongles noirs, qui ondulait de chaque côté de son taxi. Ni pour laisser les interrogations, les doutes, les frayeurs s'infiltrer dans son esprit. À ceux qui regrettaient l'abandon des vieilles valeurs, elle opposait la théorie de l'évolution, revenue en grâce après les dogmes créationnistes du début du siècle – l'Église s'était sortie du piège en déclarant compatibles les deux théories, l'évolution ayant de façon logique suivi la création : seuls les forts, traduire les bons chrétiens, méritaient de survivre dans un monde miné par les attentats suicides, les enlèvements, les pandémies, les catastrophes et les guerres.

Jemma n'avait pas ressenti la rupture avec le père de Manon comme une blessure. Elle avait encaissé la gifle et s'était servie de sa colère pour rebondir et franchir quelques échelons supplémentaires dans la hiérarchie de la BioFis. Elle avait su transformer ses échecs en réussite, ses faiblesses en force. Elle avait appartenu au clan des forts, des méritants, des vainqueurs, jusqu'au jour maudit où des salopards lui avaient ravi Manon. Que lui restait-il à présent ? Des larmes, des regrets brûlants qu'elle ne pourrait pas apaiser, un ventre béant, des milliers de photos numériques aux couleurs inutilement vives, des bouts de film dérisoires, des piles de vêtements et de chaussures flambant neufs que Manon ne mettrait pas pour la rentrée, des tonnes d'antidépresseurs qui ne parvenaient plus à l'abrutir, une maison qui transpirait la tristesse, l'ennui, le vide.

Parfois, à bout de chagrin, Jemma allumait machinalement la télé et regardait passer le cortège des atrocités terrestres. Avant la disparition de Manon, elle ne prêtait guère attention à la douleur du monde, peut-être parce que le plasma de l'écran filtrait et édulcorait les images. Ou bien parce que, retranchée dans l'un de ces bunkers où se regroupaient les forts, elle se croyait hors d'atteinte, préservée de la souillure humaine. Quelque part dans le monde, des extrémistes encagoulés décapitaient un homme, une femme ou un môme face à l'objectif d'une caméra, un conflit se déclarait le long d'une frontière improbable, des ouragans soufflaient à répétition sur des archipels, des cyclones déferlaient sur des plaines ravagées, le désert dévorait un continent à pas de géant, des violences interethniques ou interreligieuses éclataient dans les métropoles, des affrontements sanglants opposaient la milice d'un quartier protégé à une bande de pillards, une phalange répandait la terreur dans un quartier dévasté. Bien que les présentateurs n'eussent jamais mentionné le nom de sa fille, elle se sentait désormais intégrée à la ronde des horreurs qui tournoyaient dans l'étrange lucarne. Associée à ces femmes échevelées qui brandissaient le corps ensanglanté de leur enfant. À ces familles réfugiées sur le toit de leur maison inondée. À ces corps éventrés, déchiquetés, calcinés sur les trottoirs. À ces passants tirés comme des lapins par des fanatiques planqués dans les bâtiments délabrés. Le malheur avait traversé le plasma de l'écran. Dire, dire qu'on avait osé accoler, vingt ou trente ans plus tôt, le nom de téléréalité aux inepties de célébrités faisandées recluses dans une ferme, sur une île ou dans un bagne d'opérette, aux braillements d'adolescents prisonniers d'une usine à gloire, aux métamorphoses chirurgicales de femmes déformées par les grossesses et la malbouffe.

Les deux téléphones portables de Jemma avaient sonné sans interruption après le rapt de Manon. Submergée de messages, elle avait refusé de se réfugier dans le cocon familial comme le lui avaient suggéré ses parents. Pas envie, vraiment pas, d'endurer leurs regards mouillés, leurs reproches muets, leur tendresse maladroite, leur marchandage affectif de petits commerçants. Ils ne lui avaient pas pardonné la rupture avec le père de leur petite-fille, un gendre qu'ils appréciaient. Bel homme, bon père, bon mari, belle situation, beau parleur, il étanchait leur soif de reconnaissance sociale, il leur donnait l'impression d'appartenir à un monde auquel leur travail acharné et servile ne leur avait pas permis d'accéder. Ils tenaient leur fille pour seule responsable de la séparation, la preuve, l'Église avait reconnu la nullité du mariage, ils se vengeaient en critiquant l'éducation de Manon, tu la gâtes trop, elle répond, ce qu'il lui faut c'est de l'autorité, sois plus présente avec elle au lieu de céder à tous ses caprices. Jemma était persuadée qu'en leur for intérieur, ils l'accusaient de la disparition de Manon. La culpabilité était l'arme principale de leur arsenal émotionnel. Sa mère s'y entendait comme personne pour se glisser dans les failles et, une fois dans la place, répandre le venin du dénigrement, du dégoût, du remords. Ils pleuraient la perte de leur petite-fille, on ne pouvait mettre en doute la sincérité de leur chagrin, mais, lorsque Manon leur avait été confiée, ils l'avaient accablée de préceptes moraux et de règles de savoir-vivre au lieu de la couvrir de tendresse. Le groupe catholique intégriste qu'ils fréquentaient avec assiduité depuis cinq ou six ans avait fini de les dessécher. Sans doute se croyaient-ils enfin admis dans le grand monde au contact de leurs compagnons de prières, des bourgeois nostalgiques d'une époque où les messes se disaient en latin et les rôles se distribuaient à la naissance ? Éreintée par quinze années de guerre, sapée par les extrémismes qui proliféraient dans les cités en ruine, la société européenne se refermait en cercles de plus en plus étroits, de plus en plus hermétiques.

Après les paroles usuelles de réconfort, les amis de Jemma n'avaient plus donné signe de vie. Hors de question de se compromettre avec une relation touchée par la poisse et passée dans le camp des faibles : elle perdrait bientôt son travail, elle n'aurait plus les moyens d'entretenir sa maison, elle serait expulsée de la résidence, elle irait grossir la multitude des inadaptés, et puis il fallait préserver l'insouciance des enfants, les pauvres chéris avaient déjà tant à faire avec les cours particuliers de mandarin ou d'hindi, les leçons de musique et les exercices physiques avec leur coach personnel. Aucune armure, aucun médicament, aucune mesure prophylactique, aucune capote ne protégeait d'une maladie aussi honteuse et contagieuse que la malchance.

La terre s'ouvrait sous les pieds de Jemma. Elle s'enfonçait dans une obscurité épaisse et glacée. À plusieurs reprises elle avait repoussé d'extrême justesse la tentation d'avaler un tube entier d'antidépresseurs et d'arroser le tout avec un litre d'alcool fort. Elle s'était observée sans concession dans le miroir en pied de la salle de bains, les pilules dans une main et la bouteille dans l'autre. Âgée de trente-cinq ans, elle s'en donnait plus de cinquante avec ses cernes violets, son teint blême, ses premières mèches blanches, ses joues hâves et ses seins tombants. Comme la plupart de ses amies et consœurs, elle avait envisagé les injections de Botox et de silicone quand le temps et les soucis auraient creusé ses rides et alourdi ses formes. Curieusement, la chirurgie esthétique n'avait pas souffert de la vague de puritanisme. Au contraire même, l'essor extraordinaire qu'elle avait connu pendant la guerre ne s'était pas démenti après le traité de Bratislava. L'apparence prend une importance démesurée quand on se sent moche et sale à l'intérieur.

Il était sans doute trop tard pour Jemma. La vieillesse l'avait prise de vitesse. En quarante jours. Elle s'était racornie de l'intérieur *et* de l'extérieur. Trop de larmes versées. En elle ne jaillissait plus aucune source, plus d'eau ni de sang, plus d'humeurs ni de règles. Femme en voie de désertification, mère morte.

Elle gisait sur le lit de Manon quand un fracas brisa la désolation de la nuit. Elle baignait si profondément dans ses pensées qu'il lui fallut du temps pour remonter à la surface, hébétée, nauséeuse, l'ours en peluche posé sur le ventre, les mains glissées dans l'échancrure de son peignoir. Elle se souvint qu'elle avait vidé trois ou quatre verres de whisky en croyant que l'alcool l'aiderait à plonger dans l'oubli. Et qu'elle avait longuement hésité avant de remettre les tubes d'antidépresseurs dans leur tiroir.

Des bruits de pas, des éclats de voix, des cliquetis transpercèrent les cloisons et le plancher. Elle ne réagit pas, pétrifiée, engluée dans un cauchemar. Quelqu'un s'élançait pourtant dans l'escalier, quelqu'un marchait dans le couloir de l'étage, quelqu'un s'engouffrait dans la première chambre, quelqu'un explorait la salle de bains, quelqu'un se rapprochait à grands pas de la chambre de Manon.

Jemma parvint enfin à se redresser lorsque la porte s'ouvrit et que la lumière brutale du plafonnier éclaboussa la petite pièce. Une silhouette se dressait au pied du lit. Une combinaison noire, deux éclats tranchants dans les fentes oculaires d'une cagoule, le canon brillant d'un fusil d'assaut.

Le premier réflexe de Jemma fut de resserrer les pans de son peignoir sur sa poitrine et ses jambes.

« Qu'est-ce… qu'est-ce que vous…

— Ta gueule ! »

L'homme projeta l'ours en peluche contre une cloison et glissa l'extrémité de son fusil d'assaut sous le peignoir. La fraîcheur piquante de l'acier sur son ventre réveilla la nausée de Jemma et déclencha une salve de tremblements qui la laissa pantelante sur le lit. Des bribes d'un reportage consacré aux phalanges d'un ordre clandestin lui revinrent en mémoire. Des fanatiques vêtus de noir qui se présentaient comme les nouveaux fantassins du Christ Roi et s'efforçaient d'éradiquer du territoire européen les vestiges des autres religions. L'une de ces légions paramilitaires chargées d'entretenir la terreur du littoral atlantique aux frontières orientales de Roumanie et de Pologne, et probablement manipulées par les mafias. Quelques-unes d'entre elles continuaient d'arborer sur leurs uniformes les deux L de Loi et Lance, les symboles de l'ancien despote assassiné.

Elle se demanda ce que cet épouvantail fichait chez elle. Des voix et des bruits de pas achevaient de démanteler le silence au rez-de-chaussée. Combien étaient-ils ? Comment étaient-ils parvenus à tromper la vigilance des cerbères et des caméras de surveillance de la résidence ?

L'intrus écarta les pans du peignoir et, avec un grognement, plongea l'extrémité du canon entre les cuisses de Jemma. La mort, cette mort qu'elle avait appelée de tous ses vœux les jours précédents, s'était invitée chez elle.

Elle n'en voulait pas. Pas maintenant.

La mort, décidément, était mal faite.

2

Bart

Le molosse au poil noir et feu promena son énorme mufle sur les mollets de Bart, qui, malgré l'épaisse muselière et la présence d'un vigile à l'autre bout de la laisse, se contint pour ne pas prendre ses jambes à son cou. Par chance il y avait du monde en cette heure tardive, et les maîtres chiens, pour éviter la cohue à l'entrée de la station, passaient rapidement d'un voyageur à l'autre.

Bart avait toujours détesté les clebs, ces auxiliaires zélés des keufs et des honnêtes citoyens. Combien de fois les avaient-ils virés, ses potes et lui, de la cave ou de la maison vide où ils s'étaient posés ? Lâchés sur leurs talons, les molosses écharpaient avec une férocité inouïe les plus faibles de la bande, les filles ou les garçons trop défoncés pour fuir, et personne, pas un journaliste, pas un défenseur des droits de l'homme, pas un keuf, pas un avocat des causes perdues, pas une association, ne s'était élevé contre ces variantes urbaines et nocturnes de la chasse à courre. Les cadavres disparaissaient, probablement transportés dans les morgues clandestines où des dépeceurs peu scrupuleux prélevaient ce qui restait d'organes. La demande en chair fraîche augmentait chaque année, et les trafiquants orientaux, sud-américains et africains ne parvenaient plus à approvisionner le marché : les clients, occidentaux et moyen-orientaux pour la plupart, boudaient les pièces en provenance des pays où sévissaient les épidémies de SIDA et de grippe aviaire foudroyante.

Les renseignements transmis par le parrain de la cellule 22 étaient d'une précision implacable : il avait promis à Bart que la surveillance de la station ne serait pas assurée par les brigades équipées des tout derniers détecteurs électroniques, mais par de simples milices privées accompagnées de chiens dont l'odorat restait facile à tromper. Il avait ajouté que, malgré l'heure tardive, la rame serait bondée entre Châtelet et Les Halles, que le feu d'artifice, TON PUTAIN DE FEU D'ARTIFICE, MEC, ferait au moins une cinquantaine de morts et deux fois plus de blessés.

On avait appelé Bart aux alentours de 18 heures, on l'avait foutu à poil, on avait plongé des pinces à peine plus grosses que des cheveux dans les minuscules cratères disséminés sur son corps, on avait dégagé et relié entre eux quelques-uns des fils et des circuits imprimés sertis sous sa peau, on avait bidouillé son téléphone portable, on lui avait dit de composer un numéro à trois chiffres à 23 heures précises.

Les autres membres de la cellule 22 l'avaient fixé avec de l'envie et de l'admiration dans les yeux. Il allait enfin glisser de l'existence à la légende. Partir dans une somptueuse gerbe de particules en soufflant plusieurs dizaines d'hommes et de femmes. La cellule 22 n'était pas l'un de ces groupes extrémistes qui commettaient des attentats suicides au nom d'un Dieu, d'une patrie, d'un clan ou d'une idée, elle se composait de garçons et de filles qui s'étaient seulement engagés à mourir avec fracas, puisque, croupissant depuis l'enfance dans les sous-sols des immeubles éboulés, ils n'avaient connu qu'anonymat, mépris et grisaille. Les parrains, leurs bienfaiteurs, leur donnaient les moyens de réaliser leur rêve : on leur fournissait le matériel, des explosifs miniaturisés et puissants qu'on insérait à l'intérieur de leur corps dans une cave sordide transformée en salle d'opération, puis on leur indiquait les lieux et les horaires les mieux adaptés à leur volatilisation. En contrepartie, les parrains revendaient aux réseaux extrémistes les bénéfices médiatiques des attentats suicides. Les clients, religieux, paramilitaires ou politiques, étaient prévenus la veille des attentats, le temps de rédiger un communiqué qui, aussitôt envoyé aux agences de presse, crédibiliserait leurs revendications. Que leur suicide fût récupéré par des mouvements indépendantistes ou fanatiques n'avait strictement aucune importance aux yeux des aspirants au néant – Bart et ses potes s'appelaient entre eux les néantistes. Eux voulaient seulement se métamorphoser en souffle brûlant, se disperser dans un ultime frisson de chaleur et de sang. Le monde avait nié leur existence, il serait sidéré par leur mort.

Bart craignait que les battements de son cœur détraqué ne déclenchent trop tôt le chapelet d'explosifs enfouis dans son corps. L'odorat des chiens ne pouvait pas déceler les pains minuscules emballés dans des enveloppes de silicone parfaitement étanches. Ni les détecteurs électroniques sans doute, mais le parrain disait que la technologie progressait à toute vitesse, qu'il faudrait bientôt concevoir d'autres systèmes pour passer au travers des mailles. Les flics disposaient déjà de bécanes qui permettaient de visualiser les pensées des suspects. C'était la raison pour laquelle, certainement, les bienfaiteurs ne se présentaient jamais à visage découvert devant les membres de la cellule 22. On ne voyait même pas leurs yeux, planqués derrière des lunettes teintées, et ils portaient, sous leurs cagoules, de petits appareils qui apparentaient leurs voix à celles du seigneur Dark Vador ou des pauvres bougres opérés d'un cancer de la gorge.

Bart avait rencontré les autres fondateurs dans une ancienne prison démolie par les bombardements et jamais reconstruite. Des garçons et filles qui n'avaient pas trouvé leur place dans le monde, même pas eu l'idée de la chercher. Serrés dans une cellule minuscule aux murs lépreux et couverts de graffitis – la 22, on voyait encore le numéro gravé dans l'acier de la porte –, blottis dans la torpeur bienfaisante offerte par la promiscuité, l'alcool, la crasse et le shit, ils avaient créé le mouvement néantiste. *Rien pour la vie tout pour la mort* était leur devise. Ils avaient institué une sorte de baptême du néant, une cérémonie au cours de laquelle ils choisissaient un nouveau nom et s'engageaient solennellement à crever en arrachant un morceau de ce putain de monde qui refusait de les reconnaître. C'est ainsi qu'Aurélien était devenu Bart, comme Bart Simpson un héros de dessin animé, un sale gosse tout jaune et mal fichu, un symbole de mauvais goût et de désordre avant le conflit contre le Moyen-Orient. Il ne lui avait pas été très difficile de renier son ancienne identité. Ses racines pourrissaient depuis bien longtemps sous les cieux maussades de Normandie. Il avait quitté son village natal à l'âge de quinze ans, et sa famille, père revenu fantomatique du front, mère alcoolique, frère abruti, n'avait pas cherché à le retenir. S'étaient-ils seulement aperçus de son départ ? Il n'avait pas éprouvé le moindre regret, ni le moindre soulagement d'ailleurs, en passant du petit vide familial au grand vide social. Il avait traîné son inertie dans différents milieux, il s'était prostitué pour se payer son shit – une saloperie qui explosait les neurones et habillait le rien de spirales éclatantes –, il avait intégré un groupe d'artistes souterrains qui pratiquaient la sculpture sur corps, puis il avait croisé les compagnons de la cellule 22 et entrevu la porte de sortie, l'issue glorieuse.

Bart s'engouffra dans la rame bondée et consulta l'écran de son téléphone portable : cinq minutes avant de presser les trois touches fatidiques.

Cinq minutes avant de quitter la scène.

À l'extrémité du quai, les vigiles et leurs molosses s'acharnaient sur un SDF dont le tort principal était d'avoir davantage de piquette que de sang dans les veines. Curieusement, alors qu'il croyait n'avoir jamais prêté attention aux paysages de son enfance, une nuée de souvenirs se leva en Bart. Il se revit courir dans les chemins creux de son village, explorer les ruines des maisons ensevelies sous les ronces, respirer jusqu'à l'écœurement l'odeur de moisissures et de terre humide, se baigner entre les nénuphars et les grenouilles, écrabouiller les aspics à coups de bâton et de pierre, se rouler dans l'herbe printanière, se gorger du parfum capiteux des lilas en fleur. Il avait été ce garçon rêveur assis à côté d'une fenêtre de la classe et bercé par la voie ensorcelante de la maîtresse, ce collégien changeant de salle toutes les heures et d'amours tous les quinze jours, ce gardien de but médiocre dans l'équipe minime du canton, cet adolescent fumant sa première cigarette, prenant sa première cuite, embrassant et pelotant sa première conquête, ce quasi-homme éjaculant dans la bouche ou la main d'une fille maladroite. Il n'avait pas été le spectre malheureux qu'il s'était complu à cultiver, à façonner. Si son passé s'habillait des couleurs ternes des existences médiocres, le malheur, le grand malheur, n'avait jamais frappé à sa porte. Découvrir tous les soirs sa mère bourrée et vautrée sur le canapé du salon, les pattes en l'air, la robe de chambre largement ouverte sur un corps à la blancheur et à la maigreur désolantes, ne pouvait pas réjouir le cœur d'un fils, mais certains de ses copains, eux, étaient frappés au sang par leur père ou l'amant de leur mère, d'autres avaient sauté sur une mine oubliée et perdu une jambe ou un bras, d'autres encore avaient chopé une saleté de virus qui leur donnait moins de dix ans d'espérance de vie. S'il avait eu la chance d'être placé devant une véritable épreuve, Bart ne se serait sans doute pas trouvé dans ce foutu tromé avec, dans le corps, une dose de semtex troisième génération à faire trembler tous les murs de Paris. Chance, malchance, les chemins semblaient tracés d'avance, balisés par la fatalité.

Trois minutes. Le compte à rebours s'affolait tandis que la rame s'immobilisait le long du quai de la station Saint-Michel. Bart ne prêta pas attention aux mouvements des voyageurs. Il constata seulement que les voitures se remplissaient, que des hommes et des femmes assis sur les strapontins se levaient pour permettre aux nouveaux venus de s'entasser dans les allées. Les odeurs aigres de transpiration se mêlaient aux parfums agressifs et au lourd remugle du ventre de la cité.

Bart transpirait. Son cœur battait de plus en plus vite, branché sur l'accélération vertigineuse du temps. Un groupe d'Asiatiques, des Chinois sans doute, s'était massé à l'avant de la voiture. Malgré la multiplication des attentats suicides, des voitures piégées et des prises d'otages, les touristes étaient réapparus quelques années après la fin de la guerre. Les bombardements avaient défiguré Paris, mais laissé intacts la plupart des monuments célèbres, Notre-Dame, la tour Eiffel, le Louvre, les Invalides, l'opéra Garnier… Si ceux-là ne descendaient pas à la prochaine station, ils repartiraient pour leur Chine natale dans des sacs étanches plus ou moins volumineux selon l'état de leurs cadavres. Ils parlaient et riaient fort, l'appareil photo ou le caméscope autour du cou, les yeux brillants, les mains agitées ou nouées sur leur ventre replet. Ils regagnaient sans doute leur hôtel après un dîner dans l'un de ces restaurants où l'on associait cuisine française et cuisine asiatique, histoire de ménager les palais orientaux. Ils auraient pu monter dans le métro suivant ou dans le métro précédent, mais non, il avait fallu que ces cons viennent se fourrer dans la voiture où était tapie une BH, une bombe humaine, ils avaient parcouru des milliers de kilomètres entre Pékin et Paris à seule fin d'être réduits en charpie.

Tendu, Bart observa les passagers avec une attention proche du recueillement. Un fil invisible, insécable, l'attachait à ces êtres humains aux visages las, aux regards éteints – déjà éteints –, à la femme noire vêtue d'un boubou traditionnel, à l'homme malingre au teint crayeux qui se passait sans cesse la main sur le front pour déplisser ses rides, au garçon et à la fille qui se tenaient par la main et se scrutaient avec fièvre, aux trois adolescents qui ponctuaient chacune de leurs phrases de ricanements stupides, aux deux nanas qui semblaient parader dans leurs fringues neuves, à moins que ce ne fût dans leurs seins neufs, dans leurs lèvres neuves, dans leurs amours neuves, aux autres, à tous les autres…

C'est alors qu'il croisa son regard. Il ne l'avait pas vue monter dans la rame. Vêtue d'un tee-shirt et d'une courte jupe noire, elle lui souriait. Au milieu de son ventre découvert et lisse brillait une énorme pierre, fausse évidemment, sertie dans son nombril. Ses cheveux noirs et son teint mat trahissaient ses origines nord-africaines ou moyen-orientales, un physique insolite dans une Europe expurgée de ses ressortissants ousamas. À moins encore qu'elle ne fût de Sicile ou de Grèce. D'une beauté stupéfiante en tout cas. Un mètre soixante-cinq ou six de provocation, de sensualité, d'insolence. Un réflexe poussa Bart à jeter un coup d'œil par-dessus son épaule. Elle ne dévisageait personne d'autre que lui. Ses yeux immenses et sombres l'enveloppaient de soie. Les autres ne semblaient pas avoir remarqué sa présence – les trois ados ne la mataient même pas. Bart douta un instant de ses perceptions et se frotta les paupières d'un revers de main. Elle était toujours là lorsqu'il rouvrit les yeux, agrippée à la barre métallique, le sourire vissé sur ses adorables lèvres.

Les lumières brutales de la station Cité s'invitèrent par les vitres. Les touristes chinois ne descendirent pas, ni d'ailleurs les autres passagers de la rame. Aucun d'eux ne saisit la dernière chance qui leur était offerte. Bart sortit son téléphone portable de sa poche et posa l'extrémité du pouce sur la première des trois touches. Dans moins d'une minute, il composerait le code entier et se pulvériserait dans une bulle de chaleur intense. Le parrain avait précisé, avec un petit rire de gorge, que le semtex ne laisserait rien de lui, pas même un fragment d'os, un bout de cheveu ou une rognure d'ongle.

« Comme l'identification de la BH est parfaitement impossible, n'importe quel groupe pourra revendiquer l'attentat en toute légitimité, TON PUTAIN D'ATTENTAT, MEC… »

Le regard de la fille, toujours rivé sur lui, fissura les certitudes de Bart. Déjà la mort lui paraissait moins nécessaire, moins glorieuse, déjà il s'imaginait serrer l'inconnue dans ses bras et se blottir dans son odeur, déjà il se projetait dans un temps qui allait au-delà des quarante dernières secondes de sa vie. Il avait pourtant juré de ne pas fléchir au seuil de la mort, et l'amour, à défaut le désir, faisait partie des valeurs qu'il avait solennellement rejetées.

Il consulta le minuscule écran à cristaux liquides de son téléphone portable. Un cadeau du parrain. Les réseaux cellulaires, rétablis depuis peu, se limitaient aux villes de grande et moyenne importance, mais déjà les opérateurs relevés de leurs cendres promettaient de couvrir les campagnes d'antennes et de paraboles. L'agence spatiale européenne parlait également de réexpédier des fusées et de cribler l'espace de satellites. Bart ne s'était pratiquement pas servi de son téléphone portable. Il vivait en permanence avec les seules personnes qu'il aurait pu appeler, les membres de la cellule 22. Et puis les grandes oreilles des keufs captaient toutes les conversations téléphoniques. Les Européens avaient accepté l'intrusion permanente de la loi et de la police dans leur vie privée au nom de la lutte impitoyable menée contre l'ennemi de l'intérieur et les terroristes de tous poils.

22.59.

Les chiffres fatidiques allaient bientôt s'inscrire sur l'écran. Quelque part dans Paris, un correspondant entendrait la sonnerie et activerait le dispositif de mise à feu. Des coups de tonnerre répétés et puissants roulaient dans la poitrine de Bart. Il vibrait de la tête aux pieds. Les rigoles de sueur jaillissaient à la base de son cou, sillonnaient ses flancs, son bassin, se faufilaient le long de ses cuisses. Elles suivaient le tracé des fils, des circuits imprimés et des pains de semtex insérés sous sa peau. Au sortir de son opération, il avait palpé les légers renflements dessinés par les gaines des fils ou les emballages de silicone, les cratères en voie de cicatrisation. Il n'avait ressenti aucune douleur, seulement des frémissements, des frissons de jouissance presque. Possédé par la mort, la maîtresse qu'il avait désirée de toutes ses forces. L'opération les avait fiancés, le moment était venu de consommer leur union. Il s'était longuement admiré dans un miroir en pied.

Il releva la tête et croisa le regard de la fille brune. Une apparition, une fée. Elle avait le pouvoir de figer le temps. Autour d'elle les passagers lisaient, papotaient, s'égaraient dans les labyrinthes de leurs pensées. La mort les cueillerait par surprise. Sans doute marqueraient-ils un temps d'hésitation avant d'admettre enfin que leurs corps venaient de les plaquer. Bart avait toujours brûlé de savoir ce qui se passait de l'autre côté, si on gardait la conscience de cette minuscule portion d'espace qu'était le corps, si on glissait immédiatement dans l'oubli, si quelqu'un vous conduisait devant un juge suprême à la barbe blanche et au regard sévère… Serait-il, lui, Bart, accueilli par les membres de la cellule 22 qui l'avaient précédé dans l'au-delà ? Serait-il jeté dans les flammes de l'enfer ? Admis dans le paradis ?

Ses vêtements détrempés lui collaient à la peau. Il ne lut aucun trouble, aucun reproche dans les yeux noirs de la fille, et pourtant il comprit qu'elle savait. Peut-être appartenait-elle à un autre de ces mouvements nihilistes qui pullulaient dans les caves et les catacombes de Paris ? Peut-être était-elle bardée de fils et de micropains de semtex ? Peut-être allaient-ils allumer un feu d'artifice commun ?

Le pouce de Bart heurtait en cadence la touche de son téléphone. La fille s'estompait dans son champ de vision, posée sur une frontière d'ombre, à cheval sur deux mondes.

Une messagère de l'au-delà.

23.00

À demi aveuglé par les gouttes de sueur, Bart pressa maladroitement la touche. La rame freina brutalement et le projeta sur son voisin, un homme à la large carrure qui l'excusa d'un geste conciliant. Il se redressa en grommelant et appuya sur la deuxième touche de la combinaison. Autour de lui les faces tourbillonnaient dans les ombres et les lumières. Il ne put s'empêcher de lever les yeux sur la fille. Un courant violent le souleva du plancher et l'emporta vers elle. Il tendit la main vers son visage. Au moment où il croyait la toucher, elle se déroba. Il perdit à nouveau l'équilibre, se rattrapa à la barre verticale. Son téléphone lui échappa des mains, tomba sur le plancher, percuta le bas de la porte. Une femme s'accroupit pour le ramasser et le lui tendre avec une mimique de désolation. Il s'en empara en grognant un remerciement. La rame quitta la pénombre du tunnel et pénétra au ralenti dans la station Halles.

Bart chercha des yeux la fille entre les passagers qui se ruaient déjà vers la sortie. Il attendit que la rame s'arrête, que les portes s'ouvrent, que la voiture se vide de la quasi-totalité de ses occupants. Il crut la distinguer de l'autre côté des vitres. La foule et la pénombre absorbèrent sa silhouette vive et gracile. Il se rua à son tour vers le quai, fendit un groupe d'hommes bruyants et vêtus de costumes stricts, s'engagea dans l'un des deux escaliers qui descendaient vers l'ancien Forum des Halles.

Il abandonna les recherches au bout d'une demi-heure, admettant enfin qu'il ne la retrouverait pas, qu'elle n'avait sans doute existé que dans son imagination. Il croisa le groupe de touristes chinois dans la rue Saint-Denis. Les sex-shops avaient refleuri malgré la vague de puritanisme. Les putes, jeunes et moins jeunes, outrageuses ou discrètes, hantaient à nouveau les portes cochères et les recoins obscurs des rues. Les chrétiens, et particulièrement les évangéliques, de plus en plus nombreux, réclamaient avec véhémence l'interdiction totale et définitive du commerce du sexe. Tôt ou tard ils obtiendraient gain de cause, tôt ou tard les tentations de la chair auraient disparu des cités européennes.

Bart se demanda comment justifier son échec devant le parrain et les autres membres de la cellule 22. Il n'allait tout de même pas leur raconter qu'une apparition, un mirage, une meuf fantôme, lui avait coupé l'envie de mourir. Il prétexterait qu'il avait été bloqué par un contrôle interminable, qu'il n'avait pas pu prendre le métro à temps, qu'il avait préféré remettre à plus tard l'attentat, qu'il n'avait donc pas composé le code : après tout, c'était au principal intéressé, à l'homme de terrain, à la BH, de juger si le moment était propice, et il n'avait pas voulu tirer son feu d'artifice à vide, gaspiller son précieux attirail explosif pour une misérable poignée de morts et de blessés.

Il lui fallait gagner du temps. Comprendre pourquoi cette fille, réelle ou non, s'était dressée sur sa route.

Trouver un chirurgien qui accepterait de le débarrasser de son chapelet de semtex.

Et, pourquoi pas, se remettre à vivre.

3

Ils étaient maintenant trois dans la chambre. Deux hommes, une femme. Reconnaissable à sa taille fine et à sa voix haut perchée, elle se comprimait probablement les seins avec des bandelettes. Elle s'efforçait d'ailleurs d'adopter une attitude virile face à ses deux compagnons, les jambes légèrement écartées, les épaules droites, les bras croisés sur sa poitrine plate, le fusil d'assaut coincé contre sa hanche. Ses chaussures aux semelles épaisses lui montaient presque jusqu'aux genoux. De temps à autre, un geste lui échappait, qui trahissait sa féminité, un gracieux mouvement de tête, l'époussetage d'une poussière sur une manche de sa combinaison noire, un regard de biais adressé à Jemma où se lisait une certaine connivence. Ses yeux ouvraient un ciel si clair, si pur, dans les ténèbres de sa cagoule qu'ils paraissaient irréels.

Ils parlaient entre eux une langue dont Jemma ne comprenait pas un traître mot. L'homme qui était entré en premier dans la chambre avait retiré le canon de son arme d'entre ses cuisses avec une telle précipitation qu'il lui avait éraflé la peau avec la mire. Des bruits de meubles déplacés ou renversés montaient du rez-de-chaussée et des autres pièces du premier. Que pouvaient-ils bien chercher dans sa maison ? Jemma n'avait jamais adhéré au moindre groupuscule politique ou religieux, elle s'était contentée d'appartenir au clan des privilégiés, de loger dans une résidence protégée, de ne pas s'angoisser pour ses fins de mois, de consommer quelques amants médiocres et de couver sa fille. Elle ne recelait aucun document compromettant, pas même un tract, un livre ou un film interdit. À moins que son ex ne lui ait caché une existence antérieure secrète et mouvementée. Peu probable. L'ex n'était pas de ceux qui bravaient le danger pour une conviction. Il s'était débrouillé pour échapper aux dernières années de guerre sur le Front Est. Il s'était seulement autorisé quelques entorses vénielles au devoir conjugal, des adultères étouffés, des bribes de jouissance dérobées jusqu'à ce que la Walkyrie anorexique d'un mètre quatre-vingt-deux lui mette le grappin dessus. Il avait toujours fantasmé sur les grandes femmes maigres, or, quand elle l'avait rencontré, Jemma dépassait à peine le mètre soixante-trois pour cinquante-six kilos.

Quarante-neuf maintenant. Le chagrin avait effacé ses formes, découpé ses côtes et ses hanches, creusé ses salières, ses cernes et ses rides. Peut-être l'œil de l'ex se rallumerait-il de convoitise s'il la contemplait ainsi décharnée, ainsi remodelée par les rayons X ? Comment elle avait pu tomber amoureuse d'un type qui préférait la dureté de l'os à la douceur de la peau ?

Son regard se posa machinalement sur les chiffres fluorescents du radio-réveil de Manon.

23.56.

Le souvenir de sa fille l'étreignit avec une telle violence qu'elle étouffa un gémissement. Les trois membres du commando suspendirent leur conversation et se tournèrent vers elle. Le regard clair de la femme se teintait de compassion tandis que l'agacement et la concupiscence se mêlaient dans les yeux sombres et luisants des deux hommes. Elle resserra de nouveau les pans de son peignoir et, frissonnante, se recroquevilla sur elle-même. La peur, une peur panique, déferla en elle avec la force d'un torrent. Ils allaient la tuer, pas l'ombre d'un doute.

La tuer parce que, même s'ils ne trouvaient rien dans la maison – et ils ne trouveraient rien –, ils ne pouvaient pas se permettre d'abandonner un témoin derrière eux. Avec leurs ordinateurs à visualiser les pensées, les flics pourraient repérer et agrandir un détail qui les mettrait sur la piste. Seuls les morts ne pensaient pas, ne parlaient pas. Elle ressentit de la colère envers les bâtisseurs de la résidence. Ils avaient garanti sécurité et tranquillité aux futurs occupants, et des salopards avaient enlevé Manon sans déclencher la moindre alerte, des fanatiques en combinaison et cagoule noires s'étaient introduits chez elle au nez et à la barbe des vigiles, des chiens et des caméras. Si elle s'en sortait, elle poursuivrait en justice la société Paul & Virginie qui avait présenté ses résidences comme des « îles paradisiaques et inviolables du cœur de la cité ».

Jemma ne pouvait pas mourir, Manon était peut-être encore en vie, elle aurait besoin de sa mère pour reconstruire sa vie. C'était à cet infime espoir qu'elle s'était raccrochée pour s'interdire d'avaler le tube entier d'antidépresseurs. En donnant naissance à sa fille, elle avait ouvert la porte au pire et au meilleur. Le malheur présent était à la mesure de ses joies passées, un gouffre sans fond, une douleur sans nom.

Le silence redescendit peu à peu sur la maison. Un quatrième homme, vêtu également d'une combinaison et d'une cagoule noires, s'introduisit dans la chambre et, après un coup d'œil surpris en direction de Jemma, échangea quelques mots à voix basse avec les trois autres. La femme se retourna et se rapprocha du lit, le fusil d'assaut brandi à hauteur du bassin, pendant que les hommes sortaient dans le couloir. Désignée pour exécuter la sentence. La bouche du canon se promena à quelques centimètres de la tête de Jemma. Elle aurait voulu fermer les yeux, mais ses paupières ne lui obéissaient pas, ni aucune autre partie de son corps, elle ne pouvait s'empêcher de fixer avec épouvante le cercle gris et noir d'où la mort s'apprêtait à surgir. Paralysée, souris fascinée par l'œil d'un reptile.

« Détendez-vous. Nous n'avons pas l'intention de vous tuer. Le Christ a chassé les marchands du Temple, pas leurs clients. »

La femme parlait avec un léger accent alsacien ou lorrain. Ses paroles mirent un peu de temps à se frayer un passage jusqu'au cerveau gelé de Jemma.

« Que… pourquoi…

— … nous nous sommes introduits chez vous en pleine nuit, c'est bien votre question ? »

Jemma acquiesça d'un mouvement de tête. Elle tremblait de tous ses membres. Pas la force de refermer les pans de son peignoir qui, à nouveau, s'entrouvrait sur ses jambes et son ventre.

« À cette question, vous me permettrez de ne pas répondre. Aux flics, vous raconterez ce que vous voudrez. »

La femme se dirigea d'une foulée énergique et souple vers la porte de la chambre, se retourna avant de sortir, effleura d'un revers de main les deux L brillants et entrecroisés sur le devant de sa combinaison.

« Vous pouvez les appeler maintenant si vous le souhaitez. Nous serons déjà loin lorsqu'ils sonneront à votre porte. Que la paix du Seigneur soit avec vous. »

Jemma resta un long moment sur le lit, incapable de bouger, après que la porte principale se fut refermée et que la maison eut recouvré sa tranquillité familière. Incapable également d'ordonner ses pensées, flottant entre veille et sommeil, entre rêve et réalité. Ses muscles noués par la terreur refusaient de se détendre. Comme si elle sortait d'un cours intensif de gym après des mois d'inactivité, ou qu'elle venait de rouler sur un interminable lit de cailloux. Elle se glissa dans les draps, ces draps qu'elle n'avait pas eu le cœur de changer et qui restaient imprégnés de l'odeur de Manon, puis elle tira la couverture sur elle. La dernière phrase prononcée par la femme du commando se détacha de son tumulte intérieur.

Que la paix du Seigneur soit avec vous. Que la paix du Seigneur soit avec… Que la paix du Seigneur… Que la paix…

Elle n'avait pas rêvé. Des meubles avaient bel et bien changé de place, des tiroirs étaient restés ouverts, des papiers et les éclats d'un vase brisé jonchaient le parquet blond du salon. Le commando avait neutralisé, sans les endommager, les quatre serrures électroniques de la porte principale présentées comme inviolables par les conseillers commerciaux de Paul & Virginie.

Jemma se connecta sur le Net, lança une recherche sur la symbolique des deux L, visita plusieurs adresses dédiées à la gloire de l'archange Michel, l'ancien dictateur assassiné dans son bunker de Roumanie, trouva enfin ce qu'elle cherchait, le site des nouveaux fantassins du Christ Roi. Elle découvrit, sur la page d'accueil, les mêmes cagoules et uniformes noirs, les mêmes fusils d'assaut, les mêmes L argentés que ceux de ses visiteurs nocturnes. La légion du Christ Roi exigeait le retour à l'ordre moral et l'expulsion du territoire européen de tous les démons, de tous les déviants, de tous les païens. Elle porterait le fer et le feu dans chaque ville, dans chaque village, dans chaque rue, dans chaque maison abritant les ennemis du Sauveur. Elle se substituerait au gouvernement européen, qu'elle accusait d'incurie et de félonie, jusqu'à ce que ce dernier consente enfin à s'atteler à la tâche, à finir de nettoyer ces écuries d'Augias qu'étaient devenues les terres occidentales, à rendre sa gloire et sa légitimité à la chrétienté. Telle était la condition indispensable à la parousie, au jugement dernier, à l'établissement du paradis sur Terre.

Les diatribes des fantassins du Christ Roi n'étaient guère différentes dans le fond du discours des anciennes relations de Jemma. Elle-même avait plus ou moins adhéré à cette idée de purification du territoire européen. Comme on ne pouvait pas vivre en bonne intelligence avec des religions aussi extrémistes que l'islam, il valait mieux que chacun reste chez soi, à l'intérieur de frontières définies et bien gardées. La guerre contre le Moyen-Orient avait fait des millions de morts de part et d'autre du Front (certains avançaient le chiffre faramineux de cinquante millions), mais elle avait eu le mérite de clarifier les positions, d'enrayer le brassage des cultures et des peuples qui avait failli terrasser le grand corps européen.

Jemma ne se considérait pas comme une diablesse, une déviante ou une païenne. Les fantassins du Christ ne s'étaient certainement pas introduits chez elle parce qu'elle était divorcée – le divorce était sur la sellette au nouveau Parlement de Bruxelles, où les députés avaient déjà limité la contraception et interdit l'avortement, un crime passible de la peine de mort. Ni parce que des amants éphémères avaient échoué dans son lit : les relations sexuelles hors mariage entre adultes consentants n'étaient pas considérées comme un délit, du moins pas encore. Elle ne trouva, sur les trente pages du site, aucune indication qui aurait pu l'éclairer sur les motifs de leur intrusion. Elle explora l'adresse d'un groupe anarchiste qui militait pour le retour aux libertés fondamentales et fustigeait avec une violence inouïe la légion du Christ Roi, « l'un des tentacules de Rome, la grande prostituée, qui étouffent les peuples d'Europe, les apôtres de la violence qui tendent non pas la joue, mais l'arme en joue, le serpent biblique qu'il faut écraser à coups de pierre ou de talon… »

Jemma se redressa et, entre ses paupières mi-closes, contempla l'écran de son ordinateur inséré dans le mur. L'accès au nouvel Internet était l'un des arguments de vente des résidences Paul & Virginie. Condamnés et démantelés sous le règne de l'archange Michel, les ordinateurs et les réseaux avaient amorcé un timide retour en grâce à la fin de la guerre. Leur prix excessif les réservait encore aux élites retranchées dans les résidences surveillées et aux pirates disséminés sur le reste du territoire. Les fournisseurs d'accès ne recevaient leur agrément qu'à la condition de proscrire toute violence, toute pornographie, toute atteinte générale à la religion, à la morale et à la dignité humaine. Des hackers réussissaient de temps à autre à forcer les barrages, tel ce groupuscule anarchiste, mais, en général, ils n'y demeuraient que le temps pour les fournisseurs de poser de nouveaux verrous.

Comme tous les matins depuis quelques semaines, des larmes roulèrent sur les joues de Jemma, lasse, vidée de ses forces. La brutale envie de vivre qui l'avait secouée au milieu de la nuit ne lui revenait pas avec le jour. Elle ne savait pas quoi faire de ce corps qui se flétrissait en accéléré, de ce cerveau vide de projet. Manger, se laver, s'habiller, à quoi bon ? Elle ne s'accordait pas suffisamment d'intérêt pour vivre en tête à tête avec elle-même. Elle éteignit l'ordinateur et se rendit dans la cuisine d'une démarche traînante. Chaque recoin de la maison lui rappelait Manon, ses photos, ses dessins fixés au mur, ses jouets, son manteau, ses chaussures au pied de l'escalier, ses cris et ses rires accrochés au silence. Elle se servit machinalement un café au percolateur, puis, la tasse en main, se dirigea vers la boîte aux lettres encastrée dans le mur à côté de la porte.

Trois lettres portaient le cachet d'associations de familles dont les enfants avaient disparu. Elles contenaient sans doute des formulaires d'adhésion et les promesses d'un soutien juridique et psychologique qui l'aiderait à surmonter son épreuve. Elle les jeta à la poubelle sans même les ouvrir. La quatrième enveloppe, d'une couleur vert pâle caractéristique, émanait de la BioFis. Elle la décacheta, parcourut le texte laconique qui lui signifiait son licenciement définitif sans préavis ni indemnité, conformément à la nouvelle législation européenne du travail. On lui accordait un délai de trois jours pour récupérer ses affaires à son bureau et, avec une ironie probablement involontaire, on lui souhaitait bonne chance pour sa nouvelle vie. Elle se souvint tout à coup qu'elle n'avait pas encore vidé sa vessie. Elle se rendit presque en courant aux toilettes, mais, au lieu de s'asseoir sur la cuvette, elle s'agenouilla et régurgita le peu de solide qui garnissait son estomac. Une série de spasmes violents expulsèrent ses dernières gouttes d'amertume.

Les notes prolongées et harmonieuses du carillon la cueillirent en pleine torpeur. Elle s'était assoupie dans le canapé devant la télévision. Elle avait coupé le son et les images traversaient l'écran en silence comme des éclats de cauchemars. Elle ne s'était pas encore lavée ni habillée. Un goût de fiel dans la gorge, elle se leva avec difficulté et vérifia, dans le miroir du salon, qu'elle ressemblait bel et bien à un épouvantail. Envie de pisser, à nouveau. Elle avait parfois la sensation d'être une vessie sur deux pattes perpétuellement débordante. Elle peinait pourtant à boire ses trois verres en une journée, violant ainsi les dogmes des diététiciennes et autres conseillères en nutrition des revues pseudo-médicales qui ordonnaient d'ingurgiter deux litres d'eau minimum par jour. É-LI-MI-NER était le maître mot de celles et ceux qui, comme l'ex, ne supportaient pas la moindre pellicule de graisse sur les os. Les privations de la guerre ne les avaient pas incités à remettre le rond et le gras à la mode. La maigreur avait plus que jamais la cote et le squelette se portait quasiment par-dessus les vêtements, à l'image d'une société mortifère incapable de nourrir et de protéger ses enfants.

Elle alluma l'écran mouchard. Un homme se tenait sur le perron, quarantaine négligée, cheveux bruns ébouriffés, barbe de trois ou quatre jours, veste et pantalon dépareillés, chemise chiffonnée, chaussures au cuir usé. Impossible de le classer dans une catégorie quelconque, prêcheur itinérant, démarcheur, flic, passant, voisin, voleur, psychopathe…

Elle rapprocha les lèvres du micro serti dans le chambranle.

« C'est à quel sujet ?

— Madame Jemma Hourtin ? »

La voix du visiteur lui parvenait déformée, crachotante, comme s'il lui parlait depuis un lointain espace. Elle avait signalé dix, vingt fois les dysfonctionnements de l'interphone, mais la société chargée de l'entretien de la résidence n'avait honoré aucun des rendez-vous convenus.

« Qu'est-ce que vous voulez ? »

L'homme lança un bref regard derrière lui.

« Vous n'avez pas reçu une visite… disons, particulière cette nuit ?

— En quoi cela vous regarde-t-il ? »

Elle avait craché sa question d'une voix hargneuse. Ce type lui tapait sur les nerfs, tout comme l'envie de pisser, tout comme sa nausée, tout comme le picotement de ses yeux, tout comme l'impression qu'elle portait sur ses épaules toute la souffrance du monde.

« Disons que je m'intéresse à votre affaire.

— Quelle affaire ?

— La disparition de votre fille. »

Elle tressaillit, se contint pour ne pas éteindre l'écran et mettre fin à la conversation.

« Vous êtes l'un de ces charlatans qui se font du fric sur le désespoir des familles ? »

L'homme eut un large sourire qui lui plissa les joues et les yeux, puis tenta de discipliner sa chevelure du plat de la main.

« Je suis journaliste et écrivain. Il serait plus honnête de dire que je ne suis plus qu'écrivain. Et comme je n'ai écrit aucun bouquin pour l'instant, je me dois de reconnaître que je ne suis presque rien. Mes opinions m'ont valu d'être viré de mon journal.

— Quel rapport avec moi ? Avec la disparition de ma fille ? »

L'homme inspecta à nouveau les environs du regard et, d'un geste de la main, invita Jemma à la patience.

« Nous serions mieux à l'intérieur pour en parler.

— Qu'est-ce qui me prouve que je peux avoir confiance en vous ? »

L'homme haussa les épaules.

« Rien. Ma bonne mine. Ou ma mauvaise mine, à vous de choisir. J'ai déjà trop traîné devant votre porte. J'ai pu tromper l'attention des vigiles à l'entrée de la résidence, mais ils ne vont pas tarder à s'apercevoir de ma présence. Et se rendre compte que je ne suis pas un habitué des lieux. »

Jemma crut discerner de la détresse dans les yeux fiévreux de son interlocuteur. Il ressemblait davantage à un homme traqué qu'à un fouille-merde. Il écarta les pans de sa veste et tourna lentement sur lui-même.

« Je ne suis pas armé, comme vous pouvez le constater. »

Bien qu'elle eût déjà pris sa décision, Jemma hésita encore quelques secondes avant de composer le code d'ouverture des quatre serrures électroniques. Elle faisait preuve d'une imprudence folle en accueillant un inconnu chez elle, surtout après la nuit d'épouvante qu'elle venait de passer, mais il apportait peut-être des éléments nouveaux sur la disparition de Manon, et puis, elle se tiendrait près du système d'alarme relié au PC des vigiles, le doigt posé sur le bouton.

« Je vous ouvre. »

4

Anne-Rose

Ainsi l'image dans le miroir, bien que possédant une forme, ne possède pas une véritable existence.

Hamzah Fansûri,
Indonésie XVIe siècle.

Drôle de mec dans le métro, hier soir.

Il s'était mis à transpirer et à trembler, comme terrassé par une crise de paludisme. Anne-Rose avait cru un moment qu'il appartenait à l'une de ces bandes de cinglés qui se faisaient sauter dans les transports en commun ou sur les trottoirs, pressés de crever au nom d'un Dieu qui gardait pour lui ses miracles, d'une patrie qui les méprisait, d'un idéal périmé. Elle avait croisé son regard, un regard halluciné, un regard d'exalté. Elle avait cru qu'elle allait mourir et son sang s'était gelé dans ses veines. Mourir alors qu'elle venait tout juste de se faire refaire seins et visage. Mourir après s'être délestée des trente mille euros empruntés à sa banque. Elle n'avait même pas eu le réflexe de prier, ni de crier.

Elle s'était jugée désirable au sortir de l'opération. Les doigts magiques du chirurgien avaient gommé ses défauts les plus voyants, raccourci son nez un peu long, remonté ses pommettes un peu basses, creusé ses joues un peu rondes, gonflé sa poitrine un peu chiche. Botox, silicone, bistouri, association de bienfaiteurs réunis. La chirurgie plastique connaissait une vogue croissante depuis la fin de la guerre malgré les réticences religieuses et le coût exorbitant des interventions. La quête de la beauté était, selon Fabienne, collègue et amie d'Anne-Rose, une *belle* façon d'entrer en résistance, un refus à la fois élégant et citoyen d'être réduite au ventre docile et fécond voulu par les nouveaux maîtres de l'Europe. Quand ils avaient arraché des millions de fils à leurs mères pour les expédier à la guerre, quand ils avaient vidé leur pays de ses forces vives, les hommes brandissaient la religion, la morale et le devoir civique pour contraindre les femmes à fabriquer des enfants par dizaines. Les entreprises à court de main-d'œuvre continuaient de déménager dans les pays épargnés par le conflit, Chine, Inde, Afrique de l'Ouest, et le gouvernement européen avait décrété l'état d'urgence démographique.

« Ils nous jouent du pipeau, maugréait Fabienne. Moi je dis qu'ils ont déclaré cette fichue guerre pour mieux nous imposer leur saloperie de libéralisme. Le dernier bastion de la législation du travail, l'Europe, vient de tomber. Ils veulent des gosses pour les défendre au cas où les autres timbrés, les ousamas, auraient encore l'idée de nous foutre sur la gueule. Il leur faut seulement des utérus, des gardes du corps et des esclaves. S'ils avaient trouvé le moyen de fabriquer des clones, il y a bien longtemps qu'ils se seraient débarrassés de nous. »

Anne-Rose ne partageait pas toutes les idées de Fabienne, la parano, l'éternelle râleuse, mais, de temps à autre, elle appréciait sa compagnie et sa gouaille. Les deux femmes affichaient leur célibat comme un étendard tout en voyant avec inquiétude se rapprocher les rives hostiles de la trentaine. Elles cherchaient sans l'avouer l'homme de leur vie, le grand amour, et les princes charmants ne couraient pas les rues. Il manquait toujours quelque chose aux rares combattants revenus du Front, un bras, une jambe, des dents, quelques cases. Les autres étaient mariés, ou trop vieux, ou trop moches, ou présentaient une tare incompatible avec une vie conjugale ordinaire. Ou encore, ayant échappé par piston à la grande boucherie, ils évoluaient dans des mondes parallèles, dans des olympes inaccessibles aux pauvres mortelles, ils épousaient les déesses qui daignaient de temps à autre paraître, hiératiques, touchées par la baguette de la fée esthétique, à la télévision ou dans les pages des magazines.

Les années tombaient comme des feuilles mortes, et Anne-Rose craignait désormais de rester jusqu'à la fin au bord de la route. Dans le fossé. Vieille fille, fruit blet. Elle avait couché avec plusieurs hommes, dont deux étaient ligotés par les liens du mariage, mais elle n'avait connu le grand frisson avec aucun d'entre eux, ni même un début de frémissement. Elle s'était contentée de collectionner les déceptions comme un jour on accumule, sans savoir pourquoi, les objets idiots, inutiles ou hideux. Elle s'était pliée à leurs désirs avec bonne volonté et, pour la remercier, ils s'étaient secoués en elle avec une frénésie animale. Une fois leur minuscule affaire faite, ils lui avaient flatté la croupe d'une main distraite, fiers d'eux et de leur queue, contents de la vie en général, ils s'étaient hâtés de se rhabiller et de réintégrer le domicile conjugal. La guerre avait opéré une sélection des espèces à rebours : les meilleurs avaient péri sur le Front, il ne restait plus que les médiocres, les planqués et les crétins.

Fabienne prétendait en ricanant qu'Anne-Rose et elle étaient les dernières femmes libres, manière indirecte de reconnaître que leurs cœurs restaient désespérément à prendre. Vendeuses dans un grand magasin qui incarnait un chic français délicieusement suranné, l'une au rayon parfumerie, l'autre au rayon sous-vêtements, elles avaient perdu en deux ans plus de trente pour cent de leur salaire. La direction estimait que les temps étaient venus de la récession, que les employées devaient serrer les coudes et les cordons de la bourse afin d'aider l'entreprise à sortir de la crise, et qu'au moins DIX MILLE candidates, dehors, seraient bien contentes de prendre la place des mécontentes. Aux longues années de privations succédait le temps des restrictions.

« Avec l'augmentation des loyers, de l'électricité et du gaz, c'est pas trente, mais plus de cinquante pour cent de notre niveau de vie qui a foutu le camp, grondait Fabienne. Encore deux ans comme ça, et on devra payer pour bosser ! »

Elles n'étaient pas nombreuses, celles qui, comme Fabienne et Anne-Rose, osaient cracher leur mécontentement. Les autres vendeuses gardaient le silence et continuaient de servir la clientèle avec des sourires mielleux, les mâchoires et les fesses crispées, la colère enfouie profondément dans le ventre. On ne pouvait leur en vouloir : mères de famille pour la plupart, elles craignaient en perdant leur emploi d'acculer leur progéniture à la misère, à la famine. L'exode massif des entreprises avait jeté des millions de gens dans les rues. Pour rentrer chez elle, un minuscule studio dans le 20e arrondissement, Anne-Rose enjambait des corps allongés à même le trottoir, enfouis dans des journaux, des bouts de cartons ou, pour les plus chanceux, des pans de couvertures. La guerre avait précipité le déclin de l'Europe, amorcé par les premières vagues de délocalisations et les intrigues des blocs rivaux, américain, russe, asiatique, moyen-oriental. Les connaissances et la technologie européennes avaient été pillées comme autrefois l'or des Incas, les côtes africaines ou les plaines amérindiennes : on avait exploité l'interminable conflit avec le Moyen-Orient pour les transférer dans des régions un peu moins rigides sur les principes humanistes.

Quand elle avait le moral en berne, il suffisait à Anne-Rose de se coller à la fenêtre de son appartement et de contempler les hordes errantes des sans-abri pour se sentir privilégiée et cesser de se plaindre. Elle pouvait également allumer sa petite télévision et, tout en grignotant du bout des dents une nourriture insipide, voguer sur les malheurs du monde avec une compassion quasi extatique. Elle restait au sec au milieu de la boue humaine, elle dormait dans un studio confortable, elle disposait d'eau chaude, d'un réfrigérateur, d'un four, de vêtements de rechange, elle mangeait à sa faim – trop même, ces satanés kilos, tels des oiseaux migrateurs, revenaient se poser sur ses hanches, ses fesses et ses cuisses dès qu'elle étalait du beurre sur ses biscottes ou qu'elle déjeunait avec Fabienne dans une pizzeria. Elle se restreignait pour garder sa taille de guêpe tandis qu'en bas de son immeuble, des hommes, des femmes et des enfants se seraient entretués pour des miettes. Elle pensait parfois qu'elles avaient tort, Fabienne et elle, de manifester leur mauvaise humeur face aux diminutions de salaire et autres désagréments quotidiens. La vie n'aime pas les ingrates, avait coutume de dire sa grand-mère, décédée deux ans plus tôt après une interminable agonie. Alors, prise de remords, elle tentait de raisonner son amie, de lui montrer le bon côté des choses, mais Fabienne n'était pas de celles qui renoncent facilement à leurs vitupérations, d'autant qu'Anne-Rose la soupçonnait de chercher des auteurs à toutes ses misères, à toutes ses frustrations. Psychologie à deux balles, aurait rétorqué l'intéressée. La vie n'a rien à voir avec ce que tu lis dans les magazines, ma vieille. Ce sont des marchands de bonheur en toc, des trafiquants d'opium. De quelle femme, de quelle liberté parlent-ils ? Ils nous fourguent des splendeurs pétrifiées dans leurs fringues et leurs intérieurs de rêve, des poupées dorées dans leurs écrins de luxe, des modèles glacés de réussite et d'indépendance, mais sur nous ils n'ont rien à dire, parce que les lectrices nous ressemblent trop, qu'aucun publicitaire n'aurait l'idée de nous identifier aux fabricants de parfums, de rouges à lèvres ou de sacs à main. Nous n'avons AUCUNE VALEUR MARCHANDE, ma vieille, on ne met pas de serviettes dans les torchons.

« Pourquoi claquer des milliers d'euros dans la chirurgie esthétique alors, pourquoi essayer de leur ressembler ? » objectait Anne-Rose.

À cette question Fabienne ne répondait pas tout de suite, comme si la contradiction ne l'avait pas encore frappée. Elle bredouillait deux ou trois arguments plus ou moins véhéments, y a pas de raison de laisser la beauté aux pouffiasses cloîtrées dans leurs tours d'ivoire, c'est une façon de baiser les pouvoirs religieux et politique, de prendre sa vie en main, de faire la révolution, quoi, mais ses récriminations ressemblaient à du dépit amoureux : elle supportait mal d'être exclue du bonheur étalé dans les pages des journaux ou sur les écrans de télévision, elle brûlait d'être un jour intronisée dans l'un de ces paradis terrestres où les misères quotidiennes étaient priées de rester à la porte.

Depuis qu'elle était passée entre les mains du chirurgien – pendant l'une de ses deux semaines de vacances –, certaines de ses collègues regardaient Anne-Rose avec des lueurs d'envie dans les yeux. Elles rêvaient toutes d'être métamorphosées d'un coup de baguette magique, mais, coincées par d'autres priorités, le loyer ou le crédit de leur logement, la scolarité et la santé de leurs enfants, la nécessité de se constituer une retraite à peu près décente, elles n'avaient pas d'autre choix que de se regarder vieillir et de tolérer leur reflet désespérant dans les miroirs et les vitres.

« T'es convoquée à la direction du personnel. »

Thérèse, une ancienne plus ou moins considérée comme porte-parole des salariées et qui s'efforçait de planquer ses soixante-six ans sous un maquillage outrancier, avait accueilli Anne-Rose dans le vestiaire avec une mine mi-désolée mi-narquoise qui ne présageait rien de bon. Au temps de chien qui s'était levé avec l'aube sur la ville, répondait une humeur générale de merde, embouteillages monstres, automobilistes grossiers, trottoirs sales, piétons pressés et mal embouchés, l'un de ces jours maussades où la catastrophe finale semble guetter à chaque coin de rue, à chaque pas, à chaque instant.

La direction du personnel, un grand mot pour désigner l'homme chargé d'appliquer les décisions du conseil d'administration. Anne-Rose n'était entrée dans son bureau qu'à trois reprises, lors des deux premiers entretiens d'embauche et pour régler un problème administratif anodin. Elle avait éprouvé une aversion immédiate pour cet homme austère dont les yeux sombres, derrière les lunettes, piquaient ses vis-à-vis avec une férocité de corbeau. Elle s'était sentie fouillée, déshabillée, dépecée, et elle avait dû se contenir pour ne pas tourner les talons avant qu'il ne l'en eût priée.

Son bureau, situé au dernier étage du bâtiment, empestait le tabac, la paperasse humide et le vice rentré. Son assistante, une vieille fille à l'haleine redoutable, occupait une antichambre dépourvue de fenêtres et plongée dans une pénombre perpétuelle. Surnommée la gorgone ou la méduse, elle filtrait les visiteurs avec une férocité qui garantissait une certaine tranquillité à son supérieur. Rares étaient les téméraires qui osaient s'aventurer dans son antre. Elle n'aimait rien tant que prolonger les conversations, le visage perché à moins de vingt centimètres de celui de ses interlocutrices.

Penchée sur un dossier volumineux, la gorgone ne manifesta aucun intérêt pour Anne-Rose. À peine précisa-t-elle, sans relever la tête ni desserrer les dents, que M. Villestreux allait bientôt la recevoir et la pria-t-elle de s'asseoir. La visiteuse se posa du bout des fesses sur le bord d'une chaise grise de poussière. Les vendeuses prétendaient que l'attitude de la gorgone augurait des promotions et des disgrâces, et, à en juger par son indifférence, Anne-Rose présuma que des nouvelles désagréables l'attendaient de l'autre côté de la porte. Elle s'efforça de retrouver, dans ses souvenirs, un fait, une parole ou un geste assimilable à une faute professionnelle. Le roulement sourd et continu de la pluie sur les toits lui tapait sur les nerfs. Sa vie allait peut-être basculer et elle en ignorait les causes. Une vendeuse l'avait-elle dénoncée à la direction pour ses propos séditieux ou ses relations amicales avec Fabienne la rebelle ?

La porte du bureau de M. Villestreux s'ouvrit, un bras vêtu d'un tissu à rayures se glissa dans l'entrebâillement et lui fit signe d'entrer. Elle se leva, tira sur sa jupe qu'elle regrettait amèrement d'avoir choisie courte, chassa un début de panique d'une profonde inspiration, réprima une grimace lorsqu'elle passa dans la seconde pièce. L'odeur de tabac et de moisissures lui souleva le cœur. L'humidité maculait le plafond, le haut des murs, et gondolait la toile de verre peinte datant probablement de la fin du siècle dernier. La lumière crue d'un vieil halogène curieusement orienté vers le bas découpait un cercle de clarté sur le parquet vermoulu et un coin du tapis. Le jour sale ne parvenait pas à traverser les vitres embuées des deux fenêtres donnant sur les toits.

Villestreux s'installa à son bureau, invita Anne-Rose à s'asseoir sur la chaise d'en face, alluma une cigarette dont l'odeur répugnante se diffusa dans l'air moite, observa avec attention la jeune femme entre les volutes de fumée. Elle serra les genoux et ramena ses jambes sous la chaise.

« Vous n'êtes pas sans savoir que nous vivons des heures difficiles, mademoiselle », lâcha enfin la direction du personnel en soufflant par le nez et la bouche trois longues écharpes grisâtres.

Il marqua un temps de silence pour laisser à ses augustes paroles le temps de se frayer un chemin jusqu'au cerveau de la visiteuse, supposé inférieur puisqu'elle occupait un rang subalterne. Son nez crochu pendait comme un bec au milieu de sa face en lame de couteau. Il maintenait ses cheveux plaqués en arrière sur le sommet de son crâne avec une substance huileuse qui leur donnait un aspect luisant et gras. Son costume, sa chemise et sa cravate paraissaient aussi usés, aussi parcheminés que sa peau. Sa radinerie légendaire lui avait valu le sobriquet de rat d'égout – Harpagon pour les plus cultivées. Son repaire lui ressemblait, couleurs ternes, armoires et bureau en fer, piles de dossiers ficelés.

« La direction m'a demandé d'opérer de nouvelles coupes. Il nous faut encore réduire nos coûts de fonctionnement si nous voulons un jour sortir de la zone rouge. Ou bien nous serons tous au chômage dans moins de deux ans, vous me comprenez ? »

Il ponctua sa déclaration d'un long soupir enfumé.

« Je n'ai pas fait la guerre, et je le regrette, croyez-moi. À cause de mes yeux. Un mauvais voyant fait un piètre tireur, n'est-ce pas ? »

La plupart des réformés se croyaient ainsi obligés de regretter l'infirmité, l'insuffisance ou la malchance qui leur avaient interdit de périr sur le Front Est. On avait expédié des handicapés physiques et mentaux les dernières années de guerre, et ce n'était sûrement pas à cause de sa vue basse que Villestreux avait échappé à la grande boucherie. Les véritables braves étant restés dans la boue des tranchées, les héros imaginaires avaient proliféré dans les égouts de la vieille Europe.

« Ça ne m'empêche pas de défendre à ma façon les intérêts de mon pays, vous me comprenez ? Les guerres sont généralement suivies de périodes d'abondance : il faut reconstruire les villes, nourrir la population, rééquiper les foyers. La fin de celle-ci ne nous a pas apporté, hélas, la prospérité que nous étions en droit d'espérer. »

Anne-Rose remua sur sa chaise pour décontracter ses jambes et dissiper sa colère naissante. Qu'il la crache, sa sentence ! Pourquoi se croyait-il obligé de l'emberlificoter dans ses discours gluants ? Ses pensées s'affolaient, la projetaient dans un avenir flippant. Elle n'aurait plus les moyens de payer son loyer, elle serait expulsée, elle aurait le choix entre grossir la multitude des miséreux et retourner dans sa province natale où plus personne ne l'attendait. Ses parents étaient tous les deux décédés dans l'explosion d'un train dans la région de Toulouse, et sa grand-mère paternelle, la courageuse petite bonne femme qui l'avait recueillie à l'âge de trois ans et élevée jusqu'à sa majorité, avait succombé à sa maladie, une forme nouvelle et très douloureuse de cancer. Anne-Rose avait hérité d'une vieille bicoque qu'elle n'avait pas les moyens de remettre en état et d'une friche couverte de pommiers et de pruniers aux branches tombantes et enchevêtrées. La dernière fois qu'elle y avait mis les pieds, quelques jours après l'enterrement de sa grand-mère, une partie de la toiture s'était effondrée et l'eau était tombée en cataracte dans la cuisine et la salle à manger. Cauchemardesque.

« La direction m'a donc demandé d'établir une liste de noms... »

Nous y voilà.

« ... devons nous séparer d'une vingtaine de vendeuses. Bien entendu, cet... éclaircissement donnera un peu de travail supplémentaire aux autres, mais, encore une fois, le même effort est demandé à tout le monde, de l'encadrement au personnel de maintenance. »

Il tirait maintenant sur sa cigarette avec nervosité. Seuls ses yeux se détachaient du nuage grisâtre, scintillant, qui l'auréolait. L'angoisse tordait les tripes d'Anne-Rose, au bord de la nausée.

« J'ai donc des choix à faire, mademoiselle, vous me comprenez ? Les vendeuses les plus anciennes que j'ai consultées m'ont parlé de vous en des termes, disons, peu élogieux... »

Évidemment, ces vieilles pies sautaient sur toutes les occasions de se venger de la jeunesse, de l'insolence, de la beauté, même rafistolée. La direction du personnel écrasa sa cigarette dans le cendrier débordant, posa les mains à plat sur le bureau, se pencha en avant et resta un moment dans la position du plongeur, la tête rentrée dans les épaules, le dos voûté, les yeux exorbités sous le verre légèrement teinté des lunettes. Des effluves d'eau de Cologne bas de gamme – celle-là même que Fabienne vendait au rayon parfumerie – agressèrent les narines d'Anne-Rose.

« Si je les écoutais, je vous placerais en deuxième position sur la liste, juste après votre amie Fabienne Broussard, un très mauvais élément. »

Villestreux marqua un temps de pause, bascula encore vers l'avant comme s'il voulait bondir par-dessus son bureau, manqua de tomber, se rattrapa d'un brusque mouvement en arrière, rajusta ses lunettes en équilibre précaire sur le bout de son nez.

« À moins que… »

À moins que…

Une lueur lubrique s'est allumée dans l'œil de la direction du personnel, un sourire hideux s'est accroché à ses lèvres sèches et jaunies par la nicotine. Cinglée par l'audace de son vis-à-vis, submergée de dégoût, Anne-Rose manque de se lever et de foncer vers la porte, mais quelque chose la retient sur sa chaise, de drôles de pensées glissent au travers des mailles de son indignation, après tout il n'est pas si moche, avec lui au moins tu garderas ton emploi et ton studio, tu ne coucheras pas sur le trottoir ou dans la ruine léguée par la grand-mère, c'est juste un mauvais moment à passer, et puis tu demanderas, non, tu exigeras qu'il raye Fabienne de sa liste, il t'obéira comme un brave toutou, la vie continuera comme avant, et puis, quand tu auras trouvé l'homme que tu attends, que tu mérites, tu enverras paître ce salaud, car c'est un salaud, un planqué, un pauvre type, il profite de la situation pour coucher avec des femmes qui, en temps ordinaire, n'auraient jamais baissé les yeux sur lui…

Elle lui renvoie son sourire. Il contourne son bureau et s'approche d'elle, allure de charognard. Il s'est engagé depuis longtemps dans la légion sournoise de ceux qui se repaissent de la détresse des autres. Elle croit un instant qu'il va se débraguetter et lui présenter son engin comme on dégaine un flingue, mais en lui gisent de vieux restes de romantisme, il se penche sur elle pour l'embrasser. Elle reçoit son haleine de plein fouet. Surmonte sa répulsion. Entrouvre les lèvres. Accepte sa langue râpeuse et fouineuse dans sa bouche. Laisse les mains de la direction du personnel s'égarer sur ses seins flambant neufs. Puis, tandis qu'il s'embrase en se frottant contre elle, elle serre brusquement les dents. De toutes ses forces. Goût de sang dans la gorge. Chasse l'atroce saveur de tabac froid et de lavabo bouché. Il se débat. Lui grêle les épaules et le crâne de coups de poing. Elle ne lâche pas. Ses dents continuent de s'enfoncer dans la chair molle. Il tente de lui échapper en s'arc-boutant sur ses jambes, en tendant les bras, en se reculant d'un pas. Mauvais réflexe. La langue cède. Le menton barbouillé de sang, il s'effondre contre le bureau. Veut hurler. Ne parvient qu'à expulser un gargouillement lugubre et quelques bulles écarlates.

En sueur, elle recrache le bout de langue resté dans sa bouche. Dire qu'elle a envisagé un instant de céder à ses avances. Très calme désormais, elle sort un mouchoir de son sac et essuie les rigoles tièdes qui dégoulinent des commissures de ses lèvres. Elle a perdu son emploi, il a sacrifié un petit bout de lui-même. Un job contre un morceau de langue, pas cher payé. Pas assez sans doute. Elle s'en fout. Recroquevillé contre un pied du bureau, il pousse des gémissements sourds en semant des fleurs pourpres sur le tapis. Il a eu de la chance dans son malheur : il aurait pu sauter les préliminaires, lui fourrer directement sa bite dans la bouche. Avec quelle joie elle la lui aurait tranchée !

Anne-Rose remet de l'ordre dans ses vêtements et sort du bureau, guillerette. La gorgone lève la tête et la regarde passer, lorgnons de guingois sur son nez court et rond. Dans ses yeux délavés, le mépris le dispute à la cruauté. Avant de s'engager dans le couloir, Anne-Rose se retourne, lance son plus beau sourire de vampire à l'assistante de la direction du personnel.

Elle ne dira pas au revoir à ses consœurs, elle n'essaiera pas de revoir Fabienne la rebelle, plus envie, elle ne touchera pas son dernier salaire, elle ne pourra jamais rembourser son crédit à la banque.

Quelle importance ?

Elle a laissé son ancienne peau dans le bureau de Villestreux.

Elle récupère ses affaires dans son casier avant de filer dans la rue par la sortie du personnel. La pluie continue de tomber, mais elle ne cherche pas à s'abriter sous les porches ni à ouvrir son parapluie. Elle se rend au square voisin, retire sa veste et, vêtue de son chemisier léger et de sa jupe courte, elle s'abandonne à l'eau saisissante du ciel.

5

Parlons maintenant de Paris, l'ancienne capitale de la France qui fut jadis la capitale du monde. Si les bombardements ont relativement épargné son cœur historique, un grand nombre d'arrondissements ont terriblement souffert des pluies de bombes larguées par l'aviation ousama. Les quartiers de l'Est ont particulièrement été touchés. Dans les 19e, 20e, 11e, 12e, 13e et 18e arrondissements, plus d'un immeuble sur deux s'est effondré. Des paysages lugubres, navrants, défigurent ainsi la Ville Lumière et provoquent des frissons de tristesse, quand ils ne sont pas de dégoût ou de colère, chez le passant franchissant les passerelles provisoires jetées au-dessus de la Seine. Partout ce ne sont qu'amas de gravats et monceaux de ferraille en attente d'enlèvement. Des centaines de sans-abri ont élu domicile dans ces champs de ruines. Venir en aide aux malheureux relève, bien entendu, de la charité chrétienne la plus élémentaire, cette charité qui reste l'apanage et l'honneur des nations occidentales, mais encore faudrait-il pouvoir les atteindre, enterrés qu'ils sont comme des rats dans les caves et les égouts.

Jules-Jean Jacquin,
La Nouvelle Europe Libre.

L'index de Jemma s'éloigna de la sonnette d'alarme. Le visiteur n'avait rien d'un rôdeur ni d'un journaliste en quête de détresse humaine. Il s'était laissé choir dans le fauteuil en cuir du salon avec un soupir de satisfaction, un chuintement de pneu crevé. Il ne manquait pas de charme malgré son aspect négligé. Difficile de se prononcer sur la couleur de ses yeux. Tantôt bleus, tantôt gris, tantôt verts, ils brillaient en tout cas d'une énergie fiévreuse. Il parlait d'une voix douce, apaisante, le menton posé sur ses mains entrecroisées.

Méfiante les premières minutes, Jemma commençait à se détendre. Il s'était présenté en trois ou quatre phrases avec un rien de dérision qui avait arraché un demi-sourire à son hôtesse : Luc Flamand, journaliste de son état, spécialiste des affaires policières pour un grand quotidien régional et une vague chaîne du câble regardée par environ 0,002 % des populations française et belge, divorcé, sans enfant, sans avenir, sans téléphone mobile, sans domicile fixe.

Jemma songea qu'il était peut-être affamé et qu'elle ne lui avait rien offert à boire ni à manger. Il accepta avec plaisir le café qu'elle lui proposa, ainsi que les œufs, le pain grillé, le beurre et la confiture. Il l'accompagna dans la cuisine, retira sa veste, s'assit sur l'un des hauts tabourets du bar, dévora une baguette entière en vidant d'une traite trois bols de café.

« À quand remonte votre dernier repas ? »

Il s'essuya les lèvres avec une serviette en papier.

« Deux jours. Excusez-moi : j'ai fini votre pain.

— Sans importance. Je ne mange pratiquement plus depuis… depuis… »

Elle repoussa comme elle le put une nouvelle crise de larmes. Le souffle coupé, la bouche ouverte, elle se détourna pour resserrer les pans et la ceinture de son peignoir. Elle eut honte d'elle-même soudain, honte de son débraillé, honte de la chose informe et insignifiante qu'elle était devenue. Elle se sentait, dans cette cuisine aux murs jaune soleil, aussi incongrue, aussi étrangère que le visiteur. Elle était passée par effraction dans un autre monde, un monde où la réalité n'avait plus de prise, où les cadres familiers se changeaient en décors hostiles.

« La disparition de votre fille ? »

Elle acquiesça d'un hochement de tête.

« Combien de temps maintenant ?

— Cinq, non, presque six semaines. Une quarantaine de jours. »

Plus d'un mois, déjà. Le temps filait à une vitesse effarante, emportant ses derniers espoirs de revoir sa fille. Manon aurait eu dix ans le 12 décembre prochain. Elle n'était plus déjà qu'une parenthèse de bonheur refermée. Revenue à l'état d'embryon, de promesse. Curieusement, les souvenirs les plus précis de Jemma remontaient aux jours d'après l'accouchement, quand elle ne se lassait pas de contempler l'adorable bouille chiffonnée reposant sur son bras replié. L'amour l'avait débordée lorsqu'elle avait découvert la crevette de deux kilos et deux cent trente grammes issue d'elle, cette chair arrachée de sa chair. Elle avait rechigné à la confier aux bras de l'ex, le père, béat et fier sans doute, mais incapable de ressentir la puissance du lien secret entre la mère et l'enfant.

« Que vous ont dit les flics ?

— La même chose qu'aux autres parents : ils n'ont aucune chance de la retrouver, ils souhaitent, pour elle et pour moi, qu'elle soit morte.

— Je reconnais bien là la subtilité psychologique des keufs. Les parents en deuil ont autre chose à foutre qu'à réclamer un minimum d'efficacité aux forces de l'ordre. » Luc Flamand se resservit du café et en but une gorgée avant de poursuivre : « Ils oublient que la braise couve sous les cendres. Le mécontentement grandit, l'incendie pourrait bien éclater et cramer les derniers vestiges de la vieille puissance européenne. Les gens font maintenant davantage confiance aux milices parallèles qu'à Europol. D'ailleurs, la police elle-même se privatise. Les factions chrétiennes, évangéliques et catholiques intégristes principalement, se battent comme des chiffonniers pour contrôler le pouvoir et recrutent sans cesse de nouveaux soldats. »

Jemma entrevit son reflet dans le miroir inséré entre deux éléments de cuisine. L'envie la traversa soudain de se laver, de se changer, de renvoyer une image un peu moins pitoyable.

« Je ne comprends toujours pas ce que vous êtes venu faire chez moi. Pourquoi vous intéressez-vous à la disparition de ma fille ? »

Le visiteur descendit du tabouret et se livra à une série d'étirements qui firent craquer ses os. Sa chemise constellée de taches n'avait pas visité le tambour d'une machine à laver depuis très longtemps. Un petit bourrelet se gonflait au niveau de son ventre lorsqu'il se penchait vers l'avant.

« Ça fait maintenant deux ans que mon journal m'a chargé d'enquêter sur les disparitions d'enfants. Au début je me contentais des renseignements fourgués par les flics aux médias. De la version officielle, quoi : les réseaux mafieux fournissent en chair fraîche les zones franches du sexe, en Asie, en Amérique ou en Europe de l'Est. »

Jemma se mordit la lèvre inférieure jusqu'au sang pour s'interdire de fondre en larmes. Elle ne pouvait empêcher ses pensées de cavaler, elle voyait Manon exhibée dans une chambre sordide, souillée par des pervers venus du monde entier, fouettée jusqu'au sang, abrutie par les drogues. Depuis la quasi-disparition de l'ONU, la dissolution des tribunaux internationaux et la fin des embargos économiques, certains pays en quête de devises étrangères s'étaient transformés en paradis de la drogue et du sexe, un essor favorisé par la montée des intégrismes religieux et le retour des valeurs morales. L'un de ses collègues avait avoué à Jemma être allé avec son épouse dans l'un de ces parcs touristiques où chacun pouvait assouvir tous ses fantasmes, je dis bien TOUS. Elle n'y avait prêté qu'une attention distraite sur le moment. Tant qu'elle ne s'était pas sentie concernée, tant qu'elle n'avait pas été frappée dans sa chair, elle n'avait vu aucune raison d'intervenir dans la libido, même dépravée, même criminelle, de ses contemporains.

« Les flics restent accrochés à leur thèse de départ, mais elle ne tient pas la route : les disparitions massives concernent les cinq continents. Or, même si le SIDA et les autres MST entraînent une mortalité importante dans les zones franches du sexe, les mafias seraient dans l'impossibilité d'écouler une telle quantité d'enfants. Ce n'est ni dans leur intérêt ni dans leurs moyens. La demande doit toujours rester proportionnée à l'offre, ou les cours s'effondrent et…

— Vous parlez d'enfants, merde, pas de produits ni de marché ! »

Les mots avaient jailli de la bouche de Jemma comme des pierres aux arêtes tranchantes. Luc Flamand revint se percher sur le tabouret avec une mimique fugace de contrition, la main droite posée sur le cœur.

« Je ne voulais pas remuer le couteau dans la plaie, je cherchais seulement à vous montrer l'absurdité de la thèse officielle. Les réseaux mafieux n'investissent que dans des trafics à forte rentabilité. Actuellement ils donnent plutôt dans la vente d'armes. La demande est énorme avec la désagrégation totale des armées et des forces de l'ordre. Et puis la guerre entre l'Europe et le Moyen-Orient a vidé la plupart des arsenaux et des stocks. Un peu partout les nationalismes et les régionalismes se réveillent, les frontières se déplacent, les appétits s'aiguisent, les pouvoirs se recomposent. Avec la prolifération des milices, des groupes paramilitaires, des légions plus ou moins religieuses, les mafias ont d'autres chats à fouetter que les rapts d'enfants ou les prises d'otages. »

Les paroles du visiteur, comme un baume, apaisaient les blessures profondes de Jemma. Elles ne ravivaient pas vraiment l'espoir, mais elles avaient le mérite d'éloigner le spectre de Manon livrée aux touristes du sexe.

« Qui, alors ?

— Une question à laquelle je ne peux malheureusement pas donner de réponse précise. Je n'en suis qu'au stade des hypothèses et je n'ai pas les moyens de les vérifier.

— Quelles hypothèses ? »

Le regard de Luc Flamand s'arrêta quelques secondes sur la photo de Manon dans le cadre posé sur une étagère.

« Sur la multitude de pistes, j'en privilégie deux : la piste religieuse et cette histoire de l'armée des enfants.

— L'armée des enfants ? »

Jemma avait vu des reportages et lu des articles consacrés aux gosses jetés dans les guerres, parfois âgés de moins de dix ans, mais jamais elle n'avait entendu parler d'armées entièrement constituées d'enfants.

« La plupart des officiels et des médias européens la considèrent comme une simple rumeur, comme une légende née dans les ruines des régions dévastées par la guerre, les frontières orientales de l'Europe, la Turquie, la Jordanie, le Liban, la Syrie, l'Irak. Des orphelins qui, livrés à eux-mêmes à la fin du conflit, auraient refusé l'autorité des adultes et fondé une organisation de type militaire.

— Pas crédible ! Entre eux, les gosses sont incapables de s'organiser. Et puis ils grandissent, ils deviennent à leur tour adultes. »

Flamand coupa en deux le dernier quignon de pain, en mit un morceau dans sa bouche et, les yeux baissés sur le tablier noir et lisse du bar, le mâcha d'un air pensif. Ses yeux s'égaraient, papillotaient, comme s'il peinait à garder sa concentration.

« La légende dit qu'ils doivent quitter l'organisation à l'âge de vingt ans. Certains se suicideraient, les autres reprendraient une vie normale en jurant solennellement de protéger les enfants, les leurs, mais aussi les orphelins, les gosses abandonnés, vendus, transformés en esclaves.

— Si cette armée existait vraiment, elle laisserait des traces, objecta Jemma. Les médias en auraient parlé. Et sûrement quelques sites sur le Net.

— N'oubliez pas qu'il s'agit de pays en ruine. Des zones de non-droit plus ou moins contrôlées par des chefs de guerre. Plus aucun journaliste n'y met les pieds. Les rares voyageurs qui s'y sont aventurés n'en sont jamais revenus. Ce sont des trous noirs. On y entre, on n'en sort jamais.

— Ils… » Jemma se rafraîchit la gorge avec un fond de verre d'eau. « Ils enlèveraient les enfants pour en faire des soldats ?

— Pas directement. Ils auraient des réseaux un peu partout dans le monde. Des correspondants qui recruteraient à la sortie des écoles, dans les clubs de sport, dans les camps de vacances. Ça cadre assez bien avec l'aspect mystérieux des enlèvements : les flics ne constatent aucune violence, aucune effraction. Comme si les gosses orchestraient eux-mêmes leur propre disparition.

— Impossible ! » Jemma se retint de justesse d'envoyer la bouteille d'eau au visage de son interlocuteur. « Je connais ma fille ! Jamais elle n'aurait quitté la maison de son propre gré. Surtout en pleine nuit. »

Luc Flamand écarta les mèches folles tombant sur son front et se recula pour la fixer avec une attention d'entomologiste.

« Et pourtant vous n'avez pas constaté d'effraction, vous n'avez rien vu, rien entendu.

— Manon n'avait aucune raison de partir ! insista Jemma, incendiée par le regard du journaliste.

— Les parents disent tous la même chose. Ils sont persuadés d'avoir fait le maximum pour leurs enfants.

— Qu'est-ce que vous en savez ? Vous n'en avez pas eu ! »

Une rage terrible enflammait le front et les joues de Jemma. Elle regrettait d'avoir ouvert sa porte au visiteur. Maintenant qu'il avait bouffé tout son pain et bu tout son café, il se permettait de pérorer, de lui donner des leçons sur le boulot de parent, lui qui avait probablement été flanqué à la porte par sa femme, lui qui ressemblait à un enfant passé trop vite à l'état d'homme, ou à un homme définitivement perdu dans les labyrinthes de l'enfance.

« Les conditions de vie de votre fille étaient sans doute bonnes, voire excellentes, reprit-il d'une voix douce en désignant la cuisine et le salon d'un ample geste du bras. Je n'ai jamais dit qu'elle avait eu envie de partir, je ne remets pas en cause votre éducation, j'essaie seulement de trouver la piste qui nous ramènera aux enfants. »

La colère s'éteignit en Jemma aussi soudainement qu'elle s'était embrasée, abandonnant dans sa bouche un goût de cendres.

« Qu'est-ce qui vous fait croire qu'ils sont vivants ?

— Je n'ai pas dit non plus vivants. Aux enfants vivants ou morts.

— Pourquoi tenez-vous tant à les retrouver ? »

Luc Flamand saisit son bol, le leva à hauteur de ses yeux, contempla quelques instants son reflet déformé sur la surface lisse et convexe.

« Je me suis fait salement trimballer depuis que je m'occupe de cette affaire. Tellement que je crève d'envie de savoir. Ça m'a déjà coûté mon boulot et mon couple, ça risque de me coûter bien davantage, mais je m'en fous, je veux comprendre. J'ai l'intuition… » Il reposa le bol et enfouit son menton dans ses mains jointes « … que cette vague de disparitions cache une autre réalité. Une réalité inconcevable, inacceptable, pour ceux qui nous gouvernent. »

Jemma nettoya le filtre nylon dans l'évier et remplit d'eau le réservoir de la cafetière électrique. Il fallait qu'elle bouge, qu'elle s'occupe, qu'elle trompe ses pensées.

« Vous avez parlé d'une autre piste, tout à l'heure, la piste religieuse. »

Elle versa le café moulu dans le filtre et pressa le bouton d'allumage. L'appareil se mit en route dans un bruit d'écoulement qui ressemblait de plus en plus à un grondement d'orage. Une éternité qu'elle ne l'avait pas détartré. Les yeux du visiteur plongcaicnt de temps à autre dans l'entrebâillement de son peignoir. Elle ne resserra pas tout de suite la ceinture ni les pans à nouveau relâchés et resta penchée devant l'évier, rinçant bols, cuillères et divers ustensiles. Elle se sentait tout à coup dans la peau d'une adolescente craintive courant à son premier rendez-vous. Elle se traita d'idiote, mais ne chercha pas à se soustraire à ces regards dérobés. Ils avaient le pouvoir exorbitant de réveiller la femme en elle.

« À votre avis, qu'est-ce qu'est venu foutre le commando du Christ Roi chez vous en pleine nuit ? »

Elle eut vaguement honte de sa puérilité, haussa les épaules sans relever la tête, s'essuya les mains, rajusta enfin son peignoir.

« Aucune idée, finit-elle par répondre. Je n'ai rien à voir avec ces gens-là. Je suppose qu'être divorcée, non pratiquante et plutôt libre de mœurs ne suffit pas à expliquer leur effraction. »

Luc Flamand se frotta énergiquement les tempes. Ses traits s'étaient creusés, il paraissait avoir vieilli de dix ans en quelques secondes. Elle se demanda depuis combien de temps il n'avait pas dormi.

« Pas pour l'instant, mais ça viendra. Quand leurs maîtres seront allés au bout de leur stratégie de conquête, les légions du Christ se transformeront en police de la pensée. Alors ils auront des mandats officiels pour s'introduire chez ceux qu'ils appellent les impies et dont vous et moi faisons déjà partie. »

Jemma se jucha à son tour sur un tabouret. L'eau de la cafetière continuait de s'écouler dans un fracas de cataracte. L'odeur de café frais dominait à présent les vagues relents d'égout qui remontaient par les canalisations, un autre défaut des oasis du cœur de la cité que les services d'entretien n'étaient pas parvenus à corriger.

« Ils cherchaient visiblement quelque chose. Mais

quoi ? Je n'ai rien ici qui puisse les intéresser. Absolument rien.

— Ce qui les intéresse, justement, c'est ce que vous n'avez plus. Ce qui vous manque. »

Elle suivit son regard dirigé vers la photo de Manon.

« Vous voulez dire qu'ils sont venus pour… ma fille ?

— Pas pour l'enlever, puisque d'autres s'en sont chargés, mais pour chercher un élément, un indice qui les mettrait eux aussi sur la piste. »

Jemma dénoua et renoua rageusement la ceinture de son peignoir.

« Je ne comprends rien, bordel, rien ! »

Luc Flamand réprima un bâillement. Il avait de plus en plus de mal à soutenir sa tête. Jemma crut qu'il allait la poser sur son bras replié et s'endormir sur le bar.

« J'ai recoupé toutes mes informations et j'en suis arrivé à la conclusion suivante, dit-il d'une voix embrumée. Elle vous paraîtra sans doute farfelue, comme aux parents et aux confrères que j'ai essayé de convaincre. Pour une raison encore mystérieuse, mais probablement liée à la religion, la disparition des enfants a semé la panique dans le puissant mouvement du Christ Roi, et peut-être dans l'ensemble des mouvements chrétiens. Ils s'agitent comme des fourmis dérangées à coups de pieds. J'ai posé la même question à tous les parents : est-ce que votre enfant avait quelque chose à voir de près ou de loin avec la religion ?

— Manon allait tous les mercredis au catéchisme. Elle n'avait pas d'autre contact avec la religion. Et encore, c'était principalement pour se retrouver avec ses copines. »

Luc Flamand secoua les épaules pour s'alléger de son fardeau de fatigue et garder les yeux ouverts.

« Avez-vous remarqué quelque chose d'étrange dans son comportement avant sa disparition ? »

Jemma fouilla dans ses souvenirs les plus récents, ne se remémora rien d'intrigant ou de suspect dans les paroles et les gestes de sa fille. Hormis ses caprices, plus fréquents et violents depuis la séparation de ses parents, Manon était restée l'enfant enjouée et pleine de vie qu'elle avait toujours été.

« Pas grand-chose de bien… »

Un bruit mat interrompit Jemma. La tête de Luc Flamand était retombée sur son avant-bras. Sa respiration ample et sifflante indiquait qu'il s'était endormi.

6
Barnabé

Barnabé explora les quatre étages du grand magasin.

Deux jours qu'elle n'était pas venue.

Elle n'avait pas changé de rayon comme il l'avait cru dans un premier temps. Plusieurs autres vendeuses, qu'il avait remarquées pour leur physique particulier, pas nécessairement jolies mais propres à enflammer l'imagination, avaient également cessé leur travail et n'avaient pas été remplacées.

Un vent de panique se leva en Barnabé.

Il lui avait fallu du temps pour trouver sa compagne, celle qui le guérirait de ses blessures secrètes et l'aiderait à passer dans une autre vie. Il l'avait aperçue un matin de l'autre côté de la vitrine du grand magasin. Avec son visage et ses cheveux d'ange, elle était apparue comme un signe sur le chemin de son paradis. Il avait su qu'il avait rencontré son âme sœur. Elle enfilait des sous-vêtements à un mannequin à la peau noire – depuis que les partis religieux avaient repris le contrôle du Parlement européen, on ne tolérait plus dans les vitrines que des mannequins à la peau foncée et aux formes estompées. Indifférent à la pluie, il avait admiré le ballet fascinant de ses mains de chaque côté de la silhouette figée. Des oiseaux agiles et clairs aux ailes piquées de rouge dans une grande cage en verre. Elle s'était retirée sans l'avoir remarqué, absorbée par sa tâche et aveuglée par les projecteurs.

Il était revenu le jour suivant. Elle n'était plus dans la vitrine – il avait compris, plus tard, que les vitrines ne se changeaient qu'une fois par mois. Il avait eu l'idée de s'introduire dans le magasin, s'était ravisé lorsque, s'approchant d'une entrée, il avait croisé le regard mauvais d'un vigile. Après la dernière vague d'attentats, les cerbères s'étaient multipliés dans les rues de Paris, principalement dans le quartier des grands magasins, où les gérants, alarmés par la désaffection de la clientèle, avaient engagé des sociétés de surveillance privées. Armés de pistolets, voire de fusils d'assaut, les vigiles ouvraient le feu après de vagues sommations, et aucun ministre, aucun homme politique, aucun responsable d'Europol, aucun journal ne se déclarait choqué par les nombreuses bavures et leurs victimes innocentes. Barnabé ne tenait pas à être le prochain sur la liste. Encore moins maintenant qu'il avait posé les yeux sur la femme de sa vie. Mais, avec ses hardes crasseuses, ses cheveux et sa barbe emmêlés, on ne lui permettrait pas de franchir le seuil d'un lieu qui symbolisait la tradition et l'élégance françaises.

Barnabé vivait dans la rue depuis que ses parents et lui avaient été expulsés de leur minuscule appartement de Pantin. Ils étaient restés ensemble les premiers mois, son père, sa mère, sa petite sœur et lui-même, dormant dans les caves d'immeubles ou dans les bâtisses éboulées par les bombes, puis son père avait décidé d'emmener sa famille dans le Sud. Il n'y avait pas davantage de travail sur les rives de la Méditerranée, mais, comme le disait une vieille chanson, la misère serait moins pénible au soleil. Ils s'étaient rendus avec d'autres candidats au départ dans une gare sinistre de la banlieue parisienne et avaient grimpé dans un train de marchandises en partance pour Marseille. Probablement alertés par des citoyens bien intentionnés, les services d'ordre de la SECF, la Société européenne des chemins de fer, étaient intervenus avec une brutalité inouïe. Ils s'étaient engouffrés dans les wagons quelques minutes avant le départ et, avec leurs pistolets à décharges paralysantes, avaient réduit les clandestins à l'état de larves avant de les jeter directement sur les rails. Le crâne de la petite sœur de Barnabé n'avait pas résisté au choc et avait éclaté comme un fruit mûr. Sa mère, déjà malade, avait été emportée par le chagrin. Quant à son père, fou de colère et de désespoir, il s'était présenté avec un vieux flingue rouillé à la gare Montparnasse, avait ouvert le feu sur un groupe de contrôleurs SECF, en avait tué un et blessé un autre avant d'être lui-même abattu par la police des chemins de fer.

Barnabé s'en était sorti avec des plaies et des bosses, dont quelques-unes s'étaient infectées et lui avaient filé des fièvres carabinées. Resté seul, il s'était installé dans la rue parisienne, passant d'un groupe de sans-abri à l'autre, se réfugiant aux temps froids dans les églises ou dans les foyers tenus par les bonnes sœurs, s'invitant aux soupes populaires distribuées par les âmes charitables, grappillant quelques sous dans les couloirs du métro ou sur les trottoirs des grands boulevards. Il avait un temps fréquenté un groupe d'adeptes du néant qui se destinaient à mourir dans un ultime feu d'artifice. Ils lui avaient montré avec fierté les reliefs dessinés par les gaines, les enveloppes de silicone et les tablettes de plastic disséminés sous leur peau. Étranges tatouages. Ils ne l'avaient pas converti à leur religion du pire. Lui, il attendait quelque chose de la vie, il avait toujours pensé qu'une femme surgirait au bord de son chemin, que sa seule présence, son seul souffle, son seul regard suffirait à le régénérer. Après la disparition des siens, il avait scruté chaque visage féminin croisé dans les rues, dans le métro, sur les places, dans les squares. L'insistance avec laquelle il les avait fixés lui avait valu quelques embrouilles avec les ombrageux compagnons de ces dames. Certains l'avaient criblé de coups et abandonné en sang sur le bitume. Il n'avait pas cherché à se défendre, d'abord parce qu'il n'était pas fort, quarante-cinq kilos tout mouillé, des os qui semblaient plus fragiles que du verre, ensuite parce que son père, éternel résigné, ne lui avait pas appris à rendre les coups, lui qui, pour briser le joug de la soumission, n'avait rien trouvé de mieux qu'une attaque suicide avec une vieille pétoire contre la pieuvre coupable de la mort de sa femme et de sa fille.

Une quinzaine de centimètres en six ans : Barnabé n'avait pas vraiment grandi dans la ville hantée par les hordes de sans-abri. Il avait survécu aux trois terribles hivers qui, rompant brutalement avec la moiteur maladive de la décennie précédente, avaient transformé une partie de l'Europe en un gigantesque congélateur. La tentation de mourir l'avait visité lorsque le thermomètre plongeait au-dessous de moins vingt et que ni les couches de cartons ni les couvertures ne suffisaient à repousser le froid, mais il avait résisté à chaque fois, s'interdisant de quitter la scène tant qu'il n'aurait pas fusionné avec son âme sœur, tant qu'il n'aurait pas formé avec elle une entité qui ploierait le destin à sa convenance, à *leur* convenance. Les « noyaux de chaleur » l'avaient aidé à surmonter la solitude et le désespoir. Sans se connaître, de pauvres bougres se regroupaient chaque soir et se serraient les uns contre les autres dans des espaces réduits, caves, cryptes, égouts, afin de créer et d'entretenir une bulle de tiédeur. Comme des atomes autour d'un noyau.

C'est ainsi qu'il avait connu sa première femme. Collée contre lui sous un amas de couvertures et de journaux, elle avait glissé la main dans le fouillis de ses trois pantalons et de ses deux caleçons, avait attrapé sa queue déjà raide et l'avait tirée vers un conduit délicieusement humide et brûlant. Il avait alors deviné qu'elle l'avait introduit dans sa chair intime, cette face cachée des femmes qui l'avait tant intrigué durant son enfance. Elle avait remué le bassin, tantôt collant avec autorité ses fesses contre son pubis, tantôt s'éloignant et le laissant tout tremblant à la porte. Il n'avait pas osé bouger, de peur de déranger les autres. Il avait éprouvé une drôle de sensation au bout d'une dizaine de va-et-vient. Une pointe ineffable lui avait piqué le bas-ventre et irradié tout son corps avant de monter comme de l'eau dans un tuyau d'arrosage et de jaillir par saccades. Des rires et des réflexions autour de lui avaient salué ses gémissements. Hébété, cotonneux, il était resté blotti contre elle. Au bout de quelques instants, elle lui avait saisi la main, l'avait plongée entre ses propres cuisses, s'était frottée comme une chatte contre ses doigts en poussant des soupirs de plus en plus impatients. À demi assoupi, il avait gardé de cette nuit l'impression d'avoir trempé dans un bain de sueur, d'humeurs et d'odeurs. Il ne s'était pas lavé les mains pendant plusieurs jours, les portant de temps à autre à ses narines pour respirer l'odeur forte de son initiatrice et s'assurer qu'il n'avait pas rêvé. Quelques jours plus tard il avait lu, dans un magazine abandonné sur un banc du métro, un article qui traitait de la masturbation, une pratique condamnée par l'Église et dénigrée par les psychologues de la nouvelle école. Il n'en avait jamais entendu parler auparavant, mais, avide de reprendre de ce plaisir étourdissant qu'il n'avait pas eu le temps de savourer dans le noyau de chaleur, il s'y était essayé. Il avait joui, de façon plus mécanique, avec moins d'intensité, comme une réplique lointaine et décroissante de son premier orgasme, ne sachant que faire de la substance visqueuse coulant entre ses doigts et dans le creux de sa main.

Il n'avait jamais revu la femme qui lui avait entrouvert les vannes du plaisir. Peut-être le froid ou la faim l'avaient-ils emportée avant la fin de l'hiver ? Ou bien étaient-ils incapables de se reconnaître, n'ayant eu de leurs visages qu'un vague aperçu, des ombres lunaires encadrées par d'épais bonnets de laine et des mèches inégales ?

Barnabé avait déniché des frusques à peu près convenables, dépensé quelques pièces dans un établissement de bains publics, quelques autres dans le salon sombre et minuscule d'un coiffeur, et, ainsi présentable, il s'était pointé aux alentours de 10 heures à l'entrée du grand magasin. Les vigiles l'avaient fouillé, comme les autres visiteurs, et s'étaient effacés pour l'inviter à franchir la porte.

Il l'avait revue au premier étage, au rayon sous-vêtements, toujours aussi belle dans sa robe de vendeuse. Il n'avait pas eu le courage de l'aborder. Il s'était contenté d'espérer qu'elle lui adresserait un regard ou un signe d'encouragement. Les clientes, nombreuses malgré l'heure matinale, ne lui avaient pas laissé un moment de répit, si bien qu'elle n'avait pas pu remarquer sa présence. Il les avait détestées, ces emmerdeuses qui accaparaient l'attention de la femme de sa vie, qui retardaient le moment de leur rencontre. Il aurait volontiers tiré le couteau enfoui sous la double couche de ses chaussettes pour le leur plonger dans le bide, mais la présence des vigiles l'en avait dissuadé et, surtout, il avait eu peur de *lui* déplaire. Il était resté aussi longtemps que possible dans les allées du rayon sous-vêtements, puis, comme des dames lui avaient décoché des regards soupçonneux, comme il redoutait qu'elles attirent sur lui l'attention des cerbères, il avait battu en retraite en se promettant de revenir le lendemain.

Les jours suivants, il n'avait pas réussi à lui parler ni même à échanger le moindre d'œil avec elle. Il avait modifié ses horaires de visite dans l'espoir qu'elle serait un peu plus disponible, mais l'affluence augmentait au fur et à mesure qu'avançait le jour, des armées de clients débarquaient, des nuées de Chinois dégageant d'énormes liasses de billets de leurs minuscules sacs de cuir et pépiant comme des nuées d'oiseaux exotiques dans une volière. Les vendeuses se coupaient en quatre pour les conseiller et les servir. Elles ne prenaient pas un instant de repos, déjeunaient d'une barre de céréales, d'un fruit, d'un bout de pain, d'un yaourt avalé en trois coups de cuillère. Il avait aperçu, au-dessus des rayons, des têtes qui fendaient l'espace comme des périscopes de sous-marins. Les yeux vicieux des surveillants, hommes et femmes, se chargeaient de réprobation et de méchanceté lorsqu'ils surprenaient une vendeuse en flagrant délit de bavardage ou de paresse. Une vieille peau au visage fardé et aux cheveux en partie déteints avait ainsi épié la femme de sa vie et griffonné des notes rageuses sur un petit cahier.

Il avait décidé de l'attendre sur le trottoir à la fermeture du magasin. Sans doute n'avait-il pas choisi la bonne rue ou la bonne heure, toujours est-il qu'il ne l'avait jamais vue sortir. Il l'avait peut-être manquée dans la foule qui roulait comme une vague houleuse le long des façades, qui l'emportait mètre après mètre, impossible de résister au courant, saleté de bitume.

Barnabé poussa une porte interdite aux clients. Dans le couloir, une note discrète affichée sur un tableau mentionnait une nouvelle « compression de personnel ». Il comprit que la femme de sa vie ne remettrait plus jamais les pieds au magasin. Il lui fallait prendre une décision. Pas question de renoncer ; pas question non plus d'aborder les autres vendeuses, encore moins les surveillants, de répondre à leurs questions, de leur dévoiler ses amours secrètes, de leur débiter des bobards, de souiller par le mensonge la pureté de ses sentiments.

Le dilemme l'empêcha de dormir deux nuits de suite – et aussi l'humidité persistante qui transformait sa cave en abri insalubre. Il entrevit la solution le matin du troisième jour tandis que ses compagnons d'infortune se disputaient bruyamment un reste de gâteaux secs : il s'était souvenu de la jeune vendeuse brune au visage dur qu'il avait aperçue à plusieurs reprises en compagnie de son ange. Une certaine complicité semblait lier les deux femmes. Elles s'étaient échangé des mots à voix basse et des rires étouffés avant de regagner leurs rayons respectifs.

Ragaillardi, il brossa et défroissa sa tenue, passa un chiffon sur ses chaussures, se rasa à l'aide de la lame émoussée de son couteau, apaisa l'irritation de ses joues et de son cou avec l'eau froide et croupie d'un bassin. Le ventre tordu par la faim, la peau piquetée par la fraîcheur du matin d'automne, il marcha d'un bon pas jusqu'à l'entrée du grand magasin. De nombreux sans-abri erraient dans les rues des 20e, 10e et 9e arrondissements, les uns réveillés par la faim, les autres chassés de leurs refuges par les nervis à la solde des syndics. Avec le petit jour se levait une armée de spectres blafards, silencieux et déguenillés qui surgissaient des montagnes de gravats et s'égaillaient dans la ville en quête des miettes de la nuit. Quelques-uns, rongés par la maladie, gisaient sur le bitume. S'ils n'étaient pas ramassés dans les plus brefs délais par les voitures des services sociaux, ceux-là crèveraient dans la journée et l'indifférence générale. Les piétons devraient juste allonger le pas pour les enjamber ou les éviter. Il arrivait parfois que les cadavres pourrissent pendant des jours avant d'être enlevés et que leur puanteur ne contraigne les passants à faire un large détour. La municipalité manquait de personnel et les entreprises privées avaient d'autres chats à fouetter. Barnabé avait vu des hommes vêtus de masques et de combinaisons verts entasser des corps dans une cour d'immeuble en ruine, les arroser d'un liquide qui dégageait une âcre fumée et les recouvrir rapidement de pierres ou de terre. Drôles de sépultures. Les tombes sauvages pullulaient maintenant dans Paris transformé en gigantesque cimetière. Les services de nettoyage paraient au plus pressé, estimant que les entreprises de construction se chargeraient des ossements découverts sous les tumulus, qu'elles les couleraient dans le béton ou les enfouiraient dans les fondations.

Les nuages noirs se tordaient de fureur au-dessus des toits. Barnabé croisa quatre hommes titubants aux costumes gris ou bleu marine. Ils sortaient probablement de l'une de ces maisons où l'on pouvait acheter toutes sortes de plaisirs en principe interdits par la loi et l'Église. Un couple chargé du recrutement avait proposé à Barnabé de travailler dans un établissement qui répondait au doux nom d'ÉdeniX. La femme lui avait dit, avec un sourire de vampire, qu'il y avait une forte demande pour les garçons de treize-quatorze ans, qu'il mangerait tous les jours à sa faim, qu'il coucherait toutes les nuits dans une chambre chauffée, qu'il porterait des vêtements et des chaussures neufs, qu'il aurait sa propre télé et peut-être même un ordinateur. Bien que l'offre fût tentante, Barnabé avait refusé : ce n'était sûrement pas en s'adonnant à ce genre d'activités que l'occasion lui serait donnée de rencontrer la femme de sa vie. Il connaissait pas mal de garçons et de filles de son âge qui avaient cédé aux propositions des marchands de chair et qu'on n'avait jamais revus dans les rues. La rumeur disait qu'ils étaient torturés et tués par des clients dépensant de véritables fortunes pour exercer sur eux leur droit de vie et de mort. Barnabé avait vu des parents céder leurs enfants en bas âge pour des sommes dérisoires, à peine de quoi passer le prochain mois ou s'offrir un billet en classe super-éco pour un improbable ailleurs. La nuit, entre les ronflements, les râles et les quintes de toux, il avait entendu les sanglots étouffés des mères.

Encore dix minutes avant l'ouverture du grand magasin. Quelques femmes papotaient ou lisaient les quotidiens. Les vigiles firent leur apparition sur le trottoir quelques secondes après l'escamotage des lourdes grilles, distribuèrent des sourires avantageux aux femmes et des regards suspicieux à Barnabé.

« On t'voit souvent dans le coin, toi ! Qu'est-ce que tu viens foutre ici ? »

L'un des vigiles, un type de deux mètres aux bras plus larges que des troncs d'arbres, s'avança vers Barnabé. Vêtu d'un uniforme bleu marine, il marchait à la façon d'un ours dressé sur son train arrière, se balançant d'un côté sur l'autre, la main droite posée sur la crosse de l'énorme pistolet collé à sa hanche. Traits épais, front bas, crâne rasé, pas le genre à faire dans la dentelle.

« C'est pas un abri chauffé pour pouilleux, ici, mais un magasin ! Un lieu où on achète des trucs ! T'as du fric pour acheter des trucs, toi ? »

Accent traînant, diction hésitante, difficultés à façonner et expulser les mots.

Barnabé chercha désespérément une réponse dans son esprit gelé. Il aurait dû filer sans demander son reste en espérant que les vigiles ne se lanceraient pas à sa poursuite, mais ses nerfs et ses muscles refusaient de lui obéir. Pétrifié, il entrevoyait l'intérieur des narines de son interlocuteur, tapissées de poils drus et rêches.

« Eh ben, réponds quand j'te cause, mon gars ! »

Pour tout argent, Barnabé n'avait à lui montrer qu'une poignée de pièces de dix et de cinq centimes. Il baissa la tête pour dissimuler les larmes qui lui embuaient les yeux. Le ricanement du vigile lui hérissa les cheveux et la peau. Il envisagea un temps de tirer son couteau de ses chaussettes, mais l'autre l'aurait criblé de balles avant même qu'il n'ait eu le temps de déplier la lame.

« Laissez donc ce jeune homme tranquille, monsieur. »

Une femme s'était avancée vers les deux hommes. Le col relevé de son ample manteau noir et la voilette de son chapeau masquaient en partie un visage menu et foisonnant de rides. Son index noueux, allongé par un ongle démesuré et nacré, se pointa sur Barnabé.

« Nous avions rendez-vous, lui et moi, reprit-elle.

— Ah ? Pourquoi qu'il répondait rien, alors ? ânonna le vigile, impressionné par l'attitude et le ton autoritaires de l'intervenante. Il a avalé sa langue ou quoi ?

— Vous l'avez effrayé. C'est un grand timide. »

Elle s'approcha de Barnabé et lui posa la main sur l'avant-bras. Son parfum capiteux le suffoqua, le chavira.

« Eh bien, mon chéri, tu ne dis pas bonjour à ta vieille tante ? »

Elle lui enfonça ses ongles dans la chair pour le sortir de sa torpeur.

« Euh, bonjour…

— Mon Dieu, regarde comment tu es fagoté ! Il est grand temps de lui acheter des vêtements, vous ne croyez pas, monsieur ? »

Le vigile se recula de deux pas, les bras tendus, les mains en paravent à hauteur de poitrine, l'air penaud d'un gosse pris en faute par son institutrice.

« Vous faites bien ce que vous voulez d'votre argent, madame. Bonne journée. »

Elle hocha la tête avec un sourire condescendant et, tirant Barnabé par le bras, elle pénétra dans le grand magasin. Le rez-de-chaussée, habituellement pris d'assaut par les essaims de clientes, sonnait le creux. Elle le conduisit vers l'escalator et l'entraîna au rayon hommes, au deuxième étage.

« Choisis ce qui te plaît sans t'occuper des prix. »

Il tenta de saisir ses yeux derrière la voilette de son chapeau. Ils scintillaient comme des poissons vif-argent au fond d'une rivière.

« Pourquoi… pourquoi… »

Elle balaya ses hésitations d'un revers de main.

« À certaines questions il vaut mieux ne pas donner de réponse. »

Elle examina des vestes sur le portant, palpa les tissus du pouce et de l'index. Bien que jeune d'allure et débordante d'énergie, elle avait probablement passé les soixante-dix ans. À en croire la qualité de ses vêtements et de ses chaussures, elle venait d'un quartier ultra-chic ou d'une résidence privée de l'Ouest parisien. Barnabé prit une longue inspiration pour trier les mots qui se bousculaient sur ses lèvres. À nouveau il inhala une bouffée de son parfum.

« Qu'est-ce que je devrai faire, en échange ? »

Elle éclata de rire et lui lança un regard amusé par-dessus son épaule.

« Tu n'es pas assez beau et je ne suis pas assez jeune pour qu'entre nous il soit question d'un quelconque échange. Prends seulement ce que t'offre la vie. Essaie celle-là, elle semble à ta taille. »

Elle lui tendit une veste au tissu chiné et au col légèrement arrondi selon la tendance du moment.

« Elle est bien trop belle pour finir dans la rue, marmonna-t-il entre ses lèvres serrées.

— Au train où vont les choses, nous finirons tous dans la rue. Mets-la, que je voie comment elle te va. »

Il retira la canadienne qu'il avait récupérée dans une distribution chez les compagnons de Jésus à l'issue d'une bagarre homérique avec une femme édentée et braillarde. Dessous, il portait une épaisse chemise à carreaux dont il eut honte de dévoiler la crasse et les accrocs.

« J'voudrais pas salir…

— Est-ce que tu veux passer dans une autre vie, oui ou non ? »

Elle secoua la veste avec impatience, comme elle aurait agité une cape devant un taureau. Frappé de stupeur, il demeura quelques secondes incapable de bouger, de proférer le moindre mot.

« Une autre vie ? Comment… comment vous savez que…

— On rêve tous de changer de vie, non ? »

Il répondit d'un sourire à son regard malicieux avant d'enfiler la veste. La souplesse et le confort du tissu l'émerveillèrent. Il s'admira sous toutes les coutures dans le miroir en pied fixé au mur à l'extrémité du rayon. Il était déjà un autre homme.

« Elle vous va très bien, monsieur. »

Une vendeuse s'était avancée entre les deux portants de vestes. Une brune au visage dur qu'il reconnut sans l'ombre d'une hésitation. Elle ne travaillait plus à la parfumerie, mais elle n'avait pas été virée. Elle était venue à lui. Pas besoin de la chercher dans les étages du magasin.

Il chercha du regard sa bienfaitrice. La silhouette menue et déjà familière de la vieille dame s'était évanouie. Il faillit se lancer à sa recherche dans les rayons proches, dans les allées, près de l'escalator, puis il comprit qu'il ne la trouverait pas. Il n'avait pas d'argent pour payer la veste. Aucune importance. La vendeuse brune lui fournirait les renseignements qu'il désirait et le remettrait enfin sur la piste de la femme de sa vie.

7

Luc Flamand avait retrouvé une bonne partie de ses joues et de son énergie après un séjour de quatre jours dans la maison de Jemma. La première nuit, il avait dormi quatorze heures d'affilée, les deuxième et troisième nuits onze heures, la quatrième dix heures. Il avait accumulé un énorme déficit de sommeil ces derniers mois. Ses enquêtes avaient visiblement dérangé dans certains milieux, en particulier dans les cercles chrétiens traditionalistes et évangéliques, ainsi que dans les cénacles politiques de Bruxelles, redevenue la capitale administrative de l'Europe après la parenthèse roumaine d'une quinzaine d'années. Il avait subi une première agression qui portait la signature des légions du Christ Roi, et non, comme l'avaient affirmé les flics, celle des mafias de l'Est – il avait entrevu les deux L entrecroisés de Loi et Lance sur le col des uniformes de ses agresseurs. On lui avait brisé à coups de masse les os du bras droit et on lui avait promis de faire la même chose avec son crâne s'il persistait à s'occuper de ce qui ne le regardait pas. Il avait montré à Jemma les cicatrices laissées sur son bras par les multiples interventions chirurgicales. Il en avait gardé des séquelles, des douleurs vives, parfois insupportables lors des changements de temps. À son retour de l'hôpital, le directeur administratif du journal lui avait expliqué, avec la mine chafouine de circonstance, que les difficultés économiques contraignaient l'entreprise à se séparer de quelques-uns de ses éléments, qu'il faisait partie de la fournée, hélas, malgré des qualités professionnelles reconnues et appréciées de tous. Personne n'était intervenu en sa faveur, ni le rédacteur en chef, un ami de longue date pourtant, ni le fantôme du syndicat, une poignée de Judas qui s'empressaient d'entériner les décisions de la direction pour quelques deniers supplémentaires.

« Pourquoi avez-vous continué votre enquête ? avait demandé Jemma.

— Je vous l'ai déjà dit : j'ai constaté que les disparitions d'enfants affolaient les extrémistes religieux, qu'Europol se gardait bien d'intervenir, et je veux comprendre pourquoi. Histoire de ne pas mourir idiot

— Vous risquez en tout cas de mourir jeune ! »

Luc Flamand avait haussé les épaules avec un sourire amer.

« On est tous embarqués dans la même galère, tous destinés à redevenir poussière. »

Une ombre de tristesse avait enveloppé Jemma. Elle-même avait envisagé de mettre un terme prématuré à son passage sur terre. Quant à Manon, elle avait peut-être quitté ce bas monde avant ses dix ans. Trop tôt. Aucune logique, aucune justice ne barrait la galère dont parlait Luc Flamand et qui voguait au hasard sur un océan de colère et de chagrin. Jemma n'avait pas eu le cœur de donner la chambre de sa fille à l'ancien journaliste, qui couchait dans une pièce exiguë du rez-de-chaussée abusivement baptisée bureau – un foutoir où elle entassait les objets, les revues et les papiers qu'elle prévoyait de classer plus tard.

La présence d'un homme avait en tout cas redonné un semblant de vie à la maison. Jemma ne traînait plus en peignoir toute la journée, elle se douchait et se coiffait avant de descendre et de préparer le petit déjeuner. Il lui prenait de brusques envies de ménage et de rangement. Elle se surprenait à se regarder dans les miroirs ignorés depuis bien longtemps, à se demander si elle avait encore la capacité de plaire. Une nuit, elle s'était caressé les seins, étonnée de les sentir aussi fermes et sensibles sous ses doigts. Des frémissements avaient couru sur sa peau, légers, lointains, mais suffisants pour lui chuchoter qu'elle pouvait à tout moment renaître au plaisir. Elle était allée un matin, pendant que Luc Flamand dormait, chez son coiffeur et en était revenue avec une coupe plus courte, plus dynamique, et des cheveux teints en acajou. Au passage elle s'était aventurée dans une boutique et, après avoir acheté des sous-vêtements pour son hôte, bien démuni avec son pauvre caleçon troué et sa seule paire de chaussettes, elle avait craqué pour un ensemble d'automne de couleur beige. Une emplette absolument pas raisonnable dans la mesure où son compte avait de plus en plus l'allure d'un tonneau des Danaïdes. Après tout, elle pouvait bien s'offrir une menue satisfaction après un mois d'espoirs déçus et d'idées noires. De retour à la maison, elle s'était effondrée en larmes, comme si son chagrin l'avait attendu au tournant après cette minuscule parenthèse égoïste. Luc Flamand avait en tout cas remarqué la différence et l'avait félicitée pour sa nouvelle tête.

Ils avaient fouillé la maison de fond en comble, mais n'avaient pas davantage trouvé d'indice que les enquêteurs d'Europol et le commando du Christ Roi. Le journaliste en était arrivé à la conclusion que Manon avait quitté volontairement la maison. Jemma ne voulait pas entendre parler d'une hypothèse déjà émise par le jeune lieutenant chargé de l'enquête.

« Je ne dis pas qu'elle a fugué, avait argumenté Flamand. Simplement qu'elle est sortie d'elle-même de sa chambre. Comme si elle avait subi une forme d'hypnose, à distance ou différée. Elle a reçu le multivaccin ? »

Jemma avait acquiescé d'un mouvement de tête agacé.

« Certains pensent que le multivaccin a d'autres fonctions que de prévenir les épidémies. Avant la guerre, des laboratoires ont mis au point un minuscule transpondeur en ADN de synthèse qui réagit aux signaux des satellites. Il suffit à une entreprise de manipuler les satellites pour obtenir des réactions précises dans un organisme équipé du transpondeur. En d'autres termes, de donner des ordres à distance.

— C'est quoi, un transpondeur ?

— Un récepteur miniature. Qui peut aussi servir d'émetteur.

— Je ne vois pas le rapport avec les vaccins.

— Très simple : les laboratoires utilisent désormais l'ADN de synthèse comme support pour le multivaccin. Sous couvert de santé publique, les gouvernants injectent des transpondeurs à des populations entières, comme des bergers marquant leurs troupeaux. La guerre a un temps empêché les vaccinations de masse, mais elles ont repris dès la signature des accords de Bratislava. L'éventualité reste plausible dans la mesure où les flics n'ont constaté aucune effraction dans la grande majorité des disparitions : une impulsion, envoyée depuis un ou plusieurs satellites et relayée par les transpondeurs, aurait poussé les enfants à sortir en pleine nuit de leurs logements.

— Pour aller où ? »

Luc Flamand avait avoué son ignorance d'une moue qui donnait à son visage un faux air de lutin.

« C'est là où le bât blesse : dans quel but ? Je n'ai trouvé aucune réponse satisfaisante à cette question. Les transpondeurs sont plutôt conçus pour contrôler et prévenir les mouvements des populations, ou implanter des envies subliminales dans la tête des consommateurs, la forme la plus aboutie et la plus dégueulasse de la publicité, efficacité garantie. »

Jemma ne se souvenait pas qu'on lui eût un jour injecté l'ADN dont parlait le journaliste. Elle se remémorait parfaitement, en revanche, le discours pompeux et rassurant du médecin scolaire qui lui avait vanté les avantages du multivaccin pour sa fille.

« Deuxième hypothèse, poursuivit Luc Flamand. Des groupes clandestins, adultes ou adolescents, hypnotisent les enfants dans les rues. Ils leur implantent dans le cerveau la suggestion de partir de chez eux à une date et une heure précises, les attendent quelques dizaines de mètres plus loin et les embarquent à bord de véhicules équipés de coffres spéciaux.

— On les aurait vus !

— Il y a de fortes probabilités en effet qu'un témoin au moins ait remarqué leur manège. Mais ils utilisent peut-être des techniques d'hypnose que nous ne connaissons pas. Il leur suffirait par exemple de croiser le regard de quelqu'un pour lui transmettre une consigne. Ou de lui chuchoter quelques mots au passage. Je sais qu'on a expérimenté des techniques avancées de suggestion mentale de part et d'autre du Front Est. Possible qu'à la fin de la guerre, des militaires aient revendu leurs secrets à des groupes mafieux ou à des mouvements religieux. Dans ce cas, nous aurions affaire à un recrutement d'un type nouveau, soit pour fournir en produits frais les marchés du sexe, thèse à laquelle je vous ai déjà dit que je ne croyais pas, soit pour grossir les rangs d'une organisation religieuse clandestine. Et là, on aurait un lien potentiel avec la légion du Christ Roi. Un truc comme une rivalité féroce entre deux ordres, l'un et l'autre cherchant à exercer leur hégémonie par la simple loi du nombre. »

Aucune de ces perspectives n'avait réchauffé le cœur de Jemma. Que Manon eût été hypnotisée dans la rue ou manipulée par un satellite ne changeait strictement rien au fait qu'elle s'était évanouie en laissant derrière elle un vide impossible à combler, une blessure qui ne guérirait pas. Et si sa fille était encore en vie, ce que laissaient supposer les observations du journaliste, Jemma se retrouvait au pied d'une montagne infranchissable, écrasée par un terrible sentiment d'impuissance. Le monde était trop vaste pour une mère séparée de son enfant. D'autant que les factions religieuses, nationalistes ou mafieuses, avaient fleuri comme des mauvaises herbes sur les ruines de la guerre, que la multitude des sans-abri grossissait à une vitesse alarmante, que le droit n'était plus respecté qu'aux alentours des banques, des ministères et des institutions européennes.

« Une chose est sûre en tout cas, reprit Luc Flamand. Les disparus ne sont pas aux mains des fanatiques du Christ Roi. Cherchons chez leurs principaux rivaux, les évangéliques, chez les autres communautés protestantes ou encore l'Église des Saints des derniers jours. Si la piste religieuse n'aboutit nulle part, il nous restera à fouiner du côté de l'armée des enfants.

— Comment ? »

Les yeux gris-bleu de Luc se plantèrent dans ceux de Jemma. Il marqua un temps avant de répondre.

« Je crains que nous n'ayons pas d'autre choix que d'aller nous rendre compte sur place.

— En Europe de l'Est ?

— Au Proche-Orient.

— Mais… »

Il l'interrompit d'un geste de la main.

« Nous n'aurions que peu de chances d'en revenir. Il nous faudrait trouver un passeur qui nous aide à franchir la frontière. Puis un contact sûr de l'autre côté. Ensuite nous serions probablement obligés de faire un tour en Syrie. Tout ça coûterait pas mal de fric. Sans compter le voyage jusqu'au Bosphore.

— Vous avez déjà tout prévu, on dirait…

— Je me suis renseigné. Il m'a juste manqué les moyens. J'aurais volontiers braqué une banque, mais je n'y aurais gagné que trente ans de tôle. »

Il s'absorba dans la contemplation du ballet des gouttes sur la baie vitrée. Jemma rompit le silence haché par le crépitement de la pluie sur la véranda.

« Il y a un truc que je ne pige pas. Le lien entre les disparitions et les commandos du Christ Roi est avéré, puisqu'ils vous ont agressé, première preuve, puisqu'ils s'introduisent selon vous dans tous les domiciles où…

— Pas dans tous. Mais chaque domicile qu'ils visitent compte un enfant disparu.

— Alors l'hypothèse de votre armée des enfants ne tient pas. Il ne peut pas y avoir le moindre rapport entre une bande de gosses basée au Proche-Orient et des fanatiques chrétiens européens. Nous n'avons aucune raison de franchir le détroit du Bosphore. »

Elle s'aperçut qu'elle avait employé le *nous*, qu'elle avait donc envisagé un court instant de se rendre en compagnie d'un quasi-inconnu de l'autre côté de la frontière européenne, dans une région livrée au chaos.

« Pas le moindre rapport, je n'en suis pas aussi certain que vous, répondit Luc Flamand. De toute façon, il serait toujours intéressant de vérifier que la légende... »

Jemma se leva d'un bond, comme piquée par un frelon, et pointa un index accusateur sur son interlocuteur.

« Dites plutôt que vous cherchez un financement pour votre voyage. Vous vous foutez complètement des gosses disparus. Et vous vous foutez de moi. Vous avez vu en moi le pigeon idéal, hein ? Une femme seule, désespérée par la perte de sa fille, la belle aubaine. »

Des larmes de rage roulèrent sur ses joues. Flamand se leva à son tour, livide, les traits tendus, les yeux plus clairs que d'habitude. L'espace de quelques secondes, elle crut qu'il allait se jeter sur elle, mais, chavirée par la colère, elle ne recula pas ni ne changea de ton.

« Vous m'avez vendu de l'espoir à deux centimes pour me soutirer du fric et vous offrir votre rêve. Vous avez assez abusé de moi, de mon malheur, de mon hospitalité. »

En même temps qu'elle crachait ces mots, elle se rendait compte qu'elle culpabilisait de ne pas s'être entièrement consacrée au désespoir ces quatre derniers jours, que ce manquement à ses devoirs de tristesse la rendait agressive, et probablement injuste. La présence de Luc Flamand entrebâillait des portes que l'absence de Manon lui interdisait d'ouvrir. Elle avait manqué de vigilance, elle avait laissé sa fille sortir de sa vie, il n'y avait de place en elle que pour la souffrance et le remords.

« Si c'est vraiment ce que vous pensez, il vaut mieux que je parte », murmura Flamand.

Il récupéra sa veste sur la patère de l'entrée. Jemma avait lavé, séché et repassé sa chemise et son pantalon le premier soir. Elle qui avait toujours détesté ce genre de corvée, elle s'en était acquittée de bonne grâce ; pendant quelques instants, elle avait cessé de penser à elle, elle s'était à nouveau sentie utile, repiquée dans la trame humaine.

Le journaliste ouvrit la porte et, la main sur la poignée, se retourna avant de sortir.

« Je ne peux pas vous dédommager pour l'hébergement. Désolé. Merci pour tout. Bonne chance. »

Son calme eut sur Jemma l'effet d'un coup de poing au plexus. Le souffle coupé, vidée de ses forces, elle s'affaissa dans l'un des fauteuils du salon et fixa avec hébétude la porte qui se refermait avec une douceur insinuante. La blessure au fond de son ventre lui faisait un mal de chien, elle crut qu'un scalpel la charcutait de l'intérieur, qu'elle allait se vider en quelques minutes et finir en charpie sur le tapis. En même temps, elle sentait la vie trop longtemps contenue fredonner dans ses veines, accrocher des frissons sur ses seins, s'insinuer entre ses cuisses, rouler le long de ses aines. Une furieuse envie de jouissance la prit, en cet instant, sur ce fauteuil.

Folle. Elle devenait folle.

Elle eut tout à coup la sensation de mariner dans un liquide tiède et poisseux. Étendit les jambes, retroussa sa robe, plongea une main dans sa culotte. Quelque chose s'écoulait d'elle. Elle se redressa. Du sang. Son sang de femme. Interdite, elle le vit dégringoler en flocons pourpres sur le bord du fauteuil et le tapis. Elle n'avait pourtant ressenti aucun des symptômes annonciateurs de ses menstrues. Ou plutôt son chagrin les lui avait confisqués. Le chagrin régnait en despote et ne tolérait pas de douleur concurrente, ni terrible ni vénielle. Elle n'avait pas eu ses règles le mois précédent.

Une aménorrhée dont il faudrait se préoccuper, avait déclaré le gynécologue. Elle ne s'en était pas souciée, l'associant inconsciemment à la disparition de sa fille et à la perte de son statut de mère.

Elle fouilla dans le capharnaüm de son sac posé sur la table basse, trouva un mouchoir en papier déjà taché de rouge à lèvres, le cala entre ses cuisses et, gardant les jambes serrées, se rendit dans la salle de bains. Elle retira jupe et culotte et se nettoya rapidement. Jamais elle n'avait perdu autant de sang. Ses gestes étaient fébriles, maladroits. Elle était pressée soudain. Elle avait encore une chance de rattraper Luc Flamand. Malgré ses précautions, elle avait semé de larges fleurs pourpres sur le carrelage et sur ses vêtements. Pas le temps de faire disparaître les taches. Elle en serait quitte pour quelques minutes d'embarras. Elle s'imaginait déjà prétexter la mauvaise humeur traditionnellement associée aux règles pour justifier son attitude. Et si ça ne suffisait pas, elle l'implorerait de revenir, toute honte bue. Ses pensées tournoyaient comme des feuilles mortes soulevées par le vent. Le tampon, qu'elle enfonça sans précaution, lui irrita les muqueuses. Elle détestait ces petits bouts de coton blanc et leur misérable queue de souris. Elle se souvenait qu'autrefois la publicité les avait imposés comme les symboles de la libération de la femme. Elle les utilisait, elle ne se sentait pas libérée pour autant, elle était toujours la même femme prisonnière de ses désirs et de ses frustrations, la même créature gouvernée par ses instincts, la même humaine piégée par les émotions. Elle fila dans la buanderie, passa le jeans qui lui servait d'habitude au bricolage – elle ne bricolait jamais – et aux travaux du jardin, enfila une paire de tennis qui n'avaient plus de lacets et se rua dehors après avoir récupéré son sac au passage.

Éblouie par la lumière crépusculaire, étourdie par le brutal afflux d'air frais, elle fonça vers la sortie de la résidence. Une silhouette traînant au bout d'une laisse une peluche grondante lui assena un bonjour sonore auquel elle répondit d'un marmonnement. Le beau temps avait jeté dans les allées de nombreux occupants de la résidence, des femmes pour la plupart, toutes pomponnées, toutes accompagnées de chiens de race dont les services d'entretien ramasseraient les déjections. Elle ignora les regards inquisiteurs de ses voisines et remonta l'allée principale bordée de massifs fleuris, de bassins de pierre, de buissons taillés au cordeau. Son jeans lui tombait sur les fesses, son sac lui battait la hanche, elle manquait de perdre ses tennis à chaque pas. Les deux vigiles installés dans les guérites transparentes de part et d'autre de la barrière la saluèrent avec un empressement forcé. De la voix et du geste, ils ramenèrent au calme les molosses grondants allongés à leurs pieds. Ils portaient les mêmes casquettes, les mêmes uniformes, les mêmes énormes flingues que les flics des séries américaines. Gênés aux entournures, les cerbères de Paul & Virginie. Cette femme aux yeux rougis par le chagrin était la preuve vivante de leur incompétence. On avait enlevé sa fille en pleine nuit, et ils n'avaient rien vu, rien entendu, eux qui se proclamaient les yeux et les oreilles de la résidence.

Jemma emprunta l'allée piétonne qui sinuait entre les arbustes et donnait sur le trottoir du boulevard. Elle passa brusquement dans un autre monde. À la symétrie des maisons aux façades élégantes et blanches succédaient le chaos et la grisaille de la large artère prise d'assaut par les voitures, les camions et les deux-roues. La main en visière sur son front, elle repéra, une centaine de mètres plus loin sur sa droite, une silhouette à l'intérieur d'un abribus transparent. Elle reconnut la veste et la chevelure de Luc Flamand. S'élança dans l'espoir de prendre de vitesse le bus vert et blanc englué dans le trafic. Alors qu'elle avait parcouru la moitié de la distance et qu'elle s'apprêtait à hurler pour attirer l'attention du journaliste, un monospace s'arrêta devant l'aubette.

Trois hommes en jaillirent vêtus de combinaisons noires, brandissant des barres de fer.

8

Madeleine

Telle est la vie des dieux et des hommes
divins et bienheureux :
s'affranchir des choses d'ici-bas, s'y déplaire,
fuir solitaire vers le solitaire.
Plotin, *Ennéades*, VI-9,
Traité sur le bien.

À l'orée de l'hiver, Madeleine se donnait à qui voulait bien la prendre.

Les noyaux de chaleur favorisant les rapprochements, elle accueillait en elle des hommes dont elle ne voyait pas toujours le visage. Ils quittaient le noyau avant qu'elle n'émerge du sommeil, pressés de partir en quête de leur pitance ou de leur aumône quotidiennes. D'eux elle ne connaissait que la chaleur de leurs mains ou de leur haleine sur son cou, l'épaisseur de leur ventre ou la rudesse de leurs hanches et, bien entendu, la longueur, la grosseur, la tension du bout de chair qu'ils plongeaient en elle avec plus ou moins d'adresse, la brutalité ou la douceur de leurs caresses, la force de leur éjaculation. Après l'avoir inondée, certains s'endormaient en restant collés à elle, d'autres se débrouillaient pour allumer une cigarette rudimentaire ou boire une gorgée de vinasse, d'autres s'accordaient un petit temps de répit avant de recommencer. Quelques-uns, qui n'avaient pas approché de femme depuis plusieurs mois, voire plusieurs années, la prenaient toute la nuit et l'abandonnaient à l'aube complètement saccagée. Elle pissait alors des lames de rasoir et gardait plusieurs jours l'impression de s'être accroupie dans un buisson d'épines. Ils ne mettaient pas de capote, d'abord parce que, sous la pression religieuse, les distributeurs avaient été retirés des rues de Paris, ensuite parce que les rares préservatifs en provenance des pays d'Asie étaient vendus à des prix prohibitifs. Peut-être rongée par le sida, la golfée ou un autre de ces virus qui déferlaient silencieusement sur l'Europe, Madeleine refilait avec générosité ses saloperies intimes aux inconnus allongés à ses côtés dans les noyaux de chaleur. Maillon d'une chaîne invisible et meurtrière. Quelle importance ? Elle n'avait pas les moyens de s'offrir un test de dépistage. Et puis elle avait cessé de vivre depuis bien longtemps.

Depuis, précisément, le jour où des salopards s'étaient introduits chez elle et lui avaient enlevé ses enfants. Fred, le mari de Madeleine, s'était pendu une semaine après leur disparition. Sans emploi, alcoolique, il pérorait au troquet du bout de la rue pendant que les ravisseurs s'introduisaient dans leur minuscule maison d'un lotissement de la banlieue sud sans laisser de trace de leur passage. Il avait installé les gosses devant un dessin animé avant de rejoindre ses compagnons de beuverie, estimant qu'il avait deux bonnes heures devant lui, largement le temps de se réchauffer les sangs avec quelques verres de rhum. Seul l'alcool avait le pouvoir de lui faire oublier ses deux années de guerre sur le Front Est. Deux années qu'il évoquait seulement devant les piliers de bistrot, en des termes si crus, si choquants qu'ils ne paraissaient pas crédibles. Les mots lui manquaient sans doute pour décrire l'horreur d'un conflit qui s'était éternisé et changé en cauchemar. Fred et ses camarades avaient commis des atrocités sur les ousamas tombés entre leurs mains. Fous de colère et de terreur, ils les avaient découpés vivants en commençant par les oreilles, les yeux et les couilles. Ils les avaient laissés agoniser nus et ensanglantés dans la boue des tranchées en leur pissant dessus et en leur fourrant de la viande de porc dans la bouche. Les hurlements et les gémissements avaient habillé le silence cotonneux des nuits de temps à autre déchiré par les déflagrations. De retour à la vie civile, Fred s'était saoulé pour oublier qu'il s'était comporté comme le dernier des salauds. Il était revenu à la maison, mais n'avait jamais repris sa place de mari et de père. Touchant une maigre pension d'ancien combattant, il avait refusé les boulots qu'on lui avait proposés et plongé définitivement dans l'alcool. Il ne s'était pas montré violent avec Madeleine et les enfants, mais il était resté à leurs côtés sans les voir, sans les remarquer, comme s'ils évoluaient sur un théâtre d'ombres. Il s'était pendu dans la cave après s'être crevé les yeux et tranché le pénis. Sous ses pieds, dans la flaque de sang à demi séchée, gisaient deux bouteilles de rhum vides, le bout de chair flasque et le couteau de boucherie.

Madeleine avait manqué une semaine dans le lycée catholique où elle travaillait comme aide-cuisinière. Son absence pourtant justifiée lui avait valu un licenciement sans préavis. Comme elle n'avait pas fini de payer le crédit, comme elle n'avait plus très envie de vivre dans un lieu qui symbolisait son malheur, elle s'était laissé expulser sans résistance, la banque exploitant immédiatement sa détresse pour récupérer la maison, la rafraîchir et la revendre avec un confortable bénéfice. Les banques n'avaient plus besoin de mettre les formes pour se gaver de détresse humaine. Elles s'engraissaient à une vitesse stupéfiante depuis que la récession frappait la vieille Europe débarrassée de ses vieilles lunes humanistes. D'abord hébergée dans l'appartement parisien d'une amie d'enfance dont le mec avait essayé de la baiser avant de la foutre dehors, Madeleine s'était retrouvée dans la rue à l'âge de vingt-sept ans, sans boulot, sans fric, sans relation, sans famille. Elle avait peu à peu perdu tout repère, toute notion d'elle-même. Elle avait commencé à se vendre pour une poignée d'euros, puis, quand la crasse, la souffrance et la lassitude avaient effacé les derniers vestiges de sa beauté, pour un bout de pain ou une gorgée de vin. Puis elle s'était offerte aux anonymes à seule fin de briser un sentiment de solitude de plus en plus glaçant. Elle ne ressentait pas vraiment de plaisir, elle volait une partie de leur énergie, du moins c'est ce qu'elle croyait, aux hommes plus ou moins jeunes qui cédaient à ses avances – elle n'en avait pas encore rencontré qui les refusent. Persuadée qu'elle ne survivrait pas à l'hiver si elle ne faisait pas le plein de liqueur séminale, elle s'était confectionné des vêtements aisément relevables qui favorisaient le coït. Le jour, elle traînait sa misère dans Paris, jouant à cache-cache avec les milices engagées par les transports parisiens pour chasser les sans-abri des stations de métro. Une affiche ou une couverture de magazine lui rappelait parfois ses enfants ; elle fondait alors en larmes et pleurait jusqu'à la tombée de la nuit. Elle rencontrait des difficultés grandissantes à reconstituer leurs traits, comme s'ils n'avaient existé que dans son imagination. Elle se rappelait avec plus de netteté les personnages de séries télévisées ou ses copines de l'école maternelle. Elle s'enfonçait chaque jour davantage dans son indignité de mère.

L'hiver s'annonçait aussi rude que les trois précédents. Alors qu'on venait à peine d'entrer dans l'automne, les nuits et les aubes étaient déjà glaciales. Les pluies brèves, rageuses, se retiraient en découvrant un ciel livide, les vents colériques se faufilaient sous les vêtements et mordaient la peau.

En fin d'après-midi, Madeleine se rendit dans la cave d'un immeuble en ruine où se rassemblaient des hommes et des femmes en quête de chaleur. Le premier noyau se formait sans que personne n'eût été prévenu. Ils se retrouvaient avec plaisir après avoir été éparpillés par les beaux jours. Certains d'entre eux avaient pensé profiter de l'été pour chercher du travail ou partir sous des cieux plus cléments, mais aucun n'avait pu mettre ses projets à exécution. Les portes s'étaient fermées l'une après l'autre, ils n'avaient pas trouvé l'argent pour s'acheter un billet de bateau ou de train, ils avaient épuisé leur temps à mendier, à satisfaire leurs besoins quotidiens.

Madeleine reconnut quelques têtes dans le groupe d'une vingtaine de personnes assises ou allongées sur des couvertures étalées. Assez grande, la cave se divisait en plusieurs compartiments parfois envahis par les éboulis. Par les soupiraux, la lumière du jour déclinant se glissait en rayons rouille et obliques entre les pierres et les gravats. Les membres du noyau – les atomes – avaient entassé leurs trésors au centre de leur cercle, pain, fromages, paquets de gâteaux, fruits blets, briques de soupe, boîtes de conserve, sachets de jambon, cubis de vin… Ça se passait toujours comme ça au début : on était heureux de replonger dans cette chaleur humaine que ne remplacerait jamais la canicule, on partageait l'espace, la nourriture, les médicaments périmés, les discussions, les bobos, les espoirs. Les traits sculptés par le mauvais vin et les privations se détendaient, les lèvres se retroussaient, les sourires édentés plissaient les pommettes et les tempes, les plaisanteries fusaient, les rires se répondaient. L'ambiance se détériorait à mesure qu'avançait l'hiver, sans doute parce que les conditions se durcissaient, que les ressources s'amenuisaient, que l'instinct de survie prenait le pas sur la solidarité. Les apôtres du partage se métamorphosaient alors en démons égoïstes, les noyaux de chaleur en cours des miracles. Il fallait veiller à ne pas se retrouver embringués dans une querelle qui pouvait dégénérer en rixe et se régler à coups de couteaux ou de tessons de bouteille. Ni les flics ni les milices privées n'intervenaient dans les bagarres entre sans-abri. L'État européen utilisait tous les moyens pour réguler les flux des miséreux qui débordaient les grandes villes, et, bien qu'accessoires, les meurtres concouraient à réduire une population déjà décimée par les épidémies, les drogues, la faim et le froid. Madeleine avait vu des keufs assister sans remuer le petit doigt à la mise à mort d'un pauvre bougre convaincu d'avoir dérobé un paquet de biscuits à un groupe de clochards. Elle les avait vus ricaner pendant que les bourreaux, déchaînés, arrachaient ses frusques au cadavre mutilé et le balançaient dans la Seine. Avant de tourner les talons, les gardiens de la paix avaient distribué des clins d'œil et des sourires de complicité aux meurtriers maculés de sang et sidérés par leur propre fureur.

Elle remarqua quelques jeunes parmi les hommes du noyau de chaleur, dont certains avaient à peine atteint les quinze ans. S'ils gardaient de l'enfance des yeux ronds, un corps vigoureux et une certaine inquiétude, l'errance et les privations avaient creusé leurs traits et les avaient transformés en vieillards prématurés. Elle se souvenait avec acuité du garçon qu'elle avait dépucelé l'hiver précédent. L'ayant repéré au moment du rassemblement, bouleversée par sa beauté, par sa fragilité, elle s'était débrouillée pour s'allonger près de lui. Elle avait adoré ses hésitations, sa maladresse, sa vigueur, la tendresse contenue dans ses caresses, dans son souffle, dans ses gémissements. Elle avait eu l'impression d'accoucher à l'envers, de se remplir de liquide amniotique, de sentir un nouvel enfant rentrer et bouger en elle. Elle lui avait saisi la main et l'avait glissée entre ses cuisses afin de prendre sa propre part de jouissance, puis, tandis que les autres s'endormaient dans un concert de ronflements, de râles, de toux et de sifflements, elle avait pleuré en silence jusqu'au cœur de la nuit. Elle ne l'avait jamais revu. Dans une métropole comme Paris, avec le nombre de noyaux qui se formaient chaque soir, les rencontres tenaient du hasard, ou du miracle.

On procéda au partage des vivres et on mangea de bel appétit malgré le pain rassis et le goût aigre de la piquette. Un homme à la grande gueule alluma une grosse bougie piquée dans une église. La flamme vacillante brillait avec davantage d'intensité qu'une étoile dans la cave promise aux ténèbres. Madeleine lui demanda comment il avait réussi à s'introduire dans l'église. Elle-même adorait se rendre dans les lieux de culte, les basiliques, les cathédrales, les chapelles, les seuls endroits où elle pouvait goûter un peu de paix intérieure, voire, quand personne ne la dérangeait dans son recueillement, une émotion proche du ravissement. Mais les paroissiens s'étaient constitués en milices, en patrouilles, pour interdire l'accès des édifices chrétiens aux sans-abri, et elle se heurtait désormais à des portes closes ou à des gardiens intransigeants. Les monuments partiellement détruits par les bombardements étaient eux-mêmes fermés par des murs de parpaings. Un temps elle était parvenue à se faufiler dans la chapelle de la rue du Bac, où la châsse de Catherine Labouré et la statue de la Vierge gisaient sous les décombres de la toiture en partie effondrée. À genoux sur les dalles de pierre, elle avait imploré le Seigneur et sa divine Mère de mettre fin à son supplice, de lui rendre ses enfants ou de lui accorder la grâce de l'oubli. Qui mieux que le fils de Dieu mort sur la croix pouvait compatir aux souffrances humaines ? À la douleur des mères ? Des larmes d'apaisement s'étaient écoulées de ses yeux. Elle s'était crue bénie par le Christ, baignée de sa miséricorde, jusqu'à ce qu'un prêtre en soutane la surprenne dans la chapelle et, à l'aide d'âmes charitables, la fiche dehors sans ménagement. Elle était retournée rue du Bac quelques jours plus tard, mais, cette fois, elle s'était heurtée aux barrières et aux grillages posés par l'entreprise chargée de la reconstruction.

« Faut juste prendre les bons passages, répondit l'homme à la grande gueule après avoir lampé une gorgée de vin au goulot d'une bouteille et s'être essuyé les lèvres d'un revers de manche. Quand on connaît bien les égouts, on peut aller n'importe où dans Paris. Même à Notre-Dame ! Même au palais de l'Élysée ! »

Il ressemblait au père Noël avec sa longue barbe grise et son manteau à dominante rouge. Un père Noël obscène qui aurait forcé sur la bouteille avant d'entamer sa tournée des cheminées. Des stries pourpres zébraient le bleu et le blanc de ses yeux. Madeleine n'aurait pas aimé se frotter contre lui. Quelque chose en lui la repoussait, peut-être sa façon de regarder par-dessous, jamais franchement, comme s'il préparait quelque mauvais coup, comme s'il n'avait pas la conscience tranquille. Et puis il y avait des limites à la crasse, elle n'aurait pas aimé qu'il balade sur sa peau ses doigts courts aux ongles noirs, qu'il lui souffle son haleine avinée sur la nuque. Elle n'osait imaginer dans quel état était sa queue.

Elle avait pu s'offrir une douche deux jours plus tôt. Les établissements de bains bon marché s'étaient multipliés ces dernières années. Il en coûtait tout de même trois euros pour rester cinq petites minutes sous une eau vaguement chaude, et il valait mieux se dépêcher si on ne voulait pas payer trois euros supplémentaires pour le rinçage ou sortir dans la rue avec les cheveux encore enduits de shampoing. La douche lui avait fait le plus grand bien. Elle s'était savonnée pratiquement à sec avant de tirer sur la chaîne, puis elle avait relâché la poignée afin d'étaler sur ses cheveux mouillés la dose de shampoing comprise dans le prix, elle s'était frottée avec énergie et, enfin, elle avait laissé couler l'eau sans interruption jusqu'à ce que le minuteur eût égrené ses secondes. Elle était ressortie régénérée de l'établissement. Il lui avait manqué un euro, en revanche, pour procéder au lavage semestriel de ses vêtements. Elle connaissait une laverie automatique dans le 20e arrondissement, fréquentée principalement par des sans-abri. On pouvait se déshabiller et rester vêtu de son seul manteau, d'une couverture ou d'une simple serviette pendant que les machines tournaient. De temps à autre les flics avertis par les riverains débarquaient et raflaient les femmes et les hommes dont l'absence de tenue offensait la pudeur des passants, mais, la plupart du temps, les autorités leur fichaient la paix. Elle se sentirait complètement propre, parée pour les amours d'hiver, lorsqu'elle aurait déniché l'argent nécessaire à la lessive.

« Si tu veux un jour aller dans une église, ma belle,

t'as qu'à me demander, reprit l'homme. J'suis pas difficile à trouver dans le 12e. Tout le monde me connaît sous le nom de Picpus.

— C'est plutôt toi qui les donnes, les puces ! » croassa une femme.

Sa voix enrouée se brisa en une succession de rires caverneux qui s'achevèrent en une violente quinte de toux.

« J'y penserai », marmonna Madeleine.

Elle se promit de ne jamais tomber dans les pattes de Picpus.

Après le dîner, des cigarettes roulées à la hâte passèrent de main en main. Elles ne contenaient pas que du tabac, mais une substance odorante qui tournait la tête à la première bouffée et estompait les formes. La seule taffe qu'elle inhala mit Madeleine dans un drôle d'état. De nombreuses variétés de merde circulaient dans les rues de Paris, fournies par de petits revendeurs qui s'arrangeaient pour vider les fonds de poches déjà percés des sans-abri. Ils les coupaient de diverses saloperies dont certaines pouvaient déglinguer un fumeur accro en trois ou quatre ans. Déjà des couples se formaient autour de Madeleine. Désinhibés par le shit, les atomes n'attendaient pas l'obscurité totale pour entamer leurs ébats. La flamme de la bougie révélait des peaux couvertes de plaies, de bleus et de croûtes sous les vêtements débraillés. Les bouches édentées s'entrechoquaient, les chevelures grasses s'emmêlaient, les mains aux ongles noirs disparaissaient sous les chemises, les jupes ou les pantalons. Aux senteurs d'herbe brûlée se mêlaient les odeurs de séborrhée, de sueur, de sexe et de crasse. Les soupirs, les frottements, les baisers, les chocs sourds des corps dominaient la rumeur de la ville. Étourdie, Madeleine ferma les yeux et se renversa contre le mur de la cave. Curieusement, elle qui se livrait volontiers à ce genre d'activité dans les noyaux de chaleur, elle se sentait gênée, voire écœurée, par le comportement de ses frères et sœurs de misère. Elle n'avait jamais rien ressenti de la sorte les hivers précédents. Les pétards ne provoquaient habituellement qu'une détente, un oubli bienfaisant dans un monde hérissé d'aspérités. Les trafiquants avaient certainement rajouté des substances psychotropes dans leur merde, mais, alors que la fumette abolissait toute pudeur chez les autres, elle provoquait l'effet inverse chez Madeleine, un brusque recul, l'impression aiguë, presque paranoïaque, qu'elle n'appartenait pas à ce monde.

« J'ai comme une envie de faire une petite visite dans ta grotte de Lourdes, ma belle. »

Madeleine sursauta et rouvrit les yeux. Picpus s'était approché d'elle à quatre pattes. Son sourire libidineux dévoilait ses rares chicots cerclés de noir. Submergée de dégoût, elle eut un mouvement de recul. L'arrière de son crâne heurta le mur de pierre. Il continua d'avancer son énorme tête rougeaude et planta presque le nez dans le sillon de ses seins.

« Joue pas les effarouchées, ma belle. » Il désigna d'un coup de menton le bas-ventre de Madeleine. « T'as reçu plus de monde là-dedans que la gare de Lyon. C'est comme ça qu'on t'appelle, d'ailleurs, *Gare de Lyon*. Alors, t'as aucune raison de me claquer la porte au nez. »

Il lui posa la main sur l'avant-bras. Elle frissonna et se dégagea d'un geste brusque.

« Je reçois qui je veux, lâcha-t-elle sans desserrer les lèvres. Et toi, mon pote, je te veux pas. »

Sa réaction eut pour seul effet d'agrandir les yeux et de figer le rictus de Picpus.

« J'crois bien que t'as pas le choix, Gare de Lyon ! »

Madeleine désigna une femme dépoitraillée qui tirait comme une damnée sur un pétard et dont le nez, les pommettes et les arcades rougeoyaient au cœur de l'épais nuage de fumée.

« C'est toi qui as ramené cette merde, hein ? Tu penses peut-être qu'avec ça toutes les femmes te tombent dans les bras ? »

Picpus grogna et, comme un animal fouisseur, remua sa grosse face entre les seins de Madeleine. Tremblante, elle saisit de la main gauche une pierre qui lui irritait les fesses, la garda un petit moment dissimulée dans son dos, attendit qu'il cesse de bouger pour la lui abattre de toutes ses forces sur la nuque. Il poussa un hurlement de cochon égorgé. Un silence soudain ensevelit la cave. Madeleine ne perdit pas de temps à vérifier que le coup avait mis son agresseur hors d'état de nuire, elle se releva et fila hors de la pièce basse en enjambant les corps enchevêtrés. Une fois dans le couloir séparant les compartiments de la cave, elle entendit la voix braillarde de Picpus qui ordonnait aux autres de la rattraper. Elle tenta d'accélérer l'allure, mais buta à plusieurs reprises sur des pierres ou des poutrelles métalliques posées comme des pièges dans l'obscurité naissante. Le bas de sa robe se prit dans une grille couchée. Il fallut pour se dégager qu'elle déchire l'épais tissu d'un coup sec. Elle n'avait pas fourni ce genre d'effort depuis bien longtemps, le souffle lui manquait déjà, son cœur cognait comme un gong déglingué, elle suait mille morts à remuer son corps engourdi par la piquette et le shit. Elle n'eut pas besoin de se retourner pour se rendre compte que des bruits de pas et de voix se rapprochaient d'elle. Des hommes du noyau avaient interrompu leurs ébats pour se lancer à ses trousses. Elle n'avait aucune chance de leur échapper. Picpus l'offrirait à ses compères après l'avoir violée, puis il l'égorgerait. Humilié en public, il ne ferait preuve d'aucune mansuétude. Il était de l'espèce des hommes qui éprouvaient le besoin d'asseoir leur autorité par la terreur, un minable tyran des rues. Elle tourna en rond sans trouver l'escalier qui reliait la cave et le rez-de-chaussée de l'immeuble. Des mèches de sa chevelure lui tombaient dans les yeux, elle se cognait aux portes et aux murs. Affolée. Mouche prisonnière d'une cage de verre. Elle revit le masque apaisé de Fred décroché de sa corde, son cou cerclé d'une large plaie bleuâtre. Puis, avec une netteté dérangeante, les frimousses de ses enfants, froncées, rieuses, moqueuses. Où étaient-ils ? Avec leur père ? Elle n'avait pas envie de les rejoindre, pas maintenant. L'existence sur terre lui semblait toujours aussi riche de promesses. Elle s'était engagée sur un chemin qui, elle le pressentait, elle le savait, débouchait sur les mondes extatiques entrevus dans les églises ou les chapelles.

« Là ! »

Elle s'était fourvoyée dans une cave qui n'offrait pas d'autre issue. Ses poursuivants, au nombre de trois, se ruaient à leur tour par la porte et lui interdisaient tout retour en arrière. La lumière du jour agonisant ne pénétrait pas dans la pièce exiguë et basse. La tête rentrée dans les épaules, les traits crispés par la peur, elle se réfugia dans le coin opposé à la porte. Elle peinait à contrôler sa respiration, se mordait les lèvres pour ne pas hurler. Les trois hommes se déployaient dans l'obscurité. L'un d'eux fredonnait une comptine enfantine d'une voix de fausset. Elle comprit que, davantage que les complices de Picpus, ils étaient ses soldats, ses valets. Elle se rappelait maintenant leurs sourires entendus, leurs propos à double sens, leur générosité trop démonstrative pour être honnête. Ils ne s'étaient pas invités dans ces sous-sols par hasard, ils s'étaient joints au noyau de chaleur dans un but précis. Après avoir pris du bon temps avec les femmes, ils prévoyaient sans doute de les égorger au cours de la nuit et de revendre leurs organes, leurs yeux, leurs cheveux ou leur peau aux trafiquants de chair humaine. Un vieil homme avait parlé à Madeleine de ces bandes qui hantaient les nuits parisiennes et qu'on surnommait les vampires ou les dépouilleurs. Elle n'avait pas vraiment gobé ces histoires, pensant que les sans-abri éprouvaient le besoin de conjurer leurs peurs par le verbe, de se forger leurs légendes. Les trois poursuivants se rapprochaient, sans hâte, jouissant de la terreur qu'ils inspiraient à leur proie. Ils peuplaient l'obscurité de claquements de langue, de miaulements, de ricanements.

Épouvantée, incapable de tenir sur ses jambes, Madeleine se laissa glisser contre le mur. Le sang avait cessé de couler dans ses veines. Les chasseurs perçurent le froissement des vêtements de leur gibier sur les pierres et poussèrent des ululements hystériques. Elle ouvrit la bouche en quête d'oxygène et ferma les yeux. Subitement, elle se retrouva dans la chapelle de la rue du Bac, face à la statue à demi ensevelie de la Vierge. Elle ressentit aussitôt un grand calme, une sérénité comparable à celle qu'elle avait quelquefois expérimentée dans les lieux saints. Immergée dans la tendresse et la douceur de la Mère. Elle lâcha prise, perdit toute notion d'espace et de temps.

Il lui sembla que les trois hommes fouillaient la pièce avec fureur, proféraient des litanies de jurons, se demandaient où était passée la satanée bonne femme qu'ils avaient vue, de leurs yeux vue, entrer dans la pièce, se retiraient après avoir allumé une torche et promené le rayon lumineux sur le sol craquelé et les murs noirs.

Madeleine n'eut pas envie de quitter la cave. Pas envie de briser l'enchantement. Elle se sentait plus proche de Fred et des enfants qu'elle ne l'avait jamais été. Ils avaient aboli les distances. Ployé le temps.

Leurs âmes la pénétraient, la ravissaient.

Un rayon de lumière la tira de son sommeil. Elle s'étira, se rajusta et sortit de la cave. Le froid du crépuscule lui cingla le visage. Combien d'heures avait-elle passées dans cette cave ? Elle ignora les ombres qui s'agitaient entre les gravats. Elle se remémorerait ces instants de grâce chaque fois qu'elle serait possédée par la peur. Il lui fallait maintenant trouver quelques euros pour manger et laver ses vêtements.

9

La chance a voulu que jamais les bombes ousamas ne tombent sur la centrale nucléaire du cœur de Paris. Les membres du gouvernement national de l'époque, dont, par pure charité, je tairai ici les noms, ont pourtant couru un risque insensé. Ils prétendaient que toutes les précautions étaient prises, que l'armature de béton résisterait à toutes les bombes, y compris aux bombes-mères à uranium appauvri, mais que serait-il arrivé si par malheur un kamikaze islamiste avait réussi à s'introduire à l'intérieur de la centrale avec une lourde charge explosive ? Une déflagration de grande ampleur n'aurait-elle pas transformé Paris et la région de l'Île-de-France en une zone contaminée, condamnée à l'isolement pendant des siècles et des siècles ? Certes le pays avait un besoin pressant d'énergie, mais était-ce une raison pour jouer avec la vie de millions d'hommes et de femmes ? Pour menacer de réduire en cendres le cœur et le cerveau de la France ? Est-ce là une attitude tolérable, digne de représentants nationaux ? Si nous voulons retrouver un jour la souveraineté et la puissance qui furent autrefois nôtres, nous devons maintenant faire la différence entre les visionnaires et les ambitieux.

Jules-Jean Jacquin
La Nouvelle Europe Libre.

Les hommes vêtus de combinaisons noires s'étaient engouffrés dans l'aubette.

Éblouie par la lumière rasante du crépuscule, Jemma les vit se ruer sur Luc Flamand et le frapper à coups de barres de fer. Il s'ensuivit une mêlée confuse entre les parois miroitantes et barbouillées de rouille. Affolée, Jemma chercha de l'aide dans les yeux des automobilistes bloqués dans le trafic, mais elle ne parvint pas à capter leurs regards fuyants. Ils auraient sans doute consenti à sortir de leurs abris de tôle et de verre si elle les y avait conviés d'un sourire ou d'une moue salace, partants pour une petite aventure, pas chauds pour la bagarre ni les emmerdes.

« Ils vont le tuer ! »

Son cri, lancé à un jeune homme qui avait entrouvert la vitre passager, ne rencontra aucun autre écho qu'une série de coups de klaxons intempestifs. Nauséeuse, engluée dans un rêve, elle scruta l'embouteillage en quête d'une bagnole d'euroflics ou d'un 4x4 d'une compagnie de sécurité privée. Les ombres s'enchevêtraient dans l'abribus. Impossible de savoir ce qui s'y passait exactement. Le monospace des agresseurs, immobilisé sur le côté de la route, entravait une circulation déjà dense, contraignant les véhicules suivants à se déporter sur la gauche et à forcer le passage.

Un flot de rage et de culpabilité mêlées déborda Jemma. Si elle ne l'avait pas fichu dehors, les hommes en noir n'auraient pas coincé Luc Flamand sur ce boulevard. Refoulant sa peur, serrant son sac contre son ventre, elle fonça vers l'aubette. Elle n'était sûrement pas de taille à combattre trois mecs armés de pieds-de-biche, mais sa seule apparition suffirait peut-être à créer un effet de surprise et à les disperser. Elle ne parvenait pas à s'imprégner de la réalité de cette scène. Les formes gesticulantes entre les parois transparentes, l'interminable ruban de voitures aux feux allumés, le pourpre crépusculaire qui virait au sale, les murailles sombres des immeubles ne semblaient pas tangibles, pas davantage que les claquements de ses semelles sur le ciment, les ronflements des moteurs, les grognements des agresseurs, les tintements des barres de fer sur les montants métalliques.

Une paroi explosa alors qu'elle arrivait à une dizaine de mètres de l'aubette. Un corps s'affaissa sur le trottoir dans une gerbe d'éclats scintillants, roula sur lui-même, se releva dans le mouvement, fondit sur Jemma.

« Bougez-vous, nom de Dieu ! »

La voix de Luc Flamand la tira de son hébétude. Elle eut à peine le temps d'entrevoir son visage ensanglanté, criblé d'éclats de plexiglas. Son attention se reporta sur les trois silhouettes qui s'élançaient derrière le journaliste en pulvérisant les vestiges de la paroi. Luc Flamand parvint à sa hauteur et, sans ralentir l'allure, lui donna un petit coup sur l'épaule pour la contraindre à réagir. Elle pivota sur elle-même, se mit à courir, perdit la première de ses tennis, puis la seconde quelques mètres plus loin. La surface dure et rugueuse du trottoir lui meurtrit les plantes des pieds. Chaque impact sur le sol, chaque vibration lui fouaillait le ventre. Aiguillonnée par la peur, elle ignora la douleur et s'efforça de garder le contact avec Luc. Il lançait de réguliers coups d'œil par-dessus son épaule pour mesurer la distance qui les séparait de leurs poursuivants et s'assurer qu'elle n'était pas décrochée. Elle crut que ses poumons et son cœur allaient exploser. Sur sa droite défilaient les faces des passagers des voitures en partie estompées par les vitres. La rumeur de la ville étouffait les halètements des trois hommes. Un souffle brûlant effleurait la nuque de Jemma. Leur haleine peut-être. Elle fut tentée de se débarrasser de son sac, se rappela qu'il contenait ses papiers, ses cartes bancaires, deux photos de Manon, le ramena devant elle, le bloqua entre son coude et sa hanche.

Flamand continua de remonter le boulevard. En laissant derrière elle l'entrée de la résidence Paul & Virginie, Jemma eut la certitude de s'engager dans un chemin sans retour. Ils cavalèrent encore un bon moment avant que le journaliste ne se retourne et ne lui fasse signe de s'arrêter. Elle eut besoin de plusieurs minutes pour reprendre son souffle, pliée en deux, les mains posées sur les genoux, le sac pendant le long de sa jambe, les pieds en sang, le ventre, les poumons et le cœur en vrac. Trop fatiguée pour vérifier qu'ils ne couraient plus aucun danger. Pas d'autre choix que de faire confiance à Luc Flamand.

« Ils vont revenir », murmura le journaliste.

Jemma s'efforça de remettre de l'ordre dans sa respiration.

« Allons chez moi…

— Il vaut mieux éviter de retourner chez vous pendant quelque temps. C'est là où ils me chercheront en premier.

— Je ne peux pas laisser ma maison comme ça.

— Elle ne risque pas grand-chose. La résidence est surveillée, non ?

— Je croyais qu'elle l'était jusqu'à la disparition de Manon. Je suis… Je suis désolée de vous avoir dit toutes ces conneries tout à l'heure. J'aurais dû vous retenir.

— Ils seraient venus me chercher chez vous. C'est moi qui suis désolé de vous avoir embarquée dans mes… »

Elle l'interrompit d'un geste de la main.

« Il faut soigner votre visage.

— Mettons-nous d'abord à l'abri.

— Pourquoi ont-ils abandonné la poursuite ?

— Je suppose qu'ils n'ont pas voulu trop s'éloigner de leur bagnole. Ils ont eu peur de se la faire piquer. »

Luc Flamand entraîna Jemma de l'autre côté du boulevard. Ils se faufilèrent entre les voitures quasiment à l'arrêt, s'enfoncèrent dans un dédale de rues livrées à la nuit naissante, traversèrent un square pris d'assaut par des sans-abri dont quelques-uns leur réclamèrent une pièce, puis ils débouchèrent sur une large avenue où ils hélèrent un taxi. Le chauffeur hésita à les prendre en découvrant le visage ensanglanté du journaliste et les pieds nus de la jeune femme, mais, devant le billet que lui tendit Flamand, il hocha la tête et leur fit signe de s'installer sur la banquette arrière.

« J'vous dépose où, m'sieur dame ? »

Luc Flamand lui indiqua une adresse dont Jemma, toujours exténuée par sa course, toujours nauséeuse, ne comprit que le mot « place ». Elle attendit que le taxi se fût lancé dans le trafic pour murmurer :

« Je croyais que vous n'aviez pas d'argent.

— J'en garde toujours un peu sur moi, répondit le journaliste à voix basse. Pour les coups durs.

— Vous me cachez beaucoup de trucs de ce genre ? »

La pénombre changea en rictus le sourire en coin du journaliste.

« Une des règles élémentaires de la survie est de savoir préserver quelques-uns de ses jardins secrets.

— On risque sa peau dans vos jardins secrets. »

Le chauffeur de taxi, crâne rasé, nuque grasse et plissée, imposante moustache aux extrémités recourbées, leur jetait d'incessants coups d'œil dans le rétroviseur. Ses yeux noirs et pénétrants se chargeaient de questions qui ne franchiraient jamais le barrage de ses lèvres : un visage en sang n'invitait guère aux indiscrétions dans une Europe où se multipliaient les factions et les règlements de comptes. Jemma tira un mouchoir de son sac, l'humecta de salive et essuya avec délicatesse les égratignures de ses pieds.

« Où m'emmenez-vous ?

— Un appartement abandonné. Je l'ai découvert par hasard. Il me sert momentanément de planque. Faudra pas être trop regardant sur le confort. »

Jemma voulait bien ne pas être trop regardante sur le confort, mais elle supportait mal l'odeur de renfermé et de moisissures. L'eau, l'électricité et le gaz avaient été coupés depuis des lustres. Elle mourait d'envie de prendre une douche, et elle n'avait pas eu d'autre possibilité que de se passer sur le visage et sur les pieds un peu de l'eau minérale laissée par Luc Flamand lors de son séjour précédent. L'humidité qui rongeait l'appartement la traquait jusqu'aux os.

Après que le taxi les avait déposés sur une place circulaire, ils avaient marché jusqu'au numéro 268 d'une artère étroite et défoncée. Jemma avait acheté du désinfectant, des compresses, une pince, des tampons hygiéniques et une paire de claquettes à semelle de bois dans une pharmacie minuscule et sombre. Le journaliste avait expliqué qu'il ne donnait à personne l'adresse exacte de son refuge, surtout pas aux taxis, une précaution élémentaire à rajouter aux pierres de ses jardins secrets. Jemma serait la première, et la seule sans doute, à pénétrer dans sa « garçonnière ». Il espérait qu'elle se montrerait digne de la confiance qu'il lui accordait. Bien qu'il eût prononcé ces mots d'un ton enjoué, elle n'avait pas eu l'absolue certitude qu'il plaisantait.

La vieille bâtisse à la façade grisâtre et criblée de cratères avait souffert des bombardements pendant la guerre, mais elle ne s'était pas effondrée, contrairement à la moitié de l'avenue soufflée par les explosions. Les propriétaires n'avaient pas eu les moyens de construire de nouveaux immeubles ni de restaurer les anciens, ni même d'enlever les gravats. Les monticules se coiffaient d'herbes folles et servaient de refuges aux familles de sans-abri qui avaient creusé des galeries et des terriers dans les décombres. Des odeurs de cuisine se diffusaient dans la nuit tombante, des feux arrachaient de l'obscurité des rondes de visages impénétrables. C'était la première fois que Jemma s'aventurait dans un quartier mal famé de l'agglomération parisienne. Elle avait arpenté des rues identiques à celle-ci dans différentes villes de l'Europe du Sud. Ailleurs, la misère se parait d'oripeaux exotiques qui permettaient au voyageur de la tolérer, quand ils ne lui procuraient pas une émotion esthétique, mais, dans son propre pays, dans sa propre ville, elle perdait son caractère pittoresque et tendait des miroirs cruels où l'on détestait se réfléchir. Ils renvoyaient à Jemma les images blessantes de sa vie en miettes, ils lui rappelaient qu'elle avait perdu sa fille, son emploi, bientôt sa maison, que le malheur était venu la débusquer dans le cœur de la cité où elle s'était toujours crue en sécurité. La guerre avait renversé les murailles de l'Europe. Les terres chrétiennes autrefois protégées, autrefois bénies, n'étaient plus capables de nourrir et de défendre leurs enfants. Elles avaient eu beau arracher l'ivraie musulmane dans une terrible réaction de rejet à la fois organique, ethnique et religieuse, elles n'avaient pu enrayer leur déchéance, elles avaient sombré à une vitesse ahurissante dans les tourbillons de l'après-guerre comme des navires rongés par les siècles et démantelés par un ouragan.

À l'aide de la pince, Jemma retira les éclats de plexiglas incrustés dans les joues et le front de Luc, parfois si minuscules qu'elle dut élargir les bords des plaies pour parvenir à les extraire. Les lueurs diffuses des bougies ne lui facilitaient pas la tâche. Elle se revit quelques années en arrière en train de nettoyer les plaies de Manon tombée de vélo sur une allée gravillonnée. À nouveau elle pleura. Elle se demanda pourquoi ses règles lui étaient revenues. Elles la mettaient dans un état de faiblesse et de fébrilité qu'elle exécrait. Elle pouvait très bien s'en passer, elle ne serait plus jamais mère. La puanteur de l'appartement lui soulevait le cœur. Luc grimaçait et gémissait lorsque les deux extrémités de la pince, pourtant maniée avec délicatesse, remuaient dans sa chair. De violentes envies de lui enfoncer les pointes métalliques jusqu'à l'os traversaient Jemma. De taillader ce visage confié à ses soins, de se venger sur lui des blessures qu'elle avait reçues ces dernières semaines et qui ne cicatrisaient pas. Elle prenait en pleine face son haleine et son odeur âpre, ne voyait plus que ses défauts, nez un peu fort, peau pas très nette, pellicules dans les cheveux et les sourcils, lèvres sèches et rainurées. Elle se demandait ce qu'elle avait pu lui trouver de séduisant le jour de leur rencontre ; c'était probablement qu'il était le premier homme à remettre les pieds dans sa maison depuis bien longtemps.

Elle reposa la pince avec des gestes secs, badigeonna les plaies de désinfectant et posa des compresses sur les plus sanglantes. Elle s'éloigna dès qu'elle en eut terminé, un peu comme on se hâte de fuir une tâche dégradante, se versa quelques gouttes d'eau minérale sur les mains, se rendit près de la fenêtre de la cuisine qu'elle ouvrit en grand. Le vent chargé d'humidité transperça ses vêtements, dissipa sa détresse et sa colère. Elle s'en voulut de ses pensées négatives pour Luc Flamand. Son regard se perdit dans la cour intérieure de l'immeuble transformé en trou noir.

Changer de tampon, maintenant. Elle se munit d'une bougie et alla s'enfermer dans la salle de bains, encore plus fétide que le reste de l'appartement. Elle qui avait toujours observé une hygiène maladive, obsessionnelle, se sentait cernée par la crasse, assaillie par les germes. Elle se contorsionna en tous sens pour réussir à retirer le tampon imbibé de sang sans rien toucher dans la pièce pourtant exiguë, ni les cloisons, ni la coiffeuse, ni la chaise, ni la baignoire, ni les lavabos, ni les serviettes rigidifiées par la poussière. Elle s'accroupit au-dessus de la cuvette en prenant bien soin de ne pas poser les fesses sur la lunette. Quelle idée l'avait prise d'introduire le serpent dans sa maison ? De se lancer à ses trousses après l'avoir viré ? Chez elle, au moins, elle aurait épuisé son chagrin dans des conditions acceptables. Elle vida sa vessie, déroula la moitié d'un rouleau de PQ avant d'en déchirer quelques feuilles, s'essuya avec une rage hystérique, inséra un nouveau tampon, remonta son jean, puis resta un long moment hébétée, débranchée. Elle aurait voulu pleurer, s'apitoyer sur elle-même, mais les larmes ne coulaient pas. Elle eut peur, soudain, d'avoir asséché ses réserves. Les pleurs associés aux souvenirs étaient les seuls vestiges de sa vie antérieure, ses seules raisons de ne pas sombrer dans le néant, dans la folie.

On frappa à la porte.

« Tout va bien ? »

Luc Flamand avait l'art et la manière de poser des questions d'homme.

« Vous savez comment sont les bonnes femmes qui ont leurs règles ! »

La voix de Jemma vibrait de rage contenue.

« Pardon, je ne savais pas.

— Non, évidemment. »

Le journaliste lui installa, dans la plus petite et la plus propre des deux chambres, un lit relativement douillet avec des draps récupérés dans une armoire en aggloméré. Ils répandaient une odeur de moisi traversée de senteurs rancies de lavande. Pour le dîner, Flamand ouvrit une boîte de chili qu'il versa dans une casserole à la propreté plus que douteuse et réchauffa sur un petit camping-gaz. Jemma accepta d'en manger quand elle se rendit compte qu'elle mourait de faim et que la substance fumante, informe et brune qui garnissait son assiette en carton n'était pas franchement dégueulasse.

« Vous avez de quoi tenir un siège, dit-elle en montrant les boîtes amoncelées dans un coin de la cuisine.

— Des réserves entassées par les anciens occupants. » Flamand saisit la boîte vide de chili et l'approcha de la flamme d'une bougie. « À en juger par la date de péremption, ils l'ont achetée au début de la guerre. Comme toutes les autres. Ils ont fait les stocks habituels, sel, conserves, sucre, huile. Toujours les mêmes vieux réflexes, toujours la même peur du manque.

— Elles sont encore bonnes, au moins ?

— Consommables sans aucun problème, bonnes ça dépend des goûts.

— Qu'est-ce qu'ils sont devenus, les anciens occupants ?

— Ils ont fui. Ou ils ont été dénoncés par des voisins. Ou ils ont été tués par un bombardement. S'ils n'ont plus de famille, si personne ne s'intéresse à leur sort, on ne le saura jamais. »

Il lui servit, dans un verre à pied, un vin rouge qui n'avait pas trop mal vieilli – il avait ouvert trois bouteilles avant d'en dénicher une dont le contenu n'avait pas viré à l'aigre. Jemma vida plusieurs verres jusqu'à ce qu'elle ne ressente plus la froidure humide, que l'appartement lui paraisse moins crade et la compagnie de Luc Flamand supportable. Elle aurait même fini par le trouver agréable si elle n'avait pas été prise d'une soudaine envie de vomir qui raviva ses idées noires. Elle se leva, peina à se camper sur ses jambes fuyantes, bredouilla un vague bonsoir à l'adresse du journaliste, se rendit dans sa chambre après un détour par les toilettes, se glissa dans le lit sans se déshabiller et plongea presque aussitôt dans un sommeil de plomb.

Un rai de lumière tombant par la trouée d'un volet la réveilla. Ce fut d'abord sa nausée qui la ramena à la réalité, un goût aigre au fond de sa gorge, un nœud dans l'estomac, puis la sensation que sa vessie allait déborder, puis l'odeur suffocante des draps et enfin les douleurs sourdes à ses pieds et à son ventre. Elle constata que sa première pensée n'était pas allée à Manon et se demanda avec effroi si son cœur de mère n'était pas tombé en poussière. Elle se leva et, saisie par l'humidité glaciale de la chambre, ouvrit les volets. La lumière du jour lui blessa les yeux. Un crachin tenace tendait une mantille fine et luisante sur les toits et les rues. La température avait chuté d'une bonne quinzaine de degrés au cours de la nuit, une amplitude thermique brutale mais assez fréquente au début de l'automne. Jusqu'à la mi-novembre, personne ne savait de quel côté retomberait la face du dé climatique, douceur maladive ou rigueur excessive. Dans un cas on assisterait à la recrudescence des épidémies et la fonte dramatique des glaces, dans l'autre les sans-abri mourraient de froid par milliers et les réserves d'énergie déjà basses s'épuiseraient à une vitesse alarmante.

Le ciel était à l'image de Jemma, sombre, désespéré. En contrebas, de l'autre côté de l'avenue, les silhouettes grises des sans-abri s'agitaient dans les collines de décombres, tendaient des bâches devant les entrées des galeries, creusaient des fossés d'évacuation, colmataient les brèches, consolidaient leurs auvents et leurs appentis de fortune.

Jemma frissonna. Tant de choses dérisoires à faire. Pisser, remettre un tampon, trouver des fringues plus chaudes, satisfaire les besoins tyranniques de ce corps indifférent, presque étranger, se laver, manger, évacuer, dormir, se réveiller, et ensuite quoi ? Quoi ?

Elle referma la fenêtre, sortit de la chambre, explora l'appartement. À la lumière du jour, il lui parut un peu moins sinistre, un peu moins sordide, qu'aux lueurs des bougies. Sur la table de la cuisine gisaient des restes de repas auxquels elle n'avait pas été conviée. Combien de temps avait-elle dormi ?

La porte de la deuxième chambre étant entrouverte, elle y risqua un œil. Luc Flamand ne s'y trouvait pas, pas davantage d'ailleurs que dans la salle de bains ni dans un autre recoin de l'appartement.

Elle chassa d'une expiration une brève et violente attaque de panique. Le serpent qu'elle avait eu l'imprudence d'introduire dans sa vie lui était devenu indispensable.

Parasitée.

Elle n'avait plus maintenant qu'à espérer son retour.

10

André

André en avait plus que ras-le-bol de la soupe populaire, des caves humides et des fringues nauséabondes. La pauvreté l'avait intrigué au début, puis, quand les premiers froids étaient tombés, il avait commencé à détester cordialement ses compagnons de misère et les conditions dans lesquelles ils vivaient. Survivaient plutôt : on ne pouvait parler de vie pour des êtres qui passaient leur temps à quêter leur pitance, leur pinard et un abri pour la nuit.

André n'avait pas appris à les aimer au cours des deux mois passés en leur compagnie. Il les avait étudiés avec la froideur d'un éthologiste, car c'est ce qu'ils étaient, les réprouvés de l'Europe, des animaux, des créatures gouvernées par leur seul instinct. Dans les groupes qui se faisaient et se défaisaient au gré des conditions climatiques, les comportements étaient analogues à ceux qu'on observait dans les meutes. Il y avait les mâles dominants, les gardiens, les rebelles, les opportunistes, les soumis, les lâches, les bannis, les alliances, les trahisons, les sacrifices. Les femmes se plaçaient la plupart du temps sous la protection des grandes gueules et des gros bras, hormis quelques solitaires qui papillonnaient d'homme en homme sans aucun sens de la morale ni de la pudeur. Celles-là n'avaient pas trouvé d'autre moyen de se ménager une place dans les noyaux de chaleur. André faisait partie des rares hommes qui résistaient à leurs charmes enrobés sous une épaisse couche de crasse. Il avait dû, pour se débarrasser d'elle, frapper une harpie qui l'avait harcelé une bonne partie de la nuit, un direct en pleine poire, craquement des cartilages du nez, choc sourd du crâne cognant le mur, froissement des vêtements sur les pierres. Il avait pensé l'avoir tuée, mais, à l'aube, elle avait disparu de la cave, ne laissant de son passage que quelques cheveux collés par le sang. À moins qu'elle n'eût été enlevée par une bande de vampires, les prédateurs nocturnes qui dépeçaient les corps pour les revendre en pièces détachées aux trafiquants d'organes.

L'enquête avait progressé avec une lenteur désespérante. Les premières questions d'André étaient restées sans réponse. Aux regards méfiants qu'on lui avait jetés, il avait compris qu'il ne suffisait pas d'enfiler des hardes, de se laisser pousser cheveux et barbe pour être admis dans l'immense famille des sans-abri. Le monde de la rue n'était pas aussi chaotique qu'il n'y paraissait. Sous l'entropie de surface se dissimulaient des codes, des lois, se dessinait une structure ramifiée, transparaissait une hiérarchie d'autant plus redoutable qu'insaisissable et peu regardante sur les moyens. Les bandes criminelles avaient des yeux et des oreilles en chaque rassemblement, en chaque noyau de chaleur. Pas un mouvement, pas un événement ne leur échappait, ni les départs clandestins vers les régions plus clémentes, ni les distributions gratuites de nourriture et de couvertures, ni la répartition des caves ou des abris disponibles, ni les trafics les plus minimes, ni la mendicité. Les associations caritatives et les médecins bénévoles devaient passer sous leurs fourches caudines pour administrer soins, médicaments et produits de première nécessité.

Jusqu'alors, cet état de fait n'avait guère dérangé le gouvernement européen, qui avait d'autres chats à fouetter que de défier sur leur terrain les invisibles pieuvres de la criminalité. Le rétablissement d'une parodie de démocratie, la reconstruction du pays en ruine, la relance d'une économie anémique mobilisaient toute l'énergie des ministères et du Parlement. Puis les enfants avaient disparu par centaines et, sous la pression des familles influentes frappées par le fléau, les autorités avaient chargé Europol d'infiltrer et de démanteler les bandes de dépeceurs impliquées d'une manière ou d'une autre dans les rapts d'enfants. Les nouveaux paradis de la consommation réclamaient d'énormes quantités de chair fraîche, vivante ou morte. Au palmarès des pièces de rechange venaient en tête les testicules, les ovaires, les yeux, les cheveux, les cœurs, les poumons et les foies. La peau également, claire de préférence, très prisée des Chinois ravagés par les pollutions de l'air et de l'eau. On prétendait que les laboratoires biotechnologiques d'Extrême-Orient brevetaient à tour de bras des séquences génétiques afin d'accélérer le clonage thérapeutique – le Vatican et le conseil des religions réformées les accusaient de se consacrer, sous couvert de santé publique, au clonage reproductif en dépit du moratoire de trente ans arraché par les gouvernements occidentaux. Le spectre de l'être parfait se levait à l'Est après avoir un temps plané sur l'Ouest. On avait parlé après guerre de modifications génétiques sur les soldats de l'archange Michel, une rumeur catégoriquement démentie par le gouvernement européen qui n'avait retrouvé, dans les archives militaires, aucune trace des prétendues manipulations ni un seul témoignage crédible d'ancien combattant. Cependant, André restait persuadé que, quelque part dans le monde, des docteurs Frankenstein peaufinaient les corps parfaits et impérissables où les plus fortunés pourraient transférer leurs données personnelles, neurones et astrocytes. Les commandes étaient déjà passées sans doute. Pour quelques milliards d'euros, de dollars ou de yuans, des privilégiés de toutes races s'offraient une promesse de virginité organique, comme des hommes fortunés s'étaient jadis acheté la congélation dans l'espoir que le progrès viendrait les ressusciter de leur sommeil de glace. Chaque époque avait les belles au bois dormant qu'elle méritait.

André s'était porté volontaire pour infiltrer les bandes de vampires. Il avait vu dans l'opération une excellente occasion de gravir les échelons d'Europol. Pas question d'attendre les cinq ou six années réglementaires pour monter en grade. Nathalie, épousée le printemps dernier, s'y était opposée avec une véhémence étonnante, bouleversante, mais il ne s'était pas rangé à ses arguments. Il ne risquerait rien, avait-il affirmé, il reviendrait au plus dans une quinzaine de jours, il donnerait régulièrement des nouvelles sur le téléphone portable, elle n'avait qu'à l'attendre chez ses parents, l'air de la campagne lui ferait le plus grand bien. Il avait caressé son ventre qui commençait à s'arrondir. Elle l'avait supplié de rester, mais, bien qu'étreint par un sombre pressentiment, il s'était arraché de ses bras et enfui de l'appartement comme un voleur. Il n'avait pas d'autre choix que d'accepter cette mission s'il voulait lui offrir une existence digne d'elle, de sa jeunesse, de sa beauté, de l'enfant qu'elle allait lui donner. Il ne l'avait pas revue depuis. Elle était partie, comme il le lui avait suggéré, chez ses parents, à deux cents kilomètres de Paris. Il l'appelait tous les trois ou quatre jours sur le portable qu'il lui avait confié – pas question d'être surpris avec un portable au milieu des sans-abri –, mais elle répondait de façon lapidaire, avec un rien de froideur, comme si elle ne lui pardonnait pas de l'avoir sacrifiée à sa carrière. Au train où allaient les choses, il n'aurait pas fini son boulot lorsqu'elle arriverait à terme. Tant qu'ils n'étaient pas relevés de leur mission, les volontaires ne devaient en aucun cas chercher à contacter leurs collègues ni à revoir leur famille, le responsable de l'opération s'était montré très clair et ferme sur ce point. André ne pouvait plus revenir en arrière. Il risquait de ne pas assister à la naissance de son enfant.

Il a décidé de précipiter le mouvement. Il a suivi pendant plus d'une semaine un type qu'il soupçonnait d'appartenir à une bande de vampires. Il a repéré, au cœur du 20e arrondissement, une usine désaffectée où se rassemblaient une ou deux fois par jour une quarantaine d'individus. Il tente de se glisser à l'intérieur du bâtiment en passant par les toits, mais des chiens flairent sa présence et il ne doit son salut qu'à un saut désespéré dans la cour de l'immeuble voisin. Il réussit à s'enfuir en dépit d'une cheville foulée et remet son rapport à sa correspondante, Anna, une collègue d'une trentaine d'années, plutôt jolie, vaguement draguée quelques années plus tôt, qu'il rencontre tous les deux jours à 19 heures dans le hall grandes lignes de la gare de l'Est. En retour, l'ordre lui est donné de rester planqué, de ne pas prendre de risques inconsidérés. Sa hiérarchie, et par extension le gouvernement, n'est pas pressée de mettre fin à l'activité des dépeceurs des bas-fonds. Certains dirigeants européens touchent probablement des dividendes du trafic, ou encore ils estiment, avec un cynisme effarant, que les vampires sont les plus qualifiés pour maintenir un minimum de cohérence dans les rues des villes européennes. Ils évitent ainsi de disperser des forces de l'ordre déjà squelettiques et se débarrassent à peu de frais, tout en affichant les mines graves et compatissantes de circonstance, d'une partie des populations indésirables – celles qui résistent aux épidémies de sida mutants, de grippe aviaire foudroyante ou de golfée.

André n'avait pas l'intention d'être la victime bêlante des intrigues qui se nouaient dans les couloirs de Bruxelles. Après plusieurs semaines de tâtonnements et de déceptions, il avait réussi à infiltrer la mystérieuse organisation des vampires. Il avait continué de suivre son homme et s'était retrouvé, un soir, dans une cave d'immeuble en ruine où s'était formé un noyau de chaleur. L'autre avait sorti de la poche de son manteau une barrette de shit, une vraie saloperie qui décalquait la tête et transformait les atomes des deux sexes en bêtes lubriques. André n'en avait fumé que du bout des lèvres, gardant suffisamment de lucidité pour s'éloigner des femmes qui le couvaient de regards salaces. Âgé de vingt-sept ans, costaud, il plaisait beaucoup aux hétaïres des sous-sols. Puis, alors que les premiers couples se formaient dans la pénombre de la cave, une femme avait repoussé un certain Picpus, un pitoyable dictateur des bas-fonds, et l'avait frappé avec une grosse pierre avant de s'enfuir. Deux mecs avaient interrompu leurs joutes amoureuses pour se lancer à la poursuite de l'impudente. L'un d'eux étant l'homme qu'il filait depuis plus d'une semaine, André s'était joint à eux. Cette affaire minable lui offrait une possibilité de s'introduire dans la bande. Il avait espéré de tout son être qu'ils ne trouveraient pas la fugitive dans les autres caves de l'immeuble. Il serait obligé, s'ils la chopaient, de participer à sa torture, à son exécution, au prélèvement de ses organes. Il avait feint de la chercher avec ardeur, mais elle était restée introuvable, comme si elle avait glissé le doigt dans un anneau d'invisibilité. Soulagé, il était retourné avec les deux autres dans la pièce où Picpus, le crâne en sang, les avait accueillis d'une bordée d'insultes. Après une nouvelle tournée de joints, les membres du noyau avaient repris leurs activités où elles en étaient restées. André avait dû ruser pour se sortir des griffes d'une femme défoncée et particulièrement entreprenante – crasse et odeur repoussantes. Au cours de la nuit, l'homme qu'il pistait était venu le réveiller. Son cœur s'était arrêté de battre pendant cinq secondes. Il avait cru que l'autre voulait lui faire la peau, mais il venait seulement lui proposer d'entrer dans la bande.

André n'avait pas mentionné les progrès de son enquête sur les rapports remis à sa correspondante. Il préviendrait les médias et le cercle des familles influentes en même temps qu'il livrerait l'affaire à Europol. Les huiles de Bruxelles seraient bien obligées d'agir si elles ne voulaient pas subir une campagne médiatique calomnieuse quelques semaines avant les prochaines législatives.

L'homme se faisait appeler Janus, et sa bande, les Loups des Carpates. Ils se livraient à toutes sortes d'activités dont le trafic d'organes était la plus rentable et la plus excitante. Ils repéraient leurs futures victimes dans les noyaux de chaleur ou, l'été, dans les lieux où se regroupaient les sans-abri, quais de Seine, parcs, terrains vagues, usines désaffectées, ils leur donnaient à fumer du shit bourré de psychotropes, ils prenaient un peu de bon temps avec les femmes, puis, la nuit, après que les neurotoxiques avaient engourdi les systèmes nerveux de leurs proies, ils les traînaient dans un recoin, les égorgeaient en prenant soin de ne pas endommager les organes et les transportaient, par les égouts, dans une salle de dépeçage clandestine.

André avait assisté à plusieurs de ce que les Loups des Carpates appelaient entre eux « parties de chasse ». Eux s'abstenaient de fumer le même shit que les « agneaux » ou les « camelotes ». Les crétins qui ne pouvaient s'empêcher de tirer sur le joint étaient impitoyablement éliminés de la bande parce qu'ils risquaient à tout moment de perdre le contrôle et de mettre en danger l'organisation et, comme il n'y avait pas de petits profits, leurs organes allaient rejoindre les lots en partance pour l'Orient.

Janus avait montré à André comment on égorgeait proprement une proie, comment on la dévêtait avant de la glisser dans une housse argentée identique à celles des pompiers ou des morgues, comment on dissimulait la housse dans un sac de jute, comment on récupérait les fringues recyclables, comment on rejoignait la bouche d'égout la plus proche, comment on s'orientait dans le labyrinthe des galeries, comment on gagnait l'une des huit salles souterraines de dépeçage disséminées dans les arrondissements de l'Est parisien, comment on remettait une partie de l'argent gagné au parrain du secteur – cinq euros l'organe sain, deux pour le parrain, deux pour la bande des Loups des Carpates, un pour le chasseur. Les portes métalliques des salles étaient verrouillées par des codes à reconnaissance iridienne. André avait dû placer son œil gauche devant une caméra pour être identifié par la mémoire du système. Janus avait présenté André aux techniciens, cinq hommes vêtus, comme des chirurgiens, de combinaisons vert pâle et de masques respiratoires, puis, plantés derrière une immense vitre, ils avaient assisté au dépeçage d'une femme d'une trentaine d'années dont les organes avaient été soigneusement posés dans des caisses réfrigérées. Les techniciens avaient ensuite découpé le cuir chevelu, prélevé les yeux, la langue, le cerveau, et ils avaient entrepris l'écorchement avec une adresse qui avait sidéré – et révolté – André.

Il redoutait la prochaine chasse. Il touchait au but, il avait sans doute assez d'éléments en sa possession pour remonter et démanteler l'ensemble des filières, mais il voulait s'entourer de toutes les garanties. La patience est la clef qui ouvre toutes les portes, disait toujours son supérieur. Il lui fallait repousser son envie lancinante de serrer Nathalie dans ses bras, de respirer son odeur et sa chaleur. Surtout ne pas commettre d'imprudence. Puisque Janus l'avait introduit dans la bande des Loups des Carpates, il était devenu son parrain, l'avait baptisé Jack et lui avait fixé rendez-vous dans une vieille crypte où devait se former un noyau de chaleur. Un type peu recommandable, Janus, grand, maigre, face sinistre, crâne cabossé, yeux délavés, éteints, comme s'ils n'avaient plus d'âme à réfléchir. Aucune expression lorsqu'il plongeait son poignard dans une jugulaire. Le genre humain ne lui inspirait rien d'autre qu'une indifférence brisée de temps à autre par la fièvre de la traque. Seule la prédation semblait éveiller en lui de l'intérêt. Le sexe n'était qu'un aspect de la chasse, une façon comme une autre de cerner et de piéger son gibier. Il prétendait avoir à son tableau plusieurs centaines d'hommes, de femmes et d'enfants.

André appela Nathalie d'une cabine publique avant de se rendre dans la crypte. Sa décision était prise : demain, à l'aube, il demanderait à rencontrer un journaliste de sa connaissance, lui exposerait toute l'affaire, puis, même si aucun lien n'était établi entre les vampires et les disparitions d'enfants, il se rendrait dans les locaux de l'AFFDE, la puissante association des familles frappées par la disparition d'un enfant, où il remettrait le double du rapport qu'il aurait rédigé pour ses supérieurs d'Europol. Après-demain, il irait chercher Nathalie chez ses parents, la ramènerait dans leur petit appartement du 12e arrondissement et ne commettrait plus l'erreur de se séparer d'elle.

Il eut beau lui promettre que sa mission serait achevée dans deux jours, elle se montra aussi distante que d'habitude au téléphone. À croire qu'elle l'avait rayé de sa vie, qu'il avait suffi de deux mois pour réduire leur passion en cendres.

Il y avait du monde lorsqu'il arriva dans la crypte, vestiges d'un couvent détruit par les bombardements. On y accédait par un escalier raide aux marches étroites et usées. La voûte du caveau, très basse, obligeait les hommes à garder la tête rentrée dans les épaules. En revanche, l'espace ne manquait pas entre les gisants de pierre en grande partie érodés et les parois suintantes d'humidité.

Janus se leva pour accueillir André avec le rictus hideux qu'il utilisait en guise de sourire et lui tendre un gobelet empli aux trois quarts de vin rouge.

« Y d'l'agneau, ce soir, Jack, murmura-t-il. Putain de belle chasse en perspective, pas vrai ? »

Ils trinquèrent et vidèrent pratiquement cul sec leurs gobelets. André reconnut dans l'assemblée plusieurs Loups des Carpates, regards aigus, gestes précis. Ils avaient décidé de chasser en meute ce soir, un plaisir suprême qu'ils évitaient de s'offrir trop souvent, de peur d'être pris de frénésie et d'oublier toute notion de prudence.

Comme d'habitude, les atomes du noyau partagèrent

les vivres et dînèrent de bon appétit avant que les premiers joints ne fassent leur apparition et ne passent de lèvres en lèvres. Associé à la douce euphorie engendrée par le vin et la chaleur ambiante, le shit produisit rapidement ses effets. André n'eut pas le temps de battre en retraite comme à son habitude. Une jeune femme d'une vingtaine d'années tout au plus se trémoussa contre lui avec une telle lascivité qu'il oublia ses résolutions, qu'il accepta le ballet de ses mains et de ses lèvres sur son visage, sur son cou, sur son torse. Celle-là n'était pas, comme les autres, une souillon vêtue de hardes. Sa peau sentait le savon, ses cheveux le shampoing, ses vêtements la lessive. Elle portait une robe légère serrée à la taille et rien en dessous. Il en appela au visage de Nathalie, à l'odeur de Nathalie, à la chaleur de Nathalie, au ventre de Nathalie, mais le souvenir de Nathalie ne l'empêcha pas de s'enflammer comme de la paille sèche.

Trop longtemps qu'il n'avait pas tenu une femme dans ses bras. Trop longtemps qu'il était seul. Cette femme le rendait fou, elle lui insufflait un désir incendiaire par ses lèvres, par sa langue, par ses mains, par tous les pores de sa peau. Il n'avait pas tiré sur le joint pourtant. Peut-être que la fumée des autres. Ou une substance dans le vin. Ne jamais avaler quelque chose dont on ignore la provenance, toujours garder le contrôle, règle de base d'un flic infiltré. Il lui semble qu'un regard plane au-dessus de lui comme un oiseau de proie.

Janus.

Janus a insisté pour trinquer avec lui, Janus lui a servi le pinard. La fille se bat avec les boutons de sa chemise et de son pantalon. Il n'a plus qu'une envie, qu'elle libère sa queue prisonnière du tissu, qu'elle soulage la corde tendue entre sa gorge et son bas-ventre. Un danger plane dans la crypte. La fille ne lui laisse pas le temps de s'inquiéter, il n'est qu'un puits de jouissance entre ses mains et ses lèvres expertes. Il sent, il sait qu'il est perdu, qu'il est tombé dans le piège, et pourtant, il n'a pas la volonté ni même l'idée de se révolter. Le souvenir de Nathalie s'estompe. Il ne connaîtra jamais son enfant.

Il jouit très rapidement dans la bouche ou la main de la fille. Il a l'impression d'être soulevé par le plaisir, traversé d'un courant à haute tension, secoué jusqu'à la dernière goutte. Il retombe pantelant sur le sol, vidé de toute énergie. Il aperçoit, tout là-haut, le visage de la fille. Elle sourit, s'essuie les lèvres, se penche sur lui pour l'embrasser. Sa bouche a le goût doucereux du sperme. Ses canines sont longues, effilées, de vraies dents de vampire. Il croit un instant qu'elle va les planter dans sa jugulaire et lui sucer son sang.

Un rêve, ça ne peut être qu'un rêve.

Il se rend compte alors qu'il n'a pas cessé de bander, la saloperie que Janus a versée dans son gobelet sans doute. Elle s'empale sur lui avec une lenteur gourmande, la tête renversée. Ses seins pointent sous le tissu de la robe. Il est à nouveau emberlificoté dans les mailles du plaisir, prisonnier, entièrement soumis. Elle remue le bassin, sans accélérer le rythme, contrôlant chacun de ses mouvements, chacune de ses expirations. Il donnerait le reste de sa vie pour demeurer à jamais prisonnier de sa chair, si douce, si chaude, si suave. Nathalie et son ventre rond n'ont jamais existé.

Il jouit une seconde fois, avec la même intensité. Sombre aussitôt dans l'inertie. Incapable de bouger. La fille joue encore avec lui. Elle n'est donc pas rassasiée ?

On le traîne par les bras dans une petite salle attenante à la crypte. Il rouvre les yeux, il reconnaît la face lugubre de Janus et celle, plus ronde, de la fille. Il sait ce qu'ils vont faire de lui, une terreur sans nom le submerge, il veut se relever, se battre, mais ses nerfs et ses muscles ne lui obéissent plus.

Nathalie, bon Dieu, elle ne saura jamais ce qu'il est devenu. Leur enfant croira qu'il l'a abandonné. Absurde.

On l'allonge contre le mur du caveau. Un sang noir, hideux, suinte des pierres. Une voix grave résonne sous la voûte. Il lui faut un peu de temps pour se rendre compte qu'elle s'adresse à lui.

« … tu comprends ? T'as bien failli réussir, mais quelqu'un t'a balancé. Des fois vaut mieux ne pas trop se faire remarquer, pas vrai ? J'crois bien que la fuite vient de ton camp. De tes copains keufs ! Ils ont sans doute eu peur que tu foutes le bordel. S'pourrait bien qu'on tienne pas à remuer la merde là-haut. On n'est peut-être que des enculés de dépeceurs, mais faut croire qu'on leur sert à quelque chose. T'as pas joué les bons dés, Jack. À toi, Hécate. »

La fille pose le couteau sur le cou d'André et lâche un petit rire de gorge avant d'enfoncer, d'un coup sec, la pointe dans la jugulaire.

11

Deux jours que Luc Flamand n'avait pas donné le moindre signe de vie, et Jemma ne savait toujours pas quoi faire. Elle n'osait pas rentrer chez elle de peur de tomber sur un commando du Christ Roi, ni prévenir ses parents, craignant que son coup de fil ne leur attire des ennuis. Il lui aurait suffi, pour sortir, de tourner les quatre serrures disposées de haut en bas du blindage de la porte, mais la perspective de s'aventurer seule dans une ville pourtant familière la terrorisait. Assiégée par les moisissures et les acariens, elle se nourrissait de boîtes de conserve réchauffées sur le camping-gaz et se contentait d'une toilette de chatte, quelques gouttes d'eau sur le visage, dans le cou, du papier toilette humide passé sous les aisselles, entre les cuisses. La température avait encore chuté de cinq ou six degrés, le crachin de la veille avait viré à la neige fondue. Le dé climatique avait fini par retomber sur la face rigueur.

Jemma ne parvenait pas à se réchauffer. Elle avait fouillé placards et commodes à la recherche de vêtements d'hiver, mais elle n'avait pas eu la témérité d'enfiler l'un des pulls qu'elle avait dénichés sur l'étagère haute d'une bonnetière branlante. Elle s'était rabattue sur une veste d'homme en laine, beaucoup trop grande pour elle mais relativement propre. Elle n'avait trouvé en revanche ni chaussures ni chaussettes, comme si, avant de partir, les anciens occupants de l'appartement avaient pris le temps de vider leurs tiroirs de sous-vêtements et leurs armoires à chaussures. Elle devait régulièrement sautiller sur place pour se réchauffer pieds et jambes qu'elle gardait, le reste du temps, enfouis sous deux couvertures. Ses mouvements n'empêchaient pas ses organes et ses veines de se congeler, ses fonctions de s'engourdir, son corps de se changer en bloc de glace.

Par la fenêtre, elle voyait les sans-abri s'organiser face à l'offensive brutale du froid. Les rafales hachaient les colonnes de fumée qui montaient des collines de gravats. Les hommes dans la force de l'âge passaient une grande partie de leurs journées à remuer les décombres en quête des dernières réserves de bois, ou partaient en groupe pour un autre quartier et revenaient les bras chargés de chevrons, de branches, de restes de meubles. Des volées de gosses à peine vêtus jouaient entre les braseros dressés à l'entrée des galeries. Comment ces bouts de chou réussissaient-ils à survivre dans des conditions aussi terribles ? Bien que dormant dans une maison surchauffée, bien que ne mettant jamais le nez dehors sans être emmitouflée de la tête aux pieds, bien que munie de tous les vaccins, Manon s'était débattue chaque hiver entre rhumes, angines et grippes. Ultra-protégée, comme tous les gosses des résidences privées, coupée des réalités sociales et climatiques, aussi inadaptée, aussi vulnérable hors de sa cage qu'un oisillon tombé du nid. Les classes moyennes s'étaient repliées sur elles-mêmes pendant la guerre, elles s'étaient réfugiées dans des cocons tissés au cœur des villes, elles avaient élevé leurs rejetons à l'écart d'un monde livré au chaos, et Jemma prenait conscience, en voyant les petits sans-abri s'ébattre dans les décombres, qu'elles avaient obtenu l'effet inverse du résultat escompté. Alors qu'elles se réclamaient du darwinisme social, de la loi du plus riche et du mieux protégé, les classes supérieures et moyennes avaient condamné leurs descendants à l'extinction. Tôt ou tard, la multitude des réprouvés déborderait de ses territoires, submergerait les îlots fortifiés et transformerait l'Europe en un gigantesque terrain vague. Alors, à la loi du plus riche se substituerait la loi du plus fort, et les gamins des rues, plus endurants, plus instinctifs, mieux armés, ne feraient qu'une bouchée des enfants issus des cocons.

Jemma entendait parfois des bruits de pas et des cris dans l'escalier ou sur le palier. Se pétrifiait quand des coups sourds ébranlaient la porte et que la poignée tournait sur son axe. Comprenant qu'ils ne viendraient pas facilement à bout du blindage, les visiteurs, des bandes de pillards probablement, n'insistaient pas et leurs voix s'évanouissaient dans la nuit.

Luc Flamand revint le troisième soir, les bras chargés de courses. Alertée par le cliquetis des clefs dans les serrures, Jemma resta planquée derrière la porte de la cuisine jusqu'à ce qu'elle discerne la silhouette du journaliste. Il parut presque surpris de la trouver dans l'appartement.

« Ah, vous êtes là ? »

Elle riposta avec toute l'agressivité accumulée au long de ces trois interminables journées.

« Drôle de question ! Où vouliez-vous que j'aille ? Vous auriez pu prévenir avant de foutre le camp, merde ! »

Il posa les sacs en papier sur la table de la cuisine, en sortit une bouteille de vin rouge qu'il ouvrit à l'aide d'un tire-bouchon. Sa barbe lui ombrait à nouveau le bas du visage.

« Vous dormiez quand je suis parti. Il y a bien longtemps que le téléphone est coupé dans cet appartement.

— J'ai mon portable dans mon sac !

— Je n'avais pas votre numéro. Et puis je préfère éviter les conversations sur les portables. Elles sont systématiquement écoutées. Je pensais être de retour au bout de deux ou trois heures.

— Qu'est-ce que vous avez fichu tout ce temps dehors ? »

Il nettoya un verre à l'aide d'une feuille d'essuie-tout, se versa un fond de vin rouge, le huma, en but une gorgée, l'apprécia d'un claquement de langue.

« Il est encore un peu frais, mais, bon Dieu, ça change de la piquette. »

Jemma saisit la bouteille et regarda l'étiquette.

« Un cheval blanc ? Je n'y connais pas grand-chose, mais ça vaut une fortune, ce genre de vin, non ?

— Rassurez-vous : je ne l'ai pas acheté. Je vous sers un verre ? Pour fêter nos retrouvailles. »

Il n'attendit pas sa réponse pour nettoyer un verre à pied, le remplir à moitié et le lui tendre. Elle l'accepta et, du bout des lèvres, en but quelques gouttes. La saveur du vin se diffusa sur sa langue et lui ensorcela le palais. Luc Flamand vida la moitié de son verre avant de sortir d'un sac un paquet de vêtements.

« J'ai pensé que vous en auriez besoin. Le temps a changé, et vous êtes partie sans rien l'autre soir. »

Lui-même avait passé un col roulé sous sa veste. Il lui avait acheté un pull plutôt de bon goût ainsi qu'une parka avec capuche, un fuseau en tissu isotherme, des chaussettes épaisses, des chaussures de marche et des gants. Elle aurait jugé ces emplettes ridicules dans son ancienne vie, mais, enfermée depuis trois jours dans un appartement non chauffé, elle ne put que les apprécier, d'autant que Luc Flamand ne s'était pas trompé sur sa taille et sa pointure. Elle enfila immédiatement pull et chaussettes. Gagnée par un début d'euphorie, elle oublia les heures épouvantables égrenées dans l'angoisse, le froid, la puanteur et la saleté.

« J'ai aussi prévu un vrai repas. »

Il dénicha une sauteuse dans le foutoir de la cuisine, la récura à l'aide d'une éponge propre imbibée d'eau minérale, y versa le contenu d'un bocal de confit à l'ancienne, la posa sur le petit réchaud, garda la main sur le manche tout le temps de la cuisson pour l'empêcher de se renverser. Jemma trouva des assiettes en porcelaine dans un placard, des couverts en vermeil dans un tiroir, les rinça avec de l'eau minérale, les essuya avec du papier et dressa la table, qu'elle orna avec des bougies.

Le dîner se prolongea jusqu'à une heure avancée de la nuit. Ils vidèrent la bouteille de cheval blanc, glissant dans une agréable torpeur qu'ils entretinrent avec les cigarettes blondes, sucrées, rapportées par Luc Flamand. Des cristaux de glace cinglés par le vent tintaient sur les vitres. Longtemps que Jemma n'avait pas baigné dans un tel bien-être. Elle savait qu'elle flottait dans une illusion, que la réalité et la gueule de bois la rattraperaient au tournant, mais elle s'en foutait et jouissait de ces quelques instants dérobés à la fatalité, au désespoir. Elle espérait que Luc Flamand, plutôt attirant à la lueur des bougies, exploiterait honteusement sa faiblesse pour enfoncer ses dernières défenses, mais il ne bougeait pas, la tête rejetée en arrière, les yeux dans le vague, perdu dans ses pensées.

Peut-être ne la trouvait-il pas à son goût ? Pédé ? Il n'en avait pas les manières, mais, dans une Europe à nouveau hantée par les fantasmes bibliques, les homos s'appliquaient à ressembler à des hommes ordinaires, ou plus exactement à des hommes à la sexualité ordinaire, conforme à la loi et aux préceptes de l'Église. Un reste de raison interdisait à Jemma de prendre l'initiative. Après une abstinence de plusieurs mois, la moindre rebuffade aurait claqué comme une gifle. Elle n'était pas suffisamment sûre d'elle-même, de son pouvoir de séduction, pour prendre le risque d'un échec.

« Qu'est-ce que vous avez fabriqué dehors pendant ces trois jours ? »

La question avait glissé toute seule des lèvres de Jemma, accompagnée d'une longue guirlande de fumée. Le goût du tabac la ramenait une bonne vingtaine d'années en arrière. Elle s'était essayée à la cigarette en même temps qu'au flirt, et les premiers baisers avaient souvent eu la saveur du tabac.

« J'ai rencontré des confrères et quelques-uns de mes anciens informateurs. » Flamand avait prononcé ces mots d'une voix lointaine, traînante, comme s'il émergeait d'un songe ou revenait d'un long périple intérieur. « Vous savez ce que c'est, un rendez-vous en entraîne un autre, une hypothèse débouche sur une autre, une information en amène une autre…

— Vous avez appris des choses intéressantes, au moins ?

— Disons qu'on m'a embarqué sur plusieurs pistes. » Il vida son verre et alluma une cigarette avant de poursuivre : « L'Europe tombera bientôt aux mains des évangéliques. C'était d'ailleurs le but premier de la guerre contre les nations musulmanes, réactiver les réflexes chrétiens, préparer le terrain pour les missionnaires évangéliques. Rebaptiser en quelque sorte la vieille Europe, l'éloigner de ses démons libertaires et laïques, la replonger dans l'eau lustrale, la transformer tout entière en *born again* afin que le retour du Christ, la parousie, puisse s'effectuer.

— Quel rapport ?

— Selon les évangéliques, la parousie s'accomplira lorsque le monde entier aura entendu la parole du Christ.

— Et les musulmans ? Et les hindouistes ? Et les bouddhistes ? Et les taoïstes ? Ils sont tout de même plusieurs milliards…

— Les évangéliques sont persuadés que tout le monde l'entendra, de gré ou de force. Dès que l'Occident aura reconstitué sa puissance.

— Il est mal barré, l'Occident ! L'Europe n'est plus qu'un continent décadent, une nation du tiers-monde. Son économie est en berne, il n'y a plus de travail, plus de protection sociale, pratiquement plus de technologie. Ils avaient vraiment prévu ça, les fauteurs de guerre ?

— Au risque de vous surprendre, oui. Les têtes pensantes essaient toujours de concilier le court, le moyen et le long terme. Le court terme ? Les fournitures énergétiques. Les compagnies occidentales détiennent le monopole des ressources pétrolières et peuvent à tout moment exercer un chantage efficace sur les puissances émergentes, la Chine et l'Inde principalement. Le moyen terme ? Le développement économique, via la mondialisation, engendre un mode de pensée uniforme *a priori* favorable au développement d'une religion unique. Les bases de l'économie moderne ont été jetées par les pères de l'Église, et le libéralisme est une invention occidentale, un extrémisme économique qui porte en lui une volonté de conquête, des valeurs missionnaires. Le long terme ? La parole évangélique sera transmise à l'ensemble des peuples non chrétiens. Pas besoin qu'ils se convertissent, seulement qu'ils entendent. On tient ainsi notre première condition pour le retour du Christ.

— Et la deuxième ?

— La reconstruction du temple de Salomon. Sur son emplacement historique, ce qui complique sérieusement les choses.

— Pourquoi ?

— C'est l'actuelle Esplanade des mosquées. Avant la guerre, aucun gouvernement israélien n'avait osé s'en prendre aux mosquées de peur d'embraser le Moyen-Orient, mais maintenant rien n'interdit de les raser. Les évangéliques se servent des juifs en pensant qu'ils n'auront pas d'autre choix que de se convertir dans le Christ, ou ils seront précipités avec les mécréants dans les abîmes infernaux. Les juifs se servent des évangéliques pour concrétiser un rêve de trois mille ans. Un vrai marché de dupes. La guerre entre l'Europe et les nations islamiques arrangeait en revanche les uns et les autres. Les Américains pour les raisons que je vous ai exposées, Israël parce que le monde musulman en sort considérablement affaibli et ne constitue plus un véritable danger. »

Luc Flamand se leva, s'étira et alla chercher une autre bouteille dans l'un des sacs en papier.

« Au diable l'avarice ! On ne sait pas de quoi demain sera fait. »

Il l'ouvrit et remplit les deux verres avant de se laisser choir lourdement sur sa chaise. Les odeurs de cire chaude et de tabac dominaient à présent la puanteur habituelle de l'appartement.

« Quel rapport, tout ça, avec la disparition des enfants ? »

Jemma rencontrait des difficultés grandissantes à garder le contrôle de ses propos et de ses pensées. Elle crevait d'envie que Luc Flamand se précipite sur elle, la renverse sur la table ou sur le parquet de la cuisine, lui arrache ses vêtements, la baise avec sauvagerie.

« Il y en a un. Ces disparitions continues et massives ont semé la panique dans les milieux chrétiens, il me semble vous l'avoir déjà dit. Comme si elles menaçaient de foutre en l'air un triomphe planifié par les textes sacrés. Comme si elles ouvraient des portes insoupçonnées, qu'elles ébranlaient les certitudes. Comme si, après l'effondrement du communisme, après l'effondrement de l'Islam, après l'effondrement de l'athéisme et des religions polythéistes, un nouveau danger se présentait face au christianisme, inattendu, difficile à cerner, à combattre.

— L'armée des enfants ? »

Luc Flamand hocha la tête.

« Un de mes informateurs m'a affirmé qu'il ne s'agissait pas d'une légende. Il a croisé, en Europe de l'Est, des voyageurs qui revenaient de l'autre côté de l'ancienne ligne de front.

— Ouais, l'homme qui a vu l'homme qui a vu l'homme qui a vu l'ours ! »

Luc Flamand balaya le persiflage de Jemma d'un revers de main.

« Ce mec n'est pas un farfelu. D'après lui, les voyageurs ont aperçu des soldats âgés de sept à douze ans dans les ruines d'une ancienne capitale.

— Des enfants pillards…

— Les petits pillards européens ne portent pas d'uniforme, et ceux-là en portaient. En outre, ils étaient de races différentes, garçons et filles. Il y avait parmi eux des noirs, des blancs et des jaunes. Quand les voyageurs ont tenté d'entrer en contact avec eux, ils se sont évanouis avec une cohérence et une rapidité qui montrent un entraînement poussé, une vraie discipline.

— Ça ne dit pas comment ils enlèvent les gosses dans les villes d'Europe. Ni ce que deviennent ceux d'entre eux qui atteignent l'âge adulte. Ni, d'ailleurs, ce que vous et moi fichons dans cet appartement de merde ! »

Jemma avait maintenant la sensation que quelqu'un d'autre avait pris le contrôle de son cerveau, parlait, buvait et fumait à sa place. Ses pensées dansaient une farandole endiablée, le parquet se gondolait sous la table, sa chaise voguait sur une mer démontée, instabilité, mal de mer.

« Vous ne vous souvenez donc pas de ce que... »

Ce furent les dernières paroles qu'elle entendit de Luc Flamand. Sa chaise se renversa tout à coup dans les vagues, elle roula sur le parquet et coula à pic dans les profondeurs paisibles.

La réalité l'attendait dans la froidure de l'aube, mal de crâne, nausée, impression d'avoir passé la nuit dans un broyeur. Elle se réveilla dans son lit, vêtue de son chemisier, de son pantalon et des chaussettes offertes par Luc Flamand. Les senteurs de tabac froid ajoutaient des touches exécrables à la puanteur habituelle. La lumière du jour s'engouffrait à flots par les volets restés ouverts. Des flocons de glace et de neige crissaient délicatement sur les vitres. Le contraste entre son corps enfoui dans la chaleur du lit et son visage piqueté par le froid lui donnait l'impression d'habiter deux mondes en même temps. Elle serait bien restée sous les couvertures, mais il lui fallait d'urgence évacuer les excès de la veille. Elle se promit de ne plus jamais toucher une goutte d'alcool, le même serment chaque fois qu'elle avait forcé sur le whisky après la disparition de Manon. L'alcool ne la délivrait pas des souffrances, il ne la soulageait même pas, il s'insinuait en elle, plein de saveur et de chaleur, pour la réduire en loques et l'abandonner au fond de sa dépression, plus faible et vulnérable que jamais.

Jemma finit par se lever. Mordue par le froid, elle prit le temps de se rapprocher de la fenêtre et de jeter un coup d'œil au-dehors. Le voile immaculé jeté sur la ville l'éblouit. La neige était tombée en abondance au cours de la nuit et avait escamoté les toits, les rues, les ruines des immeubles couchés par les bombardements. Ciel et terre se confondaient dans une blancheur aveuglante. Aucun véhicule ne circulait, de rares silhouettes émergeaient des rideaux de flocons, aussi furtives que des spectres. Jemma frissonna. On était à peine entré dans le mois de novembre et, déjà, l'Europe avait des allures de congélateur. Il lui faudrait attendre désormais avril ou mai pour sentir à nouveau sur sa peau les langueurs de l'air tiède.

Elle croisa Luc Flamand dans le couloir. Il lui adressa un sourire, mais, à en croire ses traits chiffonnés, il n'avait pas passé lui non plus une nuit très reposante.

« Vous êtes tombée comme une masse, hier soir. »

Comme si elle ne savait pas. De l'art et la manière d'engager la conversation. Elle s'engouffra sans répondre dans les toilettes et referma la porte avec brusquerie.

« Vous ne m'avez pas laissé le temps de vous dire un truc, reprit-il d'une voix plus forte. Dans trois jours, je pars avec une expédition pour les régions de l'autre côté de l'ancien Front Est, Turquie, Syrie. »

Les propos du journaliste lui coupèrent le souffle et l'envie de pisser, comme un coup au ventre. Il n'avait pourtant aucun compte à lui rendre, ils n'étaient pas amants, même pas amis.

« Bon voyage ! » cria-t-elle.

Elle eut le temps de se traiter dix fois d'idiote avant que la réponse de Luc Flamand ne traverse la porte.

« Ça vous dirait de le faire avec moi, ce voyage ? »

12

Anna

Ce qui est en bas est comme ce qui est en haut
et ce qui est en haut est comme ce qui est en bas,
pour faire les miracles d'une seule chose.
La Table d'Émeraude
d'Hermès Trismégiste.

Anna attendit une vingtaine de minutes dans le hall grandes lignes de la gare de l'Est. Son correspondant, le lieutenant André Gardon, ne s'était pas pointé aux deux rendez-vous précédents. Elle pensait qu'il ne viendrait plus, d'autant qu'elle avait surpris une conversation entre deux capitaines du commissariat du 19e qui parlaient déjà de leur subordonné comme d'un homme mort, mais elle continuait de se présenter tous les deux jours à 19 heures précises en face du quai grandes lignes n° 15.

Jusqu'à nouvel ordre.

Les sans-abri chassés des rues par les premières chutes de neige avaient pris d'assaut la gare de l'Est. La température était tombée, en trois jours, de seize ou dix-sept degrés au-dessus de zéro à moins huit. Les vigiles de la SECF s'efforçaient de contenir la multitude entassée dans les salles, soulevaient les couvertures et les cartons pour vérifier si certains corps immobiles étaient encore en vie, chassaient les pillards qui rôdaient autour des plus faibles afin de leur piquer leurs maigres vivres. Trop peu nombreux, débordés, les cerbères, reconnaissables à leurs uniformes bleu marine et gris, en étaient réduits à brandir leur flingue et à tirer des coups de semonce. L'écho des détonations se prolongeait de loin en loin sous les voûtes et délogeait les pigeons nichés sur les poutres métalliques.

Anna ne se sentait pas très à son aise au milieu de la marée humaine. Elle souffrait d'agoraphobie depuis le jour, où, âgée de dix ans, elle avait failli être piétinée par une foule jetée dans la nuit par la rumeur d'une invasion ousama. Elle vivait alors dans les ruines de Sofia, l'ancienne capitale bulgare entièrement détruite lors des premiers affrontements entre les armées chrétienne et musulmane. Elle ne gardait que de vagues souvenirs de la ville, collines de pierres, immeubles éventrés, rues défoncées, flaques de boue, ciel éternellement gris, baraquements de fortune, montagnes de déchets, règlements de comptes entre bandes sans foi ni loi, puanteur des cadavres. Après la mort de son père, tué d'une balle en pleine tête pour avoir commis le crime de traverser la rue devant un chef de gang (manque de respect), sa mère et elle avaient entrepris le long voyage vers l'ouest, croyant que là-bas, dans les régions occidentales réputées opulentes et paisibles, elles pourraient mener une existence ordinaire, travailler, manger à leur faim, dormir sous un toit, se laver avec de l'eau chaude, toutes actions quotidiennes qui n'avaient plus cours depuis bien longtemps aux frontières de l'Est. Elles avaient échoué, au bout d'un périple éprouvant, dans la ville de Paris où elles n'avaient trouvé que mépris et misère. Elles avaient usurpé l'identité d'une mère et d'une fille françaises dont elles avaient récupéré les papiers dans un appartement déserté de Clichy, un trois-pièces qu'Anna occupait toujours. Elles avaient dû feindre d'être catholiques, elles qui avaient toujours baigné dans les ors et les encens du culte orthodoxe, apprendre à faire le signe de croix à l'envers, assister le dimanche matin aux offices désespérants d'ennui dans des églises glaciales et sombres.

Anna avait grandi tant bien que mal dans cette France ruinée par quinze années de guerre, repliée sur sa grandeur passée, incapable de se ressaisir. À la fin de ses études secondaires, elle avait réussi son concours d'entrée dans la police, l'une des rares administrations à recruter après la guerre malgré la prolifération des sociétés de sécurité privées. Sa mère était décédée quelques mois après son affectation, sans doute parce que, jugeant sa fille unique à l'abri du besoin, elle pouvait enfin cesser de lutter et rejoindre son mari parmi les anges. Anna l'avait découverte un matin, allongée sur le dos, vêtue de sa plus belle robe, les yeux clos, les mains croisées sur sa poitrine, auréolée de ses cheveux blond cendré étalés avec grâce sur l'oreiller, le visage apaisé et souriant, plus belle que jamais.

Anna n'avait pas pleuré, soulagée, heureuse presque que sa mère fût enfin délivrée de son cauchemar. Elle était restée seule dans l'appartement soudain trop vaste pour elle. Elle ne voulait pas d'homme dans sa vie, encore moins d'enfant. Elle était passée en à peine cinq ans du grade d'agent à celui de lieutenant. Elle envisageait désormais de tenter l'examen au grade de capitaine, mais l'administration, sous l'impulsion des groupes parlementaires chrétiens, dissuadait les femmes de se consacrer à leur carrière professionnelle, et elle n'avait pratiquement aucune chance de gravir un échelon supplémentaire. Elle s'obstinait cependant à potasser les livres de droit après son travail, dans l'espoir que les partis chrétiens seraient battus aux prochaines élections et que les portes se rouvriraient pour les femmes – la redoutable coalition des évangéliques et des catholiques n'avait pas perdu les élections depuis des lustres.

Anna n'avait pas l'intention d'être réduite à un ventre, à une nourricière cloîtrée dans sa maison et placée sous l'autorité d'un époux. Elle avait vu en Bulgarie de quoi étaient capables les hommes de pouvoir. Ils défiguraient ou brûlaient vives les femmes qui osaient braver leur loi. Elle se souvenait d'ombres aux visages ravagés croisées dans les ruelles obscures, de corps en train de se consumer sur les trottoirs dans une épouvantable odeur de chair grillée, de garçons pleins de morgue qui paradaient sur les voitures avec leurs fusils d'assaut et qui la convoitaient du regard comme une promesse de butin ; elle se souvenait d'amies, âgées comme elle de neuf ou dix ans, enlevées à leurs familles et soumises à tous les désirs de tyrans imberbes. Si la vie d'un être humain ne valait pas un centime d'euro dans les régions touchées par la guerre, la vie d'une femme dépendait seulement d'un regard, d'un désir, d'un caprice. Sa mère, une belle femme à la blondeur enchanteresse, s'était parfois isolée avec le routier ou l'automobiliste qui s'était arrêté pour les prendre sur le bord de la route. Elle était réapparue quelques instants plus tard avec de la tristesse et du dégoût dans les yeux. Les âmes charitables avaient exploité sa détresse pour abuser d'elle. Les Européens de l'Ouest n'étaient pas meilleurs que ceux de l'Est. La situation se dégradait à une vitesse alarmante en France et dans les anciens paradis occidentaux. Les clans se disputaient les territoires, les trafics et les règlements de comptes se multipliaient. Les Occidentaux avaient justifié, avec une morgue insupportable, leur domination sur le reste du monde par l'ancienneté et l'universalité de leur pratique démocratique, mais, placés dans les mêmes conditions que les Européens des régions orientales, ils se comporteraient – se comportaient déjà – avec la même férocité, avec la même bestialité, ils tueraient – tuaient déjà – pour un bout de pain, une bouteille de mauvais vin ou un manteau troué, ils instaureraient – instauraient déjà – une terreur dont les femmes et les plus faibles seraient – étaient – les premières victimes. Les agents de police avaient au moins cet avantage d'être équipés d'un flingue et de pouvoir s'en servir en cas de légitime défense, une notion récemment élargie par la loi. Anna n'hésiterait pas à tirer à balles réelles si elle s'estimait menacée. Tuer un homme ne lui causerait aucun remords, plutôt une sensation de soulagement, de jubilation presque ; la satisfaction d'accomplir son devoir filial, de venger le meurtre de son père et les humiliations de sa mère.

Elle se demanda ce qu'était devenu le lieutenant Gardon, surnommé le *Poisson* – pas seulement à cause de son nom, mais parce qu'il savait mieux que personne nager dans les bons courants. Il s'était marié une dizaine de mois plus tôt. Il n'avait invité personne de son équipe à la cérémonie et personne de son équipe ne lui avait offert un cadeau, ni même un pot. L'indifférence était devenue la règle dans le monde du travail, y compris dans la « grande famille » de la police. On se disait bonjour bonsoir, on se racontait deux ou trois conneries devant le café du matin, on partageait les planques et les filatures, on touchait la paye à la fin de chaque mois, on se quittait le soir, ou à n'importe quelle heure du jour et de la nuit, et on rentrait chez soi sans chercher à se connaître. Quel besoin de s'encombrer avec les emmerdements des autres ? On avait bien assez des siens. Anna avait trouvé un certain charme à André Gardon, qui n'était lui-même pas insensible à ses yeux clairs et à la blondeur héritée de sa mère. Il ne s'était rien passé entre eux, du moins ils s'étaient bien gardés de pousser les portes entrebâillées. Ils avaient effectué trois ou quatre missions ensemble. Elle avait apprécié son humour et sa disponibilité, mais elle avait prévenu toute ambiguïté, toute promiscuité, en se barricadant dans une réserve glaciale. Elle s'en voulait à présent. La disparition du lieutenant Gardon lui causait un vrai chagrin, de vrais regrets. Pourquoi cet idiot avait-il accepté une mission aussi dangereuse alors qu'il venait tout juste de se marier et que sa femme attendait un enfant ? Pourquoi s'était-il cru obligé de faire du zèle alors que, manifestement, la hiérarchie ne tenait pas à ce que l'enquête aboutisse ? Trop nombreux et influents étaient les cercles qui tiraient un bénéfice, pécuniaire ou politique, des trafics odieux proliférant dans les villes européennes. Pas besoin d'être dans le secret des dieux pour comprendre que les ordres contradictoires et parfois stupides donnés par les commandants de la police illustraient une volonté générale de laxisme, de *statu quo*. Plus la population serait inquiète, plus elle accepterait les solutions radicales imposées par les extrémistes religieux, le retour à un ordre moral strict, l'abandon de la liberté individuelle, la fin de l'utopie démocratique.

Anna sortit de la gare sans prêter attention aux mains tendues dans sa direction. La nuit donnait l'impression d'être blanche. Quelques voitures avançaient au ralenti sur les boulevards habillés d'une épaisse couche de verglas. Leurs phares capturaient les gros flocons de neige qui voletaient entre les façades comme des insectes ivres. L'hiver s'annonçait encore plus terrible que les précédents. Des milliers de morts en perspective, bon débarras pour les uns, une tragédie pour ceux qui, de moins en moins nombreux, continuaient de défendre les valeurs humanistes d'avant la guerre. Malgré les deux collants de laine enfilés sous sa jupe, malgré sa parka fourrée, Anna sentit le froid grimper comme un lierre aux feuilles coupantes le long de ses jambes et de son bassin. La neige et la glace assourdissaient les grondements de moteurs et les cris perçants des enfants qui avaient transformé les rues en terrains de jeux. Anna espéra que l'eau n'aurait pas gelé dans les canalisations de son appartement. Elle ne les avait pas isolées comme le lui avait recommandé le plombier. Le syndic ne pouvait plus garantir l'approvisionnement de gaz ou de fioul. Le chauffage s'interrompait par instants et le froid se ruait dans chaque recoin de l'appartement avec une rapidité saisissante. Les occupants de l'immeuble étaient parfois privés d'eau chaude pendant plusieurs jours. Ils s'en plaignaient à mots couverts, gardant à l'esprit qu'ils appartenaient au cercle de plus en plus restreint des privilégiés : eux étaient à l'abri des vents de nord qui abaissaient en pleine nuit la température de dix ou quinze degrés.

Anna ne prit pas le métro pour se rendre au commissariat principal du 19e, au pied des Buttes-Chaumont, où, chaque soir, elle tapait et remettait son rapport à son supérieur direct, le commandant Archambaud (l'ex-colonel Archambaud). Elle décida de parcourir à pied la distance d'environ un kilomètre en espérant que la marche la réchaufferait. Elle détestait les violents écarts de température entre les rames surchauffées du métro et les courants d'air glacés des couloirs. Même si ses chaussures à semelle épaisse pesaient des tonnes, elle ne regrettait pas de les avoir choisies ce matin après avoir jeté un coup d'œil par la fenêtre. Place Stalingrad, elle ne s'engagea pas dans la rue Armand-Carrel, elle bifurqua vers le quai de Loire afin de longer le bassin de la Villette, une petite balade qu'elle appréciait en toutes saisons. L'embâcle avait emprisonné l'eau en moins de trois jours. Des patineurs éclairés par deux lampadaires glissaient en arabesques plus ou moins gracieuses et crissantes sur la glace épaisse. Elle-même n'avait jamais chaussé les patins bien qu'elle eût passé les dix premières années de sa vie dans une contrée où l'hiver s'éternisait plus de huit mois. Elle éprouvait déjà les pires difficultés à garder son équilibre sur le quai légèrement déclive et glissant.

Elle contempla un moment les évolutions des patineurs dans le halo anémique des lampadaires. Il lui sembla entrevoir d'autres formes, furtives, à peine esquissées, entre les insaisissables glisseurs et les courses sinueuses des flocons. Elle reprit ses esprits, se traita de folle, accrocha son attention au dos d'une adolescente sanglée dans une combinaison de ski rouge, s'efforça de la suivre dans le labyrinthe sans cesse changeant esquissé par les mouvements, les tourbillons. À nouveau son regard se troubla, à la façon d'un objectif sensible détectant un nouveau sujet et changeant de focale. Elle aperçut une foule d'ombres au-dessus de la glace, ou plutôt superposée à la glace, aux quais, à la lumière des lampadaires, aux façades des immeubles. Comme deux films enchevêtrés sur un même écran. Maintenant c'étaient les patineurs qui se tenaient en arrière-plan, qui évoluaient sur un théâtre d'ombres. Les silhouettes qu'elle apercevait évoquaient une scène de rue, une rue populeuse pareille aux artères défoncées de Sofia quand tout le monde profitait des beaux jours pour s'aventurer hors des abris insalubres. Elles portaient des vêtements amples, droits, brillants, et d'épais turbans dont les pans relâchés pendaient de chaque côté de leurs têtes.

Anna eut l'impression d'être entrée par effraction dans un autre monde, dans une autre époque. La glace, les patineurs, les flocons, les phares des voitures avançant au ralenti sur le quai avaient quasiment disparu de son champ de vision. Les détails lui apparaissaient maintenant, les visages d'hommes, de femmes et d'enfants qui tous exprimaient la sérénité. Le plus étrange était que leurs sourires lui semblaient adressés, comme s'ils avaient pris conscience de sa présence. Un homme âgé au visage noble se détourna de son chemin, s'avança vers elle et tendit la main dans sa direction. Elle n'avait qu'à saisir cette large et belle main pour, elle le savait, franchir le dernier pas, changer définitivement d'existence. Des parfums inconnus associaient leur ensorcelante supplique à l'invitation du vieil homme. Elle eut peur tout à coup, peur de perdre le peu qu'elle possédait, peur d'avoir basculé dans la folie, elle se rétracta, se débattit, revint dans l'autre plan, dans son monde familier, s'accrocha de nouveau à la tache rouge de la patineuse adolescente, la suivit des yeux jusqu'à ce que le vieil homme et les autres silhouettes se fussent estompés. Prise de vertige, elle perdit l'équilibre, glissa le long du quai, tomba en avant, perçut des cris, des crissements, fut bousculée, hissée, emportée avant de toucher le sol.

Le patineur qui passait près d'elle avait eu le réflexe de la saisir et de la soulever sans couper son élan. Elle se retrouva dans ses bras presque au milieu du bassin, étourdie à la fois par la vitesse de ses évolutions et le brusque passage d'un plan à l'autre. L'homme, coiffé d'un bonnet, esquissa une large boucle pour la ramener sur le bord. Son fardeau ne l'empêchait pas d'esquiver les autres patineurs avec une adresse stupéfiante. Son visage lisse, doré, était aussi détendu et souriant que ceux des habitants de l'autre monde. De lui émanait un parfum de santal et d'ambre.

Anna avait perdu ce qui lui restait de raison. Les événements s'enchaînaient sans aucune logique apparente, comme dans un rêve. Plusieurs reportages télévisés avaient évoqué les dommages cérébraux subis par les habitants des frontières orientales de l'Europe. Les millions de bombes, de missiles et de mines déversés de part et d'autre du Front avaient saturé l'air de produits chimiques neurotoxiques. Les effets, qui commençaient par des hallucinations, se faisaient parfois ressentir au bout de vingt ou trente ans. Son enfance avait sans doute rattrapé Anna.

Le patineur la hissa sans effort apparent sur la bordure de béton. Elle s'appliqua à garder son équilibre sur le sol verglacé et le perdit de vue pendant quelques instants. Lorsqu'elle put enfin agripper la barre supérieure d'un garde-corps et se retourner, il avait disparu. Elle le chercha en vain parmi les autres patineurs. Elle ne se souvenait pas de la couleur de son bonnet ou de ses vêtements. Elle observa un moment le bassin, fouillant du regard la pénombre à peine égratignée par les faisceaux des lampadaires, espérant sans se l'avouer apercevoir encore une fois les habitants du deuxième monde. Puis elle se souvint que son supérieur l'attendait au bureau, qu'elle devait encore taper son rapport – un rapport dépourvu de contenu depuis trois jours –, et elle s'arracha à regrets à sa contemplation. Elle eut le réflexe, avant de se mettre en marche, de vérifier qu'elle n'avait pas perdu son arme de service.

« Vous n'êtes pas en avance. »

Homme ratatiné au crâne chauve et au faciès ridé de chimpanzé, le commandant Archambaud compensait sa petite taille et sa laideur par une autorité tranchante. Ses yeux sans cesse en mouvement et sa vivacité intellectuelle lui avaient valu le doux surnom de Moustique. Il faisait partie de ces officiers supérieurs qui s'étaient reconvertis dans la police après la guerre et qui avaient obtenu l'autorisation de garder leurs uniformes militaires. Anna ne l'avait jamais vu en civil – quand l'autorité de son supérieur devenait étouffante, elle s'amusait à l'imaginer à poil, pelage épais, fesses rouges. Il arrivait au bureau le matin à 5 heures et n'en repartait qu'aux alentours de 20 heures. Ses subordonnés ne savaient rien de sa vie privée, sauf, à en croire son alliance, qu'il était marié.

Le commandant Archambaud parcourut rapidement la feuille que lui avait remise Anna. Il ne l'avait pas conviée à s'asseoir bien que la pièce, exiguë et mal éclairée, disposât de trois chaises. Il jugeait sans doute que l'incorrection allait de pair avec l'autorité.

« Je crains fort que nous ne revoyions jamais le lieutenant Gardon », marmonna le commandant en reposant la feuille sur son bureau.

Il avait beau serrer les mâchoires, il ne semblait guère affecté par la perte de l'un de ses meilleurs éléments. Anna aurait même juré qu'il s'en réjouissait, lueur fugace dans le regard, relâchement des épaules, danse allègre des mains sur le bureau.

« Nous devrions peut-être attendre quelques jours encore avant de célébrer sa mort », dit-elle avec vivacité, hérissée par l'attitude de son supérieur.

Archambaud épousseta son épaulette gauche avec délicatesse avant de lever sur elle un regard d'une froideur pétrifiante.

« Oseriez-vous affirmer que la disparition du lieutenant Gardon nous enchante, mademoiselle Corroy ? »

Elle se tint coite, consciente qu'il sauterait sur le moindre prétexte pour noircir son dossier, déjà que sa condition de femme ne plaiderait pas en sa faveur pour le concours interne au grade de capitaine.

Archambaud ne lâcha pas son interlocutrice des yeux. Il ressemblait en cet instant davantage à un faucon qu'à un singe ou à un moustique.

« Ou devrais-je vous appeler mademoiselle... Christa Kovaleva ? »

Le sang se retira du corps d'Anna. Elle avait toujours pensé que personne d'autre que sa mère et elle ne connaissait le secret de ses origines. Elle parvint, elle ne sut trop comment, à rester debout sans prendre appui sur le bureau massif.

« Il est grand temps que vous sachiez, mademoiselle, que vous êtes en liberté surveillée. Et qu'il en va de votre intérêt d'exécuter les ordres, et seulement les ordres. Suis-je clair ? »

Elle n'était pas sa collaboratrice, mais son obligée. Il la tenait par une laisse. Si elle ne filait pas droit, elle serait inculpée pour usurpation d'identité et de logement, un délit considéré comme un crime et passible de quinze années de prison.

« Nos services de renseignement sont plus efficaces que les gens ne le pensent. Si nous ne vous avons pas arrêtée, mademoiselle, c'est que nous avons besoin de vous pour des missions... disons particulières. »

Il eut un sourire hideux qui plissa son visage de mille rides.

« Nous pensons que nous devrions mieux employer vos... arguments physiques. »

Elle savait ce que signifiaient les paroles de son interlocuteur. On l'obligerait à séduire des hommes dont on voulait salir la réputation, qu'on essayait d'acheter ou de contrôler. Elle frissonna de colère et de dégoût. Déjà elle échafaudait des plans pour se sortir du piège. Si seulement elle avait saisi la main tendue par le vieil homme au bord du bassin… Elle y retournerait aussi souvent que possible, elle essaierait à nouveau d'entrer en contact avec l'autre monde. Et, si c'était un simple dérapage mental provoqué par les émanations chimiques des bombes, une simple illusion, elle parcourrait jusqu'au bout son chemin de folie.

« Croyez-le ou non, je n'approuve pas ce genre de pratique, poursuivit Archambaud. Mais je suis ici pour obéir, comme vous. En attendant vous êtes relevée de votre mission actuelle et intégrée dès aujourd'hui dans la brigade spéciale. Je… on vous donne un jour de congé. Vous recevrez votre prochain ordre de mission après-demain à 8 heures 30. 8 heures 30 précises. »

Il la congédia d'un geste las. Avant de sortir, elle lut dans son regard quelque chose comme de la mélancolie.

Elle ne rentra pas tout de suite à Clichy. Plantée au bord du bassin de la Villette, accoudée à la rambarde, indifférente au froid mordant qui transperçait la double épaisseur de ses collants, elle attendit que le dernier patineur eût déserté la glace pour prendre, à contrecœur, la direction de la station Jaurès.

13

N'hésitons pas à l'affirmer bien haut et fort : l'Europe n'est plus. Ou, plus exactement, l'ancienne idée de l'Europe n'est plus. La guerre a donné le coup de grâce au vieux rêve humaniste déjà écorné par les réflexes nationalistes et le manque d'entrain des populations concernées. On s'aimait dans l'abondance, dans le succès, on se déteste dans la misère et la défaite. Le temps est sans doute venu de poser la question cruciale : l'Europe est-elle nécessaire ? Des voix s'élèvent des différentes régions – les ex-nations –, qui réclament un retour aux anciennes frontières. Qu'avons-nous, Français, en commun avec les Allemands, avec les Espagnols, avec les Italiens ? Sans parler des Anglais, ce cheval de Troie qui n'a eu de cesse d'affaiblir voire de démanteler la construction européenne. Interrogeons-nous donc avec sincérité. L'Europe reposait-elle sur de véritables fondements ? Quel est le ciment véritable de l'unité des peuples ? L'histoire ? L'argent ? La culture ? La religion ? La langue ?

Jules-Jean Jacquin,
La Nouvelle Europe Libre.

L'index de Luc effleura la carte du monde déployée sur la table de la cuisine.

« On aurait pu passer par la Méditerranée et aborder les côtes libanaise ou syrienne, mais il reste tant de mines flottantes en mer Ionienne, entre la Libye et la Grèce, que pas un bateau n'accepterait de s'y risquer. »

Jemma et le journaliste s'étaient rendus une heure plus tôt dans un établissement de bains publics à environ trois cents mètres de l'appartement. Elle avait pu enfin se laver le corps et les cheveux, se frottant par endroits jusqu'au sang. Elle avait déboursé quinze euros pour bénéficier d'un quart d'heure d'eau chaude – pas brûlante, mais elle n'avait pas boudé son plaisir sous le jet parcimonieux et tiède. Dans le vestiaire réservé aux femmes, elle avait entrevu des malheurs dénudés, des corps amaigris, des seins vides, des os ciselés, des peaux criblées de plaies et de croûtes. Bien que privées de l'essentiel, ces femmes n'hésitaient pas à sacrifier deux ou trois euros pour entretenir leur dignité, pour continuer de se sentir désirables. Depuis qu'elle était sortie de l'établissement tenu par un couple tout droit sorti d'un roman de Dickens, Jemma jetait un œil neuf sur le monde, l'hiver lui paraissait moins rude, les rues moins laides, l'appartement moins sale, sa souffrance moins virulente, ses pensées moins troubles.

Elle avait cru que son désir pour Luc Flamand ne serait qu'un feu de paille allumé par le vin et réduit en cendres par la gueule de bois, mais il ne s'était pas éteint le lendemain ni les jours suivants, il couvait en elle et attendait le moindre souffle pour s'embraser. Elle était en train de s'amouracher, et le pire, c'est qu'elle ne s'en défendait pas. Elle aurait dû écraser, comme un serpent dans l'œuf, le sentiment qui naissait en elle, ce même sentiment lui avait valu de cruelles désillusions quelques années plus tôt. Elle supposait, à ses regards dérobés, à ses sourires complices, que le journaliste n'était pas insensible à ses charmes, mais qu'une réserve, une réticence, l'empêchait de franchir le pas. Elle ne prendrait pas l'initiative tant qu'il ne l'inviterait pas à pousser ses portes secrètes. Elle avait perdu le mode d'emploi de la relation amoureuse, elle ne savait plus comment interpréter les gestes, les regards, les frôlements, plus conne qu'une collégienne avant son premier flirt. Elle se demandait si Luc était aussi empoté qu'elle ou si sa timidité cachait un problème plus grave, mais elle ne précipitait pas le mouvement, elle aurait le temps de l'approcher, de l'apprivoiser, au cours de leur expédition. Elle avait exulté lorsqu'il lui avait proposé de l'accompagner de l'autre côté du Front Est, elle s'était rembrunie quand il lui avait réclamé de l'argent – cinq mille euros, pas une mince somme –, mais elle avait compris la nécessité de financer le chauffeur, l'essence, les passeurs, les guides, indispensables pour choisir les bonnes pistes en territoire ousama. Elle s'était rendue, accompagnée de Luc, au guichet d'une agence où elle avait demandé un retrait de six mille euros. Le directeur de la banque l'avait convoquée à son bureau et lui avait posé des questions indiscrètes sur l'usage qu'elle destinait à cette somme. Il s'en était excusé en prétendant qu'il avait reçu des consignes strictes, qu'il n'avait pas d'autre choix, pas d'autre choix, vous comprenez, que de les appliquer. Elle avait prétexté l'achat d'une voiture d'occasion, un motif recevable puisque, après vérification, il avait consenti à lui remettre l'argent en mains propres. Elle avait donné cinq mille euros à Luc et fourré les mille autres dans le portefeuille qu'elle avait glissé dans la ceinture de son fuseau. Elle ne savait plus combien il lui restait sur son compte. Elle n'avait pas osé s'en informer auprès du directeur de l'agence. Elle n'avait jamais appris à tenir des comptes rigoureux, une tâche dévolue à son ex, un maniaque des chiffres. Depuis qu'elle avait perdu sa fille et son boulot, elle n'avait même plus le courage de faire des estimations. Quelle importance ? Elle ne remettrait jamais les pieds dans sa maison, elle ne toucherait plus jamais de salaire, elle avait rejoint la multitude des clandestins de l'existence, de ceux qui survivaient sans compte bancaire, sans domicile fixe, sans autre possession qu'un pauvre viatique enveloppé dans un bout de tissu. Les chaînes qui la rivaient à son ancienne vie se brisaient l'une après l'autre. Elle ne croyait pas que l'expédition sur les terres ousamas la ramènerait sur la piste de sa fille. Elle aurait pu se raconter une belle histoire, se persuader qu'elle, la froussarde, la frileuse, se lançait dans ce voyage de tous les dangers pour Manon, mais, si elle avait accepté l'offre de Luc Flamand, c'était avant tout pour ne pas le perdre, lui, une attitude purement égoïste, une lubie de femme éprise.

« Nous traverserons l'Allemagne, l'Autriche, la Slovénie, la Serbie et la Bulgarie, poursuivit Luc Flamand. Nous éviterons le détroit de Bosphore : il est bourré de mines. Nous embarquerons à Burgas, en Bulgarie. Des passeurs nous prendront en charge et nous conduiront par la mer Noire sur les côtes turques. Là, des guides ousamas nous attendront.

— Des ousamas ? Ils ne sont pas…

— Dangereux ? Bien sûr que si ! Eh, ce n'est pas un voyage d'agrément. Et vous avez toujours la possibilité de renoncer.

— J'ai déjà payé mon billet, rétorqua Jemma avec vivacité. Et puis ça caille ici. J'ai envie de soleil. Quand partons-nous ?

— Dans deux jours. Nous avons rendez-vous avec notre chauffeur place d'Italie à 5 heures du matin. Mais la chaleur, ne comptez pas la trouver avant le sud de la

Turquie et la Syrie. Et encore : la désertification entraîne des écarts de température considérables entre le jour et la nuit, entre l'hiver et l'été. J'ai entendu dire qu'il est tombé de grosses quantités de neige l'hiver dernier autour du golfe Arabo-Persique.

— Qui c'est, notre chauffeur ? »

Luc Flamand promena un moment les yeux sur la carte avant de répondre.

« Je ne le connais pas.

— Quoi ? Vous avez misé mes cinq mille euros sur un type que vous ne connaissez pas ? »

Il lui décocha un regard noir, le genre de regard qu'elle aurait jugé insupportablement agressif quelques jours plus tôt et qu'elle trouvait désormais troublant, sexy. Pourquoi ne l'embrassait-il pas, ce crétin ?

« Je ne les ai pas misés sur un homme, répliqua-t-il d'un ton froid. Ils ont servi à payer les services d'une organisation.

— Criminelle…

— Possible, et même probable. Seules les organisations criminelles ont les reins assez solides et les relations pour monter des filières jusqu'aux frontières de l'Est.

— Quand même, la traversée de l'Europe en bagnole, ça ne doit pas être si difficile que ça !

— Détrompez-vous. La sécurité n'est plus assurée nulle part, les convois routiers et ferroviaires sont régulièrement attaqués et pillés. Et les milices sont encore plus dangereuses que les bandes. Nous nous sommes offert une protection, avec vos cinq mille balles.

— Ce qui veut dire que nous voyagerons en compagnie d'organes congelés, d'armes, de drogues ou de cigarettes de contrebande ?

— Ça, ou autre chose…

— Ravie d'apprendre que mon fric va engraisser des salauds… »

Luc Flamand soupira et replia la carte avec soin. L'eau sale de la nuit tombante se diluait dans la lumière qui se glissait par la lucarne de la cuisine et métamorphosait les formes en spectres.

« Avant, il engraissait des banquiers ou des actionnaires. »

Jemma tira une cigarette du paquet posé sur la table et craqua une allumette. Elle avait repris goût au tabac en même temps qu'au penchant amoureux. Elle était revenue à l'âge de treize ou quatorze ans. Elle avait été contente, pourtant, de quitter les rivages ingrats de l'adolescence, d'abandonner derrière elle ses parents, son acné, ses complexes, ses amours risibles et ses envies de suicide. Elle recracha la fumée, puis passa la pointe de la langue sur sa lèvre inférieure, vestiges des temps lointains où ses copines et elle, en gage de rébellion, fumaient des roulées.

« Je vous croyais un peu plus… un peu moins commun dans vos raisonnements. Vous parlez comme un pilier de bistrot. Comment pouvez-vous comparer les financiers et les sales types qui trafiquent des armes et de la chair humaine ? »

Flamand évacua son agacement d'une expiration sifflante.

« Disons que les deux sont des profiteurs, les uns dans un cadre légal, les autres dans un cadre illégal. De nombreuses passerelles sont jetées entre les deux. Je n'ai jamais vu un banquier cracher sur le fric d'un trafiquant.

— On croirait entendre le discours d'un groupe d'extrême gauche d'avant la guerre, vous savez, ceux qu'on appelait les traîtres, ceux qui soutenaient la cause des Palestiniens et des ousamas en général. »

Elle crut déceler une lueur tragique dans les yeux du journaliste et regretta son agressivité.

« Faudrait vous décider : pilier de bistrot ou gauchiste ? » lança-t-il d'une voix où se mêlaient ironie et mélancolie.

Elle s'essaya à l'humour pour détendre une atmosphère qui menaçait de se dégrader par sa faute.

« Il y a sûrement des piliers de bistrot gauchistes, non ? »

Le petit sourire de Luc ne parvint pas à chasser la tristesse de son regard.

« Seulement des gens de bonne volonté qui ont essayé d'empêcher cette foutue guerre et ses cinquante millions de morts. »

Il fourra la carte repliée dans la poche intérieure de sa veste, alluma à son tour une cigarette et sortit de la cuisine. Elle se versa un verre de vin et l'avala d'une traite. Non, décidément, elle n'avait pas retrouvé le mode d'emploi des relations humaines.

La place d'Italie ressemblait à un gigantesque trou blanchi par les averses de neige de la nuit. Pas une voiture ne circulait à cette heure matinale. Un verglas épais emprisonnait la chaussée. Les lueurs maladives de l'aube dévoilaient un ciel bas et figé.

« Moins quinze », avait soufflé Luc Flamand en sortant de l'immeuble.

Jemma s'était demandé d'où il tenait ses certitudes, puis elle avait aperçu à son tour le panneau lumineux placé au-dessus de l'enseigne d'une pharmacie. Moins quinze en novembre. Qu'en serait-il en janvier et février, les mois traditionnellement les plus froids ? L'avènement d'une petite période glaciaire avait surpris la plupart des climatologues, qui s'étaient accordés pour prédire une évolution humide et chaude. Ne disposant plus des informations fournies par les satellites, les spécialistes n'avaient plus la possibilité d'établir des prévisions fiables. Les phénomènes météorologiques gardaient leur part de mystère, comme si la terre, avec ses courants marins, ses masses d'air, son activité volcanique, les déplacements de ses plaques tectoniques, ses équilibres géologiques, refusait de révéler ses secrets aux apprentis sorciers qui la foulaient aux pieds.

Jemma et Luc avaient pris le métro, ouvert à partir de 4 heures en période d'hiver. Les seuls autres usagers étaient des sans-abri qui avaient réussi à échapper au contrôle de la milice RATP et s'étaient assoupis dans la tiédeur de la rame. Le contraste avec l'extérieur avait saisi Jemma au sortir de la station place d'Italie. Elle avait tout à coup inhalé des pics de glace et cru que ses oreilles, pourtant protégées par la double épaisseur de ses cheveux et d'un bonnet de laine, se fendillaient comme du givre. Arrivés une dizaine de minutes en avance, ils s'étaient réfugiés sous le porche d'un ancien complexe cinématographique à l'abandon pour échapper aux rafales assassines. Jemma s'était demandé ce qu'elle fichait à 5 heures du matin au bord de cet immense cratère blanc et désert en compagnie d'un homme qui ne s'était pas lui non plus dégelé après leur discussion houleuse de l'autre soir. Bombardée à plusieurs reprises pendant la guerre, la place d'Italie n'était qu'une immense plaie au cœur de Paris, un terrain vague que se disputaient avec férocité les vautours de la spéculation immobilière. Comme l'ensemble de la ville, d'ailleurs, devenue un immense chantier à la fin du conflit. La mairie, de tendance chrétienne libérale, accordait les autorisations avec une extrême parcimonie. Flamand soupçonnait les élus de pousser les enchères au maximum et de prélever d'énormes commissions au passage, pas nécessairement pour s'enrichir à titre personnel, mais pour alimenter les caisses de leurs obédiences. Résultat : la reconstruction de la Ville Lumière avançait à une lenteur désespérante et elle semblait par endroits incapable de se relever de ses ruines.

Jemma avait très mal dormi. N'osant pas se retourner de peur de réveiller le froid tapi entre ses draps, elle avait vogué sur des pensées agitées jusqu'à une heure avancée de la nuit, puis, alors qu'elle venait tout juste de s'abandonner au sommeil, du moins c'est ce qu'il lui avait semblé, Luc s'était engouffré dans la chambre pour lui secouer l'épaule sans ménagement.

Était-elle vraiment réveillée d'ailleurs ? La ville suspendue entre noir et blanc, le silence cotonneux qui étouffait les bruits, le froid si virulent qu'il en devenait abstrait, les phares lointains dont les faisceaux illuminaient furtivement les façades lui donnaient l'impression de prolonger un rêve.

Flamand consulta sa montre. Comme il avait passé un manteau de cuir au col fourré par-dessus sa veste, il dut remonter trois manches et baisser son gant pour jeter un coup d'œil au cadran.

« 5 heures 10. Il est en retard. Ça commence mal. »

La voix du journaliste repiqua Jemma dans la réalité. Le froid s'engouffrait sous ses vêtements, ses pieds et ses mains commençaient à s'engourdir. Dire qu'elle aurait pu être, en cet instant, dans sa maison chauffée à vingt degrés où les chagrins et les privations demeuraient confortables. Elle retraça les circonstances qui l'avaient entraînée dans la galère de Luc Flamand. Il avait obtenu ce qu'il voulait, celui-là, du fric pour financer son voyage et son reportage. Il lui avait suffi de se glisser dans le vide affectif de Jemma pour la manœuvrer comme une petite fille. Elle se demandait pourquoi il s'encombrait d'une femme dans un périple qui s'annonçait périlleux. Peut-être prévoyait-il de se servir d'elle comme d'une monnaie d'échange au cas où les choses tourneraient mal ? La rumeur courait que les femmes européennes, autrefois inaccessibles, étaient des denrées prisées au Moyen et en Extrême-Orient. Elle lança un regard de biais au journaliste. De son visage, emmitouflé dans une écharpe et dans le col relevé de son manteau de cuir, elle ne distinguait que les sourcils, les yeux et la naissance du nez. Elle l'imaginait mal en parfait salaud, mais, elle s'en était aperçue à ses dépens après la disparition de Manon, bon nombre d'êtres humains abritaient, au fond d'eux, des monstres qui resurgissaient par la première fêlure. Personne ne l'avait soutenue après la perte de sa fille, ni l'administration, ni ses collègues du labo, ni ses voisins, ni ses proches, ni même ses parents. Ils en avaient profité au contraire pour la déchiqueter, charognards attirés par le sang. Les êtres humains éprouvaient l'irrépressible besoin d'enfoncer les plus faibles du troupeau, les blessés, les malades, la loi de l'évolution, là encore. Ils allaient bien lorsqu'ils voyaient les autres se noyer, ils se sentaient moins malheureux, moins moches, mieux adaptés.

Flamand entreprit d'allumer une cigarette, une tâche qui, avec ses couches de vêtements et ses doigts gourds, lui prit deux bonnes minutes. L'odeur du tabac donna à Jemma l'envie de fumer. Elle saisit le paquet que lui tendait le journaliste et retira l'un de ses gants pour attraper une cigarette. Le froid bondit sur sa main dégagée et la pinça jusqu'aux os.

« Finalement, commença-t-elle, légèrement étourdie par la première bouffée, je ne sais pas si… »

La fin de sa phrase se perdit dans un grondement de moteur. Un camion s'immobilisa dans un grincement horripilant à une trentaine de mètres du porche de l'ancien cinéma. Des motifs colorés, abstraits, égayaient son museau allongé et noir. De chaque côté de la cabine se dressaient deux cheminées surmontées de chapeaux pointus qui crachaient des colonnes de fumée noire. Il traînait une remorque allongée faite d'un matériau gris et mat qu'on voyait de plus en plus sur les routes, un alliage à l'épreuve des balles et des explosifs de faible puissance.

« C'est lui, dit Luc Flamand. Allons-y. »

Ils sortirent de leur abri et, butant sur les bourrasques, ils se dirigèrent vers la cabine du camion. Le moteur Diesel continuait de donner ses coups de boutoir avec une régularité d'horloge. La portière conducteur s'ouvrit, un escalier de cinq marches se déroula jusqu'au sol dans une succession de tintements métalliques ; un homme les dévala, vêtu d'un blouson de cuir, d'un jeans, de bottes à bout pointu et d'une casquette américaine New York Yankees. Grand, large, presque gros, face poupine, rougeaude, barrée par une épaisse brosse de poils poivre et sel qui escamotait la lèvre supérieure. Des yeux sombres et méfiants sous les buissons touffus des sourcils. Une bosse sur le côté du blouson, probablement un flingue. Pas le genre de mec à qui l'on a envie de chercher des embrouilles.

« Croisière vers mer Noire ? demanda-t-il sans desserrer les mâchoires.

— Deux passagers à destination de Burgas », répondit Flamand.

D'un geste de la main, le chauffeur invita Jemma à gravir le marchepied.

« Installer vous derrière, couchette. »

Fort accent de l'Est, sans doute originaire de la Bulgarie où il devait convoyer sa cargaison et ses deux passagers.

« Pouvoir allonger, dormir. Draps propres. Changer année dernière ! »

Il éclata d'un rire tonitruant, ravi de sa plaisanterie. Jemma s'engouffra dans la cabine, dont le volume la surprit, se faufila derrière le siège, écarta le rideau en tissu et se glissa sur la couchette, large de deux mètres. Collées aux cloisons, des photos de femmes nues, grasses, exhibant dans des poses outrageuses leurs mamelles hypertrophiées et la pilosité tropicale de leurs entrejambes. Le poil et la rondeur n'étaient donc pas passés de mode dans les régions orientales de l'Europe. Une odeur de tabac froid, d'huile surchauffée, de nourriture avariée et de sueur rance rôdait dans l'espace confiné.

Jemma évita soigneusement de se glisser dans les draps entrebâillés, s'assit contre la cloison du fond, essaya de comprendre les paroles que s'échangeaient le chauffeur et Luc Flamand.

La tête du journaliste s'immisça entre deux plis du rideau quelques minutes plus tard.

« Nous partons. Je reste pour l'instant en compagnie du chauffeur. Vous pouvez dormir. Mais si vous préférez vous installer sur le siège passager, il est suffisamment large pour deux.

— C'était votre mot de passe, mer Noire, Burgas ?

— Il fallait bien un mode de reconnaissance. Un mot de passe paraît toujours ridicule à ceux qui ne l'utilisent pas.

— Combien de temps dure le voyage ?

— Une bonne semaine d'après le chauffeur. »

La tête de Luc s'effaça derrière le rideau avant de réapparaître dans la pénombre de la couchette.

« Vous aviez commencé à me dire quelque chose tout à l'heure… »

Jemma riva son regard sur les formes généreuses d'une créature stéatopyge dont la blondeur platine et le bleu à lèvres électrique s'harmonisaient mal avec la peau rosâtre.

« Je ne vois pas de quoi vous voulez parler.

— Vous avez dit : finalement, je ne sais pas si… Si quoi ? »

Elle haussa les épaules avant de répliquer, d'un ton sec :

« Sans importance. »

Et pour bien signifier que la conversation était close, elle s'allongea sur le matelas et ferma les yeux en s'efforçant d'oublier la puanteur de la couchette.

14
Pierre

Le commandant Pierre Archambaud n'était pas pressé de rentrer chez lui.

Comme chaque soir après le travail, il se lança dans une longue marche qui l'entraîna d'abord dans une ruelle sombre du 18e arrondissement, s'arrêta au nº 16, vérifia d'un coup d'œil panoramique que personne ne lui prêtait attention, pressa l'un des boutons de l'interphone, répondit à la voix nasillarde qui lui réclamait son identité et le mot de passe, poussa la porte de bois qui s'était ouverte dans un déclic, monta d'un pas alerte au deuxième étage, s'engouffra dans un appartement dont il connaissait chacune des sept pièces, retira son képi, conversa quelques instants avec la « patronne », une femme d'une soixantaine d'années qui se faisait appeler Ninon, choisit une fille, une certaine Eva, parmi les trois qu'elle lui présenta, la suivit dans la chambre nº 5, la chambre pourpre, comme capitonnée de chair, la contempla quelques instants après qu'elle se fut dévêtue, tenta d'évaluer son âge, quinze, seize ans peut-être, s'émut de son ventre blanc et ferme, de sa poitrine menue, de son pubis clairsemé et doré, baissa son pantalon et son caleçon quand il estima son érection suffisante, la pénétra avec sa brutalité coutumière, elle à quatre pattes sur le lit et lui debout derrière elle, jouit en deux temps trois mouvements, donna une claque sonore sur les fesses de la fille en signe de reconnaissance, attendit que la marque de sa main se dessine sur la peau tendre avant de se rendre près du lavabo, se frotta le bas-ventre à l'aide d'un linge humide et parfumé, rajusta ses vêtements, posa le pourboire, un billet de cinq euros, sur la table de chevet, sortit après un dernier regard pour Eva toujours à quatre pattes sur le lit, la tête baissée, l'intérieur des cuisses barbouillé de sperme, croisa dans le couloir un autre couple constitué d'une fillette âgée cette fois de douze ou treize ans et d'un client qui aurait pu être son arrière-grand-père, salua Ninon la maquerelle d'un hochement de tête, dévala l'escalier en espérant, comme chaque soir, qu'il n'y rencontrerait personne de sa connaissance, fut cueilli par une rafale de bise au sortir de l'immeuble, remonta la ruelle tapissée d'encre nocturne, de glace et de neige, traversa d'une allure soutenue le 18e arrondissement par les boulevards de Rochechouart, de Clichy et des Batignolles, ignora les dizaines de sans-abri qui surgissaient de la pénombre pour lui quémander une pièce, avança sur une cinquantaine de mètres à la même allure qu'un bus accordéon patinant sur la chaussée verglacée, se contempla au passage dans une vitrine, retira à nouveau son képi, ramena quelques-unes de ses mèches latérales sur le sommet de son crâne dénudé, en ailes de corbeau, un tic, il en prit conscience à l'instant, hérité de son père, s'engagea dans le boulevard de Courcelles surveillé par les gardiens d'une société privée emmitouflés dans des manteaux vert sombre, répondit d'un grognement au salut franchement ridicule de l'officier de la petite troupe répartie sur les deux trottoirs, longea le parc Monceau jusqu'au carrefour de la rue de Courcelles, prit sur sa droite la rue de Chazelles, ralentit machinalement pour ne pas arriver trop vite au n° 20, pas envie de subir les jérémiades et les bondieuseries de sa femme, pas envie de croiser son regard de dévote en attente de canonisation, pas envie de partager quoi que ce soit avec elle, encore moins depuis qu'il était revenu du Front, tellement secoué par ce qu'il avait fait, vu, entendu, qu'il aurait voulu se retirer dans une solitude et un silence perpétuels, loin des hommes et de leurs turpitudes, finit par arriver devant l'entrée de l'immeuble, une porte blindée conçue en principe pour résister aux attaques à la roquette ou au mortier, pressa six touches du digicode, poussa le petit vantail après que le grésillement eut retenti, répondit d'un geste de la main au salut de la concierge roulant des yeux de poisson derrière la vitre de sa loge, négligea le vieil ascenseur à grille pour emprunter le large escalier sur sa gauche, gagna le deuxième étage, bureau, bordel, appartement, tous situés au deuxième, une vraie malédiction, se glissa le plus discrètement possible dans l'appartement, un cent quatre-vingts mètres carrés dans le 17e, un héritage de sa femme, une véritable fortune, grinça des dents lorsque la voix insupportablement familière cria, depuis la cuisine, c'est vous, mon ami ? ne répondit pas, comme chaque soir, fila dans le salon, se laissa choir sur le canapé, accorda un regard distrait à l'antique écran à plasma où deux hommes vêtus de costumes stricts se lançaient de violents anathèmes à propos de religion, l'un se réclamant du catholicisme romain et l'autre d'une obédience protestante, probablement l'un de ces fanatiques formés par les missionnaires arrivés en masse du continent américain avant et pendant la guerre, parcourut les titres du journal étalé sur la table basse, *La Nouvelle Europe Libre*, le quotidien d'opposition chrétienne auquel l'avait abonné sa femme, se renversa contre le dossier du canapé, ferma les yeux et, tandis que les images terribles du Front déferlaient en lui comme des extraits de films d'épouvante, s'efforça de contenir ses larmes.

Comme chaque soir.

Elle l'avait attendu pour le dîner, en épouse dévouée, parfaite. Elle lui avait donné trois enfants, un garçon et deux filles, puis, alors qu'elle prévoyait d'en fabriquer une bonne douzaine, en servante zélée des préceptes divins, la mécanique s'était enrayée. Pas davantage qu'elle n'avait contrarié la nature sur le plan de la conception, elle n'avait essayé de consulter un spécialiste ou de rafistoler son cycle menstruel. Si Dieu avait voulu qu'elle ne fît que trois enfants, c'était qu'Il avait ses raisons. Il fallait respecter Ses décisions, Ses voies, même impénétrables. Le garçon et les deux filles avaient quitté la maison, Antoinette, la dernière, ayant épousé l'année précédente un jeune homme de bonne famille – père haut fonctionnaire, mère au foyer, appartement dans le 16e, maison en Bretagne, chalet en Haute-Savoie, catholiques intégristes, convaincus de la supériorité de la race blanche, partisans d'une Europe entièrement purifiée de ses gènes ousamas.

L'ex-colonel Pierre Archambaud n'avait pas vu grandir ses enfants. L'aînée, Marie, venait tout juste d'atteindre ses cinq ans lorsque la guerre avait éclaté. L'armée de terre l'avait envoyé au Front après les premières batailles entre les armées européenne et islamique. Quinze années de sa vie s'étaient écoulées en Roumanie, en Bulgarie, en Moldavie, en Ukraine, le long de ces frontières où avaient péri des dizaines de millions d'hommes dans la force de l'âge. Il était passé du grade de lieutenant à celui de colonel, des premières lignes aux bureaux de l'état-major enfouis dans les bunkers. Il avait échappé par miracle aux balles, aux bombardements, aux attaques chimiques et virales, aux mutineries, et pourtant il n'avait pas épargné sa peine, il n'était pas resté planqué derrière ses hommes comme la plupart des officiers de sa connaissance. Il lui arrivait de plus en plus souvent d'envier les hommes fauchés par la mitraille sous ses yeux, leur étrange sérénité dans la mort, eux dont les traits se tordaient d'épouvante quelques secondes avant l'assaut. Leur vie s'était brisée à l'âge de dix-huit ou vingt ans, mais ils ne subissaient plus la tragique imbécillité humaine, ils flottaient, libres, aériens, au-dessus du cul-de-basse-fosse où les hommes, sous le vernis civilisateur, s'abandonnaient à leurs instincts les plus vils – il en savait quelque chose : une partie de son salaire s'en allait dans les cons étroits des filles de la mère Ninon. C'était pire depuis que les partis évangéliques avaient conquis l'Europe, de l'amour plein la bouche et de la merde plein le cœur. Au nom d'un Dieu de compassion, au nom du Christ sacrifié sur la croix, ils organisaient l'extinction de millions d'hommes, de femmes et d'enfants, un massacre par omission, parce qu'ils se déclaraient visités par la grâce divine, parce qu'ils s'estimaient fondés à prononcer à leur façon le jugement dernier. Il fallait les entendre dans les dîners en ville, où en qualité de commandant du commissariat du 19e, Archambaud était de temps à autre convié, il fallait les voir célébrer la grandeur de la civilisation chrétienne en bourrant de petits-fours leurs joues gonflées de hamsters. Écœurant. Dire que lui, Pierre Jean Adrien Archambaud, appartenait à ce monde. Dire qu'il était marié avec une fille de ce monde. Dire que ses enfants évoluaient dans ce monde avec l'insouciance dramatique de ceux qui avaient perdu depuis longtemps le mode d'emploi de la conscience. Au retour du Front Est, l'armée lui avait proposé une reconversion dans la police où des hommes de sa trempe, avec leur expérience du commandement, blablabla, seraient plus utiles à la reconstruction de l'Europe que dans une quelconque garnison. L'armée, ruinée, n'avait plus les moyens de payer les salaires de ses officiers et s'était accordée avec le ministère de l'Intérieur pour les intégrer à la police, victime de purges impitoyables au sortir de la guerre.

« Vous avez l'air songeur, mon ami… »

Son épouse l'avait vouvoyé après sa démobilisation, comme si elle s'adressait à un étranger, une habitude qu'elle avait gardée pour, disait-elle, faire comme les gens du grand monde. D'ailleurs, c'est ce qu'ils étaient l'un pour l'autre, de parfaits étrangers, ils n'avaient rien d'autre en commun que leurs enfants, et encore, ils lui ressemblaient tellement peu que leur père se demandait s'il était vraiment l'auteur de leurs jours. Sa sainte-nitouche d'épouse ne lui était certainement pas restée fidèle entre les visites qu'il lui avait rendues lors de ses permissions (six jours de permission : deux jours de train à l'aller + deux jours au retour + un jour entier de sommeil + un autre consacré aux obligations familiales + un ou deux coups tirés à la sauvette = un dégoût total de la société conjugale et civile), et les dates tendaient à montrer qu'Antoinette, la dernière, avait été conçue en son absence. Il s'en foutait. Les protégées de la mère Ninon comblaient largement ses désirs. Il prenait un risque considérable en se rendant trois ou quatre fois par semaine dans un bordel clandestin qui exploitait des esclaves mineures ramassées dans les rues des différentes villes d'Europe. Être surpris dans ce lieu de perdition aurait pu lui valoir un renvoi fracassant de la police, une comparution immédiate devant un tribunal pénal et un emprisonnement d'une douzaine d'années (en tenant compte de ses états de service). Une autre façon de se mettre en danger. Désormais à l'abri des balles ousamas, il lui fallait défier les ennemis de l'intérieur, les dénonciateurs, les calomniateurs, les moralistes, ce front puritain qui s'était reconstitué à une vitesse ahurissante à la fin du conflit – au point qu'on pouvait se demander si ces satanés puritains n'avaient pas eux-mêmes provoqué la guerre contre les nations musulmanes pour détourner l'attention et s'emparer du pouvoir. Ils avaient verrouillé le Parlement européen, les gouvernements nationaux, les vestiges des organisations internationales, les banques, les grandes industries, les idées, ils avaient scellé l'alliance entre les intérêts politiques, économiques, intellectuels et religieux, ils avaient imposé leur vision du paradis pour l'humanité purifiée. Pour *leur* humanité.

« Eh bien, mon ami, des soucis ? »

Son épouse le fixait de l'autre côté de la table, le nez et les lunettes au-dessus de la soupière fumante tendue à bout de bras par Fabienne, la bonne, une fille de la campagne quelque peu simplette et ravie de travailler comme une bête de somme pour une poignée d'euros et une chambre mal chauffée sous les combles – elle avait d'ailleurs l'allure d'une jument de trait avec sa large croupe, sa lèvre supérieure retroussée et ses cheveux rêches comparables à une crinière.

Comment avait-il pu aimer sa femme ? Comment avait-il pu être aimé par cette femme ? S'il essayait de se remémorer leur rencontre, les premières années de leur vie commune, Pierre Archambaud flottait dans un vide sinistre, comme s'il n'y avait jamais eu d'histoire entre eux, pas l'ombre d'un sentiment, pas la moindre étincelle, pas un semblant de frisson. Incapable de reconstituer son odeur, la saveur de sa bouche, le grain de sa peau. Il doutait d'avoir un jour posé le regard et les mains sur elle. Il ne se rappelait jamais son anniversaire, encore moins leur anniversaire de mariage, il se souvenait seulement de son prénom : Marie-Louise.

Il ne répondit pas. Il ne répondait jamais, elle ne s'en offusquait pas, elle avait posé la question comme on s'échange des propos affligeants de banalité dans les soirées mondaines, sans prêter attention aux interlocuteurs, parce que le bruit de bouche fait partie des usages au même titre que les bulles de champagne, les petits-fours, les flèches assassines et les rires de gorge.

Il aurait pu hurler que son travail lui sortait par les yeux, qu'il crevait d'envie de tuer ses interlocuteurs chaque fois qu'il assistait à une réunion au ministère de l'Intérieur, que ce monde était tellement pourri que personne, pas même le Christ s'il avait un jour existé, ne lèverait le petit doigt pour le sauver ; il se contentait de guetter une lueur de complicité dans le regard bovin de Fabienne. Les décisions ineptes de la hiérarchie avaient coûté la vie à plusieurs de ses hommes. La dernière lubie du ministre de l'Intérieur : former un bataillon d'auxiliaires de police, des jeunes femmes à la plastique irréprochable, pour piéger et réduire au silence les plus dangereux des opposants. La compromission, le chantage, un truc vieux comme le monde, tellement usé qu'on se demandait pourquoi il n'était pas encore éventé. Archambaud avait consulté les fiches de ses subordonnés et constaté qu'au commissariat du 19e, seul le lieutenant Anna Corroy correspondait au profil. Beau brin de femme, blonde, grande, svelte, mystérieuse, vouée corps et âme à son métier et, surtout, prisonnière d'un secret qu'il pourrait à loisir exploiter si elle se montrait rétive. Il répugnait à employer ce genre de méthodes, mais il ne pouvait pas se permettre d'être le seul divisionnaire de Paris infoutu de présenter une candidate. Bien qu'il eût volontiers vidé le chargeur de son pistolet sur le ministre de l'Intérieur et sa cohorte de lèche-culs, il ne tenait pas à perdre son poste, un paradoxe qu'il justifiait par les quinze années passées au Front, une forme de lâcheté naturelle et une peur panique de ne plus pouvoir rendre visite aux tendrons de la mère Ninon. Il le regrettait. Anna Corroy était un bon élément et, en comparaison des crétins aux nuques épaisses qui hurlaient des insanités à longueur de journée dans les bureaux du commissariat, elle méritait largement d'obtenir le grade de capitaine. Il l'avait perdue. Définitivement. Il connaissait les politiques, ces intrigants à qui l'ambition, l'hypocrisie et la lâcheté servaient d'intelligence, et il savait pertinemment qu'elle serait éliminée une fois qu'elle aurait accompli ses basses besognes. Comme les chats, les hommes politiques s'arrangent toujours pour retomber sur leurs pattes et ne sont pas du genre à laisser des témoins compromettants derrière eux. Il aurait pu dire tout cela à sa femme, mais elle n'appelait pas les confidences, elle ne déclenchait rien d'autre en lui qu'un réflexe d'isolement.

Par chance, ils faisaient chambre à part, il n'avait pas à supporter ses ronflements. Il ronflait lui aussi, comme un avion de chasse aux dires de ses soldats, mais il ne s'entendait pas, il ne se dérangeait pas. Parfois, dans le cœur de la nuit, le dégoût montait en lui comme une marée, l'emportait, l'abandonnait en sueur et en pleurs sur son lit. Ou bien c'était une nuée de cauchemars qui se levait, le harcelait et le dévorait jusqu'à l'aube. Il se demandait s'il avait vraiment participé à cette guerre contre l'ennemi héréditaire de la chrétienté, s'il avait vraiment coupé la langue et les couilles de ces pauvres bougres d'ousamas tombés dans ses griffes, s'il les avait vraiment achevés d'une balle entre les deux yeux, s'il avait vraiment franchi à pied, en compagnie des survivants de son bataillon, les trois mille kilomètres entre le Front Est et la mère patrie, s'il avait vraiment accepté, en récompense de ses bons et loyaux services, le poste de commandant – autrefois commissaire divisionnaire – dans le 19e arrondissement de Paris, s'il s'était vraiment consacré à la surveillance et la répression de ses concitoyens, s'il avait vraiment trempé dans les intrigues minables de ses supérieurs, s'il hébergeait vraiment ces deux personnes en lui, le bourgeois retranché dans son bunker parisien, l'ancien soldat révolté par l'ingratitude et le cynisme des dirigeants européens, l'homme soucieux de son confort, des apparences, le dépravé consommant des filles de plus en plus jeunes dans un bordel sordide, le père de famille souriant sur les photos de mariage de ses enfants, l'être rongé par la haine et le mépris. Il était incapable de répondre à cette question, d'une simplicité vertigineuse pourtant : qui suis-je ? Ce moi tourmenté prisonnier de cette chair pourrissante ? Cette masse fluctuante de souvenirs encombrants ? Ses pensées butaient sur l'opacité de son esprit comme des mouches sur le verre d'un bocal. Il ne trouvait aucune porte de sortie, piégé par son passé, enchaîné à ses fantômes. Il n'entrevoyait aucune autre solution qu'une balle dans le cerveau ou dans le cœur. Il lui arrivait de plus en plus souvent de s'asseoir sur son lit et de glisser le canon de son arme dans la bouche. Les lèvres arrondies autour de l'acier froid, il enfonçait la détente d'une légère pression de l'index, mais s'arrêtait à chaque fois avant de déclencher le mécanisme fatal. Un jour, il irait au bout de son geste, quand ses épaules et sa nuque ne pourraient plus supporter le poids de cette vie absurde, quand il aurait brûlé ses maigres désirs et ses derniers vestiges d'indulgence.

« Devinez donc qui j'ai vu, aujourd'hui… »

À question stupide, réaction lamentable.

« Le concierge ? Le facteur ? L'employé du gaz ? »

Elle marqua sa réprobation d'une moue qui faisait ressembler son cloaque buccal à un anus usagé, puis elle poursuivit, d'un ton égal :

« Le général Voisin. »

Il tressaillit, se reprit aussitôt, s'appliqua à rester impassible. Le général Augustin Voisin était son supérieur sur le Front pendant les quatre dernières années de la guerre. Borné, arrogant, vaniteux, fanfaron, veule, envieux, vénal, porté sur l'alcool, Voisin avait entraîné des milliers de jeunes gens à la mort pour le simple plaisir de voir manœuvrer ses troupes dans la brume sinistre de l'Est européen. Pour, claironnait-il, tirer nos vaillants soldats de la torpeur sournoise et malsaine qui gangrène nos armées. Archambaud s'était opposé à plusieurs reprises, et avec une extrême véhémence, à son supérieur hiérarchique, ce qui avait failli lui valoir une comparution en cour martiale. L'affaire avait été escamotée par la mort de l'archange Michel et le traité de Bratislava signé à la hâte entre les représentants de l'Europe et les émissaires des nations islamiques. Archambaud n'avait plus entendu parler de Voisin jusqu'à ce soir et n'avait pas cherché à savoir ce qu'il était devenu.

« Il m'a demandé de vos nouvelles, reprit sa femme. Savez-vous qu'il occupe un poste important à Bruxelles ? »

Évidemment : rien d'étonnant à ce que des hommes comme Voisin se soient sortis à leur avantage du guêpier islamique.

« Il semble vous avoir en haute estime malgré les différends qui vous ont opposés sur le Front. »

Pas réciproque. S'il le tenait au bout de son pistolet, Archambaud presserait la détente sans aucune hésitation. Tout ce que ce type méritait, c'était une balle dans le ventre. Pas dans la tête ni dans le cœur, il ne possédait ni l'une ni l'autre.

« Il projette de fonder un parti et de se présenter aux prochaines présidentielles européennes, et il aimerait intégrer des hommes de votre valeur à son équipe.

— Quel genre de parti ?

— L'ECS, l'Europe chrétienne souveraine. Il compte de nombreux appuis dans les milieux évangéliques. Ils pensent qu'un soldat, un héros de la guerre, est le candidat idéal.

— Aux dernières nouvelles, Voisin n'était pas évangélique, mais catholique et papiste.

— Vous vous trompez, mon ami : il a reçu la révélation dans le Christ et le nouveau baptême.

— Vous en parlez comme si vous approuviez ce genre de conversion. »

Elle baissa les yeux et croisa les mains au-dessus de son assiette vide.

« Nous pensons… je pense que seul le mouvement évangélique est capable de contrarier le fanatisme ousama. Il a pour lui la ferveur, l'élan, la puissance, ce que n'a plus depuis bien longtemps l'Église romaine. »

Il se retint à grand-peine d'éclater de rire. Sa femme menait donc une double vie, comme lui. Elle trompait la vieille religion de ses parents avec une nouvelle au ramage et au plumage chatoyants. Elle avait besoin, comme la plupart des Occidentaux désespérés par le matérialisme de la fin du XXe siècle et du début du XXIe, de retrouver la foi simple et inébranlable des pionniers américains, des pèlerins du Nouveau Monde, de plonger dans l'eau lustrale d'un nouveau baptême, de se gorger de croyances, de certitudes, de marcher au son glorieux des trompettes et des canons. Si elle ne l'avait déjà fait, elle envisageait de se convertir, elle aussi. Elle, l'ex-catholique qui défendait bec et ongles la papauté branlante, l'ancienne intégriste qui vouait aux gémonies les protestants et leur sale manie de déboulonner un à un les dogmes fondateurs. Antoinette également, sans doute, et sa sœur et son frère, et leurs belles-familles respectives. La fièvre évangélique se répandait à la façon d'une pandémie. Au fanatisme supposé des musulmans, les Européens opposaient le plus extrémiste des mouvements chrétiens. Ils avaient vendu leur âme à ces pasteurs au verbe incendiaire et au regard glacial qui hantaient les plateaux de télévision, infiltraient les gouvernements, bannissaient le doute, brandissaient l'étendard du Christ comme une bannière conquérante. Mon Dieu, avaient-ils donc oublié que Jésus prônait l'humilité, le renoncement, l'abolition du jugement et l'amour du prochain ? Que le mal qu'on faisait au plus petit de ses frères, c'était au Christ lui-même qu'on le faisait ?

« Si je vous comprends bien, ma chère, vous vous êtes convertie… »

Elle acquiesça d'un mouvement de tête craintif, comme si elle avait peur d'être frappée par la foudre ou changée en statue de sel en proclamant ses nouvelles convictions – vieux conditionnement biblique.

« Et vous souhaitez que je vous suive dans cette voie ? »

Le mutisme de sa femme lui apparut comme la plus probante des réponses. Dans un premier temps, il rejeta catégoriquement la perspective : pas envie de virer grenouille de bénitier à son âge, même si le bénitier avait changé d'eau, de forme et de crémerie. Puis, presque aussitôt, il prit conscience que la proposition de sa femme lui offrait une magnifique occasion de régler son compte à cette vieille ganache de Voisin, une occasion unique de venger ses soldats disparus, de quitter ce monde avec panache, en emportant dans la tombe l'un de ses plus méprisables représentants. Quelques mines hypocrites pour donner le change, quelques dévotions théâtrales, une promesse d'immersion joyeuse dans l'eau du baptême, l'intégration dans l'équipe électorale de Voisin, puis le meurtre de l'ancien boucher du Front Est, pas en public, pas question d'en faire un martyr, mais dans les ténèbres et la solitude, d'homme à homme, un meurtre crapoteux, un règlement de comptes qui, parce qu'il paraîtrait sordide, ternirait à jamais la mémoire du général.

Pierre Archambaud se suiciderait ensuite, enfin délivré de ses fantômes, enfin apaisé.

« Eh bien, s'enhardit son épouse, vous ne m'avez toujours pas dit ce que vous en pensiez. »

Il n'attendit pas le retour de Fabienne pour se verser un verre de vin, joyeux tout à coup. Le projet l'exaltait, illuminait déjà les derniers jours de sa vie.

« J'ai toujours pensé que nous étions appelés à nous revoir, Voisin et moi, dit-il avec un sourire. Le plus tôt sera le mieux. »

15

Le camion progressait à une allure désespérément lente sur la route verglacée. L'averse s'était interrompue à l'aube, et les derniers flocons paressaient dans les rafales, peu pressés de se dissoudre dans les congères ou dans la couche de neige de cinquante centimètres qui ensevelissait les champs, les forêts et les bourgs. L'Europe paraissait moins meurtrie, moins laide, dans son uniforme blanc.

Il leur avait fallu pratiquement deux jours pour atteindre la frontière entre la France et l'Allemagne. L'A4 n'avait plus d'autoroute que le nom. Le gouvernement français avait entrepris de rénover le réseau autoroutier en partie détruit par les bombardements et les attentats, mais il se heurtait à d'insurmontables difficultés financières et de sombres histoires de commissions. La guerre avait vidé les caisses européennes, et les priorités étaient tellement nombreuses, logement, nourriture, eau, emploi, énergie, que la restauration des voies de circulation, pourtant indispensable à la reprise économique, n'avançait pas aussi rapidement que le souhaitaient les représentants nationaux. Du haut de la cabine, le nez collé contre la vitre froide, Jemma entrevoyait des scènes sinistres sur les bas-côtés, des familles entières entassées sous des bâches tendues à la hâte et regroupées autour de braseros, des bâtiments éboulés, des carcasses de voitures et de bus, des cadavres en partie dénudés et déchiquetés par les corbeaux, des silhouettes disséminées sur la neige et ployées par le vent.

Jemma peinait à reconstituer le souvenir de l'Europe d'avant-guerre. Elle avait pourtant passé une bonne partie de son enfance dans des paysages enchanteurs, villes animées, illuminées comme des arbres de Noël, plages de sable blond et doux, rubans routiers larges et confortables, villages au charme de carte postale, rivières nonchalantes, riantes… Le conflit contre les nations islamiques avait soufflé le rêve européen issu d'une histoire chaotique, douloureuse.

L'état déplorable de la chaussée provoquait d'incessants ralentissements, voire, par endroits, de longues immobilisations qui entraînaient le chauffeur à couper son moteur et à laisser le froid s'inviter dans la cabine. Luc et Jemma avaient seulement appris de leur compagnon qu'il s'appelait Hristo, qu'il était bulgare et qu'il effectuait trois fois par an le trajet entre la mer Noire et l'Europe de l'Ouest. Quand il ouvrait la bouche, c'était la plupart du temps pour cracher des insultes à l'adresse des autres conducteurs. À plusieurs reprises, tandis qu'il s'engueulait avec un automobiliste, il avait plongé la main sous son blouson de cuir. Jemma avait cru qu'il allait tirer son flingue et vider son chargeur sur son interlocuteur. Il ressemblait à un coq ébouriffé avec sa face rouge vif, sa moustache hérissée, sa lèvre inférieure tordue et ses mâchoires tremblantes. Elle se demandait si les contacts de Luc avaient misé sur le bon numéro. Avec un caractériel comme Hristo, rien ne garantissait qu'ils atteindraient les rives de la mer Noire. Après avoir passé l'Allemagne et l'Autriche, ils aborderaient les régions orientales, la Slovénie, la Bosnie, la Serbie, la Bulgarie, des zones sinistrées que le gouvernement de Bruxelles avait choisi de laisser en friche. Ils croisaient régulièrement des milices vêtues d'uniformes plus ou moins assortis et équipées de fusils d'assaut, mais aucun barrage ne s'était encore dressé devant le camion. Les miliciens arrêtaient pourtant un véhicule sur deux, contraignaient les occupants à sortir, fouillaient méthodiquement l'habitacle et le coffre, prélevaient leur part de butin, nourriture, vin, couvertures, vêtements, produits de toilette, piles, avant d'autoriser les voyageurs à repartir. Les inconscients qui avaient la mauvaise idée de protester patientaient plus longtemps que les autres dans le froid, soumis aux caprices des « forces de l'ordre », des hommes en grande majorité jeunes, à peine sortis de l'adolescence, jouant de leur pouvoir tout neuf avec perversité, capables de laisser patauger des vieillards et des enfants dans la neige pendant deux ou trois heures.

Luc vilipendait le gouvernement européen, coupable à ses yeux d'avoir abandonné l'ordre et le droit à ces phalanges constituées d'anciens pillards.

« Ils ont commis la même erreur que les Américains au Moyen-Orient. Ils ont démantelé l'armée parce qu'ils n'avaient plus confiance dans les militaires, et ils ont laissé les vautours de tous bords mettre en pièces la dépouille européenne. On recense maintenant plus de cinq cents sociétés de sécurité privées rien qu'en France. Et encore, ce chiffre ne concerne que les entreprises agréées par l'État. Résultat : les seigneurs de guerre se multiplient et le territoire se transforme en une zone de non-droit.

— Pas besoin de démanteler l'armée, objecta Jemma. Il n'en restait pratiquement rien à la fin de la guerre.

— Détrompez-vous. La plupart des hommes morts sur le Front Est étaient des appelés. Les engagés, les forces spéciales ont été ménagés. Où sont passés par exemple les SGM, les soldats génétiquement modifiés ?

— Leur existence n'a jamais été démontrée.

— J'ai eu sous les yeux des documents qui tendent à prouver le contraire. Je crois que le gouvernement européen, les mouvements chrétiens plus exactement, les tient en réserve. Ceux qui se sont introduits dans votre maison étaient probablement des SGM, également appelés les Puissances.

— Pourquoi les garder en réserve ?

— Changement de priorité, nouvelle légitimité. Il ne s'agit plus de protéger un gouvernement, démocratique ou non, mais de favoriser le retour du Christ sur terre. Ils sont devenus des soldats du Seigneur. Ils recrutent à tour de bras parmi les sans-abri, dans les campagnes, ils distribuent des vivres, des vêtements et de nouvelles raisons de vivre. Le moment venu, ils seront lâchés sur les populations impies comme des chiens sur les troupeaux. »

Jemma ne croyait toujours pas à l'existence de ces hommes génétiquement modifiés, d'abord parce que la biotechnologie, encore balbutiante au début du siècle, avait connu un coup d'arrêt pendant la guerre, ensuite parce que ce genre d'histoire lui paraissait relever de la légende, ou de la paranoïa pure et simple, enfin parce que les mouvements religieux, dont les évangéliques, avaient condamné publiquement les sciences qui contredisaient les Saintes Écritures et s'opposaient au Dessein divin. En outre, l'état-major avait formellement nié le recours aux techniques génétiques lors du conflit, et, même si on ne pouvait pas accorder un crédit illimité aux allégations des militaires, les médias et l'opinion avaient entériné la thèse officielle de l'armée.

« Vous regrettez toujours de vous être embarquée dans cette aventure, n'est-ce pas ? »

Jemma s'écarta avec vivacité de la vitre, lança un regard noir à Luc, puis, se sentant découverte, elle se détourna et feignit de s'absorber dans la contemplation du paysage.

« C'est bien ce que vous vouliez me dire, le jour du départ ? Que vous n'aviez plus envie de partir ? »

Assis sur la partie gauche de la banquette, le visage en partie dissimulé par le col relevé de son manteau de cuir, il l'observait du coin de l'œil comme un chat épiant un oiseau. Au second plan, Hristo jonglait avec les pédales, le volant et le levier de vitesses pour ne pas caler dans un passage pentu que d'autres véhicules, immobilisés de part et d'autre de la chaussée, n'étaient pas parvenus à franchir. Jemma comprit qu'elle ne gagnerait rien à s'enferrer dans les simulacres. La vérité nue, même laide, est préférable aux constructions illusoires, un principe qu'elle avait tenté d'inculquer à Manon. Un principe qu'elle n'avait pas appliqué avec son ex, préférant se bercer de chimères plutôt que d'affronter la réalité. Ni après la disparition de sa fille, anesthésiant sa douleur aux antidépresseurs et à l'alcool.

« Ça ne vous arrive jamais d'avoir des doutes ? »

Elle n'avait pas l'impression d'avoir prononcé ces mots, seulement qu'ils avaient glissé de ses lèvres à la façon d'un soupir. L'odeur d'huile surchauffée saturait la cabine et commençait à l'écœurer.

« Si je n'avais pas eu de doutes, je n'aurais jamais commencé cette enquête sur la disparition des gosses, répondit Luc.

— Je ne parle pas de ça, mais des doutes sur vous-même, sur la justesse de vos actions, de vos pensées. Vous ne vous demandez jamais si vous prenez les bonnes décisions ? »

Le journaliste joua quelques secondes avec une hernie de mousse qui s'échappait d'un trou du tissu du siège usé jusqu'à la trame, puis il sortit le paquet de cigarettes de la poche de sa veste et le proposa au chauffeur, qui réussit à saisir une cigarette avec ses gros doigts sans quitter la route des yeux. Jemma en alluma également une, espérant que la nicotine chasserait l'engourdissement qui la gagnait après une trop courte nuit sur la couchette. Ils avaient dormi à tour de rôle par périodes de trois heures. Hristo avait immobilisé son camion sur une aire de stationnement pour prendre son temps de repos. Comme il avait coupé son moteur, ses deux passagers avaient trouvé le temps long dans la cabine abandonnée au froid. Ni les couvertures dans lesquelles ils s'étaient emmitouflés ni le café bouillant qu'ils avaient tiré au robinet de la thermos et bu dans des gobelets en polyester n'étaient parvenus à les réchauffer.

« Prendre une décision, c'est prendre le risque de se tromper. » Les mots de Luc s'accompagnaient d'un épais nuage de fumée, comme si sa voix trempait dans le feu d'une forge. « Seuls ceux qui ne bougent pas ne commettent jamais d'erreur.

— Da, da », approuva Hristo, rigolard.

Des panneaux rédigés en anglais, en français et en allemand, annonçaient la frontière franco-allemande, pas vraiment une frontière d'ailleurs, seulement l'indication qu'on changeait de région. Aux anciennes douanes avaient succédé des unités volantes pouvant intervenir dans n'importe quelle région de l'Europe et relevant elles aussi de sociétés privées.

« Moi, je doute d'avoir pris la bonne décision », reprit Jemma.

Elle chassa d'un geste rageur les larmes, ces stupides larmes, qui lui venaient aux yeux.

« Je ne crois pas que ce voyage me ramènera sur la piste de ma fille. Je me demande ce que je fous dans ce camion qui transporte je ne sais quoi, sur cette route enneigée qui ne mène je ne sais où, avec des mecs que je ne connais pas. Je ne peux pas me défaire de l'impression d'avoir été roulée dans cette affaire. Sans jeu de mots.

— Roulée ? »

Elle se tourna vers Luc et, sans essayer cette fois de retenir ses larmes, le fixa droit dans les yeux.

« Comme vous aviez besoin de fric, vous vous êtes débrouillé pour associer la disparition de ma fille à votre foutue expédition. »

Flamand finit de griller sa cigarette et l'écrasa dans le cendrier déjà débordant.

« Pourquoi avoir accepté de vous embarquer dans l'aventure si vous continuez de vous méfier de moi ? Je ne vous ai pas forcé la main.

— Vous êtes plus subtil que ça, et je reconnais que je manque parfois de discernement. Quelle importance ? Maintenant que le vin est tiré, je n'ai plus qu'à le boire.

— Vous avez toujours le choix de renoncer et de rebrousser chemin. Quelques trains circulent entre Munich et Paris. Je ne peux pas vous rembourser vos cinq mille euros dans l'immédiat, mais vous signer une reconnaissance de dettes.

— C'est ça, et vous débarquerez un jour chez moi avec une mallette pleine de billets !

— Chez vous ? Où habiterez-vous dans un mois ? Dans six mois ? Dans un an ? Dans dix ans ? »

Coup de poing au plexus, souffle coupé : il lui rappelait qu'elle n'avait plus d'avenir dans l'Europe de l'après-guerre. Après avoir perdu sa famille et son emploi, elle n'avait déjà plus de domicile, plus de compte bancaire, plus d'existence légale, elle était déjà une anonyme parmi les anonymes, une ombre parmi les ombres. Elle pressa le lève-glace, jeta sa cigarette par la vitre à demi abaissée, inhala une bouffée d'air glacial, crut que les larmes gelaient dans ses yeux et sur ses joues.

« Au moins, vous faites quelque chose, vous bougez, vous provoquez, vous n'attendez pas que la misère et le désespoir vous dégringolent dessus, ajouta Flamand.

— Je m'agite pour donner l'illusion de faire quelque chose, mais je passe seulement d'un décor à l'autre, la pièce reste toujours aussi merdique.

— Si vous ne pouvez pas changer la pièce, il vous reste à changer le regard que vous portez sur la pièce.

— Épargnez-moi ce genre de discours, voulez-vous. Je ne suis ni bouddhiste ni chrétienne, je n'ai aucun goût pour la résignation, la soumission ou les autres conneries de ce genre.

— Vous devriez remonter cette vitre : il commence à faire froid.

— Vous devriez changer le regard que vous portez sur le froid ! »

Elle remonta la vitre et se rencogna sur la banquette, les bras croisés, le visage enfoui dans le col de sa parka, furieuse contre Flamand, furieuse contre le monde entier, furieuse contre elle-même. Hristo lâcha un rire tonitruant avant d'enfoncer la pédale d'accélérateur et de lancer son camion sur l'autoroute maintenant débarrassée de sa gangue de verglas. Ils étaient passés en Allemagne.

Le Bulgare lâcha une série de syllabes qui sonnaient comme des jurons et désigna la barrière dressée sur toute la largeur de la route, signalisée par des triangles lumineux et des cataphotes. Ils avaient roulé bon train en direction de Munich, dans un paysage un peu moins défiguré qu'en France, avec pour seul accompagnement sonore le ronronnement lancinant du moteur. Jemma s'était détournée pour pleurer et, la tempe et la joue droites posées sur le dossier, elle avait fini par s'assoupir. Des hommes en uniforme vert bouteille armés de fusils d'assaut filtraient les véhicules répartis en deux files déjà imposantes. Les nuages bas qui s'amoncelaient dans le ciel auguraient de nouvelles chutes de neige.

« Le GSC, gronda Hristo. *German Security Corps.*

— Merde ! souffla Flamand.

— Eux laisser passer si nous donner argent. Ou partie de la marchandise. Eux dingues, rien à foutre, tirer si pas argent ou marchandise.

— Désolé. Tout était inclus dans le prix, y compris les bakchichs. Débrouille-toi. Tu n'auras pas un euro de plus.

— Moi juste assez fric pour gasoil. Et pas donner marchandise. Jamais. Ou moi… »

De la pointe du pouce, il mima le mouvement d'une lame sur son cou.

« Qu'est-ce que tu comptes faire ? »

Le regard brûlant que leur décocha le Bulgare fit frissonner Jemma. Elle n'était plus certaine d'être réveillée tout à coup. Elle avait entendu parler du GSC, une armée privée considérée comme l'une des plus puissantes et des plus féroces d'Europe. On la disait noyautée par le parti nazi rené de ses cendres dans le sillage des légions de l'archange Michel.

« Foncer quand nous devant barrage.

— Ils ont tous les droits dans le secteur. Ils vont nous cribler de balles.

— Vitres et carrosserie pare-balles.

— Et les pneus ?

— Pleins, pas crever.

— Ils nous prendront en chasse.

— Moi essayer de semer eux. Eux s'arrêter avant Stuttgart. Après, région contrôlée par autre armée. Néo-communistes. Moins dangereux.

— Tu es vraiment sûr qu'on ne peut pas négocier ? »

Hristo secoua énergiquement la tête. Jemma comprit que la perspective d'une course-poursuite avec les dingues du GSC excitait le chauffeur : les types dans son genre aimaient se frotter au danger, se saouler à l'adrénaline. Surprise, choquée que des néonazis puissent en toute impunité imposer leur loi sur les grands axes de circulation, elle ressentait déjà les symptômes de l'épouvante qui l'avait saisie lors de l'intrusion nocturne du commando du Christ Roi. Elle tenta désespérément de se rassurer dans le regard de Flamand, elle y lut la même détermination, la même exaltation que dans les yeux du Bulgare.

« Vous n'allez tout de même pas laisser faire ce cinglé ! hurla-t-elle.

— Vous proposez une autre solution ?

— Qu'il leur refile une partie de sa cargaison, merde ! On ne va tout de même pas se faire trouer la peau pour sa marchandise.

— Pas donner marchandise, grogna Hristo avec un rictus. Déchets nucléaires. Récupérés dans océan Atlantique et dans Seine. »

Jemma dévisagea Flamand.

« Vous le saviez, hein ? C'est avec ces mecs que vous avez négocié ? Des trafiquants de déchets nucléaires ?

— Il ne s'agit pas d'un véritable trafic, répondit le journaliste d'un ton las. Disons que certains membres du gouvernement sont impliqués dans le commerce du plutonium. De façon non officielle, bien entendu. Un arrangement qui fait l'affaire de tout le monde : les caisses du gouvernement se remplissent, les trafiquants touchent leur part, quelques pays et quelques seigneurs de guerre peuvent acquérir à peu de frais la technologie nucléaire. »

Jemma voyait avec angoisse se rapprocher la barrière. Les deux files de véhicules diminuaient un peu trop rapidement à son goût. Les miliciens du GSC portaient des bonnets de fourrure, des bottes et d'épais manteaux serrés à la taille par des ceintures de cuir. Les uns arboraient des croix gammées sur les brassards blanc et rouge noués autour de leurs bras, les autres des croix celtiques.

« La prolifération des bombes nucléaires ne vous fait ni chaud ni froid ? murmura Jemma.

— Elles n'ont aucune importance en soi : elles ne sont que le prolongement des idées. Elles nous exploseront à la figure si nous continuons de nous laisser dominer par les idées.

— Aucune importance ? Allez donc dire ça aux habitants de Hiroshima ou de Nagasaki ! »

Elle tremblait de froid, de colère et de peur, elle ne maîtrisait plus ses gestes, sa voix, ses pensées. Elle aurait voulu se réveiller loin d'ici, dans un monde où n'existaient ni miliciens nazis, ni camion bourré de déchets nucléaires, ni enfants disparus, ni chauffeurs inconscients, ni journalistes manipulateurs. Quelques mètres plus loin, deux miliciens rudoyaient une femme dont le seul tort avait été de caler. Dans moins de cinq minutes, le camion de Hristo arriverait à hauteur du barrage.

« C'est de la folie, murmura Jemma. De la pure folie. On ne passera jamais.

— Encore une fois, vous avez la possibilité de descendre et de repartir dans l'autre sens », dit Flamand d'un ton sec.

Elle haussa les épaules. Elle s'était embarquée dans la même galère que lui, pour de bonnes ou mauvaises raisons, elle n'envisageait pas de descendre malgré sa panique.

« Tout le monde prêt ? » lança Hristo.

Les miliciens s'écartèrent pour laisser passer la voiture maculée de boue qui précédait le camion.

16

Joséphā

Celui qui regarde d'un œil égal le bonheur et la souffrance, pour qui l'or et la boue et la pierre sont d'égale valeur, pour qui sont égaux le plaisant et le déplaisant, la louange et le blâme, l'honneur et l'insulte, la faction des amis et la faction des ennemis ; qui est fermement établi en une quiétude et un calme intérieurs imperturbables, inaltérables ; qui ne prend d'initiative d'aucune action (mais laisse les gunas de la nature faire toutes les actions) – on dit qu'il est au-dessus des gunas.

La Bhagavad-Gîta.

Josépha détestait son nom de code. Elle détestait la mission qu'on lui avait confiée. Elle détestait surtout Madame, la vieille peau qui se la pétait femme du monde, la grenouille qui se croyait plus grosse que le bœuf. Josépha jouait du mieux qu'elle pouvait les filles de ferme, elle qui était née à Paris, elle qui ne connaissait de la campagne que les forêts et les terrains vagues de l'Île-de-France. Deux ans maintenant que, sur ordre de son capitaine, elle s'était introduite dans la maison Archambaud. Il l'avait choisie pour son « physique passe-partout » (charmant) et son « espèce de… mollesse qui cadre assez bien avec l'idée que les Parisiens se font des provinciaux » (il savait parler aux femmes).

La mère de Josépha était née aux Antilles, y avait vécu jusqu'à l'âge de vingt-cinq ans et lui avait transmis cette nonchalance propre aux gens des îles. Sa mère jurait ses grands dieux qu'elle descendait d'une famille cent pour cent béké malgré sa peau mate et sa chevelure frisée. À force de vivre sous le soleil, disait-elle avec son accent créole mal blanchi, on finit par foncer et ressembler aux métis. Le genre de discours qui rassurait les Européens soupçonneux et jaloux de leur peau claire. Ses origines n'étaient probablement pas aussi pures qu'elle le prétendait, et Josépha, sa fille unique, restait persuadée qu'elle lui avait légué, en plus de ses dettes, de sa poitrine menue et de son bassin de jument, une poignée de gènes noirs. Par chance, elle n'avait pas hérité de ses frisettes, seulement de ses yeux bruns et de sa peau mate. « Laquelle fera croire que vous avez respiré le bon air de la campagne avant de monter à Paris, avait conclu son supérieur (futé). Je vous ai choisi Fabienne comme prénom. Une famille paysanne n'aurait pas assez d'imagination pour appeler sa fille Josépha » (vraiment futé).

Elle avait intégré la STF, la Sûreté du territoire français, quatre ans plus tôt. Pas par vocation : en tant que membre actif de Résistances plurielles, un groupuscule extrémiste qui avait revendiqué une douzaine d'attentats meurtriers dans le métro et le RER, elle avait eu le choix entre la prison à perpétuité et un engagement de vingt ans dans les rangs de la STF. Comme elle n'était pas à proprement parler une séductrice (euphémisme administratif signifiant qu'elle n'était pas jolie), elle n'avait pas été obligée de jouer les maîtresses d'hommes politiques, de diplomates, visiteurs étrangers ou grands capitaines d'industrie, elle était restée abonnée aux seconds rôles, permanence dans les bureaux, secrétariat, rédaction de rapports, poignée de missions secondaires. Jusqu'au jour où la hiérarchie l'avait expédiée chez le colonel Pierre Archambaud, commandant du commissariat du 19e arrondissement (il préférait qu'on continue de l'appeler colonel). On avait décidé, en haut lieu, de surveiller les officiers supérieurs revenus du Front Est, on les soupçonnait de nourrir de la rancœur à l'encontre des hommes politiques et d'exploiter leur popularité auprès de leurs soldats pour fomenter un putsch. L'armée caressait des envies de revanche après le désastre de Bratislava, un armistice bâclé, miteux, plus humiliant qu'une défaite. Au moment où les militaires avaient cru toucher les dividendes de quinze années de combats opiniâtres, l'assassinat de l'archange Michel et l'incurie du gouvernement provisoire avaient annihilé leurs rêves de triomphe et rendu inutile, absurde, le sacrifice de plus de vingt millions de recrues.

Au bout de deux ans de surveillance (éternité), Josépha avait constaté que le colonel Archambaud n'avait rien d'un ambitieux ni d'un revanchard. Il faisait partie de ces hommes meurtris par la guerre, désabusés, inadaptés au monde civil. Il donnait le change en jouant avec conscience son rôle de super-flic, il passait plus de douze heures par jour dans son bureau, il appliquait avec zèle les consignes tombées du ministère de l'Intérieur, mais il était anéanti, et ce n'étaient pas les visites qu'il rendait trois ou quatre fois par semaine aux jeunes pensionnaires de la maison close de la rue Stephenson qui lui redonnaient goût à la vie. Les supérieurs de Josépha avaient largement de quoi le faire tomber s'il lui prenait l'envie saugrenue de s'embarquer dans un pronunciamiento. Fréquenter un bordel peuplé de mineures lui vaudrait douze ou treize années de tôle, la peine minimale pour un haut fonctionnaire censé incarner la loi. D'autant que la chape de morale pesant désormais sur l'Europe avait entraîné un terrible raidissement de la justice.

La femme du colonel avait en revanche de l'ambition pour deux. La vieille peau s'était convertie récemment à l'évangélisme, la religion venue des États-Unis qui conquérait à la hussarde le vieux continent. Elle fréquentait avec assiduité les cercles du général Voisin, le héros de guerre que beaucoup présentaient comme le futur président de l'Europe. D'après un confrère de Josépha, un ancien activiste comme elle, Voisin était le fou des États-Unis sur l'échiquier européen. Après avoir lâché les hordes ousamas sur leur ancien allié et réduit au silence les partisans d'une Europe forte et indépendante, les Américains avançaient leurs pièces maîtresses. Ils mettaient ainsi la dernière touche à leur stratégie de contrôle planétaire élaborée au début des années 1980 dans les officines néoconservatrices : contrôle des ressources, contrôle des esprits, contrôle des idées, contrôle des armes, contrôle des puissances émergentes. Ils avaient laminé trois de leurs plus dangereux rivaux, la Russie, l'Europe, le Moyen-Orient, et ils exerceraient une domination sans partage tant qu'ils continueraient d'alimenter en énergie la Chine et l'Inde, les deux géants de l'Asie. Ils disposaient d'un demi-siècle pour convertir ou contenir les gigantesques masses chinoise et indienne. Seuls les tremblements de terre, les tsunamis, les irruptions volcaniques ou les chutes de météorites pouvaient désormais infléchir un futur qui paraissait écrit.

Josépha était l'un des pions manœuvrés par les grands stratèges planétaires. Elle en concevait une sourde culpabilité. Ses amis et elle avaient cru changer le monde en recrutant des candidats au suicide et en les expédiant dans les galeries du métro, ils avaient seulement amplifié le chaos dont se servaient les éminences grises pour imposer de nouvelles lois sécuritaires et renforcer leur contrôle sur les populations. Elle se révoltait de temps à autre au milieu de la nuit, transpirait, pleurait, expulsait toute l'eau de son corps, sentait son sang bouillir dans ses veines, se giflait, se griffait le visage, refoulait à grand-peine son envie de se jeter par la fenêtre. Elle n'avait aucune prise sur son existence. Enfant, elle avait rêvé de princes charmants, de maisons pleines d'enfants et de rires ; elle croupissait à vingt-sept ans dans la solitude et l'humidité d'une désespérante chambre de bonne. Elle n'avait connu de l'amour qu'une odieuse caricature, la perte de sa virginité un soir qu'elle avait trop bu et cédé, par lassitude, aux avances d'un compagnon de lutte gras, puant et vulgaire. Il lui avait laissé un souvenir cuisant entre les cuisses, une brûlure qui n'avait jamais cicatrisé. L'exact contraire du prince charmant : ses baisers et ses caresses avaient anesthésié la femme en elle, elle ne s'était plus jamais réveillée, elle n'avait plus jamais senti battre son cœur. Certaines de ses amies lui avaient raconté leurs amours torrentueuses, leur corps exulté, leurs jouissances pléthoriques. Connasses. Elle avait enduré leurs confidences en silence, les lèvres crispées, le ventre rongé de dépit. Elle n'allait tout de même pas leur avouer qu'elle n'avait jamais expérimenté l'orgasme, que ses propres tentatives de caresses ne lui arrachaient que des frissons agacés, une peau qui se hérissait comme du fil de fer barbelé, une rage sourde qui la débordait et l'entraînait dans une cascade de spasmes douloureux. Elle avait trouvé le courage de consulter un gynécologue. Il l'avait écoutée d'un air distant, le menton calé sur ses mains croisées. Elle s'était sentie humiliée sur la table, les pieds dans les étriers, les jambes écartées. Il avait soupiré en toisant sa fourrure épaisse et déclaré, avec un sourire froid, qu'une épilation aurait facilité son investigation, que le poil se portait rare, que les femmes exagérément velues ne plaisaient pas aux hommes, « trop animales, vous comprenez » (le spécialiste de l'anatomie féminine savait lui aussi parler aux femmes). L'examen n'ayant donné aucun résultat concret, le gynéco s'était débarrassé de sa patiente en lui conseillant d'aller voir un psychologue après lui avoir soutiré cent vingt euros. *Cent vingt euros*, un cinquième de son salaire. Le salaud. Il avait définitivement enterré sa vie de femme.

L'ex-colonel Archambaud avait accepté la proposition de son épouse d'intégrer l'équipe électorale du général Voisin. Josépha avait vu s'allumer dans l'œil de l'officier une lueur qu'elle ne lui connaissait pas. Quelque chose comme de l'intérêt. Elle s'était demandé pourquoi Pierre Archambaud, qui, d'après son dossier, avait eu de sérieux démêlés avec Augustin Voisin pendant le conflit, consentait à servir la soupe à un homme qu'il avait à plusieurs reprises traité de vieille ganache. Désir soudain de prestige, de reconnaissance ? Besoin pressant d'argent, d'appuis ? Le lendemain matin, elle l'avait vu, par l'entrebâillement de la porte de sa chambre, vérifier le chargeur de son pistolet, et elle en avait déduit qu'il projetait d'abattre le général. L'étincelle qu'elle avait surprise dans ses yeux était une lueur meurtrière. Elle n'en avait rien dit à ses supérieurs : elle n'était pas censée se glisser dans les pensées de ceux qu'elle surveillait. Et puis le dessein de son employeur la ramenait quelques années en arrière, ravivait l'exaltation de ses jeunes années, la galvanisait autant, ou presque, que si elle avait été chargée de l'exécution. Et puis elle pouvait se tromper. Et puis l'opportunité se présentait d'être le grain de sable dans la mécanique, le battement d'ailes du papillon qui se changerait en ouragan des milliers de kilomètres plus loin. Une poignée d'apôtres du Nouveau Monde avaient décidé de faire main basse sur la planète, déployé un formidable dispositif de surveillance, ouvert des dossiers sur chaque ministre, chaque député, chaque officier, chaque responsable, chaque journaliste, chaque artiste. Ils s'épiaient probablement les uns les autres, soufflaient sur la vieille Europe un vent de paranoïa, croyaient maîtriser tous les leviers du pouvoir, mais leur édifice reposait tout entier sur la peur, et les actes, même dérisoires, de ceux qui ne craignaient plus rien, de ceux qui étaient déjà morts, pouvaient saper leur édifice, le renverser comme un château de cartes.

Chaque être humain, s'il utilisait sa capacité de nuisance, agissait à la façon d'un virus : il suffisait d'infecter une cellule pour contaminer l'ensemble de l'organisme. Le silence de Josépha serait sa capacité de nuisance. De quoi pourrait-on l'accuser ? D'un simple oubli ? Trois fois rien, incompétence, complicité tacite, seule action envisageable dans sa réalité présente, réplique lointaine de ses années de lutte. Elle s'était laissé corrompre par lâcheté, par peur d'un enfermement qu'on lui promettait cruel, elle amorçait la lente reconquête d'elle-même, de sa dignité. Elle espérait seulement qu'elle ne s'était pas trompée sur les intentions de l'ex-colonel.

Elle reçut une convocation trois jours plus tard par la méthode habituelle, un coup de fil codé d'un confrère qui se présentait comme son cousin et parlait avec un fort accent berrichon – elle l'imaginait à chaque fois en train de contenir son rire et elle avait elle-même toutes les peines du monde à garder son sérieux. Comme la vieille peau était partie aux alentours de 10 heures et n'était pas rentrée à l'appartement (pas dans ses habitudes), elle sortit à 14 heures après avoir laissé un mot sur la table de la cuisine (courses urgentes) et se rendit dans l'arrière-boutique de la mercerie qui servait de couverture et de lieu de rencontre aux agents de sa section. L'y attendaient son supérieur direct, un quinquagénaire souffrant de diabète (l'homme qui savait parler aux femmes), une femme émaciée aux cheveux grisonnants tirés en arrière (jamais vue), un homme d'une quarantaine d'années au visage sévère vêtu d'un costume parfaitement coupé (col rond et mains soignées d'ecclésiastique), quelques agents masculins et féminins entrevus dans les couloirs des bureaux (mines sinistres). Une consœur au physique rassurant de mercière gardait la boutique. Rebutés par la vitrine poussiéreuse, les passants n'entraient pratiquement jamais. À ceux qui s'étaient offusqués de la piètre qualité de la couverture, la hiérarchie avait répondu que les planques les plus banales sont souvent les plus discrètes et que, de toute façon, elle n'avait pas les moyens de s'en offrir d'autres.

« Asseyez-vous, Josépha. »

Le capitaine désignait la chaise vide tirée devant la table rectangulaire qui servait de bureau. De lui elle ne connaissait que son nom de code, Pluto, un personnage de dessin animé du XXe siècle, un cabot, une allusion probable à ses immenses oreilles, à son nez perpétuellement plissé et à son air de chien battu. Elle avait eu tout le temps d'étudier ses réactions pendant les deux années passées dans le même bureau, et elle savait, à la manière dont il se frottait les tempes, les mâchoires et les cernes, qu'il était contrarié (abus de sucre ? Hypoglycémie ?). Le sel dominait maintenant le poivre dans sa tignasse clairsemée. Le regard de l'homme élégant, vrillé sur elle, lui brûlait la joue et le cou. La femme émaciée remua sur sa chaise et lui adressa une ébauche de sourire.

Pluto déglutit bruyamment avant de reprendre :

« Je vous présente le pasteur Blanchard. Il occupe des fonctions…

— Elle n'a pas besoin de le savoir », coupa l'homme élégant. Sa voix avait claqué comme un coup de fouet. Le genre de type qu'il valait mieux ne pas contrarier. Pluto hocha la tête et pointa le menton sur la femme émaciée.

« Mme Ploquin, qui représente le ministre de l'Intérieur. »

Diable, une proche du ministre de l'Intérieur, un pasteur, certainement évangélique, dont la présence en ces lieux et l'autorité cinglante dénotaient l'importance, l'heure était grave.

« Il s'est passé un événement… contrariant cette nuit. »

Josépha ne devine que trop bien la suite de la conversation. Elle s'est réveillée en pleine nuit, oppressée, interdite. Une intuition lui a soufflé de passer son peignoir, de sortir de sa chambre et de descendre au deuxième étage. Elle a vu, sur le palier, le colonel Archambaud refermer la porte de son appartement, enfiler un ample manteau noir par-dessus son uniforme et s'engager dans l'escalier. Il n'a pas remarqué sa présence. Elle est remontée après avoir entendu claquer la porte de l'immeuble, a consulté sa montre : 2 heures. À nouveau elle s'est sentie complice, elle a eu l'impression de battre avec le cœur secret du monde.

« Le général Voisin a été assassiné à l'aube », ajoute Pluto.

La brûlure se fait de plus en plus vive sur le côté gauche du visage de Josépha. Elle évite de tourner la tête vers le pasteur Blanchard, dont les yeux clairs, étincelants, lui perforent le crâne à la façon d'un rayon laser. Le sourire s'est figé sur les lèvres de Mme Ploquin. Les autres, répartis dans la pièce, fixent avec obstination les murs, le plafond ou le sol.

« Dans des conditions atroces. Son assassin l'a assommé et traîné sur un terrain vague avant de lui tirer une balle dans… le bas-ventre et de le regarder agoniser jusqu'à l'aube. »

Josépha a cru que Pierre Archambaud prendrait son temps, peaufinerait sa vengeance. Elle s'est trompée : il avait trop de haine en lui pour attendre.

« En quoi cette histoire me concerne-t-elle ? »

Elle a lâché ces quelques mots pour évacuer un peu de la tension qui lui tord les muscles, les tripes et les nerfs.

« L'assassin en question est votre actuel employeur, le commandant Pierre Archambaud. »

Elle feint juste ce qu'il faut d'étonnement. Elle perçoit, physiquement, le désarroi de Pluto. Le moindre accroc dans la toile menace de défaire les fils que les stratèges planétaires ont patiemment tissés depuis une cinquantaine d'années.

« Si vous avez été placée en surveillance chez Archambaud, Josépha, c'était justement pour anticiper ce genre de… dérapage. »

La voix de Pluto est devenue glaciale. Déjà il se dégage de sa responsabilité devant le pasteur Blanchard (impassible) et la représentante du ministre de l'Intérieur (de plus en plus crispée).

« La mort de Voisin contrarie beaucoup de monde en haut lieu, poursuit Pluto (il transpire). Je trouve plutôt… bizarre que vous n'ayez décelé aucun comportement suspect chez le colonel Archambaud (il se tamponne le front et les ailes du nez à l'aide d'un mouchoir en papier). Ce genre de geste est toujours précédé de signes annonciateurs. Vous n'avez vraiment rien remarqué ? »

Elle secoue la tête, avec l'atroce sensation que le pasteur lit en elle comme dans un livre ouvert.

« Sa femme lui a proposé de rejoindre l'équipe électorale du général Voisin il y a trois jours, dit-elle (voix mal assurée, souffle court, se reprendre, vite).

— Sa réponse ne vous a pas surprise ?

— Si (profonde inspiration). J'avais lu dans son dossier qu'il avait eu des démêlés avec Voisin, mais j'ai pensé qu'il avait envie de goûter un peu de cette gloire qui lui a été refusée après la guerre et je n'ai pas cru devoir vous en informer. »

Le pasteur change de position (grincements de sa chaise), se penche vers l'avant (froissement de tissu), pose les coudes sur la table (craquements d'os) et pointe l'index en direction de Josépha.

« Ce que vous croyez ou ne croyez pas, mademoiselle, n'a strictement aucune importance. On vous a engagée pour rapporter les faits, pas pour nous livrer vos états d'âme. Les moindres paroles, les moindres gestes de ceux que vous êtes chargée de surveiller peuvent revêtir une importance cruciale.

— Je suis désolée, monsieur : je n'ai pas jugé que la réponse positive du colonel Archambaud à la proposition de son épouse revêtait une importance cruciale. »

Le pasteur déplie ses longs bras et son cou décharné de vautour. L'espace de quelques secondes, Josépha croit qu'il va se jeter sur elle. Pluto a plus que jamais l'air d'un chien battu. Le sourire s'est effacé du visage de Mme Ploquin. Les autres feignent de se désintéresser de la scène, le nez dans les chaussures.

« J'ai pris connaissance de votre dossier avant de venir, mademoiselle, poursuit le pasteur. Vous êtes une ancienne terroriste, l'une de ceux qui ont la mort de dizaines d'innocents sur la conscience. Vous avez choisi le repentir, mais il n'était pas spontané, et je persiste à douter de sa sincérité.

— Mon supérieur (geste de Joséphа en direction de Pluto, qui n'en mène pas large) vous le confirmera : je me tiens à carreau depuis quatre ans, et je pense m'être acquittée correctement de mes missions. » (Ses réflexes de battante lui reviennent, début d'ivresse, danger.)

Le pasteur se tourne vers Pluto.

« Est-ce vrai, monsieur ? »

Le supérieur de Joséphа se frotte à nouveau les tempes et les yeux.

« Nous n'avons noté aucune… rien qui pourrait laisser supposer que… enfin, on ne sait jamais ce qui se passe exactement dans la tête des… euh, repentis… »

Parfait exercice de faux-cul. Pluto n'a jamais brillé par son audace, mais il lui est arrivé de défendre ses subordonnés avec opiniâtreté, à défaut de talent. La présence du pasteur Blanchard semble anéantir ses velléités de courage. Son attitude illustre mieux que tout discours la mainmise du mouvement évangélique sur les instances européennes. Les élections, les parlements européen et nationaux, les gouvernements locaux, les professions de foi démocratiques, tout cela n'est qu'un écran de fumée, de la poudre aux yeux. Les vrais dirigeants se tiennent dans l'ombre, les yeux brûlants, une main sur la Bible, l'autre sur le bouton nucléaire, autoproclamés plénipotentiaires de Dieu, juges suprêmes.

« Nous avons un sérieux doute sur votre loyauté, mademoiselle, déclare le pasteur Blanchard avec emphase (l'heure de la sentence). Et tant que ce doute nous habitera, nous ne pourrons pas vous confier des missions relevant de la sécurité de l'État. »

Josépha sait qu'elle est condamnée, une certitude qui a le mérite de la délivrer de ses dernières peurs.

« Qu'est-ce qui vous autorise à parler au nom de l'État ? Je suis fonctionnaire, je ne prends mes ordres que de mes supérieurs hiérarchiques. »

Un sourire glacial assombrit la face lugubre du pasteur.

« Vous avez raison : je ne me tiens parmi vous qu'à titre officieux. C'est donc à vos supérieurs hiérarchiques qu'il reviendra de vous signifier officiellement votre nouvelle affectation : le centre carcéral de l'Île-de-France. »

Mme Ploquin baisse la tête, comme elle si elle s'inclinait devant son maître. Ses collègues jettent maintenant des coups d'œil furtifs, gênés, à Josépha. Pluto, lui, semble avoir vieilli de quinze ans (hypoglycémie ?).

« Ils vous informeront que vous y resterez enfermée jusqu'à ce que vous ayez purgé votre peine, c'est-à-dire jusqu'à votre mort, poursuit le pasteur.

— Que me reprochez-vous ? proteste Josépha.

— Vos supérieurs ont commis une erreur : on ne traite pas avec ceux qui tuent les innocents, on ne commerce pas avec le démon.

— Je croyais que la parole du Christ était une parole de pardon.

— Pardon ne signifie pas faiblesse. Si nous voulons assister au second avènement du Seigneur, nous devons séparer le bon grain de l'ivraie. Vous et vos semblables, vous êtes l'ivraie, mademoiselle. »

Des paroles de l'Évangile, réminiscences de ses années de catéchisme, reviennent à l'esprit de Josépha.

« Que celui qui n'a jamais péché me jette la première pierre.

— Évitez de prononcer ce genre de phrases. Dans votre bouche, elles sonnent comme des blasphèmes. »

Josépha se lève. Elle n'est même pas en colère. Du dégoût et de la pitié, c'est tout ce que lui inspire son accusateur. Elle a brisé ses chaînes. Pour la première fois de sa vie, elle se sent libre. Elle fixe à tour de rôle Pluto, Mme Ploquin et ses collègues (pas facile de capturer leurs yeux papillonnants).

« Ne vous tracassez pas : je préfère mille fois la prison à l'illusion de liberté. J'ai tranché mon fil, la trame finira par s'effilocher tout entière (elle pointe l'index sur le pasteur). Un jour, ces mecs s'étoufferont dans leur propre mépris.

— Emmenez-la ! » vocifère Blanchard, soudain hors de lui.

Personne ne bouge dans l'arrière-boutique.

« Vous m'entendez ? Emmenez-la ! »

Pluto prend une profonde inspiration avant de marmonner :

« Emmenez-la vous-même, mon vieux. »

Il redresse la tête et soutient sans ciller le regard assassin du pasteur. Josépha choisit cet instant pour sortir de la fausse mercerie. Aucun de ses collègues ne tente de l'en empêcher.

17

L'un des signes les plus criants du déclin de l'Europe est l'état de sa défense. D'une armée autrefois prestigieuse et suréquipée ne subsistent plus que quelques bataillons disséminés sur le territoire, des chars et des avions en train de rouiller sous des hangars partiellement ou totalement démolis, des officiers désabusés, amers, des soldats (génétiquement modifiés ou non...) désœuvrés, des armes en piteux état, des véhicules incapables de rouler... L'Europe a-t-elle encore la capacité de protéger ses populations civiles en cas de nouvelle agression ? Les milices privées ? Elles se montrent redoutablement efficaces pour racketter et semer la terreur sur les routes, rien ne dit qu'elles seraient aussi performantes face à une armée de métier. Pense-t-on, à Bruxelles, qu'aucune menace ne plane plus sur l'Europe ? Des puissances pourtant lorgnent nos territoires d'un œil envieux, pas pour nos richesses, nous en sommes cruellement dépourvus, mais pour agrandir leur espace vital.

Jules-Jean Jacquin,
La Nouvelle Europe Libre.

Hristo feignit de ralentir pour se ranger sagement sur le bas-côté, puis laissa deux membres du GSC approcher de la cabine avant d'enfoncer la pédale d'un coup sec et de donner un brusque coup de volant vers la gauche.

Son accélération brutale plaqua Jemma et Luc sur le dossier de la banquette. Le camion trembla de toute sa carcasse, cracha deux panaches de fumée noire, s'ébranla dans un formidable mugissement. Son aile gauche percuta l'un des deux miliciens, le décolla du sol et le projeta au milieu de la route ; l'autre eut le réflexe de se jeter en arrière pour esquiver le museau allongé et les roues.

La remorque partit dans une large embardée et emboutit deux voitures à l'arrêt. Au vacarme du choc succéda une série de grincements horripilants. Hristo ne chercha pas à négocier les chicanes étroites délimitées par les barrières, il fonça droit devant lui, pied au plancher. Le camion souleva les haies métalliques comme des fétus de paille, sema une belle pagaille parmi les hommes en uniforme vert bouteille et les passagers des voitures immobilisées. Le barrage dressé par le GSC s'étendait sur une centaine de mètres. Jemma poussa un cri lorsqu'une barrière s'envola au-dessus du capot et heurta le pare-brise sur lequel elle abandonna une étoile de la grosseur d'un poing. Agrippée d'une main à la poignée de la portière, le cœur au bord des lèvres, elle vit, entre ses paupières mi-closes, des silhouettes s'écarter et se coucher comme des herbes giflées par le vent, les obstacles céder l'un après l'autre, le bitume et les talus des bas-côtés défiler de plus en plus vite. Les crissements des pneus, le ululement du moteur, les vibrations de la tôle et du siège présageaient une dislocation totale du véhicule. Jemma perçut avec une netteté terrifiante les premiers tirs, les staccatos des fusils d'assaut, les miaulements des balles, la gerbe d'éclats soulevée par la pulvérisation de l'un des rétroviseurs de droite. Penché sur son volant, les yeux hors de la tête, Hristo ne dévia pas d'un centimètre, même lorsqu'un 4x4 frappé du sigle du GSC manœuvra une vingtaine de mètres plus loin pour lui barrer le chemin. Pendant quelques secondes, les deux véhicules parurent se défier à distance.

« Arrêtez ! glapit Jemma.

— Lui sale bâtard », gronda Hristo.

Le 4x4 continua d'avancer au ralenti, attendant que le camion s'engage dans une direction pour se positionner face à lui et l'obliger à s'arrêter.

« On va lui rentrer de… »

Un écart brutal rentra le hurlement de Jemma dans sa gorge et la catapulta contre Flamand. Hristo lança son camion vers la droite, vers l'espace compris entre l'accotement de l'autoroute et un alignement d'engins de chantier.

« Trop étroit ! souffla Luc. On ne passera pas ! »

Réagissant à la manœuvre du Bulgare, le conducteur du 4x4 entama une rageuse marche arrière et se dirigea vers l'extrémité de la file d'engins afin de bloquer le camion du Bulgare à la sortie du passage.

« Il va nous coincer…

— Bâtard, aller se faire foutre ! »

Alors qu'il allait s'engouffrer dans le passage, Hristo donna un nouveau coup de volant à quatre-vingt-dix degrés sur la gauche. Le crâne de Jemma, arrachée de son siège, cogna de plein fouet la vitre de la portière. Elle crut que sa tête explosait, mais la peur, plus forte que la douleur, lui interdit de sombrer dans l'inconscience. Le camion se souleva d'un côté, la précipitant à nouveau contre Luc Flamand, retomba durement sur ses roues, remonta à toute allure, côté route, l'alignement des engins de chantier, hurlements lointains, grincements de métal froissé, craquements, coups de feu, puis le roulement continu des chevaux lancés au grand galop sur l'autoroute enfin dégagée. Hristo jeta un coup d'œil au rétro.

« Eux suivre. »

Il essuya la sueur de son front avec un chiffon sale qu'il sortit de la boîte à gants et ajouta, avec un sourire :

« Pas rattraper mon camion. Trop rapide pour eux. »

Jamais en effet ses poursuivants ne furent en mesure de combler l'intervalle. Après avoir tant bien que mal gardé la distance sur une dizaine de kilomètres, ils cédèrent du terrain jusqu'à devenir des points insignifiants dans les rétroviseurs et disparaître définitivement. Hristo salua leur capitulation d'une bordée d'injures ponctuée d'éclats de rire.

« Belle bosse. »

À genoux sur la banquette, la tête et les bras passés sous le rideau, Luc palpait l'hématome sous les cheveux de Jemma étendue sur la couchette. Elle se mordait l'intérieur des joues pour ne pas gémir. Chacun de ses battements de cœur, chaque secousse enfonçaient des épines dans son crâne. Elle haïssait la souffrance. Elle s'était promis d'accoucher naturellement, sans anesthésie, afin d'accorder toute son attention, toute son énergie, à l'événement supposé le plus important de sa vie de femme, mais, devant la douleur des contractions, elle avait oublié ses bonnes résolutions et réclamé la péridurale à cor et à cri. La plupart de ses amies – des femmes qu'elle connaissait – se proclamaient bénies de vivre à une époque qui proscrivait toute forme de douleur, mais, parallèlement, le taux de suicide avait connu une progression foudroyante avant que les hommes politiques ne prennent la mortalité en charge en expédiant des millions d'hommes sur le Front Est.

Jemma en avait retiré une certitude : l'abolition de la souffrance ne comblait pas les vides, n'apportait pas le bonheur. Pourtant, elle restait toujours aussi lâche face à la douleur, incapable de la supporter, infoutue de se raisonner. Elle aurait donné n'importe quoi afin que s'interrompent, ne serait-ce que quelques secondes, les élancements qui partaient de son crâne et lui irradiaient tout le corps, elle aurait pu griffer ou mordre Flamand jusqu'au sang. Il lui était arrivé à maintes reprises de se montrer exécrable avec son ex et sa fille pour une migraine ou une égratignure. Elle abhorrait le stoïcisme, cette vertu dont elle était cruellement dépourvue, et plus encore les hommes et les femmes qui affrontaient peines et tourments avec un courage proche de la perversité. Elle n'était pas masochiste, un piètre argument pour justifier son manque dramatique de force intérieure.

Elle capitula une nouvelle fois et s'entendit demander :

« Vous n'avez pas d'antalgique ? »

Flamand eut un sourire navré :

« Désolé, je n'ai pas pensé à prendre de médicaments avec moi. Mais on en dégottera peut-être à la prochaine station. Essayez de dormir en attendant. »

Le con ! Comment s'endormir avec un mal de crâne qui vous traque jusque dans vos ongles, jusque dans vos tréfonds ?

« Et de l'alcool ? Vous n'en avez pas non plus ? »

Luc s'éclipsa et revint quelques instants plus tard avec une flasque métallique.

« Hristo accepte de partager sa gnôle avec vous. Fabrication maison. Ça risque d'arracher. »

Il dévissa le bouchon et lui tendit la flasque. Elle se redressa sur un coude. Comme si elle avait guetté son premier mouvement pour se rappeler à son bon souvenir, la douleur se fit dévorante, dévastatrice. Elle surmonta sa réaction de dégoût devant la propreté douteuse du goulot, l'essuya avec la manche de sa parka et le porta à ses lèvres. Lorsque l'alcool se déversa dans sa bouche, elle fut instantanément reliée aux nuits cauchemardesques passées dans les vapeurs de vodka ou de tequila après la disparition de Manon. Puis la gnôle lui incendia le palais, l'œsophage, l'estomac, et la brûlure, intolérable, domina pendant quelques secondes la douleur de son crâne. Elle ne se souvenait pas avoir avalé un jour un truc aussi raide, quelque chose comme du concentré d'alcool teinté d'un vague goût de fruit. Elle ne put contenir ses larmes, mais le tord-boyaux réussit là où avait échoué sa volonté : elle sombra presque aussitôt dans un état second, entre stupeur et nausée, pensées calcinées par le feu de l'alcool, douleur enfin anesthésiée, sommeil au bord des paupières.

Elle entendit, comme dans un rêve, le chauffeur et Luc discuter de l'éventualité d'un deuxième barrage : les miliciens auraient très bien pu alerter un détachement du GSC basé une centaine de kilomètres plus loin.

Hristo n'y croyait pas.

« Eux pas le temps de… »

Pas le temps de quoi, Jemma ne le sut pas. Elle tenta en vain de s'accrocher à la voix rocailleuse du chauffeur.

Lorsqu'elle émergea des brumes, il régnait un silence insolite dans la couchette envahie de ténèbres. Son premier réflexe fut de vérifier l'état de son crâne. La bosse était toujours aussi imposante sous ses cheveux, mais la douleur, assourdie, restait supportable. La gnôle du Bulgare lui avait laissé un goût indéfinissable dans la gorge. Elle se redressa, prit conscience qu'elle ne ressentait plus la vibration caractéristique du camion. Le moteur ne tournait pas. Elle écarta le rideau, constata que la cabine était vide, se faufila tant bien que mal sur la banquette, explora les environs du regard : le jour baignait dans une grisaille sale annonciatrice de la nuit. Des flocons épars dansaient dans les faisceaux de lampadaires allumés. Deux camions plus petits encadraient le monstre de Hristo garé sur un parking. Plus loin clignotait l'enseigne de l'un de ces lugubres restaurants qui proliféraient comme de la mauvaise herbe sur le bord des routes. Jemma résolut de sortir malgré les menaces qui se déployaient dans la nuit naissante. Besoin de se dégourdir les jambes, de se gaver d'air frais, de pisser aussi. Il lui fallut trente bonnes secondes pour descendre les cinq marches, puis elle se dirigea d'une allure encore chancelante vers l'entrée du restaurant.

Une odeur de graillon et de chou lui sauta aux narines dès qu'elle eut entrouvert la porte vitrée et réveilla sa nausée. Une vingtaine de clients se répartissaient par petits groupes sur la mer de tables grises quadrillée d'allées rectilignes. Derrière le comptoir du self-service, s'agitaient des femmes au regard terne et au teint blafard. Leurs blouses et leurs coiffes beiges étaient parfaitement assorties aux contenus fumants et impossibles à identifier des bacs métalliques.

Jemma repéra Hristo et Luc, installés à une table du fond. Malgré une envie de plus en plus pressante, elle décida de les informer de sa présence avant de foncer aux toilettes. Flamand l'accueillit d'un sourire tandis que le chauffeur levait à peine le nez de son assiette.

« Ah, vous êtes revenue parmi nous. Comment vous sentez-vous ? »

Saisie d'un vertige, elle faillit perdre l'équilibre. Il lui fallait d'urgence manger quelque chose. Les jours précédents, elle n'avait pratiquement pas touché aux nourritures insipides baignant dans une eau tiède à peine teintée.

« Mieux. Excusez-moi, un besoin urgent. »

Elle passa outre l'état déplorable des toilettes. Depuis qu'elle avait quitté sa maison, elle se frottait sans cesse à d'autres crasses, à d'autres germes, et l'hygiène avait perdu son caractère obsédant. Elle posa les fesses sur la cuvette sans l'avoir nettoyée – pas de papier, pas la force ni la volonté de garder la position accroupie – et prit le temps de pisser malgré le réflexe qui lui ordonnait de se lever, d'éloigner au plus vite sa peau de l'émail souillé.

De même elle s'appliqua à vider son assiette d'un mets qu'une serveuse lui avait présenté comme un goulasch – seul mot compréhensible dans le hachis guttural débité d'une voix criarde – et dont le goût prononcé de chou bouilli estompait toute autre saveur. Elle le fit passer à l'aide de bouchées d'un pain de seigle cru, ensuite avec un breuvage bouillant et sucré qui avait usurpé le nom de café, enfin avec une cigarette blonde.

« Le choc ne vous a pas coupé l'appétit, lança Flamand.

— Si je ne mange pas, je risque de disparaître. Il n'y a plus de risque d'être rackettée par ces dingues ?

— Par bâtards de GSC, non, par d'autres, possible », répondit Hristo.

Le Bulgare leva son assiette et lapa les dernières gouttes de sa pitance dans un bruit horripilant de succion.

« Ça risque d'être pire après l'Autriche, renchérit Luc. À partir de la Serbie, les milices ne relèvent pas de la sécurité privée, mais du grand banditisme.

— Charmant.

— Notre chance, c'est qu'ils ne sauraient pas quoi foutre de déchets nucléaires. Le mot même leur inspire une trouille bleue. »

Jemma s'abstint d'avouer que les centrales nucléaires lui inspiraient à elle aussi une terreur sans nom. Il lui était arrivé de passer en voiture ou à pied devant la centrale du cœur de Paris et, bien que la municipalité la présentât comme l'une des plus sûres du monde, elle s'était imaginée bombardée de rayons assassins, il lui avait semblé entrevoir des reflets étranges à la surface de la Seine, elle avait intérieurement traité de fous furieux les pêcheurs alignés sur les quais. Elle n'avait jamais compris que les hommes se permettent d'engager la terre, l'air et l'eau pour une durée de cent mille ans.

« Eux réclamer fric, grogna Hristo.

— Tes patrons ont déjà acquitté le droit de passage, objecta Luc.

— Seigneurs de guerre rien à foutre droit passage ! Eux pas de parole.

— Comment tu comptes leur échapper ?

— Sortir de l'autoroute, prendre routes des montagnes.

— Ça va nous retarder… »

Le Bulgare vida son verre de vin d'une traite et s'essuya les lèvres d'un revers de main.

« Bateau attendre à Burgas. Quoi meilleur ? Arriver plus tard et vivant, ou plus tôt et mort ? »

Un argument imparable. Hristo avait effectué le trajet sans encombre à une douzaine de reprises, le bon sens commandait de se fier à son expérience.

« Il n'y a pas de barrage sur les routes secondaires ?

— Pas assez bagnoles, pas assez fric.

— Elles sont praticables ? L'hiver est tombé tôt cette année. »

Hristo haussa les épaules.

« Moi aimer mieux neige et glace que seigneurs de guerre. »

Jemma écrasa rageusement sa cigarette dans son assiette.

« Cinq mille euros le voyage, et on n'est même pas certains d'arriver au bout. On aurait dû y aller en avion.

— Les aéroports d'Europe de l'Est ont pratiquement tous été bombardés pendant la guerre, et les États n'ont pas les moyens de les reconstruire, déclara Luc. Il reste encore les avions militaires, les hélicos et les petits coucous taxis, capables d'atterrir dans un champ ou sur une route. Je me suis renseigné : un aller Paris/Sofia en hélico ou en coucou coûte quelque chose comme quinze mille euros. On est revenus aux temps primitifs de l'aviation. L'époque des charters est bel et bien révolue.

— On voit pourtant des foules de touristes dans les rues de Paris.

— L'État ouvre les aéroports militaires aux gros-porteurs en provenance de Pékin, de Shanghai, de Hong-Kong ou des États-Unis, histoire de favoriser les entrées de devises. »

Jemma avait elle-même voyagé à bord d'avions militaires frétés par la BioFis pour se rendre dans les différentes villes d'Europe du Sud. Elle ne s'en était pas étonnée à l'époque, pensant que l'industrie pharmaceutique relevait du secret défense (l'armée avait utilisé d'énormes quantités de produits neurotoxiques pendant la guerre) et que ses représentants bénéficiaient tout naturellement de la protection militaire.

« Si je comprends bien, les Européens n'ont plus le droit de voyager, murmura-t-elle.

— À part quelques rares privilégiés, ils n'en ont plus les moyens. Avant, c'étaient les hordes d'Européens qui allaient claquer leur fric dans les pays du Sud, aujourd'hui, c'est l'inverse. La roue tourne. L'Europe est un pays en fin de développement, en voie de disparition.

— Elle peut encore se redresser. »

Flamand alluma une cigarette et fuma pendant quelques instants d'un air pensif. La plupart des clients du restaurant étaient des hommes aux larges épaules et aux regards méfiants. Des routiers comme Hristo, des durs qui jouaient chaque jour leur vie sur les routes. Une seule famille parmi eux, les parents jeunes, pâles, maigres, les trois enfants, une fille d'environ six ans, deux garçons de quatre et deux ans, aux yeux fiévreux et aux faces maladives. Ceux-là ne devaient pas manger tous les jours à leur faim ni dormir chaque nuit dans un vrai lit.

« Je crois que l'Europe n'a plus d'avenir, reprit Flamand. Le libéralisme avait entrepris de démanteler ses structures, la guerre les a définitivement rasées. Il faudrait pour les relever une vraie volonté politique. Des visionnaires. Pas une clique de politiciens vendus aux grandes entreprises. Tant que les intérêts des capitaux l'emporteront sur les intérêts humains, l'Europe poursuivra sa descente aux enfers. Je crains qu'elle n'ait déjà passé le point de non-retour. Et puis quel futur pour un pays incapable d'enrayer la disparition massive de ses enfants ? »

Les yeux de Jemma larmoyèrent, une violente poussée de détresse qu'elle dissimula en penchant la tête vers l'avant et en laissant des mèches tirer un rideau devant son visage.

« Les chrétiens sont pourtant censés se préoccuper du bien-être de leur prochain, bredouilla-t-elle.

— Vous voulez parler des évangéliques ? Ils sont toujours en phase de conquête. Ils tentent de donner le change en multipliant les galas de charité, mais ils raisonnent d'abord en stratèges. Leur première priorité était de consolider Israël, donc de contrer l'influence musulmane, d'où la montée en flèche de l'islamophobie et la guerre contre les nations du Moyen-Orient ; leur deuxième de pousser leurs pions en Asie. Leur objectif à long terme n'est pas la liberté pour tous les êtres humains comme ils le proclament, mais le Jugement dernier, le triomphe du christianisme. Du moins de leur vision du christianisme.

— Eux sales bâtards ! grommela Hristo.

— Que vous ont-ils fait ? » s'étonna Jemma.

Le Bulgare se servit un autre verre de vin.

« À cause d'eux, ma famille tuée, mon pays foutu.

— Les musulmans ont leur part de responsabilité dans le conflit. Ils sont aussi fanatiques que les évangéliques, voire plus. Il faut être deux pour faire la guerre.

— Ne croyez pas tout ce que les médias vous chantent, ne confondez pas fanatisme religieux et tactique insurrectionnelle, intervint Flamand. Les extrémistes se sont emparés de l'islam parce qu'ils avaient besoin d'une bannière fédératrice, incontestable, mais il s'agissait d'une action politique, d'une lutte d'influence, d'une course au pouvoir. Ils cherchaient avant tout à se débarrasser des dynasties mises en place par les Occidentaux pour ménager les intérêts occidentaux.

— Ousamas aussi sales bâtards ! » gronda Hristo.

Son rictus torve, ses yeux à la fois brillants et vitreux montraient que l'alcool commençait à le déborder.

Il n'était probablement plus en état de conduire son camion.

« Vous devriez vous reposer », suggéra Jemma.

Il repoussa la proposition d'un geste mal contrôlé du bras, renversa son verre de vin, proféra une litanie de syllabes vaguement menaçantes avant de grommeler :

« Assez perdu temps. Partir tout de suite. »

Jemma espéra que Flamand l'en dissuaderait, mais le journaliste se leva en même temps que le Bulgare et se dirigea d'un pas décidé vers la sortie du restaurant. Dehors, la neige tombait en abondance et habillait la nuit de linceuls blêmes.

18

Maud

Maud Ploquin avait admiré le courage de la terroriste repentie et maudit sa propre lâcheté. Les hommes politiques et les hauts fonctionnaires n'osaient plus contrarier les pasteurs aux regards fous qui hantaient les couloirs des ministères et se comportaient en conquérants, en despotes. Formés dans les camps d'Amérique centrale, les forçats de l'Évangile s'étaient abattus sur la dépouille européenne avec une férocité de hyènes. Ils avaient exploité la guerre et son chaos pour racheter les grandes entreprises et infiltrer les arcanes du pouvoir. Ils ne paraissaient pas en pleine lumière, pas encore, mais ils avaient installé leurs hommes aux postes clefs, dont la Sûreté du territoire, et déployé une gigantesque toile de surveillance qui associait les dernières technologies aux compétences humaines – ils ne se fiaient donc pas au seul jugement de Dieu. Ils tenaient des fiches informatiques détaillées sur les membres du gouvernement européen, les députés du Parlement de Bruxelles, les ministres des délégations nationales, les secrétaires d'État, les préfets, les membres de l'état-major, les patrons de la sécurité intérieure, les banquiers, les capitaines d'industrie, les journalistes, les artistes, tout homme ou toute femme qui occupait un poste de responsabilité ou de prestige sur le territoire européen. Le « confessionnal », l'invention diabolique venue du Japon, leur permettrait bientôt de contrôler et d'influencer les esprits de leurs ouailles. Déjà utilisé dans les locaux de la STF, l'ordinateur en ADN de synthèse décodait l'activité du cerveau pour transformer les pensées en images. Les résultats étaient saisissants. Maud avait vu les pensées d'un criminel en série apparaître sur l'écran, les silhouettes des femmes qu'il avait torturées, leurs yeux fous de souffrance, leurs traits déformés par la terreur. Le spécialiste, un Japonais, avait expliqué dans un français approximatif qu'on ne faisait pas encore la différence entre les souvenirs et les fantasmes, mais que la compagnie y travaillait et que, dans un avenir proche, le logiciel serait capable de séparer réalité et imagination.

Maud Ploquin était elle-même fichée (le patron de la STF lui avait confié, l'œil salace, qu'il avait eu accès à son dossier et qu'il y avait lu des révélations croustillantes), et elle devait reconnaître, à sa grande confusion, qu'elle s'était tue devant le pasteur Blanchard de peur d'être mal notée et de perdre son poste. Elle aurait cinquante-cinq ans dans une dizaine de jours, un âge redoutable pour une femme qui n'était pas mère de famille ni même mariée, et dont les charmes s'étaient émoussés. Son physique plutôt attrayant lui avait valu de solides protections tout au long de sa carrière, le gros du travail consistant à convaincre ses prestigieux partenaires qu'ils étaient d'irremplaçables amants. Elle s'était comportée en maîtresse éperdue de reconnaissance alors qu'elle ne ressentait rien, ou seulement de l'irritation, lorsque ces messieurs lui pinçaient les seins ou lui plantaient l'objet de leur orgueil entre les cuisses – il lui était arrivé d'accepter la sodomie, elle l'avait amèrement regretté les heures suivantes. Ils s'étaient peu à peu détournés d'elle et rabattus sur des actrices, des secrétaires ou des anonymes plus fraîches. Elle s'était débrouillée pour conserver son dernier poste et se rendre indispensable au ministère de l'Intérieur, consacrant une grande partie de son temps libre à compulser les dossiers confidentiels (dont le sien, toutes ses histoires de fesses consignées dans la rubrique « relations personnelles », y compris les aventures qu'elle avait cru secrètes ; du croustillant comme l'avait dit le patron de la STF). Elle était ainsi devenue la mémoire vive de la Place Beauvau, la référence, la personne qu'on consultait pour déceler les défauts des cuirasses ennemies, discréditer un adversaire ou déstabiliser les journalistes lors des débats télévisés. Les ministres fraîchement nommés – les plus résistants duraient un an, les autres ne dépassaient pas les six mois – avaient besoin d'elle pour dresser un état des lieux exhaustif et décrypter les mœurs parfois absconses du ministère. Elle gardait en réserve les quelques informations qui pourraient lui servir au cas où le nouveau venu aurait la mauvaise idée de se débarrasser d'elle. Elle n'avait jamais été réduite à cette dernière extrémité, même pendant la guerre, où les portefeuilles valsaient à un rythme trépidant, où une simple rumeur suffisait à désintégrer un gouvernement déjà fantomatique, où les grâces et les disgrâces s'arbitraient dans le lointain bunker de l'archange Michel. Elle avait surnagé à force de ténacité, de compromissions, d'humiliations, se prêtant à d'odieux simulacres amoureux par crainte de manquer de produits de première nécessité, d'argent, de confort. Elle n'en tirait aucune vanité, elle se disait qu'elle utilisait ses armes de femme, elle n'avait jamais senti son cœur et son corps battre, elle pouvait bien les brader comme des vêtements qui ne lui allaient pas. Les hommes ne voyaient pas la différence, ils ne cherchaient pas à contempler son âme dans les yeux de leur partenaire, seulement leur propre virilité, leur propre vanité.

Elle n'était pas à une braderie près et, pourtant, elle s'en voulait de son manque de réaction face à Blanchard. L'enquête qu'elle avait menée sur l'arrogant pasteur ne lui avait rien appris d'intéressant. Il semblait ne pas avoir eu d'existence avant son nouveau baptême, comme si l'eau lustrale l'avait à jamais lavé de son passé. La frousse que lui flanquaient cet homme et ses semblables lui rappelait ses frayeurs d'enfant, peur du loup, peur du noir, peur des fantômes, peur des araignées, peur des souris, peur du diable, peur de l'enfer. Les nouveaux apôtres étaient à la fois loups, ténèbres, araignées, démons. Venimeux, tranchants, ardents. Des fanatiques dont il ne fallait attendre aucune pitié, aucune clémence. Une fois qu'ils auraient posé leur patte griffue sur la planète, ils entreprendraient le grand nettoyage, ils trieraient le bon grain de l'ivraie, selon les propres termes du pasteur Blanchard, ils élimineraient sans pitié les impurs, les mécréants, tous ceux qui refuseraient de renier leurs convictions et d'embrasser la croix. Ils avaient déjà plusieurs dizaines de millions de morts à leur actif : ils avaient contraint le gouvernement européen à refuser les propositions de paix des émissaires islamiques, estimant que la guerre affaiblirait leur vieille alliée devenue incontrôlable et refroidirait les ardeurs belliqueuses des nations musulmanes. Parallèlement, ils avaient conclu des accords secrets avec les gouvernements à leur botte afin de contrôler et d'exploiter les dernières réserves pétrolières du Moyen-Orient.

Maud gagna son bureau après les multiples contrôles d'usage. Le froid glacial de l'aube l'avait saisie lorsqu'elle était sortie du taxi. Elle avait marché rapidement dans les allées et les couloirs, s'efforçant de sourire aux plantons frigorifiés chargés de vérifier son badge. Elle n'avait pas dormi les trois nuits qui avaient suivi l'éprouvante confrontation dans la fausse mercerie (une couverture vraiment miteuse). Par chance, le ministre s'étant absenté jusqu'à la fin de la semaine (une maîtresse flambant neuve), elle disposait d'un peu de temps avant de lui remettre son rapport. La mort du général Voisin, le grand favori de la prochaine élection présidentielle européenne, un homme qui passait les trois quarts de son temps à s'infatuer et le dernier quart à proférer des inepties, avait déclenché un début de panique dans les ministères. D'aucuns y avaient vu le signe avant-coureur d'un coup d'État : le meurtre avait été perpétré par un ex-officier supérieur, un rescapé du Front Est. La Sécurité du territoire avait eu vent d'un complot des militaires, exaspérés par les incapables du gouvernement européen coupables à leurs yeux d'avoir rayé d'un trait de plume quinze années d'une résistance acharnée. Les anciens de l'état-major ne portaient pas Voisin dans leur cœur, un mondain, un ambitieux qui avait multiplié les décisions aberrantes sur le Front et donné de l'armée une image désastreuse.

Maud restait persuadée que le meurtrier avait agi à titre personnel, ainsi que l'avait laissé entendre la jeune femme – comment s'appelait-elle déjà ? Fabienne... non, Josépha – chargée de sa surveillance. Les militaires étaient bien trop désabusés, bien trop divisés, pour organiser un putsch. Et puis les troupes d'élite – les soldats génétiquement renforcés – avaient été réparties par petits bataillons sur tout le territoire pour les empêcher justement d'entreprendre une action groupée. Peu utilisés pendant la guerre, ces soldats représentaient désormais un danger permanent pour la démocratie (on continuait d'employer le terme « démocratie » pour donner au peuple l'illusion de choisir ses dirigeants, mais Maud était bien placée pour savoir que les vainqueurs des élections étaient désignés à l'avance, selon les intérêts du moment) : personne n'aurait les moyens de les arrêter s'il leur prenait la fantaisie de marcher sur le Parlement de Bruxelles. Alors on s'ingéniait à les occuper, on leur confiait des missions aberrantes aux confins de l'Europe, on les chargeait de liquider les seigneurs de guerre les plus puissants, on les expédiait derrière les frontières afin de semer la terreur dans les populations musulmanes, on les envoyait soutenir les forces de l'ordre dans les villes en proie aux émeutes et au pillage. Pour fomenter un putsch, les officiers supérieurs auraient dû se rencontrer à plusieurs reprises, dépêcher des messagers dans les différentes garnisons, communiquer entre eux par téléphone, courrier ou réseau informatique, autant de mouvements, autant de traces qui auraient attiré l'attention des agents de la Sécurité du territoire ou des taupes évangéliques.

Maud salua ses secrétaires déjà au travail dans le bureau qui jouxtait le sien, deux femmes d'une trentaine d'années dont l'une, plutôt vive et jolie, avait bénéficié des brèves faveurs du bras droit de l'un des ministres précédents (Maud ne savait plus lequel). Elle avait personnellement choisi l'autre parmi une cinquantaine de candidates, un mètre quatre-vingts de maigreur et d'aigreur, toute en os et en dents, une intelligence redoutable enveloppée dans un caractère de chien, une honnêteté et une loyauté sans faille. Ces deux-là ne pouvaient pas se supporter, une rivalité dont jouait Maud pour obtenir d'elles un travail précis, efficace. Chargées de préparer les dossiers, d'effectuer les recherches dans les archives ou sur la toile informatique, de répondre aux différents courriers, de trier les nombreux visiteurs qui sollicitaient une audience, les deux femmes abattaient douze ou treize heures de besogne quotidienne. Maud s'en voulait parfois de leur imposer des horaires aussi contraignants. Elles avaient une vie en dehors du ministère, un mari, des enfants, des rêves, mais la crainte de perdre leur emploi dans une période difficile les poussait à subir en silence la tyrannie de leur supérieure (et, pour l'une au moins, les assauts de jeunes loups qui éprouvaient le besoin névrotique de tester leur pouvoir de séduction, donc leur potentiel politique, auprès du personnel féminin). Maud les convoquait parfois le dimanche, par pure perversité, histoire de voir jusqu'où pouvait aller la servilité humaine. Elles venaient, à contrecœur, mais elles venaient, le visage défait, arrachées de leurs lits, des bras de leur mari ou de leur amant, jetées dans l'aube pétrifiée des jours fériés, elles s'asseyaient devant leur bureau sans marmonner une plainte, elles se mettaient au travail en baissant les paupières, de peur sans doute que leur sale humeur ne leur dégouline des yeux.

« Pas de nouvelles de Don Juan ? »

Les surnoms des ministres variaient selon l'humeur du jour. Elles avaient affublé le précédent, bon mari et bon père de famille côté cour, porté sur les jeunes hommes côté jardin, des doux sobriquets de « foutriquet », « bipède » et « chaton ». Pour le locataire actuel, c'était « Don Juan », « Casanova » ou, lorsque l'ambiance tournait au grossier dérisoire, « Bite-au-vent ». Quadragénaire, bel homme, pourvu aux dires de certaines d'un engin de taille respectable, marié et père de famille lui aussi (nul n'est parfait), il collectionnait les maîtresses comme d'autres les timbres, les cuites ou les ennuis. Sa garde rapprochée consacrait une part non négligeable de ses heures de travail à couvrir ses frasques. Maud se demandait quels inavouables services il avait bien pu rendre en haut lieu pour être bombardé Place Beauvau en étant totalement dépourvu des qualités et des compétences requises (son dossier confidentiel, revu et corrigé par sa garde rapprochée, ressemblait étrangement à son hagiographie officielle publiée dans le mémento du ministère). Le ministre de l'Intérieur était en théorie le garant de la loi et de l'ordre et le protecteur de ses concitoyens. Dans un contexte d'insécurité et de criminalité galopantes, il aurait fallu confier le portefeuille à un homme à poigne et à principes.

« Il a appelé tout à l'heure pour dire qu'on ne le verrait pas avant lundi prochain, répondit Guylaine en agitant son mètre quatre-vingts d'aigreur.

— Il a besoin d'un peu de temps pour faire le tour du propriétaire, ajouta Laura, l'autre secrétaire, avec une moue grivoise.

— Il est comme tous les hommes, gouverné par sa queue. » Roulement d'yeux et sourire carnassier de Guylaine. « On devrait les châtrer avant de leur refiler les grands maroquins. Y aurait nettement moins de candidats. »

Pour une fois complice avec sa consœur, Laura laissa échapper un petit rire de gorge.

« Un peu de respect : vous êtes tout de même en train de parler d'un ministre de la République française ! »

Une grimace puérile vint aussitôt démentir le ton et la mine sévères de Maud. Elle n'avait pas envie de jouer les fonctionnaires modèles ni les mères fouettardes aujourd'hui, plutôt de prendre un peu de bon temps avec les secrétaires. Elle se contemplait soudain au fond de l'âme, elle se voyait comme elle était et non comme elle s'appliquait à paraître. Elle avait exploité ses deux collaboratrices parce qu'elle les avait jalousées, parce que, en dehors de ces murs, elles n'étaient pas condamnées à la solitude, parce qu'elles se réchauffaient la nuit contre un corps, sinon aimé, du moins familier. Elle n'avait pas supporté de savoir ses subordonnées, ses inférieures, plus riches qu'elle sur le plan affectif. Le constat, par sa mesquinerie, aurait dû l'épouvanter, elle se sentait au contraire soulagée, presque euphorique, comme si la lucidité de son regard avait tranché des nœuds et des cordes en elle. Vivre dans les apparences exigeait une énergie, une tension de tous les instants. Elle avait évolué dans des constructions mentales de plus en plus complexes, comme dans un décor auquel s'étaient sans cesse rajoutés des éléments, elle se retrouvait soudain sur la scène nue, étourdie par le vide.

« Ministre de la République française, ça ne veut plus dire grand-chose, rétorqua Guylaine. La République n'existe plus, la France non plus. L'Europe tout entière est bradée aux mouvements chrétiens. Tout le monde fait semblant, mais plus personne ne prend de vraie décision. »

Plus réservée, Laura épiait les réactions de Maud par-dessus l'écran de son ordinateur.

« Vous avez beaucoup de travail, aujourd'hui ? »

Prises au dépourvu, les deux femmes se consultèrent du regard.

« Vous devez le savoir, c'est vous qui nous le donnez, finit par répondre Guylaine.

— Vous m'avez bien dit que le ministre ne rentrait pas avant lundi ? »

Toujours perplexes, les deux femmes acquiescèrent l'une d'un clignement de cils, l'autre d'un hochement de tête.

« Ça nous laisse… » Maud se rapprocha du grand calendrier accroché au mur. L'aspect pisseux de la peinture et l'état lamentable du bureau lui sautèrent subitement aux yeux. Presque trente ans qu'elle fréquentait les lieux, et elle n'avait jamais remarqué à quel point ils étaient délabrés, sinistres. « Cinq jours…

— Cinq jours pour quoi faire ? » demanda Laura.

Maud passa dans son bureau, éteignit son ordinateur, enfila son manteau, ses gants, prit son sac et revint vers ses collaboratrices. Les bâtiments baignaient dans un silence à peine troublé par le crépitement des machines et les sonneries des téléphones. L'absentéisme s'était considérablement réduit depuis que le spectre de la Sécurité sociale ne remboursait plus les arrêts de travail, mais ni les administrations ni les entreprises privées n'avaient gagné en efficacité, au contraire même (rapport de la commission Tourennes, confidentiel évidemment).

« Je vous invite à boire un café dehors. »

« Nous sommes en droit de suivre l'exemple donné par notre patron, non ? »

Les deux secrétaires n'en revenaient toujours pas. Elles se demandaient si leur responsable, considérée comme un bourreau de travail – un bourreau tout court –, n'était pas frappée de l'une de ces maladies dégénératives foudroyantes provoquées par les émanations chimiques ou les radiations des bombes à uranium appauvri. Jamais elles ne l'avaient vue sous un jour détendu, jamais elle ne leur avait adressé la parole pour des motifs autres que professionnels. Les clients n'étaient pas nombreux dans la brasserie de la rue du Cirque. Le serveur, un grand efflanqué aux cheveux raides et aux joues piquetées d'acné, lançait des coups d'œil appuyés en direction de Laura. Maud songea avec un brin de nostalgie que vingt ans plus tôt elle était l'une des cibles favorites des regards masculins.

« Si les employés avaient les mêmes droits que leurs patrons, ça se saurait ! »

Guylaine s'enhardissait devant la bienveillance de son interlocutrice. Elles avaient d'abord commandé un café, puis, sur l'invitation de Maud, elles étaient passées directement à l'apéritif, vin cuit pour les trois, accompagné d'olives et de petits gâteaux salés. Les hommes âgés qui disputaient une partie de cartes quelques tables plus loin affichaient leur réprobation sur leurs traits affaissés : l'Europe de l'après-guerre se méfiait des femmes seules dans les troquets.

« On ne demanderait pas mieux que prendre les quatre jours de congé que vous nous offrez, mais imaginez que les autres l'apprennent au ministère. »

Laura avait parlé d'une voix basse, à peine audible. Un réflexe dû à la paranoïa ambiante : elle redoutait que des oreilles malintentionnées ne captent leur conversation.

« Ne vous en faites pas pour les autres, dit Maud. Ils ne s'en apercevront pas. Personne ne vient fouiner sur mon territoire. Je les tiens tous par les couilles, enfin les messieurs, je sais à peu près tout sur eux, leur parcours, leurs petites manies, leurs défauts, leurs aventures.

— Et sur nous, qu'est-ce que vous savez ? »

Elles crevaient d'envie de poser la question depuis longtemps, mais l'occasion ne s'était encore jamais présentée. Elles n'avaient pas accès aux archives, privilège réservé aux cadres de la STF et à une poignée d'initiés. Il fallait en outre une excellente mémoire pour se remémorer les trois codes qui ouvraient les portes des secrets, stockés dans une salle souterraine plus protégée et dangereuse qu'une crypte nucléaire.

« Peu de choses, rassurez-vous.

— Sûr, on n'intéresse pas grand monde », marmonna Guylaine avec une pointe de dépit.

Maud n'allait pas leur dire que tous les employés du ministère, y compris les agents d'entretien, étaient passés au crible, que Laura était considérée comme une femme peu fiable, légère, facile à corrompre, que Guylaine souffrait de troubles psychologiques dus à un passé tumultueux où se mêlaient inceste, drogues et petite délinquance. Pas leur dire que les maniaques de la suspicion avaient soigneusement répertorié leurs frasques anciennes et récentes, deux avortements et une ribambelle de liaisons pour Laura, trois tentatives de suicide et un engagement dans un groupuscule clandestin pour Guylaine. Pas leur dire qu'elles n'avaient pas droit à la moindre erreur, qu'elles seraient virées à la première incartade, qu'elles rencontreraient d'insurmontables difficultés à retrouver du boulot. La plupart des chefs d'entreprises achetaient aux cadres de la STF peu scrupuleux des renseignements sur leurs futurs employés, un trafic lucratif surnommé au ministère le « marché de l'emploi ». Pas leur dire que la vieille démocratie européenne, rongée jusqu'à la moelle, ne garantissait plus aucune liberté.

« Il vaut mieux ne pas intéresser le monde, croyez-moi », murmura Maud.

Elle n'avait pas l'habitude de boire, et l'alcool embrouillait ses pensées. Elle vida son verre, grignota quelques olives, ferma les yeux, contint une subite envie de hurler. Elle était sortie du tableau ; il lui apparaissait maintenant dans toute son horreur. Elle s'était leurrée pendant des années, convaincue que ses actes n'engageaient qu'une fraction insignifiante de l'humanité, que son égoïsme, sa peur de manquer, ses lâchetés quotidiennes n'avaient pas d'incidence sur la marche du monde.

Elle était un *rouage* de la machine infernale qui broyait les populations européennes. Un rouage indispensable. Brutalement dégrisée, suffoquée par un sentiment d'urgence, elle régla les deux notes posées sur la table, vingt-cinq euros trois cafés et trois apéritifs, la vie devenait inabordable à Paris, se leva, enfila son manteau :

« Restez chez vous jusqu'à lundi. C'est un ordre. Ne vous inquiétez pas : je prends tout sur moi. »

Elle sortit de la brasserie après avoir embrassé les deux secrétaires ébahies – elles ne se souvenaient pas qu'elle leur eût un jour serré la main –, marcha d'un pas pressé vers la rue du Faubourg-Saint-Honoré, puis vers la place Beauveau. Un soleil timide crevait le plafond des nuages sans parvenir à réchauffer la ville prisonnière de la neige et la glace. Elle sourit aux plantons de l'entrée principale en leur présentant son badge. Elle eut l'impression qu'ils ne la regardaient pas comme d'habitude, qu'ils s'invitaient dans son esprit grand ouvert et pillaient ses pensées. Mélange d'alcool, de remords et de paranoïa ordinaire.

Elle ne regagna pas son bureau, elle traversa plusieurs bâtiments et se rendit directement dans la salle des archives. Elle croisa quelques-uns de ses collègues de la STF qu'elle salua d'un geste de la main ou d'un mouvement de tête. Elle craignit d'avoir oublié les codes, mais les brumes d'alcool commençaient à se dissiper et son esprit était à nouveau clair, résolu. Elle passa sans encombre les différents barrages, ne marqua aucune hésitation pour composer le premier code sur les touches de la commande encastrée dans le mur. La porte blindée coulissa dans un chuintement étouffé.

Personne d'autre qu'elle dans la salle des secrets. Elle disposait de quatre jours pour effacer les fichiers informatiques et détruire les dossiers de papier. Pas tous, elle n'en aurait pas le temps, mais le plus grand nombre possible.

Quatre jours pour rendre un peu de leur liberté à des milliers d'hommes et de femmes.

19

À Salzbourg, Hristo était sorti de l'autoroute de Vienne et avait pris la direction des Alpes. Ils roulaient depuis plusieurs heures à une allure d'escargot au milieu d'un océan de blancheur. Le Bulgare n'avait pas jugé nécessaire de poser les chaînes sur les roues extérieures du camion. Il lui arrivait de patiner ou de déraper dans certains passages, mais, habitué à conduire sur les sols verglacés, il parvenait à corriger les dérives et à rester sur la route dont Jemma ne cernait pas toujours les limites. Elle voyait avec inquiétude se rapprocher les bords des précipices dans les virages serrés. Il ne restait des anciens parapets que des vestiges enfouis sous les congères, autant dire rien entre les voyageurs et le vide. Le vent s'épuisait à délabrer les anciens chalets disséminés sur les pentes.

Ils n'avaient pas croisé un seul véhicule depuis Salzbourg, pas entrevu une seule silhouette dans les bourgs et les fermes à l'abandon. Les Alpes autrichiennes semblaient désertes.

« Bizarre, dit Luc. Elles ont été moins touchées par la guerre que les autres régions d'Europe.

— Beaucoup morts de froid, affirma Hristo. Les autres partir. Plus personne.

— Et de l'essence, où en trouverons-nous ? » demanda Jemma.

Hristo avait fait le plein aux alentours de Salzbourg, mais ils ne pourraient certainement pas traverser les Alpes d'une seule traite, d'autant qu'ils devaient franchir une succession de cols perchés à plus de deux mille cinq cents mètres.

« Moi connaître ancien dépôt militaire, entre Radstadt et Villach. Gasoil vraiment pas cher ! »

Le Bulgare éclata de l'un de ces rires tonitruants qui ponctuaient systématiquement ses phrases et ses insultes.

« Enfin, si gasoil encore.

— Vous n'en êtes pas certain ? »

Hristo haussa les épaules et resta concentré sur la route, ensevelie sous une coulée de neige une centaine de mètres plus loin.

« Personne jamais sûr de rien », finit-il par marmonner sans desserrer les mâchoires.

Jemma frissonna et resserra le col de sa parka. Manquant de sommeil et de calories, elle souffrait du froid malgré l'haleine chaude et lourde soufflée par les bouches d'aération de la cabine. Elle mettait un temps fou à s'endormir lorsque venait son tour de s'allonger sur la couchette. Elle avait l'impression, lorsque Flamand ou le chauffeur lui secouait l'épaule, d'être tirée du vide sidéral où elle venait tout juste de sombrer. Elle tentait de prolonger sa courte nuit sur la banquette, mais le froid, les secousses du camion et l'inconfort du siège le lui interdisaient, et elle trimballait toute la journée ses paupières lourdes, ses épaules douloureuses, ses pensées et ses nerfs engourdis. La bosse à son crâne, en grande partie résorbée, se rappelait à son bon souvenir quand elle heurtait par inadvertance la vitre ou la paroi de la couchette.

« Et de la bouffe, vous comptez en trouver où ? grogna-t-elle. Je commence à avoir faim, et je vous rappelle que les repas étaient compris dans le billet ! »

Flamand lui tendit le sac en plastique qu'ils avaient rempli de paquets de gâteaux et de bouteilles d'eau minérale lors de leur dernière halte.

« De quoi grignoter, en attendant…

— Je parle de vrais repas. On ne tiendra pas longtemps avec ça. »

Hristo tira son pistolet de la poche intérieure de son blouson et, sans quitter la route des yeux, le tendit à Jemma assise pour une fois à gauche de la banquette.

« Chasser. Chamois dans le coin. Loups aussi : revenus maintenant que hommes partis.

— Rangez votre truc. Je ne sais pas m'en servir. »

Le Bulgare ricana et remisa l'arme à sa place avant d'ajouter :

« Difficile survivre quand pas savoir servir pistolet. Encore habitants à Radstadt, restaurants. »

De la petite ville de Radstadt, juchée au sommet d'un col qu'ils atteignirent à la tombée de la nuit, il ne restait qu'une rue principale bordée de chalets sommairement reconstruits. Des toits défoncés coiffés de congères et les poteaux nus des anciennes remontées mécaniques hérissaient les pentes environnantes. L'électricité n'étant plus acheminée là-haut, les habitants utilisaient des groupes électrogènes qu'ils alimentaient avec les réserves d'essence récupérées dans les réservoirs des véhicules à l'abandon. Ils dégageaient régulièrement les routes au préalable salées à l'aide de vieux chasse-neige. Pour se chauffer, ils brûlaient le bois des chalets délabrés ou des sapins environnants dans des poêles dressés au centre de pièces uniques servant à la fois de cuisines, de salles à manger et de chambres. Ils se constituaient l'été des réserves de viande, de farine, de fruits et de légumes qu'ils conservaient dans les glaces éternelles. Ils consacraient une grande partie de leur temps et de leur énergie à lutter contre les grands froids qui descendaient dès le début de septembre sur le massif et n'en repartaient pas avant le mois de mai.

À Luc, qui leur demandait pourquoi ils n'émigraient pas vers des régions au climat plus clément, le couple d'hôteliers répondit, dans un français approximatif :

« Chez nous ici. Connaître personne ailleurs. Tous morts. Guerre contre les ousamas. »

Les flammes rougeâtres éclairaient, au travers des interstices, les bouilles des gosses regroupés autour du poêle. Auberge était un bien grand mot pour désigner le baraquement de bric et de broc où Hristo, après avoir garé son camion sous un grand hangar, avait entraîné Jemma et Luc. La femme, aussi blonde et corpulente que son mari était brun et maigre, leur avait montré avec une certaine fierté la chambre, une deuxième pièce en enfilade où des matelas posés à même le plancher faisaient office de lits. Elle leur avait expliqué qu'ils pouvaient s'ils le souhaitaient se laver dans les grands bacs en bois emplis d'eau et séparés par des paravents. Elle avait conclu la visite en leur réclamant cent cinquante euros pour la nuit, une somme exorbitante que le Bulgare avait réglée sans sourciller – elle avait précisé, en empochant les billets, que le repas du soir et le petit déjeuner étaient compris dans le prix.

Le dîner se composait de viande séchée de chamois, de pommes de terre et de chou bouillis, de pain de seigle et d'une sorte de pudding fabriqué avec des restes indéfinissables, de la matière grasse et du miel. Étrangement silencieux, les enfants lançaient des coups d'œil dévorants de curiosité aux trois clients assis à l'autre bout de la grande table. Le plus âgé n'avait pas dépassé les sept ans, la mère donnait encore le sein au plus jeune. Contraints par la rigueur du climat à rester huit mois sur douze enfermés dans moins de trente mètres carrés, ils semblaient aphasiques, comme s'ils craignaient le son de leur voix. Jemma avait déjà observé cette forme d'autisme chez des enfants condamnés à la promiscuité dans certaines villes de l'Europe du Sud. Ils voyaient des choses qu'ils n'auraient pas dû voir, entendaient des choses qu'ils n'auraient pas dû entendre, subissaient des choses qu'ils n'auraient pas dû subir, cherchaient dans la mutité, dans la sidération, le silence qu'ils ne parvenaient pas à trouver autour d'eux. Les regards qu'ils levaient de temps à autre sur leurs parents exprimaient un mélange de vénération et de crainte.

« Vous pourriez refaire votre vie ailleurs, reprit Luc en désignant les enfants. Au moins pour eux. Si la glaciation se confirme, ils ne trouveront plus de ressources dans le coin. »

L'aubergiste secoua la tête avec obstination et remonta la longue mèche qui se balançait devant ses yeux. Les senteurs de cire chaude répandues par les bougies dominaient à présent les effluves de bois brûlé.

« Ici, hommes purs. En bas, hommes impurs.

— Vous pensez réellement que vous allez préserver la pureté de votre race en restant planqués dans ces montagnes ? »

Les croix et les images pieuses disséminées sur les cloisons indiquaient qu'ils appartenaient à l'un de ces mouvements fondamentalistes chrétiens qui avaient fleuri dans les milieux populaires avant la guerre. La femme reposa son bébé dans le berceau installé à côté de sa chaise et rabattit son tee-shirt et son pull sur ses seins.

« Ici, pas ousamas, pas juifs, pas Noirs, dit-elle en se redressant. Rien que sang de Blanc. »

Luc pointa l'index sur une croix.

« Jésus était de sang juif. Je n'ai jamais lu que sa parole était réservée aux Blancs ni à aucune autre race.

— Juifs tuer le Christ, ousamas combattre chrétiens, Noirs vivre dans le péché », gronda l'aubergiste. Il se frappa la poitrine du plat de la main. La plus jeune des fillettes, effrayée par le claquement de sa paume sur sa chemise, se mit à pleurer. « Nous vivre commandements Seigneur. Lire Bible tous les jours aux enfants. Dieu aimer nous, nous donner tout. Nous manquer de rien. »

D'une mimique, le chauffeur signifia à Luc qu'il ne servait à rien d'insister, que ce n'était pas la conversation de ce soir qui allait changer quoi que ce soit aux convictions de ces gens-là. Leurs hôtes n'avaient probablement jamais vu un ousama, un juif ou un Noir, mais ils s'étaient claquemurés dans leur intransigeance de la même manière qu'ils s'étaient enfermés dans leurs chalets, et ils préféreraient crever de froid ou de faim dans leurs montagnes plutôt que de changer de croyances. Jemma ressentit de la compassion pour les gosses. Elle se demanda si elle serait encore capable de donner de la tendresse à un enfant, si la disparition de Manon ne l'avait pas définitivement asséchée. Elle ne se voyait pas en tout cas vivre une autre grossesse. Les femmes étaient folles de croire que de nouvelles vies pouvaient s'épanouir dans un monde livré à la misère et à la souffrance. Il n'y avait plus de répit entre le premier et le dernier souffle, aucun bonheur éphémère, aucun espoir, aucune joie, même chez les privilégiés, ceux qui mangeaient plus qu'à leur faim, ceux qui se cloîtraient dans leurs somptueux logements, ceux qui se vautraient dans un luxe indécent, qui s'entouraient de murs et de grilles, qui se gavaient d'alcool, d'antidépresseurs et/ou de cocaïne. Le fric ne protégeait pas de la désillusion, elle était bien placée pour le savoir.

« Il y a des Noirs chrétiens, des Sud-Américains chrétiens, des Asiatiques chrétiens, insista Luc. Qu'est-ce que vous faites de tous ceux-là ?

— Christ juger. Christ revenir et décider.

— Si c'est à lui de décider, pourquoi le faites-vous à sa place ? »

L'aubergiste mangea sa dernière bouchée de pudding avant de s'adresser en allemand aux enfants. Ils se levèrent tous en même temps et allèrent laver leur assiette et leurs couverts dans un lavabo rempli d'eau.

« Pas partir parce que, en bas, ousamas enlever enfants blancs pour faire armée, faire guerre contre nous. Tout le monde au lit, maintenant. »

Hristo fit signe à Luc et à Jemma de le suivre. Déjà les gosses déroulaient, avec des gestes précis, les matelas et les couvertures récupérés dans un placard. Les lueurs vacillantes des bougies et du poêle peinaient à repousser l'obscurité traversée de ululements et de craquements sinistres. L'aubergiste accompagna ses clients dans la seconde pièce, alluma deux chandelles à l'aide d'un briquet à essence et se retira après leur avoir souhaité une bonne nuit. Des draps, des couvertures et des serviettes avaient été posés sur les matelas. Jemma choisit le lit situé à gauche de la porte, un peu à l'écart des deux autres. Tandis que Hristo et Luc se lançaient dans une conversation à voix basse, elle s'approcha du bac le plus proche et plongea la main dans l'eau. Elle s'était attendue à la trouver gelée, sa tiédeur la surprit. Un savon se tenait en équilibre sur le large bord du bac. Elle se sentait crasseuse et mourait d'envie de se laver. Le manque d'intimité la fit hésiter, surtout la proximité du Bulgare, dont elle avait surpris les regards sournois et appuyés dans la cabine du camion. Elle redoutait désormais de passer les trois heures en tête à tête avec le chauffeur pendant que Luc prenait ses heures de repos sur la couchette. Puis elle vit qu'elle pouvait déplacer le paravent de tissu, le tirer contre le mur et boucher les jours avec ses vêtements. Les deux hommes ne remarquèrent même pas, du moins en apparence, qu'elle se dévêtait dans l'étroit espace entre la cloison et le paravent. Elle hésita encore un peu avant de retirer ses sous-vêtements, enjamba le rebord de bois, s'assit dans le bac, frissonna, laissa le temps à son corps de s'habituer à la température de l'eau, attendit d'être complètement détendue pour dégager le savon de son emballage. Le moindre bruit prenait une résonance inquiétante dans la pénombre du chalet. Elle s'interrompait entre chaque geste, craignant d'attirer l'attention des deux hommes, persuadée que le désir pouvait rendre le Bulgare violent, incontrôlable. Le savon répandait une agréable senteur d'huile d'olive et de lavande, le genre de savons parfumés qu'on trouvait en abondance avant la guerre et qui, maintenant, se faisaient rares. Elle se frotta longuement avant de passer les jambes par-dessus le bord du bac, de renverser la tête en arrière et de fermer les yeux. Longtemps qu'elle ne s'était pas sentie aussi bien. Jamais elle n'avait apprécié comme ce soir les bienfaits de l'eau. Son ancienne vie lui paraissait déjà loin, un rêve qui s'estompait, une parenthèse luxueuse et vaine définitivement refermée. Elle ne pourrait plus revenir en arrière, pas seulement parce qu'elle n'en avait plus les moyens : l'envie lui était passée du confort émollient de la résidence Paul & Virginie, des petites soirées entre gens du même monde devant les cheminées factices, des sourires vénéneux, des conversations sans importance, des serrures électroniques et des caméras de surveillance. Étonnante, la facilité avec laquelle on pouvait se dispenser de tout ça. Elle prit conscience, tout à coup, qu'elle n'avait pas prévenu ses parents. S'étaient-ils aperçus de son départ ? La croyaient-ils enlevée ou morte ? Quelle importance ? Ils l'avaient regardée comme un prolongement d'eux-mêmes, comme une matérialisation de leurs rêves, comme une possibilité de revanche, jamais comme un être vivant.

Tracassée par une sensation de présence, elle rouvrit les yeux. Tressaillit quand elle découvrit la tête rasée de Hristo au-dessus du paravent. Les yeux exorbités et luisants du Bulgare crevaient la pénombre, un rictus retroussait sa moustache et ses lèvres gercées. Les pensées de Jemma s'envolèrent comme une volée de moineaux effrayés par un chat. Elle se demanda ce que fichait Luc. Et si… et si le Bulgare s'était débarrassé de lui ? Elle s'affola, tenta de récupérer sa serviette pour la tendre au-dessus du bac. Nerveuse, maladroite, elle ne parvint qu'à renverser un peu d'eau sur le plancher et à déclencher le ricanement de Hristo.

« Luc ! Luc !

— Chut, chut, pas crier, murmura Hristo. Réveiller enfants. Luc sortir. »

Le Bulgare s'éclipsa un instant, réapparut quelques secondes plus tard entre le paravent et la cloison, s'avança vers le bac. Il ne portait qu'un caleçon long et un maillot de corps constellé de taches. Son pistolet pendait, le canon vers le bas, au bout de son bras collé le long de sa hanche.

« Bain à deux, meilleur pour la santé ! »

Joignant le geste à la parole, il fit passer son maillot de corps par-dessus sa tête, puis il baissa son caleçon, dévoilant un sexe court, épais, sillonné de grosses veines, pointant vers le haut, presque parallèle à son ventre.

« Foutez le camp ! » hurla Jemma.

Son éclat de voix décrocha une cascade de bruits de l'obscurité. Hristo lui plaqua la main sur la bouche et, en même temps, lui posa le canon de son pistolet sur la tempe.

« Si crier encore, tirer. Compris ? Compris ? »

Ils restèrent quelques instants immobiles et silencieux jusqu'à ce que la nuit ait recouvré sa sérénité. La tempe mordue par le métal, Jemma tremblait de tout son corps dans une eau brusquement glaciale. Pourquoi n'avait-elle pas entendu Luc sortir ? Hristo se pencha sur elle et lui glissa à l'oreille :

« Moi baiser toi. Si toi obéir, toi pas mal. »

Écœurante était son haleine, écœurante sa peau velue, écœurante la ceinture de graisse autour de sa taille, écœurante sa queue dressée comme un serpent trapu et hargneux, écœurantes ses intentions. Jemma le rejetait de toutes ses forces, de toutes ses fibres. Les chandelles pratiquement éteintes ne dispensaient plus qu'une lueur maladive. Il lui ordonna par gestes de se lever, de se tourner vers le mur, de se pencher vers l'avant. Il entra à son tour dans l'eau. Du pied il lui écarta les jambes jusqu'à ce qu'elles touchent les bords opposés du bac. La tête rentrée dans les épaules, elle dut poser les mains sur le mur pour ne pas perdre l'équilibre. Le canon du pistolet se déplaça le long de sa colonne vertébrale, finit par s'immobiliser entre ses omoplates. Hristo bougea derrière elle, l'eau remua, clapota, déborda. Un souffle brûlant lui lécha la nuque et les épaules. Le Bulgare lui tritura un moment le sein gauche, plongea la main entre ses cuisses, écarta avec brutalité ses lèvres, lui enfonça un ou deux doigts dans le vagin. La douleur, vive, cuisante, lui tira un gémissement. L'image de ses ongles sales, en elle ; les visages décharnés, hideux, des malades du sida. Sûre que ce type était infecté, sûre qu'il allait lui transmettre le virus.

Mon Dieu, non ! Pas ça, pas ça !

Il lui frappa l'échine du canon de son pistolet pour la faire taire.

Il poussait des grognements de porc. Elle perçut de drôles de bruits derrière elle, des froissements, des chuintements, devina qu'il s'enduisait le gland de salive. Il se pencha sur elle. Elle crut qu'il lui collait une barre de fer entre les fesses. Il resta un moment vautré sur elle, retardant le moment de la pénétration, jouissant de la tenir à sa merci, comme un sniper gardant une cible dans la lunette de son fusil. La sueur glacée de Jemma se mêla à celle, brûlante, de son agresseur. Une crise de sanglots la secoua, qui dégénérèrent en spasmes. Il lui cogna de nouveau la colonne vertébrale, plus fort cette fois, pour la contraindre à rester tranquille.

« Gentille, gentille salope, fredonna-t-il. Rien dire, personne savoir, juste toi et moi… »

Bon Dieu, où était Luc ? Que fabriquait l'aubergiste ? N'y aurait-il donc personne pour la sortir de là ?

20

Guylaine

Dieu et moi sommes devenus comme deux
gros géants vivant dans un bateau minuscule.
Nous nous bousculons sans arrêt et rions.
Hafiz.

Guylaine n'était pas considérée comme une belle femme, trop grande, trop maigre, trop de dents, trop de nez, trop d'os, trop de pieds. Alors elle, la rêveuse, l'idéaliste, elle compensait l'ingratitude de son physique par une activité débordante et une rage de tous les instants. Aux dix ou douze heures consacrées par jour à son travail au ministère, elle ajoutait, chaque soir ou presque, la réunion de la cellule, puis elle tapait, sur le vieil ordinateur qu'elle avait récupéré dans l'atelier de réparation du ministère, une dizaine de feuillets du *Grand Œuvre* de Léon T (le nom de code du timonier, du théoricien de la Nouvelle Révolution). Elle ne se couchait jamais avant 2 heures du matin, s'appliquant à ne pas réveiller Alain, son mari, lorsqu'elle se glissait dans les draps conjugaux. Il avait le sommeil inoffensif bien que ronflant, et elle s'arrangeait pour ne jamais entrer dans la chambre avant qu'il se soit endormi. Si elle avait sacrifié à son devoir les premières années de leur vie commune, elle n'avait jamais eu vraiment envie de lui, elle n'avait jamais vibré pour lui, jamais défailli sous lui. Une indifférence qui ne s'était pas arrangée avec le temps : elle ne supportait plus maintenant qu'il la touche, même pas du regard, elle détestait son odeur, son haleine, le grain de sa peau, ses bourrelets, ses verrues, ses angiomes, les poils de son nez. En lui donnant deux gosses, un garçon et une fille, elle avait largement accompli sa part. Elle restait avec lui parce qu'elle avait besoin d'une couverture familiale, mais elle n'avait pas appris à le tolérer au long des années. Lui, en revanche, lui vouait la même adoration que le jour où il l'avait demandée en mariage. Il ne levait jamais les yeux sur une autre femme que sur sa « grande bringue », il ne la contrariait jamais, il pardonnait ses offenses, il n'élevait jamais la voix contre elle, il se contentait de ruminer silencieusement sa tristesse quand elle refusait de les accompagner, les enfants et lui, pour leur promenade dominicale au parc Montsouris ou pour leur semaine de vacances estivales au Pouliguen. Elle éprouvait parfois de la pitié pour son mari et envisageait de lui proposer la rupture, de le délivrer d'un amour qui pesait sur ses seules épaules. Elle repoussait à chaque fois l'échéance, consciente qu'une séparation la desservirait, qu'elle devrait consacrer une grande partie de son temps libre aux gosses, qu'elle ne pourrait plus se rendre aux réunions quotidiennes de la cellule, qu'elle risquait de manquer le train de la Nouvelle Révolution.

Et, surtout, qu'elle verrait moins souvent Léon T.

Léon T, l'homme qui lui avait dessillé les yeux, qui avait donné un sens à sa vie. Léon T dont elle était secrètement amoureuse, comme la plupart des militantes du parti clandestin. Elle n'avait jamais osé déclarer son amour au fondateur de Nouvelle Révolution, mais, ces derniers temps, elle avait cru déceler des lueurs complices dans ses incroyables yeux bleus. Il l'avait choisie entre toutes, d'ailleurs, pour taper les six cents pages de son manuscrit débordantes d'une écriture serrée, convulsive. À la fin de chaque réunion, elle sollicitait un entretien afin de vérifier quelques mots ou un paragraphe avec lui. Elle aimait prolonger ces moments d'intimité dans le minuscule bureau tandis que les membres de la cellule, hommes et femmes, crevaient de jalousie dans la salle de réunion. Elle avait alors l'impression d'entrer de plain-pied dans l'histoire, d'être invitée dans les secrets du monde. Elle rêvait, lorsque les armées de Nouvelle Révolution auraient renversé le « Parlement et les gouvernements prisonniers de la pieuvre libérale chrétienne », d'occuper un poste important aux côtés de l'homme qui aurait rendu leur dignité aux peuples européens. Léon T était beau. Très beau. Des cheveux châtains et ondulés, des yeux azur ouverts comme des fenêtres célestes sur une âme nimbée de lumière, une moustache conquérante, de larges épaules d'homme du peuple, des mains grandes et fortes, une voix grave, vibrante, envoûtante. Guylaine se serait damnée pour passer une nuit avec lui. Il lui suffisait de l'approcher pour déclencher une salve de sensations dans son corps, un feu d'artifice anticipé, étouffé, un filet de frissons qui l'enveloppait de la tête aux pieds. Envie démente de ployer sous son poids, d'être éventrée par son soc, inondée de sa sueur et de sa semence. Ses réactions physiologiques entraient pour une part non négligeable dans son zèle révolutionnaire.

Elle disposait encore de quatre jours. Elle s'était bien gardée de dire à son mari que la redoutable Mme Ploquin lui avait accordé un congé exceptionnel jusqu'au lundi de la semaine prochaine. Elle se demandait encore quelle mouche avait piqué « M la Maudite », le surnom dont cette petite garce de Laura et elle-même gratifiaient leur responsable. La Ploquin avait soudain paru touchée par la grâce humaine. Elle leur avait même claqué la bise avant de sortir de la brasserie. La bise, cette vieille peau qui ne serrait la main à personne, comme si elle craignait d'être contaminée au moindre frôlement. Guylaine avait maintes fois imaginé sa revanche sur M la Maudite, le jour glorieux où elle ouvrirait elle-même les portes du ministère aux troupes de Nouvelle Révolution, le jour béni où son ex-responsable découvrirait qu'elle avait réchauffé un serpent dans son sein. Mais elle ne savait plus quoi penser depuis la scène de la brasserie. Laura elle-même était restée interdite après le départ précipité de la Ploquin. Elle avait allumé une cigarette, vidé son verre, puis elle était sortie, hébétée, après avoir marmonné un vague au revoir.

Guylaine avait prévu de mettre à profit ces quelques jours de disponibilité pour avancer sur le livre de Léon T. Et rencontrer Léon T pour lui demander des précisions sur les mots qu'elle ne réussissait pas à déchiffrer – elle avait des doutes, elle ne voulait pas travestir Sa vision révolutionnaire. Et donc, se rendre au domicile de Léon T, bravant la consigne qui ordonnait aux membres de la cellule de ne pas importuner le timonier en dehors des heures de réunion. Mais elle n'était pas un membre ordinaire, il lui avait confié une mission de la plus haute importance, ils avaient noué un lien privilégié, la consigne ne la concernait pas.

« On finira plus tard que d'habitude ce soir. »

Elle était rentrée chez elle aux alentours de 19 heures après avoir flâné une partie de la journée dans Paris et passé quelques heures dans un troquet à lire le manuscrit de Léon T. Elle s'était pénétrée de Sa pensée et, même si elle n'avait pas compris toutes les subtilités de la stratégie révolutionnaire, elle se sentait prête à soutenir une conversation approfondie avec lui.

« Ta journée s'est bien passée au ministère ? »

Alain avait préparé le repas pour leurs deux enfants, Jean, sept ans, Marie, cinq ans, tranches de jambon accompagnées d'une purée patatotte (patate/carotte) minute. Elle les embrassa distraitement avant de filer dans sa chambre et de se contempler dans le miroir fixé au mur. Elle se jugea plus jolie que d'habitude, presque désirable. Est-ce qu'Il pourrait la traiter autrement qu'une compagne de lutte ? Est-ce qu'Il pourrait la regarder comme une femme ?

« Normale, répondit-elle d'une voix forte.

— Et pourquoi tu dois rentrer plus tard, ma douce ? »

La voix de son mari se ruait comme un vent lugubre dans le couloir et les portes ouvertes. Elle dégrafa un bouton de son chemisier, tenta en vain de remonter ses seins qui n'avaient jamais poussé pendant ses grossesses, pas grave après tout, elle avait lu quelque part que certains hommes préféraient les poitrines menues (un papier écrit sans doute par une rédactrice plus plate qu'une punaise).

« La réunion durera plus longtemps que d'habitude. »

Son mari avait accepté qu'elle adhère à un parti clandestin malgré les dangers que l'activisme révolutionnaire faisait courir sur sa famille et elle. Il disait qu'on ne pouvait empêcher un cheval de galoper, qu'une femme comme elle avait besoin de bouger, de piaffer, de ruer, que, comme il n'avait ni son courage ni son énergie, il trouvait normal de rester à la maison et de s'occuper des enfants. Une vue déficiente lui avait valu d'être réformé et d'échapper à la grande tuerie du Front Est. Son travail de guichetier à la poste voisine lui laissant un peu de temps libre, il s'efforçait de rendre habitable leur appartement du 14e arrondissement, un soixante-dix mètres carrés dont il avait hérité d'une tante décédée d'une leucémie foudroyante – ils n'auraient jamais eu les moyens de se le payer, même avec un crédit de quarante ans, le mètre carré dans le 14e dépassait maintenant les douze mille euros. Il se débrouillait en électricité, en plomberie, en carrelage, en peinture, mais, avec son goût de chiottes, il transformait tout ce qu'il touchait en zone sinistrée, couleurs neurasthéniques, matériaux merdiques, finitions bâclées. Trop débordée pour s'intéresser aux contingences matérielles, Guylaine ne pouvait que s'en désoler. Par chance, ils n'avaient pas de relations en dehors de leurs activités professionnelles, et jamais personne ne s'invitait chez eux.

« C'est bientôt les vacances scolaires, reprit-il. J'ai réussi à me libérer pour une semaine. Je compte emmener les enfants à la mer.

— En cette saison ?

— Le grand air leur fera du bien… »

Il marquait un temps de silence avant de poser la question rituelle. Elle se demanda si elle devait garder son tailleur ou bien passer une robe un peu moins austère. Le temps ne favorisait pas les tenues suggestives, mais, avec un bon manteau, une bonne écharpe et une bonne dose d'inconscience, on pouvait braver les grands froids.

« Est-ce que tu comptes venir avec nous cette fois ? »

À question rituelle, réponse rituelle :

« Tu sais bien que je ne peux pas lâcher mon travail comme ça, minou.

— Je connais des gens, au ministère des Communications, qui prennent autant de congés qu'ils veulent. »

Mots mille fois échangés entre eux. Mille fois elle s'était agrippée à ses obligations professionnelles pour échapper à la corvée de mer ou de campagne, mille fois il était revenu à la charge, mille fois il avait capitulé avec, dans les yeux, toute la détresse du monde. Elle ne pouvait pas lui balancer qu'elle profitait de leur absence pour réoccuper ses territoires intimes, pour reprendre le fil ses rêves.

« On ne peut pas comparer les ministères, minou.

— Ça ferait plaisir aux enfants. »

L'argument qu'il croyait définitif, mais qui, sur elle, n'avait aucun impact parce qu'elle n'avait pas envie de faire plaisir aux enfants, parce qu'elle ne ressentait qu'une indifférence teintée de culpabilité pour la chair de sa chair, parce qu'elle n'avait éprouvé que douleur et dégoût lors de ses accouchements, parce qu'elle faisait partie de ces femmes qui ne seraient jamais mères. Elle détestait les frottements de leurs lèvres humides et grasses sur ses joues, elle détestait leur donner le bain, elle détestait les torcher, les coucher, les habiller, les embrasser.

« Une autre fois, minou, je te le promets. »

Ils savaient tous les deux qu'elle lançait cette promesse pour se débarrasser du sujet ; il feindrait de s'en satisfaire comme il se déclarait comblé de leur ersatz de vie commune. Elle ne culpabilisait pas : on ne pouvait s'encombrer de remords lorsqu'on était appelée à un destin grandiose.

Ils dînèrent d'une soupe en brique et d'un reste de spaghetti bolognaise, puis, après avoir bu son café (soluble, mais le goût s'était considérablement amélioré depuis la fin de la guerre), elle se changea, choisit des sous-vêtements de dentelle (offerts par son mari) qu'elle n'avait mis qu'en deux circonstances, des bas, une robe de laine serrée à la taille (une taille restée fine, autant mettre en valeur ses atouts), des chaussures à talon aiguille censées affiner ses jambes, un manteau et une toque de fourrure imitation marmotte. Elle opta pour un rouge à lèvres vif (un bon prétexte pour ne pas embrasser le mari et les gosses), les salua par la porte ouverte de la chambre et sortit. Dehors, le froid lui agrippa les jambes et le bassin ; elle regretta amèrement de s'être vêtue aussi légèrement.

Léon T fixait les membres de la cellule 14 d'un air à la fois pénétrant et lointain. Une trentaine de militants se pressaient dans la salle de réunion, dont une majorité de femmes.

« N'en concluez pas que les hommes soient moins motivés par le changement que les femmes, avait déclaré un jour Léon T, c'est seulement que la plupart d'entre eux ont disparu sur le Front Est. »

Personne n'avait eu le réflexe de lui demander pourquoi lui-même n'avait pas été convié à la grande boucherie. Les autres membres masculins de la cellule 14 s'étaient sentis obligés de se justifier : trop jeunes au moment des faits, diminués physiquement (diminués pour faire la guerre, aptes à faire la révolution) ou exemptés pour troubles psychologiques (ils avaient feint la folie, ils avaient trompé les recruteurs, ils n'allaient tout de même pas sacrifier leur jeunesse sur l'autel du libéralisme chrétien). Les militants du 14e mesuraient leur chance : Léon T assistait régulièrement aux réunions, tout simplement parce que, résident du 14e arrondissement, il dépendait géographiquement de la cellule 14. Aucun passe-droit, aucun privilège pour le fondateur et les cadres du parti. Ils se rendaient deux fois par mois à Orléans, siège de la coordination nationale, où ils préparaient le Grand Jour. L'armée révolutionnaire comptait au dernier recensement cent mille fantassins recrutés dans l'ensemble des pays européens, deux divisions blindées (achetées à des seigneurs de guerre de l'Europe de l'Est), quelques officiers et sous-officiers avides de revanche (on s'en méfiait, on les gardait à l'œil) et la promesse de soutien d'une partie non négligeable des pilotes de chasse des troupes régulières.

Les camarades ne savaient pas grand-chose sur Léon T. Guylaine et les autres femmes jugeaient que le mystère lui allait follement bien. Elles n'accordaient aucune attention aux rumeurs, propagées sans doute par des militants jaloux de son charisme, qui le créditaient d'un passé crapoteux de maquereau, de trafiquant ou de braqueur, ni aux murmures qui le dépeignaient comme un déserteur, voire un traître – elles rétorquaient aux camarades bruiteurs qu'ils sautaient à pieds joints dans le piège tendu par la Sécurité du territoire, laquelle cherchait à salir l'image du timonier puisqu'elle s'avérait incapable d'endiguer ses idées.

Chargée de fouiner dans les dossiers de la STF, Guylaine n'était pas parvenue à s'introduire dans la salle des archives confidentielles.

« Si tu réussis à mettre la main sur mon dossier, lui avait glissé Léon T, préviens-moi tout de suite. Et ne transmets ces renseignements à personne d'autre qu'à moi. Compris, Gwendoline ? » (Elle frémissait de la tête aux pieds quand il prononçait son nom de code.)

Elle aurait besoin d'encore un ou deux ans pour obtenir le précieux sésame, peut-être moins maintenant que M la Maudite avait changé d'attitude à l'égard de ses collaboratrices, mais la générosité soudaine de leur supérieure n'était peut-être qu'un caprice, une passade.

Assise à deux mètres de Léon T, elle ne le quitta pas des yeux jusqu'à la fin de la séance. La fumée des cigarettes masquait en partie l'odeur de renfermé qui imprégnait la salle située dans les sous-sols d'un immeuble à l'abandon. Les militants fumaient comme des cheminées, hommes et femmes, prêtant sans doute au tabac des vertus révolutionnaires. Guylaine en grillait une ou deux par réunion histoire d'imiter ses camarades, mais elle sortait en général de la cellule avec une tenace envie de vomir. L'ordre du jour, la coordination des attaques du Parlement de Bruxelles et des principaux ministères européens, donna lieu à des débats animés. Pour une partie des membres de la cellule, l'appui des soldats génétiquement modifiés était souhaitable : des officiers de leur connaissance leur avaient confié que les tractations secrètes avaient abouti à un accord global, que les bataillons d'élite, frustrés d'avoir été écartés du Front pendant la guerre, marcheraient sans hésitation sur le Parlement européen ; les autres répliquaient qu'on ne pouvait accorder la moindre parcelle de confiance à des hommes modifiés, que les gènes implantés endommageaient à la longue le cerveau et provoquaient des altérations mentales, qu'il valait mieux se passer d'eux, les éloigner ou, mieux, les éliminer avant le Grand Jour.

« Les éliminer ne serait pas une partie de plaisir, commenta Léon T. Et puis ce serait dommage de se passer de soldats aussi qualifiés. Les avoir dans notre camp nous faciliterait considérablement la tâche. »

Guylaine vit s'allumer des lueurs de triomphe dans les yeux des uns et poindre le dépit dans ceux des autres. Les griffes glacées qui l'avaient saisie entre son domicile et la salle de réunion, environ trois cents mètres, commençaient seulement à relâcher leur étreinte. Les hommes avaient remarqué ses efforts vestimentaires, y compris Léon T qui, à son entrée dans la salle, l'avait enveloppée d'un regard appuyé. Elle se félicitait d'avoir défié le froid sibérien qui s'était abattu deux semaines plus tôt sur Paris. Pas facile de marcher avec des talons hauts sur les trottoirs verglacés. Des sans-abri recroquevillés sous plusieurs couches de couvertures s'étaient foutus de sa gueule tandis qu'elle se lançait dans d'improbables figures de patinage artistique. Gonflés, ceux-là, de lui réclamer ensuite une pièce. C'était pour des malheureux comme eux, pour des ingrats comme eux, que ses compagnons de lutte et elle préparaient le Grand Jour. Elle avait failli le leur dire, elle s'était souvenue qu'elle avait juré solennellement de garder le secret (un serment qu'elle avait déjà brisé puisqu'elle en avait parlé à son mari).

À la fin de la réunion, tous tombèrent d'accord pour intégrer les bataillons des soldats génétiquement modifiés aux armées révolutionnaires. À en croire son assurance, Léon T avait obtenu toutes les garanties des militaires, mais il tenait à ce que la décision revête un caractère démocratique. Une motion n'était pas adoptée dans la cellule tant qu'elle n'était pas votée à l'unanimité (l'un des principes intangibles exposés dans les premières pages de son manuscrit).

Guylaine attendit que les camarades aient bu le verre de l'amitié et échangé quelques mots avec le fondateur pour s'approcher de lui.

« Je peux te parler ?

— Tu es en beauté, Gwendoline. »

Elle tourna en deux secondes au rouge pivoine. S'assura d'un bref coup d'œil que personne ne s'intéressait à leur conversation. Les membres de la cellule enfilaient leurs vêtements dans un brouhaha de fin de banquet. Les gobelets en plastique gisaient sur les tables, des flaques de jus de fruit et de vin maculaient le lino. Prêts à faire le grand ménage en Europe, les camarades, pas d'humeur à nettoyer leur salle de réunion.

« Je dispose de quelques jours devant moi, et j'ai prévu d'avancer sur ton livre. »

Elle baignait tout entière dans le bleu des yeux de Léon T.

« Excellente nouvelle.

— Il me faudrait, euh, discuter de quelques points de détail avec toi. Pas grand-chose, hein, deux ou trois mots ou expressions que je… que je n'arrive pas à déchiffrer… »

Un sourire enjôleur se dessina sur les lèvres de Léon T. Une chaleur intense monta du ventre de Guylaine et chassa le froid réfugié aux extrémités de ses membres.

« J'écris si mal que ça ? Quand veux-tu le faire ?

— Le plus tôt possible.

— Ce soir ? »

Guylaine fut parcourue de tremblements qu'elle s'efforça, en vain, de maîtriser.

« Chez moi, donc ? poursuivit Léon T.

— Je sais qu'il ne faut pas mêler vie privée et vie publique, bredouilla Guylaine, mais j'aimerais terminer ce travail et…

— Allons-y », la coupa Léon T.

Il régnait une chaleur agréable dans le grand appartement de la rue Jean-Moulin. Léon T n'était pas concerné, apparemment, par les restrictions d'énergie. Plafonds hauts, immenses baies vitrées, parquet marqueté, tapis moelleux, meubles précieux, tableaux néoclassiques, immense bibliothèque, milliers de livres. Il n'avait pas prononcé un mot pendant le trajet, il avait marché bon train, se retournant de temps à autre pour vérifier que Guylaine le suivait. La neige qui tombait en abondance estompait déjà les rues et les trottoirs. Place Victor-Basch, ils avaient failli être heurtés par un bus parti en dérapage incontrôlé. Elle trouvait bizarre qu'un homme de l'importance de Léon T, le futur timonier de l'Europe, ne bénéficiât d'aucune protection particulière. Elle avait cru déceler la présence rassurante de silhouettes derrière eux et dans les rues avoisinantes. Sans doute faisait-il l'objet d'une surveillance discrète.

« Qu'est-ce que tu veux boire ? »

Il avait posé le manteau de Guylaine sur le dossier d'un fauteuil de cuir. Ses yeux de rapace tournoyaient au-dessus d'elle. Elle eut l'impression de recevoir un coup de bec au plexus. Elle se demanda subitement ce qu'elle fichait ici. Dessaoulée. Début de nausée. Elle pressentait que la réalité ne serait pas à la hauteur de ses illusions, qu'elle se réveillerait avec une atroce gueule de bois. Léon T avait tout d'un héros mythologique dans la salle souterraine de la cellule 14, il ressemblait à un salaud ordinaire dans le luxe tapageur de son appartement.

« Une petite liqueur ? J'en ai une justement qui vient de…

— Excuse-moi. Je dois partir. »

Elle fonça vers son manteau. Il la rattrapa en deux bonds et la saisit par le bras.

« Tu ne peux pas m'allumer depuis deux ans et te défiler au dernier moment, ma belle ! »

Elle tenta de se dégager, elle ne réussit qu'à resserrer la pression des doigts qui lui cisaillaient les muscles du bras.

« Lâche-moi, cria-t-elle. Tu dis, dans ton foutu bouquin, que chaque être humain est libre de ses choix. Respecte les miens : je veux partir.

— Ce qui est écrit dans les livres reste dans les livres. Tu as peur de toi-même, mais tu en crèves d'envie. C'est toi qui m'as excité. Au début je te trouvais moche, sans intérêt, je ne voulais pas de toi. Alors assume. »

Il la plaqua contre lui et se pencha sur elle pour l'embrasser. Elle se tordit dans tous les sens pour échapper à son étreinte, pour esquiver sa bouche. *La conne. La conne. La conne.* Les femmes de la cellule auraient donné une de leurs jambes pour être à sa place. Léon T avait raison, elle ne savait pas ce qu'elle voulait, elle n'aspirait pas à sortir de ses rêves.

Elle crut entendre un claquement de porte, des bruits de pas. Voulut crier. Léon T lui plaqua sa paume sur la bouche. La relâcha tout à coup. Elle en comprit la raison lorsqu'une silhouette s'engouffra dans le salon. Un bras tendu, un flingue au canon renflé. Léon T recula, pivota sur lui-même, courut en direction de la porte la plus proche. Un minuscule bruit de souffle. Le coup de feu le cueillit dans la nuque. Il s'affaissa contre le mur, qu'il éclaboussa de son sang.

Guylaine resta quelques instants suffoquée. Le grand timonier, abattu sous ses yeux comme un vulgaire lapin. Un autre rêve fracassé. L'Europe ne verrait jamais se lever le Grand Jour.

« Fichons le camp, ses gardes du corps vont rappliquer. Ce fumier roulait pour les Évangéliques. »

Cette voix…

Elle obtempéra. Enfila son manteau de fourrure synthétique, sa toque. L'intrus portait un ample pardessus noir et une cagoule. Il l'entraîna vers la sortie de l'appartement, puis dans l'escalier. Ils croisèrent l'ascenseur qui montait dans un concert de grincements. Il lui fit signe de rester immobile, silencieuse, puis ils dévalèrent les deux derniers étages quatre à quatre.

Personne sous le porche. Ils enfilèrent l'avenue Jean-Moulin jusqu'à la rue de Châtillon. D'immenses trous noirs s'ouvraient entre les façades. Les bombardements avaient démoli un immeuble sur trois. Le froid brûlait les narines et la gorge de Guylaine. La neige continuait de tomber à gros flocons.

L'homme arracha sa cagoule lorsqu'ils débouchèrent dans la rue des Plantes.

Alain.

Guylaine ne fut pas surprise, pas vraiment en tout cas, de découvrir la bouille ronde de son mari.

« Quelqu'un t'a vue avec lui ? demanda-t-il sans cesser de marcher.

— Je ne sais pas.

— Il y avait des hommes autour de vous ?

— Je crois. J'ai aperçu des silhouettes dans la rue.

— Et ceux de ta cellule, ils t'ont pas vue partir avec lui ?

— Je ne pense pas… »

Elle reprenait ses esprits, reconnaissait les lieux, ils allaient bientôt s'engager dans la rue Didot, là où ils résidaient.

« Comment… comment… »

Une nuée de questions se levait en elle. Elle n'eut pas la force de les poser. Au prochain mot, elle éclaterait en sanglots. Elle ne connaissait rien de l'homme qui partageait sa vie. Il lui entoura l'épaule de son bras et, tout en marchant, l'attira contre lui. Elle accepta cette fois son contact, sa chaleur.

« Te tracasse pas, ma douce. C'était vraiment qu'un sale con. »

21

J'abordais l'autre jour le sujet de la biotechnologie. J'ai reçu bon nombre de lettres de lecteurs qui se demandent où en sont les recherches, si prometteuses avant-guerre. Je crois deviner des intérêts personnels dans leurs interrogations : guérisons de maladies aujourd'hui jugées incurables, améliorations d'un organisme parfois déficient ou seulement inesthétique, et, surtout, l'éternelle préoccupation à laquelle n'ont pas su répondre les religions : la mort est-elle inéluctable ? Certains me demandent également si les soldats génétiquement modifiés, les fameux SGM, ont réellement existé. J'en suis persuadé, et ce ne sont pas les maladroites dénégations de l'armée – n'oublions jamais son surnom : la Grande Muette – qui changeront quoi que ce soit à ma conviction. Cependant, comme un journaliste digne de ce nom ne peut se contenter de croyances, je compte mener une enquête sérieuse sur les SGM et promets d'en divulguer les résultats dans ces pages.

Jules-Jean Jacquin,
La Nouvelle Europe Libre.

Avait-elle vraiment perçu des bruits de porte et de pas ? Hristo s'était-il vraiment écarté d'elle ? Jemma ressentait encore la morsure du métal entre ses omoplates, la chaleur d'une haleine sur sa nuque, les saccades d'une barre entre ses fesses, mais aucune douleur à l'intérieur d'elle, pas même une réaction de rejet, pas même un frisson de dégoût, juste une trouille immense qui lui labourait les tripes et lui figeait le sang. Il ne l'avait pas pénétrée. Elle n'osait pas se retourner, gagnée par les crampes. Des clapotis, des frottements, un cliquetis s'élevèrent derrière elle.

Un rayon de lumière éclaboussa l'espace entre le mur et le paravent. Éblouie, Jemma rentra la tête dans les épaules. Elle vit, du coin d'œil, l'ombre du Bulgare s'allonger démesurément sur les planches rugueuses.

« Pose ton flingue, Hristo ! »

La voix de Luc. Hristo, prisonnier du faisceau lumineux, se figea.

« Toi, même pas d'arme ! grogna le chauffeur.

— Erreur. J'ai un 9 millimètres pointé sur toi. Au moindre mouvement, je te fais sauter ce qui te sert de cervelle. »

Hristo baissa le bras sans lâcher son arme.

« Quoi de mal ? Nous grandes personnes, juste baiser.

— On ne baise pas avec un flingue ! Pose-le par terre, je te dis. Plus vite, je perds patience. »

Le Bulgare acquiesça d'un mouvement de tête, se pencha sur le côté, laissa tomber son pistolet à côté de son pied, se redressa, plaça une main en visière au-dessus de ses yeux et l'autre sur son bas-ventre.

« Bouge plus ! reprit Flamand. Jemma, reprenez vos fringues et allez vous rhabiller. »

Jemma enjamba le rebord du bac et rassembla ses vêtements étalés sur le paravent. Elle ne maîtrisait pas ses gestes, elle n'avait plus aucune autorité sur ses muscles, sur ses nerfs, elle coulait dans une eau amère et froide, elle manquait d'air. Elle passa de l'autre côté du paravent, dans l'obscurité, avança au jugé, buta contre un matelas, s'adossa à la cloison, entreprit d'enfiler ses vêtements. Haletante, glacée, ébranlée par les martèlements de son cœur.

La voix de Luc devant elle, à la fois proche et lointaine.

« Envoie ton flingue par ici, Hristo. Sans te pencher. Juste un coup de pied. »

Le Bulgare s'exécuta, un choc sourd, suivi d'un raclement de métal sur les lattes du parquet.

« Eh, pas laisser moi à poil comme ça, grogna Hristo. Moi cailler.

— Fallait pas te déshabiller !

— Toi besoin moi pour conduire camion jusqu'à Burgas. »

Jemma se battait avec ses vêtements, incapable de contrôler les tremblements de ses mains. Elle réussit tant bien que mal à mettre son soutien-gorge, sa culotte, son fuseau, ses chaussettes, manqua de perdre l'équilibre, se colla contre le bois de la cloison dont les échardes lui griffèrent le dos.

« Je te propose un marché, Hristo. Je garde ton flingue jusqu'à Burgas. Si tu la touches encore une fois, si tu lui manques de respect une seule fois, je te jure que je te colle une balle dans le crâne. »

Le Bulgare marmonna une succession de syllabes rocailleuses qui avaient sans doute valeur d'acquiescement. Jemma achevait d'enfiler son pull lorsque le faisceau de la lampe s'approcha d'elle. Elle tressaillit, les lumières et les ombres dansèrent autour d'elle, un visage émergea de l'obscurité.

« Ça va ? »

Luc Flamand baissa la lampe, la lumière dégringola sur le matelas, sur les chaussures de Jemma, sur les lattes mal rabotées et noueuses du parquet. Elle entrevit l'arme de Hristo dans la main du journaliste, ce fichu pistolet qui lui meurtrissait encore l'échine.

« Il ne vous a pas… »

Elle secoua la tête avec rage. Des larmes se décrochèrent de ses cils. Si ce salaud l'avait violée, elle serait morte. Morte de dégoût. Morte de honte.

« Il ne vous fera plus de mal. Je rapprocherai mon matelas du vôtre si ça peut vous rassurer. »

Elle n'avait plus la force de penser, elle se savait environnée de présences hostiles, comme s'il ne pouvait rien sortir de bon de cette nuit de cauchemar. Luc Flamand lui-même avait des airs de salaud. Elle ne parvenait pas à se réchauffer, transie jusqu'à la moelle. La silhouette fantomatique de Hristo traversa la pénombre de l'autre côté de la pièce. Comment pourrait-elle dormir dans la même pièce que lui ? Comment pourrait-elle continuer à respirer le même air que lui ?

« Il faut essayer de vous reposer, Jemma.

— Qu'est-ce que vous foutiez dehors, merde ? »

Premiers mots qu'elle avait réussi à cracher, des mots de reproche, une envie brutale de frapper, de griffer, de mordre.

« J'avais à faire.

— En pleine nuit ? Dans ces montagnes ?

— Peu importe. Le principal est que vous vous en tiriez sans bobo. »

Elle s'était retrouvée à poil devant un salaud, les jambes écartées, souillée par son haleine, par ses mains, par sa sueur, par son désir, sous la menace de son flingue et de sa queue tordue, il lui faudrait des mois, des années, des vies pour oublier son humiliation, pour éponger sa colère.

« Sans bobo ? Qu'est-ce que vous en savez ? »

Luc Flamand dirigea le faisceau de la lampe vers le matelas de Hristo. On ne distinguait plus qu'une masse informe sous l'amas de couvertures.

« Demain sera un autre jour.

— Gardez vos belles phrases pour vous ! » La voix de Jemma vibrait de rage. « Je n'ai plus envie de voyager avec ce sale type.

— Nous n'avons pas le choix. Nous avons déjà payé notre voyage. Les passeurs nous attendent à Burgas.

— Qu'est-ce qu'on va foutre à Burgas ? Qu'est-ce qu'on va foutre de l'autre côté de la frontière ? »

Luc promena le rayon de la lampe sur les cloisons et le plafond lambrissés.

« Chercher des réponses. Je ne sais pas lesquelles.

— Pourquoi y aurait-il des réponses là-bas ? »

Luc éclaira l'espace entre son matelas et celui de Jemma. La lumière heurta des bouts de bois cloués au plancher, révéla des failles entre les lattes disjointes.

« Elles sont en nous, mais on a parfois besoin de bouger pour s'en apercevoir. Et puis vous avez entendu l'aubergiste : il parle lui aussi d'une armée formée d'enfants européens.

— Des conneries. Je m'en fous, je veux retourner en France.

— Vous ne serez pas plus en sécurité dans les rues de Paris que sur les routes.

— J'aurais pu retrouver du travail, j'aurais pu garder ma maison si vous ne m'aviez pas forcée à venir avec vous. Maintenant, je suis paumée avec deux tarés au milieu de nulle part !

— Vous devriez essayer de dormir.

— C'est ça, et attendre que l'autre dingue vienne finir le travail.

— Je vous ai déjà dit qu'il ne vous embêterait plus.

— Parce que vous lui avez piqué son flingue ? Il profitera de votre sommeil pour vous le reprendre !

— Je ne dors jamais tout à fait. »

Les larmes jaillissaient maintenant des yeux de Jemma. Elle enrageait d'être une femme, une stupide femme, dans un monde régi par les hommes, leurs bites et leurs armes, elle aurait voulu avoir des épaules et des poings d'homme pour casser la gueule au Bulgare et à tous les salauds de son espèce. Elle fouilla les poches de sa parka à la recherche de mouchoirs en papier, n'en trouva pas, s'essuya les joues d'un revers de manche.

« Je ne dormirai pas non plus après ce qui s'est passé, murmura-t-elle.

— Nous sommes bloqués ici jusqu'à demain matin. Autant essayer. »

Elle se résigna à suivre les conseils de Flamand et accepta qu'il tire son matelas à côté du sien. Elle n'aurait pas eu le courage de s'allonger s'il ne s'était pas placé entre Hristo et elle. Elle se coucha tout habillée et remonta les couvertures sur elle. Elle mit du temps à s'endormir, suspendue aux rumeurs de la nuit, tressautant au moindre craquement, imprégnée de l'odeur du Bulgare.

Sans les sapins alignés comme des sentinelles sur les bas-côtés, on se serait cru au cœur d'un désert blanc. Les roues traçaient d'impressionnantes ornières dans la neige encore molle qui recouvrait la route. Hristo avait empêché le camion de caler en jouant sans cesse des pédales d'embrayage et d'accélération. Il roulait au pas sur le plateau hérissé de pics et d'arbustes couchés par le vent et le poids des congères. Il valait mieux ne pas tomber en rade dans une telle désolation. Jemma portait une attention inquiète aux ratés du moteur. Bien qu'elle n'eût pratiquement pas fermé l'œil de la nuit, elle refusait de s'abandonner au sommeil qui lui tirait les paupières et lui pesait sur les épaules. Elle n'avait échangé aucune parole, aucun regard avec les deux hommes pendant le petit déjeuner servi par leur hôtesse, pudding et pain de seigle rassis, pommes de terre, miel et une matière grasse au goût rance présentée comme du beurre. Les enfants les plus jeunes étaient regroupés autour du poêle de la grande pièce, les plus grands étant partis avec leur père à l'office quotidien.

« Vous disposez d'un prêtre ou d'un pasteur, par ici ? » s'était étonné Luc.

La brève crispation de leur hôtesse n'avait pas échappé à Jemma.

« Pasteur évangélique. Venir avant la guerre. »

Elle leur avait servi une boisson brûlante au vague goût de café. Ils avaient pris congé avant le retour du mari et étaient repartis en pleine tempête de neige. À aucun moment les regards de Jemma et de Hristo ne s'étaient croisés. Elle s'était collée contre la portière, le plus loin possible du chauffeur, évacuant ses bouffées de colère d'un soupir ou d'un coup de poing sur la banquette. Elle n'aurait pas pu s'empêcher de lui planter ses ongles dans les yeux s'il s'était tenu à portée de main. Elle n'avait pas adressé non plus la parole à Luc Flamand ; elle lui reprochait toujours de l'avoir laissée seule dans la chambre en compagnie du Bulgare.

Ils roulèrent une partie de la journée sans qu'un mot ne fût prononcé. Ils parcoururent, d'après les panneaux, une soixantaine de kilomètres avant d'apercevoir les toits grisâtres de bâtiments qui ressemblaient à des casernements.

« Essence », marmonna Hristo.

Les constructions étalaient leurs formes anguleuses et disgracieuses derrière deux rangées de barbelés de quinze mètres de haut à demi occultés par le givre. C'était l'un de ces camps érigés en toute hâte au début de la guerre et laissés en l'état après le traité de Bratislava. Les formes d'engins militaires, chars, hélicoptères, camions, jeeps, se devinaient sous leurs bâches de neige. On ne distinguait en revanche aucune sentinelle sur les deux miradors restés debout. Le mince panache de fumée qui s'élevait d'une cheminée montrait que le cantonnement n'était pas désert. Hristo bifurqua sur la gauche, s'immobilisa devant un immense portail en tôle couronné de barbelés et donna deux fois de suite trois coups de klaxon. Le portail coulissa sur ses rails au bout de plusieurs minutes d'une attente silencieuse et crispante. Le Bulgare engagea son véhicule sur une allée centrale bordée de bâtiments symétriques. Deux silhouettes dévalèrent un court escalier, s'avancèrent au milieu de l'allée et, d'un geste du bras, lui ordonnèrent de s'arrêter. Ils portaient des capotes claires munies de capuches fourrées, des moufles de peau retournée, des bottes blanches et des fusils d'assaut en bandoulière, des M 19, des modèles américains.

Hristo descendit et échangea quelques mots avec eux avant de remonter dans la cabine.

« Eux vendre moi gasoil. Pas cher.

— Qu'est-ce qu'ils fichent dans ce trou ? demanda Flamand.

— Armée régulière européenne. Garnison. Garder le camp.

— Ils se font un peu d'argent de poche en revendant les stocks d'essence ?

— Pas seulement. Armes aussi.

— Ils n'ont pas d'ennui avec leur hiérarchie ?

— Officiers, hommes politiques, tout le monde toucher.

— Comme pour les déchets nucléaires que tu transportes ? »

Le Bulgare désigna les deux soldats d'un mouvement de tête.

« Eux vouloir flingues. Donner eux. Rendre quand nous partir.

— Je leur donne moi.

— Pas te connaître, pas vouloir. Seulement moi donner. »

Luc hésita quelques secondes, puis finit par sortir un pistolet de la poche intérieure de son manteau et le présenta à Hristo. Le chauffeur garda la main tendue.

« L'autre.

— Quel autre ?

— Toi dire avoir 9 millimètres.

— Faut pas toujours croire ce qu'on dit. »

La stupeur écarquilla les yeux sombres de Hristo, qui secoua la tête, comme pour se débarrasser d'un souvenir encombrant.

« Toi sûr ? Si eux découvrir arme toi, eux devenir mauvais. »

Luc confirma d'un mouvement de tête. Le Bulgare lui adressa un sourire mi-contrit mi-entendu avant de retourner près des deux hommes et leur remettre le pistolet.

« Vous… vous n'avez vraiment pas d'arme ? »

Jemma se rendait compte, avec effroi, qu'elle n'avait dû son salut la veille qu'à un coup de bluff.

« Qui vit par l'épée périt par l'épée, répondit Flamand. Je n'ai pas l'intention de périr par l'épée.

— Et s'il ne vous avait pas cru…

— Il aurait réalisé un coup double : il m'aurait flingué et vous aurait violée. Ça a marché parce que je lui ai donné le détail qui tue. Il m'a demandé où était mon 9 millimètres… »

Jemma frissonna. Le moteur continuait pourtant de tourner et de diffuser dans la cabine sa chaleur aux relents d'huile surchauffée.

« Vous jouez souvent à quitte ou double ?

— Quand je n'ai pas d'autre carte en main. Vous auriez préféré que je le laisse aller au bout de ses intentions ? »

Jemma regrettait maintenant de s'être montrée agressive avec Luc. Il avait pris des risques énormes pour la tirer des griffes du Bulgare.

« Vous pensez qu'il va vous le rendre ?

— Il a son propre code d'honneur. Il ne remettra pas sa défaite en cause. Il sait qu'il a perdu à la loyale.

— Et moi, il me voulait à la loyale ? »

Hristo buvait au goulot d'une flasque que lui avait tendue l'un des deux soldats. Aucun autre signe d'agitation dans le camp. L'engin qui avait dégagé les allées avait abandonné des talus d'une neige légèrement jaunie sur les côtés. La grisaille des toits se confondait au loin avec les nuages bas et lourds.

« Comme il vous juge plus faible que lui, il s'est cru autorisé à vous prendre. Il a vécu sur la côte bulgare, dans l'une des régions les plus touchées par la guerre. Il n'a toujours connu que le rapport de force.

— Vous l'excusez, on dirait…

— C'est un être humain, comme vous, comme moi. Il a eu une mère, des frères et des sœurs peut-être. J'essaie seulement de comprendre ce qui s'est passé en lui pour qu'il en arrive là.

— Et les légionnaires du Christ Roi, et les tortionnaires de tous poils, vous les comprenez aussi ? »

Les soldats et le chauffeur, alertés par l'éclat de voix de Jemma, levèrent les yeux sur le pare-brise du camion. Elle crut déceler une lueur ironique dans le regard de Flamand. Il posait d'ailleurs un regard perpétuellement détaché – agaçant – sur les événements et sur ses semblables.

« La peur est le dénominateur commun. Je crois que si les hommes cessaient d'avoir peur, aucun tortionnaire n'aurait le moindre pouvoir sur eux. »

Jemma faillit lui rétorquer que la disparition massive des enfants n'avait aucun rapport avec la peur, mais elle y renonça, se disant qu'il ne servait à rien d'argumenter – elle devait reconnaître en toute honnêteté qu'elle n'avait surtout pas envie d'être ébranlée par ses réponses. Elle préféra changer d'angle.

« Qu'est-ce que vous allez chercher, exactement, de l'autre côté de la frontière ? »

Le Bulgare but une nouvelle gorgée à la flasque métallique, retira l'un de ses gants pour allumer une cigarette, cracha une guirlande de fumée qui se confondit avec la buée s'échappant de la bouche des soldats.

« Des portes. Ou d'autres chemins.

— Vous m'offrez une cigarette ? »

Luc prit une cigarette dans le paquet posé sur le tableau de bord et la donna à Jemma.

« J'y reprends goût, à ces satanées clopes ! Elles ouvrent sur quoi, vos portes ? »

Flamand la fixa un long moment. Il n'y avait cette fois aucune trace d'ironie dans ses yeux clairs.

« D'autres mondes, peut-être… »

22

Matthieu

Matthieu et les autres barbouzes chargés de la sécurité de Léon T avaient été pris de court. On avait misé en haut lieu sur Arnaud Segura (nom de code : Léon T, suggéré par le troisième bureau d'influence) pour démasquer les moutons noirs des armées européennes et les dissidents de tous poils rassemblés sous la houlette du grand timonier (surnom également fourni par le troisième BI).

Flingué comme un rat de laboratoire dans sa cage, Léon T.

L'irruption du mystérieux tueur avait flanqué par terre un plan mûri de longue date et sur le point d'aboutir. Ça et la queue frétillante de Léon T, qui avait exigé de ses gardes du corps qu'ils se tiennent à distance pour pouvoir tranquillement sauter la militante du soir, une grande brêle à dentition et tête de cheval travaillant au ministère de l'Intérieur – Matthieu et ses collègues avaient pu vérifier une nouvelle fois que Léon T avait des goûts spéciaux en matière de plastique féminine. Ils lui avaient donc laissé le champ libre, comme toutes les nuits ou presque, résignés à regarder les ébats du grand timonier sur les écrans de surveillance installés dans l'appartement d'à côté. Ils avaient bien rigolé les premiers temps, commentant entre deux bières les figures plus ou moins acrobatiques exécutées par Léon T et ses dévotes. Ils n'ignoraient aucun détail intime de leur protégé, la taille et la forme de son engin, la durée et la fréquence de ses rapports, trois fois dix minutes par nuit lorsqu'il était en pleine forme, une fois trois minutes s'il oubliait d'ingurgiter ses potions aphrodisiaques, ses petites manies, fellation, sodomie, fessées, quelquefois chaînes, les grêles de gifles et de coups de poings qu'il faisait pleuvoir sur les maladroites et les récalcitrantes, les connes, elles ne l'en adulaient que davantage, son sommeil entrecoupé de réveils en sursaut, ses errances somnambuliques dans l'appartement plongé dans la pénombre, ses griffonnages rageurs sur les pages de son cahier d'écolier – il oubliait volontiers que ses écrits révolutionnaires avaient été rédigés par des experts en manipulation mentale, il se prenait VRAIMENT pour le théoricien de la nouvelle révolution. Matthieu et ses collègues s'étaient vite lassés : c'était comme se farcir le même film porno tous les soirs. Trois ans qu'ils avaient reçu l'ordre, de la bouche même du patron de la cellule antiterroriste, d'escorter Léon T dans chacun de ses déplacements. Trois ans qu'ils naviguaient entre Paris et Orléans, qu'ils assistaient aux coordinations nationales en se faisant passer pour d'anciens mercenaires convertis à la cause de la nouvelle révolution, les militants, indécrottables naïfs, gobaient tout ce qu'on leur racontait ; trois ans qu'ils écartaient (liquidaient en toute discrétion) les hommes et les femmes suspectés d'appartenir à des groupuscules rivaux.

Comment avaient-ils pu se laisser surprendre par le tueur surgi en pleine nuit dans l'appartement de Léon T ? Ils avaient ricané quand la grande brêle à tête de cheval avait regimbé. Déjà qu'elle n'était pas terrible, elle se montrait rétive, elle se refusait au grand timonier, elle lui renvoyait à la tête les maximes libertaires qu'il n'avait jamais écrites. Et puis la silhouette sombre était apparue, crachée par le néant. Matthieu et les autres avaient mis du temps à comprendre ce qui se passait. Beaucoup trop de temps. À leur décharge, ils pensaient Léon T à l'abri de toute intrusion dans son appartement fermé par une porte blindée et trois serrures électroniques. L'intrus avait tiré sans sommation, pistolet muni d'un silencieux, balle en pleine nuque, du travail de pro, puis il avait traîné la femme par le bras hors de l'appartement. La scène avait duré trois, quatre secondes. Bordel de merde ! avait hurlé Michel. Ils s'étaient élancés, mais ils n'avaient pas réussi à rattraper leur retard, un couple et ses deux gosses sortant de l'ascenseur les avaient ralentis sur le palier du deuxième, ils avaient seulement vu le tueur et la grande brêle disparaître dans une rue donnant sur le boulevard. En bras de chemise, imbibés de bière, ils avaient hésité à se lancer dans la nuit noire et battue de flocons gros comme le poing. Une indécision fatale. Qu'est-ce que vous attendez pour vous bouger, bordel ? avait hurlé Michel arrivé quelques secondes après les autres sous le porche. Michel souffrait d'asthme et d'obésité, raison pour laquelle sans doute il avait été nommé responsable du groupe. Ils s'étaient bougés, mais sans entrain. La neige avait déjà recouvert les traces des fuyards sur les trottoirs et, dès le deuxième embranchement, les moins quinze degrés les avaient dissuadés de continuer la poursuite. Ils étaient revenus sur leurs pas et avaient expliqué à Michel que le tueur et la fille avaient disparu, pas grave, on sait où choper la gonzesse, y a plus qu'à aller la cueillir à la sortie de son boulot.

« Ce mec est un pro, avait vitupéré Michel. Pas le genre à laisser des témoins derrière lui.

— Qui ça peut bien être ? » avait demandé Matthieu.

Une question stupide, il s'en était aperçu au moment même où elle s'échappait de ses lèvres craquelées par le froid.

« Si on te le demande… » avait maugréé Michel.

Ils savaient seulement qu'ils devraient rendre des comptes. Ils s'en tireraient au mieux avec une tache sur leur carrière, au pire avec plus de carrière du tout. Pas le moment pourtant de perdre son emploi dans un monde où le boulot se faisait plus rare qu'une dent dans la bouche d'un opposant passé à tabac dans les caveaux secrets de la STF. Seuls les seigneurs de guerre accueillaient à bras ouverts les anciens flics, les anciens militaires, les anciens barbouzes, tous ceux qui maniaient les armes et connaissaient les défauts de la cuirasse européenne. Quelques milliers d'euros à glaner dans l'affaire, deux chances sur trois de finir entre quatre planches les douze premiers mois (statistiques gracieusement fournies par les informaticiens de la Sûreté du territoire). Alors ils avaient mis au point un scénario qui minimisait leurs responsabilités dans la mort du « petit con », surnom qui s'était imposé de lui-même au bout de quelques mois de surveillance rapprochée. Selon leur version, le tueur était un ami de la militante draguée par Léon T, peut-être son petit ami, Léon T avait invité le couple pour une partie à trois, personne n'aurait pu prévoir qu'une minable histoire de fesses allait se terminer en drame, d'où le retard à l'allumage de l'équipe de surveillance. Pas terrible comme justification, mais ils n'avaient rien trouvé de mieux.

Matthieu n'était pas fâché, en son for intérieur, d'être enfin débarrassé de Léon T. Il aurait donné sa main à couper que ses collègues pensaient exactement la même chose. Il n'était pas entré à la STF pour jouer la nounou d'une marionnette qui avait une fâcheuse tendance à se prendre pour ce qu'elle n'était pas (la fable de la grenouille et du taureau, ou de la vache, ou quelque chose d'approchant, vieux souvenirs scolaires). Un sale gosse, Arnaud Segura, un fils de famille dévoyé qui s'amusait à la révolution comme d'autres se la jouaient artistes ou écrivains maudits dans les soirées branchées. Comme il était pourvu d'un certain charisme et totalement dénué d'éthique, les services secrets l'avaient rapidement récupéré pour agréger autour de sa personne tout ce que l'Europe ou presque comptait de contestataires et d'insoumis. La tactique faisait ses preuves depuis la nuit des temps : jeter un bel appât pour attirer tous les poissons dans les mêmes eaux, relever la nasse, trier, éliminer les éléments irrécupérables (prison, exécution), garder le menu fretin, les faibles, les trouillards, pour en faire des auxiliaires zélés, des maillons de la grande chaîne de surveillance.

Michel avait réveillé le patron de la cellule antiterroriste pour lui apprendre que l'appât avait disparu avant que les pêcheurs n'aient eu le temps de relever le filet. Son interlocuteur l'avait mal pris (Matthieu et les autres avaient entendu ses vociférations dans le portable) et avait convoqué tout son petit monde dans le bunker, la salle située dans le sous-sol d'un bâtiment de la Place Beauvau. IMMÉDIATEMENT. Ils s'y étaient rendus en voiture malgré l'épaisse couche de neige qui ensevelissait les rues en attente de salage. Les deux seules bagnoles à rouler dans un Paris défiguré en noir et blanc. Ils n'avaient laissé en planque qu'un homme, au cas, plus qu'improbable, où le tueur ou l'un de ses complices reviendrait sur les lieux du crime. Ils avaient tiré au sort pour désigner le petit veinard qui couperait à l'explication de texte dans le bunker ; Matthieu n'avait pas eu la chance d'être celui-là.

Ils n'avaient prononcé aucune parole dans les voitures, roulant des pensées sombres et frigorifiées. Les moteurs résonnaient comme des complaintes lugubres dans le labyrinthe pétrifié. Serré sur la banquette arrière, Matthieu avait l'impression d'errer dans un monde piégé par la fin des temps. Il n'avait pas passé beaucoup de nuits chez lui depuis qu'il travaillait pour la STF. Personne ne l'attendait dans son petit deux-pièces de Clichy. Quelques femmes étaient passées en coup de vent dans sa vie, toutes mariées, toutes convaincues de découvrir le grand frisson dans les bras d'un agent des services secrets (plus tellement secrets puisqu'il en parlait, mais il ne résistait pas à la tentation de se servir du mystère et des dangers de sa profession pour susciter l'intérêt de ces dames). Elles découvraient finalement qu'il n'était qu'un type comme les autres, ronfleur, gaffeur, pas très adroit de ses mains ni de sa langue, obsédé par sa bite, porté sur la bière et le foot, pas foutu de laver ses chaussettes et ses caleçons, début de double menton et de ventre, accès de violence incontrôlables, elles retournaient, penaudes, près de leurs maris après avoir laissé un mot sur la table de la cuisine, collé à la toile cirée par les restes de beurre et les taches de confiture, homme pour homme autant se blottir dans l'odeur et les pantoufles de l'ancien, autant reprendre le vieux râleur tanné par le temps. Matthieu n'avait pas trouvé la femme qui aurait accepté de frotter quotidiennement ses aspérités contre les siennes, qui aurait pansé ses vieilles blessures, qui lui aurait appris la vie à deux.

Il était entré un jour dans une agence matrimoniale, il avait été emporté par un torrent de mots et de cheveux blonds qui l'avait allégé de cinq cents euros avant de lui présenter des centaines de fiches. Le torrent lui avait organisé des rendez-vous avec une dizaine de candidates : chacune d'elles avait paru tétanisée par ses mots hachés et ses silences pesants, chacune d'elles s'était visiblement demandé si les agences matrimoniales n'étaient pas devenues des repaires de mythomanes et de psychopathes, chacune d'elles avait réfréné tant bien que mal son envie de s'enfuir en courant. Il n'avait pas remis les pieds dans l'agence, les filles d'aujourd'hui n'avaient pas assez d'imagination ni de compassion pour l'envisager comme mari, cinq cents euros foutus en l'air.

Place Beauvau, ils avaient dû sortir de la voiture pour montrer patte blanche aux plantons particulièrement tatillons, puis ils avaient foncé vers le bâtiment dont les sous-sols abritaient le bunker. Trois portes blindées et codées plus tard, ils s'étaient engouffrés dans la pièce basse dont la voûte arrondie et les murs s'habillaient d'un matériau isolant en principe à l'épreuve des bruits, des balles et des bombes. On n'était pas convoqué en pleine nuit dans ce sinistre cul-de-basse-fosse, meublé d'une longue table et d'une dizaine de chaises, pour un motif anodin.

Le patron les attendait, pas rasé ni coiffé, mine et costume froissés, chemise ouverte, écharpe rouge saupoudrée de pellicules, œil blême. Ses deux « assistants » se tenaient en retrait, debout, immobiles, vêtements sombres, cheveux ras, lunettes de soleil, caricatures de gorilles – ils avaient dans une autre vie servi de gardes du corps à un général serbe qui, parce qu'il devenait trop gourmand et puissant, s'était attiré les foudres du gouvernement européen. Le SAA, le syndicat autonome des agents, s'était ému un temps de la fâcheuse tendance des responsables des services secrets à s'entourer d'anciens criminels, puis, à l'issue d'une réunion discrète avec le ministre de tutelle, les délégués n'en avaient plus jamais reparlé. Matthieu et ses collègues n'aimaient pas ces cow-boys venus pour la plupart des régions de l'Est, toujours le doigt sur la détente, aucune éducation, aucune conversation, et, surtout, nettement mieux payés que les fonctionnaires réguliers.

« Quelqu'un peut m'expliquer ce foirage ? »

Matthieu décela, dans la voix encore calme du patron, les fêlures annonciatrices de l'orage. Michel s'épongea le front, putain, comment il faisait pour transpirer ? il ne devait pas faire plus de treize degrés dans le bunker, s'éclaircit la gorge et débita, d'un ton qui manquait singulièrement de conviction, le petit scénario mis au point avec ses hommes. Le patron ne l'interrompit pas, en apparence impassible, les yeux rivés sur ses doigts qui pianotaient sur le bois de la table.

« Une partie à trois, hein ? Vous vous foutez de ma gueule ? »

Sa fureur éclata tout à coup. Bien que Matthieu s'y fût préparé, elle le fit sursauter, comme si la foudre lui dégringolait dessus, comme s'il se prenait vingt mille volts dans les gencives. Il rentra la tête dans les épaules, ferma les yeux, tenta de se réfugier loin en lui-même pour se soustraire au fracas qui déferlait dans le bunker, mais la voix du patron ne lui fichait pas la paix, elle le harcelait, elle le piquait, elle le ramenait inexorablement vers la nuit maudite, vers le silence stupéfié, vers l'intense et terrible soulagement qui avait suivi le vacarme des détonations. Il chercha de l'aide dans le regard de ses collègues. Tous baissaient la tête et ployaient l'échine comme des sales mômes, merde, certains approchaient la cinquantaine, certains avaient des gosses de plus de vingt ans, comment pourraient-ils se regarder dans la glace en rentrant chez eux, comment pourraient-ils recouvrer un semblant de dignité ?

« DES INCAPABLEUS ! DES MINABLEUS ! JE VEUX DES AGENTS MOTIVÉS ET COMPÉTENTS DANS MES SERVICES, PAS DE BRANLEURS, PAS DE GLANDUS ! LÉON T ÉTAIT UN PION ESSENTIEL DANS NOTRE DISPOSITIF, VOUS M'ENTENDEZ, BORDEL DE MERDE, ESSENTIEL, VOUS SAVEZ AU MOINS CE QUE ÇA VEUT DIRE ? »

Matthieu s'était mis à trembler cette nuit-là. Son père, rentré aux alentours de minuit, avait d'abord levé la voix sur sa mère. Peut-être même qu'il l'avait cognée. Sûrement qu'il l'avait cognée, il la cognait toujours quand il avait un coup dans le nez, et il avait toujours un coup dans le nez, jusqu'à ce qu'elle s'effondre en larmes et en sang sur le carrelage marbré du salon. Il sortait tous les soirs pour se livrer à d'obscures activités de nettoyage (Matthieu avait compris plus tard que son père et sa bande de soiffards s'introduisaient dans les domiciles d'hommes et de femmes que la rumeur accusait d'avoir un temps pactisé avec les ousamas et les passaient à tabac) et il rentrait parfois avec du sang sur les vêtements et les mains – du sang autre que celui de sa femme.

« JE NE PEUX PAS GARDER DES INCOMPÉTENTS DANS MES SERVICES ! DES MECS QUI, À SIX, SONT PAS FOUTUS DE GARDER UN SEUL HOMME ! Y EN A DIX MILLE DEHORS QUI ACCEPTERAIENT DE SE COUPER LES COUILLES POUR VOUS PIQUER VOTRE BOULOT ! »

Matthieu serra les poings et les dents. La colère fredonnait dans ses veines. Si le patron ne fermait pas rapidement sa grande gueule, elle finirait par le déborder, il ne supportait pas qu'on lui crie dessus, c'était comme lui planter des milliers d'aiguilles chauffées à blanc dans les nerfs. Il parvint enfin à capter le regard de Michel, il y lut un mélange de résignation et de rage. Le pire était que cette séance, comme toutes les réunions, comme tous les briefs au sein de la STF, était filmée, filmée putain, qu'elle serait un jour projetée lors d'un séminaire de formation, que des candidats aux responsabilités se gausseraient de ces fonctionnaires pris en flagrant délit d'incompétence.

« QU'EST-CE QUE TU FOUS LÀ, TOI ? »

Matthieu était sorti de sa chambre. Son père, assis à la table de la salle à manger, se servait un verre de vin pendant que sa mère gisait et gémissait sur le sol. L'appartement ressemblait à un champ de bataille, chaises renversées, vaisselle brisée, coussins explosés. Les autres occupants de l'immeuble n'adressaient jamais de récrimination, ni écrite, ni orale, à ses parents, mais Matthieu décelait les reproches dans leurs yeux lorsqu'il les croisait dans l'escalier ou l'ascenseur.

« FOUS LE CAMP DANS TA CHAMBRE, PETIT CON ! TOUT DE SUITE, OU JE TE METS UNE TORGNOLE ! »

Son père n'avait pas eu son compte de violence. Il n'en avait jamais assez, sans doute parce qu'il ne se pardonnait pas d'être un moins que rien dans un monde où seuls les plus que tout étaient considérés, d'avoir manqué la guerre sur le Front Est, réformé pour instabilité psychologique, une terrible humiliation pour un homme qui avait désiré avec une telle ardeur en découdre avec les ennemis de la chrétienté. Pétrifié, Matthieu n'avait pas bougé. Son père avait vidé son verre avant de le fixer avec un rictus.

« T'es bien le fils de ta mère ! UN PETIT TROU DU CUL PLEIN DE MERDE ! FOUS LE CAMP, J'TE DIS ! »

Un geste mal contrôlé, il avait renversé la bouteille, le vin lui avait dégouliné sur la chemise et le pantalon, il avait poussé une bordée de jurons. Matthieu avait alors repéré le pistolet posé sur un coin de la table, un flingue à la crosse noire et au canon brillant. Son père le gardait toujours à portée de main. Au cas, sans doute, où un ousama sanguinaire surgirait dans l'appartement. Ses nerfs d'enfant s'étaient tendus, la course de vitesse s'était engagée dans son esprit. Il ne supportait plus de l'entendre brailler, il ne supportait plus de voir sa mère réduite chaque soir à l'état de loque. Son père s'était rendu dans la cuisine pour éponger le vin, titubant, soliloquant, oubliant son pistolet. Matthieu s'était avancé vers l'arme dans un état second. Il lui avait semblé que sa mère le regardait, l'encourageait.

« VOUS N'ÊTES QUE DES MERDES ! »

Il avait saisi le pistolet. Il avait vu maintes fois son père jouer avec, déverrouiller le cran de sûreté, viser un ennemi imaginaire, presser la détente, s'arrêter avant que le coup ne parte, imiter, d'un claquement de lèvres, le bruit de la détonation.

« SI T'ES ENCORE LÀ, PETIT CON, JE TE JURE QUE TU VAS LE REGRETTER ! »

La silhouette chancelante de son père était réapparue dans la salle à manger. Matthieu avait déverrouillé le cran et levé le bras. Ses gestes s'étaient enchaînés avec une fluidité terrifiante. Il avait pressé la détente, mais, contrairement à son père, il ne s'était pas arrêté en chemin. Le flingue avait craché une première fois. Matthieu avait à nouveau enfoncé la détente. Deuxième, puis troisième coup de tonnerre. L'arme avait hoqueté et failli lui échapper des mains, une chaleur intense lui avait irradié la main, l'avant-bras. Le silence était retombé sur l'appartement. Il n'avait pas vu s'affaisser son père, il se souvenait seulement de son corps gisant dans une mare de sang, le sien pour une fois.

« J'ESPÈRE QUE JE N'AURAI PAS BESOIN DE VOUS VIRER ! QU'IL VOUS RESTE ENCORE ASSEZ DE COUILLES POUR DÉMISSIONNER ! »

Les détonations s'étaient évanouies dans le silence, supplantées par un lugubre borborygme, un bruit de tuyau crevé. Le temps s'était suspendu. Quelqu'un avait bougé, sur sa droite.

« Mon Dieu, Matthieu, qu'est-ce que tu as fait ? »

Trop tard, impossible de revenir en arrière.

« Matthieu ! Qu'est-ce que tu fous ? »

Le coup de feu ouvrit un troisième œil sur le front du patron. La crosse de son arme chauffa, vibra dans la main de Matthieu. Ses collègues ne bougèrent pas, hébétés. Les deux balles suivantes frappèrent les gardes du corps qui avaient plongé la main dans l'échancrure de leur veste. Pas assez rapides, les mecs, pas terribles, les réflexes des tueurs venus de l'Est. Des INCAPABLEUS, des MINABLEUS eux aussi !

Un silence assourdissant redescendit sur le bunker.

« Nom de Dieu ! »

Michel et les autres auraient dû se ruer sur Matthieu pour le neutraliser, règle de base d'un bon agent, aucun d'eux ne leva le petit doigt.

« Il parlait trop fort, ce con, il me soûlait ! » murmura Matthieu.

Le silence à nouveau, bercé par les gargouillements. Du sang partout, sur la table, sur le matériau gris et lisse habillant les cloisons et la voûte. Le patron s'était figé dans une étrange position, la tête renversée sur le dossier de sa chaise, les bras croisés sur son ventre

« Qu'est-ce qu'on fait ? » souffla quelqu'un.

Le regard de Michel passa tour à tour de Matthieu aux trois cadavres. Une odeur doucereuse montait dans l'atmosphère confinée du bunker.

« On était grillés de toute façon. On fout le camp. Chacun pour soi. Bonne chance à tous. »

Ils savaient ce que ça signifiait : une fuite immédiate vers les frontières de l'Est ou du Sud, un exil sur un autre continent.

Les voisins avaient appelé les flics. Matthieu ne se rappelait plus ce qui s'était passé par la suite. Il n'avait jamais revu sa mère après cette nuit-là. Elle s'était suicidée en prison.

« Faut foutre le camp, Matthieu ! »

Il ne restait plus que Michel dans le bunker. Michel, qui jusqu'au bout se comportait en chef, en grand frère. Qui prenait sur lui le sang du patron, comme sa mère, des années plus tôt, avait pris sur elle le sang de son père.

23

« Bulgarie ! »

Le visage de Hristo s'était éclairé depuis qu'ils avaient passé Belgrade et aperçu le premier panneau indiquant la direction de Sofia. De l'ancienne autoroute ne subsistaient que de courts tronçons séparés par des pistes sinueuses. Les tempêtes de neige prenaient de vitesse les entreprises chargées de dégager les voies. Le temps exécrable qui régnait sur l'Europe avait le mérite de maintenir dans leurs tanières les milices et les bandes de détrousseurs. Le camion avait été arrêté et contrôlé à trois reprises en Slovénie et en Serbie. Hristo en avait été quitte pour distribuer quelques-uns des menus cadeaux qu'il avait pris soin d'acheter en France, des échantillons de parfum, des lunettes de soleil, des briquets, des stylos plaqués argent, des savonnettes. Les milices locales s'en étaient contentées et l'avaient autorisé à repartir. Les mines patibulaires des miliciens avaient inquiété Jemma, tout comme les regards brûlants des militaires dans la garnison des Alpes autrichiennes. Ceux-là ne voyaient pas souvent de femme, et s'il leur prenait l'envie de se jeter sur elle, personne ne pourrait les en empêcher. Elle ne s'était détendue qu'après avoir quitté le camp. Hristo avait rendu le pistolet au journaliste en remontant dans la cabine, mais elle se demandait si le Bulgare, qui s'était éclipsé un long moment avec les deux soldats dans l'un des baraquements, ne s'en était pas procuré un autre. Comme elle ne voulait à aucun moment rester en tête à tête avec le chauffeur, elle prenait ses heures de repos en même temps que Luc. C'était d'ailleurs une sensation agréable que de sentir la chaleur d'un homme près d'elle – elle surmontait désormais la répugnance engendrée par la crasse des draps et des couvertures. Agréable et perturbante. À chaque fois elle devait se raisonner pour ne pas céder à la tentation de se coller contre Luc. Elle feignait de le frôler par inadvertance quand elle se retournait, espérant qu'il profiterait de l'occasion pour lui glisser le bras autour de la taille et l'attirer contre lui, mais il ne réagissait pas, et elle se disait à nouveau qu'elle ne l'intéressait pas, que son pouvoir de séduction ne marchait plus que sur les chauffeurs et les militaires. Elle avait l'impression de perdre de vue la Jemma d'avant, la femme coquette, la commerciale ambitieuse, la maîtresse malheureuse, la mère éplorée, de ne plus pouvoir la reconstituer, ni par la mémoire, ni par la projection. L'Europe était devenue une immense page blanche et glacée sur laquelle sa vie avait cessé de s'écrire. Elle alternait les phases de colère, de découragement et de mélancolie. Colère contre le Bulgare chaque fois qu'elle le croisait, colère contre Flamand, coupable d'indifférence et de cynisme, colère contre elle-même, l'éternelle petite fille ballottée par les courants, la femme et la mère oublieuses. Les vents polaires balayant le continent européen avaient soufflé son passé et son futur, elle tombait dans son propre vide, elle ne pouvait s'accrocher ni aux paysages perdus dans leur uniformité blanche, ni à la main ni au regard de Luc. Elle ne parvenait même plus à reconstituer par le souvenir les atmosphères ensoleillées, colorées et chaudes des trois pays d'Europe du Sud, Espagne, Italie, Grèce, qu'elle avait visités à plusieurs reprises en tant que responsable commerciale de la BioFis. Comme si la glaciation avait aboli les différences.

« Paradoxalement, c'est le réchauffement qui a entraîné cette petite période glaciaire, avait expliqué Luc. La fonte des glaces a bloqué le Gulf Stream, qui a cessé de réchauffer l'Atlantique et provoqué un brutal refroidissement en Europe. Le reste du monde se partage entre inondations et désertification. »

Il leur fallut plus de six heures pour parcourir les pistes escarpées du massif de la Vitosa et redescendre vers les faubourgs de Sofia. Aucun signe de vie sur les plateaux battus par un vent tourbillonnant et hurlant. Les rares arbres qui avaient résisté aux bourrasques s'étaient pétrifiés dans d'étranges postures, les branches tournées du même côté et ployées par le poids de la neige. Des carcasses de voitures, de camions ou d'engins militaires gisaient entre les reliefs rocheux et dans les ravins. Ils avaient croisé deux autres véhicules, un chasse-neige qui, arrivant en sens inverse, avait obligé Hristo à effectuer une périlleuse marche arrière, un trente-cinq tonnes qu'ils avaient aidé à se dégager d'une ornière tapissée de glace. Le conducteur et les passagers du chasse-neige, trois hommes vêtus de passe-montagnes et de combinaisons fourrées de couleur jaune, avaient échangé quelques mots avec Hristo. Le chauffeur avait ensuite expliqué à Luc que la route était praticable jusqu'à Sofia.

Ils n'eurent d'abord qu'un maigre aperçu de la ville entre les rideaux d'arbres squelettiques, les congères, les palissades et les gigantesques hangars qui bordaient la route. La capitale de la Bulgarie, l'une des plus accessibles depuis la côte turque, avait subi un nombre incalculable de bombardements pendant la guerre et ne s'était pas relevée de ses ruines. On ne distinguait pratiquement aucune silhouette entre les collines de décombres, seulement d'innombrables colonnes de fumée noire.

« Voir quelqu'un maintenant. »

Hristo sortit de la route de contournement et prit la direction du centre-ville. Ils roulèrent un long moment dans un dédale de rues quasiment désertes et encadrées d'épaisses congères. Très peu de voitures stationnées le long des trottoirs, ensevelies sous un mètre de neige.

« On dirait une ville fantôme, murmura Luc Flamand. Où sont passés les habitants ? »

Hristo pointa l'index vers le bas.

« Vivre en dessous pendant hiver. Anciens abris et souterrains quand ville bombardée.

— Qu'est-ce que tu viens foutre ici ?

— Quelqu'un dire où moi livrer marchandise à Burgas. Et puis manger, bouffe bulgare, enfin. »

Ils s'arrêtèrent près d'un des rares immeubles restés debout. La neige s'était engouffrée dans le bâtiment par les multiples brisures et béances de ses parois de verre. Il dominait une forêt d'autres constructions dont il ne restait plus que les armatures métalliques rouillées et tordues, comme des doigts crochus et implorants levés vers le ciel.

« Venir avec moi si vouloir manger. »

Jemma n'était pas très chaude pour accompagner le Bulgare dans les entrailles de la ville, mais Luc avait l'air décidé à suivre Hristo et elle se voyait encore moins rester seule dans une cabine déjà envahie par le froid. Accueillie par un vent mordant en bas du marchepied, elle s'introduisit sur les talons des deux hommes dans une bouche arrondie et entourée d'une rambarde, l'entrée d'une ancienne station de métro. Ils s'engagèrent dans une galerie légèrement déclive après avoir dévalé un escalier droit et glissant, débouchèrent, une trentaine de mètres plus loin, sur une petite place octogonale aux murs carrelés d'où partaient sept autres galeries. Des hommes, des femmes et des enfants avaient élu domicile dans cet espace livré à la pénombre et aux courants d'air. Des restes de nourriture et des immondices jonchaient le sol, et Jemma crut entrevoir des récipients emplis de déjections derrière des pans de tissu. Ils durent enjamber des dizaines de corps allongés et recouverts les uns de couvertures, les autres de cartons ou de vieux journaux. Hristo repoussa avec dureté une vieille femme qui s'était précipitée vers lui, la main tendue, la bouche largement ouverte sur des gencives nues et noires. Ils empruntèrent une deuxième galerie éclairée tous les dix mètres par des ampoules sales pendues au bout de leurs fils. Plus ils s'enfonçaient dans le labyrinthe, plus la population se faisait dense et bruyante. Ils longeaient maintenant des boutiques creusées à même les parois qui proposaient aussi bien des produits de première nécessité, farine, eau, huile, pain, sucre, que des armes visiblement de piètre qualité ou un bric-à-brac d'objets incongrus, inutiles.

« Ils logent où, tous ces gens ? »

Hristo pointa cette fois le doigt vers le haut.

« Passages donner directement dans immeubles ou maisons. »

Les galeries devenaient plus larges, la foule plus clairsemée et les boutiques plus luxueuses à mesure qu'ils descendaient dans les profondeurs du sol. Les successions d'escaliers donnaient maintenant sur une véritable ville aux larges artères éclairées par les néons des enseignes. Des files d'hommes s'étaient formées devant des portes métalliques gardées par des costauds aux mines et aux épaules intimidantes.

« Bordels », expliqua Hristo.

Jemma entrevit des femmes exposées comme des marchandises dans les vitrines protégées par des grilles. Certaines d'entre elles lui parurent jeunes, très jeunes. Elle avait entendu dire, comme tout le monde, que les réseaux de prostitution, exploitant le chaos de l'après-guerre, avaient considérablement rajeuni leur cheptel, mais elle n'avait jamais été confrontée à la réalité. Et la réalité se superposa au souvenir de Manon ; elle imagina sa fille exhibée dans une vitrine semblable à celles qu'elle découvrait dans le ventre de Sofia, lumière tamisée et rougeâtre, vêtements moulants ou transparents, maquillages et poses outranciers, elle l'imagina offerte à la concupiscence des hommes, droguée, rongée par les sida mutants. Un flot de haine déferla en elle, veines en fusion, poings et mâchoires serrés, haine pour les hommes, haine contre elle-même qui avait donné une innocente au monde, un agneau de plus sous le couteau des immolateurs. Elle aurait disposé d'un flingue, elle aurait tiré dans le tas jusqu'à ce qu'elle ait épuisé son chagrin, jusqu'à ce qu'une balle vienne en retour lui exploser le cœur ou le crâne.

Hristo s'engagea dans une galerie étroite, se dirigea vers une entrée basse, parlementa avec deux cerbères dont les énormes flingues dépassaient du col de leurs vestes. Ils patientèrent jusqu'à l'ouverture de la porte métallique, suivirent ensuite un couloir où flânaient des odeurs mêlées de moisissures et de cuisine, traversèrent une première salle où des hommes jouaient aux cartes dans une ambiance sombre et enfumée. Certains répondirent d'un sourire, d'un signe de tête ou de main au salut de Hristo. Leurs regards acérés essayaient de se glisser dans le col de la parka de Jemma, remonté sur son visage. En bras de chemise pour la plupart, ils ne cherchaient pas à dissimuler les armes qu'ils portaient dans des holsters lacés sous leurs aisselles.

Ils passèrent dans une deuxième pièce en enfilade, plus grande, plus lumineuse, où régnait une agitation de ruche. Des serveurs en veste blanche, plateau en main, volaient entre les tables presque toutes occupées par des hommes et des femmes aux coiffures et tenues élégantes. La hauteur du plafond, la qualité des éclairages et la présence de plantes grimpantes faisaient oublier qu'on se trouvait quelque trente ou quarante mètres sous terre. Un serveur s'approcha de Hristo et, à l'issue d'une brève conversation, entraîna le chauffeur et ses deux passagers vers une table située à l'écart derrière une cloison de bois.

Lorsqu'il vit Hristo, l'un des deux hommes attablés se leva avec un large sourire et vint lui donner l'accolade. Petit, replet, cheveux frisés, yeux noirs, teint mat, énorme chevalière en or, chemise à large col, costume taillé dans un tissu précieux, laine mélangée de soie sans doute, allure de parrain, aussi volubile et démonstratif que le second était maigre, sombre et silencieux. D'un geste, il invita Luc et Jemma à s'asseoir. Le serveur les débarrassa de leurs manteaux, puis, quand tous eurent pris place autour de la table, il apporta une carafe de vin blanc et des verres à pied. Jemma trouva le vin exécrable, tout comme elle détestait les regards de ses vis-à-vis posés comme des oiseaux de proie sur son visage et sa poitrine. Elle avait l'impression qu'ils l'évaluaient, qu'ils projetaient de l'acheter, comme des maquignons. Le petit homme replet discuta un moment avec le chauffeur avant de se tourner vers Luc :

« Alors comme ça, vous voulez passer chez les ousamas ? »

Français impeccable, accent guttural. Luc but une gorgée de vin et alluma une cigarette avant de répondre.

« Nous avons l'intention de traverser la Turquie et de nous rendre en Syrie, dans la région de Damas.

— Pourquoi ? Vous êtes fatigués de la vie ?

— Vous avez entendu parler de l'armée des enfants ? »

Un voile de frayeur glissa subrepticement sur les yeux noirs de l'homme replet, une réaction surprenante de la part de quelqu'un qui régentait les quartiers souterrains de Sofia et qui tuait sans doute comme il respirait.

« Si j'étais à votre place, je n'irais pas fourrer mon nez dans cette histoire.

— Pourquoi ? »

L'homme se frotta les lèvres avec nervosité. Un étau se refermait sur la poitrine de Jemma. Elle commençait à souffrir de claustrophobie. Le restaurant souterrain ressemblait de plus en plus à l'antichambre de l'enfer. Elle voulait voir d'urgence le ciel au-dessus de sa tête, et surtout mettre la plus grande distance entre ces deux charognards et elle.

« Il se passe d'étranges choses là-bas. Les voyageurs qui en sont revenus ont dit qu'ils avaient bien vu des enfants, mais pas des enfants réels, des fantômes d'enfants. Et que ces fantômes voulaient boire leur âme.

— Par vengeance ?

— On peut lutter contre les hommes, pas contre les esprits.

— Vous croyez aux esprits ? »

L'interlocuteur de Luc se signa, un signe de croix orthodoxe, de gauche à droite. Les mafieux de tous les recoins d'Europe étaient frères en superstition ; ils comptaient autant sur la Vierge et les saints du paradis que sur la loyauté de leurs hommes et sur les balles de leurs silencieux.

« Croyez ce que vous voulez, mais n'allez pas de l'autre côté de la mer Noire », reprit l'homme replet avec véhémence. Sa chevalière martela la table à trois reprises. « Dieu a maudit à jamais les terres ousamas.

— Les gens continuent d'y vivre, pourtant.

— Pas les gens. Des démons. Ce sont les portes de l'enfer. Plus aucune herbe n'y pousse.

— Pas étonnant. Avec la pluie de bombes à uranium appauvri qui s'est abattue dessus. »

Sur un signe de l'homme maigre, deux serveurs apportèrent des assiettes de porcelaine, des couverts en argent massif, des serviettes blanches aux liserés dorés, une corbeille du pain blanc, une carafe de vin rouge et un plat contenant un ragoût au fumet appétissant.

« Restez plutôt dans le coin, ajouta l'homme replet. Vous m'êtes très sympathiques (regard appuyé en direction de Jemma) et, comme il n'y a plus vraiment de gouvernement en Bulgarie, Sofia offre pas mal d'opportunités.

— Qu'est-ce que vous entendez par opportunités ? » intervint Jemma. Elle aurait mieux fait de se taire, elle en était consciente, mais ces deux hommes et l'atmosphère du restaurant lui tapaient à ce point sur les nerfs qu'elle devait d'urgence soulager sa tension, et elle ne disposait pas d'autre moyen que la parole. « Enlever des gamines pour les placer dans vos bordels ou les vendre en Orient ? C'est ça, vos opportunités ? »

L'homme replet eut un large sourire qui dévoila quelques-unes de ses dents en or, Hristo, qui s'était jeté sur le ragoût avec frénésie, suspendit ses gestes et sa mastication, les yeux de l'homme maigre se chargèrent de réprobation.

« Ne croyez pas, s'il vous plaît, les ragots qu'on raconte à notre sujet, chère madame…

— Il m'a semblé apercevoir des filles, dans vos vitrines, qui n'ont pas plus de quinze ou seize ans. »

L'homme replet marqua le coup d'un deuxième sourire, plus crispé celui-là.

« La vue est un sens trompeur, chère madame. »

Bien qu'elle n'eût pas complètement évacué sa tension, Jemma n'insista pas. Luc lui adressa un regard à la fois implorant et complice. Le repas s'acheva dans un silence pesant, bercé par le brouhaha de la salle et rompu de temps à autre par de brefs échanges en bulgare entre Hristo et ses compatriotes. Le ragoût et le pain changeaient agréablement des nourritures insipides servies le long des routes européennes. Le vin rouge était meilleur que le vin blanc, et Jemma en but plus que de raison, besoin de s'étourdir, besoin de réchauffer son désert intérieur, besoin de foutre ses pensées en l'air, besoin d'exulter, d'oublier.

« Vous devriez lui apprendre à tenir sa langue, lança soudain l'homme replet à Luc en désignant Jemma. Les mots sont comme les explosifs : à manier avec les plus grandes précautions.

— Elle est libre de ses paroles et de ses actes, répliqua le journaliste.

— Dans ce cas, qu'elle ne vienne pas se plaindre des conséquences. Le repas est offert par la maison. Ravi de vous avoir connus. »

L'homme replet adressa encore quelques mots à Hristo, puis il se leva et, suivi comme son ombre par l'homme maigre, se dirigea vers la sortie de la salle.

« Vous cinglée parler comme ça à Emil ! gronda le chauffeur. Lui tuer quand se sentir insulté. »

Après avoir proposé du café, un serveur commença à

débarrasser la table. Luc alluma une cigarette. Jemma peinait à contrôler le cours de ses pensées.

« Je ne l'ai pas insulté, je n'ai fait que dire la vérité. »

Hristo la fixa dans les yeux, ce qu'il n'avait pas osé faire depuis les Alpes autrichiennes.

« Vérité pas toujours bonne à dire. »

On leur servit un café dont l'amertume déclencha chez Jemma un début de nausée.

« Vous beaucoup de chance : Dmitri vouloir tuer vous, ou droguer vous et mettre dans bordel, mais Emil de bonne humeur. »

Ils regagnèrent la surface. Quand elle fut à nouveau installée sur la banquette de la cabine du camion, Jemma ne gardait pratiquement aucun souvenir du trajet retour, aucun souvenir des galeries et des escaliers du ventre de Sofia.

Lorsqu'elle se réveilla, la nuit était pratiquement tombée sur les plaines blanchies par la neige.

24

Jacques

Vous dites que vous expérimentez toujours la souffrance.
Ce ne sont que vos pensées. Seul le bonheur existe.
Ce qui va et vient est souffrance.
Râmana Maharshi.

Jacques avait déjà mal au dos et aux fesses. Précédé d'une motrice chasse-neige, le convoi roulait à une allure soutenue. Il avait quitté la gare de l'Est cinq ou six heures plus tôt. Les voyageurs, assis sur le plancher ou allongés sur les sacs de jute, voyaient défiler les plaines enneigées par les nombreux interstices du wagon.

Jacques se demande encore ce qui a bien pu passer par la tête de Matthieu lorsqu'il a ouvert le feu sur le patron de la cellule antiterroriste. Et pourquoi ni lui ni ses collègues ne sont intervenus pour l'en empêcher, ou au moins faire semblant. La scène a certainement été enregistrée, leur passivité sera considérée comme de la complicité, ils se sont condamnés à l'exil. Les chrétiens fanatiques ont la mainmise sur les instances politiques et judiciaires européennes et peuvent à tout moment se retourner contre les agents de la Sûreté du territoire qui, quelques années plus tôt, ont tenté par tous les moyens de les empêcher d'arriver au pouvoir. Jacques faisait partie des hommes dont les évangéliques et leurs alliés guettaient la première faute pour les jeter en prison ou les éliminer de façon « accidentelle ». Les membres de l'équipe chargée de la protection de Léon T ont offert leur tête sur un plateau aux nouveaux maîtres de l'Europe. Il leur faut maintenant essayer de se sortir sans dommage du guêpier.

Jacques a prévenu sa femme par le portable, avec des mots brefs et concis parce qu'il sait le réseau cellulaire en permanence surveillé. Il est obligé de partir, il la contactera dès qu'il sera en lieu sûr, il se débrouillera ensuite pour la faire venir avec les enfants. Pas besoin de lui fournir d'explications détaillées : il a souvent évoqué devant elle l'éventualité d'un départ précipité. Il a récupéré les cinq mille euros piqués à des dealers et planqués dans une consigne de la gare Montparnasse avant de contacter l'un de ses anciens indics, un dénommé Théo, un spécialiste des filières clandestines à destination de l'Afrique, de l'Asie ou de l'Amérique du Sud.

Théo lui a donné rendez-vous dans un tripot clandestin où se disputent des parties de roulette russe. La règle en est simple. Une balle dans un barillet, six joueurs au départ, une chance sur six de se prendre le pruneau, paris sur le premier perdant, une autre balle dans le barillet, nouvelle partie entre les cinq survivants, nouveaux paris, et ainsi de suite jusqu'à ce qu'il ne reste qu'un survivant, le vainqueur, qui partage l'argent avec les parieurs gagnants, plus cinq cadavres dont on revend les organes aux trafiquants, une affaire juteuse. Originalité du concept : les joueurs, vêtus en tout et pour tout d'un slip ou d'un caleçon, ne tirent pas sur eux-mêmes, mais sur les autres, à environ six mètres de distance, ce qui laisse à chacun une chance (minime) de s'en sortir si le tir est mal ajusté, et donc de bénéficier d'un (petit) répit. Les agents de la Sûreté du territoire connaissaient bien entendu l'existence de ce tripot, comme des vingt autres de la région parisienne, mais ils ont reçu la consigne de ne pas intervenir pour le moment. Jacques et ses confrères savaient que les barons de la nuit parisienne bénéficiaient de complicités en haut lieu, et aussi que c'était une façon comme une autre de débarrasser l'Europe de ses parasites, les joueurs étant pour la plupart issus de la population des sans-abri.

Jacques a retrouvé Théo dans son bureau sombre aménagé dans les coulisses de l'arène souterraine. Environ 2 heures du matin, une partie allait bientôt commencer. La jeunesse des participants, des adolescents aux corps fluets, aux joues piquetées d'acné, aux côtes saillantes, a surpris Jacques. L'attrait du pactole, environ dix mille euros pour le vainqueur, était plus fort que la peur de la mort. La vie était la seule chose qu'il leur restait à perdre. Surpris, également, par la diversité de la foule massée sur les gradins en bois accotés aux murs. Des hommes et des femmes de tous âges, de toutes conditions, pauvres bougres alléchés par les gains, bourgeois à la fois excités et inquiets, mafieux reconnaissables à leurs énormes bijoux en or, artistes en quête de sensations fortes, parieurs invétérés aux regards fiévreux. De hautes parois faites d'un verre à l'épreuve des balles les isolaient des joueurs et les protégeaient des balles perdues. Deux femmes de ménage finissaient de nettoyer le sang de la partie précédente. Quatre projecteurs d'angle dispensaient une lumière agressive, le battement obsédant d'une musique techno dégringolait d'une dizaine de haut-parleurs suspendus. Jacques et ses collègues ont souvent enragé de ne pouvoir mettre un terme à ces jeux resurgis d'un passé barbare, mais chacune de leurs requêtes s'est heurtée à un refus sans appel de la hiérarchie.

Assis derrière son bureau, Théo l'a écouté sans se départir d'une moue sarcastique qui étirait son visage déjà long et osseux. Différents types de revolvers tapissaient les cloisons de la petite pièce éclairée par des spots encastrés dans le plafond.

« La roue tourne, on dirait. Tu m'as rendu service autrefois, et, ce soir, c'est toi qui as besoin de moi, pas vrai ? Seulement, j'ai pas grand-chose à te proposer pour l'instant.

— Y a urgence... »

Théo s'est redressé, a passé sa main sur ses cheveux gominés et tiré sur les manches de sa veste noire garnie de boutons de platine. Il est devenu élégant avec le temps, enfin, selon sa définition de l'élégance, lui qui a commencé comme simple pillard dans une caillera de la banlieue nord.

« J'ai une filière qui part ce matin pour l'Afghanistan.

— L'Afghanistan ? T'es ouf ! Je ressemble pas à un ousama. Dès qu'ils me verront, ils m'égorgeront comme un mouton. »

Théo a haussé les épaules et jeté un coup d'œil à l'arène par la lucarne de la pièce.

« Des conneries, tout ça. Tout s'achète, y compris les ousamas. Des guides te feront passer en Inde, puis, de là, à Hong-Kong ou en Australie si tu veux. J'ai rien pour l'Afrique. Rien non plus pour l'Amérique du Sud. Pratiquement plus aucun cargo ne s'aventure sur l'Atlantique depuis qu'il est devenu un pur champ d'icebergs. Je n'ai pour l'instant que l'Asie. Tu as toujours la possibilité de prendre l'avion : ça te coûtera entre trente et cinquante mille euros.

— Tu sais bien que j'ai pas cette somme. Et que, si je l'avais, elle servirait à payer le voyage de ma femme et de mes gosses. »

Théo a écarté les bras d'un air désolé.

« La misère des fonctionnaires… En ce cas, t'as qu'à prendre un train ou un bus régulier.

— C'est ça, et mettre plus d'une semaine pour passer une frontière. J'aurai tout le temps d'être arrêté ou flingué avant.

— De combien disposes-tu ?

— Cinq mille.

— Cinq mille ? »

Théo a réfléchi, les yeux toujours rivés sur la lucarne. Le public vociférait et tapait du pied sur le bois des gradins. Jacques a entrevu, par l'entrebâillement de la porte, les visages tendus et blêmes des joueurs.

« Pour cinq mille balles, je te propose l'aller jusqu'à Herat, une fleur que je te fais, crois-moi. Normalement, c'est le double. De Herat, il faudra te débrouiller pour passer en Inde. Là-bas, aucun problème pour trouver un job. D'après mes informateurs, y a plein de petits potentats locaux qui recrutent des gardes du corps confirmés, mille ou mille cinq cents euros la place, un super salaire pour le coin. De quoi te refaire la cerise et faire venir ta femme et tes gosses. »

Comme Jacques n'avait pas le choix, il n'a pas mis longtemps à prendre sa décision.

« C'est quoi le mode de transport ?

— Train et camion par l'Europe de l'Est jusqu'au Turkménistan, puis marche ou cheval à travers les montagnes jusqu'à Herat. Nourriture fournie.

— On part quand ?

— Dans… » Théo a levé les yeux sur l'antique pendule fixée au-dessus de son bureau. « … Trois heures. Rendez-vous au quai 26 de la gare de l'Est, zone marchandises. Quelqu'un t'accueillera sur place. Le mot de passe : *Herat.* Ça te laisse le temps d'assister à une partie. De parier si tu veux. Qui sait ? Tu gagneras peut-être de quoi t'offrir le voyage en zinc. »

Jacques a parié, et gagné, mais seulement quelques centaines d'euros. La boucherie entre les parois de verre l'a écœuré. Fasciné également. Les jeunes joueurs ont tellement tremblé au moment d'appuyer sur la détente qu'ils ont manqué leur cible une fois sur deux. Blessé à l'épaule, l'un d'eux s'est relevé, a pointé le canon du revolver sur un concurrent, mais il n'a pas eu la force de presser la détente et il a dû passer son tour (les joueurs ont dix secondes pour tirer ; ceux qui ne respectent pas les règles ou sont pris d'une panique incontrôlable sont abattus par les arbitres installés sur des chaises hautes surplombant les parois). Il a reçu le coup de grâce cinq coups plus tard, une balle en plein front qui lui a décalotté le crâne. Sa cervelle s'est répandue sur le sable de l'arène. L'élégante voisine de Jacques a poussé un petit cri, mais n'a pas détourné les yeux. Il a parié sur le 5, un garçon à la gueule d'ange et à la peau blanche qui a eu le bon goût de liquider l'avant-dernier concurrent, le n° 2, d'une balle dans le cœur.

Jacques a empoché les quatre cents euros au guichet avant de remettre les cinq mille euros à Théo et de se rendre par le métro à la gare de l'Est. Tandis qu'il se dirigeait vers l'extrémité du quai 26, un homme vêtu d'une casquette et d'un uniforme de la SECF a surgi de la nuit et s'est avancé vers lui, l'œil scrutateur.

« *Herat.* »

L'homme a hoché la tête et, après un bref regard autour de lui, l'a conduit, entre deux trains à l'arrêt, jusqu'à un wagon dont il a déverrouillé la porte coulissante.

Aucun des autres passagers clandestins n'a adressé la parole à Jacques, six hommes et quatre femmes, enfouis dans des écharpes de laine, d'amples manteaux et, pour certains, des couvertures. Pas d'humeur à parler, ses compagnons d'exil. Il les aurait volontiers branchés sur le confessionnal, la machine extraordinaire venue du Japon qu'il a essayée à plusieurs reprises sur des suspects accusés de crime et sur des opposants politiques. Sur l'écran se seraient affichées les images de leurs pensées, de leurs souvenirs, de leurs rêves. Il suffisait de poser une question aux prévenus : où as-tu caché le corps ? Qui as-tu rencontré hier soir ? Pour le compte de qui travailles-tu ? pour qu'aussitôt se forment les réponses sur le rectangle en ADN de synthèse, des lignes d'abord incohérentes qui s'agençaient peu à peu en esquisses, en visages, en paysages. Ensuite l'ordinateur triait les éléments et proposait des séries d'images chronologiques, cohérentes. Le confessional a déjà confondu une vingtaine de criminels et d'agents doubles depuis sa mise en service. Il repose sur la technologie déjà ancienne de la tomographie par émission de positons. Le logiciel transforme l'activité des astrocytes en informations, en diagrammes, puis la décode en images. Les résultats sont sidérants, surtout pour les prévenus, horrifiés de voir leurs pensées tout à coup matérialisées, leur esprit, ce sanctuaire qu'ils ont toujours cru inviolable, profané.

Le train s'arrêta dans une gare située en rase campagne. Jacques commençait à avoir froid et faim. Théo avait dit que la nourriture était comprise dans le voyage, mais ça avait tout l'air d'une promesse en l'air. Il fallait un réseau particulièrement ramifié et performant pour fournir des repas dans un chapelet de gares de marchandises disséminées entre Paris et le Turkménistan. Théo, avec ses airs de parvenu, n'avait sûrement pas la capacité de gérer une organisation d'une telle complexité. Puis, alors que Jacques commençait à subodorer une arnaque totale, la porte coulissante du wagon s'ouvrit dans un grincement, libéra un flot de clarté aveuglante et livra passage à une silhouette chargée de plusieurs sacs. Le temps que ses yeux s'accoutument à la luminosité brutale, Jacques reçut un colis empaqueté dans du papier journal. La porte se referma et la pénombre, striée par les rayons tombant des interstices, retomba sur le wagon. La livraison avait duré à peine dix secondes. Une chaleur intense se dégageait du colis et traversait les gants de Jacques. Il arracha le papier journal, dégagea trois barquettes en aluminium, un petit pain et des couverts en plastique enveloppés dans du cellophane. Il avait sous-estimé Théo – mais Théo n'était sans doute qu'un intermédiaire qui se contentait de toucher de modestes commissions. La lenteur des transports réguliers, l'omniprésence des milices, les contrôles renforcés aux frontières, la corruption généralisée avaient concouru au développement fulgurant des filières clandestines ; elles proposaient des voyages plus sûrs finalement que les agences officielles. Plus chers également.

Le repas délia les langues autant qu'il remplit les estomacs. Les voisins de Jacques, Renée et Sébastien, un couple originaire de Bretagne, fuyaient l'Europe parce qu'ils s'en étaient pris violemment aux missionnaires qui avaient transformé leur village en une chaire évangélique, qu'il n'y avait pas d'avenir pour eux dans un monde régi par les fanatiques. Après avoir rassemblé leurs économies, ils avaient rejoint Paris avec leur vieille guimbarde malgré l'état des routes et cherché une filière clandestine en direction de l'Asie d'où ils comptaient gagner la Nouvelle-Zélande. Ils ne regrettaient pas d'avoir abandonné leur maison, mais leurs familles leur manqueraient – leur manquaient déjà. Par chance, si on peut parler de chance, ils n'avaient pas encore eu d'enfants bien qu'ils fussent mariés depuis maintenant dix ans. Ils espéraient en avoir dans leur nouvelle vie, si Dieu le voulait, ils croyaient toujours en Dieu, pas en celui des évangéliques ni des extrémistes de tous poils.

Le train repartit et chacun se mit à raconter son histoire, comme si les mots avaient le pouvoir de réchauffer la température polaire qui régnait à l'intérieur du wagon. Assis à même le plancher, adossés aux sacs de jute, recroquevillés dans leurs écharpes, leurs manteaux, leurs couvertures, ils écoutaient d'un air grave les récits qui les confortaient dans leur propre décision. L'Europe était revenue aux temps de l'Inquisition, un recul jugé improbable, voire impossible, avant que les pasteurs aux yeux fous ne s'abattent sur le continent comme une nuée de criquets pèlerins. Les évangéliques n'avaient eu qu'à s'installer dans le vide spirituel laissé par une Église exsangue, rongée par ses querelles intestines et ses contradictions.

Henri, par exemple, originaire d'Orléans, avait milité pour une spiritualité libre de toute contrainte avant de recevoir la visite d'un commando du Christ Roi qui avait saccagé son appartement et exercé des violences sur son épouse et sur ses enfants. Il avait voulu porter plainte, mais, de retour du commissariat, il avait découvert son logis brûlé et sa femme assassinée. Ses enfants avaient disparu, sans doute enlevés et revendus à des réseaux mafieux. Lui-même avait échappé à la mort par miracle, parvenant à prendre de vitesse l'homme chargé de l'exécuter à coups de couteau.

Autre exemple, Jean, un Parisien pure souche, dont l'homosexualité, dénoncée par des voisins, lui avait valu un passage à tabac, une série d'humiliations publiques et un enfermement dans un camp de « redressement sexuel ». Il s'en était évadé en compagnie de deux codétenus et avait réussi à trouver le fric pour financer son voyage. Ses deux compagnons d'évasion n'avaient pas eu cette chance : repris par les miliciens d'un groupe extrémiste, ils avaient été massacrés à coups de crosses et de bottes dans la rue sous le regard indifférent ou résigné des passants. Il y avait aussi Anne-Marie, qui avait tenté de quitter un mari alcoolique et violent en emportant leur enfant. Rattrapée à la gare de Meaux, condamnée par le tribunal à quinze ans d'emprisonnement pour enlèvement, elle était parvenue à s'échapper à la faveur d'un terrible carambolage sur l'autoroute A4. Elle avait contacté l'un de ses amis d'enfance qui travaillait pour le compte d'un parrain de Seine-et-Marne. Il lui avait proposé une filière pour l'Asie. Elle avait hésité, puis accepté, même si les rumeurs faisaient de l'Orient un enfer pour les femmes. L'enfer, elle l'avait déjà connu dans cette ancienne patrie des droits de l'homme qui s'appelait l'Europe. Bien que différents, les récits racontaient tous la même histoire, parlaient tous d'individus qui s'étaient un moment écartés du groupe, isolés, sacrifiés, ou qui, comme Jacques, s'étaient retrouvés du mauvais côté de l'histoire.

La température continuait de descendre à mesure que le train progressait vers l'est. Il leur était impossible de savoir s'ils étaient encore en France, s'ils traversaient l'Allemagne ou la région tchèque. Le train s'arrêtait régulièrement pour décharger des wagons ou en accrocher de nouveaux au convoi. Les passagers clandestins avaient reçu pour consigne de garder le silence pendant les arrêts. Ils restaient suspendus aux bruits, crissements, grincements, claquements, chocs sourds, hurlements, coups de sifflet. La porte s'ouvrait de temps à autre, un employé de la SECF se glissait par l'entrebâillement, distribuait sans dire un mot la nourriture et les bouteilles d'eau avant de s'éclipser et de boucler le wagon. Jacques ne parvenait pas à se réchauffer. Ses vêtements, s'ils lui avaient permis d'affronter l'hiver parisien, n'étaient pas assez épais pour lutter contre le froid sibérien descendu sur les plaines d'Europe de l'Est. Il voyait, avec envie, ses compagnons d'exil s'emmitoufler dans leurs duvets ou leurs épaisses couvertures de laine. Il se demandait ce que fichaient sa femme et ses gosses à cette heure. Il ne croyait pas qu'elle viendrait le rejoindre malgré la promesse qu'elle lui avait tenue au téléphone. Son soudain exil ne ferait que trancher un lien qui s'était effiloché depuis des années. C'était une femme sensuelle, forte, exigeante, pas le genre d'épouse à se contenter d'un mari intermittent. Il regrettait surtout pour ses enfants, trois garçons qu'il n'avait pas vraiment connus, étant toujours par monts et par vaux, et qu'il ne connaîtrait jamais. Il lui fallait repartir de rien, de nulle part. Disperser les cendres du passé. Se construire une nouvelle existence. Renaître à l'âge de trente-trois ans. Il palpa, au travers de son manteau de cuir et de sa veste, son pistolet, son seul allié dans un monde inconnu, hostile. Il lui restait deux chargeurs, une trentaine de balles, il devrait les utiliser avec parcimonie.

« Vous voulez le partager ? »

La voix d'Anne-Marie le tira de ses pensées. À genoux devant lui, elle lui tendait le duvet qu'elle gardait en permanence enroulé autour d'elle. Sa beauté, dans le clair-obscur du wagon, le frappa. Il n'y avait pas prêté attention jusqu'alors, sans doute parce qu'elle n'était pas de celles qui s'imposent d'emblée, que les yeux devaient se dessiller pour la remarquer. Visage lisse, peau claire, cheveux châtains, yeux d'un brun délavé, à mille lieues des beautés qui se portaient retouchées et identiques dans les soirées mondaines.

« Vous pensez qu'il y a de la place pour deux, là-dessous ? »

Elle déroula le duvet sur le plancher.

« S'il n'est pas assez grand, on se réchauffera d'une autre façon. » Son murmure peinait à dominer le roulement lancinant du train. « Vous êtes en train de vous transformer en bloc de glace, et je ne voudrais pas avoir votre mort sur la conscience. »

Il accepta sa proposition d'un hochement de tête. Elle vint s'asseoir à ses côtés, étala le duvet sur leurs deux corps et se serra contre lui. Il laissa la chaleur l'engourdir progressivement avant de lui glisser à l'oreille :

« Et moi, je ne voudrais pas que vous me preniez pour ce que je ne suis pas. Je n'ai pas fait que des choses… bien dans ma vie.

— Vous avez tué père et mère ? »

Elle levait sur lui un regard pétillant d'ironie. Il aurait pu lui débiter les pires atrocités, elle aurait continué, sans doute, de l'écouter avec le même air amusé, comme si plus rien n'avait d'importance. La nuit allait bientôt tomber, les autres n'étaient plus que des ombres silencieuses éparpillées dans le wagon. On percevait un ronflement léger dans un coin, et, un peu plus loin, derrière deux sacs tirés en paravent, des froissements et des soupirs prolongés.

« Un chauffard s'est chargé de tuer mes parents il y a dix ans. Mais, dans le cadre de mon boulot, il m'est arrivé effectivement de liquider des gens. Et puis j'ai délaissé ma femme et mes gosses, je n'ai pas su m'occuper des miens.

— Je parie qu'en plus vous ronflez ! »

Anne-Marie éclata de rire.

« Ça vous amuse tant que ça ? »

Elle se serra encore contre lui et l'enlaça par la taille. Leurs gants et leurs vêtements, en se frottant, émirent des bruits incongrus.

« Nous laissons tous des histoires minables derrière nous, répondit-elle. Je ne suis pas non plus la femme martyre dont j'ai parlé hier. J'ai mené une vie d'enfer à mon mec. Les femmes ne cognent pas, parce qu'elles n'en ont pas la force, mais elles ont d'autres moyens de faire mal. Très mal. Mon gosse, je ne l'ai pas aimé. Il ressemblait trop à son père. Et puis, comme je n'avais pas de fric, j'ai couché avec mon ami d'enfance pour me payer mon voyage.

— Je parie qu'en plus vous ne savez pas cuisiner ! »

Ils rirent cette fois de concert.

« C'est bien parti pour nous deux, on dirait ! »

Elle rapprocha ses lèvres des siennes. Ils s'embrassèrent avec surprise et ravissement tandis que le convoi s'enfonçait dans l'interminable nuit des plaines de l'Est.

25

Le gouvernement de Bruxelles proclame que la menace ousama est désormais anéantie, que le conflit a renversé le gouvernement religieux et fédérateur de l'ancienne grande nation islamique, que le démon de la division a de nouveau morcelé les populations locales en tribus, en clans, mais nous n'avons plus aucun instrument de surveillance pour anticiper les éventuels regroupements de l'autre côté de l'ancien Front Est, nous n'avons plus les moyens d'expédier des satellites espions dans l'espace, plus aucun de nos journalistes, dont votre serviteur, n'ose s'aventurer dans une région du globe où la mort guette dans chaque ruine, derrière chaque rocher, bref, nous ne savons pratiquement plus rien des pays du Moyen-Orient. Je demande, avec solennité, à nos dirigeants de prendre leurs responsabilités, de mettre en place sans attendre un système de surveillance ou de prévention identique à la grande Muraille (une gigantesque clôture électrifiée) érigée par les Israéliens le long de leurs frontières orientales. Si gouverner c'est prévoir, alors, messieurs, efforcez-vous de voir plus loin que le bout de votre nez.

Jules-Jean Jacquin,
La Nouvelle Europe Libre.

Les bombardements ousamas n'avaient laissé des anciennes raffineries de pétrole que leurs structures métalliques rongées par le sel, le vent et les fientes des mouettes. Le port de Burgas, autrefois important selon Hristo, n'était qu'une succession de quais et de hangars plus ou moins défoncés qui abritaient de vieux bateaux de pêche et d'énormes tankers venus de Russie. La rouille régnait en maîtresse et maculait par endroits les épais bourrelets de neige accumulés le long des entrepôts. Si le port, l'ancienne porte de la Côte du Soleil, avait plus ou moins été relevé de ses cendres, la ville ressemblait à un terrain vague hérissé de congères, d'arbustes, d'habitations de fortune et de panaches de fumée chahutés par les rafales. La mer Noire portait bien son nom : elle réfléchissait toute la noirceur du ciel et s'étalait comme une immense tache d'encre entre les marges immaculées de ses côtes.

Hristo dirigea son camion parmi les véhicules et les wagonnets répartis sur les quais. Des dockers s'affairaient à décharger des remorques alignées devant les flancs ouverts des bateaux comme des animaux devant leurs mangeoires.

Luc désigna les hommes d'équipage d'un porte-conteneurs dont les bonnets étaient enfoncés jusqu'aux yeux.

« Ceux-là ressemblent plus à des Turcs qu'à des Bulgares.

— Commerce pas seulement avec Russie, expliqua Hristo. Sinon nous pas assez pour vivre.

— Je croyais que le commerce avec les ousamas était interdit.

— Plein de choses interdites en Europe… »

Le Bulgare arrêta le camion à l'entrée d'une jetée étroite faite de gros blocs de béton et bordée de chalutiers et de caboteurs.

« Bateau attendre là. »

Jemma et Luc suivirent Hristo sur la jetée balayée par une humidité glaciale et pénétrante. Des odeurs de poisson se mêlaient aux effluves de sel et de fioul. Jemma n'était pas fâchée d'en avoir fini avec cet interminable voyage, pas fâchée de sortir de la vie de Hristo. Le trajet s'était pourtant déroulé sans encombre entre Sofia et Burgas, mais le Bulgare, sa moustache, ses airs sournois et son camion lui sortaient par les yeux, le souvenir de son haleine sur sa nuque, de ses mains sur ses seins, de la pression de son ventre sur son dos et ses fesses, la hantait, la révulsait. Elle avait envie de nouveaux horizons, de nouvelles atmosphères. De nouvelles vies. Elle n'avait pas fermé l'œil de la nuit, ni quand elle s'était allongée aux côtés de Luc dans la couchette, ni quand elle s'était recroquevillée sur la banquette, inquiète, tourmentée, comme harcelée par une présence invisible. Elle avait pensé à Manon, au fantôme de Manon, et elle avait pleuré toutes les larmes de son corps, inconsolable soudain. Elle avait failli réveiller Luc, lui demander comment il pouvait pioncer pendant qu'une femme perdait toute sa peine à ses côtés, comment on pouvait se montrer aussi égoïste, puis elle s'était raisonnée, elle avait admis qu'il n'était pour rien dans son malheur, qu'elle resterait à jamais seule avec sa souffrance comme tout homme et toute femme sur cette terre.

Hristo s'engagea sur la passerelle d'un petit bateau de pêche à la peinture écaillée et à l'aspect peu engageant. Il n'y avait que deux hommes à bord, un vieillard au visage couturé de rides, un adolescent aux cheveux ondulés, aux yeux noirs bordés d'immenses cils recourbés. Mains et têtes nues, ils portaient des cuissardes et des cirés pardessus leurs vestes de laine. Hristo et l'ancien conversèrent quelques instants à voix basse, puis le chauffeur tira une enveloppe de la poche intérieure de son blouson et la tendit à son vis-à-vis. Le vieil homme la décacheta et recompta soigneusement les billets avant de les glisser dans l'échancrure de son ciré.

« Partir tout de suite. Nous arriver en retard. Eux attendre depuis deux jours. Mon flingue, maintenant. »

Luc rendit l'arme à Hristo sans barguigner. Le chauffeur s'en saisit avec vivacité et joua un petit moment avec le cran de sûreté. Jemma cessa de respirer jusqu'à ce qu'il eût fait disparaître le pistolet dans son blouson.

« Bonne chance. »

Ce furent les seules paroles d'adieu de Hristo. Il retourna sur ses pas en prenant soin de ne pas croiser le regard de Jemma. Son camion disparut derrière un grand tanker amarré au quai suivant.

« Bon débarras, murmura Jemma.

— Il nous a conduits à bon port, vous devriez lui en être reconnaissante.

— Reconnaissante ? » L'indignation tirait la voix de Jemma dans les aigus. « Ce... ce porc a voulu me violer !

— Allons-y. Ils attendent. »

Luc sauta sur le pont du bateau. Un vent violent se leva, des trombes de neige s'abattirent tout à coup sur le port, rendant la visibilité quasi nulle. L'adolescent aida Jemma à embarquer, puis entraîna les deux passagers vers la cabine étroite qui servait à la fois de poste de pilotage et de refuge, le seul abri visible sur le pont jonché de filets et de caisses. Équipé d'un treuil et d'un système de câbles en piètre état, le bateau ballotté par les vagues heurta sèchement les blocs de béton de la jetée. Le vieil homme n'attendit pas que la tempête s'apaise pour lancer le moteur. Il hurla quelques mots à l'adresse de l'adolescent qui alla aussitôt larguer les amarres et revint quelques secondes plus tard dans la cabine les cheveux et les épaules saupoudrés de flocons.

« Vous pensez vraiment que ce rafiot a la capacité de traverser la mer Noire ? »

Jemma avait été obligée de crier pour dominer le ronronnement crachotant du moteur. L'humidité se glissait sous ses vêtements et la pinçait jusqu'aux os.

« Ce n'est pas un caboteur en tout cas, répondit Luc. On verra bien.

— On ne verra rien du tout ! On sera morts de froid avant d'arriver sur l'autre rive !

— Il y a deux cent cinquante bornes jusqu'à Zonguldak en Turquie. L'affaire d'un jour et demi. Peut-être un peu plus si les vents ou les courants sont contraires. On est protégés de toute façon... »

Luc désigna la statuette d'une Vierge dorée fixée sur une étagère au-dessus de la large baie vitrée.

Les yeux de l'adolescent, oiseaux farouches et curieux, volaient sans cesse de l'un à l'autre. Âgé de seize à dix-sept ans, il avait un visage déjà tanné par l'air du large et le sourire facile, charmeur, légèrement frondeur. Le vieux les rejoignit dans la cabine, s'installa devant le poste de commandes et entreprit de sortir du port alors que, par la baie criblée de flocons, on distinguait à peine la proue légèrement surélevée. Il effectua les manœuvres sans encombre, il n'avait pas besoin de voir pour diriger son embarcation dans l'étroit chenal qui donnait sur le large. Ils croisèrent un chalutier imposant qui, rentrant au port, les salua d'un long et puissant coup de sirène. La neige estompait déjà le pont, les filets et les caisses.

« Je vais poser une question idiote, cria Jemma. Ça ne glace jamais, une mer ?

— Si la période glaciaire se prolongeait, une mer fermée comme la mer Noire pourrait être entièrement prise dans les glaces. Mais je ne pense pas que ça se produira. »

Le vieux se retourna et, tout en maintenant le cap, enveloppa les deux passagers d'un regard pénétrant, comme s'il venait seulement de prendre conscience de leur présence. Impossible de discerner quoi que ce soit dans ses yeux à l'indéfinissable couleur. Ils paraissaient éteints au milieu de son visage parcheminé – à force, peut-être, de contempler le soleil.

« Moi, en tout cas, je serai bientôt prise dans les glaces...

— On peut sans doute arranger ça. »

Par gestes, Flamand demanda aux deux Bulgares s'ils pouvaient leur fournir des couvertures. L'adolescent acquiesça d'un large sourire, ouvrit, sur une cloison de bois, un compartiment d'où il tira de vieilles couvertures matelassées. Jemma accepta celle qu'il lui tendit malgré les traces d'huile ou de graisse qui la maculaient. Elle s'en couvrit les épaules et la referma devant elle en s'efforçant d'oublier son aspect crasseux et son odeur fétide.

Le vent du large prit le bateau de travers au sortir du chenal et l'entraîna dans une violente gîte.

Bercée par le ronronnement du moteur et le léger roulis, Jemma ne pouvait se défaire de l'impression que Manon se serrait entre eux dans la minuscule cabine, une sensation physique, oppressante. Lorsqu'elle rouvrait les yeux, elle s'attendait à découvrir tout près d'elle le visage boudeur et la chevelure rebelle de sa fille. Mais, dans la nuit illuminée par une lune pleine et brillante, elle ne distinguait que les silhouettes de Ditmar, le vieil homme, de Valentin, son apprenti, et de Luc, allongé à ses côtés. La tempête de neige s'était interrompue environ une heure après leur départ et les nuages pourchassés par le vent avaient déserté un ciel fourmillant d'étoiles. Ils avaient dîné d'une soupe chaude et d'un morceau de pain au goût prononcé de sel avant de s'installer pour une nuit inconfortable sur le plancher de la cabine. Valentin et Ditmar se relayaient à la barre et se reposaient à tour de rôle, assis ou accroupis contre la cloison. Ils ne parlaient pas un mot de français ni aucune autre langue que le bulgare – hormis quelques mots d'anglais –, mais ils avaient réussi à échanger, avec leurs passagers, des bribes de conversation à grand renfort de gestes, de bruits et de mimiques. Luc et Jemma avaient cru comprendre qu'ils n'étaient pas vraiment pêcheurs, même s'ils jetaient de temps à autre les filets afin de prendre quelques poissons et de tromper la vigilance des gardes-côtes. Leur principale activité était d'acheminer du cannabis ou de l'opium entre les terres ousamas et l'Europe de l'Est. Valentin leur avait montré, avec une fierté juvénile et touchante, son pistolet, une antique pétoire dont on se demandait dans quel sens allait partir la balle. Parfois, ils transportaient des voyageurs clandestins en Turquie ou en Géorgie, ou bien ils faisaient passer en Europe des ousamas indésirables dans leurs pays.

Manon était vivante. Jamais Jemma n'avait ressenti avec une telle intensité sa présence. On pouvait tricher avec les sentiments, avec les émotions, pas avec la chair ni le sang d'une mère. Elle avait maintenant hâte de mettre le pied sur le sol musulman, hâte d'explorer ces contrées mythiques qui avaient pour nom Turquie, Syrie, Liban, et qu'une guerre dévastatrice avait coupées du reste du monde. D'elles on ne savait rien, sinon qu'elles avaient été partiellement ou totalement détruites, qu'elles n'étaient plus administrées par un gouvernement religieux et centralisé, qu'elles étaient livrées aux tribus, aux clans, aux hordes, aux trafics, au pillage, à l'esclavage, qu'il n'y régnait plus que la loi des armes. C'était là, dans ce chaos, sur ces terres de tous les dangers, que Jemma retrouverait sa fille, elle en était désormais convaincue. L'armée des enfants n'était peut-être pas une légende.

Incapable de rester en place, elle se leva, sortit de la cabine et se rendit dans un recoin du pont, isolé par une cloison et percé d'un trou qui, selon Ditmar, faisait office de toilettes. La nuit était paisible, le vent quasi nul, la lumière vif-argent de la lune et des étoiles se désagrégeait sur les crêtes dansantes des vagues. Jemma se défit de sa couverture, baissa son fuseau et s'accroupit au-dessus du trou. Elle s'était retenue pendant des heures, échaudée par sa mésaventure avec Hristo – Valentin et Ditmar étaient armés eux aussi. Cependant, l'adolescent semblait s'intéresser davantage à Luc qu'à elle. Les fesses cinglées par le froid vif, elle se releva après avoir vidé sa vessie et commença à se rhabiller.

Entrevit une silhouette quelques pas plus loin.

Se tendit jusqu'à ce qu'elle reconnaisse Luc.

« Vous m'avez fait peur, bredouilla-t-elle en achevant de reboutonner sa parka.

— Désolé. J'ai cru que vous aviez eu un malaise. Vous êtes sortie de la cabine avec une telle précipitation.

— Envie de faire pipi. Vous savez comment sont les femmes. »

Luc s'agrippa au bastingage et contempla la mer. Ses cheveux soulevés par le vent se dressaient comme les serpents d'une gorgone par-dessus le col relevé de son manteau de cuir. Jemma le rejoignit après avoir enfilé ses gants et passé la couverture autour de ses épaules.

« Les choses se passent plutôt pas mal pour nous, dit-il. Les conditions sont idéales pour une petite croisière sur la mer Noire, vous ne trouvez pas ? »

Jemma hésita quelques instants avant de se lancer.

« Je… je ne vous connais toujours pas, Luc Flamand. Parfois je vous prends pour un parfait salaud, parfois je ne sais plus quoi penser de vous. »

Il se renversa pour lâcher un petit rire aigu.

« Est-ce que vous savez déjà qui vous êtes ? »

Elle connaissait quelques aspects d'elle, ses réactions épidermiques ou sensorielles, ses désirs convenus ou inavouables, ses colères et ses lâchetés, quelques-unes de ses forces et presque toutes ses faiblesses, mais elle n'avait pas exploré ses terres intimes, elle n'avait jamais cherché à savoir de quelle source jaillissaient ses pensées, ses émotions, ses sentiments.

« Pas vraiment, je l'avoue, voire pas du tout. Mais j'ai l'impression que, de votre côté, vous vous ingéniez à entretenir le mystère. Vous n'êtes pas entré dans ma vie par hasard, n'est-ce pas ?

— Il faudrait pour ça que le hasard existe. » Il lâcha le bastingage et écarta les bras. « Que le hasard ait présidé à la naissance de ce monde. Que ce monde ne soit que le produit d'une explosion accidentelle.

— Je croyais que le créationnisme était réservé à des fanatiques obscurantistes comme les évangéliques.

— Il y a une multitude de voies entre le créationnisme et le hasard. C'est peut-être à l'une d'elles que nous conduit la disparition des enfants. »

Jemma rejeta d'abord avec force les paroles de Luc, comme si elles insultaient son intelligence, puis elle prit conscience qu'elles rencontraient un écho dans les profondeurs de son être.

« C'est la raison pour laquelle, je pense, les mouvements chrétiens s'intéressent de très près au phénomène, reprit Luc. Non qu'ils s'inquiètent des gosses disparus, mais ils redoutent, justement, l'ouverture d'une nouvelle voie. Une voie qui rendrait inutiles les religions, leurs dogmes et leurs hiérarchies. Une voie où ils cesseraient d'être légitimes. Une voie qui abolirait les peurs et les jugements. Une voie qui révélerait la vraie nature de l'homme, sa vraie relation avec l'univers.

— Et c'est quoi, la vraie nature de l'homme ? »

Luc haussa les épaules.

« Je n'en ai qu'une vague idée. Une intuition, si vous préférez. Je la cherche, comme vous.

— Oh, moi, je cherche seulement ma fille.

— Vous savez très bien que ce n'est pas vrai. Votre fille n'est qu'un prétexte. Vous m'avez suivi pour d'autres raisons.

— Qu'est-ce qui vous autorise à proférer ce genre de conneries ? » Jemma l'aurait volontiers giflé si elle n'avait pas été engoncée dans sa couverture et ses vêtements. « Vous n'êtes pas dans ma peau. Qu'est-ce que vous connaissez à l'amour maternel ?

— Vous m'avez suivi parce que votre relation à vous-même ne vous satisfait pas, continua Flamand. Vous habillez vos manques de plusieurs couches de vêtements, mais, sous tout ce fatras, il n'y a que vous, votre être pur. En me suivant, c'est vos déguisements de mère, de femme, d'amante, que vous avez entrepris de déchirer. Vous cherchiez à vous débarrasser de vos souffrances, de vos conditionnements, vous aspiriez à retrouver votre être pur, il vous fallait un prétexte, un mouvement. Je suis entré dans votre vie parce que vous m'avez appelé. Ou plutôt que nous nous sommes appelés. »

Jemma soupira.

« Votre discours me rappelle les trucs que j'ai lus sur un type qu'on appelait le Christ de l'Aubrac.

— Vaï Ka'ï ? On a dit tout et son contraire à son propos. Que son enseignement était un avatar risible du New Age, qu'il reprenait les vieilles lunes hippies, qu'il exhumait les antiques superstitions des peuples premiers, qu'il n'y avait aucun fondement scientifique ou simplement raisonnable dans sa démarche… Je crois qu'on l'a éliminé parce qu'en renvoyant chaque homme et chaque femme à sa liberté intérieure, à son nomadisme, il abolissait le temps linéaire, la peur, et donc la structure même de la société. Les gens de pouvoir et de savoir ont toujours intérêt à vous tenir éloigné de vous-même, à vous identifier aux structures, à vous maintenir dans les jugements, à vous boucler dans des prisons, psychologiques ou réelles. »

Les rafales de vent hachaient le ronronnement du moteur et la voix de Luc. Le bateau traçait derrière lui une blessure livide aussitôt cicatrisée par la mer.

« Je ne vois pas le rapport avec la disparition des enfants. Ni le rapport avec le Moyen-Orient…

— Nous avons toujours considéré que les enfants avaient été enlevés. Parce que nous sommes incapables d'imaginer qu'ils se sont séparés *volontairement* de nous. »

Les propos de Luc révoltèrent une nouvelle fois Jemma ; son indignation se volatilisa dans la sérénité de la nuit.

« Je vous répète que Manon n'aurait jamais eu le courage, ni même l'idée, de quitter la maison.

— On dit que les animaux ont un sixième sens qui leur permet de pressentir les catastrophes imminentes. Les éléphants, par exemple, se réfugient sur les hauteurs quelques heures avant un raz-de-marée ou une inondation.

— Vous ne pouvez pas comparer des enfants avec des… Hé, minute ! Vous ne voulez pas dire que… »

Jemma se tut, effrayée par les mots qu'elle s'apprêtait à prononcer.

« Que la disparition des enfants annonce un bouleversement radical, poursuivit Luc. La fin d'un âge. Peut-être la disparition pure et simple de notre monde. »

26
Cora

Cora n'aurait jamais dû monter dans ce train qui paraissait foncer tout droit vers l'enfer. Un enfer de neige et de glace, un enfer à la blancheur aveuglante, désespérante. Personne ne l'ayant priée de raconter son histoire, elle n'avait pas prononcé un mot depuis le départ de Paris, elle était la seule, parmi les passagers clandestins, à garder ses secrets. Ils ne semblaient même pas avoir remarqué sa présence. C'était préférable dans le fond : s'ils s'étaient intéressés à elle, s'ils l'avaient vraiment regardée, ils se seraient rapidement aperçus qu'elle n'avait pas encore quatorze ans. De loin, comme elle était assez grande et corpulente, on la prenait facilement pour une adulte, mais quand elle parlait, on s'apercevait aussitôt qu'on avait affaire à une fille qui avait toujours les deux pieds dans l'enfance. Sa voix fluette, sa moue boudeuse, son vocabulaire hésitant et ses expressions puériles offraient un contraste saisissant, presque obscène, avec sa poitrine et ses hanches. Un esprit de fillette dans un corps de femme. Elle se demandait si elle avait dormi une seule heure en trois ou quatre jours. Elle ne regrettait pas d'être partie, d'avoir piqué dix mille euros dans le coffre de son père et fui ce lieu de tourments qu'était devenu l'appartement familial, elle aurait seulement dû choisir une autre filière, un aller sans retour vers l'Amérique, son rêve de toujours, l'Amérique, le pays de la liberté, la grande démocratie où les enfants étaient rois, l'Amérique, le continent de tous les rêves.

Elle avait paniqué devant le mec qui l'avait introduite dans la filière, un dealer, un ancien de la caillera de Saint-Denis, tatoué et percé de partout – un anneau était même passé dans son gland, elle avait pu le vérifier quand il l'avait obligée à le sucer. Il avait affirmé qu'il n'avait rien pour l'Amérique, trop d'icebergs dans l'Atlantique, trop de tempêtes, trop d'incertitudes, qu'elle devait plutôt aller vers l'Est, qu'elle n'aurait pas de problème, une fois arrivée en Chine, pour gagner les États-Unis, vu que ces deux-là, l'oncle Sam et le géant jaune, étaient maintenant cul et chemise, elle trouverait bien un cargo pour traverser le Pacifique, moins cher, plus sûr. Ou alors elle pouvait attendre que les relations se réchauffent entre l'Amérique et la vieille Europe, l'affaire de deux ou trois ans vu que les prêcheurs en provenance de l'autre rive seraient bientôt aux commandes à Bruxelles. Dans deux ou trois ans, les vols réguliers, abordables, reprendraient entre les deux continents. Trop long, elle serait reprise avant, renvoyée chez elle ou plus sûrement dans un centre de redressement, elle devait foutre le camp d'urgence, elle avait de quoi payer. Les filières clandestines n'exigeaient ni papier ni âge légal, seulement du fric, du cash, hein, pas de chèques. Voilà comment elle s'était retrouvée en partance pour l'Afghanistan, c'est-à-dire dans la direction exactement opposée à celle qu'elle avait prévue. L'autre, pour sceller leur marché sans doute, l'avait forcée à avaler son sperme.

Dégueulasse. Aussi dégueulasse que celui de son père.

Ses parents étaient sans doute bouffés par le chagrin depuis qu'elle s'était effacée de leur vie, mais pas pour les mêmes raisons. Sa mère parce qu'elle avait perdu sa fille unique, son père parce qu'il avait perdu sa fille unique et sa maîtresse, sa petite poupée comme il l'appelait – tandis que maman restait sa « petite chérie ». Elle n'avait laissé aucune trace de sa disparition, aucun mot, aucun indice. Elle avait ressenti un matin la nécessité de partir, une sorte de vertige, un appel intérieur auquel elle n'avait même pas tenté de résister. Il fallait qu'elle s'échappe d'urgence de cette vie, de son monde, parce que son monde allait bientôt être englouti, comme ces terres escamotées en quelques secondes par les vagues géantes. Elle n'était pas fâchée de sortir des pattes de son père, qui venait la rejoindre dans son lit toutes les nuits ou presque depuis qu'elle avait l'âge de cinq ans. Pas fâchée non plus de ne plus voir, au réveil, le visage défait de sa mère, ses yeux embués qui savaient et qui ne disaient rien, de ne plus subir ses étreintes maladroites, de ne plus entendre ses sanglots étouffés. Son père, juge au tribunal correctionnel de Nanterre et chrétien fervent, ne faisait pas confiance aux banques. Il vidait régulièrement son compte pour empiler les liasses de billets dans un coffre et, quand il avait rassemblé une somme suffisante, il achetait des lingots d'or. Cachée derrière un paravent, Cora l'avait observé à plusieurs reprises en train de pianoter sur le clavier mural du coffre. Elle avait fini par mémoriser la combinaison. Elle avait souvent eu envie de le flinguer avec le pistolet qu'elle avait aperçu dans un tiroir de son bureau. À chaque fois qu'elle se couchait, une corde douloureuse se tendait entre son ventre et sa gorge. Elle redoutait le moment où la télévision se taisait, où le silence, l'oiseau de mauvais augure, descendait sur l'appartement, où le plancher du couloir craquait sous les pas familiers, où la porte de sa chambre s'ouvrait dans un grincement léger, où le courant d'air et la main redoutée se glissaient sous ses draps. Le reste, elle le supportait parce qu'elle cessait d'être Cora pour devenir un jouet, une petite poupée inerte qu'il tournait et retournait dans tous les sens. Pourquoi maman ne s'était-elle jamais engouffrée dans sa chambre, pourquoi n'avait-elle jamais défendu sa fille unique ? Il l'aurait battue, sûrement, mais le simple regard de sa femme, sa simple présence, l'aurait dissuadé de recommencer, parce qu'il aurait eu honte, Cora en était certaine.

Toujours le même roulement de tambour, toujours les mêmes vibrations qui transperçaient le plancher et se prolongeaient jusqu'aux extrémités de ses membres. Sa curiosité avait poussé Cora à ouvrir un sac de jute et à y plonger la main. Elle en avait retiré une poignée de petites billes taillées dans une matière souple et blanche qu'elle n'avait encore jamais vue. Elle avait entendu un passager dire qu'elles servaient à emballer les matières dangereuses comme les explosifs ou les déchets de plutonium. Même si les repas étaient régulièrement servis lors des arrêts dans les gares, elle pensait avoir maigri d'une dizaine de kilos, pas un mal, elle n'avait cessé de grignoter et de grossir à partir de ses douze ans, pressée sans doute d'émerger de l'enfance, de conquérir sa liberté de femme. Son père le lui avait reproché à plusieurs reprises, en termes si méchants qu'elle s'était effondrée en larmes. Je ne t'aimerai plus si tu deviens une grosse vache, tout le monde déteste les tas de graisse, tu me fais honte… Elle avait commencé un régime, comme si elle devait à tout prix continuer de lui plaire, comme si elle ne pouvait plus se passer de son regard, de ses attentions, de ses caresses, comme si elle ne voulait pas qu'il la délaisse et retourne près de sa mère. La haine se mêlait en elle au désir, à la jalousie et à la répulsion. Il l'avait corrompue, il avait confisqué son innocence. Elle ne serait jamais comme les autres filles qui s'émerveillaient d'un rien dans la cour de récréation ou dans la salle de classe. Elle enfouissait ses secrets au plus profond d'elle, elle posait sur les autres un regard déjà mort, elle n'attendait plus rien du monde parce que sa vie s'était bousillée nuit après nuit dans l'obscurité de sa chambre, elle était seulement saisie de crises terribles de violence qui lui donnaient envie de se crever les yeux ou de se planter un couteau dans le ventre. En dépit de ses sarcasmes, son père n'avait pas interrompu ses visites nocturnes. Lui non plus ne pouvait se passer d'elle. Elle se demandait ce qu'il serait advenu d'eux si elle n'avait pas décidé de foutre le camp.

Comme elle n'avait rien à faire et qu'elle ne dormait pas, Cora passait son temps à observer les autres occupants du wagon. Elle les connaissait moins par leur prénom que par leurs manies, leurs gestes, leurs réactions, elle voyait se former les couples et les groupes, se mettre en place les affinités et les rivalités. Elle s'amusait des précautions déployées par les couples pour se chevaucher derrière un paravent de sacs de jute, elle entendait parfaitement leurs soupirs, leurs gémissements, le frottement régulier des peaux et des chairs mouillées, tous ces bruits qu'elle ne connaissait que trop bien, elle ne comprenait pas pourquoi les femmes soufflaient si fort, comme si le plaisir les emportait elles aussi, elle épiait leurs têtes le lendemain, quand la lumière matinale s'invitait par les jours du wagon, elle se glissait entre leurs cheveux défaits, elle sondait leurs yeux chavirés, leurs sourires gourmands, leurs airs languides. Elle n'avait pas réussi, pas encore, à percer leur mystère.

Le train s'arrêta. Elle colla son œil contre un interstice de la cloison : il s'était immobilisé au beau milieu d'une plaine blanche qui s'étirait à l'infini et se confondait au loin avec le ciel. Elle pensa que le convoi allait repartir, comme d'habitude, au bout de quelques minutes, mais l'attente se prolongea, et les autres, d'abord calmes et silencieux, commencèrent à s'interroger, à s'agiter, à s'affoler. Un homme, un certain Jules, essaya de les ramener à la raison en affirmant que la motrice chasse-neige avait probablement des difficultés à déblayer la voie : la température descendait à moins trente ou quarante degrés dans les environs, et la neige accumulée sur les rails dressait de véritables barrages de glace. Toujours d'après Jules, on était au centre de l'Ukraine, l'ancien grenier à blé de l'empire soviétique envahi par les armées islamiques au début de la guerre et libéré par le traité de Bratislava. Ils avaient pu apercevoir, d'ailleurs, les vestiges des combats dantesques qui s'étaient déroulés sur les territoires entre la Pologne et l'Ukraine, les cimetières d'engins militaires en partie escamotés par la neige, les silos effondrés, les bourgs rasés, les gares en ruine. Et puis il y avait ce silence pesant que le roulement du train ne parvenait pas à briser, le silence assourdissant et lugubre des champs de bataille, pétrifié par le gel. Le traité de Bratislava avait rendu l'Ukraine à l'Europe, mais Bruxelles n'avait pas eu le temps de se pencher sur les misères de ce gigantesque terrain vague – qu'on disait en outre radioactif.

Le dernier repas avait été livré la veille à la tombée de la nuit. Le ravitaillement avait cessé d'être régulier depuis qu'ils avaient laissé derrière eux la région tchèque, mais ils avaient reçu au moins une livraison par jour, parfois dans des conditions rocambolesques, parfois en plein milieu de la nuit. Les corps dépensaient une telle quantité d'énergie pour entretenir le minimum de chaleur vital qu'ils avaient un besoin permanent de calories. Si la halte se prolongeait pendant un ou deux jours, les plus faibles n'y survivraient pas.

L'œil toujours collé à l'interstice du wagon, Cora avait maintenant la certitude que la filière clandestine ne menait nulle part, qu'elle n'irait pas au bout de son voyage. Elle ne s'en désolait pas, elle établissait seulement un constat lucide, vierge d'émotion. Elle se souvenait avec une étonnante acuité des mouvements de l'index (ongle noir) du dealer tatoué et percé sur la grande carte d'Europe punaisée sur le mur de sa piaule (foutoir insensé avec un lit au milieu). Si le convoi réussissait à atteindre sa ville de destination, Samara, les passagers devraient ensuite grimper à bord de camions qui traversaient le Kazakhstan et le Turkménistan, et, depuis l'agglomération de Mary, s'aventurer à pied ou à cheval sur les pistes montagneuses menant à Herat. L'hiver, tombé deux mois en avance, compliquait sérieusement les choses. Ensuite, il leur faudrait franchir les frontières pakistanaise et indienne, hermétiques depuis que les deux frères ennemis se déchiraient le Cachemire, et, enfin, tenter de poursuivre le voyage en direction de la Chine. Elle n'avait même pas le sentiment d'avoir été roulée : le décalage était énorme entre les organisations basées à Paris et les réalités du terrain. Les rabatteurs des filières mentaient seulement par omission. Comment pouvaient-ils s'assurer de la loyauté des chauffeurs et des passeurs russes, turkmènes, afghans ? Dire que certains n'avaient qu'à grimper dans un avion pour franchir en quelques heures des milliers de kilomètres. Mais, même avec cent mille euros, Cora n'aurait pas eu la possibilité de s'envoler pour l'Amérique : les aéroports militaires étaient les endroits les plus surveillés d'Europe, aucune chance pour elle, mineure et sans papiers, de passer au travers des mailles du filet.

Jules et un dénommé Jacques décidèrent de sortir du wagon et de remonter le convoi jusqu'à la motrice pour interroger le conducteur. D'autres passagers s'y opposèrent avec véhémence, en particulier Anne-Marie, la jolie femme qui soupirait très fort lorsque Jacques, son nouvel amant, jouait à la poupée avec elle.

« Vous serez gelés avant d'atteindre la loco, le conducteur risque de donner l'alerte, on ne doit révéler notre présence sous aucun prétexte. »

Mais Jules et Jacques persistèrent dans leur projet, disant que, s'il y avait un problème grave à l'avant, il valait mieux qu'ils le sachent et qu'ils puissent agir en conséquence.

« Et si le train redémarre pendant que vous êtes dehors ? avait demandé Anne-Marie, le visage creusé par l'angoisse.

— On aura largement le temps de remonter. » Jacques avait tiré son pistolet, « Ne t'inquiète pas, j'ai de quoi me défendre si on nous cherche des embrouilles.

— Comment allez-vous ouvrir le wagon ? »

Excellente question, dont Cora, elle, connaissait la réponse. Lorsqu'elle avait aménagé son espace, elle avait remarqué une trappe dans un recoin sans cesse soulevée par les déplacements d'air, donc mal rivée au plancher. Elle l'avait recouverte de deux sacs pour empêcher le froid de s'engouffrer dans le wagon, puis elle avait oublié sa présence tout simplement parce qu'elle n'avait pas envisagé de quitter sa cage avant Samara (la consigne était stricte). Elle hésita à se manifester. Elle n'avait jamais aimé parler, ni à la maison, ni à l'école, ni dans aucune autre circonstance. Parler l'arrachait au silence, parler la projetait vers l'extérieur, parler attirait les regards sur elle. Elle attendit que les hommes effectuent plusieurs tentatives infructueuses sur la porte pour se lever et s'avancer vers eux.

« Il y a une trappe, là… »

Elle accompagna sa déclaration, prononcée d'un tout petit filet de voix, d'un geste du bras. Les autres passagers se retournèrent vers elle dans le même mouvement. Elle rajusta le duvet qu'elle gardait en permanence sur elle, poussa les deux sacs accotés à la cloison, s'accroupit, tenta de soulever le panneau de la trappe, d'une largeur approximative de cinquante centimètres. Elle n'y parvint pas, ne trouvant aucune prise.

« Avec ça, peut-être. »

Jules s'accroupit à ses côtés, muni d'un couteau, ouvrit la lame qu'il glissa dans l'étroite fente, et, s'en servant comme d'un levier, souleva la trappe de quelques centimètres. Il suffit ensuite à deux hommes de la saisir par la tranche pour dégager complètement l'ouverture. Une bourrasque mordante s'engouffra dans le wagon. En contrebas, on distinguait à peine les traverses et le ballast prisonniers d'une épaisse couche de glace. Jules se glissa par la trappe, disparut sous le plancher, rampa sur la voie et, quelques secondes plus tard, déverrouilla la porte du wagon. Elle s'ouvrit dans son grincement habituel, libérant en même temps un flot de lumière aveuglante et un tourbillon d'air plus coupant qu'une nuée de lames de rasoir. Un large morceau de la joue de Jules s'était arraché au cours de sa reptation ; il ne s'en était pas rendu compte. D'un côté il ressemblait à l'un de ces écorchés que Cora avait étudiés en classe d'observation de la nature.

« Fait vraiment froid… »

Il parlait sans desserrer les mâchoires, de peur de déchirer ses lèvres gelées.

« On y va. »

Jacques descendit du wagon après avoir déposé un bref baiser sur le front d'Anne-Marie.

« Je reviens tout de suite. »

Les deux hommes s'éloignèrent en direction de l'avant du convoi. Leurs pas crissaient sur la neige dans laquelle ils ne s'enfonçaient pas. Quelqu'un proposa de refermer la porte afin d'isoler le wagon de la froidure extérieure. Anne-Marie objecta qu'il fallait la laisser ouverte au cas où le train redémarrerait et que Jules et Jacques devraient le prendre en marche. On lui promit qu'on la rouvrirait en grand dès qu'on percevrait la première secousse, le premier ébranlement. Elle y consentit, consciente que, si on ne le barricadait pas, le wagon se transformerait rapidement en chambre froide, et ses passagers en viande congelée. Deux hommes commencèrent à tirer la porte coulissante.

« Attendez ! »

Cora avait à nouveau perçu le murmure, un appel qui lui demandait, qui lui commandait de sortir de la cage. MAINTENANT. On l'attendait quelque part au milieu de l'océan de blancheur. Si elle en avait appelé à sa raison, elle aurait jugé cette idée parfaitement stupide. Personne ne pouvait survivre dans un tel environnement, pas même les peuples inuit ou lapons habitués à survivre sur la banquise. Ici, il n'y avait pas de phoque, pas de morse, pas de poisson, aucune ressource. Pas plus que les autres régions européennes, les plaines ukrainiennes ne s'étaient préparées à affronter la nouvelle période glaciaire.

« Qu'est-ce que tu fais ? Tu perds la boule. »

Un des deux hommes lâcha la porte pour la saisir par les épaules et tenter de la retenir dans le wagon. Elle lui échappa en se contorsionnant dans tous les sens et en lui abandonnant son duvet, bondit hors du wagon, atterrit lourdement sur la neige, perdit l'équilibre, roula sur elle-même.

« Reviens ! »

Elle se releva et s'épousseta sans tenir compte de l'ordre (davantage une supplique qu'un ordre), sans se soucier non plus des chapelets de piqûres qui grimpaient à l'assaut de son front et de ses joues. L'engourdissement la gagnait déjà, elle ne sentait plus ses pieds ni ses mains, le filet d'air qu'elle inhalait lui brûlait la gorge et les poumons.

« Reviens, bordel, tu vas crever dehors ! »

Elle salua d'un geste de la main les passagers agglutinés dans l'entrebâillement de la porte, puis marcha à son tour vers l'avant du convoi. Au loin, les silhouettes vacillantes de Jules et Jacques progressaient le long du train, le seul trait sombre, le seul repère dans la blancheur éclatante unissant ciel et terre. Cora se dissolvait déjà dans le silence et le froid qui l'environnaient de toutes parts, s'insinuaient en elle, isolaient chacune de ses cellules.

Le murmure résonnait avec une netteté surprenante, son harmonie lui ravissait l'âme, ses larmes gelaient instantanément sur ses cils. Là, tout près, commençait un univers à l'ineffable beauté, un univers où les hommes étaient délivrés de leur chair et de leurs tourments, un univers où n'existaient plus de pères ni de mères ni de petites poupées, seulement des êtres joyeux et libres.

Ses jambes continuèrent de la porter bien qu'elle perdît conscience de son corps. Elle longeait la muraille sombre du train, elle ne marchait plus sur la neige, mais sur un chœur de vibrations chaudes, bienfaisantes.

Une ombre se dressa devant elle :

« Tu vas où ? »

Elle ne répondit pas.

« Les conducteurs sont morts, reprit l'ombre. La loco a explosé, t'entends, explosé ! Les secours vont mettre des jours à venir. On est dans une sacrée merde. Eh, où tu vas ? Reviens ! Reviens ! »

Elle se rendit vaguement compte qu'elle s'éloignait du train. Les voix l'attendaient dans le cœur de la blancheur. Elle était déjà passée dans l'autre monde. Un monde d'où elle ne reviendrait pas.

27

Étalée sur les collines aux courbes douces bordant la mer Noire, Zonguldak avait dû être une très belle ville avant la guerre. C'était un port et un centre houiller importants, réputé pour ses grottes et gouffres souterrains, sur lequel les Occidentaux s'étaient acharnés et qu'ils avaient réduit en cendres. D'énormes cratères béaient sur les flancs des collines décharnées. La neige, moins épaisse qu'en Bulgarie, dévoilait des bandes d'une terre noire où pas un arbuste, pas une herbe ne poussait. Le sol mettrait sans doute des centaines d'années à se remettre des pluies de bombes à uranium appauvri, des pollutions radioactives et chimiques. Les habitants avaient tenté de relever quelques habitations, mais ils avaient abandonné en cours de construction, soit parce qu'ils étaient morts, soit parce qu'ils n'avaient pas eu d'autre choix que de fuir une contrée désormais stérile. Le vent et la glace démantelaient les assemblages fantomatiques de bois, de brique, de toile, comme si les éléments avaient décidé d'éradiquer toute trace de présence humaine dans cette région ruinée par les hommes.

Le bleu limpide du ciel s'était dilué dans la mer, le soleil pâle, hautain, ne parvenait pas à réchauffer l'atmosphère. Ditmar avait dirigé son bateau au milieu de la flottille de barques ancrées dans une baie relativement abritée, puis l'avait amarré à une jetée de bois rudimentaire. Plus loin, sur une grève parsemée de plaques de neige et de glace, les pêcheurs réparaient leurs filets ou enduisaient d'une substance noire les embarcations retournées. Maigres, coiffés de bonnets, vêtus de plusieurs couches de haillons, ils tiraient pratiquement tous sur de petites pipes bourrées, à en juger l'odeur, de cannabis. Ils levaient sur Luç et Jemma des regards brûlants de curiosité, mais totalement dénués d'animosité. Si les touristes s'étaient bousculés à Zonguldak avant la guerre pour visiter les grottes et profiter des plages, les Turcs n'avaient pas dû voir beaucoup d'Européens de l'Ouest depuis une quarantaine d'années. Des Occidentaux, ils n'avaient aperçu que le ventre de leurs bombardiers et les terribles feux d'artifice tirés dans les rues de leurs villes. Leur pays avait réclamé avec force son adhésion à l'Union européenne et reçu, en réponse, des tonnes et des tonnes de bombes. Ils semblaient encore stupéfiés par le vacarme et la chaleur des explosions.

Après avoir salué quelques-uns des pêcheurs, Ditmar, Valentin et leurs deux passagers se dirigèrent vers les baraquements de toiles, de tôles et de planches entassés au pied des collines le long de la plage. Le cœur de Jemma battait la chamade depuis qu'elle avait aperçu les lignes noires et blanches des côtes turques. En elle bruissaient toutes les rumeurs qui couraient en Occident sur le fanatisme ousama, sur le sort réservé aux femmes adultères, aux femmes tout court, aux voleurs, aux infidèles, sur leur férocité, sur leur sauvagerie. Bouche en cul de poule, index dressé, des intellectuels proclamaient que l'islam était une religion rétrograde, stupide, que les Bédouins étaient tout juste bons à enculer leurs chameaux dans le désert, qu'ils étaient les ennemis de la démocratie et du pardon, qu'il fallait les détruire avant qu'ils ne détruisent les fondements de la vraie civilisation, et leurs mots s'étaient fichés profondément en Jemma, ils avaient irrigué son esprit tendre de petite fille, ils étaient entrés pour une part non négligeable dans le ciment de sa personnalité. Elle avait toujours vécu avec cette pensée que les musulmans étaient des êtres mauvais, diaboliques. Ils avaient supplanté les monstres des contes, ils avaient hanté ses cauchemars d'enfant, ils étaient devenus les symboles, l'axe du mal. Elle prenait conscience, en croisant les regards des pêcheurs acharnés à survivre, qu'elle s'était nourrie de peur et de haine, qu'elle avait souhaité la guerre de toute son énergie d'enfant, qu'elle avait aspiré, comme les mères, comme les épouses, comme les filles, au sacrifice de millions d'hommes sur le Front Est. Maintenant qu'elle foulait leur sol, maintenant qu'elle marchait parmi eux, elle n'avait plus aucune raison de les craindre. C'étaient des hommes dignes, qui s'accrochaient à la vie malgré des conditions impossibles, qui bravaient chaque jour les vents glacés de la mer Noire pour nourrir leurs familles. Leurs visages brûlés par le soleil et le gel exprimaient le courage et la bienveillance. Quelques-uns lui adressaient de larges sourires sans le moindre soupçon de grivoiserie ; ils paraissaient seulement ravis de croiser une étrangère, un peu comme les occupants de l'arche de Noé voyant revenir la colombe avec son rameau d'olivier dans le bec.

Jemma et Luc s'engagèrent sur les talons des deux Bulgares dans une allée qui s'enfonçait en sinuant au milieu des baraquements. Une nuée de gosses jaillirent des venelles transversales et grossirent en escorte agitée et bruissante. On apercevait, par l'entrebâillement des portes ou des fenêtres, des femmes vêtues de robes aux couleurs criardes, affairées devant des fourneaux en pierre ou accroupies près de tables basses, leurs chevelures enfouies sous un ample foulard. Assises autour de foyers où rougeoyaient les braises, des anciennes bavardaient entre elles en fumant des cigarettes ou des pipes, lâchant de temps à autre des rires tonitruants qui ouvraient en grand leurs bouches édentées.

Ditmar et Valentin entrèrent sans hésitation dans une baraque plus grande que les autres, construite également avec des matériaux de meilleure qualité – pierres, poutres, huisseries et cheminées probablement récupérées dans les maisons et les immeubles démolis.

Les gosses suivirent Luc et Jemma jusqu'à la porte d'entrée, mais n'en franchirent pas le seuil. À l'intérieur, dans une première pièce au sol recouvert de plusieurs tapis, régnait une chaleur agréable diffusée par deux poêles dont les foyers laissaient échapper des lueurs rougeâtres. Un homme écarta une tenture et se dirigea vers Ditmar à qui il donna l'accolade. Il portait une veste chinée par-dessus une tunique au col brodé d'or, un pantalon bouffant, des chaussures à bout pointu ainsi qu'une toque en astrakan. Une barbe blanche soigneusement taillée encadrait son visage foncé, lardé de rides, criblé de minuscules cratères. Il ne cherchait pas à dissimuler, au contraire, le pistolet à la crosse nacrée glissé dans la large ceinture de tissu nouée autour de sa taille. Ses yeux noirs et farouches se posèrent tour à tour sur Luc et Jemma. Après une brève discussion avec Ditmar, dans une langue qui ressemblait au bulgare, il s'avança vers les visiteurs européens.

« Ditmar me dit que vous êtes les deux Français qui veulent traverser la Turquie et passer en Syrie…

— Je ne pensais pas que nous trouverions dans le coin quelqu'un qui parlerait aussi bien français », fit Luc.

Le Turc apprécia le compliment d'un sourire qui dévoila une dentition où se mêlaient à parts égales l'ivoire et l'or.

« Mehmet Okur, pour vous servir. Avant la guerre, j'étais professeur de français à l'université d'Ankara. Spécialiste de la période des Lumières, Diderot, Voltaire, Rousseau. La guerre a rasé le territoire turc. Et tous les pays musulmans jusqu'à la frontière pakistanaise, Arabie, Syrie, Jordanie, Yémen, Somalie, Éthiopie, Oman, Irak, Iran, Afghanistan. Il ne reste plus une seule université entre Izmir et Kaboul, entre Zonguldak et Aden, entre Mashhad et Addis Ababa. Les habitations et les villages encore debout sont régulièrement pillés. Seules les réserves pétrolières ont été épargnées, gardées par l'armée américaine aidée de quelques tribus. Nous n'existons plus, nous n'avons plus de gouvernement, plus aucun vestige de ce que nous appelions autrefois l'État. Mais je manque à tous mes devoirs… »

Il les invita à passer dans une deuxième pièce meublée de divans, de tapis, de tentures, de narguilés, de tables basses en argent, d'un poêle au tuyau rouillé et coudé, les pria de s'asseoir, frappa à trois reprises des mains, donna des ordres brefs à la femme qui s'était avancée et reprit la conversation là où il l'avait laissée :

« Des centaines de tribus et de clans se partagent maintenant le territoire. Nous en sommes revenus au nomadisme d'avant l'islam. C'était d'ailleurs le but des stratèges chrétiens : nous effriter, nous morceler. Les premiers triomphes nous ont rassemblés, la résistance acharnée des Européens a ressuscité nos vieux démons tribaux. Il faudra des siècles pour reconstruire ce qui a été détruit. Nous avons oublié un temps nos divergences pour nous rassembler, sunnites, chiites, ismaéliens, mais c'était une unité de façade, et l'islam mourra peut-être avant que nous puissions la reconstituer. Toutes les religions sont destinées à périr. Comme ceux qui les ont créées. Mais vous, qu'allez-vous chercher au Moyen-Orient ? »

Luc ne chercha pas à biaiser avec le vieux Turc. Il parla de la disparition massive des enfants en Europe, de la légende d'une armée enfantine qui serait en train de se constituer sur les terres syriennes, il expliqua que Jemma et lui-même, elle parce qu'elle avait perdu sa fille, lui parce qu'il désirait vérifier une hypothèse, avaient décidé de se rendre sur place afin de démêler la réalité de la légende. La femme revint avec un premier plateau où s'entrechoquaient des tasses et une cafetière d'argent. Elle le posa sur la table basse et se retira avec une discrétion d'ombre. Jemma ne se rappelait pas avoir humé une odeur de café aussi forte, aussi agréable, depuis les dernières vacances passées chez sa grand-mère à l'âge de sept ans. Mehmet Okur se carra dans son fauteuil, les sourcils froncés, le front plissé.

« Nos enfants disparaissent aussi, finit-il par dire d'une voix grave. Par milliers. Je ne m'imaginais pas que le même phénomène se produisait en Occident. Nous n'avons plus aucun contact avec le reste du monde. Plus de télévision, plus de téléphone. Même plus de radio. Nous sommes redevenus des chameliers, des cavaliers. Nous pensons que nos enfants sont enlevés par des tribus qui se livrent au moins noble des trafics : l'esclavage. Et nous essayons de veiller, de nous défendre. Il se peut également que Dieu nous envoie la pire des épreuves pour nous punir de notre fol orgueil. J'ai entendu parler de cette armée des enfants. La légende se propage de voyageur en voyageur. J'avoue que je n'y ai pas ajouté foi. Vous connaissez la réputation des Orientaux : toujours prêts à raconter de belles histoires. La réalité leur paraît trop nue, ils l'enjolivent de fioritures, d'arabesques. Le premier témoin, le seul d'ailleurs, aperçoit un enfant armé dans une ruine, le rapporte à un ami, qui parle déjà d'une bande à un troisième, qui en fait lui-même une cohorte, et ainsi de suite jusqu'à une immense armée... »

Une jeune fille apparut avec un deuxième plateau garni de pâtisseries qu'elle présenta à Jemma avec un sourire discret. Le foulard sombre noué sous son menton accentuait la rondeur et la blancheur de sa face. Ses yeux noirs et candides se dirigeaient sans cesse vers Valentin, assis aux côtés de Ditmar dans l'un des canapés.

« Pouvez-vous nous fournir des guides jusqu'à la frontière syrienne ? demanda Luc.

— Tout est prévu. Des bateliers prévenus par Ditmar m'ont contacté il y a trois jours. Je travaille souvent avec lui. Il m'apporte régulièrement ma part.

— Que faites-vous de l'argent ?

— Les Européens sont des infidèles, mais leur argent n'a pas d'odeur. Nous n'avons aucune difficulté à l'échanger contre des produits de première nécessité. Nous manquons de tout ici. Les poissons eux-mêmes se font rares. Nous n'avons pas d'eau potable : les nappes sont contaminées. Nous sommes obligés de la faire venir d'un puits distant d'une trentaine de kilomètres.

— Quels sont vos moyens de transport ?

— Nous disposons de vieux véhicules, camions, voitures et tracteurs, que nous entretenons tant bien que mal. Mais l'essence est de plus en plus chère, de plus en plus rare. Il ne nous restera bientôt que la marche à pied. Et le bateau, bien sûr, mais pour aller où ? Sur les côtes européennes ? Sur les côtes russes ? La terre ne donne plus d'herbe, nous ne pouvons pas élever de chevaux ni aucun autre bétail.

— De quoi vivez-vous ? »

Le vieux Turc versa le café dans les tasses. Jemma commença à manger la pâtisserie au goût de miel qu'elle avait prise dans le plateau. La chaleur diffusée par le poêle chassait l'humidité déposée dans ses vêtements et dans ses cheveux par le vent du large. Si elle avait pu s'allonger sur le canapé, elle se serait endormie en quelques secondes. Elle n'avait pas fermé l'œil de la nuit, elle était restée aux côtés de Luc sur le pont. Ils avaient assisté au déploiement du jour au-dessus de la mer Noire, d'abord à l'embrasement des nuages, puis au lent éclairement d'un ciel de plus en plus dégagé. Luc était pour une fois sorti de sa réserve, avait enfin parlé de lui, de son enfance dans une petite ville du Massif central, de ses engagements d'étudiant, de ses espoirs déçus, de son cynisme de jeune journaliste, de ses désirs jamais assouvis d'écrire un bouquin, de son mariage raté, de sa fragilité psychologique, de ses dépressions chroniques, de ses flirts avec la drogue, de l'éternelle insatisfaction qui l'avait poussé à chercher d'autres explications, à explorer de nouvelles voies, à multiplier les expériences hasardeuses, parfois dangereuses. Sa femme s'était peu à peu éloignée de lui. Elle se désespérait de ne pas avoir d'enfant. La faute n'en incombait ni à l'un ni à l'autre d'après les rapports médicaux, mais ils se rejetaient mutuellement la responsabilité de leur échec à coup de silences renfrognés et de soirées maussades. Elle disait qu'il pourchassait de nouvelles chimères parce qu'il n'avait pas pu rattraper les anciennes, qu'il se croyait coupable des cinquante millions de morts de la guerre, une pensée absurde, il n'avait qu'un an quand le conflit avait éclaté, les combats s'étaient arrêtés juste avant qu'il ne soit mobilisé, en quoi était-il concerné ? pourquoi refusait-il de vivre comme tout le monde ? Elle se trompait : même s'il n'avait pas participé à la grande boucherie, l'ombre de la guerre le hanterait, le tourmenterait jusqu'à ce qu'il ait trouvé une réponse satisfaisante, apaisante. La disparition des enfants lui était apparue comme un écho à l'extermination massive des recrues sur le Front Est. Il s'était consacré corps et âme à sa nouvelle enquête, à sa nouvelle quête, avec l'assentiment de son rédacteur en chef et de ses confrères d'abord, contre leur avis par la suite. Il avait connu ses premiers démêlés avec les soldats du Christ Roi, qui lui avaient cassé le bras et l'avaient envoyé pour quelques mois à l'hôpital, mais il n'avait pas renoncé, au contraire : leur intervention, leur violence lui étaient apparues comme des jalons sur son chemin. Il avait perdu sa femme et son boulot en rentrant de l'hôpital, il avait vécu de divers expédients tout en poursuivant son enquête, en étudiant les religions et les autres courants spirituels dans les anciennes bibliothèques, les archives, les réseaux parallèles d'Internet, en interrogeant des centaines de familles qui avaient perdu un ou plusieurs enfants, en rencontrant les très rares voyageurs qui étaient allés au Moyen-Orient après le traité de Bratislava, en contactant les indicateurs infiltrés dans les mouvements évangéliques, pentecôtistes ou intégristes. L'un d'eux lui avait parlé de la descente qu'un commando venait d'effectuer dans une résidence Paul & Virginie. Chez une certaine Jemma Hourtin.

« Par chance pour nous, les Européens restent de gros consommateurs de haschisch et d'opium, reprit Mehmet Okur. La demande va même sans cesse croissant. Ici, sur les côtes de la mer Noire, nous sommes les derniers maillons de la chaîne. Nous écoulons vers la Bulgarie, la Roumanie, la Russie les productions venues d'Afghanistan et d'Iran. Ditmar est l'un de nos convoyeurs. Plus de deux cents autres travaillent pour nous. C'est notre unique ressource.

— Vous avez été contacté par d'autres Européens ?

— En dehors de nos partenaires bulgares, roumains et russes, vous voulez dire ? Quelques-uns. Ils n'étaient plus en odeur de sainteté dans leur pays. Ils cherchaient pour la plupart à gagner l'Extrême-Orient. Ils croyaient que, là-bas, ils pourraient bénéficier d'une autre chance, se ménager une nouvelle existence. Un leurre, je le crains. Bon nombre de Turcs sont revenus d'Inde ou de Chine avec un sac plein de déceptions, mais pas d'argent. Les populations indienne et chinoise sont trop nombreuses pour faire de la place aux étrangers, et les frontières de ces deux pays sont de plus en plus difficiles à franchir. En revanche, vous êtes les premiers qui demandent à être conduits au Moyen-Orient. »

Le vieux Turc les pria ensuite de lui parler des anciennes grandes nations de l'Europe de l'Ouest, la France, l'Angleterre et l'Allemagne principalement. Il ne se montra pas surpris d'apprendre qu'elles souffraient terriblement des suites de la guerre, que le chômage et la pauvreté y prenaient des proportions dramatiques, qu'elles perdaient peu à peu tous leurs acquis technologiques, les cerveaux ayant fui, avant ou pendant le conflit, vers des contrées plus clémentes, qu'elles mettraient beaucoup de temps à surmonter la crise, qu'elles ne s'en relèveraient peut-être jamais. Mehmet en conclut qu'il en allait ainsi de toutes les grandes civilisations, qu'elles étaient, comme les religions, destinées à péricliter, à périr : les Turcs avaient un temps dominé le monde, l'Europe de l'Ouest avait pris le relais après la bataille de Lépante, les États-Unis étaient devenus l'empire dominant après les Première et Deuxième Guerres mondiales, la Chine les supplanterait bientôt, la roue ne s'arrêtait jamais de tourner, d'est en ouest, suivant le mouvement du soleil.

« La vision cyclique, la perspective historique auraient dû nous enseigner l'humilité, mais l'homme est pétri d'orgueil, il s'estime l'égal de Dieu, il veut immortels les monuments érigés à sa gloire et les frontières de ses empires, il espère dompter la matière et suspendre le temps, il oublie qu'il est aussi éphémère qu'un insecte ou une fleur, un grain de poussière qui retournera à la poussière. »

La conversation se prolongea des heures dans la chaleur émolliente de la maison de Mehmet Okur. Des femmes bourrèrent de bûches le poêle central et servirent un ragoût de mouton épicé accompagné de quelques légumes et d'un pain rond.

« Où trouvez-vous de la viande de mouton ? demanda Luc.

— Il y a des troupeaux dans le centre du pays. Nous nous en procurons quand les affaires sont florissantes, et pour les grandes fêtes comme l'Aïd.

— Comment la conservez-vous ?

— Nous achetons les bêtes vivantes ainsi qu'un peu de fourrage, et nous les égorgeons sur place.

— Si je comprends bien, vous nous faites un grand privilège en nous offrant ce repas. »

Le Turc s'inclina.

« Vous êtes mes hôtes. »

Ils burent ensuite du café, bouilli dans son marc et toujours aussi fort, et fumèrent les narguilés dont la saveur ensorcelait le palais. Jemma baigna rapidement dans une agréable torpeur. Les femmes de tous âges qui passaient de temps à autre dans la pièce lui jetaient des regards appuyés, amusés, et se retiraient en abandonnant dans la pièce d'entêtants parfums. Jemma n'osa pas leur adresser la parole, ni demander à Mehmet Okur si elles étaient ses épouses ou ses filles. La journée s'étiola jusqu'au crépuscule, rythmée par les conversations, les cérémonies du café, des pâtisseries et des narguilés.

À la tombée de la nuit, les grondements de moteurs dominèrent le brouhaha du village de baraquements. Le vieux Turc se redressa, prêta l'oreille et déclara, avec un sourire :

« Vos guides sont arrivés. »

28
Chris

Tant que tu ne renonceras pas
à ton « moi », tu ne croiras jamais en Dieu.
Abû Sa'îd Ab'îl l-Khayr,
Les Étapes mystiques du Sheikh Abû Sa'îd.

Commençait vraiment à faire chier, l'évangélique !

Depuis qu'il avait croisé la route de Chris, il s'était mis en tête de le convertir et revenait chaque semaine à la charge. En d'autres temps, Chris lui aurait appris les bonnes manières, d'un coup de couteau dans le bide ou en lui pétant toutes ses dents, mais quelque chose l'en empêchait, le regard incroyablement bleu et pur du pèlerin (c'est comme ça qu'il s'était présenté, pèlerin ou pionnier, sans rire) ou son sourire enjôleur ou encore son incroyable obstination. Ce mec se figurait vraiment que Chris accepterait un jour de se convertir et connaîtrait la joie d'une nouvelle naissance dans le Christ. Comme le lui avait finement fait remarquer Paul (le pèlerin s'appelait Paul), il suffisait à Chris d'ajouter un t à son nom pour qu'il devienne Christ.

Tu sais qui je suis ? s'était énervé Chris. Tu sais ce que je fais ? Laisse-moi t'expliquer : je suis un salopard qui vend de la merde aux gosses, je traficote avec les enculés de leur race qui contrôlent les filières clandestines, je baise, tous les soirs ou presque, une meuf différente sans capote, j'ai déjà tiré sur des hommes, j'en ai sûrement flingué un ou deux, je fume régulièrement du shit, je prends parfois des trucs plus durs, des saloperies qui me déglinguent la tête, il m'arrive de donner un coup de main aux bandes de vampires qui piquent leurs organes aux sans-abri, je serais plutôt un diable qu'un Christ, t'es dans l'antre de l'Antéchrist, mon pote, dans la piaule de Magog en personne (il avait jeté un œil sur la partie Apocalypse, destroy, de la Bible, que l'autre avait réussi à lui fourguer, Gog, Magog, ça lui avait bien plu), tu ferais mieux de te tirer avant que je te pourrisse ta putain d'âme.

Paul avait souri. Un drôle de sourire qui disait : pas la peine de t'énerver, mon vieux, pas la peine de jouer les grands méchants, tu finiras tôt ou tard par m'entendre, tu finiras tôt ou tard par embrasser la foi, ton âme aspirera tôt ou tard au salut. Le pire était que Paul jouait les missionnaires en dehors de ses heures de travail – il travaillait dix ou douze heures par jour dans une compagnie d'assurance médicale pour un salaire de misère. Il disait avec un grand sérieux que la prospérité allait de pair avec la foi (mille trois cents euros par mois, c'est ça qu'il appelait la prospérité ?), que la terre entière entendrait bientôt la parole du Christ, que la dernière bataille était engagée entre le Seigneur et l'Armagueddon. Chris pouvait être sauvé et siéger à la droite de Dieu : il lui suffisait de confier ses fautes à Jésus et de se purifier par l'eau du baptême. Qu'est-ce que ça te coûte de m'accompagner une fois, une seule fois, à un groupe de prières ou à un office du dimanche ? Ben, deux heures de sommeil ou une partie de poker avec des potes dans un squat du 7-7 ou du 9-3. Paul prenait congé sans se départir de son sourire en promettant de revenir le lendemain.

Une fois, Chris lui avait demandé pourquoi il s'obstinait comme ça à vouloir sauver un keum qui n'avait strictement rien à branler du salut de son âme, et Paul avait répondu : j'ai choisi de répandre la lumière du Christ dans les endroits où elle a très peu de chances de parvenir. Avant de rencontrer Jésus, j'étais comme toi un pécheur, un homme corrompu, un suppôt de Satan, je me croyais à jamais perdu dans les méandres obscurs, puis la grâce de Dieu est tombée sur moi, un homme m'a aidé à me relever, à reconquérir ma dignité, et l'eau du baptême m'a purifié de toutes mes fautes, je suis devenu un soldat de l'immense armée du Christ, une armée présente sur les cinq continents et forte désormais de plus de trois milliards de fidèles. Mais pourquoi moi, merde ? avait insisté Chris. T'es amoureux de moi, ou quoi ? Les brebis les plus difficiles à ramener dans le troupeau font les chiens de garde les plus féroces et les bergers les plus respectés, avait déclaré Paul, la main sur la poignée de la porte. Je t'ai regardé au fond du cœur, Chris, je sais ton immense valeur, je t'aime comme un frère, non comme un sodomite, l'homosexualité n'a pas de place dans notre Église.

La haine des pédés, leur premier point commun. Le refus des capotes leur deuxième, mais pas pour les mêmes raisons : Chris n'en mettait pas parce qu'il détestait emmailloter son engin dans du latex, il aurait eu l'impression de fourrer une poupée gonflable ; Paul parce qu'il ne baisait pas en dehors du mariage et que, comme il n'avait pas encore rencontré la femme que le Seigneur lui destinait, il ne baisait pas du tout. T'as jamais baisé, t'as jamais été sucé, tu t'es jamais branlé, t'as jamais joui ? Grâce à Dieu, je me suis converti avant d'être tenté par la chair. Et quand tu bandes, comment tu te soulages ? J'attends que l'érection passe et, Dieu merci, elle finit toujours par passer. Qu'est-ce que t'as fait comme connerie alors ? J'ai mis un pied dans la délinquance, j'ai commencé à voler dans les magasins, dans les voitures, dans les appartements, j'ai intégré une caillera dans la région de Marseille, ah, c'est ça ton accent ? puis j'ai été surpris pendant un cambriolage et condamné à cinq ans de détention dans un centre de prévention pour mineurs. La grande chance de ma vie, loué soit le Seigneur : j'y ai rencontré mon grand frère Aimé, Aimé l'éducateur qui m'a parlé de Jésus, Aimé, la bonté incarnée, qui m'a accompagné sur son chemin de rédemption.

Quand Paul sortait de l'immense foutoir qui servait d'appartement à Chris, ce dernier restait un long moment songeur avant de se souvenir que ses potes ou une meuf l'attendaient quelque part dans une cave ou une usine désaffectée de banlieue. Il avait beau se foutre du pèlerin et de ses airs de puceau, il ne pouvait empêcher ses paroles de se frayer un chemin dans la boue de ses pensées. Il réfléchissait, il se demandait à quoi rimait sa putain d'existence. À part tirer des poufs à moitié ou complètement défoncées, à part prendre le fric de pauvres bougres contraints de fuir le pays, à part refourguer du shit trafiqué à des gosses de riches en mal de sensations, à part rajouter des tatouages et des piercings sur un corps déjà plus décoré qu'un arbre de Noël, à part chasser la nuit les organes frais, à part jouer les porte-flingues pour les gros bonnets des trafics, il ne faisait rien de sa vie, elle coulait entre ses doigts comme une eau sale, aucun feu ne brûlait dans ses veines, dans ses yeux, dans son cœur, il s'enfonçait tranquillement dans le dégoût froid de lui-même.

Un visage revenait sans cesse le hanter, la fille qu'il avait placée dans une filière clandestine en partance pour l'Afghanistan. Elle paraissait âgée de dix-huit ans, elle en avait probablement quinze, peut-être moins. Une gamine en fugue comme il en existait des centaines dans la région parisienne. Il avait profité de son désarroi pour l'obliger à lui tailler une pipe. Il n'avait pas résisté à la tentation d'humilier cette gosse dont les fringues et les manières trahissaient les origines bourgeoises. Elle ne l'aurait même pas regardé si les circonstances ne l'avaient pas contrainte à recourir à ses services. Elle l'avait fait jouir en très peu de temps, plus vite et mieux que la plupart des pétasses qu'il fréquentait, expérimentées pourtant, des professionnelles pour certaines. Lui qui prétendait ne jamais rien regretter, il regrettait de s'être montré dégueulasse avec elle, il regrettait de lui avoir piqué ses cinq mille balles et de l'avoir expédiée dans le grand congélateur de l'Europe de l'Est plutôt que de la convaincre de rentrer chez elle, il ne parvenait pas à l'oublier. Fallait-il lier ses premiers remords à l'irruption de Paul dans son existence ? Et aussi ses brusques envies de rangement, de clarté, de propreté ? Il appréciait de moins en moins les soirées passées avec ses potes à boire des bières tiédasses, à fumer des merdes de plus en plus brutales, à écouter les nouveaux rappeurs clandestins qui n'avaient plus grand-chose à dire, à se partager des taspés incapables de faire la moindre différence entre eux. Il restait chez lui, les yeux rivés sur la grande carte épinglée au-dessus du bureau, un grand mot pour désigner la planche posée sur deux tréteaux sur laquelle une poubelle géante semblait s'être déversée, il essayait de deviner quelle région traversaient maintenant la fille et les autres passagers de la filière clandestine, pays tchèque, Ukraine, Russie, Turkménistan, Afghanistan, il se demandait pourquoi une gonzesse de quinze ans, une gosse de riche, se barrait ainsi de chez elle, pourquoi elle tenait tant à gagner l'Amérique, la grande putain américaine qui avait pris l'Europe en tenaille entre les armées ousamas et les cohortes évangéliques, pourquoi elle avait accepté d'affronter les moins vingt ou moins trente degrés de l'Europe de l'Est plutôt que de se replonger dans la tiédeur de sa maison, pourquoi elle avait accepté de prendre sa bite dans sa bouche et d'avaler son sperme. Il avait cru la posséder, la marquer comme un chien son territoire, il n'avait rien su d'elle, elle était sortie de sa vie aussi solitaire, aussi secrète, qu'elle y était entrée. Alors, de guerre lasse, il lisait des passages de la Bible donnée par Paul tout en regardant d'un œil distrait les inepties qui défilaient sur le vieil écran à plasma récupéré chez un particulier – sans l'accord du particulier.

Il n'excluait plus catégoriquement d'accompagner ce satané pèlerin dans son temple.

Que des mecs dans l'assistance. Paul avait bien fait de préciser que son Église ne tolérait pas les pédés.

« Entre eux, les hommes se sentent davantage en confiance pour exprimer le fond de leur cœur. Rassure-toi, l'Église n'a pas l'intention d'exclure les femmes de ses sessions d'exorcisme.

— De quoi ? »

Paul avait ri : la cérémonie n'avait rien à voir avec les séances gesticulantes et hurlantes qu'on voyait dans les vieux films, tu sais, le vomi vert, la tête qui tourne à trois cent soixante degrés, c'était seulement une façon de se soulager de ses fautes. Nul n'était tenu de participer, chacun devait se sentir libre, personne ne serait jugé quelle que fût sa décision.

Le temple n'avait de temple que le nom. Il ne ressemblait pas à une église traditionnelle, du moins telle que Chris se la représentait, c'était une ancienne salle de cinéma qui avait conservé ses fauteuils en velours bleu marine et son rideau rouge tiré devant l'écran légèrement concave. Seule la croix dressée au milieu de la scène tout près d'un pupitre transparent et de deux énormes amplis noirs témoignait de sa nouvelle affectation.

« Nous sommes pour l'instant obligés de louer cette vieille salle, glissa Paul à l'oreille de Chris. Mais la mairie de Paris nous a promis de nous donner bientôt un temple. »

Ils s'étaient installés au troisième rang. Paul était passé chercher Chris à son appartement de la ville nouvelle de Lognes (qui, à force d'être nouvelle, avait pris un sacré coup de vieux, mais on continuait de l'appeler ville nouvelle, l'habitude), et ils avaient gagné par l'A4 la porte Dauphine dans le 16e arrondissement de Paris. La voiture de Paul, une caisse pourrave que Chris aurait eu honte de refiler à une casse, avait parcouru tant bien que mal les vingt kilomètres dégagés par les saleuses et les chasse-neige. Le pèlerin s'en foutait, il n'accordait aucune importance aux voitures, ni à ses fringues pourtant craignos, ni à ses pompes de grand-père, seul le préoccupait le salut de son âme. Des chants religieux, anglais et français, passaient en boucle sur le vieux lecteur CD, avec, dans le tas, du rap, du gospel, du folk et de la musique gitane. Paul avait parlé, beaucoup parlé, dans la bagnole, il avait raconté son enfance dans la région de Marseille, le soleil qui habillait la misère de couleurs chatoyantes, les bagarres entre les cailleras, les baignades dans une Méditerranée de plus en plus froide. Il n'avait pas connu son père, tué par l'amant de sa mère alors qu'il n'avait pas encore un an. Sa mère ne s'était pas occupée de lui, courant d'homme en homme, saisie d'un besoin de séduire de plus en plus névrotique. Elle avait perdu la tête et on avait dû l'enfermer dans un établissement psychiatrique. Il lui rendait visite une ou deux fois par an, elle ne le reconnaissait pas, il priait pour elle tous les jours.

La salle se remplit d'hommes de tous âges et de toutes conditions, avec une forte proportion d'Antillais. Chris fut surpris de découvrir, parmi les fidèles sapés comme des chefs d'entreprise, des sans-abri, des types affublés de hardes plus crades et puantes que l'intérieur d'une vieille poubelle. L'église de Paul ramassait dans les bas-fonds (mais Chris lui-même, avec ses tatouages, ses piercings et ses fringues râpées, n'avait-il pas été repêché dans les bas-fonds ?) Puis le pasteur surgit des coulisses, accompagné de deux assistants, jeunes, vêtus de costards gris, équipés de guitares électriques qu'ils branchèrent aux amplis. On aurait dit l'entrée d'un groupe de rock de la fin du XXe siècle.

Chris s'était un temps intéressé à la musique des années 1970, pop mélodique des Beatles, riffs rageurs de Led Zeppelin, son lourd et saturé de Deep Purple, ambiance planante de King Krimson, puis il avait évolué rapidement vers le néorap de l'après-guerre, un genre surnommé racave (comme rave ou rage dans les caves), interdit quatre ans plus tôt pour incitation à la pornographie et la violence, il avait fréquenté les groupes qui se produisaient dans les salles clandestines et déversaient sur le public défoncé des flots saccadés de mots assemblés dans un désordre savant (le racave était devenu un signe de reconnaissance, un mode d'expression, une langue).

« Soyez les bienvenus dans la maison du Seigneur, frères. »

Une suite d'accords ponctuèrent les premiers mots du pasteur et planèrent au-dessus de l'assistance déjà électrisée. Des cris lui répondirent dans les travées, gloire à Jésus, alléluia, Dieu vous bénisse… La vitesse à laquelle les visages se métamorphosèrent en masques de ferveur sidéra Chris. Les têtes partaient en arrière, les yeux brillaient, les corps assis ou debout, dans les rangées ou dans les allées, commençaient à se balancer. Chris avait toujours cru que la transe était réservée aux foncedés, aux mecs et aux meufs complètement barrés qui se rassemblaient dans les cimetières pour se livrer à des rituels sataniques, qui méprisaient la douleur au point de se saigner mutuellement et de boire le mélange de leurs sangs.

Aux barges, quoi.

« Vous êtes venus ici, frères, parce que vous avez entendu l'appel du Seigneur, oh oui, l'appel de Jésus, car le Berger n'abandonne aucune de ses brebis, le Berger voit dans les cœurs, le Berger voit le désespoir dans les cœurs, le Berger ne laisse pas les ténèbres envahir les cœurs.

— Alléluia ! Loué soit le Seigneur ! »

Paul était à son tour entré dans la transe, yeux révulsés, sourire extatique, corps secoué de spasmes. Les rythmiques soutenues et rauques des guitares soutenaient la psalmodie lancinante du pasteur.

« Le Seigneur ne vous abandonnera pas dans les ténèbres, oh non, le Seigneur ne vous laissera pas seul avec vos peines, le Seigneur chassera les démons qui vous tourmentent, le Seigneur est votre Pasteur, mes frères, il vous conduira dans les vertes prairies…

— Alléluia ! »

Le chant se prolongea jusqu'à ce que tous les membres de l'assistance lèvent les bras et frappent des mains. Chris se sentait gagné par l'énergie qui submergeait la salle, mais il ne se laissait pas emporter, pas encore, une partie de lui résistait, restait incrédule, trouvait puéril, ridicule, ce déferlement de ferveur. Comme il avait rejeté la foi de ses parents et toutes les bondieuseries en général. Il n'avait pas envie de quitter le Chris familier, le Chris insouciant et branleur qui s'en allait sur ses trente ans sans jamais avoir franchi le seuil de l'âge adulte. S'il se laissait happer par le courant, il ne serait plus jamais le même, il ne se reverrait plus, il porterait, comme Paul, un costard et une chemise de moldu, il aurait des ampoules électriques à la place des yeux, il sourirait comme un con entre chaque phrase, il entrerait dans le monde des certitudes glorieuses, il serait à son tour un pèlerin, un pionnier, un maillon de la grande chaîne christique qui ceinturait le monde. Les conditions n'ont jamais été aussi bonnes, avait certifié Paul : le peuple hébreu est revenu sur sa terre, les populations du monde entier ont entendu ou entendront la parole du Seigneur, le Christ va bientôt revenir, livrer l'ultime combat, extirper la bête immonde du cœur de l'humanité, tu ne voudrais pas, Chris, passer à côté d'un tel événement.

Le pasteur et les guitares se turent, les murmures, les soupirs, les sanglots brisèrent le silence qui retombait sur les visages bouleversés, en sueur et en larmes. Le pasteur invita les hommes qui le souhaitaient à monter sur la scène et à exprimer devant l'assemblée le fond de leur cœur, sans crainte et sans haine, car Jésus ne jugeait pas, le Seigneur était tout amour, alléluia.

Un premier homme dévala l'allée latérale, gravit la

volée de marches, se présenta devant le pupitre, échangea quelques mots avec le pasteur.

« Voici Claude. Claude a quelque chose de très important à nous dire, Claude a connu des jours difficiles avant de rencontrer le Seigneur. »

Claude, un quinquagénaire vêtu d'un costume bon marché à qui il ne restait pratiquement plus de cheveux, se dandina quelques instants devant le micro, les yeux clos, la tête baissée, comme s'il allait puiser les mots dans les eaux profondes et troublées de son être. Puis il parla, une farandole de mots prononcée d'une voix brisée, entrecoupée de sanglots, il raconta sa vie, sa vie misérable avant que Jésus n'entre dans son cœur, il buvait et battait sa femme, oh oui, il battait sa femme, et ensuite il pleurait toutes les larmes de son corps prostré au-dessus de son épouse ensanglantée et gémissante, mais ses regrets ne l'empêchaient pas de recommencer le lendemain, car le démon avait pris la forme de la boisson, le serpent le tentait jour et nuit, il fouillait les poubelles pour dénicher un fond de bouteille oublié, les poubelles, mes frères, et il rentrait à la maison lorsque le serpent alcool avait pris possession de lui, alors il ne supportait pas le regard de sa femme, oh non, il n'admettait pas ses reproches muets, et il commençait à la frapper, sous les yeux des enfants, Seigneur pardonne-nous nos offenses, sous les yeux de mes enfants, et les yeux de ses enfants le hantaient jour et nuit comme l'œil dans la tombe de Caïn, les remords grandissaient en lui, les remords lui rongeaient les entrailles, les remords l'auraient tué si Jésus n'était pas entré dans sa vie, Jésus avait trouvé le chemin de son cœur, alléluia, alléluia, sa femme, louée soit-elle, avait parlé de son problème à un juge, le juge, loué soit-il, lui avait donné le choix entre un séjour dans un établissement psychiatrique et un suivi psychologique dans un groupe de probation de son quartier, il avait choisi la seconde solution, oh oui, il avait rencontré des hommes et des femmes qui l'avaient accueilli avec une grande bonté, loués soient les serviteurs du Christ, et Jésus lui avait parlé, il avait entendu l'appel de Jésus, il n'avait plus jamais touché à l'alcool, il n'avait plus jamais levé la main sur sa femme, il était devenu bon mari et bon père, les yeux de ses enfants s'étaient levés sur lui avec amour et fierté, et il criait à la face du monde son amour pour le Sauveur, il voulait le partager avec chaque homme, avec chaque femme, sur cette terre, il partirait l'année prochaine avec son épouse et ses enfants pour l'Amérique, l'Église avait accepté sa candidature, il deviendrait un soldat du Christ, un apôtre, il porterait la lumière du Seigneur sur les terres lointaines, il serait son humble serviteur, son porteur de torche, il éclairerait les ténèbres des frères prisonniers des faux dieux, il enlèverait de leurs épaules le joug de Satan comme on l'avait enlevé des siennes, alléluia, alléluia. Un tonnerre d'applaudissements et de hurlements ensevelit la fin du témoignage de Claude.

Un autre homme se présenta sur la scène, il s'appelait Daniel, sa peau était de bronze, ses yeux brillaient comme le diamant, il était grand et large d'épaules, il venait de Martinique, il parlait d'une belle voix chaude avec une pointe d'accent créole, il avait beaucoup péché avant de rencontrer Jésus, beaucoup péché, mes frères, il avait trompé sa femme avec d'autres femmes, il ne pouvait s'en empêcher, Satan le tentateur avait pris la forme des femmes, il avait commis un grand nombre d'adultères, un grand nombre, mes frères, il était comme le bouc en rut qui couvre toutes les chèvres, comme le coq qui convoite toutes les poules, un homme qui ressemblait à l'animal en rut, voilà ce que Satan a fait de moi, mes frères, un animal en rut, et puis Jésus m'a pris sous son aile, j'ai levé les yeux sur Jésus, Satan s'est retiré de moi, les femmes ont cessé de me tourmenter, je suis retourné près de l'épouse que m'a confiée le Seigneur, je n'ai plus connu d'autre femme qu'elle, alléluia, loué soit Jésus.

Il en vint un troisième qui s'appelait Guy, il ne cessait de pleurer pendant qu'il parlait, si bien que ses larmes éclataient sur ses lèvres en mouvement et que le haut de sa veste grise ne tarda pas à en être maculé, la voix de Guy, l'homme sans âge à la face creuse et blême, monta dans la salle comme une interminable plainte, Guy avait quitté sa femme et ses enfants parce qu'il ne supportait plus leurs cris, il avait cessé son travail parce qu'il ne supportait plus ses collègues ni ses chefs, il ne supportait plus rien ni personne, il avait vécu dans les rues à la façon d'un mendiant, il s'était battu au sang pour un quignon de pain, il était descendu plus bas que les hommes étaient jamais descendus, il avait uriné et déféqué dans ses vêtements, Seigneur, il faut être tombé bien bas pour se vautrer dans ses excréments comme un immonde pourceau, puis, au fond de sa déchéance, Jésus était venu le chercher, Jésus avait pris les traits et la voix d'une jeune fille de l'Armée du Salut, Jésus l'avait lavé de ses souillures, et il s'était redressé, il avait retrouvé du travail, il avait rejoint sa famille, oh, le bonheur de compter sur une véritable famille, sa famille l'avait accueilli comme le fils prodigue, comme le mari prodigue, comme le père prodigue, et il avait rendu au centuple à sa famille ce qu'elle lui avait donné, alléluia, alléluia, alléluia.

Tandis que le pasteur appelait d'autres membres de l'Église à témoigner, Chris entreprit de sortir de sa travée. Tous les regards se posèrent sur lui, dont celui de

Paul. Il lut une fierté anticipée dans les yeux du pèlerin. Sur les épaules de Chris pesaient désormais tout le poids, tous les espoirs de l'assemblée. Ils guettaient son témoignage comme une nuée de vautours lorgnant un animal sur le point de s'écrouler. Ils avaient besoin de se repaître de l'expérience des autres, la leur ne suffisait pas à les nourrir. Ils rappelaient à Chris les keums des cailleras de banlieue, obligés de frimer, de hurler, pour obtenir un semblant de crédibilité et de respect. Pas question d'ouvrir son cœur devant ces hommes, d'être lié par un abject pacte de culpabilité et de sang. Il voulait rester libre, libre de ses pensées, libre de ses actes. Trouver sa propre voie. Aimer les autres avec leurs secrets.

Poussé par les regards, Chris dut se faire violence pour, au sortir de la travée, ne pas prendre la direction de la scène. La déception de Paul le pourchassa jusqu'à ce qu'il parvienne dans la rue, comme l'œil de Caïn dans la tombe. La neige tombait en abondance sur Paris. L'air frais le ravigota. Le pèlerin, tenace, reviendrait sans doute frapper à sa porte. Il saurait quoi lui répondre la prochaine fois.

29

Nos enfants continuent de disparaître par centaines. Quel gouvernement digne de ce nom peut tolérer une telle tragédie ? Si elle n'empêche pas nos élus de dormir, c'est que nos élus ne sont pas dignes de notre confiance, c'est que nos élus doivent de ce pas remettre leur démission et laisser leur place à des hommes pourvus d'un cœur, c'est que nous devons les renverser, au besoin par la force, s'ils refusent de prendre d'eux-mêmes la porte. Il faut consacrer une grande partie de notre énergie à enrayer les odieux trafics qui font de nos enfants de simples marchandises, démanteler les réseaux crapuleux, renforcer notre police, notre armée, lutter de toutes nos forces contre la pieuvre mafieuse dont les tentacules se referment sur nos rues, sur nos logements. J'en appelle au sursaut civique. Et si l'Europe ne peut ou ne veut pas s'atteler à la tâche, je propose que la France fasse sécession et que, à nouveau resserrée autour de sa langue et de ses valeurs éternelles, elle prenne l'initiative.

Jules-Jean Jacquin,
La Nouvelle Europe Libre.

Le camion n'offrait aucun confort, contrairement à celui de Hristo. Les pierres jonchant la piste raclaient régulièrement le bas de la caisse dans un grincement horripilant. Mehmet Okur avait recommandé à Jemma et à Luc de ne se montrer sous aucun prétexte, au moins le jour. S'ils repéraient une femme européenne, les pillards ne résisteraient pas à la tentation de la capturer. La vente leur procurerait de quoi faire vivre leur tribu pendant plus de six mois. Les femmes européennes étaient très prisées dans les bordels du Moyen et d'Extrême-Orient, non seulement parce que les Orientaux appréciaient leur beauté exotique, mais parce que, pour une centaine de dollars, ils avaient l'impression de prendre une revanche sur des siècles de colonisation, de domination.

« Je n'envie pas le sort des captives, avait ajouté Mehmet Okur. Elles sont en permanence humiliées, et quand elles sont flétries, qu'elles ne sont plus rentables, on les jette dans la rue, où elles n'ont plus qu'à mendier pour survivre. Savez-vous comment on les surnomme dans certains pays ? Les ombres blanches. Certaines d'entre elles se regroupent et s'entraident, dans l'espoir de retourner un jour dans leur pays d'origine, mais ce n'est qu'un rêve, elles meurent dans la rue, du sida la plupart du temps, leurs corps sont jetés dans des fours et leurs cendres déversées dans une fosse. » Il avait fixé Jemma avec intensité : « Vous ne voudriez pas connaître un tel sort, n'est-ce pas ? »

Elle suivait donc ses recommandations à la lettre, elle ne se montrait pas, elle n'essayait même pas, malgré sa curiosité, de jeter un regard par l'entrebâillement de la bâche. Une odeur insoutenable empestait l'intérieur de la remorque.

Les convoyeurs, coiffés de turbans et armés de fusils d'assaut, avaient livré leur cargaison d'opium et l'avaient remplacée par des caisses de poissons frais recouverts de plaques de glace. Une dizaine de véhicules s'étaient faufilés entre les baraquements des pêcheurs. Mehmet Okur avait présenté à Luc et Jemma les deux convoyeurs qui les conduiraient à la ville d'Osmaniye, près de la frontière syrienne, en passant par la région d'Ankara et la Cappadoce. Il y avait quelques massifs montagneux à traverser, mais les convoyeurs avaient l'habitude de franchir les cols perchés à plus de deux mille mètres, et puis, l'hiver était un peu moins rigoureux dans le sud du pays. Jemma ne savait pas quoi penser des deux hommes à qui elle confiait son existence. De leurs visages, en partie dissimulés par leurs turbans et leurs barbes, on ne distinguait que le nez et les yeux, des yeux noirs, luisants, indéchiffrables. Ils étaient restés impassibles lorsque Mehmet Okur leur avait remis les quelques billets qui leur revenaient. Le vieil homme avait précisé qu'ils n'étaient pas turcs, mais irakiens, qu'ils effectuaient la liaison entre les côtes de la mer Noire et la frontière iranienne, qu'ils prenaient d'habitude la route directe pour Mossoul, mais qu'ils effectuaient cette fois un détour par le grand campement d'Osmaniye où ils avaient des affaires à régler. Luc avait fait observer que le poisson ne serait plus très frais à l'arrivée. Mehmet avait répondu que ces deux-là appartenaient à une tribu qui ne mangeait pas de poisson, qu'ils vendraient leur cargaison dans les différents villages traversés, que l'argent leur servirait à payer leur gasoil. Valentin, le jeune Bulgare, n'avait pas caché sa tristesse lorsqu'il avait pris congé de Luc et Jemma.

On avait installé les deux voyageurs à l'arrière du camion sur des couvertures étalées entre les caisses de poissons. Les véhicules étaient en si piètre état que Jemma doutait de leur capacité à franchir les pistes escarpées dont avait parlé Mehmet. Ils étaient partis en pleine nuit, d'abord en convoi, puis ils s'étaient peu à peu dispersés sur les pistes. Jemma et Luc avaient essayé de dormir, allongés sur les couvertures, mais les cahots, la dureté du plancher et le froid leur avaient interdit de trouver le sommeil. Alors ils avaient trompé le temps en fumant les cigarettes au goût sucré que leur avait vendues le vieux Turc (dix euros le paquet, le tabac était un vice onéreux en terre ousama). Jemma avait alterné les périodes d'assoupissement et les réveils en sursaut. Ils n'avaient pas parlé, ou très peu, ils avaient dérivé sur le flot de pensées qui se désagrégeaient en rêves.

Le camion s'était arrêté à l'aube. L'un des deux convoyeurs s'était engouffré sous la bâche et, par gestes, leur avait fait signe de sortir. Dehors, une blancheur éclatante escamotait les reliefs. La piste elle-même se discernait à peine entre les grosses pierres alignées sur les bas-côtés. Quelques étoiles s'éteignaient doucement entre les traînées roses qui striaient le bleu pâle du ciel.

Les Irakiens partagèrent leur repas avec leurs passagers, mélange de fruits secs, galettes de blé dures et très nourrissantes, thé bouillant tiré d'une grande thermos et servi dans des gobelets de terre cuite. Ils jetaient des regards intrigués à Jemma, se demandant visiblement ce qu'une Européenne fichait sur une piste perdue d'un pays ennemi. Leurs yeux inquiets s'envolaient au moindre bruit et revenaient se poser au bout de quelques secondes sur leurs vis-à-vis. Ils mangeaient debout dans la neige, le fusil d'assaut sur l'épaule. Les cartouchières croisées sur leurs poitrines apparaissaient par intermittence dans l'entrebâillement de leurs vestes. De temps à autre, un sourire timide ouvrait une fenêtre claire dans la noirceur de leur barbe.

« Jusqu'à quel point on peut leur faire confiance ? murmura Jemma. D'après le vieux Turc, ils pourraient gagner un maximum de fric en me revendant.

— Ils ne le feront pas, affirma Luc. Ils se sont engagés vis-à-vis de Mehmet en acceptant son argent. Et leur sens de l'honneur…

— Parce qu'ils en ont un ?

— Probablement plus exigeant et plus fiable que le nôtre. Nous, Occidentaux, n'avions que les droits de l'homme, la démocratie, à la bouche, et ça ne nous a pas empêchés de piller sans vergogne les ressources de certains pays, de ruiner leurs économies, de plonger des populations entières dans la pauvreté. Nous ne sommes pas les mieux placés pour donner des leçons d'honneur.

— Capturer et revendre des enfants et des femmes, ça fait aussi partie du sens de l'honneur ? »

Luc souffla sur son gobelet en terre cuite avant de boire une gorgée de thé.

« Je n'ai jamais dit non plus qu'ils étaient mieux que les autres. Les êtres humains consacrent une grande partie de leur temps à exploiter leurs semblables de toutes les manières. Mais pas davantage les uns que les autres. Ils le font chacun à leur façon, selon les intérêts et les usages du moment. Parce qu'il leur manque l'essentiel : la vision globale. Tous se débattent comme des insectes dans leur bocal, tous croient qu'il y a une fatalité de l'espace-temps, tous croient que conquérir, posséder, dominer, est la meilleure façon, la seule, de lui échapper. La rage de possession ne s'arrête pas aux territoires, aux biens, mais aux personnes, aux idées, aux pensées, elle essaie par tous les moyens de s'inventer une légitimité, mythique, religieuse, politique, économique, raciale, sexuelle… »

Les deux Irakiens écoutaient leur conversation avec attention, essayant de percer le sens des mots qu'ils ne comprenaient pas.

« C'est quoi, la vision globale ?

— Une vision neuve, une vision qui ne dépende plus du moule mortifère de la pensée, de la mémoire. La pensée ne cherche qu'à se rassurer, donc à répéter les schémas connus, rassurants. La pensée prisonnière de la mémoire ne peut pas être intelligente.

— Tu as pensé ça tout seul ?

— Je ne suis pas assez intelligent pour ça. Je n'ai fait que suivre les traces d'aventuriers de l'esprit du siècle dernier.

— On parle pourtant sans cesse du devoir de mémoire…

— La pensée a trouvé ce moyen de se célébrer elle-même : reproduire les schémas connus, nous pousser à répéter les erreurs du passé. Est-ce que l'Europe aurait mené cette guerre insensée contre les pays musulmans si elle n'avait pas été prisonnière de ses pensées, de sa mémoire ? Est-ce que les nations musulmanes auraient mené cette guerre insensée contre l'Europe si elles n'avaient pas été prisonnières de leurs pensées, de leur mémoire ? Les uns et les autres ont été incapables de se libérer des vieilles peurs, incapables de poser un regard neuf sur le monde, ils n'en ont pas la volonté, pas la force, pas même l'idée, parce qu'ils se sentent en sécurité à l'intérieur d'espaces-temps qu'ils n'ont de cesse de légitimer, de fortifier. »

Jemma finit son gobelet de thé et grignota quelques bouchées d'une galette dure. Le froid s'emparait de ses pieds, grimpait le long de ses jambes, se suspendait à son cou et à ses oreilles. Le silence absorbait le ronronnement du moteur, qui continuait de tourner au ralenti.

« Je suis prisonnière du souvenir de ma fille, selon toi ? »

Ils s'étaient tutoyés la veille avant le départ, comme si, évoluant désormais en territoire hostile, il leur fallait d'urgence consolider leur complicité.

« Les émotions définissent et justifient également le territoire. On ne peut pas empêcher la peine, la souffrance, la tristesse, la colère, mais la pensée nous empêche de les vivre pleinement, parce que, si nous les vivions pleinement, elles n'auraient plus de raisons d'être, elles s'élimineraient d'elles-mêmes, et la pensée a besoin de les garder en mémoire pour gouverner, pour accentuer son emprise.

— L'homme se distingue justement des autres règnes par sa faculté de penser.

— Ouais, *Cogito ergo sum*, tout ça… Mais c'est l'homme qui devrait dompter et chevaucher la pensée, pas l'inverse. La plupart du temps, la pensée n'est qu'une réaction mécanique du conditionnement. L'autre nous paraît hostile parce qu'il n'appartient pas à la même race, au même peuple, à la même religion, à la même histoire, au même sexe, au même âge que nous. Nous ne le percevons qu'à travers nos filtres, chrétien, juif, musulman, hindouiste, bouddhiste, animiste, athée, homme, femme, vieux, jeune, beau, laid, nous ne lui accordons pas de vraie légitimité, l'autre nous regarde au travers de ses filtres et ne nous accorde pas de vraie légitimité. Nous nous excluons mutuellement de nos territoires parce que la pensée donne sans cesse des limites aux territoires. Moi, par exemple, je te regarde au travers de mes filtres émotionnels, je me méfie de toi parce que ma mémoire me harponne, me rappelle sans cesse que j'ai déjà souffert à cause des femmes, que je dois me méfier de mes élans, de mes sentiments, je te regarde comme une ennemie potentielle, je te tiens hors de mon territoire alors que tu ne m'as jamais causé le moindre mal et que, même, ta présence me fait plutôt du bien. Quand je te dis que la pensée rend con ! »

En dépit du froid, une chaleur intense se diffusa en Jemma. Elle dévisagea Luc par-dessus son gobelet. Elle se rendit compte qu'elle l'avait elle-même toujours perçu au travers de ses envies, de ses espoirs, de ses colères, qu'elle ne lui avait jamais vraiment ouvert son territoire, pas plus qu'elle ne l'avait ouvert à son ex ni aux hommes qui avaient traversé sa vie comme des météores. Ni à ses parents. Ni même à sa fille. Luc avait eu raison : elle ne s'était pas lancée dans cette aventure pour chercher Manon, mais pour sortir d'elle-même, pour partir à la recherche de la véritable Jemma perdue dans le labyrinthe de ses conditionnements.

« Je crois que les enfants disparus ont précisément trouvé le moyen de quitter leurs territoires », ajouta Luc.

Les Irakiens les invitèrent à remonter dans le camion. Jemma s'appliqua à contempler les deux convoyeurs d'un regard neuf. Elle les trouva magnifiques avec leurs larges turbans, leurs vêtements amples, leurs barbes noires et leurs sourires éclatants.

« Ali, dit l'un d'eux en posant la main sur sa poitrine.

— Hussein », renchérit l'autre.

Des bruits de pas et de voix transpercèrent l'épaisse bâche. Jemma et Luc devinèrent qu'ils étaient arrivés dans un village. Avant de décharger deux caisses de poissons, Ali et Hussein firent signe à leurs passagers de rester cachés dans le camion et de se taire. Un peu d'air frais ne leur aurait pourtant pas fait de mal, l'odeur mêlée d'herbe séchée et de poisson commençait à les écœurer. La nuit était tombée depuis un bon moment.

Trois pauses thé et un arrêt repas avaient rompu la monotonie de la journée. Le ronronnement du moteur et les trépidations du plancher rendant les conversations fastidieuses, Jemma et Luc n'avaient pratiquement pas échangé un mot en dehors des haltes. Jemma avait espéré une initiative de Luc, mais il n'avait pas changé de position, adossé au montant de bois de la remorque, les yeux clos, les mains posées sur ses cuisses, la tête secouée par les cahots. Elle s'était demandé ce qu'il avait voulu signifier exactement quand il avait dit que sa présence lui faisait du bien. Il est amoureux de moi, en avait-elle hâtivement conclu, et elle s'en était émue jusque dans ses fibres, mais c'était sans doute une fausse interprétation, une illusion entretenue par son propre désir. Les choses n'étaient pas simples avec les êtres humains en général, et moins encore avec un homme comme Luc Flamand.

Ali se faufila sous la bâche et, d'un geste du bras, leur ordonna de le suivre. Des torches disposées sur les murs des maisons aux toits recouverts d'une épaisse couche de neige éclairaient une ruelle dégagée et pavée de pierres luisantes. Les étoiles plaquaient d'argent les courbes douces des collines enneigées. Jemma respira jusqu'à l'ivresse l'air froid et sec de la nuit. Ali se dirigea vers une maison basse dont il poussa la porte entrouverte et les introduisit dans une vaste pièce enfumée. Un foyer central et des lampes à huile suspendues aux poutres dispensaient une lumière tremblotante et ambrée. Quatre hommes, dont Hussein, étaient assis autour du feu de bois dont la fumée s'échappait par une petite ouverture pratiquée dans le toit. Un vieil homme aux cheveux blancs et au visage parcheminé, deux adultes âgés d'une trentaine d'années, le père et ses deux fils à en croire leur ressemblance.

Le vieil homme observa un moment Jemma et Luc avant de prononcer quelques mots d'une voix enrouée. Une jeune femme vêtue d'une robe à fleurs fit son apparition, saisit Jemma par la main, l'entraîna vers une porte latérale, la conduisit dans une deuxième pièce au plafond bas et pourvue elle aussi d'une cheminée où se trémoussaient des flammes silencieuses et lascives. La jeune femme pria la visiteuse de s'asseoir sur une banquette jonchée de coussins et, par gestes, lui indiqua qu'elle allait bientôt revenir. Jemma se sentit humiliée d'avoir été ainsi exclue du territoire des hommes. Elle se souvint que, dans les reportages consacrés aux ousamas avant la guerre, les femmes musulmanes étaient condamnées à vivre dans l'ombre des hommes, l'une des raisons pour lesquelles, d'après les commentaires, la confession islamique était désormais considérée comme hors la loi sur le territoire européen – la loi changeait : les femmes européennes étaient appelées à connaître le même sort si le pouvoir tombait définitivement dans l'escarcelle des chrétiens extrémistes. Les voix graves des hommes lui parvenaient par la porte entrebâillée. Elle en voulut à Luc de l'avoir abandonnée aux mains des femmes. Elle n'était pas musulmane, elle n'avait pas à subir des coutumes qui ne la concernaient pas. Énervée, elle faillit retourner dans la première pièce et s'asseoir parmi les hommes sans leur demander leur avis, puis la conversation du matin avec Luc lui revint à l'esprit, et elle essaya de voir d'où venait sa pensée, quel cheminement elle suivait, de quel conditionnement elle provenait. Des peurs s'agitaient en elle comme des serpents dans un fond de vase, peur de l'enfermement – je ne suis pas enfermée –, peur de l'abandon – je ne suis pas abandonnée –, peur de la violence – personne ne me menace –, peur de l'inconnu – personne ne m'est hostile –, peur de l'humiliation – en quoi suis-je humiliée ?

La jeune femme revint avec un trépied d'argent qu'elle posa sur le tapis devant Jemma. Il contenait une théière, un verre à thé, un morceau de pain et une assiette creuse emplie d'une soupe épaisse.

La jeune femme s'accroupit près de la cheminée et, de l'index, désigna tour à tour le plateau et Jemma. Elle n'interrompit son manège que lorsque la visiteuse eut saisi l'assiette d'une main et, de l'autre, le morceau de pain.

« Samira, dit-elle avec un sourire en se frappant la poitrine du plat de la main.

— Jemma… »

L'absence de pudeur avec laquelle Samira la regarda manger gêna d'abord Jemma, puis elle finit par s'habituer. Des morceaux de légumes et de viande garnissaient la soupe parfumée. Dès que l'assiette fut vidée, la jeune Turque emporta le plateau et disparut dans une autre pièce. Des voix de femmes, des cliquetis, des tintements se mêlèrent aux craquements de la bûche dans la cheminée et au brouhaha des hommes. Samira revint un peu plus tard avec une assiette à nouveau pleine.

Elles étaient maintenant trois autour de Jemma, Samira, une ancienne et une autre jeune femme d'une vingtaine d'années appelée Aïcha. Elles décortiquaient la visiteuse des yeux et entrecoupaient leur observation de sourires, de gloussements, de chuchotements. L'ancienne n'avait plus une seule dent visible dans une bouche qu'elle ouvrait de temps en temps pour lâcher un croassement. Elles tinrent entre elles un conciliabule qui s'acheva en un bouquet de rires. Elles avaient l'air de gamines en train de préparer une farce. Samira se leva, pria les deux autres et Jemma de l'attendre et passa dans la pièce des hommes. L'ancienne et Aïcha peinaient à garder leur sérieux. Jemma n'avait aucune idée de ce qu'elles avaient l'intention de faire, mais elle se sentait unie à elles par une très vieille complicité. Le feu avait désagrégé la bûche dans l'âtre et s'était lui-même condamné à l'extinction.

Samira réapparut au bout d'une dizaine de minutes, les bras chargés d'assiettes et de verres. Elle les posa sur le plateau de Jemma avant de s'asseoir en tailleur, d'ouvrir la main qu'elle maintenait fermée depuis son entrée dans la petite pièce et d'éclater d'un rire égrillard. Jemma découvrit, dans le creux de sa paume, une substance épaisse, blanchâtre et gluante qui ne pouvait être que du… sperme !

Les trois Turques la dévisagèrent d'un air provocant. Elles la mettaient au défi, elle, la femme européenne, la femme libre, de passer dans l'autre pièce et de rapporter la semence d'un homme sans attirer l'attention des autres. Elles lui signifiaient qu'elles, les femmes condamnées au silence et au secret, faisaient ce qu'elles voulaient des mâles vaniteux et bornés, qu'elles pouvaient aller avec n'importe lequel d'entre eux sans que leur mari ou leur père ne s'en aperçoivent. Les hommes imposaient aux femmes la virginité, la fidélité, la soumission, croyant ainsi garantir leur paternité, marquer leur territoire génétique, mais elles étaient les maîtresses absolues des corps et des plaisirs, elles les trompaient et les bafouaient quand bon leur semblait, c'était leur revanche, la vengeance des ombres.

Samira s'essuya la main à l'aide d'un bout de tissu qu'elle tira de la ceinture de sa robe. Jemma lui aurait bien demandé de quel homme elle avait ainsi prélevé la semence, comment elle s'était débrouillée pour le caresser au nez et à la barde des autres, comment elle s'était assurée qu'il n'irait pas la dénoncer ou la trahir par un gémissement ou un soupir échappé, mais elle n'avait aucun moyen de communiquer avec la jeune Turque, les gestes et les grimaces n'y auraient pas suffi. Elle eut un petit pincement de jalousie au ventre lorsqu'elle songea que l'heureux élu pouvait être Luc.

30

Mathilde

Mathilde avait frémi de joie le jour où Georges, son mari, lui avait annoncé qu'il se convertissait, qu'il allait recevoir le nouveau baptême. Elle avait cru qu'il en avait fini avec ses démons intérieurs, qu'il allait enfin devenir le bon mari et le bon père qu'il n'avait jamais été. Il n'avait pas passé une nuit sur deux à la maison depuis qu'ils étaient mariés, souvent rentré à l'aube, puant l'alcool, la cigarette et le parfum de femme, se mettant dans des colères épouvantables à la moindre question, à la moindre réflexion, partant au bureau après une petite heure de sommeil dérobée sur le canapé. Par chance, ses frasques n'avaient pas eu d'incidence sur son travail – il était responsable des comptes professionnels dans une agence de la Banque européenne de crédit –, et il avait conservé le plus précieux des biens dans la période difficile que traversait l'Europe : son emploi. Ils avaient pu continuer à rembourser le crédit du pavillon qu'ils avaient acheté quelques mois seulement après leur mariage (un crédit de cinquante ans, que, selon la loi, leurs héritiers devraient continuer de rembourser s'ils venaient à disparaître avant le terme ; si les héritiers étaient encore mineurs ou dans l'incapacité d'honorer leur engagement, la banque récupérerait sa mise, et nettement plus, en revendant la maison), à entretenir leurs voitures successives, à remplir leur frigo, à acheter les vêtements et les fournitures scolaires des enfants. Oh, ils ne menaient pas grand train, et Mathilde était obligée de jongler avec les comptes pour boucler les fins de mois, mais ils s'en tiraient plutôt bien dans un contexte de misère galopante (entre soixante et quatre-vingts millions de chômeurs officiels selon les derniers chiffres, probablement minorés, du ministère européen du Travail). Sans les incartades de Georges, Mathilde aurait même pu s'estimer heureuse avec ses trois beaux enfants, ses amies et sa maison de 139 mètres carrés (jardin : 223 mètres carrés) située dans une banlieue sud et plutôt agréable de la région parisienne. Elle avait toujours rêvé de fonder une famille et de se consacrer, comme sa mère, à l'éducation de ses enfants. Elle aurait pu entreprendre des études après une scolarité sans histoire, mais elle n'était pas de ces femmes qui avaient l'ambition de concilier vie de famille et carrière professionnelle, convaincue que les enfants avaient besoin d'un élément stable pour croître en toute harmonie, qu'il revenait à la mère d'être la pierre angulaire du foyer. Elle pensait également qu'il convenait de partager le travail en cette période de vaches maigres, qu'un emploi suffisait à faire vivre correctement une famille, qu'il n'était pas décent de cumuler les rentrées d'argent alors que, dehors, des millions de gens n'avaient même pas de quoi s'offrir leur pain quotidien.

Mathilde s'était demandé tous les soirs quelle était sa part de responsabilité dans le naufrage de Georges, mais elle n'avait pas trouvé de réponse, et elle n'avait pas eu d'autre ressource que de pleurer et de remettre sa peine entre les mains de Dieu. De la solide éducation chrétienne que lui avaient donnée ses parents, elle n'avait pas gardé grand-chose, elle avait jeté le fatras rituel et privilégié une relation personnelle, intime, avec le Créateur, sans intermédiaire – une vision probablement hérétique aux yeux de la hiérarchie catholique. Elle considérait Dieu comme un confident intime, comme un ami au regard généreux et au cœur immense qui ne la jugeait pas. Elle ressentait presque physiquement sa présence lorsqu'elle s'asseyait dans son lit, qu'elle s'adossait à son oreiller et qu'elle fermait les yeux pour s'adresser à Lui. Elle se sentait enveloppée d'une intelligence et d'une beauté infinies, qui la lavaient de ses peines, de ses regrets, de ses doutes, qui l'aidaient à supporter son chemin de croix – elle rejetait aussitôt l'expression chemin de croix, elle n'avait pas le droit de s'estimer malheureuse alors que des millions de pauvres hères dormaient dehors par ces grands froids.

Et Dieu semblait l'avoir entendue, Dieu semblait l'avoir exaucée : Georges avait croisé un missionnaire évangélique au cours d'un stage de formation, il avait commencé à fréquenter de petits groupes de rédemption, il avait décidé de renoncer à la boisson, à l'adultère, de se convertir, de renaître au Christ, de recevoir le baptême. Il se rendait régulièrement aux assemblées dans une salle située porte Dauphine, des séances d'exorcisme collectif où, entre deux chansons et prières, des hommes confessaient leurs fautes en public. Mathilde aurait détesté ouvrir le fond de son âme devant des dizaines de personnes, même bienveillantes. Elle ne pouvait contempler la beauté de Dieu que dans le secret. Le vacarme des confessions publiques profanait son âme. Elle avait assisté, sur les conseils de Georges, à l'une de ses réunions où les femmes roulaient dans de puissantes vagues de ferveur. Transpercée, mutilée par les vociférations et les imprécations, elle s'était renfermée sur elle-même et avait prié de toutes ses fibres pour que les autres ne l'obligent pas à monter sur scène. Les aveux des volontaires qui s'étaient succédé à la tribune l'avaient mise mal à l'aise. Elle trouvait ce partage malsain, nauséabond, même paré de compassion, même placé sous le regard aimant du Christ. L'office tournait au concours de la plus belle rédemption. Elle était persuadée que certaines femmes en rajoutaient dans leurs récits, qu'elles offraient à l'assistance l'exemple attendu, comme on jette des morceaux de viande à une nuée de charognards, que leur sincérité, parce qu'elle n'existait que dans le regard et les oreilles des autres, devenait fausse, hypocrite. Elle n'y avait pas remis les pieds, mais elle n'avait pas dissuadé Georges de suivre son propre chemin. Il lui avait semblé normal, au début, d'encourager la métamorphose de son mari. Il rentrait désormais chaque soir avant le dîner, il passait un peu de temps avec les enfants avant de les coucher, il ne touchait plus une seule goutte d'alcool, il ne se vautrait plus devant la télévision, il s'installait dans le lit et s'abîmait pendant des heures dans la lecture de la Bible et d'autres ouvrages religieux, il lui arrivait de pleurer en silence, comme si l'eau sale de sa vie passée s'écoulait par ses yeux, il levait parfois sur Mathilde un regard dont elle ne savait pas s'il était amical ou méprisant, il ne la touchait plus, sans doute parce qu'il avait besoin d'une période d'abstinence avant son baptême, qu'il se purifiait, qu'il refusait pour l'instant de succomber à la tentation de la chair.

Elle appréciait, bien sûr, qu'il ne l'injurie plus, qu'il ne lui crache plus des insanités à la face avec une bouche tordue et des yeux exorbités de dément, mais la tournure que prenaient les événements commençait à l'inquiéter. Georges avait changé à un point tel qu'elle ne le reconnaissait plus. Elle vivait désormais avec un étranger. Un soir, il avait déclaré qu'il avait décidé de prendre enfin sa place de père de famille, qu'il s'occuperait dorénavant des comptes, il exigeait qu'elle lui remette les chéquiers et les cartes, il lui donnerait, au début de chaque mois, l'argent nécessaire aux courses et aux dépenses quotidiennes, à elle de se débrouiller pour tenir son budget, il travaillait pour une banque, il savait de quoi il parlait. Cette décision avait blessé Mathilde bien davantage que les coups ou les insultes. Elle faisait des miracles depuis une quinzaine d'années avec un seul salaire dont plus de la moitié fichait le camp dans les bars et les ventres des prostituées, elle avait réussi à garder le pavillon, à nourrir et vêtir convenablement les enfants, à épargner euro après euro pour offrir à son petit monde des bouts de vacances au bord de la mer. Elle n'en attendait pas de gratitude, car l'orgueil des hommes leur interdit souvent de reconnaître les mérites de leurs femmes, mais elle n'avait pu s'empêcher de ressentir de l'injustice. Pour la première fois depuis bien longtemps, Dieu ne s'était pas présenté à leur rendez-vous quotidien, ses prières s'étaient perdues dans le vide, elle s'était sentie seule, abandonnée, orpheline.

Les jours suivants, Georges lui avait interdit de recevoir certaines de ses amies, qui, selon lui, avaient sur elle une influence néfaste, des « femmes de mauvaise vie, des créatures », il était bien placé pour en parler, quelques-unes d'entre elles avaient partagé ses nuits de débauche, est-ce que tu te rends compte ? elles entrent chez toi avec des paroles d'amitié alors qu'elles sortent des bras de ton mari, je refuse qu'elles souillent ma maison, tu m'entends, je t'interdis de te souiller dans leurs maisons, nous devons nous préparer au jugement dernier. Mathilde aurait dû se révolter, lui hurler qu'elle était assez grande pour diriger sa vie comme bon lui semblait, lui crier qu'on n'effaçait pas ses erreurs en fuyant son passé, lui cracher que ce n'était pas à lui, Georges, ni à ses amis de décider qui siégerait à la droite du Père et qui serait précipité en enfer, elle n'avait pas eu d'autre réaction que d'éclater en sanglots, et ses larmes l'avaient empêchée de prononcer le moindre mot.

« Papa veut nous changer d'école. »

Sara, l'aînée, âgée de treize ans, brunette aux yeux verts, réglée depuis peu, un bout de femme déjà, fait la moue devant son bol de chocolat chaud. Il a encore neigé cette nuit. Dans le jardin, le bonhomme de neige paraît avoir enfilé une veste neuve. On ne voit plus ses yeux (galets) ni ses cheveux (bouts de laine jaune) ni sa bouche (sourire sculpté avec une lame de couteau) seulement le bout pointu de la carotte qui lui sert de nez.

« Je veux rester au collège, moi, j'ai plein de copines. »

Sara était en quatrième au collège public du secteur dont les mérites premiers étaient d'être gratuit et desservi par les transports scolaires. Mathilde savait qu'il y avait aussi un petit copain pour Sara, elle avait lu un mot signé Barnabé et laissé par sa fille sur son bureau (si elle l'avait posé ainsi en évidence, c'était pour que sa mère le lise). Georges s'était mis en tête d'inscrire les enfants à l'institution Saint-Martin située à plus de vingt kilomètres et fondée par un mouvement chrétien – ses inconvénients premiers : chère, six cents euros par mois pour les trois enfants, l'obligation de les conduire tous les matins et d'aller les chercher tous les soirs, trois ou quatre heures consacrées quotidiennement à l'étude des textes religieux.

« Moi aussi je veux rester au collège. »

Rebecca, neuf ans, la cadette, déjà en sixième, boucles rousses (elle les tient de ma mère, disait Georges), nez retroussé (elle le tenait du père de Georges), yeux d'un bleu pâle cerclé d'or (grand-mère de Georges), QI supérieur, notes exceptionnelles (Georges lui-même), air buté (plutôt Mathilde).

« On n'a qu'à partir alors... »

Noé, huit ans, boucles brunes, yeux noisette (Mathilde), petit pour son âge (Mathilde), solitaire, renfermé (Mathilde), scolarité sans éclat (Mathilde), difficultés d'expression, paroles parfois énigmatiques (tu as remarqué qu'on ne comprend jamais rien à ce que racontent les gens de ta famille ? insinuait Georges).

« Partir ? T'es complètement ouf ! rétorque Rebecca d'une voix railleuse. L'année n'est pas finie.

— Partir ? T'es guedin ! renchérit Sara. Je verrais plus mes copines.

— Partir, mon chéri ? s'étonne Mathilde. Pour aller où ? Pour vivre avec quoi ? »

Devant le tollé soulevé par sa proposition, Noé se retire aussitôt dans sa coquille. Difficile de savoir ce qui lui passe par la tête. Mathilde regrette sa réaction et celle de ses filles. Pour une fois qu'il s'exprime, elles auraient dû l'écouter, l'encourager. Elle tente de le relancer.

« Qu'est-ce que tu voulais dire ? »

Noé ne parlera plus, il s'est déjà réfugié à la lisière de son univers, comme s'il demeurait en permanence à cheval sur deux mondes. Mathilde a cru un temps qu'il était autiste, mais le spécialiste consulté a conclu qu'il éprouvait seulement des difficultés à s'incarner, à s'insérer (pas de problèmes avec le père ?), qu'il devait participer autant que possible à des activités de groupe, le sport par exemple. Mathilde l'a donc inscrit à un club de foot, mais le remède s'est révélé catastrophique :

Noé n'a jamais vu l'intérêt de courir derrière un ballon sur les terrains gras de novembre, il est rapidement devenu le souffre-douleur de l'équipe. Mathilde en a parlé à Georges, mais, à l'époque Georges s'en foutait, Georges noyait son désespoir dans l'alcool et les femmes, Georges n'avait pas encore décidé d'être un père de famille, Georges a grommelé que Noé était un avorton trouillard, une chochotte, qu'elle n'avait qu'à lui acheter des poupées, les yeux de Georges s'étaient injectés de sang, il avait une haleine épouvantable de cendrier froid et de fond de vieille bouteille.

Après le départ des enfants, Mathilde paresse dans la cuisine. Depuis quelques mois, elle ne les accompagne plus à l'arrêt de bus, les deux filles le lui ont interdit, elle leur met la honte devant les autres, elles s'assureront que leur petit frère ne ratera pas son bus, elles sont assez grandes, elle peut leur faire confiance. Il semble à Mathilde que la maison, ce symbole de la solidité familiale qu'elle a désiré de toutes ses forces, sa fierté d'épouse et de mère, se referme peu à peu sur elle comme une prison.

Elle commence le ménage sans entrain. Avant, elle se plaisait à tenir sa maison propre, claire, même lorsque les enfants étaient petits et dans ses pattes toute la journée. Elle allume la radio, la voix monocorde d'un journaliste présente les nouvelles du monde : tremblement de terre en Californie, le second en quinze jours, force 8, nombreux morts et dégâts, attendons des nouvelles de nos correspondants sur place ; intensification de l'hiver sur l'Europe, températures encore en baisse, nombreuses chutes de neige en prévision ; collision entre un ferry et un iceberg dans le Channel, plus de six cents disparus ; déclaration du ministre européen des Finances, promesse que la nouvelle dévaluation de l'euro, la sixième depuis la fin de la guerre, favorisera les exportations et résorbera le chômage ; vagues d'arrestations dans les milieux militaires européens soupçonnés de préparer un coup d'État ; raid éclair de l'aviation israélienne sur un rassemblement de tribus belliqueuses en Syrie ; création du Trident, un nouvel espace commercial entre les États-Unis, la Chine et l'Inde ; message du président américain à l'attention de ses « amis » européens : l'Europe, si elle continue de se relever, de se réformer, sera bientôt conviée à rejoindre le Trident, pas comme membre à part entière, mais comme partenaire privilégiée ; rumeur de plus en plus insistante d'une reformation du Comité olympique et de l'organisation de nouveaux Jeux, cinq villes se seraient d'ores et déjà portées candidates, Chicago, Denver, Delhi, Shanghai, Taipei, Bangkok ; après l'assassinat du leader gauchiste Arnaud Segura, surnommé Léon T, règlements de comptes en série entre les groupuscules extrémistes, une quarantaine de morts en moins de huit jours…

Mathilde monte se doucher aux alentours de 10 heures. Étant donné que les enfants mangent à la cantine et Georges au restaurant d'entreprise, elle ne se presse pas. Elle ne reste pas trop longtemps sous l'eau chaude cependant, pensant, avec une bonne dose de naïveté, que l'économie d'énergie profitera à un sans-abri ou à une famille en détresse. Elle aime ces quelques instants où elle ne s'occupe que d'elle, où elle s'observe dans le grand miroir, où elle promène ses mains sur sa peau humide, où elle soupèse ses seins, où elle vérifie que son corps vit et vibre encore. Contrairement à sa mère, qui a toujours assimilé la chair au péché, elle ne s'est jamais méfiée de son corps, elle l'a traité en partenaire, en allié, elle a aimé faire l'amour avec Georges, son premier et son seul homme, elle regrette que l'alcool, les autres femmes et puis maintenant la religion l'aient éloigné d'elle, elle a encore du plaisir à recevoir et à donner. Elle s'est rendu compte, en parlant avec ses amies (les créatures, les femmes de mauvaise vie), qu'elles sont très rares celles dont le corps exulte – elles ont ri aux éclats lorsqu'elles ont évoqué, avec une crudité réjouissante, les obsessions et les travers de ces messieurs. Les créatures ont toutes trompé leur mari, bizarre, si les coucheries ne leur apportent aucune satisfaction, pourquoi s'embêtent-elles avec des amants ? pour vérifier leur pouvoir de séduction, tiens, pour se prouver qu'elles existent, la meilleure façon de s'attacher les hommes, c'est de les agripper par la queue (rires), la leur, mais aussi celle des casseroles (rires).

Mathilde s'attarde dans la salle de bains jusqu'à ce qu'une porte claque. Aurait-elle oublié de tirer le verrou ? Elle sait pourtant que les hordes organisées sillonnent les banlieues en quête de maisons à piller. Comme elles ont écumé pratiquement toutes les ruines, elles s'attaquent maintenant aux zones habitées. Deux maisons ont déjà été vidées dans le lotissement, et les flics ont autre chose à foutre, c'est ce qu'ils ont dit aux malheureux propriétaires, que de s'occuper des bandes, vous n'avez qu'à renforcer les systèmes de sécurité ou vous munir d'une arme. Étrange coïncidence, les représentants d'une société spécialisée en sécurité se sont présentés dans le lotissement deux jours plus tard ; le coût des installations, alarme, blindage des portes et fenêtres, jets de gaz paralysant, n'a pas permis à Mathilde de souscrire à leur offre « exceptionnelle », même avec un crédit de quinze ans ? même.

Elle enfile son peignoir et, le cœur battant, descend l'escalier en s'appliquant à ne pas faire craquer les marches. Personne dans l'entrée, personne dans le salon, personne dans la cuisine. Elle jette un coup d'œil dans le petit jardin habillé de neige, entrevoit deux silhouettes dans l'allée centrale, deux hommes, se plaque contre la porte, s'affole lorsque la poignée tourne sur son axe et lui pince le dos, recule, trébuche, se rattrape de justesse à la table.

« Qu'est-ce que tu fiches dans cette tenue ? »

Georges se tient dans l'entrebâillement de la porte, la main toujours sur la poignée. Elle s'aperçoit que son peignoir grand ouvert ne dissimule pratiquement rien de son corps, qu'un deuxième regard est piqué sur elle par-dessus l'épaule de son mari. Elle se redresse et se rajuste en hâte en bredouillant :

« Je… je ne t'attendais pas. Tu n'es pas à la banque ?

— Ben non, puisque je suis là ! Va te rhabiller. »

Des flocons de neige s'accrochent aux cheveux de Georges déjà parsemés de fils blancs ainsi qu'au large col de son manteau noir. Mathilde s'exécute, consciente qu'il vaut mieux ne pas le contrarier quand il la fixe et lui parle avec une telle froideur. Elle court dans la chambre enfiler des sous-vêtements, des collants de laine, un tee-shirt et une robe, revient sans prendre le temps de se coiffer, trouve Georges et le visiteur assis dans le salon.

« Je te présente le pasteur Doucet. »

Le visiteur lève sur elle des yeux chargés de réprobation, de condamnation. L'air de quelqu'un qui s'apprête à prononcer une sentence, le jugement dernier, peut-être. Elle se croirait presque convoquée devant un tribunal. Elle pense soudain à Noé, elle entend sa voix enfantine : *on n'a qu'à partir.* Qu'a-t-il essayé de lui dire ? Elle brave les yeux couperets du visiteur pour s'adresser à Georges :

« Pourquoi tu n'es pas au travail ?

— T'inquiète pas de ça. Écoute plutôt ce que le pasteur a à te dire. »

Pourquoi écouterait-elle cet homme ? Il se dit représentant de Dieu, et pourtant il n'est pas visité, il n'est pas habité, elle ne perçoit pas en lui la divine présence, l'ineffable beauté, comment ose-t-il parler en son nom ?

« Madame… Mathilde, vous permettrez que je vous appelle Mathilde ? commence le pasteur. Georges, votre mari, va bientôt recevoir le baptême. Il deviendra dans quelques jours un frère en Jésus Christ, et nous devons nous assurer, notre Église doit s'assurer, que sa famille le soutiendra dans sa démarche.

— Ça ne vous regarde pas ! » glapit Mathilde, frémissante de colère, surprise par sa propre audace.

Le pasteur s'essuie la bouche d'un revers de main, efface le sourire froid accroché à ses lèvres par la réaction de son interlocutrice.

« C'est là où vous faites erreur, Mathilde, reprend-il d'une voix posée. Le Christ demande à chacun de choisir. Aux apôtres il a demandé de quitter leurs familles et leurs amis pour le suivre. Et Georges, le nouvel apôtre, n'hésitera pas une seconde entre le Seigneur et vous, n'est-ce pas, Georges ? »

Georges hoche la tête, les yeux rivés sur les tommettes provençales du salon.

« Et moi je dis que vous êtes dans ma maison, que c'est notre histoire, à Georges et à moi, qu'elle ne vous regarde pas. »

Les yeux embués de larmes, Mathilde est désormais incapable de se contenir. Elle regrette de ne pas avoir acheté un pistolet aux spécialistes de la sécurité, ils proposaient des armes défensives tout à fait capables de trouer la couenne d'un intrus, et le pasteur Doucet est un intrus, un pilleur d'âmes, un profanateur de foyers.

« Georges m'avait dit que vous ne sauriez pas entendre la voix du Seigneur, rétorque calmement le pasteur. Mais je souhaitais vous offrir une chance, une dernière chance. »

Il invite Georges à prendre la parole, et Georges, gêné, s'éclaircit la gorge et se tord les mains avant de se lancer.

« Nous allons nous séparer, Mathilde. J'ai prié le Seigneur afin que tu ouvres les yeux, que tu entendes son appel, mais tu es comme ce garçon perdu que nous a présenté notre frère Paul et qui s'est enfui comme un voleur de l'assemblée parce qu'il était incapable de supporter la vérité. J'ai besoin d'une épouse forte à mes côtés, car j'ai décidé de consacrer ma vie aux œuvres du Seigneur, je te laisse derrière moi avec mon ancienne vie puisque tu ne veux pas m'accompagner dans la nouvelle. Je demande le divorce, Mathilde. »

Le mot divorce frappe Mathilde avec la violence d'un coup de poing au plexus. Elle reste quelques instants suffoquée, incapable de reprendre son souffle. Elle a toujours cru qu'un homme et une femme s'épousaient pour le meilleur et le pire, que seule la mort avait le pouvoir de les délier de leur serment, qu'ils traversaient la vie ENSEMBLE, qu'ils ne retiraient ni ne brisaient leur alliance à la première tempête. Georges et elle se sont juré assistance et fidélité, elle s'est donnée à lui corps et âme. Elle a juste la force de murmurer :

« Et les enfants ?

— Il ne vous les laissera pas, intervient le pasteur

— Je ne peux pas te les laisser, tu comprends ? » ânonne Georges.

Elle comprend surtout que Georges et sa paternité tardive ont l'intention de lui enlever les gosses qu'elle a quasiment élevés seule pendant treize ans, la chair de sa chair, sa seule raison de vivre et d'espérer en attendant que Georges reprenne à la fois ses esprits et sa place à la maison. Elle est maintenant au-delà de la colère, baignée d'un grand calme, déterminée.

« Et moi, je ne vous laisserai pas faire.

— Allons, Mathilde, notre Église dispose des meilleurs avocats, déclare le pasteur (mine d'instituteur tançant un enfant pris en faute). Vous n'aurez aucune chance de gagner, vous feriez mieux d'abandonner, de signer ce protocole. »

Il sort deux feuilles imprimées de la poche de sa veste, les défroisse avec soin et les étale sur la table basse.

« En signant ce papier, vous renoncez à exercer vos droits parentaux sur vos enfants, et, en échange, Georges vous garantit de vous rembourser la part de la maison qui vous revient. Si vous refusez de signer, vous perdrez les enfants ET votre part sur la maison. »

Si l'audace de ce type sidère Mathilde, la lâcheté de Georges, en revanche, ne la surprend pas. Elle comprend que l'Église sépare les couples dont l'un des deux membres n'embrasse pas la foi pour récupérer les enfants, les boucler dans des écoles religieuses et les transformer en bons petits soldats. Elle se demande comment sortir du piège. S'assoit, sans force, sur l'un des fauteuils du salon (combien de fois a-t-elle rêvé de changer le canapé et les fauteuils, tellement utilisés, tellement usés qu'ils lui donnent la nausée ?). Renverse la tête en arrière. Ferme les yeux. Un murmure familier monte en elle, pas vraiment un murmure, une vibration plutôt, une présence tellement forte qu'elle en devient palpable. Longtemps que son vieil ami ne s'est pas pointé au rendez-vous.

Que faire, mon Dieu ?

Signe ce papier.

Signer, mais…

Signe, ils ne te chasseront pas aujourd'hui. Nous aurons tout le temps.

Tout le temps de quoi ?

Elle croit entendre un rire.

Aie confiance.

Confiance ? Eux diraient que je suis possédée par le diable.

Ceux qui parlent en mon nom voient le diable dans mes œuvres et me voient dans les œuvres du diable.

Je suis folle, c'est ça ?

Seuls les enfants et les fous m'entendent et me parlent.

C'est devant Georges et ce pasteur que tu devrais te manifester.

Leurs esprits sont dépourvus de fenêtre. Comment pourraient-ils recevoir la lumière ?

Je suis folle, je suis folle. Et plus folle encore si je signe leur papier.

Aie confiance. Et observe Noé, ton fils.

« Eh bien, nous attendons votre réponse… »

La voix acérée du pasteur la tire de son ravissement. Ses joues sont baignées de larmes.

Noé marche sur un côté de la route, indifférent au froid, sous un ciel chamarré d'étoiles. La température est probablement descendue au-dessous de moins quinze. Mathilde le suit à distance, le vent s'engouffre sous son manteau, transperce ses collants, lui mord le bassin et le ventre. Elle a pleuré toute la journée après le départ de Georges et du pasteur. Elle a signé leur bout de papier tout en se traitant intérieurement d'idiote, elle a renoncé à ses gosses malgré son immense amour pour eux, elle les a livrés aux hommes qui voient le diable dans les œuvres de Dieu et Dieu dans les œuvres du diable. Quand les enfants sont rentrés de l'école, elle leur a expliqué la situation d'une voix aussi ferme que possible. Les filles lui ont juré qu'elles resteraient toujours avec elle, qu'elles ne suivraient jamais leur père, Noé l'a fixée d'un air grave. Elles ont essayé de se rassurer toute la soirée par des rires et des gestes complices sans parvenir à dérider le petit dernier. Georges est rentré tard. Il n'est pas monté dans la chambre, il est ressorti une demi-heure plus tard, sans doute pressé de rejoindre un nouvel amour, la femme forte de sa nouvelle vie.

Noé s'est levé aux alentours de 2 heures. Mathilde ne dormait pas. Elle ne l'a pas empêché de sortir. Enfoui dans sa doudoune, chaussé de ses bottes fourrées, il s'est dirigé vers la sortie du lotissement. Il marche bon train malgré ses petites jambes et Mathilde doit forcer l'allure pour ne pas le perdre de vue.

Elle ne sait pas où il va, elle ne sait plus ce qu'elle fait, elle ne sait plus qui elle est, mais elle entend, en elle, autour d'elle, un chant qui lui ravit l'âme.

31

« Elle avait, tu sais quoi ? du sperme dans la main ! »

Jemma avait été obligée de hurler pour dominer le grondement du moteur. Ils étaient partis à l'aube après avoir dormi sur des paillasses propres et relativement confortables. Les femmes avaient entraîné Jemma dans une pièce minuscule aux murs et au sol pavés de mosaïques, puis elles avaient apporté un grand bac empli d'eau chaude, l'avaient déshabillée et l'avaient lavée de la tête aux pieds, usant d'éponges rêches, de poudres végétales et d'huiles parfumées. Crispée au début, elle avait fini par s'abandonner au ballet ensorcelant des mains de Samira et d'Aïcha, qui avaient frotté et massé avec application chaque parcelle de son corps, y compris son cuir chevelu. Elles s'étaient parfois interrompues pour se lancer dans de véhémentes discussions portant visiblement sur les différences entre les Occidentales et les Orientales, sur le grain de la peau, sur la fermeté des seins, sur l'épilation des aisselles et du pubis… Puis les deux Turques l'avaient enveloppée dans des linges, installée sur une banquette, étaient revenues une demi-heure plus tard, l'avaient conduite dans une chambre, avaient désigné l'un des trois matelas et remplacé les linges humides par des étoffes sèches avant de la laisser seule. Elle s'était couchée et aussitôt endormie. Elles l'avaient réveillée le lendemain matin en lui tendant ses sous-vêtements propres, parfumés et encore imprégnés de la chaleur de la cheminée. Jemma leur avait adressé un sourire ému, elle n'avait pas trouvé d'autre façon de les remercier.

« Tu n'as vraiment rien vu ? »

Luc réfléchit, la tête penchée sur le côté. Sa barbe de plus en plus épaisse lui mangeait les joues et lui donnait, avec ses mèches emmêlées, ses traits chiffonnés et ses vêtements négligés, une allure de flibustier.

« Je me suis seulement dit qu'elle mettait un temps fou à desservir.

— À ton avis, quel homme ça pourrait être ? »

Luc marqua un temps de silence, les yeux plantés dans ceux de Jemma.

« Pas moi en tout cas, je m'en serais rendu compte ! Je pencherais pour Ali. Elle est restée un petit moment près de lui.

— Ça me paraît incroyable que les autres n'aient rien remarqué.

— On n'a pas arrêté de fumer, et pas du tabac, hein. On avait tous l'esprit en vrac. Et le mien l'est encore. »

Luc avait repéré un petit accroc sur la bâche, par lequel ils jetaient de temps à autre un coup d'œil à l'extérieur. Ils roulaient sur une piste enneigée bordée de précipices et de pics rocheux tourmentés par le vent et l'érosion. Ali et Hussein avaient expliqué, lors de la dernière halte, qu'ils éviteraient Ankara : Ankara, no, no (ils avaient brandi leurs fusils d'assaut, ils s'étaient frappé la tempe de l'index pour signifier qu'il fallait être cinglé pour aller là-bas) bang, bang, bang (mains en protection devant le visage, mouvements d'esquive, les balles pouvaient surgir de partout). Luc et Jemma en avaient retenu que l'ex-capitale turque était devenue un endroit infréquentable. Bien que partiellement ou totalement détruites, les anciennes métropoles avaient gardé leur statut de point de ralliement. Les villes en ruine se prêtaient à merveille aux trafics et aux règlements de comptes. Les seigneurs de guerre et autres chefs de bandes pouvaient à loisir recruter dans le vivier des rescapés des bombardements. Il suffisait de fournir de la nourriture et un flingue à un pauvre bougre pour en faire un séide.

« On arrive en Cappadoce, murmura Luc, l'œil collé à la bâche. Mehmet Okur avait dit que l'hiver était moins rude dans le sud de la Turquie, mais ça n'a pas l'air de s'arranger. Il faudra que tu attendes encore un peu pour la chaleur. »

Le camion peinait dans les pentes les plus raides. Les convoyeurs n'avaient pas jugé nécessaire de poser des chaînes sur les roues, ou n'en avaient pas à leur disposition, et les sculptures de leurs pneus, pourtant profondes, se révélaient un peu justes dans les passages verglacés. Jemma avait déjà oublié le bien-être engendré par le massage de Samira et d'Aïcha, les frissons de plaisir semés sur sa peau par leurs mains expertes et les coulées d'eau chaude, les senteurs délicates des huiles et des poudres. Le froid et l'odeur de poisson l'imprégnaient jusqu'aux os. Elle ne se voyait pas, pourtant, revenir dans la tiédeur rassurante de sa maison Paul & Virginie. Même si elle retrouvait Manon – elle la retrouverait, l'évidence l'avait frappée sur le bateau de Ditmar, elle n'avait plus de doute à ce sujet – elle ne pourrait pas reprendre le cours de sa vie antérieure, se réinstaller dans les vêtements et les certitudes de la Jemma d'avant.

« Ennuis en perspective… »

Luc avait parlé à voix basse. Il se recula tout en continuant de fixer l'accroc dans la bâche. Le camion venait de s'arrêter, des hoquets secouaient le moteur qui tournait au ralenti. Des hurlements et des crépitements de fusils d'assaut retentirent de part et d'autre de la piste. Luc revint s'asseoir près de Jemma et lui glissa à l'oreille :

« Des villageois, ou des pillards. Ils viennent sans doute d'un bled proche. Il faut se planquer. »

D'une pression sur l'épaule, il invita Jemma à se coucher, s'allongea à ses côtés et tira les couvertures sur eux. Il ajouta, dans un souffle, qu'ils devaient maintenant rester complètement immobiles et silencieux. Jemma se demanda si les caisses de poissons, placées en paravent devant eux, suffiraient à les dissimuler aux yeux des pillards. Elle risquait d'être rapidement gagnée par les crampes si elle ne changeait pas de position. Elle déplaça son bras et sa jambe gauches centimètre après centimètre en s'efforçant de contrôler ses mouvements et sa respiration. Les bruits, dehors, se rapprochaient, crissements de chaussures sur la neige dure, cliquetis de pièces métalliques, voix entremêlées. Jemma tenta encore d'améliorer sa position, mais d'une nouvelle pression sur le poignet, Luc lui ordonna de ne plus bouger. Un claquement de portière. Elle reconnut la voix de Hussein. Impossible de savoir si le convoyeur et ses vis-à-vis se comprenaient. Le débit précipité, haché, de l'Irakien exprimait une émotion paroxystique, colère ou frayeur. Les autres lui répondirent avec la même véhémence, mais en turc. Jemma crut que leur dialogue de sourds allait s'achever en fusillade. Le souffle chaud de Luc lui effleurait le front et le nez, leurs corps se touchaient, et, malgré l'inconfort, malgré la tension, malgré la peur, elle sentit monter en elle le désir sous la triple épaisseur des couvertures qui dégageaient une odeur pestilentielle. Elle ne laissa pas cette fois passer sa chance. Il ne pouvait pas intervenir de toute façon. Elle glissa sa main sous le manteau de Luc avec une lenteur exaspérante, la faufila sous sa veste, sous son pull, sous son tee-shirt, elle toucha enfin son ventre comme une terre promise, sa douceur et sa chaleur l'émerveillèrent, elle garda sa paume plaquée sur sa peau, tout entière absorbée par ce contact, tandis que le brouhaha se déplaçait vers l'arrière du camion. Un homme grimpa dans la remorque, ses pas vibrèrent sur le plancher. Les autres, en contrebas, cessèrent de parler et de s'agiter. Les muscles de Luc se contractèrent sous les doigts de Jemma. Elle crut que chacune de leurs expirations résonnait comme une bourrasque dans le silence oppressant. Envie de tousser, d'éternuer, de hurler. Incroyable comme la gorge et le nez piquent, comme les démangeaisons se font tyranniques lorsqu'on est réduit à l'immobilité et au silence. Des tiraillements dans sa jambe et dans son bras annonçaient l'arrivée imminente de crampes. L'homme se rapprochait, le plancher craquait, tout près, moins d'un mètre sans doute. Jemma entrouvrit la bouche pour desserrer l'étau qui lui broyait la poitrine, ferma les yeux, un réflexe stupide, la peur encore, une balle dans la tête ou dans le ventre, fin de la route, ou, pire, l'intrus emporte les couvertures du canon de son arme, il les découvre là-dessous, il tue Luc comme on écrase une mouche, il la traîne au milieu des siens, ils la violent à tour de rôle, ils la droguent, ils la vendent à des réseaux d'Orient, elle finit sa vie dans un bordel, contaminée par le SIDA, guettée par la folie, elle oubliera jusqu'à son nom, et Manon, Manon… Quelqu'un lui saisit le poignet, lui écarte la main, les couvertures se soulèvent soudain, la lumière brutale lui blesse les yeux.

Luc, penché sur elle, lui posa l'index sur les lèvres. Il lui indiqua par gestes que les pillards s'éloignaient, qu'il fallait encore attendre un peu avant de parler. Elle n'avait pas entendu l'homme sortir de la remorque, comme si la frayeur avait tissé un cocon isolant autour d'elle. Elle remarqua, par l'entrebâillement du manteau et de la veste de Luc, qu'il n'avait pas rabattu son pull ni son tee-shirt. Elle ne regrettait pas d'avoir fait le premier pas. Les choses étaient maintenant claires. À lui de prendre l'initiative s'il le souhaitait – elle le souhaitait. Luc sourit, déboutonna son manteau, sa veste, remonta encore un peu son pull et son tee-shirt et désigna son ventre : elle lui avait planté ses ongles dans la peau, abandonnant une splendide marque rouge quelques centimètres au-dessus de son nombril. Il était resté de marbre malgré la douleur, il n'avait pas poussé un gémissement, pas un soupir.

Une silhouette sombre fit son apparition dans la remorque. Luc se rajusta précipitamment, Jemma se détendit lorsqu'elle reconnut Ali. Le convoyeur leur expliqua (petits coups répétés sur l'avant-bras) que les pillards s'étaient dispersés, qu'ils allaient maintenant reprendre la route. Il prononça le nom d'Osmaniye, dessina avec la main une succession de pics et de vallées et montra avec ses doigts qu'ils arriveraient dans deux jours. Quelques secondes après qu'il se fut éclipsé, le camion se lança à l'assaut d'un col qui se jetait dans un plafond de nuages noirs.

« Vraiment désolée, je ne me suis rendu compte de rien. »

Jemma avait demandé à revoir la tache rouge sur le ventre de Luc. Il s'était exécuté, elle avait distingué les sillons tracés par ses ongles, comme des griffes de chat.

« Et tu ne pouvais même pas me dire d'arrêter…

— Tu aurais retiré ta main. Et j'avais envie que tu la laisses où elle était.

— Tu as eu mal ?

— Je mentirais si je disais non. »

Elle se pencha sur lui et posa ses lèvres sur la plaie. Elle faisait le deuxième pas, elle n'avait pas trouvé d'autre moyen de s'excuser. L'odeur de Luc l'enivra comme un alcool fort. Elle avait toujours été sensible à l'odeur des hommes. Ils pouvaient être beaux, prévenants, intelligents, être dotés de toutes les qualités, elle ne restait pas une heure de plus avec eux si leur odeur lui déplaisait. On s'accommode d'un physique ingrat, d'une voix de fausset, d'une saveur âpre, d'une peau rugueuse, impossible de tricher avec un sens aussi archaïque, aussi implacable, que l'odorat. Elle aimait l'odeur de Luc, elle aimait la texture de sa peau, elle aimait son visage, ses yeux, ses cheveux, son corps, sa voix, son mystère, elle était raide dingue de Luc, elle n'avait plus la force de se défendre, ses digues se rompaient enfin, elle se laissait emporter par le courant, elle acceptait le risque, elle signait de son sang, tant pis si les démons la guettaient sur les récifs en lui promettant déceptions et désillusions. Il lui glissa la main sous le menton, lui releva doucement la tête jusqu'à ce que leurs lèvres se joignent. Elle aima la saveur et la barbe piquante de Luc.

Le camion s'arrêta de nouveau, le moteur se tut cette fois après une série de hoquets d'agonie. Luc se détacha à regrets de Jemma et jeta un coup d'œil par la déchirure de la toile. Ils étaient perdus sur un plateau hérissé de pitons rocheux coiffés de chapeaux arrondis. La neige tombait en abondance et restreignait la visibilité à moins de cinquante mètres.

« Je vais voir ce qui se passe, dit Luc.

— Tu oublies qu'on ne doit pas se montrer en plein jour, objecta Jemma.

— Aucun danger : il n'y a personne d'autre que nous sur cette foutue piste.

— Je t'accompagne. »

Ils s'emmitouflèrent dans des couvertures avant de s'aventurer dehors. Les flocons gros comme le poing se posaient sur les reliefs dans un crissement soyeux. Il n'y avait pratiquement pas de vent, le froid ne paraissait pas virulent, il s'immisçait peu à peu sous les diverses couches de vêtements, s'emparait des corps en traître, se diffusait ensuite jusqu'aux nerfs, jusqu'à la moelle. Le genre de froid qui tuait un homme sans qu'à aucun moment il ne puisse s'en défendre. Ils trouvèrent les deux Irakiens à l'avant du camion, penchés sous le capot relevé. Une importante coulée de neige avait coupé la piste un peu plus loin.

Ali pointa l'index sur une durite fêlée d'où s'échappait un léger panache de fumée, puis il montra tour à tour le ciel et la piste : ils ne pourraient pas franchir le col tant que la neige continuerait de tomber, il leur faudrait patienter, attendre que le temps s'améliore, *Inch'Allah*.

« On va crever de froid, on ne peut même pas faire de feu… »

Jemma ne parvenait déjà plus à maîtriser sa voix ni les tremblements de ses membres.

« Il faut qu'on se tienne tous les quatre dans un espace fermé, avança Luc. Qu'on récupère un maximum de chaleur humaine. »

Il se mit d'accord avec les Irakiens pour installer une cellule de survie à l'intérieur de la remorque. Ils récupérèrent toutes les couvertures disponibles, en étalèrent deux sur le moteur avant de refermer le capot, dressèrent, au fond de la remorque, une cabane de tissu d'un mètre cinquante de longueur, d'un mètre de profondeur et d'un mètre de hauteur, fixée d'un côté aux ridelles et de l'autre aux caisses de poisson. Ils y entassèrent tous les vivres disponibles ainsi que deux bouteilles de thé auparavant tenues au chaud dans un compartiment attenant au moteur. Après avoir vérifié que les portes et les vitres étaient hermétiquement fermées, ils se faufilèrent dans leur abri précaire. Jemma et Luc s'assirent contre la cloison du fond et se blottirent l'un contre l'autre, Ali et Hussein s'adossèrent, en face d'eux, aux caisses de poisson soutenant les couvertures et se tinrent également tous les deux serrés. Ils burent du thé encore chaud dans deux gobelets d'argile, puis ils mangèrent des galettes de blé dures et des dattes séchées. Jemma ne parvenait pas à se réchauffer malgré la proximité de Luc, les calories apportées par la nourriture et la température plus clémente sous les couvertures. Le froid débordait de ses pieds et de ses mains pour gangrener son tronc, son cou et son cerveau. Alarmé par ses tremblements, Luc la déchaussa, lui retira ses chaussettes et la tourna vers lui pour glisser ses pieds nus sous son tee-shirt. On n'entendait pratiquement plus le crissement des flocons sur la bâche. La neige s'accumulait sur le camion. Elle avait le mérite de l'isoler du froid en bâtissant une sorte d'igloo autour de lui, mais elle risquait, si elle continuait de tomber avec la même intensité, de les ensevelir définitivement. Le sang circulait à nouveau dans les pieds de Jemma, accompagné de douleurs fulgurantes. Des épingles chauffées à blanc.

Elle se recroquevilla contre Luc en position de fœtus pour récupérer un peu de sa chaleur. Elle avait vu, à la télévision, un reportage consacré aux « noyaux de chaleur » et jugé indécents ces entassements de corps anonymes dans les caves des immeubles en ruine. Elle comprenait maintenant que c'était pour les sans-abri la seule façon de survivre dans les villes d'Europe assiégées par l'hiver. Cette fichue tendance à juger ce qu'elle ne connaissait pas.

Le silence sépulcral absorbait tous les bruits, y compris la respiration sifflante de Hussein assoupi. Jemma lutta de toutes ses forces contre le sommeil qui l'engourdissait. Elle ne pouvait plus suivre le cours de ses pensées, elles s'égaraient dans un labyrinthe ténébreux, fascinant. Elle ne se réveillerait plus si elle s'endormait maintenant, la nuit n'était pas tombée, la mort exploiterait sa faiblesse pour s'emparer d'elle, je n'ai pas peur de la mort, plus maintenant, j'aimerais revoir Manon avant, une seule fois, je voudrais rester encore un peu avec Luc, quelques jours, je n'ai pas commencé ma vie, je ne suis pas née… pas née…

Elle se réveilla en sursaut. Son premier réflexe fut de se reprocher son manque de vigilance. Elle se promit d'être plus attentive la prochaine fois. Sa deuxième pensée fut de se dire qu'elle avait de la chance d'être en vie. Elle ouvrit les yeux, tendit le bras, balaya l'espace, se rendit compte que Luc et les deux Irakiens avaient quitté l'abri. Avant de sortir, ils avaient détaché quelques-unes des couvertures qu'ils avaient étalées sur elle. De même, ils lui avaient remis ses chaussettes et ses chaussures. Elle remua sans difficulté ses doigts de pieds, signe que le froid avait totalement déserté son corps. Elle demeura quelques instants à l'écoute du silence, finit par entendre des coups répétés et lointains, se redressa. Saisie d'un léger vertige, elle avisa une galette de blé laissée sans doute à son intention ainsi qu'une bouteille à moitié remplie. Elle mangea un bon tiers de la galette, but plusieurs gorgées de thé froid, rampa ensuite hors de la cabane de tissu, ou de ce qu'il en restait, parvint à se lever, s'appuya sur une caisse de poissons jusqu'à ce que ses jambes cessent de flageoler. Une faible lumière se glissait par les interstices de la bâche. La nuit n'était pas encore tombée. Elle avait donc dormi deux ou trois heures. Les coups résonnaient de plus en plus fort tout autour d'elle. Elle se demanda ce qu'elle devait faire, puis, n'y tenant plus, elle décida d'aller voir ce qui se passait dehors. Elle écarta un pan de la bâche. Se trouva face à une paroi d'une blancheur menaçante qui montait pratiquement à hauteur de son visage. Un mur de neige. Les hommes l'avaient creusé sur un côté pour se frayer un passage. Elle aperçut, par l'espace libre entre le faîte du mur de neige et le haut de la remorque bâchée, un pan de ciel d'une pâleur matinale. Le jour ne se couchait pas, il se levait. Elle avait dormi toute la nuit. Une quinzaine d'heures d'affilée.

« Luc, tu es là ? » cria-t-elle.

Sa voix sembla se pulvériser dans le silence. Les coups s'interrompirent. Quelques instants plus tard, Luc se glissait sous la bâche, suivi d'Ali et de Hussein. Des fragments de neige dure s'accrochaient à leurs vêtements, à leurs turbans, à leurs cheveux, à leurs chaussures et à leurs gants. Les deux Irakiens étaient munis d'outils aux manches courts qui ressemblaient à des pioches ou des bêches, Luc d'un large racloir métallique.

« Comment te sens-tu ?

— Ça va. Qu'est-ce que vous fichez dehors ?

— La neige est tombée toute la nuit, il y a eu des coulées depuis les pentes voisines, on essaie de dégager le camion.

— On a des chances de repartir ? »

Luc haussa les épaules.

« Je ne sais pas si le camion est capable de redémarrer. » Il désigna Ali et Hussein d'un mouvement de tête. « Faisons-leur confiance : ils sont débrouillards. Ils ont dû le remettre en route un paquet de fois.

— Qu'est-ce que je peux faire pour vous aider ? »

Luc la prit dans ses bras et l'embrassa sur les lèvres.

« Attendre au chaud. Et, surtout, rester en vie. »

32

Louis

Pour les mortels, la mort n'est pas un mal, mais une bénédiction.
Inscription anonyme trouvée à Éleusis.

Louis connaissait beaucoup de monde depuis qu'il faisait partie du groupe évangélique de la porte Dauphine. Un certain Georges était même tombé amoureux de sa sœur qui, malgré son beau prénom, Désirée, et malgré un physique avantageux, n'avait pas encore attiré le regard d'un homme – d'un autre homme que son frère. Elle allait sur ses vingt-sept ans et elle était toujours vierge. Louis n'avait jamais vu un homme sortir de sa chambre, et, comme elle rentrait tous les jours à 5 heures après son travail, comme elle ne sortait de la maison que pour se rendre aux offices ou aux assemblées évangéliques, les chances étaient vraiment très minces, pour ne pas dire nulles, qu'elle eût un jour goûté au fruit défendu. Pour sa part, Louis avait eu quelques expériences avec des professionnelles, décevantes car dépourvues de ces émois auxquels on associe généralement la célébration de la chair, du moins à en croire les livres sulfureux qui se mouraient de poussière dans le grenier de la maison. Âgé de trente-deux ans, il cherchait encore la femme – autre que sa sœur – qui lui donnerait des enfants, qui garderait son foyer et l'accueillerait chaque soir avec un tendre sourire. Quelques-unes des épouses possibles étaient entrées chez lui, mais, pour une raison qu'il ne parvenait pas à élucider, aucune d'elles n'avait souhaité s'engager dans une relation approfondie. Il s'observait dans le miroir, se demandait ce qui, chez lui, avait bien pu les décourager, sa calvitie naissante, ses oreilles légèrement décollées, son nez un peu fort, ses dents plantées n'importe comment dans sa bouche, sa maigreur… Une relation solide n'était sûrement pas fondée sur les seuls critères physiques – ou bien Désirée aurait depuis longtemps trouvé chaussure à son joli pied. Alors il s'était résigné à attendre l'élue, celle qui l'accepterait tel que la nature l'avait fait, elle ne le regretterait pas, il saurait se montrer bon époux et bon père.

Louis n'aimait pas Georges, qui s'efforçait pourtant d'être agréable, il désapprouvait Désirée de vouloir partager la vie d'un homme qui avait eu trois enfants d'une autre femme – mais n'importe quel homme aurait certainement provoqué chez lui les mêmes allergies. Il avait entendu couiner la porte d'entrée du pavillon familial la nuit dernière, il avait perçu des grincements dans l'escalier et le couloir du premier étage, puis les bribes étouffées d'une conversation, il s'était douté que Georges, encouragé par le pasteur à se séparer de sa première femme, rendait visite à sa nouvelle fiancée, il avait passé une nuit atroce à les imaginer en train de s'embrasser ou pire, mais il n'avait pas croisé l'intrus le lendemain matin, signe que Désirée attendrait d'être officiellement mariée pour l'accueillir dans son lit. Sa petite sœur lui appartenait encore un peu. Mince consolation.

Louis travaillait dur pour oublier une solitude que ne parvenaient pas à égayer les soirées devant la télévision ni les jeux de société partagés avec la seule partenaire disponible, Désirée, hélas prévisible et trop facile à battre. Négociateur pour le compte d'une société immobilière des Hauts-de-Seine, Louis ne rentrait jamais avant 8 heures. Chaque soir, tandis que ses collègues quittaient un à un les bureaux, il épluchait ses fiches pour vérifier qu'il n'avait pas oublié de relancer un client potentiel. L'immobilier avait flambé au sortir de la guerre : les villes bombardées manquaient de logements et l'incohérence des gouvernements nationaux avait considérablement retardé l'ambitieux programme de construction décidé quatre ans plus tôt. Le prix du mètre carré, jusqu'à douze mille euros dans Paris *intra-muros*, entre six et huit mille dans la première couronne, entre trois et cinq dans la grande couronne, avait écarté de l'accession à la propriété toute une population de cadres moyens, de petits commerçants et de fonctionnaires. Même avec des crédits de cinquante ou soixante ans, de plus en plus rares étaient ceux qui avaient les moyens de financer leur logement. Et puis bon nombre de couples refusaient de transmettre des dettes à leurs enfants, voire à leurs petits-enfants. Les gens n'étaient pas tout à fait idiots : ils se rendaient bien compte que le système de crédit sur deux ou trois générations, présenté comme l'indispensable première pierre du patrimoine familial, profitait principalement aux banques et autres organismes financiers. La plupart des débiteurs mouraient ou abandonnaient avant la fin des remboursements, les héritiers ne voulaient ou ne pouvaient pas reprendre le crédit à leur compte, les banques saisissaient le bien et le revendaient deux ou trois fois plus cher, le récupéraient à nouveau dix ou douze ans après, le revendaient à nouveau en réalisant une belle plus-value, bref, un marché qui tournait en circuit fermé et ne facilitait guère le travail des agences immobilières. Louis ne se plaignait pas. Il s'était spécialisé dans le foncier, les quartiers de banlieue rasés par les bombes et peu à peu reclassés en terrains à bâtir. Il s'était constitué un portefeuille de gros clients, particuliers ou promoteurs, en chasse de toutes les parcelles disponibles de la région parisienne. Il avait eu l'habileté de laisser Paris *intra-muros*, objet de toutes les convoitises, aux chasseurs de prestige. Pendant que les nuées de vautours s'abattaient sur la plus belle dépouille, il avait tranquillement contacté les mairies des villes de banlieue et noué avec elles des contacts privilégiés qui lui donnaient souvent une longueur d'avance sur ses concurrents. Les patrons de l'agence, M. et Mme Marillaud, l'estimaient comme le fils qu'ils n'avaient pas eu, enfin, ils avaient engendré un fils, mais, comme l'ingrat passait son temps à glander et à fumer des pétards dans sa chambre, ils l'avaient renié et chassé de leur horizon, ils n'avaient donc plus de fils, si Louis voulait bien prendre la place, ce serait avec un grand plaisir, tous les parents auraient aimé avoir un garçon comme lui. Au fait, et vos parents, vous n'en parlez jamais ? Morts, avait répondu Louis, papa d'une grippe aviaire foudroyante, maman s'était éteinte une nuit à l'âge de quarante-neuf ans, on ignorait les causes de son décès. Louis et Désirée avaient découvert à l'occasion que leurs parents, prévoyants, avaient fini depuis longtemps de payer le pavillon de Montrouge. Ils s'étaient retrouvés propriétaires après s'être acquittés de l'impôt sur la succession (un crédit sur leurs deux têtes qui s'achèverait dans cinq ans). Louis se disait parfois que la mère Marillaud, une femme encore désirable à cinquante-six ou cinquante-sept ans, aurait bien poussé la relation filiale du côté de l'adultère – et donc de l'inceste, du moins sur le plan symbolique. Malgré quelques regards et frôlements insistants, ils n'étaient jamais passés à l'acte, certaines choses ne se faisaient pas entre membres de la même congrégation.

Il arrivait à Louis de revoir ses anciens amis. Il se rendait chez eux avec l'intention de les convertir et de se délier ainsi de la promesse, prononcée en public le jour de son baptême, de ramener dix personnes au moins dans le giron du Christ. Il n'en était qu'à deux pour l'instant, un ami d'enfance sur lequel il avait une telle influence qu'il aurait pu l'entraîner dans n'importe quelle secte satanique, un collègue de travail timide et complexé qui n'était pas resté longtemps à l'agence. De temps à autre, il ouvrait son carnet d'adresses, choisissait un nom, composait le numéro de téléphone et, si son correspondant n'avait pas déménagé ou changé de numéro, il essayait d'obtenir un rendez-vous. Certains l'avaient sèchement envoyer balader, d'autres ne se souvenaient plus de lui, d'autres n'avaient pas le temps, d'autres enfin acceptaient de le revoir après toutes ces années, qu'est-ce que tu deviens ? pas encore marié ? qu'est-ce que t'attends ? moi, j'ai déjà trois gosses, viens à la maison, ça me fera plaisir… Le plaisir ne durait pas, ils n'avaient plus rien à se dire, il ne plaisait pas à la femme, ou aux enfants, ou au chien, il débitait d'une voix monocorde son petit baratin évangélique, il prenait congé et s'enfuyait comme un voleur, plus difficile de cerner les âmes que de vendre des terrains en région parisienne.

« Est-ce que tu t'es inscrit au voyage en Terre Sainte ? »

Assis dans la cuisine – il se croyait déjà chez lui –, Georges couvait Désirée, affairée devant la gazinière, d'un regard possessif, le même regard que jetait un nouveau propriétaire sur son logement.

« Des nouvelles de ton fils et de ta femme ? demanda Louis d'un ton rogue, façon de rappeler au visiteur qu'il était encore marié, qu'il avait plus urgent à faire, sûrement, qu'à se consacrer à ses nouvelles amours.

— Mon ex-femme, tu veux dire, corrigea Georges. Il ne s'agit pas d'un enlèvement selon la police. Mais d'une fugue. Mon ex refuse le divorce. Elle s'est enfuie avec le dernier. Elle reviendra dans peu de temps. Je ne suis pas inquiet. Elle n'est vraiment pas maligne en tout cas : elle vient de renoncer à ses derniers droits. »

Désirée et Georges s'échangèrent l'un de ces interminables sourires enamourés qui excluaient le monde entier de leur univers et avaient le don d'horripiler Louis. S'il avait observé attentivement sa réaction, il se serait certainement rendu compte qu'elle était très proche de la jalousie. Il se massa les yeux et les tempes pour chasser la fatigue intense qui s'abattait brusquement sur lui.

« Et toi, Georges, tu iras en Terre Sainte ?

— Désirée et moi aimerions nous marier à Jérusalem.

— Qu'est-ce qui vous en empêche ? Tu n'as pas d'argent, Georges ?

— Essayons d'en trouver. Tu peux m'en prêter ? »

Louis avait amassé une bonne réserve en huit ans de travail acharné, mais il n'avait pas l'intention de partager avec quiconque, encore moins avec un homme qui lui piquait sa sœur et lui arrachait une partie de sa vie. De toute façon, il n'avait jamais aimé donner. Désirée coupa le feu sous une casserole et embrassa Georges avant de mettre la table.

« L'immobilier ne va pas très fort ces jours-ci. »

La moue dubitative de Georges signifiait qu'il n'était pas dupe. Louis se souvint que son futur beau-frère travaillait dans une banque, pas celle où étaient virées ses commissions, mais il lui suffisait certainement de pianoter sur les touches de son ordinateur pour avoir accès à l'ensemble des comptes. Il n'ignorait donc pas que Louis disposait d'une somme de cent mille euros sur son compte courant et de trois cent mille sur son compte-épargne. Salopards de banquiers, pardon Seigneur.

« L'immobilier, c'est pas comme la banque : on peut rester plusieurs mois sans toucher un seul euro… »

Louis prit conscience qu'il était en train de se défendre alors qu'il n'avait pas encore été attaqué. Principe de base de la vente, pourtant : rester impassible, ne jamais dévoiler ses intentions le premier. Georges hocha la tête sans se départir de son agaçante petite moue.

« Arrête, tu vas me faire pleurer.

— Louis ressemble à papa : il n'aime pas dépenser son argent, intervint Désirée. Il y a pourtant plein de choses à refaire dans la maison. »

Elle avait puisé son audace dans le regard langoureux de son promis ; seule, elle n'aurait jamais eu le courage de lancer ce genre de réflexion. Louis regretta amèrement de lui avoir présenté Georges à la sortie de la salle de la porte Dauphine. Il était désormais exclu de sa vie. Il ne retrouverait jamais une femme aussi jolie, aussi désirable, aussi dévouée que Désirée. Il ravala son dépit, changea de sujet :

« Je croyais que les vols étaient suspendus entre l'Europe et le Moyen-Orient…

— Pas pour tout le monde. Certaines congrégations ont passé des accords avec l'État israélien. »

Louis enfila son manteau et se dirigea vers la porte.
« Tu ne restes pas avec nous pour le dîner ? demanda Désirée.
— Je vais voir un ami. »

L'ami en question s'appelait Armand Cellier. Louis n'avait pas eu l'intention de rendre visite à quelqu'un ce soir, mais, après avoir quitté la maison et marché un long moment dans les rues enneigées, il avait composé, sur son téléphone portable (il avait obtenu une connexion au réseau Europhone depuis seulement une quinzaine de jours), le numéro d'un nom choisi au hasard dans la mémoire de son appareil. Armand avait décroché, lui avait répondu qu'il se souvenait très bien de lui, qu'il serait très heureux de le revoir, qu'il pouvait passer maintenant s'il le voulait, 54 avenue Félix-Faure, dans le 15e arrondissement, métro Boucicaut, tout proche de Montrouge, troisième étage gauche. Louis accepta l'invitation, pas chaud pour retourner à la maison et se farcir toute une soirée les deux tourtereaux dégoulinants de bonheur béat. Tandis qu'il attendait le métro, il essaya de rassembler ses souvenirs concernant Armand Cellier. Ils s'étaient connus à l'école de commerce de Nanterre, images assez nettes d'un mec mystérieux, toujours fourré dans des plans bizarres, tenant des propos terrifiants sur l'humain, le plus qu'humain, la nécessité d'émigrer, pas dans un autre pays, non, dans une autre enveloppe où l'organique n'occupe aucune place, se transférer, exactement comme des données informatiques, dans un support plus fiable que le corps humain, éviter le pourrissement organique, les émotions, l'irrationnel en général, la fatalité génétique. Louis s'était rendu une fois, une seule, à une réunion organisée par des connaissances d'Armand. Il avait été question pendant deux heures de la négation pure et simple de l'être humain, ce parasite prédateur dépourvu de raison, coupable des crimes les plus abominables et des pires déprédations depuis la nuit des temps, de son remplacement par une forme de vie purement logique.

Louis était maintenant curieux, impatient presque, de rencontrer Armand, de voir comment il avait digéré son extrémisme, comment il avait évolué. La plupart de ses relations d'avant sa conversion étaient devenues des mères ou des pères de famille appartenant à cette classe moyenne en train de sombrer dans les remous soulevés par la guerre, de braves gens qui se débattaient comme de beaux diables, qui couraient sans cesse après leurs fins de mois sans jamais les rattraper. Quelques-uns s'étaient tournés vers les différentes congrégations proliférant sur la dépouille européenne, les seules structures qui offraient un minimum de solidarité dans un vieux continent abandonné aux charognards. Louis ne se faisait guère d'illusion sur lui-même, sur sa relation avec le Christ, sur sa quête spirituelle. Il considérait la puissance de l'Église comme un atout majeur en cette période troublée. On augmentait ses chances de s'en tirer convenablement si on appartenait à un cercle. Les nouvelles organisations, pionnières et dynamiques, remplaçaient les vieilles structures démantelées et grinçantes. On avait juste à signer un pacte de partage avec les autres membres, plus besoin de lois, plus besoin de formulaires, plus besoin de démarches, la ferveur suffisait. Louis se sentait en sécurité depuis qu'il avait trempé dans l'eau du nouveau baptême.

Armand habitait un vieil immeuble à la façade sombre qui portait encore les stigmates des bombardements. L'identificateur de la porte d'entrée ressemblait aux digicodes d'avant-guerre ; il ne fonctionnait pas, en tout cas. De même un panneau jauni accroché à l'antique grille indiquait que l'ascenseur était en panne. Louis s'engagea dans l'escalier tournant et arriva sur le palier du troisième essoufflé. Il n'eut pas besoin de sonner, il poussa la porte entrebâillée de l'appartement de gauche, qui se referma derrière lui dans un claquement, passa dans un vestibule sombre encombré de vêtements et de chaussures poussiéreux. L'air imprégné d'une atroce odeur de renfermé paraissait aussi épais que de la boue. Louis tenta, d'une profonde expiration, de desserrer l'angoisse qui lui sautait à la gorge.

« Armand ?

— C'est toi, Louis ? Viens. »

Louis entra dans une pièce plongée dans la pénombre où régnait un désordre insensé, meubles disposés en dépit du bon sens, objets de toutes sortes, piles de livres, vêtements entassés, chiffonnés. La puanteur le dissuada pendant quelques instants de respirer.

« T'es où ?

— Juste devant toi. »

Les yeux de Louis s'accoutumèrent peu à peu à l'obscurité. Une forme immobile sur un vieux fauteuil en cuir. Il ne l'avait pas remarquée.

« J'oublie toujours que les humains ne sont pas nyctalopes… »

Louis ne distingua aucun mouvement ni n'entendit aucun déclic, mais une ampoule au plafond s'emplit peu à peu de lumière. Il eut un mouvement de recul lorsqu'il vit Armand, enfin, la créature qui parlait avec la voix d'Armand.

« Réaction typiquement humaine. Les hommes ont d'abord peur de ce qu'ils ne connaissent pas, ensuite ils tentent de le détruire. Il leur faut déjà des siècles, voire des millénaires, pour apprendre à se supporter entre eux, alors, avec les nouvelles formes de vies... »

Nouvelle forme de vie était le terme le plus approprié pour décrire le... la chose qu'était devenu Armand. Il ne restait plus grand-chose de son visage ni de son crâne nu, sertis de plaques ou de conduits plus ou moins translucides et traversés de courants vaguement lumineux. Plus de bouche, plus de nez, plus d'yeux. Aucun vêtement sur son corps, seulement des plaques taillées dans une matière grise que Louis n'avait encore jamais vue et reliées entre elles par des articulations souples. Par endroits, se devinaient des morceaux de peau et des bourrelets cicatriciels, les seuls vestiges, avec les mains, de l'organisme originel d'Armand. L'ensemble évoquait un androïde raté, monstrueux, des films de science-fiction d'avant-guerre. Louis se souvint de l'étudiant Armand dans les vestiaires de la salle de sport de l'école de commerce, de son corps maigre, un peu voûté, légèrement velu. Un corps tout à fait normal.

« Comme tu peux le constater, nous sommes allés au bout de notre démarche, de notre logique. Enfin pas tout à fait, puisqu'il nous reste encore à franchir quelques étapes avant de basculer définitivement dans une autre forme d'existence. » Armand leva les mains. « On n'a pas encore trouvé d'outil plus pratique que les mains, par exemple. Mais ce problème devrait être résolu dans peu de temps. Nous sommes nos propres expériences. Nous supprimons un à un les organes. Nous avons commencé par les moins importants, un poumon, un rein, la rate, les intestins... Notre but est de réduire peu à peu les besoins et les fonctions organiques tout en maintenant nos facultés, et même en continuant de les développer, en transférant progressivement l'ensemble de nos données sur un support infaillible. De devenir, en quelque sorte, nos propres ordinateurs. Nous pensons que les modifications purement génétiques sont insuffisantes, trop aléatoires, trop liées à l'organique. Pour l'instant, nous avons encore besoin d'un fatras mécanique, cybernétique, mais nous planchons sur un programme de nanotechnologie qui nous permettra de nous adapter en permanence selon nos besoins, de proposer une réponse adéquate à chaque situation. Je peux déjà me passer de manger, je me dispenserai bientôt de respirer. Dans quelque temps, mon cher Louis, nous aurons effacé tout vestige de l'anthropocentrisme. »

Bouleversé, Louis n'avait plus qu'une envie, s'évader de ce cauchemar, s'enfuir au triple galop. L'odeur et l'aspect d'Armand lui retournaient les tripes. Il garda les yeux baissés sur le sol jonché de déchets impossibles à identifier.

« Sais-tu qu'en ce moment je suis relié à plus de dix mille autres PH ?

— PH ?

— Post-humains. Dix mille individus qui partagent l'aventure, qui mettent en commun leurs données. Un réseau connecté en permanence. Nous avons d'abord piraté d'anciens circuits abandonnés de fibres optiques, puis nous avons trouvé de nouveaux moyens de communiquer en utilisant les propriétés conductrices de molécules présentes en grande quantité dans l'atmosphère. L'image que je capte actuellement est reçue simultanément sur dix mille récepteurs. Dix mille PH des cinq continents voient en ce moment ton visage, Louis, et me renvoient en retour des milliers d'informations à ton sujet. Les informations contenues dans les fichiers informatiques, bien sûr, ah ? tu ignorais que tu étais fiché ?

mais pas seulement. Rien qu'en t'observant, en analysant tes traits, tes expressions, tes yeux, ton attitude, ta voix, nous pouvons dresser de toi un portrait complexe. Nous ne décodons pas seulement tes réactions actuelles et grossières comme le dégoût ou la colère, mais ton état physique, psychologique, émotionnel, pathologique. Tu es très contrarié, Louis.

— Qu'est-ce que… »

Les mots se bloquèrent sur les lèvres de Louis. Il s'éclaircit la gorge, tenta de reprendre le contrôle de ses pensées.

« Qu'est-ce que j'ai à voir avec tout ça ? Pourquoi… pourquoi m'as-tu demandé de venir ? »

Armand ne répondit pas tout de suite. Louis se sentit dépecé, décortiqué par des milliers de regards, s'efforça malgré lui de présenter un visage neutre, impassible.

« Bel effort, Louis. Mais il y a une grande différence entre ce qu'on a la volonté de paraître et ce qu'on est. Les humains ne savent pas voir. C'est toi qui m'as appelé. Et j'ai perçu une grande détresse dans ta voix. Tu cherches l'apaisement que tu n'as pas trouvé dans le nouveau baptême.

— Comment tu sais que… »

Louis se tut, se rappelant qu'il avait reçu la réponse à cette question quelques instants plus tôt.

« L'apaisement, tu le cherches dans la mort, Louis.

— Mais… je n'ai pas l'intention de me suicider !

— La mort est déjà en toi. La même maladie que ta mère. Une forme de leucémie foudroyante, d'autant plus dangereuse que totalement indolore. Il ne te reste qu'une quinzaine de jours à vivre. »

Le sang de Louis se glaça. Il n'eut pas le réflexe de se révolter. Il sut, oui, il sut qu'Armand avait raison, les coups de barre, les sautes d'humeur, le manque d'appétit, l'impression de porter sur ses maigres épaules toute la fatigue du monde…

« Deux solutions, reprit Armand. Tout dépend de toi, de ta croyance en une vie *post mortem,* de ta rage de survivre. Soit tu vas voir ton médecin demain à la première heure, il diagnostique la maladie s'il est compétent, il t'obtient, si tu as de l'argent – et tu as de l'argent – une transfusion immédiate, il recule de deux mois, au mieux, l'échéance. Soit tu rejoins le réseau PH.

— Et… »

Les jambes de Louis se dérobèrent.

« Il y a un fauteuil derrière toi. Assieds-toi. »

Louis, en se laissant tomber dans le fauteuil, souleva un épais nuage de poussière.

« Il y a bien longtemps que le ménage n'a pas été fait dans cet appartement. Nous avons encore la possibilité de prendre la maladie de vitesse. Il te faut seulement renoncer à la chimère organique. Et accepter de partager tes données avec les autres PH. Accepter de ne plus être le Louis que tu crois connaître, de devenir plus, nettement plus, que le Louis que tu crois être. De tenter une nouvelle aventure. La grande aventure. Si tu choisis cette seconde solution, je t'indiquerai la marche à suivre pour commencer ta transformation.

— Pourquoi… »

Louis n'eut pas la force d'aller jusqu'au bout de sa question.

« Plus le réseau PH récolte de données, plus il s'enrichit et plus il devient performant. Tu n'es pas obligé de donner une réponse ce soir. Il te suffira de me téléphoner demain ou après-demain avant 12 heures, dernier délai. Le téléphone est une technologie rétrograde, certes, mais j'identifie instantanément les appels et je n'ai pas besoin d'appareil pour répondre. »

Louis a décidé de rentrer à pied. Lorsqu'il est sorti de l'immeuble de la rue Félix-Faure, l'air de Paris lui est apparu comme le plus pur, le plus délicieux qu'il ait jamais respiré. Il a pensé un moment qu'il a rêvé toute cette histoire, que le monstre Armand et la maladie qui le ronge n'ont existé que dans son imagination, puis, tandis qu'il marche sur le trottoir verglacé sous un ciel bercé d'étoiles, tandis que le froid vif s'infiltre sous ses vêtements et dans ses chaussures, il repense à la proposition d'Armand : elle ressemble étrangement à un pacte avec le diable.

33

Rome n'est quasiment plus. La guerre contre les ousamas
et le règne éphémère de l'archange Michel ont poussé
la papauté chancelante dans les oubliettes de l'histoire.
Le dynamisme chrétien nous vient de l'Ouest, de l'autre
côté de l'Atlantique. La chrétienté éprouvait sans doute
le besoin de se régénérer par le nouveau baptême,
de se resserrer autour de valeurs simples, pionnières,
missionnaires. Le Vatican n'a pas compris, ou trop tard,
que les populations trop longtemps livrées
à elles-mêmes cherchaient de nouvelles certitudes.
Les pasteurs les leur ont apportées, leur ont montré
les chemins glorieux. Faut-il s'en plaindre ?
Je pense au contraire que nous devons nous en réjouir.
Sous la houlette de ses nouveaux bergers,
l'Occident cessera enfin de battre sa coulpe
et repartira de l'avant, galvanisé,
conquérant.

Jules-Jean Jacquin,
La Nouvelle Europe Libre.

Les deux Irakiens et Luc avaient mis une bonne demi-journée à dégager le camion enseveli par l'avalanche. Le soleil n'avait pas réussi à réchauffer l'air glacial soufflé par un vent tourbillonnant, et la neige avait par endroits la consistance de la glace. Le camion avait redémarré après une multitude de tentatives infructueuses. Un miracle. Ali et Hussein avaient réparé la durite fendillée à l'aide d'une colle dont ils avaient réchauffé le tube pour la dégeler. Ils avaient au préalable vidé le contenu d'une caisse de poissons dans les deux caisses restantes et récupéré les planches pour allumer un feu. Après avoir rebouché la durite, ils avaient versé dans les circuits un peu d'eau tiède – de la glace fondue dans une casserole –, puis ils avaient essayé de démarrer. Par chance les deux batteries, la principale et celle de secours, avaient tenu le choc et encaissé sans trop de problème les longues sollicitations du démarreur. Aux premiers toussotements du moteur, Ali avait poussé des exclamations de joie et Hussein tiré une rafale de fusil d'assaut en l'air. Le pot d'échappement avait craché une fumée noire et exhalé une écœurante odeur de gasoil. Le camion s'était extirpé centimètre après centimètre des ornières, surtout éviter le patinage, ils n'avaient pratiquement plus rien à mettre sous les roues, à part le bois des deux dernières caisses de poissons. Juchés sur un talus de neige, Jemma et Luc avaient surveillé la lente progression du véhicule, qui ressemblait à un veau tout juste né essayant maladroitement de se camper sur ses pattes. Lorsqu'il s'était enfin arraché de la portion enneigée pour se lancer sur la piste, Ali avait sauté sur le marchepied et les avait invités, d'un grand geste du bras, à grimper dans la remorque. Ils avaient rattrapé le camion qui s'éloignait au ralenti, Luc avait bondi sur le plancher en prenant appui sur le bord du hayon et aidé Jemma à monter. Ils s'étaient assis dans le fond et étaient restés serrés l'un contre l'autre, enfouis sous trois couvertures, jusqu'à la halte suivante.

« *Petrol* », déclara Ali en désignant les fumées dans le lointain.

Ils en profiteraient aussi pour acheter de quoi manger (mouvements de deux doigts et le pouce devant la bouche ouverte) et de quoi boire (tasse imaginaire sur laquelle il souffle et dont il boit le contenu). Mais vous deux (index pointé tour à tour sur Jemma et Luc) devrez rester dans le camion (index tendu vers la remorque), en silence (index posé sur les lèvres) en attendant qu'on reparte (petits coups répétés de la paume sur l'avant-bras). Trop dangereux pour vous de vous montrer là-bas (le fusil d'assaut brandi sur la poitrine de Luc). D'accord ?

Ali attendit que Luc et Jemma approuvent d'un mouvement de tête pour se fendre d'un sourire de satisfaction. Hussein était resté au volant et avait laissé tourner le moteur pendant que son compatriote partageait avec leurs passagers les deux dernières galettes. Ils avaient dû à plusieurs reprises s'aventurer sur le plateau pour éviter des congères drossées sur la piste par les bourrasques et rouler avec prudence sur des étendues dont il était impossible de deviner la consistance. La nuit n'allait pas tarder à tomber, quelques étoiles s'allumaient déjà dans le ciel assombri.

« J'ai l'impression qu'on ne sortira jamais de ce pays de cauchemar, murmura Jemma.

— On n'y est pas si mal, non ? »

Pas si mal ? Malgré le froid qui vous emportait si vous restiez plus de trois minutes immobile ? Malgré le vent qui s'acharnait sur vous jusqu'à vous dépecer, vous éparpiller ? Malgré les coulées de neige qui fondaient sur vous comme de gigantesques ailes ? Jemma devait pourtant reconnaître qu'elle n'avait pas baigné depuis très longtemps – depuis toujours ? – dans une telle sérénité. Ce « pays de cauchemar » lui avait même apporté bien davantage qu'il ne lui avait coûté : il lui avait permis de passer de longues heures en tête à tête avec elle-même, de reprendre contact avec sa fille disparue, d'oublier ses désastreuses liaisons précédentes, de se rapprocher de Luc, de s'exposer, de se mettre en danger. Quelques calories, des heures d'angoisse, un peu de souffrance, des préjugés, des modèles, des habitudes, un confort étouffant, des murs épais et de vieilles constructions psychologiques, voilà ce qu'en échange elle avait dû abandonner. Elle avait mué, abandonné sa vieille peau sur ces étendues prisonnières de la glace et de la neige, elle ne s'était jamais sentie aussi alerte, aussi libre.

Leur arrivée dans la petite ville ne passa pas inaperçue malgré l'obscurité. Une multitude vociférante se pressa autour du camion. Luc et Jemma, déjà allongés au fond de la remorque et cachés sous les couvertures, crurent qu'ils allaient le renverser. Les voix d'Ali et d'Hussein parvinrent à dominer le tumulte et à ramener un début de calme. Des hommes grimpèrent dans la remorque, au moins deux, et tirèrent une caisse dont le fond racla les lattes disjointes du plancher. Un éclat de lumière se coula dans les jours des couvertures. Jemma entrevit le visage de Luc à quelques centimètres du sien. Le brouhaha reprit de plus belle, puis s'éloigna peu à peu et se transforma en un bourdon grave. Jemma se détendit et entreprit de soulever les couvertures de quelques centimètres. Luc la saisit par la taille et la maintint serrée contre lui pour l'empêcher de bouger. Ils ne risquaient rien pourtant, les Irakiens s'étaient débrouillés pour entraîner les habitants de la ville loin du camion. Jemma resta un moment à l'écoute de la nuit. Aucun bruit dans les environs proches, aucun crissement de pas sur la neige, aucune autre respiration que celle de Luc, un peu plus forte que d'habitude. Elle étouffait sous ses couvertures, elle commençait à manquer d'air. Elle voulut se dégager, mais les frottements de sa parka sur le manteau de cuir déchirèrent le silence et la pétrifièrent.

Les lèvres de Luc inondèrent d'air tiède son oreille.

« Ne bouge pas, ils ont sans doute laissé des sentinelles près du camion. »

Elle crut que son chuchotement, d'une netteté incroyable, s'était élevé à l'intérieur de son corps.

« Tu n'es pas bien, avec moi ? » ajouta-t-il.

Elle n'eut qu'à tourner légèrement la tête pour l'embrasser, pour oublier la puanteur de poisson et de tissu moisi, la dureté du plancher, la douleur à sa hanche. Elle fut ramenée des années en arrière, le jour où elle découvrit la puissance et la magie du baiser. Elle ne se souvenait pas du prénom du garçon qui l'avait entraînée dans une maison abandonnée, partiellement détruite, imprégnée d'une âpre odeur de lierre et de terre. Leurs bouches émerveillées et maladroites s'étaient explorées des heures durant, comme si leurs lèvres et leurs langues avaient le pouvoir fabuleux de suspendre le temps. Des langueurs inconnues s'étaient éveillées dans le corps de Jemma, elle avait désiré être léchée de la tête aux pieds par le souffle et la salive du garçon, rouler avec lui dans l'herbe fraîche, plonger dans un puits de félicité pure. Pourtant, elle s'était dérobée quand il avait essayé de glisser la main sous son tee-shirt pour caresser ses bourgeons de seins, un froid soudain s'était répandu dans ses veines, une douleur s'était déployée dans son ventre, elle s'était enfuie en courant, pourchassée par un chœur de voix grinçantes. Elle n'avait jamais retrouvé l'émoi et la sensualité de cette première fois.

Jusqu'à ce soir.

Aucune voix grinçante ne s'éleva en elle lorsque la main de Luc se faufila sous ses vêtements. Seulement des bruits de pas sur le plancher de la remorque. Ils eurent à peine le temps de se détacher l'un de l'autre. Les couvertures furent brusquement soulevées et projetées loin d'eux, le rayon d'une lampe se ficha dans les yeux de Jemma. Un courant d'air froid se faufila sous ses vêtements. Éblouie, elle eut le réflexe de rabattre son pull et sa parka, puis de baisser la tête pour dissimuler les rougeurs probables de son visage – ses joues et son menton avaient cette détestable habitude de se couvrir de plaques rouges lorsqu'elle s'embrasait, pas très agréable pour le partenaire. La lumière se déplaça sur Luc, qui demeura parfaitement impassible. Une silhouette se détachait sur le fond de ténèbres. Sa respiration sifflante emplissait tout l'espace et dominait le brouhaha distant. Relevant les yeux, Jemma entrevit le canon sombre et mat d'une arme. Le rayon se posa à nouveau sur elle, s'attarda sur sa poitrine, son bassin, ses jambes. Passa une deuxième fois sur Luc. L'examen s'éternisa, l'homme se demandait sans doute quoi faire des deux clandestins. Il marmonna quelques mots en turc. Luc écarta les mains pour lui montrer qu'il ne comprenait pas.

« *You, Europe ?* »

L'homme parlait à voix basse, comme s'il ne voulait pas attirer l'attention des autres. Luc acquiesça d'un hochement de tête.

« *German ? English ? French ?* »

Luc valida la dernière proposition d'un mouvement de main.

« *Where you go ?*

— Damas, Syrie, murmura Luc.

— *For what ?*

— *W'ere looking for kids, childrens.*

— *Army of childrens ?* »

La frayeur avait fêlé la voix de leur interlocuteur.

« *Yes.*

— *You crazy. Nobody back from there. Never.*

— *We want see.* »

L'homme posa sa lampe sur le coin d'une caisse et s'accroupit, se présentant dans le halo lumineux. Sa jeunesse surprit Emma. Son embryon de moustache ne suffisait pas à compenser la rondeur de ses joues et la naïveté de ses yeux noirs. Des replis de son large turban tombaient quelques mèches sur ses tempes et son front. Elle ne lui donnait pas plus de quinze ans. Il avait posé son fusil d'assaut entre ses jambes, la crosse sur le plancher.

« *I…* » Il se retourna, comme s'il craignait d'être entendu. « *I like very much Europe, United States, I will go there.*

— *Europe is bad, now, because war. And United States are closed. Nobody can go in, even european people.* »

Le garçon hocha la tête avec une gravité empreinte de tristesse.

« *This world is…* »

Il s'interrompit et fixa Jemma.

« *You are beautiful lady. You be worth fifteen thousands euros. Maybe twenty.*

— *She's not for sale* », intervint Luc.

Le garçon se leva dans un craquement d'os, reprit sa lampe, laissa le rayon pointé un petit moment sur ses vis-à-vis.

« *I know. Nobody want to be sold ! Stay hidden. And, please, don't make any noise… Don't kiss.* »

Il les salua d'un sourire malicieux, se retourna et sortit de la remorque. Luc et Jemma rassemblèrent les couvertures. Avant de s'allonger, elle lui glissa à l'oreille :

« Je ne savais pas qu'on faisait autant de bruit en s'embrassant ! »

Ils restèrent toute la nuit couchés sous les couvertures, serrés l'un contre l'autre, bougeant de temps à autre leurs bras ou leurs jambes ankylosés en s'appliquant à faire le moins de bruit possible. Malgré la sympathie affichée du jeune Turc, la peur d'être dénoncés ne les quitta pas jusqu'à l'aube. Le brouhaha se prolongea très tard, entrecoupé d'éclats de voix aigus, de youyous et de staccatos de fusils d'assaut. Des odeurs de viande grillée et de café avivèrent leur faim et leur soif. De brèves conversations s'élevèrent tout près du camion, sans doute la relève des sentinelles, et aussi les crépitements caractéristiques de jets d'urine sur la neige dure. Jemma dut contenir sa propre envie de pisser et un besoin de plus en plus pressant de tousser. Par chance, un filet d'air lui parvenait entre les couvertures et lui permettait de respirer à son aise. La situation, si elle se prolongeait, deviendrait intenable. Elle se raccrochait à la main de Luc, qu'elle pressait de temps à autre à la fois pour se détendre et se rassurer. Si seulement elle avait pu s'étourdir dans un deuxième baiser, ressusciter le pouvoir magique des bouches et des peaux mêlées, le temps se serait affolé, les heures auraient dansé, les planches rugueuses se seraient ouvertes, ils auraient flotté en apesanteur dans un gouffre de délices, ils se seraient réduits au ballet fascinant de leurs lèvres et leurs langues. Elle n'était plus qu'un désir en souffrance, pensées délirantes prisonnières des tyrannies organiques, froid et chaud, fantasmes et frayeurs mêlés, rétentions et débordements ; elle espérait, elle implorait que Luc lui baisse son fuseau et la pénètre d'un seul coup, baisée, fendue en deux comme une bûche, puis la martèle sans répit jusqu'à ce qu'elle se liquéfie et coule entre ses doigts. Elle flairait le désir de Luc, aussi violent, aussi exacerbé, que le sien. Le temps s'était pétrifié au-dessus d'eux, les heures avaient cessé de s'égrener.

La promesse timide du jour naissant ne vint pas mettre un terme à leur supplice. Il fallut encore attendre que la petite ville s'éveille, que les premiers bruits retentissent, qu'Ali et Hussein fassent le plein à l'aide d'une noria de jerrycans, puis se confondent en salutations avant de s'engouffrer enfin dans la cabine et de démarrer le camion. Les ululements des hommes et les guirlandes de coups de feu furent bientôt absorbés par le grondement du moteur.

Jemma sauta de la remorque et, sans prendre le temps de saluer les deux Irakiens, fila s'accroupir derrière un piton rocheux. Les rires des convoyeurs accompagnèrent son interminable miction. Ils n'avaient pas roulé très longtemps après avoir quitté la petite ville. La piste sinuait entre les profondes dépressions et les crêtes tourmentées. Elle devenait par endroits si étroite qu'elle paraissait incapable d'accueillir le camion. Des parois nues et rouille brisaient de loin en loin la blancheur monotone. On distinguait des vestiges de villages dans le fond des gouffres. Ali et Hussein offrirent du pain frais, des fruits confits, de la viande séchée et du thé brûlant à leurs passagers.

Ali montra le soleil et dessina une courbe en direction de sommets situés vers le sud.

« Osmaniye… »

Luc traduisit qu'il prévoyait d'arriver à Osmaniye avant la fin du jour.

« Bientôt la frontière syrienne.

— Et ensuite ? demanda Jemma.

— Direction Damas.

— Pourquoi Damas ? Pourquoi pas Bagdad ou Amman ?

— C'est dans la région de Damas que la légende situe l'armée des enfants.

— Elle n'est pas très proche de la frontière, si je me souviens bien.

— Entre quatre et cinq cents bornes. On devra trouver un autre moyen de locomotion. »

Les yeux d'Ali s'éclairèrent par-dessus le gobelet qu'il tenait devant sa bouche. Il désigna Luc, puis Jemma :

« Damas ? »

Il attendit que ses deux interlocuteurs acquiescent pour se frapper la poitrine, puis il mima un conducteur tenant un volant, imita le bruit d'un moteur d'une vibration prolongée des lèvres et indiqua la direction du sud d'un large geste du bras.

« Damas…

— Qu'est-ce qu'il veut dire ? demanda Jemma.

— Qu'il connaît quelqu'un, ou qu'il trouvera quelqu'un, qui pourrait nous emmener à Damas », expliqua Luc.

Il fit le geste universel pour symboliser l'argent, l'index frotté sur le pouce. Ali répondit en tendant la main, les doigts écartés.

« Je suppose que ça veut dire cinq cents euros. Pas donné. Je pense que la moitié au moins sera pour lui.

— Bah, au point où on en est… Dis-lui que c'est d'accord. »

Luc leva le pouce, Ali conclut l'accord d'un sourire avant de vider son gobelet.

Ils roulèrent jusqu'au crépuscule sans rencontrer de difficulté autre que des pentes verglacées, des éboulis et des congères agrégées autour d'arêtes rocheuses. Ils croisèrent plusieurs véhicules, d'autres camions, des jeeps et même un vieux bus aux fenêtres grillagées où s'entassaient beaucoup plus de passagers et d'animaux qu'il ne pouvait en contenir. Par un second petit accroc pratiqué dans la bâche, Jemma et Luc pouvaient tous les deux contempler le paysage et briser la monotonie du voyage. Ils laissaient derrière eux la Cappadoce, longeaient un massif montagneux, les monts Taurus sans doute, se rapprochaient du Sud, de la côte méditerranéenne. La piste s'améliorait, se transformait par endroits en une vraie route dont les énormes nids-de-poule étaient comblés de pierres ou de glace, accueillait un trafic de plus en plus dense. La neige se parsemait maintenant de larges bandes de terre nue et ocre. Quelques résineux aux troncs et aux branches torturés coiffaient les crêtes. Ali était parvenu à leur faire comprendre que les seigneurs de guerre étaient plus nombreux dans la région que dans le centre du pays, le temps y étant nettement moins rude, et que, par conséquent, il leur fallait redoubler de prudence. Ils passaient une bonne partie de leur temps enlacés, cultivant un désir qu'ils refusaient de consumer dans n'importe quelle condition. Ils n'en avaient pas parlé, c'était un accord tacite, une évidence. Pas question de prendre le risque d'être dérangés par des pillards de la route comme ils avaient été surpris par le jeune Turc dans la remorque, et puis ils savaient l'un et l'autre que le plaisir se nourrissait aussi d'attente. Assis derrière les deux dernières caisses de poissons, ils se tenaient prêts à se cacher sous les couvertures à la moindre alerte.

« Qu'est-ce que tu voulais dire par la porte de nouveaux mondes l'autre jour ?

— Je suis parti d'une théorie un peu folle. De certaines vieilles légendes inuit, par exemple, où il suffit de prononcer le mot pour créer la forme. Gare aux maladroits : ils se retrouvent avec des créatures mal foutues et désobéissantes. La Bible dit que le Verbe s'est fait chair, et d'autres textes sacrés, d'autres traditions associent le langage et la création.

— Et alors ?

— Alors je suis parti de l'idée, exprimée par Vaï K'aï et d'autres avant lui, que l'homme n'était pas seulement locataire de son univers, mais son cocréateur. En gros, lors d'un passage délicat que nous pourrions appeler la chute, le *je* s'oublie en tant que créateur, en tant que source de son existence, pour se faire créature, soumise au conditionnement de l'espace et du temps, et donc de son monde, de sa race, de sa société, de sa religion, de son sexe, de son âge. Si on prenait l'analogie du théâtre, on dirait que le comédien s'identifie au rôle en ayant oublié qu'il est l'auteur de la pièce, qu'il a écrit ses textes et programmé ses expériences. Le rôle réduit l'acteur à l'ego, ce minuscule cabot qui se gonfle d'importance pour occuper tout l'espace. La porte de l'autre monde, c'est celle qui ramène le *je* dans l'état primordial, le jardin d'avant la chute, la maison de toutes les lois chère à Vaï K'aï, l'endroit où le *je* se sépare de l'ego et se souvient de sa nature créatrice. Je crois que, dans cet état, chaque pensée, qui est le Verbe de l'âme, se matérialise et se combine avec les autres pensées pour engendrer l'univers. L'univers serait le produit toujours changeant des interactions des pensées humaines. Ça paraît dingue à première vue, non ?

— Oh, moi, je ne sais plus quoi croire. Je trouve seulement que ton raisonnement est dangereux : il permet à tous les bourreaux, petits ou grands, de justifier leurs actes. Un mec qui torture ou maltraite quelqu'un peut dire : c'est lui qui l'a voulu. Un dictateur qui fourre des millions de gens dans des camps ou des fours crématoires peut dire : je n'y suis pour rien, ils l'ont voulu.

— Une réaction normale de *je* créature. La faiblesse du *je* créature, c'est justement de coller la responsabilité de ses actes sur d'autres *je* créatures, en une sorte d'association de jeux de rôles, les interactions dont je parlais tout à l'heure. Je constate que ce système, où le bourreau et la victime se renvoient sans cesse à la tête leurs histoires, leurs rancœurs, leurs misères, a conduit le monde au bord du chaos. L'humanité, dans sa forme actuelle, a accumulé un certain savoir, mais elle n'est pas devenue intelligente. Elle a entrepris une longue œuvre de destruction qui arrive à son terme. La logique de la chute, de l'oubli. Pour en revenir à l'histoire du bourreau et de la victime, la reconquête du *je* créateur n'empêche nullement la compassion, bien au contraire. Elle permet d'accéder à l'amour véritable, la plus haute forme d'intelligence, la fantastique énergie de l'univers. Nous avons le devoir d'agir dans le champ de matière, sur la scène, mais c'est avec la dimension créatrice du *je* que nous pouvons réellement apporter notre pierre au monde.

— Et les enfants l'auraient redécouverte, cette dimension créatrice ?

— C'est ce que je compte bien vérifier.

— Pourquoi à Damas ?

— À cause de la légende. Mais le lieu n'a probablement d'importance que pour nous : il nous a seulement poussés à nous mettre en chemin. »

34

Henri

« Mesdames et messieurs, la ville de Jérusalem, sur votre droite… »

La voix du commandant de bord tira Henri de son assoupissement. Affrété par une association d'églises de la région parisienne, l'avion, un vieil Airbus A 320 traversé de tremblements sinistres, avait mis presque six heures à atteindre Israël. Outre les deux pilotes, l'équipage se composait de deux hôtesses et d'un steward qui accédaient aux désirs des passagers d'assez mauvaise grâce. Leurs uniformes bleu marine frappés d'une trentaine d'étoiles dorées indiquaient qu'ils appartenaient à l'armée européenne. Les compagnies aériennes tardaient à se reformer, démantelées par la guerre, freinées par le gouvernement de Bruxelles qui craignait, avec le retour des vols commerciaux, une nouvelle et fatale hémorragie de sa population. C'était aussi une façon détournée de renflouer les caisses de l'armée ruinée par les quinze années de conflit contre les nations islamiques.

Malgré un départ très matinal (bus à 2 heures, arrivée à l'aéroport à 3 heures, embarquement à 5 heures, départ à 7 heures), Henri n'avait pas réussi à s'endormir, contrairement à Aude, son épouse, qui avait piqué du nez juste après le décollage et venait tout juste de rouvrir les yeux. Autant il avait apprécié son premier baptême de l'année, sa renaissance dans le Christ, autant il détestait le second, son baptême de l'air. Dès l'instant où il était monté dans l'appareil, il avait été cloué à sa peur comme le Sauveur sur sa croix. Il avait failli vomir au décollage, puis, une fois que l'avion avait gagné son altitude de croisière, il avait pu se détendre un peu, jusqu'à ce que les premières turbulences réveillent sa terreur. Il n'avait pas osé se lever et se rendre aux toilettes malgré un atroce mal de ventre. Pire, il avait refusé, stupide orgueil masculin, le comprimé proposé par une hôtesse qui avait remarqué sa crispation et sa pâleur. Il ne lui restait plus qu'à regretter amèrement de s'être embarqué dans ce pèlerinage sur les terres du Christ. L'enthousiasme était mauvais conseiller. Pris dans la ferveur des assemblées de la porte Dauphine, Aude et lui avaient entendu l'appel du pasteur Doucet : le séjour en Terre Sainte leur permettrait de marcher sur les pas de Jésus, de nouer avec lui une relation intime privilégiée, de renforcer leur foi, et, qui sait ? le miracle s'accomplirait peut-être, la maladie d'Aude, une sclérose en plaques qui s'était déclarée deux ans plus tôt, se dissoudrait peut-être dans l'amour infini du Christ. Henri y croyait, Aude beaucoup moins, et elle avait dû le mettre en garde contre les désillusions. La médecine progresse, avait-il alors argumenté, de nouvelles thérapies seront bientôt mises au point, l'espoir ne repose pas sur les seules épaules du Sauveur. Elle ne voulait pas entendre parler des thérapies géniques, elle trouvait diabolique, blasphématoire, l'idée même de l'utilisation de gènes correcteurs. Ils avaient confié leurs quatre enfants, âgés de deux à neuf ans, aux parents d'Aude, un couple austère qui vivait de façon quasi monacale dans une ancienne ferme des Yvelines.

Henri avait obtenu de son patron un congé de dix jours, à valoir, bien entendu, sur les prochaines vacances. Il travaillait comme comptable pour une entreprise spécialisée dans les articles religieux, du cierge de base à la bible décorative en passant par les différentes médailles de la Vierge et des saints (bon nombre d'articles partaient pour Lourdes, le principal lieu de pèlerinage catholique ; en affaires, le patron d'Henri, d'obédience protestante, se gardait d'afficher des préférences religieuses). Il avait longtemps espéré que Louis, un homme qu'il appréciait comme le jeune frère qu'il n'avait pas eu, l'accompagnerait dans ce périple, mais il ne l'avait pas revu à la dernière assemblée. Il avait interrogé sa sœur, la jolie Désirée (elle portait bien son nom, celle-là ; combien de fois l'avait-il désirée en pensées ?), elle avait répondu que Louis était devenu sombre et bizarre ces derniers jours, qu'il passait toutes ses nuits dehors, qu'il n'allait plus à son travail. Elle se demandait s'il n'était pas devenu fou, s'il ne fallait pas réclamer son internement dans un établissement psychiatrique. Et Georges, son fiancé (Henri ne pouvait s'empêcher de ressentir une jalousie acide à l'encontre de cet homme déjà mûr qui avait plaqué sa première femme pour s'offrir une jeunesse, un courage dont il aurait bien aimé être lui-même pourvu, mais sa morale et, surtout, la peur d'affronter le regard d'Aude et le jugement de la communauté le condamnaient à rester jusqu'à sa mort avec la même épouse et les mêmes enfants, à moins encore que la sclérose en plaques d'Aude n'abrège le terme, mais on pouvait survivre plus de trente ans avec ce genre de maladie ; au fond de lui, il devait reconnaître qu'il s'en désolait), Georges donc avait ajouté que Louis semblait avoir mal supporté l'irruption d'un nouvel homme dans la vie de Désirée, vous voyez ce que je veux dire ? Henri voyait très bien, même s'il avait feint de ne pas comprendre, on parlait d'un amour quelque peu… incestueux. Louis paraissait pourtant équilibré, bien dans sa peau, il avait un bon travail, il était déjà propriétaire, enfin, à moitié, de son logement, il ne lui manquait plus qu'une épouse et des enfants pour parfaire une vie riche de promesses. On peut justement se poser la question de savoir pourquoi un homme de sa qualité n'a pas encore trouvé chaussure à son pied, avait insinué Georges, un rien perfide. Il est chrétien, comme nous, avait protesté Henri, il n'ignore pas que l'inceste et les autres déviances sexuelles sont proscrits par la Bible. Ils sont très rares, ceux qui sont lucides sur eux-mêmes, avait conclu Georges. Et toi, Georges, es-tu lucide sur toi-même ? avait failli lui rétorquer Henri. As-tu réellement plaqué ta femme parce qu'elle ne voulait pas te suivre sur les chemins du Christ ou pour le cul tout rond et tout frais de Désirée, pardon Seigneur ? Georges et Désirée avaient un temps parlé d'accomplir eux aussi le pèlerinage en Terre Sainte, mais ils n'avaient pas trouvé les quinze mille euros nécessaires au voyage. Henri en avait ressenti un grand soulagement : sept jours à détester l'un et à désirer l'autre de toutes ses forces lui auraient pourri une bonne partie du séjour. Aude avait dit, dans la voiture, que la folie de Louis ne l'étonnait pas ; elle avait deviné depuis le début que sa relation avec sa sœur n'était pas claire, on les voyait toujours ensemble, comme un vieux couple. Henri n'avait pas cherché à défendre un homme pour qui, envers et contre tout, il continuait d'éprouver une affection quasi fraternelle. Elle n'aurait rien compris, elle ne comprenait jamais rien, et on prétendait que les femmes étaient des puits de compassion et de tendresse. Sa mère à lui avait plus facilement distribué les gifles, les reproches et les humiliations que les moments de tendresse. Il ne se souvenait pas qu'elle l'eût un jour serré dans ses bras. Elle ne vivait pas très loin de chez eux, mais il n'allait la voir qu'une ou deux fois pas an, et ni Aude ni les enfants ne le poussaient à augmenter la fréquence de ses visites, la charité chrétienne avait des limites.

Assis dans le siège du milieu de la rangée du centre, il ne voyait pas grand-chose par les hublots. Les autres, les mieux placés, poussaient des exclamations émerveillées en découvrant, sous le plafond des nuages, une Jérusalem blanchie par la neige. Henri consulta sa montre : il avait fini par s'assoupir quelques minutes plus tôt, terrassé par la fatigue. La peur, à nouveau, lui tordait les tripes. À sa droite, Aude tendait le cou pour entrevoir des bribes de la cité sainte et se fondre dans l'enthousiasme général. Ils survolaient enfin Israël, le creuset originel, la terre des promesses, la scène espérée de la fin des temps. Ils suivraient bientôt les traces de Jésus, ils découvriraient Nazareth, le lac de Tibériade, Bethléem, Jérusalem, autant de lieux mythiques qui hantaient les pages de l'Ancien et du Nouveau Testament, le berceau de la chrétienté – tandis que Rome la fastueuse n'en était que l'exploitante, et pour beaucoup la mère maquerelle.

Avant le départ, le pasteur Doucet avait rappelé au groupe les règles à respecter au long de leur voyage : l'État d'Israël tolérait les visites des chrétiens dont les Églises avaient soutenu le peuple hébreu dans sa reconquête de la terre promise et dans sa lutte contre ses voisins musulmans, mais les visiteurs avaient pour consigne de se montrer discrets, de respecter les coutumes et les croyances locales, de ne pas provoquer de vaines disputes théologiques, bref, de renoncer momentanément au prosélytisme recommandé en d'autres circonstances.

Le peuple juif ignorait la notion de prosélytisme. Il occupait à nouveau la terre promise et attendait son Messie, l'homme qui construirait le troisième temple, qui ferait de l'humanité entière le peuple de Dieu et instaurerait une paix universelle, une idée généreuse. Nous, chrétiens, n'attendons pas de nouveau Messie, avait ajouté le pasteur, mais le retour de celui que nous avons déjà reconnu, de celui qui est mort sur la croix pour racheter nos fautes. Une femme avait demandé : et s'ils ne veulent pas reconnaître le Christ, qu'adviendra-t-il d'eux ? Le pasteur Doucet avait écarté les bras d'un air fataliste.

La voix énergique d'une hôtesse ordonna aux passagers de regagner leurs sièges et d'attacher leurs ceintures pour la descente vers l'aéroport, situé entre Hébron et Jérusalem. Henri ferma les yeux et recommanda son âme à Dieu – elle n'était pas très recommandable, malgré ses louables efforts pour lui donner un aspect présentable.

Il avait neigé sans interruption pendant trois jours sur Jérusalem. L'avion avait tourné un long moment au-dessus du nouvel aéroport de Judée avant d'obtenir l'autorisation de se poser. Henri avait bien cru que sa dernière heure était arrivée. Il avait découvert qu'il lui restait encore une foule de choses urgentes à accomplir avant de se présenter devant l'Éternel. Sa vie avait glissé sur lui comme l'eau sur les plumes d'un canard. À peine rescapé d'une enfance et d'une adolescence sinistrées, il avait rencontré Aude et s'était marié un an plus tard. Elle avait été sa première femme ; elle risquait d'être la dernière si cet avion de malheur continuait de tournoyer sans but au milieu des nuages. Comme tous les adolescents condamnés à l'abstinence par la morale chrétienne et la terreur des sida mutants, il avait rêvé d'une vie sexuelle intense avec la femme qui accepterait de partager sa vie. La réalité n'avait pas collé avec son catalogue de fantasmes. Aude n'avait aucun goût pour les relations physiques et pensait que des adultes responsables, chrétiens de surcroît, devaient apprendre à maîtriser leurs pulsions sexuelles, que, sinon, ils n'étaient pas différents des bêtes et ne méritaient pas le nom d'êtres humains. Henri, comprenant qu'il ne parviendrait pas à ranimer les braises du désir dans le corps et l'esprit de sa femme, avait décidé de noyer sa frustration dans la ferveur, dans l'eau du baptême, dans le Christ. Il y serait sans doute parvenu si Désirée, la fée désir, le péché incarné, ne s'était pas un jour présentée dans la salle de la porte Dauphine.

Si je reviens indemne de ce satané voyage, j'irai voir Désirée, j'arracherai les vêtements de Désirée, je baiserai Désirée, pardon, mon Dieu, pardon.

L'avion s'était posé comme une fleur fanée sur la piste fraîchement dégagée et bordée de congères. Les formalités douanières s'étaient éternisées : après une longue période d'accalmie, deux attentats suicides avaient frappé la ville nouvelle de Naplouse, faisant une cinquantaine de morts et plus de trois cents blessés. On ne savait pas comment les deux terroristes avaient réussi à franchir la gigantesque clôture dressée sur près de trois cent cinquante kilomètres entre le lac de Tibériade et le golfe d'Aqaba. Israël ayant la maîtrise totale des airs, ils avaient sans doute emprunté la voie souterraine : il leur avait fallu forer une galerie à plus de cinquante mètres de profondeur pour se glisser sous les fondations de béton de la clôture. Les fouilles en Samarie, qui mobilisaient plus de vingt mille personnes depuis une semaine, n'avaient donné aucun résultat pour l'instant.

Les douaniers, nerveux, avaient fouillé chaque sac, chaque vêtement avec une méticulosité exaspérante, puis avaient laissé passer les visiteurs avec un mot et un sourire d'excuse. Lorsque le bus les avait déposés à leur hôtel dans les environs de Jérusalem, la nuit était tombée. Barbouillé, se sentant sale à l'intérieur et à l'extérieur, Henri n'avait pas accompagné Aude au dîner de bienvenue donné dans la salle de restaurant, il avait pris une douche et s'était couché après s'être promené distraitement sur une dizaine des cinquante chaînes disponibles sur le vieil écran à plasma. Une multitude de harpies au visage et au corps de Désirée l'avaient harcelé jusqu'à l'aube.

« C'est ici que sera construit le troisième Temple. »

Le petit groupe d'une douzaine de personnes avait gravi le vieil escalier aux marches usées et glissantes, s'était engouffré sous un portail, avait emprunté un couloir montant pavé de dalles de pierre et débouché sur l'esplanade recouverte d'une couche de quarante centimètres de neige d'où jaillissaient les fontaines vertes et pétrifiées des arbres et des buissons. Golda, leur guide, une jeune Israélienne au teint mat et aux longs cheveux bouclés, parlait un français sans accent. Les nuages noirs qui s'amoncelaient au-dessus d'eux et l'humidité glaciale auguraient de nouvelles chutes de neige.

« Nous n'avons jamais connu d'hiver aussi froid depuis la fondation du nouvel État d'Israël », précisa Golda.

Les mines extasiées des autres membres de son groupe horripilaient Henri. D'ailleurs tout l'énervait depuis son lever, les traits chiffonnés d'Aude, le café à peine buvable du petit déjeuner, l'interminable répartition en groupes, le trajet en minibus dans les rues pentues et enneigées de la vieille ville, l'impression d'être en permanence surveillé et contrôlé comme un gosse. Il ne ressentait rien de ce qu'il s'était attendu à ressentir, un choc, un émerveillement, une révélation. Il avait espéré, en posant le pied sur la terre natale du Christ, baigner dans son amour désintégrant, être métamorphosé, délivré de ses obsessions, de ses bassesses, de ses souillures, recouvrer la virginité des tout premiers temps, redevenir l'Adam du jardin d'Éden, l'homme nu et roi de la Création, l'éclat pur de Dieu ; des rêves insensés, pétris d'un orgueil puéril, il en convenait, mais il ne pouvait les contrôler, ils jaillissaient d'une source intarissable, réminiscences d'une vie oubliée, aussi antique que les pierres de ces murs.

« Que ferez-vous de ça ? » demanda un homme d'une cinquantaine d'années – Henri chercha son nom, Stéphane.

« Ça » désignait le dôme doré du Rocher dressé sur sa base octogonale et, au second plan, l'ombre arrondie de la mosquée d'Al Aqsa.

« Nous ne savons pas encore. Ces mosquées ont été bâties en 691 et en 715. Elles appartiennent au patrimoine de l'humanité. Ce sera au Messie de décider.

— Et si votre Messie ne vient pas ? »

L'éternel sourire de Golda se crispa.

« La terre d'Israël est maintenant occupée par son peuple. Toutes les conditions sont réunies pour que le Messie, le descendant de David, accomplisse les prophéties.

— Jésus *était* le descendant de David, argumenta Stéphane, oubliant les recommandations du pasteur Doucet.

— Si, comme vous le proclamez, Jésus était le fils d'une vierge, il n'avait pas de père, il ne pouvait donc pas être le descendant de David. »

Le ton calme et déterminé de Golda montrait qu'elle était préparée aux joutes théologiques, qu'elle maîtrisait parfaitement le sujet. Les regards sévères ou implorants de quelques membres du groupe dissuadèrent Stéphane de continuer.

« Nous allons maintenant visiter les vestiges du palais des Oumayades avant de nous rendre au Kotel… »

Henri perdit tout contrôle sur lui-même au moment où ils arrivaient au pied du mur sud, sur la zone relativement plane où se dressaient, enfouies sous la neige, les ruines du palais Oumayad. Il entendit soudain des milliers de voix entrelacées. Il crut d'abord qu'une multitude de prières s'élevaient du Mur des lamentations proche, mais il dut rapidement admettre qu'elles résonnaient à l'intérieur de lui. Il secoua la tête, comme lorsqu'il essayait d'expulser l'eau de ses oreilles après un bain prolongé dans l'eau de mer, mais elles s'amplifièrent, se répandirent en lui comme un essaim agressif et bourdonnant. Il s'écarta légèrement du groupe, s'adossa à un muret coiffé de neige, se tint la tête à deux mains. Le timbre clair et fort de Golda dominait l'insupportable tumulte qui continuait d'enfler en lui. Elle expliquait au groupe que les Oumayades, arrivés en 638, avaient été chassés par les croisés en 969, que la ville de Jérusalem avait acquis le statut de symbole pour les trois religions du Livre, qu'elle était appelée à devenir la porte ultime, le centre spirituel pour toutes les nations.

Une cohorte vociférante et démoniaque avait pris possession d'Henri. Les Évangiles mentionnaient à plusieurs reprises les interventions énergiques de Jésus face aux possédés, mais il n'y avait personne autour de lui pour le délivrer de ses démons. La douleur montait par vagues cinglantes, acides, une douleur diffuse dont il ne pouvait déterminer le centre. Il pensa, en cet instant, à Désirée, combien il aurait été bon de se frotter à la peau d'une femme comme elle, combien il aurait aimé se tapir au fond de ses antres secrets et brûlants, pardon, Seigneur, pardon. Il leva les yeux sur la masse immaculée du mont des Oliviers qui dominait les environs du Temple, là où Jésus avait marché et prêché, là où il avait triomphé et s'était élévé. Sans doute le Sauveur avait-il entendu des milliers de suppliques au fond de lui, sans doute avait-il été déchiré par des milliers de griffures. Il n'avait pas cédé à la tentation, il avait fini par se soumettre à la volonté du Père.

« Henri, tu ne te sens pas bien ? »

Le visage anxieux d'Aude devant lui, puis, au deuxième plan, les traits soucieux de Golda, enfin, un peu plus loin, derrière les rideaux des premiers flocons, les faces plus ou moins pâles des autres membres du groupe.

« J'entends… j'entends des voix, balbutia Henri.

— Qu'est-ce que tu racontes ? »

Henri se redressa et tendit le bras vers le mont des Oliviers.

« Des voix… comme Jésus… la souffrance de l'humanité… »

Golda se rapprocha et vint se placer devant lui. Son calme contrastait avec l'affolement qui transformait Aude en silhouette gesticulante.

« Vous n'entendez rien du tout, monsieur. Vous êtes seulement victime du syndrome de Jérusalem. Revenez avec le groupe, je vous en prie.

— Je vous dis que je l'entends… toute la souffrance du monde…

— Écoutez-moi, monsieur : l'atmosphère de Jérusalem est très chargée en mysticisme. Elle entraîne fréquemment ce genre de réaction.

— Qu'est-ce que vous en savez, vous ? Foutez-moi la paix. »

Golda ne bougea pas, mais Aude recula d'un pas, frappée par le hurlement d'Henri.

« Monsieur, ressaisissez-vous, ou je serai obligée de vous faire enfermer jusqu'à ce que vous retrouviez vos esprits.

— Enfermer les gens entre des murs, c'est tout ce que vous êtes capables de faire ! Vous prétendez que Jérusalem est la capitale de toutes les nations. Pourquoi vous étonner qu'on y perçoive la rumeur du monde ?

— Il y a une différence entre la réalité et ce que vous croyez percevoir. Tout ça se passe dans votre tête. »

Henri secoua la tête, au bord des larmes. Les voix continuaient de s'entrelacer en lui, mais elles s'ajustaient peu à peu, elles s'ordonnaient, elles composaient un chœur dont l'harmonie commençait à poindre.

« Vous ne pouvez pas savoir… pas savoir…

— Mais si, je vous assure. Encore une fois, vous n'êtes pas le premier à qui ce genre de chose arrive.

— Allons, Henri, sois raisonnable, écoute la demoiselle.

— Raisonnable ! Toute ma vie j'ai été raisonnable ! Et regarde où ça m'a mené. Dans un boulot où je m'emmerde comme un rat mort ! Dans un mariage où on s'endort sur ses envies ! Dans une Église stupide où l'on parle sans cesse du Christ mais où on n'aime pas le Christ !

— Calmez-vous, monsieur. Nous sommes dans un lieu sacré.

— Tout lieu est sacré, tout être humain est sacré, toute chose est sacrée. Tout ça… » Henri pointa l'index sur la muraille du Temple. « Tout ça n'est que la construction de l'homme, le désir de l'homme, l'orgueil de l'homme, l'histoire de l'homme. Chaque parcelle de la planète est la capitale de toutes les nations. »

La voix suppliante d'Aude.

« Henri, pense aux enfants. Nous ne sommes pas chez nous.

— Nous sommes partout chez nous ! Il n'y a pas de frontière dans le cœur de Dieu, tu comprends, pas de commandement, pas de péché, pas de châtiment, juste de la vie sous toutes ses formes, juste une putain d'explosion de vie ! »

Golda s'était légèrement tournée pour sortir son téléphone portable et composer un numéro à quatre chiffres. Elle parlait à voix basse en hébreu. Henri comprit que, s'il se laissait prendre, on lui administrerait un calmant, une saloperie chimique qui le restituerait à son abrutissement familier. Il refusait qu'on étouffe l'incendie qui courait dans ses veines, il voulait se consumer jusqu'au bout comme une torche vive et joyeuse. Golda remisa son téléphone dans la poche de sa parka et se plaça de manière à le coincer contre le muret. Comme la plupart des Israéliens, elle avait appris à se battre, elle connaissait les prises et les coups paralysants. Henri feignit de foncer droit devant lui. Elle tendit aussitôt la jambe pour lui faire un croche-pied. Il repartit dans l'autre sens, posa ses deux mains sur le faîte enneigé et sauta par-dessus le muret. Il se reçut en souplesse de l'autre côté, contourna l'angle de la muraille, longea une rangée de boutiques aux grilles tirées, des éboulis de vieilles pierres, remonta légèrement sur la gauche, traversa une route, arriva devant un escalier étroit qu'il franchit en trois bonds, déboucha sur une deuxième route, plus large, qui plongeait vers le cœur de la ville. Il vérifia, d'un coup d'œil par-dessus son épaule, qu'on ne le suivait pas. Il n'avait pas couru depuis des lustres, et pourtant il ne sentait pas la fatigue. Le rythme du cœur épousait le martèlement de ses pas sur la route enneigée. Seules quelques voitures osaient s'aventurer dans les rues pentues et blanches.

Il traversa un premier quartier, enfilant les porches et les ruelles au hasard, puis il arriva dans une artère relativement animée malgré la neige qui tombait maintenant à gros flocons. Il croisa une famille sur le trottoir, un homme, une femme et trois enfants vêtus à l'occidentale. Il accrocha le regard de l'un des garçons, âgé de sept ou huit ans. Un regard pénétrant. Un regard qui ne s'arrêtait pas aux apparences. Le garçon ralentit le pas et lui adressa un sourire de connivence.

« Ne traîne pas, Isaac. »

La mère s'était exprimée en français. Le garçon trottina pour rattraper le reste de la famille. Henri entra dans une boulangerie où il acheta des pâtisseries au miel, paya avec des euros (le commerçant acceptait la monnaie européenne, bien qu'elle n'eût cessé de dégringoler depuis la guerre) et ressortit dans la rue, le cœur léger. Il n'était pas seul. Le froid humide n'empêcherait pas le feu de brûler et le chant glorieux de retentir en lui.

35

Osmaniye n'avait plus de ville que le nom. La piste encombrée de véhicules, de charrettes, de cavaliers et de piétons s'était enfoncée sur les derniers kilomètres dans le cœur d'un immense campement de baraques et de toiles au milieu des ruines dominées par le minaret d'une mosquée intacte. À force d'être piétinée, la neige avait pris la couleur et la consistance de la boue. Des moutons bêlaient à fendre l'âme au milieu d'enclos gardés par des gosses qui les conduisaient, le jour, sur les collines proches où les taches de verdure empiétaient peu à peu sur les étendues blanches. Des femmes s'agitaient autour de feux qui dansaient au centre de cercles de pierres et de récipients métalliques rougeoyant sur les lits de braises. Leurs voiles encadraient avec sévérité leurs visages, et, pour certaines, ne laissaient apparaître que leurs yeux. Le noir dominant rappelait qu'avant la guerre, le sud de la Turquie, comme l'Irak, la Syrie et le Liban, était passé sous influence chiite. Le voile n'avait pas que des inconvénients. Ali et Hussein avaient procuré à Jemma une tenue de femme afghane qui la dissimulait entièrement, y compris les yeux, occultés par une grille de tissu serrée. Elle avait d'abord refusé d'enfiler ce vêtement, puis elle en avait rapidement compris l'intérêt : grâce à l'anonymat qu'il lui offrait, elle n'était plus obligée de rester confinée dans la construction de pierre, de bois et de toile occupée par les deux Irakiens. Elle pouvait se promener en toute tranquillité dans les allées voisines du campement. Elle n'était qu'une silhouette aux yeux des hommes et des autres femmes, une ombre bleu sombre et muette dont chacun respectait la volonté de discrétion. Luc l'accompagnait le plus souvent dans ses balades, coiffé d'un ample turban dont il plaquait un pan sur sa bouche et son nez. Lorsque quelqu'un lui adressait la parole, il montrait, d'un haussement d'épaules, qu'il ne comprenait pas sa langue, ce qui n'avait rien d'étonnant dans la véritable fosse de Babel qu'était le campement. On y recensait des Turcs, bien sûr, mais aussi des Syriens, des Libanais, des Irakiens, des Iraniens, des Kurdes, des Turkmènes, des Tchétchènes, des Saoudiens, des Soudanais, des Yéménites, des Nord-Africains, des Éthiopiens, des Ougandais, des Sénégalais, des Indonésiens, des Pakistanais, tous accourus en Turquie pour mener la guerre sainte contre le petit Satan occidental. Une partie d'entre eux s'étaient regroupés à la fin du conflit dans la région d'Osmaniye, située au carrefour des nations musulmanes, péninsule Arabique et Afrique au sud, Iran, Afghanistan, Pakistan et Indonésie à l'est, anciennes républiques soviétiques au nord. Ils avaient oublié leurs traditionnelles divisions pour combattre l'Europe et continuaient d'être unis après un traité de paix qu'ils considéraient comme une trahison, une défaite. L'union, à Osmaniye, signifiait que n'importe quel groupe avait le droit de s'installer dans le campement, mais il n'existait aucun service d'ordre, aucun conseil, aucune loi qui interdît les règlements de comptes et les affrontements. Ils avaient rejeté toute forme de gouvernement centralisé et s'étaient réorganisés en clans, en tribus. Les sabots de leurs chevaux, de leurs ânes et de leurs dromadaires achevaient de piétiner un rêve occidental entretenu pendant un siècle par la manne pétrolière. Eux, les fils d'Abraham et d'Ismaël, ils avaient perdu leur âme dans leurs maisons climatisées, ils s'étaient avachis dans leurs piscines ou devant leurs télévisions, ils étaient devenus de pâles copies d'Occidentaux, écartelés entre la tradition et l'obligation de modernité décrétée par des hommes qui décidaient de la vie d'autres hommes qu'ils n'avaient jamais cherché à connaître. Ils restaient des fauconniers, des chasseurs, des conquérants qui n'aimaient pas ces guerres où la mort tombait des cieux et emportait les combattants sans leur permettre de prouver leur bravoure sur le champ de bataille. Ils s'étaient fédérés autour de l'islam pour s'opposer de toutes leurs forces au morcellement et au façonnement du monde par les Occidentaux, puis, une fois la guerre achevée, ils avaient abandonné les religieux à leurs prêches. Ils continuaient d'observer les préceptes du Coran, car ils ne concevaient pas de jardin sans jardinier, de création sans parole, mais ils avaient remis la religion à sa place, essentielle et intime. Les imams chiites, les cheiks, les oulémas qui déambulaient par petits groupes dans le campement se montraient discrets. Les prêches se tenaient dans la mosquée, un bijou d'architecture seldjoukide, miraculeusement épargnée par les bombardements européens et israéliens, ou sous les grands auvents de toile tendus entre les constructions. La voix étonnamment puissante du muezzin déchirait régulièrement le brouhaha (Jemma avait cru qu'elle était amplifiée par un système de haut-parleurs, mais le campement ne comptait qu'une poignée de vieux générateurs électriques). Les croyants posaient alors leur tapis de prières sur le sol et priaient tournés vers le sud-est, vers Makkah. Des nuées de colporteurs montaient chaque jour à l'aube vers les lacs voisins avec leurs ânes ou leurs chevaux pour rapporter de l'eau dans des jarres ou des jerrycans, et se présentaient ensuite devant chaque logement. La richesse d'une famille se mesurait à la quantité d'eau achetée et consommée. On pouvait l'échanger contre de la nourriture, des vêtements, des armes de toutes sortes, ou encore la payer avec n'importe quelle monnaie des cinq continents. Les cours étaient inscrits chaque jour sur des tableaux – selon quelle source ? Luc se demandait ce qu'on pouvait bien faire du fric dans une contrée où il n'existait plus de banque ni d'organisme financier, où le troc était redevenu la règle. Il supposait que des agents de change réussissaient à refourguer les espèces aux frontières européenne, indienne ou russe, et que des Occidentaux se débrouillaient pour les récupérer à un cours très avantageux et les réintroduire ensuite dans le circuit monétaire.

On avait commencé à réfléchir à un système de canaux qui amènerait directement l'eau des lacs et irriguerait le campement, mais on n'avait encore trouvé personne pour coordonner et superviser les travaux. Des toilettes rudimentaires se dressaient un peu partout dans les allées, le plus souvent posées sur des planchers tendus au-dessus de cratères creusés par les bombes. L'odeur, relativement supportable en hiver, devait être terrible au plus fort de l'été. Le logement occupé par les deux Irakiens disposait de ses propres toilettes, mais la fosse était engorgée, et puis elles n'étaient séparées de l'unique pièce que par une seule et maigre tenture qui ne ménageait aucune intimité. Jemma préférait s'isoler dans les toilettes communes situées à une trentaine de mètres de la baraque. Elles n'étaient ni propres ni confortables, mais au moins les portes fermaient.

Parfois un clan de plusieurs centaines de personnes quittait le campement et s'éloignait en direction du sud, vers les déserts saoudiens, ou en direction de l'est, vers les plaines fertiles arrosées par le Tigre et l'Euphrate. Le campement d'Osmaniye, qui n'avait pas été conçu pour durer ni pour accueillir une telle population, commençait à se désagréger. Quinze ans après le traité de Bratislava, les rescapés de la guerre n'avaient pas encore bu toute la honte de la défaite ; quand ils auraient enfin vidé leur coupe d'amertume, ils retourneraient chez eux. Aucun d'entre eux n'avait envie d'être enterré loin de sa terre natale.

Ali et Hussein se débrouillaient pour ramener chaque jour des galettes de céréales, très rares et très chères, et de la viande de mouton qu'ils mettaient à griller sur des pierres chauffées à blanc dans le foyer central. Ils se procuraient également du café, du thé à la menthe, et des herbes aromatiques cultivées en dehors du campement. Trois jours qu'ils étaient arrivés à Osmaniye, trois jours qu'ils partaient au petit matin et revenaient à la nuit tombée. Bien que les côtes méditerranéennes fussent éloignées de moins de cinquante kilomètres, ils avaient vendu les deux caisses de poissons en quelques minutes, et à très bon prix. Les pêcheurs n'osaient toujours pas s'aventurer sur la Méditerranée bourrée de mines et de filets explosifs. Les deux Irakiens avaient expliqué qu'ils exploraient le campement en quête d'un chauffeur en partance pour Damas qui accepterait de prendre Luc et Jemma à son bord, et aussi parce qu'ils avaient d'importantes affaires à régler. Luc avait cru comprendre qu'ils n'agissaient pas pour leur propre compte, mais qu'ils représentaient les intérêts de leur clan dont ils occupaient la maison, l'ambassade plus ou moins officielle. Inquiets, nerveux, ils veillaient à tour de rôle jusqu'au matin, assis sur un coussin près de l'entrée, le fusil d'assaut posé sur les genoux.

L'attaque ne se produisit pas la nuit, mais en plein jour, au moment du repas. Hussein était resté pour une fois près du foyer qu'il attisait à l'aide d'une barre en fer tandis qu'Ali était parti discuter avec un chauffeur libanais qui devait partir dans la journée pour Alep, Damas et Beyrouth. Assise en tailleur sur le tapis qui lui servait de lit, Jemma s'étonna du silence qui pesait soudain sur la baraque et semblait l'isoler du reste du campement. Non loin d'elle, Luc essayait de discipliner, à l'aide d'un peigne de bois, une chevelure de plus en plus emmêlée. Ils n'avaient pas bénéficié d'un seul moment d'intimité depuis qu'ils étaient descendus du camion. Ils restaient sur le qui-vive quand Ali ou Hussein s'absentaient. Les Irakiens leur avaient remis un vieux pistolet et deux chargeurs pour se défendre au cas où des intrus tenteraient de s'en prendre à eux. La consigne était de tirer sans sommation pour mettre les maraudeurs en fuite. Les coups de feu ne dérangeaient personne à Osmaniye, où des fusillades éclataient quelquefois entre les bandes qui cherchaient à contrôler les trafics d'eau et d'armes, entre les familles qui réglaient une dette d'honneur, entre les frères qui se disputaient un héritage. Il ne fallait compter sur aucun secours extérieur, seulement sur sa promptitude et son adresse.

« Bizarre, ce silence… » chuchota Jemma.

Elle était pénétrée d'un grand froid tout à coup, malgré la chaleur diffusée par le foyer, comme enveloppée d'une ombre humide et glaciale. Luc suspendit ses gestes, resta quelques secondes à l'écoute de la rumeur, lâcha le peigne, tira le pistolet de la poche de son manteau de cuir, déverrouilla le cran de sûreté. Un homme surgit dans la pièce, braquant un fusil d'assaut à hauteur de son ventre, lâchant une rafale à l'aveuglette. Hussein plongea sur le côté, roula sur les tapis, riposta dans le mouvement. Luc se jeta sur Jemma, la plaqua au sol, lança un regard par-dessus son épaule, vit une silhouette s'agiter derrière lui, tituber, s'effondrer sur le dos. Hussein se releva et courut vers l'intrus qu'il acheva d'une rafale en pleine tête. Des effluves de poudre et de sang se mêlèrent aux odeurs habituelles de bois brûlé et de viande grillée. Hussein se retourna, ordonna, d'un geste péremptoire, à Luc et Jemma de rester couchés, s'empara du fusil d'assaut du mort, se dirigea vers l'une des deux grosses poutres verticales qui soutenaient la charpente. Il n'eut pas le temps de l'atteindre. Deux hommes jaillirent de la porte d'entrée, un véritable déluge de feu s'abattit aussitôt sur la pièce, déchiquetant le bois, les tentures, les bâches, les briques. Des balles miaulèrent tout près de Luc et de Jemma. La fusillade ne dura pas plus de quatre à cinq secondes. Aux crépitements des armes succédèrent de brefs échanges en arabe. Luc se redressa, Jemma réussit à se retourner et à entrevoir les deux agresseurs entre les spirales de fumée. L'un d'eux retournait du pied le corps inerte de Hussein, l'autre avait le regard fixé sur elle. Ils portaient les mêmes turbans et les mêmes barbes noires que les Irakiens, ainsi que de longues vestes afghanes fermées par des attaches en bois. Après s'être assurés que Hussein avait son compte, ils s'approchèrent de Luc et de Jemma. Elle distingua, sur leurs visages sombres, des balafres mal cicatrisées qui témoignaient d'une vie tumultueuse. L'un d'eux désigna Jemma et se tourna vers Luc pour lui adresser quelques mots en arabe. Luc écarta les mains pour lui signifier qu'il ne parlait pas sa langue. Jemma ne vit pas le pistolet, se demanda où il était passé. Elle n'en menait pas large.

« *You, Europe ?* »

Luc feignit de ne pas comprendre. À l'issue d'un bref conciliabule, l'un des deux hommes pointa son arme sur la tête de Jemma, dont le cœur s'arrêta de battre.

« *You, come with us.* »

Elle lança un regard éperdu à Luc. S'il ne tentait rien, ces deux tueurs l'emmèneraient, en feraient leur esclave, la revendraient après avoir abusé d'elle.

« *Five thousands euros* », lança Luc.

Ils éclatèrent de rire avant de braquer sur lui leurs fusils d'assaut. Leurs yeux noirs et brillants disaient : comment oses-tu, toi qui n'es pas armé, nous réclamer de l'argent ?

« Luc, qu'est-ce que… »

Il interrompit Jemma d'un geste sec.

« *No money.* » C'était toujours le même qui s'exprimait. L'autre se contentait d'appuyer ses propos de roulements d'yeux, de grimaces ou de sourires. « *We just let your life safe. It's a very good deal.* »

Il se pencha, saisit Jemma par le col de sa parka et la força à se relever.

« *Come with us.* »

Luc eut le sourire navré de l'homme résigné. Jemma fut soudain assaillie par les doutes. Se pouvait-il que Flamand, pour sauver sa vie, la laissât partir sans tenter de l'arracher aux griffes de ses ravisseurs ? Se pouvait-il qu'elle se fût à ce point trompée sur son compte ? Se pouvait-il que la proximité de la mort le rendît, comme la plupart des hommes, lâche, méprisable ? Se pouvait-il qu'il y eût une telle différence entre ses discours et ses actes ? Elle se laissa entraîner sans résistance vers la sortie de la baraque. La vitesse et la facilité avec lesquelles elle versait dans le cauchemar la stupéfiaient, anesthésiaient toute velléité de révolte. Les regards et les sourires égrillards du deuxième homme lui promettaient des nuits effroyables.

Elle entendit à peine le premier coup de feu. L'homme qui la traînait par le revers de sa parka s'affaissa à ses côtés comme une poupée de chiffons. Le deuxième pivota sur lui-même, pas assez rapidement pour esquiver la balle qui le cueillit dans le cou, puis la suivante qui s'engouffra dans son œil. Son fusil d'assaut lui échappa des mains et atterrit sur le tapis deux secondes avant lui. Jemma se retourna. Luc se tenait debout dans le fond de la pièce, le regard dans le vague, les jambes légèrement écartées, le canon du pistolet dans le prolongement de son bras tendu. Les deux intrus baignaient dans leur sang. Le premier, l'occiput fracassé par la balle, était mort sur le coup ; des tremblements nerveux secouaient encore le deuxième, qui ne tarderait pas à rendre son dernier souffle.

« J'ai douté de toi, Luc, murmura Jemma, au bord des larmes. J'ai cru que…

— Il le fallait. Si toi tu me croyais résigné, alors eux me jugeraient inoffensif. Ils n'ont même pas pensé à vérifier que je n'avais pas d'arme. »

Elle demeura frappée de stupeur, tétanisée jusqu'à ce qu'il vienne vers elle et la prenne dans ses bras. Les odeurs de poudre et de sang emplissaient maintenant toute la pièce.

« Où as-tu appris à tirer ?

— Nulle part. Je ne m'étais jamais servi d'un pistolet avant. »

Ali s'engouffra dans la pièce, essoufflé et en sueur, sans doute prévenu par un messager qu'une fusillade avait éclaté dans la maison de son clan. Il examina les cadavres des trois agresseurs avant de se recueillir devant le corps de Hussein. Visiblement bouleversé, il se releva et demanda à Luc et Jemma de veiller son ami – ou prononça-t-il un mot qui ressemblait à cousin ? – jusqu'à son retour. Il recommanda également à Jemma d'enfiler la burka et à Luc de se coiffer du turban.

« Tu n'as pas eu peur de me toucher ?

— Je devais tirer, j'ai chassé toute pensée, toute émotion.

— Tu as tué des hommes à cause de moi.

— Pas à cause de toi. C'était une histoire entre eux et moi, un fil qui nous reliait dans la trame.

— Tu n'as pas de remords ?

— Les remords sont l'expression du passé, le jeu mécanique et abrutissant de la mémoire. Ce qui est fait est fait. Je préfère me concentrer sur le présent. Sur toi et moi. »

La vie bouillonnait à nouveau en Jemma. Elle reverrait bientôt Manon. Elle ne se reprochait plus son manque de confiance en Luc, désormais convaincue que, comme Orphée, il serait capable de descendre dans les entrailles de la terre pour l'arracher aux démons des séjours infernaux. Elle avait l'étrange impression de contempler le gardien de son existence au travers de la grille de la burka. Elle désigna les cadavres d'un mouvement circulaire du bras.

« Qu'est-ce qu'on fait d'eux ?

— Ali nous a demandé de l'attendre. Il saura quoi faire. »

L'Irakien réapparut au milieu de l'après-midi, accompagné de plusieurs hommes qui emportèrent les corps et nettoyèrent le sang sans accorder la moindre attention aux occupants de l'habitation. Quand ils furent sortis, Ali posa la main sur l'épaule de Luc et le fixa d'un air grave, puis il les conduisit, au travers du campement, à une aire où étaient stationnés une multitude de camions, quelques chars, des charrettes et des jeeps. Il les présenta à un homme d'une quarantaine d'années à la peau claire, à la barbe soigneusement taillée, aux yeux gris, aux cheveux châtains et clairsemés. Il portait, comme la plupart des hommes, un fusil d'assaut en bandoulière par-dessus un manteau en peau de mouton retournée.

« Bachir, Damas, dit Ali.

— Il paraît que vous voulez vous rendre à Damas, déclara l'homme à voix basse avec un sourire de bienvenue. Drôle d'idée. Je suis libanais et je pars dans une heure pour la Syrie avec mon 4x4. Je passe par Damas, c'est la route la plus sûre pour Beyrouth.

— C'est rare d'entendre parler français dans le coin, murmura Luc.

— Bon nombre de Libanais et de Syriens continuent d'apprendre le français. D'autres, ailleurs, apprennent l'anglais ou l'allemand. Tous espèrent que les relations reprendront bientôt avec l'Europe, avec Israël, avec le diable américain en personne. La guerre, plus personne n'en veut. Les mères et les enfants ont versé trop de larmes.

— Quand comptez-vous arriver à Damas ?

— Demain soir, sans doute. La route est dangereuse. La dame devra garder la burka et vous le turban.

— Combien… »

Bachir interrompit Luc d'un geste de la main.

« Rien pour moi. Ça me fait plaisir de vous rendre service. Donnez cent euros à notre ami irakien si vous tenez à donner quelque chose. »

Une activité de ruche se déployait autour des camions et des charrettes. Des hommes chargés de sacs ou de caisses piétinaient dans la boue. Jemma remit deux billets de cinquante euros à Luc, qui les tendit à Ali.

L'Irakien ne bougea pas, il se contenta de prononcer quelques mots d'une voix mélancolique.

« Il dit que vous ne lui devez rien, traduisit Bachir. Qu'au contraire c'est lui qui vous doit tout. En tuant deux des trois hommes qui avaient gravement offensé une femme de son clan, vous avez lavé l'honneur du clan et le sien. Il vous est éternellement reconnaissant. Vous serez les bienvenus chez lui, en Irak, quand l'amitié unira à nouveau les peuples et que les frontières n'existeront plus. Et si c'est la volonté de Dieu.

— Dites-lui que nous le remercions du fond du cœur pour tout. »

Les yeux embués, Ali s'inclina, puis il donna une longue accolade à Luc et à Jemma avant de disparaître entre les baraques et les tentes.

36

Isaac

Le vin n'est pas la cruche, mais ce qu'elle contient.
Zohar.

Isaac avait vu, dans le regard de l'homme croisé sur un trottoir de Jérusalem, qu'il entendait les mêmes voix, le même chœur, que lui. Il n'était donc pas seul à percevoir l'appel de l'autre monde. Le son s'était élevé en lui des mois plus tôt, comme si quelqu'un jouait d'un instrument de musique en lui. La comparaison lui était venue spontanément : il s'escrimait deux heures par jour sur le violon hérité de son grand-père. Son père avait décidé qu'il deviendrait le grand violoniste que lui-même n'avait pas pu être – à cause d'étranges créatures qu'il appelait les *aléas de l'existence.* Mais, autant les notes qu'Isaac tirait de son violon étaient laborieuses et grinçantes, autant la vibration qui résonnait en lui était harmonieuse, jamais pesante ni blessante. Il n'en avait pas parlé à ses parents. Il aurait eu trop peur qu'ils le traitent de fou et l'enferment jusqu'à la fin de sa vie dans un hôpital psychiatrique – il était tombé un jour, en zappant, sur des images terrifiantes d'hommes et de femmes attachés sur leurs lits au milieu de chambres capitonnées.

La première fois qu'il avait entendu le murmure, ils vivaient encore en France, dans la région parisienne. C'était avant que papa et maman décident de gagner la terre qu'ils considéraient comme leur véritable patrie, Israël. Ils avaient déclaré, d'un air grave, qu'ils devaient obéir à la dernière *mitsva* prononcée par les autorités religieuses, retourner sur la Terre sainte, fuir les nations chrétiennes qui, après avoir chassé les musulmans de leur sol, se retourneraient, ainsi qu'elles l'avaient toujours fait au long des siècles, contre les juifs, et combattre par la même occasion la tendance catastrophique aux mariages mixtes. Ils avaient longtemps hésité à suivre les commandements des rabbins. Ils n'étaient pas certains de retrouver en Israël le même niveau de vie qu'en France. Puis on leur avait dit que les territoires libérés de Judée et de Samarie avaient un besoin urgent de médecins, qu'une bonne place attendait papa à Hébron, la ville d'Abraham. On leur avait rappelé « qu'être idolâtres, c'est choisir d'abord le génie des autres nations avant de choisir d'être le peuple de la Torah ». Jusqu'alors, les parents d'Isaac avaient rarement parlé de religion. Ils avaient fait circoncire leurs deux garçons, mais ils n'allaient pas à la synagogue, ni ne lisaient les textes sacrés, ils recevaient chez eux des chrétiens et des gens qui ne croyaient pas en Dieu, ils se déclaraient ouverts au monde entier, universels, et ils fustigeaient les extrémistes de tous bords, coupables à leurs yeux de semer la haine et la division. Puis les lettres anonymes avaient commencé à s'amonceler dans leur boîte, ils avaient reçu des coups de fil injurieux, des menaces avaient été proférées contre eux et leurs enfants, et ils avaient compris qu'une nouvelle vague d'antisémitisme s'apprêtait à déferler sur l'Europe. Ils s'étaient alors rendus à de mystérieuses réunions où, selon maman, qui avait toujours autant de difficultés à tenir sa langue, ils préparaient leur départ – elle disait, d'un air effrayé, leur « évasion ». S'ils ne s'en allaient pas rapidement, ils risquaient de beaucoup souffrir et même de mourir. L'Europe allait de mal en pis, les soins n'étaient plus remboursés, les gens rechignaient à consulter leur médecin, la colère grondait dans la population, ils désigneraient des responsables à leurs maux, des boucs émissaires, ils nous persécuteront, comme les autres avant eux…

Isaac ne voulait pas partir, quitter ses bons copains de l'école et du cours de musique. Ils se foutaient pas mal des histoires des grandes personnes qui consacraient la majeure partie de leur temps à s'inventer des problèmes et des souffrances. Antoine, son meilleur copain, vachement fort en violon et en maths, disait que ses parents à lui n'arrêtaient pas de dire des méchancetés sur les ousamas et les juifs. Pourtant, la maman d'Antoine souriait à Isaac et lui parlait avec amabilité lorsqu'il venait sonner à la porte de leur appartement. Selon Antoine, le phénomène de la disparition des enfants – plus d'un élève sur six dans leur école au cours de la dernière année – n'avait rien d'étonnant : les enfants se tiraient tout simplement parce qu'ils en avaient ras-le-bol des adultes, de leurs disputes, de leurs conneries. Qu'est-ce qu'on attend pour se tirer nous aussi ? avait demandé Isaac. Il avait dit ça pour frimer, il n'avait pas vraiment envie de partir, la vie n'était pas si terrible à la maison, il aimait bien ses parents, même s'ils l'obligeaient à transpirer deux heures par jour sur ce satané violon, et aussi sa grande sœur, et même son tyran de petit frère. Ce qu'on attend, avait répondu Antoine, c'est d'avoir assez de colère en nous.

Antoine s'était trompé. Ce n'était pas la colère qui invitait Isaac au départ, mais le murmure enchanteur qui ne cessait de résonner en lui, comme la promesse d'un autre monde. L'installation de la famille dans un lotissement tout neuf de Hébron, en Judée, n'avait pas changé grand-chose à leur vie. Ils ne recevaient plus de lettres ni de coups de fil anonymes, mais ils vivaient au milieu d'anciens colons qui regardaient d'un mauvais œil ceux qui ne parlaient pas la langue ancestrale et ne suivaient pas avec zèle les préceptes de la Torah. L'été, ils avaient pu se rendre sur les rives de la mer Morte distante d'une vingtaine de kilomètres, ou bien passer une journée sur les plages dorées et brûlantes de Gaza, mais l'hiver, un hiver exceptionnellement froid, les avait condamnés à rester cloîtrés dans leur maison qui sentait encore le neuf et à ruminer en silence leurs regrets. Isaac n'avait pas encore de copain à l'école. Les autres se méfiaient des nouveaux émigrants, ceux qu'on appelait les « retardataires » ou, moins gentiment, les « attardés » et qu'on enfermait dans des salles à part pour leur apprendre l'hébreu et les textes sacrés. Papa et maman affirmaient qu'ils auraient besoin d'un peu de temps pour s'habituer à leur nouvelle vie. Ils exploraient leur vieille patrie dès qu'ils en avaient le loisir, Jérusalem bien sûr, la Galilée, si chère aux chrétiens, le mont Carmel, le plateau du Golan, la côte méditerranéenne, les villes de Césarée, Tel-Aviv, Jaffa, Ashdod, Ashkelon, le désert du Zin, les sites célèbres de Sodome et de Massada… Ils avaient contemplé avec effroi le gigantesque ouvrage qui fermait la terre d'Israël aux hordes venues de Syrie, de Jordanie, du Liban et d'Égypte. La clôture électrifiée (vingt mille volts, deux réacteurs nucléaires réservés à son seul usage), communément surnommée la Muraille, haute de cent cinquante mètres et hérissée tous les deux cents mètres de tours de surveillance, reposait sur une base de béton plongeant, selon les panneaux, à plus de cinquante mètres de profondeur. Elle englobait le lac de Tibériade et la mer Morte. Censée prévenir toute agression extérieure par la terre, elle n'avait pas empêché les deux terribles attentats suicides d'Hébron.

« Une vraie boucherie, avait soupiré papa lorsqu'il était revenu, exténué et couvert de sang, du lieu de l'explosion. Vous vous rendez compte ? Ils auraient pu se faire sauter à l'intérieur de notre lotissement. Je croyais que le terrorisme avait été éradiqué de la terre d'Israël. Que les ousamas n'avaient plus de capacité à nuire.

— Ce ne sont peut-être pas des terroristes islamiques, avait timidement suggéré maman.

— Sûrement pas des chrétiens en tout cas. Ni des Chinois, ni des Indiens. Comment, comment ont-ils réussi à passer la Muraille ?

— Et s'ils étaient venus par la Mer ?

— Impossible. Il y a des filets explosifs tout le long des côtes, à cinquante kilomètres. »

Les attentats meurtriers avaient sérieusement douché un enthousiasme déjà refroidi par l'ostracisme frappant les nouveaux arrivants. Le psaume 147-2 proclamait pourtant que Dieu rebâtirait Jérusalem après avoir rassemblé tous les dispersés d'Israël. Isaac ne comprenait pas pourquoi les anciens colons, eux qui avaient occupé les territoires palestiniens au mépris des pressions internationales et souvent au prix de leur sang, ne se montraient pas heureux du retour de tous les enfants d'Israël sur leur terre. Certains d'entre eux préféraient se faire soigner à Jérusalem plutôt que de mettre les pieds dans le cabinet de son père, sauf quand l'urgence commandait et qu'ils appelaient en pleine nuit pour un enfant souffrant ou une grand-mère agonisante – quand la peur et la douleur assouplissaient les principes.

« Si je comprends bien, on ne peut pas être athée dans ce pays, avait marmonné maman.

— La future constitution prévoit un État à la fois juif et démocratique, avait dit papa. Il y a comme une contradiction quelque part… »

Isaac avait secrètement espéré que le chant cesserait, qu'il ne serait pas obligé de partir, mais l'appel se faisait de plus en plus pressant. Il se demandait pourquoi lui, pourquoi pas son frère ou sa sœur, pourquoi pas les autres enfants du lotissement d'Hébron, pourquoi pas son copain Antoine ? Il n'avait reçu aucune nouvelle de ses anciens camarades de France, ni par la poste, ni par téléphone, ni par courrier électronique. Papa avait tenu à équiper la maison de l'Internet, mais le réseau, étroitement contrôlé par le ministère de l'Intérieur, se limitait aux sites israéliens et à certains sites internationaux favorables à l'État hébreu.

Isaac restait éveillé jusqu'au matin. Le premier avantage de la maison d'Hébron était qu'il ne partageait plus sa chambre avec son petit frère – le deuxième, que la corvée de violon était reléguée au second plan jusqu'à la fin de l'apprentissage de l'hébreu. Il pouvait donc allumer, se lever et s'agiter sans craindre de déranger Gad, un vrai mouchard celui-là, toujours fourré dans les jupes de sa mère à se plaindre de ses aînés. Il se plantait devant la fenêtre et contemplait le ciel – troisième avantage, les nuits israéliennes étaient plus fournies en étoiles que les nuits parisiennes. Le chant retentissait avec une force incroyable dans le silence de la maison endormie – quelquefois égratigné par des bruits étranges provenant de la chambre de papa et de maman. Une invitation, une supplique à se mettre en chemin. Isaac résistait de toutes ses forces, conscient que, s'il franchissait le seuil de la maison, il ne reviendrait pas. Il ne voulait pas que sa mère pleure sa disparition jusqu'à sa mort, il ne s'estimait pas en droit d'infliger de la souffrance à ceux de sa famille. Alors il serrait les dents et se cramponnait au bois de son lit pour ne pas céder à l'envoûtement. Mais la tentation devenait de plus en plus dévorante, et il savait qu'il ne pourrait plus la repousser très longtemps. Alors il avait décidé d'être désagréable avec tout le monde, ses parents, sa sœur, son frère, ses professeurs, dans l'idée de se montrer suffisamment insupportable pour que personne ne le regrette. Il ne parlait plus, ou bien pour lâcher des grossièretés, il refusait de participer aux travaux ménagers, il se montrait impoli quand des visiteurs entraient dans la maison. Maman le fixait désormais d'un air pensif, elle ne reconnaissait plus son Isaac, le garçon joyeux et serviable qu'elle avait connu en France, et elle se demandait si son changement d'attitude n'était pas dû au déménagement, s'il n'avait pas le cafard de son ancien pays, de ses anciens amis. Papa répondait qu'on ne reviendrait pas en arrière, qu'il devait s'adapter, de gré ou de force, que la France n'avait jamais été leur pays, que les anciennes promesses écloraient en Israël comme les fleurs au printemps.

Isaac partit cette nuit-là. Il avait neigé une grande partie du jour, et il avait regardé les autres enfants se battre à coups de boules de neige dans les allées de la résidence. Il n'avait pas ouvert son livre d'hébreu posé sur son bureau. Papa avait travaillé très tard, grippes, rhumes, angines, bronchites, les mêmes maladies qu'en Europe finalement, et maman, qui s'essayait avec une bonne volonté touchante à la cuisine traditionnelle, l'avait attendu en regardant d'un œil distrait les informations sur une chaîne qui proposait des sous-titres en anglais, en français ou en russe. Ils n'avaient pas beaucoup parlé, papa étant fatigué par sa longue journée de travail. Les enfants étaient allés se coucher à l'heure habituelle, 9 heures, et les parents avaient accompli le rituel de la visite dans la chambre. Si papa avait déposé un baiser distrait et furtif sur le front de son fiston, Maman s'était attardée près d'Isaac, tracassée par une sensation sur laquelle elle ne parvenait pas à mettre de mots. Elle s'était assise sur le bord du lit et lui avait caressé le visage avec une tendresse inhabituelle, bouleversante.

« Est-ce que je saurai un jour ce qui se passe exactement dans cette drôle de tête-là ? » avait-elle fredonné.

Elle ne le saurait jamais. Ceux qui n'entendaient pas ne pouvaient pas savoir. Isaac avait suivi, sur une chaîne de la télé française, l'une de ces séries antiques où un homme rencontrait les extraterrestres et voulait alerter les autres, mais ils ne le croyaient pas, ils se moquaient de lui, ils le traitaient de fou, ils lui cassaient la gueule – pardon, la figure. On ne pouvait pas partager avec d'autres une expérience qu'ils ne vivaient pas. Chacun restait seul dans son coin, chacun se débattait avec ses extraterrestres. Maman avait failli fondre en larmes lorsqu'elle l'avait embrassé ; les mères devinaient des choses dont les pères, obsédés par leur travail, leur voiture, leur maison, leurs amis, leurs loisirs, leurs querelles, ne prenaient jamais connaissance, sauf si on les leur écrivait noir sur blanc ou, à la rigueur, si on les leur expliquait. Les pères avaient soif de preuves.

Isaac regretterait maman, les autres aussi, bien sûr, mais l'odeur et la douceur de sa mère seraient sans doute ce qui lui manquerait le plus. Comme il avait besoin de consolation, il se concentra sur le chant. Il entendit avec clarté la promesse que, là où il se rendait, il rencontrerait un amour bien plus fort que tout ce qu'il avait connu, un amour qui effacerait toutes ses peines, un amour qui lui dévoilerait le mystère et la beauté du monde. Tout ce qu'il devait faire, c'était se mettre en chemin. Le temps pressait. Il n'avait pas à se soucier de la direction, seulement se laisser guider par le son. Il repensa à l'histoire du joueur de flûte et des rats. Il était l'un des rats, mais le son magique ne le conduisait pas à la mort.

Sa mère s'était mise à pleurer dans sa chambre. Il attendit que ses sanglots étouffés s'apaisent et que la maison baigne dans un silence total pour se lever et s'habiller. Le son chassait de lui toute hésitation, toute tristesse. Il descendit au rez-de-chaussée. Ses pieds glissaient sans bruit sur les marches de l'escalier de bois, que Gad appelait pourtant le péteur tellement il craquait. En bas, il enfila ses chaussures montantes et fourrées, puis, après un dernier coup d'œil vers le haut, il sortit de la maison. Le froid vif de la nuit lui fouetta le nez et les joues, ses pieds s'enfoncèrent dans une neige fraîche et molle. Il pensa très fort à maman lorsqu'il s'éloigna du lotissement en s'engageant dans un sentier qu'il ne connaissait pas, mais, à aucun moment il n'eut envie de rebrousser chemin. Il ne croisa personne dans le paysage accidenté qu'il traversait. Il lui sembla qu'il marchait vers l'est, vers la mer Morte. Aucune étoile ne brillait dans le ciel d'une noirceur absolue. Le vent propageait une rumeur grésillante. Il s'approchait de la grande clôture électrifiée. Il ne ressentait aucune fatigue, même pas un début d'essoufflement. Il lui semblait marcher… oui, marcher sur les sons, fouler un champ de cordes vibrantes.

Alors qu'il se présentait devant une paroi rocheuse où se découpait une bouche sombre, des silhouettes surgirent des ténèbres et vinrent à sa rencontre. Deux garçons et une fille. Il devina qui ils étaient et ce qu'ils fabriquaient dans le coin. D'eux émanaient des notes poignantes, funèbres. Il crut un instant qu'ils allaient lui barrer le chemin et se jeter sur lui, mais ils s'évanouirent dans l'obscurité sans lui prêter attention. Ils ne parurent même pas prendre conscience de sa présence, comme s'il était invisible, trop pressés d'aller semer la mort de ce côté-ci de la Muraille. Isaac vit au passage qu'ils ne ressemblaient pas à des ousamas, mais à des Européens. Maman avait vu juste. Ils appartenaient sans doute à l'un de ces groupes dont on parlait quelquefois à la télé et qui commettaient des attentats suicides dans le seul but d'emporter dans le néant un bout de leur monde. Considérée comme le territoire le plus difficile à infiltrer, la citadelle Israël ne pouvait qu'enfiévrer l'imagination des néantistes. Ils se fichaient pas mal de la religion, de la politique, de la maîtrise de l'eau et des autres ressources, ils voulaient seulement entonner leur chant de mort dans les lieux réputés les mieux protégés, donner le maximum d'éclat à leur ultime feu d'artifice. Demain, se produiraient de nouveaux attentats dans des villes israéliennes, on aurait de nouvelles raisons de haïr les terroristes ousamas pourtant « laminés par la guerre », selon l'expression de papa.

Isaac s'engagea sans hésitation dans la bouche ouverte sur la paroi rocheuse. Les semelles épaisses de ses chaussures cessèrent de patauger dans la neige pour claquer sur une terre ferme. Il longea une galerie qui se resserrait peu à peu jusqu'à ce que ses épaules touchent presque les deux parois en même temps. Il ne voyait plus rien et respirait une odeur de renfermé de plus en plus âpre. Il lui sembla se lancer dans une descente assez douce au début, puis de plus en plus raide, au point qu'il fut obligé de poser la main à plat sur la paroi pour ne pas perdre l'équilibre. Lui qui, quelques mois plus tôt, n'aurait pas pu aller de sa chambre aux toilettes en pleine nuit sans être battu par une frayeur atroce, n'avait pas peur. Il descendit encore et encore. L'odeur de renfermé s'estompait, la galerie sentait maintenant la boue, l'eau croupie, le minéral. Des chuintements et des bruits d'écoulement troublaient de loin en loin le silence déjà chahuté par le claquement régulier de ses chaussures. Le chant l'emplissait tout entier. Il ne pressait pas l'allure. Il se sentait bien dans le ventre de la terre. Il aurait probablement ressenti la même paix au fond des abysses océaniques, sur un boulevard animé de Paris ou dans un cirque de Mars. Il aurait été incapable de dire depuis combien de temps il marchait. Il s'en foutait. Avancer lui suffisait, une foulée après l'autre, toujours cette impression magnifique de soulever à chaque pas un chœur de vibrations enchanteresses. Le sol s'éleva sous ses pieds. La montée s'effectua aussi facilement que la descente, même s'il lui fallut quasiment escalader les passages les plus pentus. Une lumière, dans le lointain, révélait les inégalités de la roche et les poutrelles métalliques qui étayaient la voûte tous les dix pas. Il reconnut la clarté maladive de l'aube, en déduisit qu'il avait marché toute la nuit, fut surpris et joyeux de n'éprouver aucune fatigue. Il n'avait jamais existé, le petit garçon incapable de boucler les deux tours de stade réclamés par le prof de gym, le petit garçon que les autres choisissaient en dernier dans les équipes de foot formées dans la cour, le petit garçon qui n'avait jamais réussi à tenir sur des skis et moins encore sur un surf. Il devina qu'il se rapprochait de la sortie quand le jour gagna son combat contre l'obscurité, il contourna le tore ventru d'une énorme concrétion, traversa une forêt de stalagmites, déboucha soudain sur une étendue plane aveuglante et hérissée de pics rocheux. Il eut besoin de quelques secondes pour accoutumer ses yeux à la luminosité. Le soleil levant unissait le ciel et la neige dans ses éclats flamboyants. Il découvrit des restes d'un feu de camp, d'un repas, des traces dans la neige. Il s'avança vers le centre du plateau, jeta un coup d'œil en arrière, aperçut, dans le lointain, l'ombre grise de la clôture. Il était passé sous la Muraille, il se retrouvait en Jordanie, en territoire ousama. Le chœur gagnait en puissance. La porte de l'autre monde n'était plus très éloignée.

Il marcha un jour et une nuit sans interruption en direction du nord. Il ne souffrit ni de la faim, ni de la soif, ni de la fatigue. Il longea pendant des heures une piste où déboulaient, comme des songes bruyants, des camions soulevant d'énormes gerbes de neige et de boue. Il traversa un campement où des familles réunies autour d'un immense feu célébraient, lui sembla-t-il, un mariage. Personne ne le regardait, personne ne lui adressait la parole, comme s'il évoluait déjà dans l'autre monde. La solitude ne lui pesait pas. Il pensait avec tendresse à ses parents, à sa sœur, à son frère. Peut-être maman avait-elle éclaté en sanglots lorsqu'elle avait découvert la chambre vide ? Peut-être pas. Elle avait toujours su au fond d'elle qu'il n'était pas comme les autres, qu'il quitterait très tôt la maison. Il ne s'était pourtant jamais senti différent de sa sœur, de son frère. Gad devrait trouver un autre responsable à ses misères quotidiennes.

Une fillette lui emboîta le pas au sortir d'un village niché sur le flanc d'une colline et traversé d'une piste boueuse. Il pensa qu'elle allait rapidement bifurquer sur un autre sentier et disparaître dans le moutonnement blanc, rouille et ocre, mais elle resta dans son sillage, gardant avec lui un intervalle d'une cinquantaine de pas. Il s'arrêta et l'attendit afin d'en avoir le cœur net. Son chant intérieur s'amplifia tout à coup, comme s'il recevait le renfort d'un deuxième chœur. La fillette s'approcha d'un pas tranquille, s'arrêta à quelques mètres de lui et le fixa en souriant. Âgée de six ou sept ans, elle était jolie avec ses grands yeux dorés et ses longs cheveux noirs. Elle ne portait qu'une robe dont les déchirures dévoilaient sa peau brune, autant dire rien, et elle marchait pieds nus.

« Tu vas vers la porte ? » demanda-t-elle.

Elle s'était exprimée en arabe et pourtant Isaac l'avait comprise.

« Toi aussi, tu as entendu l'appel ? » répondit-il en français.

Elle acquiesça d'un gracieux mouvement de tête, ravie visiblement de discuter avec un garçon qui parlait une autre langue que la sienne.

« Je l'entends depuis que je suis née.

— Pourquoi n'es-tu pas partie plus tôt ?

— J'attendais que tu viennes pour faire la route avec toi. »

Isaac hocha la tête. Les mystères du monde ne le dérangeaient plus.

« Mais, si tu n'étais pas venu, je serais quand même partie, ajouta la fillette. La porte va bientôt se refermer.

— Comment t'appelles-tu ?

— Leïla. Et toi ? »

Il s'avança vers elle et lui prit la main.

« Moi c'est Isaac. Allons-y avant que la porte se referme, Leïla. »

37

D'étranges légendes nous viennent d'Orient – mais
l'Orient n'est-il pas par essence le pays des légendes ?
Ainsi en est-il de l'armée des enfants, qui serait
responsable de la disparition des enfants d'Europe (plus de
cinquante mille cas recensés au cours des dernières années,
chiffres de la police ; probablement le double selon nos
propres sources). Voilà ce que nous avons trouvé
de mieux pour supporter l'insupportable, une fable
qui permet à la fois d'évacuer notre colère
et notre haine contre les ousamas et de nous
exonérer de nos propres responsabilités.
Elle illustre donc notre lâcheté et notre impuissance
à prendre notre destin en main. Faudra-t-il que notre
civilisation se soit définitivement effondrée pour
que nous réfléchissions enfin sur nous-mêmes ?
Faudra-t-il que nous soyons au fond du gouffre
pour contempler avec lucidité le fond
de notre âme ?

Jules-Jean Jacquin,
La Nouvelle Europe Libre.

« Les extrémistes que vous, les Européens, appeliez les terroristes islamiques se sont servis de l'islam pour impliquer l'ensemble des populations musulmanes, mais leur but principal était de virer les régimes mis en place par les Occidentaux. La seule façon d'unir le monde arabe et plus largement le monde musulman, c'était de les agréger autour de la religion et, donc, de faire monter un peu partout dans le monde le sentiment islamophobe, de séparer l'humanité en deux camps ennemis, de stimuler le vieux réflexe grégaire. Ils jouaient sur du velours : les populations musulmanes, humiliées par des décennies de colonisation et d'exploitation, opprimées par leurs gouvernements valets des puissances occidentales, avaient besoin de nouveaux héros, de nouveaux Saladin, de nouveaux Nasser. Comme les têtes pensantes du camp opposé voulaient à tout prix garder le contrôle du gaz et du pétrole, comme ils avaient entrepris le remodelage du Moyen-Orient à leur sauce démocratique libérale, comme ils poursuivaient leurs propres objectifs religieux, le conflit était inévitable – il arrangeait même beaucoup de monde. Il faut toujours chercher à qui profite le crime, n'est-ce pas, et le crime, ici, a fait plus de cinquante millions de morts. Deux puissances ont volé en éclats, l'Europe et la grande nation musulmane en cours de formation, trois, si on classe l'ONU dans la catégorie des puissances. Les bénéficiaires de l'opération : les États-Unis, et j'inclus ici Israël, que je considère comme un État américain, la Chine, qui poursuit tranquillement sa croissance et dont les États-Unis sont devenus les fournisseurs et les clients principaux, l'Inde, qui vient de rompre son autarcie pour signer les accords commerciaux du Trident. Nous, arabes et musulmans, avons tout perdu. La folie religieuse nous a ramenés des siècles en arrière, au temps du nomadisme et des tribus. Nos terres et nos eaux ont reçu une telle quantité de bombes et de produits chimiques qu'elles mettront des années à se régénérer. Les Américains ont profité du rassemblement de nos armées sur les frontières européennes pour prendre tranquillement le contrôle des ressources pétrolières et gazières. Les deux nations qui se sont lancées dans l'aventure de la guerre ont été baisées sur tous les plans. » Bachir cracha par la vitre ouverte. « Ce ne sont pas les terroristes, les nouveaux héros, qui sont tombés au Front, mais de pauvres types manipulés par des religieux sans scrupule. Ceux qui vantent les mérites de la mort sont toujours les derniers à partir, vous avez remarqué ? »

Bachir n'avait pas cessé de parler depuis qu'ils avaient quitté le campement d'Osmanyie. Comme il était obligé de hurler pour dominer le raffut du moteur, sa voix se perchait souvent dans les aigus. À l'agitation permanente de sa langue il ajoutait les roulements d'yeux, les mimiques et les gestes de la main. Il lâchait parfois le volant et laissait le 4x4 partir en travers sur la largeur de la piste. Ils avaient dérapé à deux reprises sur la terre jonchée de plaques de glace et de neige. Ils étaient passés en Syrie depuis un bon moment déjà, franchissant les anciens postes de douane de la région d'A'zaz dont ne subsistaient que les carcasses calcinées et les barrières tordues, traversant un paysage presque lunaire. Ils avaient roulé sans encombre sur la route de Damas, contourné le champ de ruines qu'était devenue la ville d'Alep. Des silhouettes furtives s'agitaient, entre les montagnes de gravats et les buissons de ronces. Les nombreuses colonnes de fumée qui montaient dans le bleu limpide du ciel montraient que la vie tentait malgré tout de s'accrocher dans les décombres. À chaque fois qu'ils apercevaient un village détruit, un pont affaissé ou une oasis criblée de cratères, Bachir secouait la tête avec un clappement de langue. Ils n'avaient pas croisé beaucoup de monde sur les hauts plateaux syriens, des groupes d'hommes, de femmes et d'enfants qui, égrenés sur les bas-côtés de la piste, marchaient d'un pas pesant vers d'improbables lendemains, des camions qui filaient à vive allure malgré les innombrables nids-de-poule, des camionnettes transportant des hommes en armes, des voitures aux carrosseries défoncées dont les bas de caisse raclaient les arêtes des pierres. Le soleil couchant avait teinté d'incarnat les vagues enneigées et arrondies des collines qui s'étendaient à perte de vue. Ils avaient roulé pratiquement toute la nuit à une allure réduite, mal éclairés par l'unique phare du 4x4. Ils avaient mangé des parts d'un gâteau à base de miel, de riz, de beurre et de dattes dont quelques bouchées équivalaient à un repas complet.

Bachir n'avait pas l'intention de s'arrêter :

« Ne croyez pas que ces collines soient désertes. Si je m'arrête, ils nous tomberont dessus, ils nous égorgeront, moi pour me piquer le 4x4, vous parce que vous n'avez aucune valeur marchande. Ils n'épargneront que madame, mais, dans son cas, elle regrettera de ne pas avoir été tuée en même temps que nous. »

Le Libanais fumait des cigarettes à l'étrange odeur. Elles contenaient des substances qui stimulaient le système nerveux et lui permettraient de rester éveillé jusqu'à Beyrouth. Tous les camionneurs, tous les chauffeurs contraints d'emprunter les pistes du Moyen-Orient se munissaient des mêmes cigarettes, fabriquées dans les montagnes afghanes. Ils s'équipaient également de jerrycans de gasoil, reliés au réservoir par un système de tuyaux et de vannes actionné depuis le tableau de bord. Les histoires étaient nombreuses d'hommes qui, s'étant arrêtés pour manger, pisser, refaire le plein, se reposer, s'étaient retrouvés aux prises avec une dizaine d'agresseurs surgis de nulle part. On récupérait le camion, la cargaison et les organes du chauffeur, qui alimentaient un marché extrême-oriental de plus en plus demandeur – mais pas seulement, on parlait également de pratiques anthropophages.

« Il se passera beaucoup de temps avant que les institutions politiques renaissent de leurs cendres. En attendant, nous continuerons d'être gouvernés par les mafias. Elles se sont déjà restructurées, elles régentent les centres de rassemblements comme Osmaniye ainsi que la plupart des routes et des trafics, elles contrôlent les chefs de tribus, elles ont noué des contacts et organisé des réseaux avec les mafias occidentales. C'est ce qui vous a permis d'arriver jusqu'ici. Si vous n'aviez pas été sous la protection d'un réseau, vous n'auriez même pas traversé la mer Noire.

— Pourquoi faites-vous la piste entre Osmaniye et Beyrouth si elle est aussi dangereuse ? » avait demandé Luc.

Bachir avait eu l'un de ces petits sourires tristes qui ponctuaient régulièrement ses phrases.

« Il faut bien vivre. Je suis commerçant.

— Vous vendez quoi ?

— Tout ce qui peut se vendre. Je prends les commandes à Beyrouth et j'essaie de fournir, avec une petite commission au passage. »

Une bâche de la même couleur beige que la carrosserie du 4x4 dissimulait le contenu de son coffre.

« Nous manquons de tout, avait-il repris. À Osmaniye, je peux trouver des produits en provenance d'Extrême-Orient ramenés par les Afghans et les Pakistanais. Ils se débrouillent pour forcer l'embargo. »

La lumière changeante de l'aube avait tiré des ombres diaprées sur les reliefs. Jemma s'était endormie sur la banquette arrière. Elle avait cessé de lutter contre l'impression d'enfermement, d'étouffement, engendrée par l'épaisse burka. Elle avait la curieuse sensation que la voix de Bachir résonnait à l'intérieur d'elle, ou, plus exactement, qu'une deuxième voix se substituait à celle du chauffeur. Le monde extérieur ne paraissait plus aussi réel depuis qu'ils avaient quitté le campement d'Osmaniye, il semblait avoir perdu de sa consistance, de sa crédibilité, de son importance. Elle s'était demandé si elle ne devenait pas folle, puis elle avait cessé de se débattre, elle s'était peu à peu enlisée dans un état où plus rien n'avait d'importance, pas même la perspective de revoir Manon, ni ses sentiments pour Luc, pourtant exaltés quelques heures plus tôt. Elle éprouvait des difficultés grandissantes à garder son attention fixée sur le paysage qui défilait par la vitre, sur les silhouettes grises disséminées au bord de la piste, sur ses propres réactions quand le 4x4 franchissait au ralenti un passage resserré au milieu d'hommes à l'allure de pillards. Elle ne ressentait plus aucune frayeur lorsqu'elle croisait, derrière la grille de son vêtement, le regard de braise d'un homme coiffé d'un turban et armé d'un fusil d'assaut. Ni d'émerveillement lorsque, du haut d'une colline, un paysage d'une beauté à couper le souffle se dévoilait devant leurs yeux. Elle s'enfonçait dans l'indifférence, s'effaçait à elle-même. De temps à autre, Luc se retournait et lui lançait un regard interrogateur.

« La légende de l'armée des enfants semble effrayer pas mal de gens dans le coin. Pas vous ? »

Bachir alluma une cigarette et expulsa une longue guirlande de fumée avant de répondre :

« L'Irakien m'a dit que vous vous intéressiez à cette histoire. Moi, je n'y crois pas. J'en ai souvent entendu parler, même à Beyrouth, mais je n'ai jamais rien vu qui s'y rapporte de près ou de loin. Et, pourtant, j'ai souvent fait la route. Je sais que beaucoup de chauffeurs sont autant terrorisés par la légende que par les hordes de pillards. Bah, on a tous besoin de se forger de nouvelles légendes, non ? Comme celle du fantôme de Maradona.

— Vous voulez parler de l'ancien footballeur ? »

Bachir lâcha le volant, écarta les mains et s'inclina avec une déférence démonstrative, comme s'il saluait un dieu.

« *El Pibe de Oro* en personne. On prétend qu'il est venu dans le secteur juste après la guerre.

— Impossible. Il est mort *avant* la guerre.

— Je sais, mais les légendes ne respectent pas la réalité, c'est un peu leur principe. On raconte qu'il est apparu dans la région de Damas et que, depuis, un grand nombre d'enfants ont disparu.

— Pour aller où ?

— Jouer avec lui, tiens. On raconte qu'ils en avaient assez des guerres et qu'ils l'ont suivi sur un terrain de jeu éternel. Toutes ces histoires montrent que nous devons nous réapproprier notre identité. Les modèles se sont brisés, le modèle occidental, mais aussi le nôtre. Nous sommes des survivants.

— C'est peut-être votre plus grande chance. En Occident, nous n'avons pas encore franchi cette étape, nous restons englués dans nos anciens systèmes de pensées. »

Bachir finit sa cigarette en silence, le front plissé.

« En d'autres temps, je vous aurais emmenés au krak des Chevaliers, un château bâti par les Hospitaliers au XIe ou XIIe siècle, reprit-il. Il n'est plus entretenu, mais il a résisté aux bombardements, et il est toujours aussi impressionnant. Il sert actuellement de repaire à la bande de Saïd Pacha, des dingues qu'il vaut mieux ne pas déranger. Qui sait ? Quand les relations auront repris entre l'Europe et le Moyen-Orient, nous reverrons peut-être des touristes. Il y a pas mal de choses à voir dans la région. Leur retour aura pour nous la même signification que le rameau d'olivier dans le bec de la colombe. »

Le monde qui s'estompait à l'extérieur paraissait se transférer à l'intérieur de Jemma, comme par un système de vases communicants, mais il se recréait sous d'autres formes, d'autres lois. Ses pensées ne s'évanouissaient pas à peine émises, elles se prolongeaient en traces plus ou moins lumineuses et mouvantes, elles s'entrelaçaient en figures géométriques de plus en plus complexes, elles élaboraient des labyrinthes fascinants où se perdaient les nouvelles pensées. Les figures changeantes émettaient des sons parfaitement assortis à l'harmonie des couleurs et des formes. Jemma percevait toujours les voix de Bachir et de Luc, le ronflement du moteur, les craquements de la boîte de vitesses, le grincement des amortisseurs, les couinements des freins. Chaque bruit provoquait en elle des réactions, des pensées qui à leur tour généraient des rondes de pensées inachevées et ajoutaient sans cesse de la complexité aux structures. Elle baignait dans un univers de vibrations pures qui lui ravissaient le corps et l'esprit et se propageaient aux collines et aux plateaux traversés par le 4x4. Il lui semblait que l'intérieur du véhicule, que les couleurs et les contours du paysage étaient une émanation de son âme, qu'ils jaillissaient de sa propre source, qu'ils n'existaient en cet instant que parce qu'elle les engendrait. Elle créait les deux hommes assis devant elle, Bachir dont le verbe foisonnant dessinait de splendides arabesques, Luc qui rayonnait en elle comme un soleil et l'irradiait d'une lumière incroyablement pure et chaude. Et aussi l'homme qui passait la tête par la vitre du 4x4 immobilisé, discutait en arabe avec le Libanais et posait sur elle des yeux soupçonneux. Et les autres pillards figés de chaque côté du véhicule, l'arme au poing, le visage en partie dissimulé par les pans de leurs turbans. Ils évoluaient dans le cœur de ses pensées, ils s'agitaient dans le monde fondé et maintenu par l'activité de son esprit.

L'homme qui avait ordonné au 4x4 de s'arrêter ouvrit le coffre, souleva la bâche, fouilla les caisses dont il retira quelques marchandises emballées dans des papiers ou des tissus.

« Des hommes de Saïd Pacha, avait murmuré Bachir dès qu'il avait aperçu le barrage dans le lointain. Je ne pensais pas les rencontrer si loin du krak des Chevaliers. Gardez le silence quoi qu'il arrive. Ils nous massacreront tous s'ils apprennent que vous êtes européens. On devrait s'en tirer avec un petit bakchich. »

Les pillards n'apparaissaient pas à Jemma comme des êtres qu'on pouvait classer en amis ou ennemis, mais comme des formes pures à l'intérieur d'un champ vibratoire. De la même façon qu'ils s'agitaient dans son monde, elle se promenait dans le leur, ils se rencontraient sur un plan qui n'existait qu'en cet instant, qui s'estomperait dès qu'ils se seraient éloignés. La vie n'était qu'une succession d'instants éphémères, une farandole de moments présents qui se chassaient les uns les autres et s'imprégnaient avec plus ou moins de force dans la mémoire. Rien n'avait de réalité parce que tout passait sans cesse, parce que toute forme aussitôt créée retournait au néant. C'était la raison pour laquelle, sans doute, les hommes tentaient de piéger le temps dans des constructions monumentales, des frontières, des lois, des coutumes, des religions, des souvenirs, bâtissaient des mondes illusoires dont ils étaient les prisonniers, les otages.

L'homme revint près de Bachir et lui montra une caisse remplie de pistolets et de montres. Après un nouveau coup d'œil insistant en direction de Jemma, il finit par reculer et, d'un geste du bras, autorisa le Libanais à franchir le barrage. Bachir ne se fit pas prier pour démarrer et filer le plus rapidement possible sur la piste qui s'enroulait comme un serpent sur les flancs nus et enneigés d'un massif.

« Il aurait pu tout vous prendre, lança Luc après qu'ils eurent franchi un col bordé de roches et de congères.

— C'est une brute, mais pas un idiot, répondit Bachir. Il sait que, s'il dévalisait complètement les voyageurs, plus personne ne s'aventurerait sur les pistes et que son clan n'aurait plus un seul quidam à détrousser. Il faudrait à Saïd Pacha conquérir un nouveau territoire, provoquer une guerre dont il ne serait pas certain de sortir vainqueur. Ses hommes se contentent de bakchichs raisonnables. Le sage s'abreuve à la source d'eau pure sans jamais l'assécher. J'ai perdu quelques dollars dans l'affaire, mais quelle importance ? Je suis encore riche de la vie, et j'augmenterai chacun de mes autres articles d'un ou deux dollars pour compenser la perte.

— Pourquoi des dollars ?

— La monnaie du diable est restée la monnaie de référence. La contradiction fait partie de nos charmes. »

Ils roulèrent jusqu'à la tombée de la nuit. Bachir dut s'arrêter une deuxième fois pour débloquer la vanne d'un des jerrycans de gasoil insérés dans des niches de chaque côté du coffre. Ils traversaient une gorge encaissée et désolée où l'on ne discernait aucune trace de vie végétale, animale ou humaine. Le Libanais confia un pistolet à Luc et lui demanda de surveiller les environs pendant qu'il essayait de réparer cette foutue vanne. « Pas le choix, c'est mon dernier réservoir. Faudra qu'il me fasse jusqu'à Beyrouth… »

Jemma vient rejoindre Luc sur le promontoire rocheux d'où il avait une vue d'ensemble sur la gorge.

« Cette arme ne sert à rien, dit-elle en désignant le pistolet. Il n'y a personne dans le coin. »

Il la fixa d'un air à la fois attentif et amusé. Son regard transperçait le tissu de la burka.

« Comment tu peux en être sûre ?

— Je… comment te dire ça sans passer pour une dingue ? Je ne perçois plus le monde seulement avec mes sens, j'ai l'impression d'être entourée d'un champ de vibrations pures. »

Un juron s'échappa par le hayon du 4x4 et s'envola dans le silence qui se nichait dans les replis de l'obscurité naissante. Les pics enneigés du massif se couvraient de capes pourpres et brunes.

« Elles partent de moi et s'ajoutent sans cesse les unes aux autres pour engendrer de nouvelles formes, poursuivit Jemma.

— Est-ce qu'elles signifient quelque chose ? demanda Luc.

— Pas vraiment. C'est juste un jeu fascinant. Le reste me paraît sans intérêt. Je n'arrive plus à donner de l'importance à ma vie. »

Bachir sortit en bougonnant du coffre, s'essuya les mains à l'aide d'un chiffon déjà crasseux, s'engouffra dans la cabine, pressa une des tirettes du tableau de bord, baissa la vitre et cria :

« En route. Je suis déjà en retard. Nous serons à Damas dans moins de deux heures. »

Ils franchirent la dernière barrière montagneuse à la lueur anémique du phare. Par endroits, le 4x4 paraissait foncer tout droit vers le gouffre qu'aucune protection ne séparait de la piste étranglée et sinueuse. Jemma gardait les yeux fermés pour mieux apprécier le ballet fascinant de ses pensées – le mot n'était probablement pas approprié car les pensées étaient normalement les fruits d'une activité mentale, alors qu'il s'agissait plutôt d'un flot coulant du plus profond d'elle, d'une présence sans intention, du simple état d'être.

« Damas… »

Bachir désigna les lumières en contrebas.

« Dix-sept fois bombardée, entièrement rasée. Comme toutes les villes qui revêtaient une importance symbolique aux yeux des musulmans, Istanbul, Bagdad, Makka, Téhéran… Il n'en reste pratiquement rien. L'eau du Barada est empoisonnée par les particules d'uranium appauvri. Et pourtant, plus de cinq cent mille personnes vivent encore dans les ruines. Je préfère vous prévenir que l'endroit est mal fréquenté. Où voulez-vous que je vous dépose ? »

Le 4x4 s'engagea dans la descente qui plongeait en lacets serrés dans les ténèbres. Luc se tourna vers Jemma.

« Tu n'as pas une idée ? »

Elle répondit par la négative d'un signe de tête. Elle se rapprocha de la vitre, regarda vers le bas, distingua, à travers la grille de son vêtement, les éclats flamboyants jetés par les feux, les particules en suspension abandonnées par les phares. Les mouvements lui parvenaient au ralenti, comme si elle les percevait depuis une autre réalité, un autre plan. De temps à autre, les lumières mouvantes arrachaient des bouts de constructions à la nuit, le même genre de baraque qu'à Osmaniye et dans les villages turcs, des assemblages rudimentaires de planches, de briques, de terre et de toiles. Des silhouettes accroupies se serraient dans des courettes éclairées par des braises rougeoyantes et délimitées par des étoffes suspendues. Parfois aussi se découpaient le mur intact d'une grande construction, les pignons dentelés de maisons qui menaçaient de s'effondrer, des monticules de gravats transformés en logements.

En bas de la descente, Bachir se rangea sur le bas-côté. Le faisceau de son phare balaya une ruelle bordée d'enchevêtrements de toiles et de cordes. Les étoiles brillaient avec une rare intensité, comme polies par le vent sec qui s'était invité avec la nuit.

« Je dois être à Beyrouth ce soir, et je gagnerai du temps en prenant la piste de contournement. Vous êtes armés ?

— Je n'ai pas récupéré le flingue que m'avait donné Ali, et je vous ai rendu le vôtre », dit Luc.

Le Libanais hocha la tête, tira le pistolet de la poche de son manteau et le tendit à son vis-à-vis.

« Le chargeur est plein.

— Je ne peux pas vous…

— Cadeau. » Bachir ajouta, avec un petit rire : « Je me rattraperai sur mes autres articles.

— Comment vous remercier ?

— En allant au bout de vos rêves. L'humanité a un besoin urgent de rêveurs. Bonne chance. »

Luc lui serra chaleureusement la main avant de descendre. Jemma le rejoignit après avoir remercié à son tour le Libanais. Les feux arrière du 4x4 se fondirent rapidement dans l'arrière-plan lumineux des vestiges de Damas.

Étourdie, Jemma dut s'appuyer à une grosse pierre pour rester campée sur ses jambes tremblantes. Les rafales pourtant violentes ne parvenaient pas à chasser l'odeur lourde de latrines et de pourriture.

« Nous sommes arrivés au bout du voyage, murmura Luc.

— J'ai l'impression qu'il ne fait que commencer », dit Jemma.

Il sourit, la prit par les épaules et l'étreignit. Des silhouettes munies de torches surgirent des enchevêtrements de toiles proches et se dirigèrent vers eux.

38
Selim

Selim en avait croisé encore deux hier : un jeune garçon juif et une petite Jordanienne. Ils avaient marché jusqu'à Damas sans jamais ressentir la fatigue, la faim ni la soif, comme des milliers d'autres avant eux qui avaient traversé des continents, des océans, des villes sans que personne ne décèle leur présence ou leurs traces. Les chemins qu'ils parcouraient appartenaient déjà à l'autre monde.

Selim s'était posté, comme chaque jour, sur le flanc de la montagne en forme de flèche qui dominait l'ancienne oasis de Damas et que tous appelaient désormais le mont Pibe. Il avait conversé avec les deux nouveaux arrivants : le garçon s'appelait Isaac et venait de Hébron, en Judée. Il avait entendu l'appel alors qu'il vivait encore en France, il avait longtemps résisté de peur de causer de la souffrance à ses parents, puis le chant était devenu de plus en plus fort, de plus en plus envoûtant, une brûlure magnifique, et il avait fini par céder, il avait quitté en pleine nuit la maison, il avait franchi le tunnel creusé par les terroristes sous la grande Muraille et rencontré Leïla. La petite Jordanienne, elle, percevait l'appel depuis qu'elle était née, mais elle avait attendu le passage d'Isaac pour partir avec lui. La vie était dure dans son village, on n'y mangeait pas souvent à sa faim, on y travaillait dur, ses parents pleureraient sa disparition, mais ils auraient une bouche de moins à nourrir, il y en aurait un peu plus pour ses six frères et sœurs. Les deux enfants avaient salué Selim comme un vieil ami avant de reprendre leur marche en direction de la porte.

Selim, lui, s'était arrêté à mi-chemin sur la pente austère de cette montagne qu'il visitait régulièrement depuis le départ de Pibe, même lorsque les vents du nord descendaient en hurlant du sommet et cisaillaient comme des lames d'acier les couches de ses vêtements. Il lui arrivait de rester plusieurs jours sans boire ni manger, plongé dans une déréliction dont finissaient par le tirer les besoins criants de son corps. Il avait imploré Dieu, le sien, celui des chrétiens, celui des juifs, de lui donner la force de grimper jusqu'au sommet, mais il n'en avait jamais trouvé le courage. Les autres s'étaient éclipsés depuis bien longtemps maintenant. Les milliers d'enfants qui avaient fait régner la terreur dans les ruines de Damas avaient suivi Pibe, le prophète venu d'Occident, comme un seul homme. Selim avait été l'un des soldats les plus féroces des troupes rassemblées par une poignée d'orphelins ulcérés par la guerre et contraints de se défendre contre les razzias des hordes venues de l'Est. Comme ils ne pouvaient plus compter sur leurs pères ou leurs grands frères décimés sur le Front Ouest, ils avaient volé des armes dans les entrepôts militaires et s'étaient retirés dans les massifs surplombant la ville de Damas. Ils avaient livré de véritables batailles rangées contre les hordes, qu'ils avaient remportées l'une après l'autre, si bien que leur réputation avait grandi et franchi les frontières. Des centaines et des centaines d'enfants étaient accourus des villes et des régions voisines, du Liban, de Jordanie, d'Arabie, d'Irak, de Turquie, du Yémen, et avaient grossi les rangs d'une troupe de plus en plus imposante et parfaitement organisée. Les souvenirs des terribles affrontements étaient restés gravés dans l'esprit de Selim. Les odeurs de poudre, de sang, de merde, de pourriture, les nappes de fumée tirées sur les centaines de corps étendus entre les rochers, la fatigue intense qui pesait sur les épaules comme un aigle aux serres coupantes, les nuées de vautours et de corbeaux se disputant les dépouilles, le joug écrasant du silence tombé sur le champ de bataille. Ils avaient repoussé toutes les attaques, dont celles des tribus qui ne supportaient pas qu'une poignée de gosses bafouent ainsi l'autorité des patriarches, au prix souvent de très grosses pertes. Garçons et filles n'avaient jamais reculé devant l'ennemi. Ils refusaient désormais de vivre sous l'autorité d'adultes qui les menaient sans cesse aux abattoirs, qui s'acharnaient à transformer cette terre en une vallée de sang et de larmes au nom de dieux vindicatifs et jaloux. L'ennemi, ce n'était plus l'infidèle, le chrétien, le juif, l'adorateur d'idoles, c'était les hommes de leur propre camp, de leur propre sang, des charognards pires que les vautours et les corbeaux, des êtres mauvais et néfastes qui ne méritaient plus le nom d'hommes.

L'armée des enfants était devenue une légende, inspirant de la terreur des côtes de la mer Noire jusqu'à la mer d'Arabie, du Pakistan jusqu'au Sénégal. Les attaques s'étaient espacées, puis avaient fini par cesser. Pibe s'était présenté au campement un jour de printemps. Selim se souvenait de son arrivée comme si elle venait tout juste de se produire. Un garçon plutôt mince, presque maigre, aux cheveux bruns, aux vêtements poussiéreux, aux yeux rieurs, à l'allure majestueuse. Il leur avait déclaré qu'il avait franchi les frontières pour explorer le cœur de l'homme, qu'il avait entendu parler de l'armée des enfants et qu'il avait tenu à les rencontrer. Ils l'avaient accueilli à bras ouverts et l'avaient invité à demeurer en leur compagnie aussi longtemps qu'il le souhaiterait. Il leur avait raconté son histoire, son départ de France avec une jeune fille mystérieuse et belle appelée Stef, son rôle dans la mort de l'archange Michel, le chef des armées européennes, ses errances en Turquie, en Iran, en Afghanistan, ses passages en Oman, en Arabie, en Jordanie, puis en Syrie. Il leur avait appris à contempler le cœur de l'homme. Selim lui-même avait entrevu des beautés insoupçonnées, était entré par effraction dans des cavernes emplies de merveilles. Mais quelque chose en lui, une peur très ancienne, l'avait empêché de s'engager avec les autres sur le chemin défriché par Pibe. Il était redescendu dans la plaine et avait tenté de reprendre sa place parmi les siens dans les ruines de Damas. Il l'avait amèrement regretté. Il avait rapidement compris qu'il ne pourrait plus mener une existence ordinaire et repris le chemin des montagnes. Il n'avait trouvé plus personne là-haut, seulement les vestiges du campement et les cendres de feux de camp. Il avait deviné qu'ils avaient franchi la porte dont parlait Pibe, qu'ils étaient entrés dans l'autre monde, le monde virginal qu'ils créeraient et déploieraient à leur façon. Selim savait qu'il dénicherait le passage s'il le cherchait avec sincérité, qu'il serait accueilli avec joie de l'autre côté, mais, une nouvelle fois, la peur l'avait repris. Il lui en coûtait de renoncer aux paysages, aux lumières, aux visages qui entraient pour une grande part dans sa matière humaine, aux menus plaisirs qui étaient à son existence ce que les épices étaient aux ragoûts, à ses gros et petits défauts, à ses grandes et infimes misères. La béatitude l'intimidait. Il avait alors décidé de passer le plus de temps possible dans l'ancien campement jusqu'à ce qu'il se sente prêt à jouir des merveilles entrevues dans les cavernes. Il avait vu arriver d'autres enfants des régions voisines, qui avaient entendu l'appel du nouveau monde. Il avait compris que Pibe et les autres avaient lancé une invitation, une vibration particulière, à la terre entière, qu'ils offraient à chacun une chance de les rejoindre sans distinction d'âge, de race, de religion ou de sexe. Une fillette indienne lui avait confié qu'elle avait perçu la voix de Kalkin, le géant à tête de cheval, le dernier avatar de Vishnou chargé de clore l'âge de fer. Selim en avait déduit que chacun traduisait l'appel à sa façon, selon sa tradition, son langage ou sa fantaisie. Ils évoquaient tous la fin d'un âge, un nouveau départ, un jugement dernier, une Apocalypse, comme Isaac, le juif, qui pensait entrer dans la Jérusalem céleste, comme Leïla, la Jordanienne, qui croyait monter au paradis.

Selim était devenu le gardien de la porte, le dernier homme que les enfants rencontraient avant de disparaître dans l'autre monde. Lorsque la faim et la soif se montraient trop pressantes, il redescendait à Damas et se livrait à la mendicité. Avec le temps, la population de la ville avait appris à le regarder comme une figure folklorique, comme un fou que la communauté, malgré des difficultés grandissantes d'approvisionnement, se chargeait de nourrir. Il tenait des prêches incohérents sur un autre monde, sur une porte cachée dans les montagnes, sur des enfants venus de tous les continents qu'il était le seul à voir, sur un petit chrétien nommé Pibe que ses auditeurs assimilaient à un légendaire footballeur. On l'écoutait raconter ses histoires avec compassion, avec un peu d'inquiétude également, car ses paroles avaient d'étranges accents de vérité, comme des flèches qui se plantaient en plein cœur. Il clamait que les hommes de ce temps n'avaient pas su se souvenir de leur pouvoir créateur, qu'ils allaient donc disparaître avec leur création devenue folle, que tout s'effacerait, comme un dessin raté, qu'il ne fallait pas s'en désoler, car le prophète Pibe et les siens ébauchaient une trame vierge et préparaient le nouveau jardin d'Éden.

Des vociférations alarmèrent Selim. Il prenait son repas du soir sous une tente battue par les rafales. Le froid s'engouffrait dans les accrocs de la toile et chassait la douce chaleur diffusée par le foyer central. La maîtresse de maison, une femme à la maigreur désolante, avait donné à Selim les restes d'un ragoût de mouton accompagnés d'un morceau de pain dur. Il avait exprimé toute sa gratitude à son hôtesse qui s'était ensuite occupée de laver les visages de ses enfants à l'aide d'un linge mouillé et de les coucher dans un compartiment de la tente. Le père, lui, s'était absenté depuis plus d'une semaine pour un travail dans la région de Homs. Le regard inquiet de la femme signifiait que le travail en question était probablement un règlement de comptes entre bandes rivales. Veuve, elle n'aurait aucune chance de s'en sortir, de nourrir sa famille.

Selim repoussa son assiette, se leva, saisit son bâton et sortit de la tente, suivi à distance de son hôtesse, également intriguée. Les bagarres étaient monnaie courante dans les venelles de Damas, mais le vacarme de celle-ci ne sonnait pas comme d'habitude. Il parcourut l'allée à grandes foulées malgré sa fatigue et la douleur qui, depuis quelque temps, lui tiraillait la jambe gauche. Les torchères giflées par le vent ne parvenaient pas à éclaircir la nuit, très noire malgré le fourmillement d'étoiles. Plus loin, au milieu d'une large artère, les rayons convergents de lampes et de phares révélaient un groupe d'hommes et de femmes gesticulants, hurlants. Ils s'acharnaient à coups de bâton sur quelqu'un que Selim ne discernait pas encore. Il n'y avait pas une personne à l'intérieur du cercle, mais deux. Selim se jeta sans hésitation dans les rangs déchaînés, bousculant au passage une grappe de femmes hystériques. Les foules qui s'en prenaient à un ou deux malheureux, quelles qu'en fussent les raisons, avaient le don de le hérisser. Quand il déboucha dans le cercle, mauvais et déterminé, les autres s'arrêtèrent de frapper et se reculèrent. On le connaissait dans les ruines de Damas, il suscitait les mêmes frayeurs que les vieilles superstitions et les anciens marabouts.

Il s'approcha des deux corps étendus sur la terre encore gelée et s'accroupit. Un homme et une femme. Des Occidentaux. Les bâtons avaient semé plaies et bosses sur leurs visages mais ils étaient conscients. La femme, très belle, le regardait. Elle semblait à peine souffrir des éraflures sillonnant son front et ses joues. Le vent gonflait une burka déployée sur le sol, probablement le vêtement sous lequel elle s'était dissimulée.

« Europe ? » demanda Selim.

L'homme acquiesça d'un clignement des paupières.

« France ? »

Deuxième clignement de paupières.

« Je parle français, dit Selim avec un sourire. J'ai appris avec Pibe. Que faites-vous ici ? »

Ce fut la femme qui répondit :

« Je suis à la recherche de ma fille. »

Des bulles de sang éclataient sur ses lèvres lorsqu'elle parlait.

« Qu'est-ce qui vous fait penser que vous la trouverez ici ?

— La légende de l'armée des enfants », répondit l'homme en grimaçant.

Une puissante émotion étreignit Selim : ainsi la légende de l'armée des enfants, sa légende, s'était répandue jusqu'en Occident.

« Vous êtes tombés sur l'homme qu'il vous faut, déclara-t-il en se frappant la poitrine du plat de la main. Je vous conduirai à la porte. Mais demain. Il faut d'abord vous soigner, vous restaurer et vous reposer. Pourquoi ceux-là vous ont-ils agressé ?

— Ils nous ont entendus parler français… »

Selim se releva et apostropha les autres d'une voix forte. Ces gens ont bravé les mille dangers de la route pour nous rendre visite, leur dit-il. Et voici comment vous les recevez, comme une meute de chacals. Où donc est passé votre sens de l'hospitalité ? Trente millions de vos pères, de vos frères et de vos fils sont morts au Front, et ces gens n'y sont pour rien. Si vous cherchiez les vrais responsables de vos malheurs, vous les trouveriez en vous. En vous, misérables insectes. Il désigna les deux étrangers qui se relevaient et tentaient de remettre un peu d'ordre dans leurs tenues. Eux sont venus dans un esprit de paix. Avez-vous donc définitivement perdu le sens du mot paix ? Regardez cette ville, voyez où vous a menés votre orgueil. Notre monde est en ruine. Il ne s'en relèvera sans doute jamais. Souvenez-vous : vous avez combattu avec rage l'armée de vos enfants. De vos propres enfants. Je dis, moi, Selim, que vous ne méritez pas le nom d'hommes. Vous me traitez de fou, vous vous moquez de moi, mais vous savez au fond de vous que de ma bouche jaillit la source pure de la vérité. Maintenant, qui se lèvera pour accueillir les étrangers, conformément à notre tradition ?

Quelques-uns d'entre eux se consultèrent du regard et levèrent la main.

Selim ne dédaigna pas son deuxième repas du soir. Il avait choisi un homme dont les vêtements, taillés dans des étoffes précieuses, indiquaient l'aisance. Son nouvel hôte s'appelait Hissan. Il n'avait pas hésité à donner lui-même quelques solides coups de bâton aux deux étrangers démasqués par un passant. Ayant perdu un frère et un neveu sur le Front Ouest, il vouait aux Occidentaux une haine farouche. Aussi, quand il avait vu cet homme et cette femme aux traits européens, sa colère l'avait débordé et l'avait poussé à se mêler aux autres. Il regrettait de s'être ainsi laissé emporter et il remerciait Selim de lui avoir ouvert les yeux et le cœur. Il espérait obtenir le pardon des étrangers en leur ouvrant sa maison. C'était une véritable maison de pierre située au milieu d'une rue montante. Les murs avaient souffert des bombardements et portaient encore les traces de fusillades, mais elle était restée debout. Elle abritait une multitude d'hommes, de femmes et d'enfants, la famille élargie de Hissan. Les pièces déjà nombreuses avaient été dédoublées. Les femmes en libérèrent une afin d'y installer les deux Occidentaux, que les enfants fixaient avec des yeux dévorants de curiosité et de malice. Le plâtre des cloisons et du plafond s'en allait en lambeaux, il manquait un carreau sur deux aux mosaïques du sol et du plafond, mais, dans les circonstances actuelles, une maison avec des murs et une succession de terrasses représentait un luxe appréciable.

Les Français ne disaient rien, ils posaient sur leurs hôtes un regard que Selim reconnaissait, le même regard à la fois étonné et intense que celui des enfants sur le point de franchir la porte. Il tenait enfin la raison pour laquelle il avait patienté toutes ces années, il avait enfin trouvé sa place dans la chaîne maillée par Pibe et les autres, il avait toujours attendu cet homme et cette femme, son rôle était de les guider jusqu'à la porte.

Hissan fit mander un médecin pour examiner les blessures de ses hôtes. Le toubib, un homme au crâne chauve cerné d'une couronne de cheveux blancs, masqua de son mieux sa stupeur lorsqu'il découvrit des patients occidentaux dans la moitié de chambre qu'on leur avait allouée. Dans la ville de Damas, il valait mieux garder pour soi ses sentiments. Surtout éviter de froisser les susceptibilités des hommes qui paraissaient importants. Il ne diagnostiqua que des blessures bénignes qu'il soigna avec des onguents à base d'herbes et d'huiles de sa composition, puis il se retira aussi discrètement qu'il était arrivé, ombre parmi les ombres.

Selim ne dormit pas après le repas. Les femmes avaient entraîné la Française vers la salle de bains, ou ce qu'il en restait, et l'avaient lavée en puisant dans les récipients emplis d'eau livrés par les colporteurs. Hissan l'avait invité à fumer, en compagnie du Français, l'un des trois narguilés installés dans une petite pièce meublée de tapis et de banquettes. Le temps était venu pour Selim de rejoindre Pibe. Plus aucune peur ne l'arrêterait désormais.

39

La nuit dernière, une voix m'a chuchoté à l'oreille :
« Ça n'existe pas, une voix qui chuchote dans la nuit ! »
Haidar Ansari,
Contes soufis, Idries Shah.

La porte était là. Elle n'était pas visible, mais vibrante. Un soleil radieux déposait une lumière ambrée et une chaleur douce sur le sommet chauve du mont Pibe. Des névés donnaient des allures de pies aux pentes des montagnes environnantes et déjà habillées d'ombre.

Selim, leur guide, avait réveillé Jemma et Luc avant le lever du jour. Ils avaient quitté la maison de Hissan encore endormie et s'étaient mis en chemin dans le labyrinthe des ruelles de la ville, puis ils s'étaient engagés dans les lacets pierreux qui s'envolaient vers les massifs. Ils avaient marché une grande partie du jour, s'arrêtant pour manger des beignets et boire à une source d'eau fraîche dans un endroit désert que Selim appelait le campement. Jemma ne se ressentait pratiquement plus des coups assenés la veille par les passants soudain hystériques. Les onguents du docteur avaient accompli des miracles. L'intervention de Selim les avait sauvés d'une mort certaine. Elle ne s'était pas révoltée devant l'imminence de sa mort. Sa vie n'était qu'une vibration parmi d'autres, éphémère elle aussi, destinée à disparaître, à reparaître sous une autre forme dans les champs de matière.

Selim avait ensuite hésité, avouant qu'il n'était jamais allé plus loin que le campement. Mais il leur avait suffi de se laisser guider par le chant, qu'ils entendaient tous les trois, et ils avaient emprunté un chemin de crête qui les avait menés face à la porte. Le vent, pourtant violent en bas, s'était calmé tout à coup, comme respectueux du silence paisible qui régnait sur le sommet.

Jemma s'assit sur une pierre ronde et ferma les yeux. Elle sentit grossir en elle une forme qu'elle reconnut instantanément, une forme qu'elle n'avait cessé de porter en elle malgré l'absence, malgré la séparation. Luc avait eu raison hier soir : ils étaient arrivés au bout de leur voyage, de *ce* voyage. Les rayons du soleil pénétraient en elle et la gorgeaient de bien-être.

La forme grandit encore jusqu'à ce qu'elle sorte d'elle. Elle rouvrit les yeux. Manon se tenait devant elle. Exactement comme dans ses souvenirs. Mêmes vêtements, mêmes yeux, mêmes cheveux. Manon, comme si elle avait quitté la maison quelques minutes plus tôt, comme si elle revenait de l'école. Jemma tendit la main pour la toucher, elle s'aperçut qu'une distance infinie la séparait de sa fille.

« Je suis très loin et très proche de toi, maman, comme je l'ai toujours été. »

Avait-elle entendu sa voix ? Avait-elle parlé en elle ? Jemma lança un regard par-dessus son épaule et vit que Luc et Selim étaient restés immergés dans leurs propres pensées.

« Je suis fière de toi, reprit Manon. Tu es la seule mère qui ait parcouru le chemin, la seule qui ait trouvé la porte.

— C'est grâce à Luc, répondit Jemma. C'est lui qui m'a convaincue d'entreprendre le voyage. »

Manon fixa un moment Luc.

« J'aurais bien aimé avoir un père comme lui.

— Tu le connais ?

— Je connais tout le monde et personne depuis toujours. Nous sommes tous liés les uns aux autres, nous sommes tous uniques, nous avons tous nos secrets.

— Je voulais m'assurer que tout allait bien pour toi, mais j'ai su que c'était inutile bien avant de te revoir.

— Il n'y a pas de but, seulement des chemins.

— Pourquoi Damas ? La porte ne peut pas s'ouvrir n'importe où ?

— Si, mais il faut un chemin. C'est la seule façon de se débarrasser de ses habitudes, de ses jugements, de ses souvenirs, de ses certitudes. Beaucoup entendent l'appel, tous en vérité, mais ils sont bien peu nombreux à parcourir un chemin.

— Tu as mis combien de temps à venir jusqu'ici ?

— Des jours, des semaines peut-être. J'ai entendu l'appel en pleine nuit et je l'ai suivi, sans aucune hésitation. Il était plus beau que tout ce que j'avais entendu. Plus je marchais, et moins je sentais la fatigue. J'ai traversé des montagnes, des villes, des déserts, et même un bras de mer, puis je suis arrivé ici, j'ai rencontré Selim, j'ai parlé un moment avec lui et je suis montée vers la porte.

— Tu n'as jamais eu de… regrets ?

— Tu connais la réponse à cette question.

— Que faites-vous de l'autre côté ?

— Nous jouissons de chaque instant donné par la vie. Nous n'avons pas d'autre projet.

— Pourquoi vous êtes-vous retirés de ce monde ?

— Nous ne nous sommes pas retirés, nous avons seulement changé de plan, de fréquence. Nous évoluons toujours sur la même trame que les autres hommes, que toi, maman.

— Je pourrais aller vous rejoindre ?

— Bien sûr. Mais tu ne le souhaites pas vraiment. Tu as encore besoin de mener des expériences sur ton monde. Je sais qu'au fond de toi, tu désires un nouvel enfant. »

La vitesse et la précision avec laquelle Manon lisait en elle étonnèrent et bouleversèrent Jemma.

« Ma vie ne sera plus jamais la même en tout cas.

— Elle changera à chaque seconde, dit Manon.

— Est-ce que nous nous reverrons ?

— Pour quoi faire ?

— Eh bien, pour la simple joie de te revoir. Pour réchauffer mon cœur de mère.

— Tu le disais tout à l'heure : tu as toi-même constaté que c'était inutile. Je ne t'ai jamais quittée, maman. Et je ne te quitterai jamais. L'amour n'est pas un sentiment qu'on marchande, c'est un état, une intelligence en action, la merveilleuse intelligence de l'univers. »

Jemma sourit, et se rendit compte qu'elle pleurait.

« Je suis quand même contente de te voir. »

Manon lui rendit son sourire.

« Une dernière chose, reprit Jemma. Certains enfants ont affirmé à Selim que la porte allait bientôt se refermer. Est-ce vrai ? »

Manon fixa sa mère avec une soudaine intensité qui donna à ses yeux un éclat adamantin.

« Nous t'attendions pour la fermer, maman.

— Moi ? Pourquoi ?

— Pour que tu ailles témoigner. On ne te croira pas, on te maltraitera sans doute, mais grâce à toi, la légende perdurera, elle deviendra le mythe où sommeillera la vérité éternelle et cachée. Une nouvelle belle au bois dormant.

— Pourquoi doit-elle fermer ? insista Jemma.

— Parce qu'elle est éphémère, comme toute chose, qu'elle se représentera un jour sous une autre forme devant celles et ceux qui sauront la reconnaître.

— Et si je n'étais pas venue…

— Tu es venue.

— Et l'ancien monde ? Que va-t-il devenir ?

— Ce que vous déciderez.

— Il n'est donc pas condamné ? »

Manon éclata de rire.

« Une illusion ne peut pas être condamnée, puisqu'elle n'existe pas. »

À cet instant, Selim se leva et se dirigea droit vers la porte. La forme de Manon s'estompait déjà, comme une image s'effaçant d'un écran. Jemma lança le bras, essaya d'étreindre sa fille, n'embrassa que le vide. Selim fit encore quelques pas jusqu'à ce qu'il se fonde dans le paysage.

« Sois heureuse, maman.

— Je sais que tu l'es, ma fille. »

Manon s'évanouit, et sa forme reprit sa place à l'intérieur de Jemma. Le chant de la porte s'interrompit, les sifflements du vent enfin libéré commencèrent à dépecer le silence.

Jemma et Luc demeurèrent plusieurs jours dans l'ancien campement, se nourrissant des beignets laissés par Selim. Ils prirent le temps de se découvrir et de s'aimer dans la grotte qui avait jadis servi de refuge à l'armée des enfants. Ils se baignèrent dans l'eau glacée de la source et se réchauffèrent devant de grands feux de bois.

« Le Christ proposait à ses disciples de passer la porte du paradis, mais elle est plus étroite que le chas d'une aiguille, dit Luc. Les soldats du Christ Roi et les autres mouvements religieux tenteront par tous les moyens de nous empêcher de parler. Ils sont nettement plus gros que des chameaux ! Ils pressentaient depuis le début, ou ils savaient, ce que signifiait la disparition des enfants : l'absurdité de leur vision, leur propre extinction. Ils ne voulaient pas que quelqu'un découvre et proclame la vérité. Voilà pourquoi ils ont essayé de me réduire au silence. »

Enlacés devant les braises encore rougeoyantes, recouverts du manteau de Luc et de la parka de Jemma, ils contemplaient le ciel magnifique de Syrie.

« Quand repartons-nous ? demanda Jemma.

— Dès que nous serons prêts. Il y a encore pas mal de choses à voir dans le coin.

— Tu n'aurais pas eu envie de passer de l'autre côté ?

— Qui te dit que je ne l'ai pas déjà fait ? répondit Luc avec un petit sourire. Les portes sont multiples et changeantes.

— Pourquoi tu serais revenu ?

— Pour toi.

— Tu ne me connaissais pas.

— On se connaît depuis toujours. Mais il a fallu que je trouve ton adresse. »

Les éclats de leurs rires froissèrent le silence de la nuit.

Du même auteur :

LES GUERRIERS DU SILENCE, roman, *L'Atalante*
TERRA MATER, roman, *L'Atalante*
LA CITADELLE HYPONEROS, roman, *L'Atalante*
WANG I, LES PORTES D'OCCIDENT, roman, *L'Atalante*
WANG II, LES AIGLES D'ORIENT, roman, *L'Atalante*
ABZALON, roman, *L'Atalante*
ORCHÉRON, roman, *L'Atalante*
ROHEL LE CONQUÉRANT, série, *L'Atalante*
ATLANTIS, roman, *J'ai lu*
LES FABLES DE L'HUMPUR, roman, *J'ai lu*
LES DERNIERS HOMMES, feuilleton, *Librio (J'ai lu)*
GRAINES D'IMMORTELS, roman, *Flammarion*
LES GRIOTS CÉLESTES I, QUI-VIENT-DU-BRUIT, roman, *L'Atalante*
LES GRIOTS CÉLESTES II, LE DRAGON AUX PLUMES DE SANG, roman, *L'Atalante*
NUIT-LUMIÈRE, MYSTÈRES EN GUILLESTROIS, roman, *Librio (J'ai lu)*
KAENA, roman jeunesse, *Mango*
LES PROPHÉTIES I, L'ÉVANGILE DU SERPENT, roman, *Au diable vauvert*
LES PROPHÉTIES II, L'ANGE DE L'ABÎME, roman, *Au diable vauvert*
L'ENJOMINEUR, roman, *L'Atalante*

Pierre Bordage
dans Le Livre de Poche

L'Ange de l'abîme n° 30641

Dans une Europe d'apocalypse ruinée par la faillite des OGM, enlisée dans la guerre contre le Moyen-Orient, en proie au fanatisme religieux et au racisme, l'auteur raconte le voyage initiatique de Stef et Pibe, deux adolescents à la recherche de l'archange Michel, le dictateur tout-puissant qui gouverne le vieux continent depuis sa forteresse roumaine. Dans une ambiance crépusculaire fascinante car terriblement proche, un grand roman épique d'une actualité brûlante.

Composition réalisée par Chesteroc Ltd.

Achevé d'imprimer en septembre 2007 au Danemark par
NORHAVEN
8800 Viborg
Dépôt légal 1re publication : octobre 2007
N° d'éditeur : 90776
Librairie Générale Française – 31, rue de Fleurus – 75278 Paris Cedex 06

31/1583/9